中国历史文化名人传

泣血红楼
曹雪芹传

周汝昌 著

作家出版社

中国历史文化名人传

组委会名单

主任：李　冰

委员：何建明　葛笑政

编委会名单

主任：何建明

委员：郑欣淼　李炳银　何西来　张　陵　张水舟　黄宾堂　张亚丽

文史组专家成员（按姓氏笔划为序）

王春瑜　王曾瑜　孙　郁　刘彦君　李　浩　何西来　郑欣淼
陶文鹏　党圣元　袁行霈　郭启宏　黄留珠　董乃斌

文学组专家成员（按姓氏笔划为序）

王必胜　白　烨　田珍颖　刘　茵　张　陵　张水舟　张亚丽
李炳银　贺绍俊　黄宾堂　程步涛

出版说明

　　中华民族五千年文明史中，涌现了一大批杰出的文化巨匠，他们如璀璨的群星，闪耀着思想和智慧的光芒。系统和本正地记录他们的人生轨迹与文化成就，无疑是一件十分有必要的事。为此，中国作家协会于2012年初作出决定，用五年左右时间，集中文学界和文化界的精兵强将，创作出版《中国历史文化名人传》大型丛书。这是一项重大的国家文化出版工程，它对形象化地诠释和反映中华民族文化的基本精神，继承发扬传统文化的精髓，对公民的历史文化普及和建设社会主义文化强国都具有重要而深远的意义。

　　这项原创的纪实体文学工程，预计出版120部左右。编委会与各方专家反复会商，遴选出在中国文化发展史上产生过重大影响的120余位历史文化名人。在作者选择上，我们采取专家推荐、主动约请及社会选拔的方式，选择有文史功底、有创作实绩并有较大社会影响，能胜任繁重的实地采访、文献查阅及长篇创作任务，擅长传记文学创作的作家。创作的总体要求是，必须在尊重史实基础上进行文学艺术创作，力求生动传神，追求本质的真实，塑造出饱满的人物形象，具有引人入胜的故事性和可读性；反对戏说、颠覆和凭空捏造，严禁抄袭；作家对传主要有客观的价值判断和对人物精神概括与提升的独到心得，要有新颖的艺术表现形式；新传水平应当高于已有同一人物的传记作品。

为了保证丛书的高品质，我们聘请了学有专长、卓有成就的史学和文学专家，对书稿的文史真伪、价值取向、人物刻画和文学表现等方面总体把关，并建立了严格的论证机制，从传主的选择、作者的认定、写作大纲论证、书稿专项审定直至编辑、出版等，层层论证把关，力图使丛书经得起时间的检验，从而达到传承中华文明和弘扬杰出文化人物精神之目的。丛书的封面设计，以中国历史长河为概念，取层层历史文化积淀与源远流长的宏大意象，采用各个历史时期最具代表性的文化符号与雅致温润的色条进行表达，意蕴深厚，庄重大气。内文的版式设计也尽可能做到精致、别具美感。

中华民族文化博大精深，这百位文化名人就是杰出代表。他们的灿烂人生就是中华文明历史的缩影；他们的思想智慧、精神气脉深深融入我们民族的血液中，成为代代相袭的中华魂魄。在实现"中国梦"的历史进程中，必定成为我们再出发的精神动力。

感谢关心、支持我们工作的中央有关部门和各级领导及专家们，更要感谢作者们呕心沥血的创作。由于该丛书工程浩大，人数众多，时间绵延较长，疏漏在所难免，期待各界有识之士提出宝贵的建设性意见，我们会努力做得更好。

《中国历史文化名人传》丛书编委会

2013 年 11 月

曹雪芹

目录

自题

其一

可是文星写照难，百重甘苦尽悲欢。

挑芹绿净知春动，浣玉丹新忆夜寒。

瀛海未周睽字义，心香长炷切毫端。

红楼历历灯痕永，未信人间抵梦间。

（注："园父初挑雪底芹"，

乃宋贤苏子由诗句）

其二

摇落深知浊玉悲，风流文采一心痴。

身居贵贱荣枯处，运际兴亡剥复时。

情厚只题闺秀苦，才高岂入俗人机。

十年辛苦成何事，红沁芳泉翠墨滋。

其三

卷掩曹侯早动容，难收血泪识英雄。

诗书家计人言重，牛鬼遗文世路穷。

天厚百忧资慧业，曲高一阕遣愚衷。

萧条杜老悲摇落，题罢春灯彻晓红。

卷头语

为本书新版重写卷端短引，心情十分愉快欣幸，但也随带着惭愧和感慨。此刻是癸未年之冬日①，四个"花甲子"之前的那个癸未之冬，是雪芹四十年华之光焰已临垂尽之时，当此之际执笔为这部雪芹传记记我深衷的高山仰止，无限怀思，怎不百端交集，远想慨然。

回顾历史，二十世纪二十年代之最初，胡适先生作《红楼梦考证》，开始了对雪芹的研究，是后二十年未见有所增益进展（只有家世的新材料，没有继续研寻雪芹本人生平的成果）。至一九四七年之秋，我才涉足红学，而实际历程却是先从考芹入手而将小说的研究置于第二步骤。由于对雪芹的考索占了很多的篇幅和"重量"，于是有评者就说我治的是"曹学"，而不是"红学"——甚至以为我"脱离"了"红学"云云。

此评本意在讥贬，可我却引以为荣——因为倘若真能当得起一个曹学建立者的称号，那比任何学位称号头衔都荣耀十倍不止，怎不令我高兴（而又暗自惭愧）呢？

---

① 女儿伦玲按：这是父亲癸未冬十一月中浣撰写的卷头语，距今壬辰之冬日已经过去整整八个年头了。其时父亲八十六岁，"壮心不已"，而今已离我们远去。本文略作了一些删节调整，不敢大动，读者谅之。

作传，首先要将生卒年月考定，否则传主在历史坐标上的位置摆移不定，那"传"也就难保其可信度了。因为我的"曹学"又是从考辨生卒年的已有"定论"而起步的——这就是我与胡适先生交往的因由。

我至今深信，雪芹生于雍正二年甲辰（1724）闰四月二十六日，卒于乾隆二十八年癸未（1764）之除夕，得年仅四十岁。所以其至友敦诚次年于甲申之开年作挽雪芹诗，两次存稿是"四十年华太瘦生"、"四十年华付杳冥"。这结合书中"作者自云"的"半生潦倒"和"一事""一技"无成，正是在乾隆甲戌（十九年）年当"三十而立"的感叹之言，因为古人都是自勉自奋要在三十岁就该有所建树（立的本义），故而雪芹自言一事未立，只好"撰此石头一记"也！记清：依上述拙考生于雍二而推，至乾十九恰恰是三十整岁。难道这是"偶然巧合"？

好了，这样既定，便可以由此而考明其他事迹遭逢之与历史年月中的重大事故的密切而鲜为人知或未经人道的真相，这些决定了雪芹一生命运的复杂因素——倘不如此，那么这所谓的"传"还会有什么价值可言吗？

我为雪芹写传，先后已历四次，都有不同版本印行于世；本书就是第四次的重写。这部传是我平生三十多本书中用力最多、历时最长的一部（费去一年多时光。其他书用时不过数十日，多的也不过三个月）。

为新版作序，说来也巧，恰值三十集的《曹雪芹》电视剧即将由中央八台隆重播出，这是文化文艺界一大喜事。普天下的亿万收视者都会看到这位《红楼梦》作者曹公子的艺术显现，对他的理解认识，不仅仅是"有助于"理解《红楼梦》之书文意义，而且是读懂此书的根本条件。孟子说："读其书，诵其诗，不知其人，可乎？——是以论其世也。"这才正是必有一部曹雪芹传的缘由。孟子说出了在中华文化上一切作品与作者的不可分割的关系，是讲论研讨文学的第一条原则。当然，电视剧与学术性文学体裁的传记不尽一样，有合有分。"分"者就是视觉学术，属戏剧的表现办法，与文字是不能混同而论了；"剧"更需要合乎情理、不违历史的推衍连缀，即所谓"虚构"，我们民族文艺理论上的传统用语就叫"演义"。"演义"专属于小说戏剧的词义，十分重要。如果有读者能将剧本与本书来对比而合观，将会发现、领会许多的微妙而有味的"悟"处。

无论为雪芹作传，还是拍剧，都是一桩极为困难的事情。难处很多，最重要的仍然是我早已指出的：曹雪芹是位满汉兄弟民族文化的交叉融会所孕育出的新型优异人才，迥乎不同于前代文人学士、才子、诗家；而正因为如此，从清代直到今日今时，历史留下的文献极为匮乏，偶有些许，又远远不能传写这种新型人才的特点个性，独造专长。把他们"一般化"起来，就完全失掉了他们的"灵魂"，而成了历史上数之不清的文学作者的"叠床架屋"式的乏味重复了。由此而言，我在这方面所作的一些努力和向往，才是我盼望读者给予注意的所在。

诗圣杜少陵《丹青引》咏大画家曹霸将军云："将军魏武之子孙，于今为庶为清门；英雄割据虽已矣，文采风流今尚存。"可知"文采风流"四字，为曹氏孰可当之？宋玉、司马相如……自然堪称前辈。但东坡所咏的"大江东去。浪淘尽，千古风流人物"，又是指谁？是"曲有误，周郎顾"、是"公瑾当年""雄姿英发"的"一时多少豪杰"之特立独出的人才，特立独出的异才。周郎即"童子何知"的王勃所说的"物华天宝，人杰地灵"！而雪芹者，即中华之地灵人杰是也！他代表着中华文化的精神形象，万古长新。如有人将"风流"二字错会为俗义歪解，那也足以表明，读读雪芹传，然后不难恍悟，为什么说《红楼梦》是一部"文化小说"了。

现今之人大抵知道"传记文学"已是世界性文学专科，佳作品格甚高，受到重视赞扬。从我们中华文化传统来看，真正的传记文学实自太史公司马迁为始。此后，官修的"正史"一概沿着这一"纪传体"而纂辑，但限于记载功名勋业、嘉言懿行（xìng）、道德文章，而不是传写那传主其人的性格感情、精神灵慧一层的事情，非官方的记事传人的，通称"野史"，稍稍容纳了性情方面的琐细故事、佳话、趣闻等等，这便是所谓"小说"的本义与实质。这也就是中国传统小说是"史"之一支，而与西方观念不同之要点。因此，给雪芹创传，事情的复杂性可就加倍地"麻烦"了。谁知道，历史留下的传记材料只是若干篇诗和一部

《红楼梦》，诗的本质是咏叹抒情而不是记录事状，所以可资运用的就要受到限制。至于《红楼》一"梦"，虽然大家已无法不予承认它的"自叙性"（注意：是性，不是体，不是体裁为"史传"的意思），那么我们创传又将如何汲取运用才算"正确""科学"呢？这就难上加难了！

然而，犹不止此。为雪芹创传，如果只是"材料丰富，考据精详"，还是不能称为恪尽其职责，因为为这样的人作传，不是"开账单"，罗列"事""迹"，更要紧的是为之"传神写照"，阐发他的精神风采，不同寻常。这个，我们谁敢自表一个"能"做到几分？那"几分"又"能"保证不"走样子"——将李逵当成了鲁智深吗？

我深深自愧，在这个方面是太不行了。

可是事有凑巧，辽宁师范大学梁归智教授最近评我另一本书的赐文中，提出了一个"人与书合"的崭新命题。他说：欣赏品评一部书，必须心灵精神上与那书的作者有所交感，有所契合，方能评说到中肯之处，精微之所在。我闻此言，回报一首诗，开头有云：

> 书小而评大，此大动我心。
> 人书人天合，此合苞古今。

我意略谓：这个"合"，太重要了，古作名作，所以不朽，是"天人合一"的一种文学表现或体现。我们如何能与雪芹心契、文合、品合？这又是整个中华文化文学的根本大事、核心课题。这本拙著，若以上述多方面的尺度来量它，那就益发惭愧而嗟叹了。

如今行年八十六岁，"壮心不已"，我愿继此再作努力，把芹传写得更令人满意一些，这是衷怀之愿，而不仅是卷头之"语"。

时在癸未冬十一月中浣寒夜草讫

雪芹赋赞

情之圣者，奎耀神州。鸿才河泻，逸藻云稠。著书黄叶，记梦红楼。悲女儿之命薄，痛花落而水流。共千红而闻泣，缘万艳以传愁。题沁芳之意苦，绘藕榭之境幽。身为皇家之下役，而宗潢尊之曰曹侯。俗士加之嘲骂，高人倾与颂讴。恨才人同时而未识，嗟英雄血泪之难收。放浪以自悦，忤世则招尤。比粪土于富贵，倚泉石而春秋。斯何人也？可为陨涕！爰稽世谱，姬周之裔。武王克商，振铎封弟。其土曰曹，其水曰济。汉相平阳，宋王武惠。国赖宁一，位极崇贵。民怀至德，祠祀弗坠。迨至永乐之都燕，自豫章而北还。卜丰润之屯里，复分支而出关。寄襄平之辽北，古铁岭曰三韩。范屯茔墓，汎水西山。腰堡戍守，寇虏畏惮。尔乃金移明祚，祖陷于奴。子孙贱籍，命运泥涂。虽历江南黼黻之绣使，终收日下囹圄之罪徒。累及先生，衣食何图？忘己助人，文网不疏。悲歌燕市，友善屠沽。然而世犹不容，遂飘泊乎翠微谢草之僻庐。此则先生之才高时厄，而吾人每为痛惜悲呼也！今来瞻拜，如闻似睹。虎门剪烛，槐园待曙。萧寺书灯，芳郊画谱。酒肠诗胆，粉歌墨舞。光华难掩，丰神欲矗！文采风流，诗圣预属。寰宇一人，江河万古！

赞曰：大星不落，巨匠常新。通灵异士，慧业哲人。大智大勇，奇气奇芬。岂关稗史，实寄斯文。中华仰止，高山雪芹。

绪篇

　　曹雪芹这个吸引人的名字，天下皆知；但他在中华文化、文学史上的地位与意义，至今人们认识得仍然很有限度，抉隐烛幽，犹然有待。他是一位伟大的文学巨星，人无异辞；但他更是一位勇毅的英雄哲士、启蒙思想家，言者就不太多逢了。为斯人作一传记，自是当然必然的文化任务与历史责任。但其事至难，甚至可说是本不可能的奢想与"妄作"（王羲之语）。难在文献奇缺，东鳞西爪，片言零句，怎么也构不成一部传记。复因此故，滋生许多病累，如：文献既寡，记叙简略，于是不得不加以推测引申，于是遂生二弊：一是过求深义，附会穿凿往往去实日远。推测意揣，所见不同，异辞遂多，各执一隅，纷争不已，蔚为"奇"观，而雪芹之真实，益难昭显。复因文献缺乏珍贵，引生造伪作假，欺世惑人，识卑者轻信，好奇者助澜，于是伪说讹言，不可胜计。此为一大灾难。

　　如雪芹得寿"四十年华"，为其至友敦诚挽诗所明载，其诗作于甲申开年（乾隆二十九年，1764），而敦诚《寄怀曹雪芹》则作于丁丑（乾隆二十二年，1757），在此以前，并无任何文字踪迹可寻——是则由丁丑始见"史料"，迄其辞世，仅仅七年光景；七年之外，三十三年之事，吾人一无所知！七年岁月，纵使记载丰盈，也远不足供给一部"传记"之需，更何况即此七年，所留痕迹，亦极零碎稀薄乎。其事之难，可以概见。

但事难犹不止此。盖雪芹身世生平，悲欢遭遇，无一事一故不与雍、乾政局之变化牵连，息息相关。如此，欲为芹传，首须精谙清代史。然清亡至今，已历八十余年，而清史研著大抵致力于一般性概述，至于具体细微、深层实际，即罕见敷知。比如雪芹世代为内务府籍包衣奴仆也，而内务府实况种种，毕竟何似？史家则不言。又如满洲八旗人士中，雍、乾之际，诗人高士，相互交游唱和，高隐遁世，不为"庸人驱役"（雪芹语），形成当时政治、社会、文苑、思潮中一大风气，十分重要，此与雪芹一流人物，大有关系。欲理解雪芹，先须晓悉此种时代侧影。然而清史家、文学史家，又皆不言也。其余"空白"可以类推。

在此"空白"重重之中，而欲寻求雪芹之为人事状，得一较为切真近实的历史环境、时代背景，其难又为如何？诚不待烦言而自明矣。

严格说来，雪芹传本是无法写，也是写不成的。事不可为而强为，是为不智，亦为不自揣量，逆势而妄行。

然而，我们拿不出一部雪芹传，对自己的历史，对世界人类文化，都是说不过去，难为人原谅的憾事。

正因如此，我们还得勉为其难。"知难而进"，这一时代精神实在是支持鼓舞我的重要力量。

研究、认识曹雪芹，并不是一个"个体"历史人物的事。这涉及的是中华文化的"百科"，还包括一个"氏族文化"的课题。曹氏是两三千年的"诗礼簪缨之族"——雪芹所运用于小说中的这句话，实际来自他祖上宋代宗谱卷首名人所作序赞，并非虚文泛辞[1]。

这个氏族历代诞育出色人才，而且是兼擅文武的特型高智慧、高技能的多面异才[2]。

---

[1] 详见《释"诗礼簪缨之族"》，载《社会科学战线》1996年第5期。
[2] 参看《从三曹到雪芹》，载《燕京学报》新2期。

此一氏族的历史迁徙（繁衍）路线，是由始封山东曹国而迁皖、迁郏，由西晋之末始有大南渡，而分为南北：南曹从京口（镇江）而分迁各地，远至桂林；北曹一支至河北灵寿。灵寿一支南渡至隆兴（南昌），其后代一支又返河北，卜居丰润。由丰润出关者始至辽东铁岭。

在此数千年历史"长河"中，可以发现周、汉、魏、晋、南北朝，以至唐五代、宋，此氏族在不同地方有不同建树表现，而使其地其乡成为辉煌的"发光点"，而时至明、清两代，这种发光点已移向了丰润、铁岭。此两地者（在明代，蓟、辽是一个地理行政大区，由同一位总兵官掌管），虽分处关内关外，却是一脉贯连，互有往还，方是雪芹的真正祖籍。丰、铁这一发光点，诞育了很多文武人才，各为明、清两代的兴亡晦曜贡献了巨大的力量。"肝脑涂地""功名贯天"，说不尽的血与泪、生与死，换来了雪芹日后的成长与阅历的独特条件。

雪芹这种特异天才，有他的独特的氏族文化（门风家教）的"基因"，也有历史安排下的更为独特的身份与处境，即满洲正白旗包衣、内务府"世仆"的严格规定与训练、培植与教养。这样出身的人，与以往时代纯汉族文化家族中出来的人才，有巨大的差异与"个性"。也许可以说，这是一种满汉文化交会融合而出现的新型人才，理解他们需要非常专门的清代历史制度、文化特征的渊博知识；如果把他们与前代的"士子""文人""作者""词客"等等一般化起来，就会失却很多的历史真实。

但认识、理解这种新型人才实在困难，欣赏、评赞他们更非易事。明、清易代之际的历史异常复杂曲折，各种矛盾冲突激烈残酷倍于往代前朝，那些残酷惨痛的史迹，后世书生可以做出史论史评，笑骂、慨叹，激昂沉痛，深刻尖锐……却都无法改画史轨，最后仍须承认那是现实。从中所生的新型人才，其实都是祖辈在铁和血的洗礼中熔化炼铸出来的，与"江南风流才子唐伯虎"型很不一样。认识他们，确需"格物致知之功，悟道参玄之力"（雪芹小说中语，却是中华文化的简洁概括）。

东北极边的满洲人，早受汉化，史家皆能详言；顺治少帝、纳兰公子，可为代表中的最高典型。——这也就是他们曾被误认误传为《红楼梦》主角人物的真脉主因。但汉人的满化,却罕见史家略予疏析介绍。因此,要想"说明"曹雪芹为何等样人,就更加困难之至——清代八旗人已与纯汉人不同,至于内务府上三旗(镶黄、正黄、正白)包衣,又与一般八旗人不尽相同,具有很大的特色,史家学者也未为我们留下研究成果,一切都需从头摸索。

内务府人的家世,极早被俘为奴的有之(幸免杀屠,留为贱役,与牛马牲畜同视同待,或尚不如);获罪者、投降者的家属子孙有之。也有满人与蒙古人,但以汉人为多,是以后世不懂清代制度的多称内务府包衣为"汉军"(汉军是金、元时代早有的名目,自可袭用,但因八旗中另有"汉军旗"一大编制分类,与内务府了不相涉,身份来历,皆甚各殊,所以称内务府包衣为"汉军"遂成混乱)。内务府世家,汉人血统者也与满人通婚,其家生活习俗,年久满化,以至有"满七汉三"的比例之说,可见其大概如何了。满人极重礼数仪容,严格等级服从,必须精于骑射武功,讲忠勇,善吃苦,而又赋性聪颖。入关以后的满人,很快学会汉文化,文辞、技艺、饮食、享乐,皆迅速"接受"而且"青出于蓝",远远胜过了汉人,考究臻于至极的地步。

又因满洲旗人政治地位优越,待遇特殊,生活优裕……很快渐生恶习败行,无所不有;豪势专横恣肆于欺民敛贿,纨袴子弟竞逐于狗马声色。至于内务府人,因须日日为宫廷、王府等权贵服役效劳,故其知识见闻、生活水准,却高出于寻常旗人十倍。

这些情况,我们无法"具体描写",因为无论史料与实况,都不存在。对于这些,我们连"刘姥姥"也无法比拟,她还经过见过,我们想"捏造"也是无能为力的。

唐代画苑史有一段佳话:郭令公(子仪)请画师为其婿赵纵绘肖像,先后二幅,令其女品其优劣,先问所画为谁,女曰赵郎也;又问何者为佳? 女曰:

前画者空得赵郎状貌。后画者兼移其神气,得赵郎情性笑言之姿。
. . .

这就是中华文化高层灵慧表现于画艺中的一个极关重要的课题:"貌似"与"传神写照"。

为古今人作传,理与此同,写一部传记,无论内容如何翔实齐备,如只是罗列"事状",在中国文化标准上不能列为上品。然则,为雪芹写传,又当如何?这就更是我不堪此任的一大愧怍之点。

雪芹的"事状"如何,姑不苛论,那么他的"为人"又是怎样的?多年来人们已然习闻:他素性"放浪",嗜饮,工诗,善谈,诙谐,傲兀,"白眼"忤俗,狂言骇世⋯⋯大约这几句也就是了,然而再问他如何放浪,如何诙谐,作传的人应在那几句空话之外又如何"传"其神情意度,"笑言之姿"?这可不是允许编造的事。又有何法可以"补救"或"代替"?

前几年为某出版社写过一本专为欧洲人了解曹雪芹的传记中,因为"照顾"外国读者的"可读性",无可奈何,只得乞灵于"想象",参用了一点"文学手法",使之略为"生动""具体"一些。但本书与彼性质不同,要求学术质量为第一位,即不可采用彼书之体例与笔法。本人愿望是宁可写得平实些,不敢追求过高的理想。读者鉴之。

写法涉及广狭弘细的问题,取资涉真伪信妄的问题。

所谓广狭弘细,即目光视野,范围如何,是否此传传主既是曹雪芹,即须句句不离此三字?历史大背景是了解他的根本问题。讲史讲得"太多",这可能是个错觉,实际是"太少",不敢多涉,只讲必不可不知的事情。环境背景、社会关系,都是非常重要的传记内容,但也有不太明白此义的,曾谓之为"繁琐考证",讥之为"亲戚的亲戚""朋友的朋友"。我想那也许有理,但是如何处置得宜,分寸无失?自觉于此还是左右为难。此次希望多有谅解,或可稍免进退维谷之困。

近年出现的所谓雪芹"文物""史料",明证深悉出于妄人伪造,概不齿及。感到有必要慎重审辨的,附录有关论文于卷末,以供评考,因为学术不能武断，需要切磋。

　　清代人对于雪芹已不知悉，如"梦痴学人"能知他是"内务府汉军正白旗人"者，已如星凤。更有仅仅知他是一个"不学纨袴"的，这当然不是什么知赏赞佩的语言。我们今日已不再以这种眼光来看待于他。但我们又不能为他雪冤而走向另一极端，把他说成是"完人""神圣"，雪芹是一位畸士奇才，这种人正如他自己"剖析"的，是"正邪两赋"之人，本身天生带着与"正气"为对的气质特性，因而放浪，因而不肖——其间言行作为，在当日为人怒骂，在今日亦未必能博所有人的称许同情。历史是复杂的，我们还考察不清的，不必忙于批评审判，也不应以今日之标准来反责贤者。我们的主要任务还是把他从历史尘垢中稍稍挖掘洗刷出来，得以窥见一个虽很朦胧而聊胜于无的面貌与丰神。这个目标虽不能至，心向往之，高山仰止，景行行止，如此而已。

　　雪芹的思想博大，从宇宙天地、人生万物以至哲理玄思，百般技艺，无不深研，而其感受之敏，体会之精，见解之切，表达之妙，超迈一切前踪旧轨，是以学者梁启超称之为"只立千古"。黄遵宪向日本友人介绍《红楼梦》，评为开天辟地以来的第一部好书！鲁迅先生对雪芹称其别号而不名，语气至为亲切，为罕见之特例。近百年来，第一流学者几乎无有不与《红楼梦》缔结善缘者。此固雪芹身后之殊荣，实亦中华文化之大幸。其有妄人陋士，青蝇白璧之污，转绿回黄之诡，俱如爝火，何伤日月。撰述至此，不禁悲喜交膺，笔墨失次，词不副题，学无寸进，五十年研考，不过如斯，其为愧恨，惟吾自知。回忆世上本无一人专研雪芹，胡适之先生于一九二一年著成《红楼梦考证》，始有专文论及，且引用敦诚《四松堂集》写本中诗篇，是为直接研芹的创举。此后继者罕闻（有之亦皆限于家世而非本人）。至一九四七年秋，因家兄祜昌启示，乃于燕京大学图书馆发现敦敏《懋斋诗钞·东皋集》，竟得直接咏及雪芹诗章六篇，引起学界注目。由是而"曹学"逐步建立——虽受讥评，实感荣幸。

　　回顾此五十年中，自觉最重要的发现有三：一即《懋斋诗钞》。二则考知雪芹曾祖母为康熙帝保母，曹氏一切兴荣，皆系于此。三是揭示雪芹命运实源于雍正谋父夺位之大政变，累及包衣世家的彻底败落。无此三大关键，至今欲解雪芹身世之谜，终不可得。"曹学"之立，艰苦实甚，当时求一书，寻一义，非如今时诸所引书皆付印行，探手可得；视同等闲，以为"常谈"，司空见惯之心，过河拆桥之意，往往见诸文词，然后知为学虽如积薪，后来实多浇薄，为可惜也。而"曹学"之真正发展，亦缘是而阻滞不前，更伤不幸。

近来目益艰困，学益荒疏，黾勉成编，心力不逮。愧对雪芹，兼惭读者，此意万言难罄。只举一例而言，旧年早有北京图书馆友人张玄浩先生（是他发现《七宝楼诗集》中有红楼踪迹）为我查录了馆藏乾隆间刊本诗集详目，极为丰富，欲我到馆遍观，当有所获。此意原与夙愿正符，但逐日赴馆查书，根本无此条件。此乃二十世纪七十年代初期之事；不久双目皆坏，更无偿愿之望，只得放弃。想来至今恐亦无人去做这种工作，只有寄望于来哲。何以要注重诗集？因为文集大抵高文典册，大义鸿题，谁也不会去为雪芹这样的人给以记载表曝，而诗家咏叹，却可以合宜得势，不伤"大雅"。

雪芹被尊为伟大的小说家，仅是民国以后的事，在他生前，友朋皆以诗人器之，画犹居次。雪芹本是大诗人，所作虽不传，只从小说中所独具的诗笔诗境之美，亦可领略些许。然而，他与唐之李、杜相视如何？这当然是个多余的想法，原用不着那么去勘问。但雪芹身世性情，也竟与李、杜不无相似相通之处：少陵是一生困厄，在京华旅寓，"朝叩富儿门"，寄食于人，残杯冷炙，到处悲辛，雪芹正亦如此，或有过之。少陵赋性"褊躁傲诞""放旷不自检，好言天下大事，丧乱无家，消愁纵酒……"这都貌不同而神相似。至于李白，那是"敏捷诗千首，飘零酒一杯""世人皆欲杀，吾意独怜才"，这又恰类乎雪芹的写照。是脂砚在批书时就引及了少陵的悲遇与李白的世人欲杀。何以联想？谅非偶然。因念雪芹之书，不愧为中华文化之集大成，即其为人，也是历代前贤的一个总缩影。必循此义，方见雪芹传记，并非单纯铺列"事状"所能尽其职责。

少陵身后，有元微之《唐故检校工部员外郎杜君墓系铭（并序）》及两《唐书》本传，雪芹则无。《唐书》欧阳公引韩退之诗句："李杜文章在，光焰万丈长"——原诗下接云："不知群儿愚，那用故谤伤。蚍蜉撼大树，可笑不自量。"当时谤伤已实繁有徒了。诗圣、稗圣，同堪浩叹。

小叙数端于卷首，以助寻思，兼志年月。

丁丑秋八月下旬记于惜纸轩

【附记】

此次撰传，最大收获之一即考明了雪芹东北始迁祖曹端广的落户居地。由李奉佐先生的努力工作，竟然找到了这种迷失数百年的历史遗痕，宝贵无比。

这处地方，位于铁岭城的南郊（偏西）。离城三十至四十（华）里之处，地名腰铺（后作堡，音同）、汛河城（今名大汛河村）、范家屯这十数里范围之地。

这处地方和宋贤范仲淹的后代很有关联。

原来，铁岭城南有范河，范后改汛（又简写作凡，更非原义）。范家屯是雪芹关外祖坟所在地，其西五里许为腰铺（俗名后称乱石山）即其祖居，今仍有曹姓后人。

腰铺以南三里有大康屯（本名康王屯），即范氏自关内徙居落脚之地，因名范家庄，此庄名见于汛河城金代经幢石刻，可见其古。范氏由此庄再迁之地，即范家屯之得名原始。范氏后有一支移居沈阳，即清初名臣范文程的上辈。大康屯范姓尚存有家谱，载明乃"文正""忠宣"之裔。

雪芹关外始迁祖曹端广，是先居汛河后分住腰铺，抑或先腰铺后汛河？虽尚不敢断言，然关系不大——两处相距不过十里。

腰铺曹姓老人自言，祖辈相传："有腰铺就有老曹家。"且云附近各村屯曹姓，皆是一家。而汛河同姓老人则尚知上辈口传家史有"汉拜相，宋封王……"之句（已记不完全），但此正是关内丰润曹家历代相传的大门春联的词句（开头六字）。

汛河城始建于明正统四年（1439），而毁于万历四十六年（1618），即后金之天命三年（戊午），努尔哈赤攻陷铁岭卫的前一年。

曹端广的后人仍居铁岭卫城西南，则雪芹高曾祖曹世选之被俘，即有可能是戊午之汛河一带被金军侵掠之时［而至迟也是在天命四年（己未）金军屠劫铁岭卫城的浩劫中］。

这一收获，关系了解雪芹的祖籍家门、身世生平者，极为重要。

楔子

一、珍重

晚唐诗人曹唐（字尧宾，唐懿宗咸通时人）以游仙诗著称，其一首云：

> 饥即餐霞闷即行，一声长啸万山青。
> 穿花渡水来相访，珍重多才阮步兵。

曹唐乃汉相曹参后裔之一支，与唐代另一名诗人曹邺同为自沛、谯而迁至桂州（今桂林）的才人。他写此诗，无意中预为他同宗后代的一个奇人做出了一幅绝好的传神写照。

我言确否？试看——

> 诗追李昌谷，狂于阮步兵。
> 碧水青山曲径逶，薜萝门巷足烟霞。
> 司业青钱留客醉，步兵白眼向人斜。

　　阿谁买与猪肝食，日望西山餐暮霞。

这岂不是遥与呼应的词意？——而这正是题赠那位奇人的句子，题者是清代乾隆二三十年代的满洲宗室诗家。

　　何以称之为奇人？试看——

　　满纸喁喁语未休，英雄血泪几难收。
　　痴情尽处灰同冷，幻境传来石也愁！

这是又一位清代皇室王爵诗家因此人而长吟咏叹的一篇名句，时间是乾隆后期了。

　　可知，此一奇人，不但多才，而且不同于"风雅"文人，竟是一位英雄人物，但他又是个情痴情种。

　　奇巧无比。到了更晚些年的嘉庆年代，又有一位宗室贵胄也因此一奇人而感怀咏叹道——

　　遗才谁识补天人？

　　请看：他多才，他狂放，他英雄气魄，他一腔血泪——他无人能识其才华抱负，十分孤僻，贫困以至"餐霞"代食……

　　这样的人，还不正是非常之人——即奇人吗？！

　　这样一位身兼众美、不名一格的奇人，我们极愿"看到"他，亟盼"寻着"他。

　　他在哪里？

　　试再读读另一种诗吧——

　　直赠千金赵秋谷，相寻几度杜茶村。
　　诗书家计皆冰雪，何处飘零有子孙？

此为乾隆八年（1743）一位名诗家怀念那位奇人的祖父的悲音痛语。

他的这位千金赠人、爱才如命的祖父，其诗书、其家计（今所谓家产、经济情况），俱如冰雪之清，略无玷污，而他的儿孙后裔，竟连流落到何方之踪影也不得而知了！

彼时已难知这奇人飘零何处，我们今日还能"找见"他吗？

大约是不能了。他十分真切，可又那么遥远。

然而我们不甘放弃寻找的至诚与大愿。

为什么？只因这样的人，多才的"阮步兵"，是太值得珍重了。

［附说］

开宗明义，揭示本传主的极大特点特色。

这特点特色，错综交织，欲为传写，非单一浅薄之事，虽以万言，未必能尽。今用前人诗句，先将大端提示，勾勒出一幅气韵生动、颊上三毫的肖像写真图画。

文内所引诗句的出处，简注如下：

曹唐七绝，见《全唐诗》六百四十卷。

以下四行，分见清英亲王后裔敦敏《懋斋诗钞》、敦诚《四松堂集》，后文具引时，再作详注。

"满纸喟喟"四句，乃清代乾隆时复封新睿亲王淳颖题《石头记》七律之前半。全篇也俟后文详叙。

"遗才"句，乃清中叶荣郡王之孙贝勒奕绘题《石头记》七律的第六句，俱详后文。

二、一片飞花减却春

北京地安门外，一片明湖，世称"前、后海"，人比曲江苑。高柳环堤，杂花满树。岸边一块石上，坐一少年，虽无锦衣，实称玉貌。他手中一卷杜诗，眉间百端愁绪。书叶展到一处，见那题目是《曲江二首》，看上去，开头二句就是——

　　　　一片飞花减却春，风飘万点正愁人！

他身子微微一抖，像触动了什么，将诗卷掩上，方才抬头时，忽见风吹花落，已是满地残红，头上还正在缤纷飞坠。

　　"好个'万点'啊！他人如何道得出？"此时他才彻悟：每日杜自寻觅深情至性之人，今日方知，杜少陵才是古今以来情最深、最真、最厚的诗人，不然他怎么写得出这两句来？

　　面对万点飞花，再展诗卷《曲江》，目凝于那两句十四字上——他不禁心痛神驰，泪沾衣袖，复又低头看时，则见那万点飞红，纷纷落于水面，随顺清波，漂流而去。

　　"啊，'流水落花春去也''林花谢了春红——太匆匆！'向称名句，感叹也深，但比起'风飘万点正愁人'，那厚重气远远不如了。"

　　他忽又转一悟关："是了，林花之叹，岂不也正是从少陵的'林花著雨胭脂湿，水荇牵风翠带长'而传其一脉吗？……"

　　一时之间，便又想起——

　　　　"水流花谢两无情。"
　　　　"无可奈何花落去。"
　　　　"高阁客竟去，小园花乱飞。"
　　　　"夜来风雨声，花落知多少。"
　　　　……

如此丛丛杂杂，一齐涌向他心头来，无个次第先后。

　　忽然，他忆起《西厢》——

　　　　……花落水流红，闲愁万种、无语怨东风。

他十分惊讶:自己读《西厢》何止五遍十遍,却直到此时,方觉出那"花落水流红"五个字力有万钧。

"好一个'花落水流红'!可以掩尽千古所有的才情笔力,到底是王实甫,真能因人写花,由花见人——惜花正所以惜人,人花同命,盖花为物之英,人为物之灵,相知相怜,又何异也。"

忽又念:实甫只五字道尽此情,能以少许胜多许者;我今尚能更少许以胜实甫否?

稍一沉吟。

"沁芳!"他心眼同闪亮辉。

对了,就是沁芳,就是风飘万点正愁人,就是花落水流红!

于是他一生执著在这两字的深情痛语上,一生为此一义而万苦不辞,滴泪为墨,研血成字。

第一章

一、诗礼簪缨

> 汉代数元功，平阳十八中。
> 传来凡几叶，世职少司空。
> 手自裁云似，心还补衮同。
> 我游当首夏，正飏楝花风。
>
> （阎若璩《赠曹子清侍郎四律》）

曹雪芹，照清代满洲旗家习俗，幼少青春时，人呼哥儿[①]，在传统汉俗、文人笔下口中，则敬称为公子——就连鲁迅先生，一九二四年到西安讲学，也说雪芹是一位佳公子[②]。这在先生，实为平生惟一语例文情，其爱重之意溢于言表，这岂不是一桩大不寻常的文史掌故？大可供我辈后学深思细品。

---

① 生女则称姐儿。为女孩取乳名，也有仿男之俗，如《红楼梦》中之"凤哥儿"、"张金哥"，即其佳例。

② 见《中国小说的历史的变迁》。

雪芹公子原先不明自家身世，长大懂事以后，才听家中父兄长辈告诉他曹氏这一支系的来历——那真是不同凡响，也更异于世上粉饰门楣、夸扬祖德的陋习俗情。

他祖父名讳一个寅字，表字子清，别号楝亭，又号紫雪庵主[①]、西堂扫花行者，亲友尊称楝亭公。祖父遗下文物极富，中有《楝亭图》，分为四巨轴卷及一件册页，康熙年代的名流高士题咏殆遍。其中有饮水词人纳兰公子性德的《满江红》，开头便写道：

藉甚平阳，羡奕叶，流传芳誉。

后有四家和韵之作，一位署名"古燕袁瑝"者，开头也说是：

惠穆流徽，朝野重，芳名循誉[②]。

这都是怎么讲呢？雪芹虽然颖慧超常，对此也要听长辈为之解说，方得晓然。

原来，只这两处词曲的开篇起拍，便点出了一部谱牒的世系源流。

"咱们家从古到今，有几个了不起的大关目，务要记清。曹氏是由打周武王克服了商王纣，分封诸侯时，将六弟名叫叔振铎者，封在鲁地济水之阳，其地名曰曹，于是子孙就以国为氏，其实原是周家的姬姓分出去的，称为同姓诸侯。这地方，如今就叫曹州府了。那里还有叔振铎公祠堂，规模宏大，历朝碑记无数，以宋贤王禹偁的祠堂记最为佳作。

---

① 紫雪，指楝花，仍从"楝亭"一义引出。宋诗人杨万里咏楝花诗有"只道南风吹紫雪，不知屋角楝花开"。雪芹小说中有"茜雪"，茜（qiàn）为红色，盖亦从紫雪一词仿铸新名。曹寅的别号还有柳山聱叟、棉花道人等，亦难尽知。

② 纳兰，袁瑝二词全文俱见《红楼梦新证》第七章《史事稽年》引录。按"古燕"指河北丰润，由丰润世家张纯修在《饮水诗词集》署"古燕张纯修"可证。又雪芹高祖曹振彦，继娶袁氏，当即丰润袁瑝之上辈人。

听说那地点是在菏泽一带的髣山①。

"从传到战国时，出了一位曹卹，卹公名列孔门七十二贤，名亚颜、曾，配享文庙，封为曹伯、上蔡侯。

"从叔振铎到卹公，已是二十世了。从卹公再传下去，到第二十八世，便出了一位赫赫奕奕的伟人，他就是弘开大汉朝二十八功臣第二位的贤臣名相曹参 [字伯舆，又字敬伯，生秦王政十六年（前231），为沛（安徽宿县）人]。

"参公后封平阳侯，子孙袭封多世。这就是纳兰公子所说的'藉甚平阳，羡奕叶……'的来历了。看看太史公的萧曹相国世家传，那可真好！"

雪芹如梦方醒，便又问："何为'惠穆流徽'？"

这可说来话长。

"你知道史迹吧：前后两汉、三国、魏、晋、六朝（北有魏、齐、周……）、隋、唐、五代。五代乱世，民不聊生，方有赵匡胤出来收拾大局。这时，曹家又出来了一位古今罕见的英雄人物，身兼将相，位极人臣。他下江南，灭南唐，天下这才复归一统，重开数百年大宋基业。

"彬公一生事迹可就感人太深了，只可惜一时说之不尽；如今只单说他寿至六十九龄，追封济阳郡王，谥号是武惠二字——因此天下后世，人人尊称为武惠王，至今遗爱在民，德泽不衰。

"再说武惠王生有七子，个个英雄才俊。及皇帝问他谁可继其功勋事业，他答臣长子璨、三子玮，皆为可用；再问璨、玮谁佳，他答说：璨不及玮——这就可知彬公对诸子的评量，最推玮公了。

"玮字宝臣，镇西陲，辽夏羌兵，敬畏之如神明，不敢稍犯其威。官至彰武军节度使，卒赠侍中，谥曰武穆。"

——"这不是比岳武穆在先的另一位武穆了吗？原来宋代竟有两武穆，前后辉映。"

---

① 古曹氏有二祖系，同为黄帝之后，惟一出高阳氏，一出高辛氏，先后世次不同。此据宋曹氏池州墩头古谱所叙列祖系而述其概略，不作繁考。

"正是这话了，到此，你可明白了那袁先生题咏的'惠穆流徽'之词，都是何义了吧？"

雪芹聆此一席话，真是惊喜交加，还要再问详细。长辈却说道：

"这可万言难罄呢。此刻只要你再听一句古语：我们祖上留下的老谱，从彬公在江南池州命次子琮，整修了十八帙宗谱，记载了天下分居的曹氏源流，卷端两宋名贤题记累累，却有八个字最好，道是'诗礼传家，簪缨继世'。这八个字，说尽了我曹氏的族史家风。"（这八个字，北宋序者樊若水提出，而南宋序者尹焞也用了同样措词。）

——"何为诗礼？何谓簪缨？"

"诗礼，是孔圣的学问教诲，簪缨是参、彬以及中间多位以武功文治著于青史的名将贤臣，簪缨者，其冠服品级之谓也。"

——"难道汉相参公也文武双全不成？"

"正是如此。他一生佐刘邦，无战不从，而从未闻其败绩，可见武功也超众了。彬公征蜀，他将争取子女玉帛，彬公独异，其行囊中只有图书衣装而已。宝臣玮公，最喜读《春秋》，于'三传'尤精《左氏》。只这两例，也足以昭示吾等：曹氏的文武兼长的宗风，两千年来无愧'诗礼簪缨'这四个大字。望你不忘先德世美，也做个文武全才之人。你爷爷就是一生以此为先皇圣祖所器重的呢！"

雪芹默然，心中一时百念簇起，感触莫名，仔细品味长辈的教言，记下了"诗礼簪缨"这个典故的词藻与涵义。

谁知，日后他竟将此语写入了他的书中。

题曰：

　　诗礼簪缨族望隆，才兼文武溯家风。
　　石头一记原非梦，赤县黄车良史功。①

---

① 陈寅恪先生诗"赤县黄车更有人"，咏及红楼梦之句也。"黄车使者"，古小说家虞初之号，见《汉书》。

[附说]

先将雪芹上古至中古世系交代清楚，而以平阳、惠穆为两大关纽，最为醒目。

须识纳兰、袁瑝之词句，与一般"用姓氏典"不同，一个"羡奕叶"（即子孙世系），一个"朝野重"，都是实叙，因为表明了这门曹氏谱牒斑斑可考，而且在彼时已是朝野上下皆知的佳话了。曹寅本人身为帝室家奴，不敢也避忌炫耀家世之美，但康熙帝却可以从很多渠道得知此情，只要他于谈话中向臣僚等话及此事，那就朝野传闻尽知，就毫不足怪了。所以朴学大师阎若璩赠曹寅诗，开篇即言"汉代数元功，平阳十八中。传来凡几叶，世职少司空"。康熙间《江宁府志》《上元县志》皆明文记载其先世乃宋武惠王彬之后裔，这就"三曹对案"，全部合符了。

二、百艰备尝

枕燕（yān）山，襟沧海，拱京畿，通关隘；孤竹在其左，渔阳在其右：屹然形胜，地势实甲乎畿东。

[乾隆年间李荣峤《县城说》（丰润）引旧志]

沙岩寺里树苍苍，塔影崚嶒大道旁。
北狩至尊仍出塞，西流浭水自还乡。
看花古驿愁春雨，驻马危桥泣晓霜。
五国城中寒月白，魂归艮岳总荒凉。

（佚名《宋徽宗过思乡桥》）

北京是明、清两代的皇州帝里（元代的京城也在此址，但不叫北京，只名大都，也未筑雄伟的砖城），只内城就号称"九门"，各有壮丽的城门高楼；其正东门名叫朝阳门，其北又有东直门。朝阳门内有东西向大街，直通"东四牌楼"——四大牌坊立在大十字街口，为繁盛地区。在未到东四牌楼之间，便有一条很长的南北向小街。循小街南行，可抵一处小十字街口，今尚名"禄米仓"，仓址在稍东；街口往西一巷，名叫干面（乾麪）胡同。胡同内有一宅院，悬有匾额，题曰"四世五大夫"，乃兵部尚书孙家淦所书①。这是谁家？原来就是京东丰润望族曹家之京师第宅。

提起丰润曹，正好和曹雪芹家的事情大有关联。

丰润曹氏，有一独特风俗：每逢过年贴年对子（今只呼春联了），必然是一成不变的联文——

> 汉拜相，宋封王，三千年皇猷黼黻；
> 居江右，卜京左，亿万世国器珪璋。

这是说的什么呢？正好前一节刚刚叙明了汉左丞相曹参（平阳侯）与宋武惠济阳郡王曹彬两大显祖的源头，故此上联暂不必再作细讲了。惟有下联，又要再开史话，重绎旧文，这也就"一步紧似一步"了。

原来，"惠穆流徽"的武穆，据嘉兴一谱，有子嗣三人，而惟长子后裔绵长，此子名俣，官"定州观察使"；俣生诂，官渭州刺史；诂生实，袭鲁国公；实之后代名孝庆者，南宋时官知隆兴府（今江西南昌），遂因宦而落户，三迁至府南四十里之武阳渡（今名武阳村）——此即雪芹家的中古南方始祖②。

曹孝庆生有二子：善翁与美翁，而美翁仅一谱云有二子而后裔不明，只有善翁一支世系可考。

善翁也有二子：子义与子华——恰如上一代，弟之后嗣不详，仅兄子义系下载明生有三子。

① 见《浭阳曹氏族谱·艺文志》。
② 江西谱列曹孝庆为俣之曾孙，世次当有漏脱，因自曹俣（北宋）至南宋淳熙，历时约160年，不应只历四传即至孝庆。

此三子为：端可、端明、端广。

此时已到元末明初。明成祖始从南京迁都北京，于永乐二年（1404）起，大规模移民政令措施开始，迁南民以充实北方的人力物力。适于此时，江西发生大水灾（灾区连及湖广），官府发仓放赈[1]。仅据《饶州府志》卷三所记灾情之严重尚可窥见一斑——

> 永乐二年正月四日，大雷雨，积潦。至五月七日，恶风作，水涨，郡城中深二丈许；漂庐舍；溺死者以数千计。坏城郭五百余丈。居民往来以舟。七月始平。民大饥，斗米值明宝钞三十贯，该银三钱七分五厘。

灾民无家无食，只有易地逃生了。

在此两重原因下，南昌武阳渡的曹端明，携弟端广，逃荒"溯江北上"（估计当时必是循长江东行，至安徽、江苏一带循路北上）。

他们兄弟二人，不知经历多少艰辛，终于流落到京东一带，卜居在丰润县的利济屯，后迁咸宁里。

曹端明（字伯亮）的孙子名叫曹安，他在丰润曹氏祖坟的碑记里说：

> 凡我后人，宜念我祖辈口故园，离乡曲，百艰备尝，来斯土，葬斯地……
> 我祖伯亮公……以数奇（jī）不第，遨游燕都山海间……

这就是记叙曹端明、端广因罹灾逃荒而弃家北上，曾历流离困苦的"婉词"了。

题曰：
江右汪洋庐舍湮，苦兄弱弟备艰辛。

---

[1] 见《明史·五行志》《明实录》《国榷》。

流离畿辅燕山左，却见庚阳史迹新①。

[附说]

　　雪芹真正祖系，为武惠、武穆之后，由南昌北上而至京东的历史缘由。江西水灾施赈等情，载于《明史》本纪六。曹安的碑文，题曰《豫章曹氏坟碑记》，载于《浭阳曹氏族谱》之"元上"卷，其作时为明正统三年（戊午，1438）正月。此已在永乐二年（甲申，1404）之后三十四年，亦即可见曹端明落户丰润后三十余年时，其孙已"稍裕"而能治茔树碑，追念祖辈，其文辞亦可诵。足觇其时休养生息，经济文化已有进境。十分重要的一点是：正统三年正为曹端广出关后的第二年，这与家境稍裕很有关系。

三、燕辽古道

策马九月卢龙道，卢龙塞头霜信早。
晚花高柳不作春，夕阳处处黄芦草。
客行系马且伫立，吹沙淅瑟边风疾。
黄芦叶叶皆抱根，低头三嗅黄芦泣。

（李锴《卢龙塞》）

关路无人雪自消，兴亡千载一昏朝。
岛门失势鱼龙震，亭障乘虚虎豹骄。

---

① 庚阳，即浭阳，浭水古名庚水。后世以浭阳为丰润之代称。附按：丰润曹氏旧时春联定词，下联之"居江右，卜京左"，为其族人误倒为"居江左，卜京右"，盖习闻"江左"一词而致讹，不明江东、江西有别也。
李奉佐先生调查获知：至今铁岭南郊汎河（范河）曹姓老人还能背出"汉拜相，宋封王"来，足见此联来历久远，由丰润祖辈传至辽北。

白草已埋先轸血，青天谁奋伍员潮。

可怜万里绵秦塞，不救咸阳赤土焦。

（李锴《山海关》）

"马后桃花马前雪，教人争得不回头"（争得，即今日语言的"岂能""怎么""如何"），这是清初人咏叹当时由内地"出关"到辽东塞外的名句。可知关塞是中华古代地理上的一大畛限，所以"关外"（往北则曰"口外""塞外"）就成了一个旅寓、迁徙的重要观念表述词语。

要出关外的人，骑马远行，向前望，是地寒雪冷；回头再看看来路——那后面内地已是桃红柳绿。此盖诗人用对映之笔，摹写关塞内外的气候、风光之大不相同，虽有夸张手法，却传达了一种游子征人的心境。

但曹雪芹祖上出关，却与清初罪人流放谪戍者不同，他大约是先商后军，过了三十几年之后方正式卜居于关外的铁岭卫。如今且略述其原委情由——

曹端明、端广兄弟二人，自离江西，百艰备尝，始得安居于一方土地之上，即当时燕山左卫的丰润。丰润乃自金代由玉田分出，自为一县，是由京师出关的必经之路，也是一个咽喉要点。其地北倚燕山、陈宫一峰特秀；有浭水（俗名还乡河）自塞外发源，流经县境，故此县又别称"浭阳"。其地本来水深土厚，物候丰美。故曹安追记其祖父端明（伯亮）因见其"山秀水异，遂卜居焉"（坟碑记）。

但过了若干年，弟弟端广却又抛离这片土地而去看那"马前雪"去了。

他因何出关？史无记载。惟有他出关的年代与其关外所至的迁徙之地点，却也透露了些许消息。

按照康熙十九年（庚申，1680）曹端明之第十三世孙曹鼎望所作《曹氏重修南北合谱序》（亦见今传世武阳曹谱），其中写道：

爰稽世系，盖自明永乐年间始祖伯亮公从豫章武阳渡协

弟溯江而北，一卜居于丰润之咸宁里，一卜居于辽东之铁岭
卫。……

其在武阳的《曹氏宗谱》迁徙志上，也于端明名下注明"丰润支"，而
在端广名下则注云卜居"辽左"。

　　这就是说：曹鼎望在作序时是追述二百多年前的事情，文例甚简，
故云"一卜居""一卜居"，其实际两个"卜居"并非同时之事。"百
艰备尝"的端明、端广，好容易在京东找到了立足安身之地，岂有强
兄独留而弱弟不停，再往东北数千里外去找"卜居"之理？可知端广
是此后年代中，随着事势之发展、机缘之凑泊，方决意向异乡再求"发
迹"①。

　　曹端广缘何而又远赴大明朝"北关"一带的铁岭卫去？他去时是何
身份？谱牒不详。这儿有两个可能：一是商贾离乡，二是随军征戍。

　　那时的辽东，不要说江南云贵，就是中原内地人，也视为边远苦
寒、受苦茹辛之地，官府处置重犯严惩之方，时常就是独身或全家充发
到"柳条边"去，并非"好玩"的地方。至于平民百姓，能到其地去的，
多系"商贾离乡"。再有就是仕宦谪戍和"随军夫丁"一类人。北方人
都知道，到关外营生的尤以山东、河北两省的人最多，山东的多为木船
渡渤海，河北的则多由陆路出山海关。

　　那么，曹端广若也是商贾离乡，他又是何种经营呢？这又有两
说——

　　目今丰润曹族人，还有一段传述，大意是说：长兄端明是"世袭锦
衣卫副指挥"，为人博识有远见，因明成祖迁都北京，必大事兴建，木
材需由辽东采办，还有皇室贵家所需药物（人参）、貂皮等特产，也来
自那里，故他一次"为皇帝办事"先到了辽东，在铁岭置下产业，故此
后来特遣弟弟端广出关去照管经营，于是端广这才在铁岭住下了（这一

____
① 1947年12月4日《北平新民报·北海版》载《曹雪芹籍贯》（署名"守常"）一文，
中云："盖当时辽、沈一带汉人，绝少土著，多系内地人商贾离乡或仕宦之谪戍者，
而以冀、鲁籍为尤多。"

说法，见于河北教育出版社 1995 年版《曹雪芹研究》中的"浭阳曹氏家族的一些传说""曹氏族人在辽东铁岭落户的传说"）。

此说有不合史实之处（详见本节"考辨"），但可能包含着一些有其来历的部分。

这一说则确是"商贾离乡"。但结合史迹看，也许曹端广之日后出关，特赴铁岭卫之地，乃因当时"马市"的政治经济措施日益繁盛兴荣，关内人多由此而往，可望致富。

事情最早始于永乐四年（1406），以后逐步发展。盖因明成祖不愧为雄才大略，他迁都北京后［实际仍在旧都南京听政若干年，自永乐十九年（1421）方才正式移来北京］，内政外交，百废俱兴；在辽东地区，一个重要民族政策就是要与那里的日益强盛的女真（满洲的旧名称）保持和睦团结，遂于广宁、开原等地开辟了"马市"——本以买马为主项，但后来发展扩大，包括向女真（也有蒙古）族民收购他们的特产，而女真需购大量内地的铁制农具、炊具，耕牛以及各种织品、生活用物。因此由定期市扩展为日市，市场上女真顾客等最多时可达千余人，可见贸易兴荣之概况。

原先广宁市后废，开原二市独一市最盛留存，即其南关以外的一市，对象即为女真者。尔后还向南发展，于抚顺也开了新市。

铁岭之地，正处于开原与抚顺之间，各自相距也不过百里内外（马市制度须设在"卫""所"的关厢外四十里）。铁岭是卫，抚顺则是辽阳前卫的一个"所"，皆系明代守边的要地。

曹端广之为何择地于铁岭？大约是与"马市"有其关联，并非盲目"远游"。

再有一个可能，就是随军征戍。

这事情关涉着明代初期的一位名唤曹义的将领。

曹义，字敬方（嘉兴谱作字子直），先世本是扬州府仪真（真，后避雍正嫌讳改"徵"，今之仪征）县人；但他的上三代（基本是元代时期）都在燕山左卫做官，所以左卫的遵化、丰润方志都载有曹义传。为什么？因他不但上三代在此为官——三代连任，当然实际已成世居，这本不待言，而因此故曹义后来又因战功而晋封丰润伯，食邑一千五百余户，这就说明他家祖籍仪征、落籍丰润。

据嘉兴《曹氏族谱》《曹氏谱系》所载历代显宦名流，有一条云：

> 讳义，字子直。宣德、正统间，以都督镇守辽东，有边功，朝廷特恩异常，晋封丰润伯，谥庄武。公，彬之裔孙。（叶六）

这就很巧，曹端明、端广兄弟卜居之地，原来早有远代同宗的曹氏在此宦居几世了，他们有可能叙起宗谊，而相往来。

再考曹义本人行实，史籍甚丰，撮其要点如下——

1. 生于明太祖洪武二十三年（庚午，1390），卒于天顺四年（庚辰，1460），寿七十一岁。

2. 曾祖名花一，祖名勇，俱为燕山左卫副千户；父名胜，燕山左卫指挥佥事。

3. 二十岁左右袭父指挥佥事职。

4. 武功自永乐二十年（1422）始。宣德五年（1430），扈从征虏，擢都指挥佥事。

5. 又平江西梅花洞有功，擢中府都督佥事。

6. 正统元年（丙辰，1436），充副总兵官，镇守辽东，破虏甚众。升左都督。三年（1438）任辽东总兵官。

7. 天顺元年（丁丑，1457）二月十一日晋封丰润伯，世袭（曾袭六世十一人）。

这事饶有意味，因为从世居丰润的曹姓高级将官而入辽的，这是第一位，十分引人注目。

为什么讲雪芹的祖系而又旁溯到曹义呢？因为，二十世纪四十年代的铁岭曹姓族人们说了一席话，值得注意——

"你们这里的曹氏族人是怎么知道从丰润搬来的呢？"丰润籍曹佐华问。

"我们祖上一辈辈的老人都这么说，到铁岭的我们那位先祖，在铁岭卫担任戍守的官职。还听老人们说，到铁岭的头一座坟建在××屯（聆者记不清了），墓前有碑。后来因临河坍塌，墓及碑刻毁弃无存。"铁岭的三位七十岁以上老人回答[1]。这个"戍守官职"一语，就可以与曹义入辽联上了。

当然问题尚在：曹端广到底是商贾离乡，还是出关戍守？此刻尚难片言决案。历史的事情往往比我们所能见的文字记载要曲折复杂得多，先曾出关为商，积有财力后，几度还乡探兄，这也是常情，回乡后又因能获机缘随曹义出镇辽东之盛事（曹义也需要熟知辽东情况的人）而再到铁岭，成为一名军中的某种职官，并不是全不可能的，两者并非一定要互相排斥。

至此，无论由于何因，曹端广终于离开了已经成为家园的丰润咸宁里而投奔关外去了。

他是不是一位诗人而会感到"马后桃花马前雪"的意境，不得而知；但他所离别的故园丰润与新到的寄寓铁岭，两地的后代却都诞生了不同凡响的诗人。

题曰：

红桃白雪变茫茫，马市边关去路长。

丰伯远源同武惠，年年铁岭梦还乡[2]。

[考辨]

或谓曹端明为"世袭锦衣卫副指挥"，朝廷待遇优越云云，恐不可信。盖明初锦衣卫职位至重，上世若非开国功勋，何由世袭？而其上世并无此职之记载。且其孙曹安只言"苦志芸窗，无书不读……数奇（jī）不第"，实一落选书生，一语不及其身为锦衣卫要员（尔后江西、丰润

---

① 见《曹雪芹祖籍在丰润》，天津人民出版社，1994年版，第64页，记录当时九十三岁的曹佐华追忆口述，曹佐华1942年在抚顺，到铁岭时的叙谈。

② 还乡河，正是浭水的别称。

两地谱序等文亦不见此语)。"百艰备尝",又何来"朝廷待遇"?疑为附会之说耳。

曹安于正统三年(1438)已能财力"少裕"而修坟作记,其时距永乐二年(1404)为三十四载,且其年幼时曾赶及亲聆祖父言语,则曹端明北来时并非单身,系与子(名英)同行者。今假设曹端广为十五至二十岁之幼弟,则至正统元年(1436)曹义入辽,年当四十五至五十岁光景,犹在足以任职之时,故年代亦称相合(辽东总镇官署,有各种文武人员,曹端广若系从曹义而至辽,亦可文可武,此尚难以揣量。但已知其兄端明为"苦志芸窗,无书不读"之人,则端广之文化教养亦不会甚低,情实显然)。

曹义曾退还"食邑"田产一顷四亩多地,载于康熙《丰润县志》卷四"田赋"门。是亦可证曹义早已不同于暂时(三年轮换类)宦居之性质,即是丰润人,但祖籍为扬州仪真尚可追溯而已(有人竟以为丰润地志而载入仪真人为"可笑",是全昧于历史实际而只论一二字眼以当"治学"了,附此辨之)。

[附说]

曹端广自丰润出关之由,结合曹氏祖传之一说为商贾。当永乐朝,适为"马市"兴旺之时,故推断应与马市不无关系。今查《明代辽东档案汇编》(1985,辽海书社)"马市"条下,万历元年(1573)《抽收马牛猪商税银两清册》载:商客姓名中,有曹禄、曹义、曹住、曹文直、曹玘、曹四、曹如松、曹良甫、曹锐、曹良臣等,竟达十名之多。另档则武职任"百户"者又有曹珮之名。珮、玘应为兄弟行。由此可证,辽北马市至万历时尚有曹族多人经营商贸,与任武职者(数目甚多)同时出现于档册中,则曹端广初入辽北,应不出营商与戍守二途(或先后兼有经历),皆有迹象可循(明辽东档,李奉佐先生提供)。尤为重要者:铁岭卫稍南的两处曹氏最早居地为腰堡、汎(范)河(相距八里左右),汎河为"千户所",建于明正统四年(1439),而其时正是曹义出任辽东副总兵至正总兵之时，腰堡为"百户所"（皆戍守城堡），当建于同时略后。此可为曹端广随曹义出关转为武职的一个重要参证。更为巧合的是丰润曹族也正在正统三年（1438）正月始建坟碑，称自永乐二年（1404）至此三十余年后家境"稍裕"，方有力建置茔墓等情。合看尤为明晰。按端广年龄，至正统初年亦不过四五十岁光景，略小于曹义。

按燕、辽自古本为一体，如项羽封韩广为辽东王，都城却在无终（今玉田，包括丰润，丰润是金代才分治自为一县的）；如"前燕"慕容氏，其地却是辽东。唐代始改名玉田，而玉田曾反复隶属于蓟州与营州（营州本在辽西）。至明代的辽东都司学（辽东十五州县教育管理机构）却设于关内永平府，蓟、辽的军事也归一位总兵镇辖。故燕、辽之间自古难以割离断绝，是以燕国始筑长城，即东达辽东的襄平（今铁岭境），可知辽本燕国之东端也。在此燕、辽古道上，各色人等交通往来频繁络绎，从无隔绝（襄平，秦汉时初置在辽北今铁岭境。后汉徙辽中。而至隋时，又已移至今关内，包括迁安、卢龙、无终等地，金代建置之丰润正在古襄平境）。

四、腰堡城近范家屯

百尺空城首自搔，青山绿水一周遭。
鸟翻东北辽天尽，鱼上西南海路高。
龙气已冲都护印，鸡声还乱大夫骚。
几回欲雪沧桑涕，恍似新亭泛浊醪。

故李将军此用兵，黄金十万铸严城。
曾矜云鸟兼山立，不谓缭垣一掌平。
风雨愁歌花树曲，黄昏争汛木鱼声。
销魂更是狻猊石，兀守空衙傍月明。

（郝溶《铁岭城》）

曹端广出关以后，未必如后人所想即"一去不返"，很多迹象表明关外关内，本未断绝联系；端广留住在外的原因，也非一个简单的经历，或商或武，当有先后之变更。他与同宗曹义的关系，也不一定晚到曹义实授总兵之时，应是比这更早。这一切，异日当有博学者更为细究。

端广在关外定居之地已知是铁岭卫无疑。但除此地名泛词之外，还能找到实在的确址吗？事隔七百年，"踏破铁鞋"怕也难觅踪迹了。

谁知天下竟有奇迹！今已考知，他的家，落在了铁岭城南的腰堡，老坟也在邻近的范家屯，地名小西山的脚下。

"辽东"，只是一个地理名词，如今仅存于"辽东半岛"一词中，而在古代，则为行政区划建制的地名，在汉为辽东郡，在明为辽东都司（惟元代改称"辽阳行省"）。辽东大地区的北面，可称之为辽北，却是当时边防要地。来自极边的女真（满洲的本称）人越过鸭绿江而不断向辽东地区逼进侵入，杀掠人畜，其骚扰可谓史不绝书。以此，辽北的开原、铁岭遂成为他们入辽的咽喉关口，边城屹立，雄镇河山。铁岭卫世产帅才，如宁远伯辽东总兵官李成梁，正是铁岭的望族。

明成祖经营南北边防举措得时，辽东的戍守，诸卫、所日益增强。所之下设堡，其数不可胜计。正统五年（1440），在铁岭卫之南（略偏西）四十里处，修立了腰堡城垣，是一处新戍点。其名腰堡者，意为地处铁岭城与懿路（地跨铁岭与沈阳交界处，有河贯之，分为南北两部分，却是一城。懿路，即女真族古称"挹娄"的汉字异写），腰是"中间"之喻称。腰堡在史册上亦书作腰铺，盖堡、铺音近互代（堡，本音 pù，今人读 bǎo，乃误认"半边字"也）。

腰堡这一旧名，现今曹氏后代还能知道，但一般人只称"乱石山"，这是由于外国人昔时筑小铁路时有路基碎石堆积于此而遂成俗称，今为此处一个小站之名，腰堡之史遂湮。

现在的腰堡之地是一个"村"，其所属之"乡"名曰范家屯。屯距堡不过数里之遥，屯在稍东。屯境有小西山，产暗红色石。其山麓则是曹家的老坟，占地甚广。

曹家的后人如今追忆他十三四岁的印象：老坟最北是一座特大的祖坟，墓前有浅红色石碑。以次所葬坟穴甚多，原来也有石界桩，因东南临河，两面的界桩早已不存。

这是数十年前的景象。后来毁坟开荒，此坟不存。石碑下落不明，铁岭七十余岁曹家老人说，二十世纪四十年代碑是河水冲没了的。未知确否。老人口述所记忆的碑文是老祖宗戍守此地的功绩，但已无法追忆确切内容了。

这座最大的老祖坟，应即曹端广之葬地。

墓平开荒，今为水田。除老人的记忆，一切遗迹荡然已尽。

但腰堡至今还有曹姓后人居住。年老者云："腰堡最早只有三姓人家：曹、赵、崔。"又云，"有腰堡就有老曹家。"言其落户之早。

此铁岭曹姓，也有后来住入城内的，宅在西街路南一条胡同。其家世医（即前节所引丰润九十三岁曹佐华曾到之家）。如今有一位后人回忆，文化大革命时偷看《红楼梦》，其父偶见之，问读何书，答曰"红楼"。其父即告诉他："此书原名《石头记》，作者曹雪芹，是腰堡人。"

这一切，虽遥远而实又清楚：腰堡一地，即是丰润曹端广出关，于辽左卜居之乡，而腰堡曹家，实即雪芹的关外始祖。

题曰：

七百年前事可存？谁知阡陇范家屯。

更寻腰堡城南在，遗脉犹传父祖恩。

[**附说**]

本节所叙内容，完全根据李奉佐新著《曹雪芹祖籍铁岭考》（春风文艺出版社，1997年版）。李先生的考研与实地调查采访，获得了令人惊喜的重大发现。他对诸家研究雪芹祖籍的不同论点，逐一作了深细研究，结论认为"辽阳说"毫无可靠依据（逐一论驳），史实是雪芹上世由河北丰润出关落籍铁岭。而由铁岭定论中再作深入研求，竟然找到了确切地点腰堡范家屯。他做出了别人所未能做到的贡献。

李奉佐还发现了铁岭世族李成梁家，与曹家本是姻亲关系，证明铁岭曹、李两姓的共同占籍而互联姻戚。

李奉佐又从明代辽东遗档中（从洪武至万历年代），条列出档案所载辽东曹姓人，共得八十五人，其中除六名为关内人，近半数为铁岭地方籍；在辽阳者仅得五名，而此五名者，又只能认为是因职务而居住辽阳，却无法证明为辽阳本籍。这一重要现象，充分表明辽东曹氏的聚居籍地是铁岭而非辽阳。

复次，明档案中之曹珮，为万历间驻辽阳副总兵曹簠之家丁，均为三万卫人（铁岭地区，彼时属稍北之开原）。又曹世禄，为百户，宋家泊堡人，查此堡即在铁岭城西（近辽河东岸），亦即在腰堡之西北方不甚远。则世禄为铁岭人无疑。而珮载于《五庆堂辽东曹氏宗谱》之长房下，世爵载于同谱之三房下。是则证实：明代曹姓多为铁岭人，而《五庆谱》既载谱内，又证明此谱本系铁岭谱，其后其第三房后代居沈阳，而成为沈阳系最详之谱，而从谱诸证综互而察之，总与辽阳祖籍不相干涉。

再次，从明档曹姓人、北京通州曹姓后人等谱系统计，现已共得十一人排行"世"字辈，如世禄、世能、世润、世爵、世隆等，与雪芹上祖世选皆同时代，则又可证明辽北籍曹族同辈人之分布情况。

辽北的铁岭卫，古之名城重镇，辽代名为银州；明初洪武二十六年（1393）移铁岭卫至此地，遂名铁岭。诗人所咏"黄金十万铸严城"，虽属夸张笔法，亦足见明廷对此卫所经营之财力、物力、人力。而其地理形胜，亦不寻常，盖其西南则辽水斜流，东南则柴河曲溉，二河交汇于卫之北面；而又有凡（汛）河，横贯东西：三水之腴膏，汇为美土；又加"群山紫翠交写，其北山绵亘而西绕，东山迤逦以南属，簇拥万状"，得天不为不厚矣。自铁岭而东南行，经小屯、三岔堡，入抚顺所之界；西南行，经腰堡、懿路，即入沈阳卫境：三者犄角之势［至于辽阳，则在以南，属辽南区。清初之"沈阳地方"，可包指抚、铁（抚为卫下之一"所"），与辽阳却非同一地理形势与政区概念］。李成梁家之看花楼（又曰望花台，"望"又讹"万"），在铁岭故城东门外，为一方名胜，亦毁于后金陷城时（遗址近年亦平削不存）。

铁岭屠后，荒城成为流放罪人之所，无一居民。不但铁岭卫一地，辽东战后，千里荒土无民耕种，邑皆空城，仅入关后所留旗丁看守，此外即犯人流戍于此。直至顺治间，方下"招垦令"，关内贫民始出塞移居垦荒。此时有一奇士，河北定州人郝浴，因忤吴三桂党，被放关东，后居铁岭二十余年，创银岗书院讲学，始又重辟辽东文教事业。他有一首《银岗行》，此诗结篇写道：

……

晨登讲席歌尧舜，千山翠色落银岗。

始知天道终归正，从此丹山起凤凰。

康熙因决策撤藩，吴三桂果叛，朝臣畏而不敢动兵，只有明珠等极少数人赞同撤藩大计，此时始悟郝浴之先见，十四年（1675）由铁岭召还，赞襄用兵之韬略。至此，郝浴银岗事迹，贤名大振。雪芹祖父曹寅时在京师内务府任职，备知其事。故日后编刊《楝亭诗钞》时，特署"千山曹寅"，即因郝句而暗寓祖居铁岭之惨痛家史于不可明言之际也。

五、亦仆亦官

居住腰堡、汎河的曹家，不幸横遭家国之巨变。铁岭卫境，从万历四十六年（后金天命三年，戊午，1618）至次年接连三次受到金军的劫掠、破坏、屠杀。《清太祖实录》载明："天命三年五月十七日，帝率诸王大臣统军征明国，至十九日进边。克抚安堡及花豹、三岔儿大小共十一堡。（二十日，攻取拒降者四堡。）营于三岔儿堡，留六日，犒赏三军，均分所得人畜，先令兵送人畜归国。"按：抚安、花豹冲、三岔儿诸堡正在腰堡、汎河以东不远，这被破的十五堡，肯定包括了腰堡、汛河。

证以汛河《重修永宁庵碑记》[天命十年（1625）立]，中云"不料戊午，三韩（铁岭之代称）竟沉：景色萧条，丁壮凋零；极目千里，泪洒边庭……"可确知汛河已破于天命三年（1618）五月。我以为雪芹关外被俘归旗的始祖曹世选，在此年当已落难。

至于次年四月金军千人又入侵铁岭境劫掠，至同年七月屠铁岭城，三次相连，是以曹世选之被俘为奴，至迟也不会晚过天命四年（1619）。

这一点已然十分明确。

铁岭屠城（万历四十七年，1619）之后，过了整整十年，又出了一件大事：崇祯二年（1629）冬天，皇太极（努尔哈赤之第八子，后为清太宗者）亲率重兵，破塞垣，由龙井关入，侵明境，几乎造成了一个关内的"小清国"，与明廷抗礼。其年十一月，清兵首陷遵化州，趋蓟州，徇三河，薄京师永定门。另由通州渡河，陷香河，取永平。转年，陷迁安、滦州。此举异于临时经过，劫掠而去；却是各城留兵驻守（仅东至山海关被拒，但也攻占了抚宁、昌黎。京师仅赖袁崇焕督师驰援，围始解）。京东广土，俨成敌国。清兵所到之处，杀、掠、辱、俘，惨状不可殚述。

在此大事变中，丰润曹端明的十二世孙曹邦，被俘卷出口外，随清兵到了辽东。

不想这却寻到了关外曹端广一支后代的踪影。

原来曹邦此前已曾出关，因他们关内关外两支亲族从未完全失去联络信息。被俘至辽之后，还是得力于亲族的维持帮助，遂亦归旗效力——

　　（曹端明）十二世，讳邦，字柱清，颖异好学，智虑过人。于崇祯二年以各地荒乱，遂赴辽东避兵。因彼地原有族人引荐，随本朝大兵出口，占籍正红旗，随征屡立奇功……

　　　　　　　　　　　　　（《浭阳曹民族谱·北直淑德传》）

　　丰润曹氏已在"彼地"（辽东）的族人，并无二派，就是端广落户铁岭卫而至世选、振彦归旗的这一支系，只有他们方有引荐的资格。

　　曹世选自被俘为奴，至此已阅十载。被俘不杀之人，当时只限精壮服劳与身有技艺者。世选必有过人的文武之才，方被留用。满洲后金，于陷铁岭后，又先后攻克辽、沈二卫；先是建都于辽阳——称"东京"，时为明天启元年（后金天命六年，1621）；至天启五年（天命十年，1625）二月，后金又从"东京"迁都于沈阳（后称"盛京"）。在此之前，沈阳（明之卫城既废）曾为县级的一处地方，暂设地方官吏专理民事，曹世选以才干胜任，命为沈阳之官。是以康熙《上元县志》明载："（玺）大父世选，令沈阳有声。"（"令"即对县官的用语）"世选生振彦，——初，扈从入关；累迁浙江盐法参议使。"

　　振彦，就是雪芹的高祖父。他在浙江盐法道之任上，著有惠政。但"累迁"的详情，亦经考明：清天聪四年（1630）任"皇上侍臣"与"致政"，似乎与八贝勒阿吉噶（即阿济格）有关（见辽阳二碑）。天聪八年（1634）任"墨尔根戴青贝勒"多尔衮属下旗鼓牛录章京（见《清太宗实录》18 卷。多尔衮加此称号在天命七年（1622）；其时多尔衮所领系镶白旗。正白旗乃多铎为旗主。多尔衮得王爵封号在天聪二年（1628）。两白旗为"三幼子"阿济格、多尔衮、多铎之实力。清兵入关建都北京，则系多尔衮率白旗兵为首功）。

　　这就是说，丰润曹邦之所以能归入满洲正红旗，全由铁岭族亲世选、振彦之引荐（那时沈阳"五庆堂"系曹姓人，只是明代守边将领祖大寿部下人，以后祖大寿率部降清，隶汉军旗，与满旗无涉，更无荐人入满旗的资历机缘），是则足证丰润曹与辽东曹的族间联系，即在世选、振彦已成为满洲后金官员之前本无中断，而且以后更加亲密。

　　但曹振彦"从龙入关"之后，不久却又到山西去做地方官。

　　明、清之制，不是科名之士是不能出任地方官的，曹振彦此时如依然只是一名"旗鼓牛录章京"（即包衣佐领），他如何会做到山西州、府命官呢？原来，他此时已是一位"辽学生员"与"贡士"了。

　　"辽学"是清初为辽东地区所设官学的名称，实际是包有十五州、卫的教育机构。最初寄设于永平府，教官三人统之：其中都司（在辽阳）学，设教官一人，兼管自在（州）、沈阳、铁岭、开原四学。其级照府例，廪生四十名额。诸生俱就顺天府考试。其后至顺治五年（1648），始改设"辽学"，教官一人，廪额八十名，其原先十五学之名额俱裁。又改设"辽学"于永平府，留教官一人。至十一年（1654），又改设辽阳学，其先之永平辽学生员俱归辽阳学肄业。（分见《奉天通志》《清会典》）。

　　曹振彦约于始设辽学，即曾入学为生员，因岁贡每年出贡三名，遂得为辽学贡士。从此，取得了正式科名。他到山西做州、府官时，须报此籍——科名籍[①]。

　　雪芹高祖父能到山西做官，却又并非是"太平"的缘由，相反，却是一场巨大变乱的结果。此即满人入关建朝后立即遇到的危急事变——姜瓖之叛。

　　姜瓖，陕西榆林人，本为明朝冀北宣化府重镇的总兵官。农军李自成自西东进，攻京师时，途经宣化，他率众迎降。但在仅仅三个月之后，清兵占领京师时，他又反击李自成在山西的部众，向清朝纳款称臣。因此得镇大同，为"征西前将军"，管总兵事。但到顺治五年（1648）十一月，他又联络多处地方官兵共同叛清（一说因清军到山西搜索李自成，姜误以为要来收治于他，遂叛）。形势十分严重。

　　姜瓖之叛，自五年（1648）冬始，至六年（1649）九月平，历时不为甚久，但由此一事引起的清廷、皇室的变化极为巨大，因而也就直接大大影响了曹家命运。这需略微细叙原委——由顺治六年（1649）至八年（1651），是两个极为关键的年头！

　　顺治六年（1649）是个不吉祥的丑年（己丑）。大年初一，皇帝即因"避痘"而不行朝贺大礼。二月，睿王多尔衮率军往征大同之叛。三月，豫王多铎出痘之讯传来，多尔衮即时赶回京城，命英王阿济格代

---

① 明、清之际，报籍实有军籍（明）、旗籍（清）、祖籍、寄（驻）籍、科名籍等数种。报"辽学"籍的，实包括辽东十五州、卫之不同本籍，与祖籍毫不等同。后世人竟昧于史制而谬认"祖籍"。

之。不料英王之二福晋（夫人）出痘而亡（多尔衮传命英王可先归，阿济格辞，不离阵守）。又不料豫王多铎亦因痘而亡，年仅三十六岁。其二福晋殉夫（满洲旧俗）。

由是，多铎的正白旗兵力，也归了多尔衮，一人掌两白旗自此为始（阿济格只分得少数兵力）。曹家本为镶白旗墨尔根王（睿王）多尔衮之包衣，不知何以改隶正白旗（疑与本年两白旗归一之后曾有一次重编分配所致）。

痘灾在当时是不能防治的"命关"，满洲人畏之尤甚。它"决定"着清代的命运，也"决定"着雪芹的命运。这种历史实情，今世人已是万难想象的了。

此际，除了战乱，满洲的旗奴已逃亡殆尽。满、汉之间裂痕严重，争端灾祸日起日增。户部无存帑，供不起军费，要开捐纳制度（以钱买官衔）。形势如发展下去，大有不可收拾之忧。幸而姜瓖为其部下所杀，叛军瓦解，危势方告一段落。

可是，新朝皇室事故迭生，又生巨变：是年年尾，摄政王多尔衮元妃薨逝（命两白旗牛录章京以上各级官及妻皆衣缟素，其余六旗官皆摘帽缨，以其为红色也）。转年，多尔衮逼死其侄豪格（皇太极之长子），纳皇太极妻博尔济锦氏，以其次妃给予英王阿济格（盖皇太极亡后，多尔衮不拥立豪格为帝，反主一六岁的福临，故豪格极恨之，暗争甚烈）。多尔衮至此威权已达极点，遂萌异志，铲除政敌，大势已明。讵料至十二月即死于喀喇城（因纳朝鲜美女，荒于酒色暴亡）。这位势焰熏天的一代雄王霸主，掌权六年，以此告终（不久，获大罪名，削爵，革宗室籍，无嗣，一切瞬息云烟）。

然而，两白旗旗主虽相继而亡，雪芹高祖曹振彦却因山西地方急需新官而出任平阳府吉州知州，其地即六年（1649）七月各州县相继失陷之叛乱点，平定后需重新收拾。振彦自七年（1650）来任，至九年（1652）擢知大同府，又至十三年（1656）擢任浙江盐法道。在这一段政局风云变幻的八年间，反而宦途有份，连升三级。

曹家并未随旗主之势败家亡而遭祸，随后，正白旗归于皇太后所掌，正白旗属上三旗，属内务府——从此方是皇帝的直接服役者，脱离了为某一王府当差效力的"王府包衣"身份。

曹振彦在吉州三年，中间适逢顺治八年（1651）八月皇帝大婚，"覃恩"诰封百官，诰授振彦奉直大夫，妻袁氏宜人。

是年，顺治帝年十四岁，始亲政，已故之多尔衮及在狱之阿济格，下场皆极悲惨。

但是，曹振彦擢知大同府，也在少皇帝亲政之初。这充分说明：曹家多年为睿王包衣，并不曾助纣为虐，作威作福，没有任何可以株连的劣迹可寻。

题曰：

车马南城迹已昏，千家奴仆散猢狲。

大同宜有安民策，岂负丝纶锡诰恩。

［附说］

考山西方志，曹振彦名下，《吉州全志》作"奉天辽东人"，嘉庆《山西通志》作"奉天辽阳人，贡士"，《大同府志》作"辽东人，贡士"，《浙江通志》作"奉天辽阳人"，而《两浙盐法志》则作"奉天辽阳生员"。

此正可见，初作"辽东"者为原文，其贡士即为辽学岁贡，至后修诸志作"辽阳""贡士""生员"，则因辽学后改"辽阳学"而易其名称（实不符历史制度）。但其词虽小异，其实质均系曹振彦出任地方官所报之科名籍——辽学之生员贡士，此无二义。后世人对清史学制茫无所知，竟以"辽阳"为指其"祖籍"云云。今略析于此，以免为不学之人颠倒黑白。

又，雪芹高祖母袁氏，为何地何人之女，亦须研究。《楝亭图》和纳兰性德《满江红》的袁瑝，自署"古燕"。按拙著《新证》旧版曾考丰润世家张纯修（见阳，张滋德之子）于纳兰《饮水诗集》中自署"古燕张纯修"，是知"古燕"乃丰润之别称。然则袁瑝实亦丰润人。我疑袁瑝即与振彦夫人袁氏为一家之裔，故振彦"从龙入关"之后，始与祖籍袁家缔姻。如所推不误，则可证端明、端广两支虽远隔边关，却未尝久断往还。此迹象应加续考，曹振彦夫妇封诰，原藏燕京大学图书馆善本室。

曹振彦的官职履历，自一九八〇年以来忽生一异说：有人言称，据辽阳《大金喇嘛法师宝记》碑阴列名，有曹振彦，列"教官"之下，可知他曾任"红衣大炮"兵的"教官"云云。然此碑原件分明，曹振彦名列"皇上侍臣"或备御之下，居第四行第九名，而此行第二名为"敖官"，并无"教官"痕迹。其人发表的碑文，将"皇上侍臣"掩去不录，将"敖官"改为"教官"，又与"红衣大炮"拉扯，荒唐以至于此！按"敖官"稍前即有"才官"，皆人名也。又，此碑虽在辽阳，但立碑时后金早已迁都于沈阳，故皇上侍臣诸人亦早在沈阳。此碑列名人并非必与辽阳有关，列名人又以辽北人居多（近三十名），亦与"祖籍"毫不相涉。乃有据此碑谓曹振彦之祖籍为"辽阳"者，纯属妄说。

六、包衣下贱

历史总在播弄人的命运。"马市"原为明朝廷和睦女真之计，日后却成了女真攻明"七大恨"中的一大"条款"；辽东总镇起先克敌制胜，势重威扬，到晚来却长城自坏，庸将失机，一败涂地。寄寓关外的曹族，后代竟沦为别族异姓的"家生子"奴隶。

明初帝德朝纲、武功文治，都是不寻常的。承元末祸乱之余，在东北极边，设置了建州三卫，任命女真首领为卫的指挥使，女真为"大明守边"，颇能效忠尽职，相处甚安。但愈到后期，皇帝愈糟，朝廷愈坏，太监弄权，官僚腐败，达到了史例罕闻的地步，百姓难活，群"盗"蜂起；而在关外，即以"马市"一项而言，该管吏役等人，对待女真商客已极不公平，毫无道德，诸如短价、强买、克扣、欺凌（一次竟至打死女真人）……种种劣政，积怨于女真者非止一朝一夕。这些往事，也真是罄竹难书。

且说传到了明神宗万历朝，建州卫女真首领中已然出现了一位英雄人物，名唤努尔哈赤（日后清代尊为清太祖者是也），明廷的作为，实实激怒了他。后来竟然积至"七大恨"，忍无可忍，遂决意伐明，"告天"而兴师，卷地以南下。

万历四十三年（乙卯，1615），努尔哈赤已正式编部下为八旗（兵、政、户、财综合制度），创了文字，设"榜克什"（后称"笔帖式"）会计文书，设议政"都堂"，重农积谷，役旗下兵为农奴耕种，屯田，修庙，政、经、文等各方面迅速发展。故次年正月即正式建朝，号曰"金"，建年号曰"天命"，俨然与明分庭抗礼了。

又过了三年，至万历四十七年之春，明之辽东经略杨镐率大军四十万，分四路伐金。结果全部惨败，死者十余万人，骨积如山，血流成河（是为"萨尔浒之役"）。努尔哈赤乘胜进取，整个辽东形势发生了根本变化。

同年四月中旬，金军围住抚顺所，出人意料，努尔哈赤"兵不血刃"，取得了这处重要城池。

抚顺守将李永芳，起初固守尚好，随后因努尔哈赤的劝降书，词意严峻，李见事不可为（彼时辽东经略王化贞，已遁入关内去了），无奈率众出降。

此一事变，关系全局者至为重大——努尔哈赤的战略英明：择定抚顺为"突破点"，则往北广宁、开原、铁岭已受腹敌，往南又可破辽破沈，顺势直下。

抚顺之降，辽东大势已开不吉之兆，且不待详言，而单是关系到曹家命运者也重要无比。

李永芳，他籍贯哪里？

曰：铁岭人氏也！

这已十分引人瞩目。更有近者：到崇祯二年（1629），丰润曹邦（曹端明之第十二世孙）被入关侵掠之满洲兵俘往关外归旗时，居地却也正是抚顺！

曹邦归旗，据族谱所记，是由关外"族人引荐"，可知他就是与铁岭曹端广的后裔取得了联络而得彼荐引的。那么，曹邦为何会居抚顺而不在铁岭？

这个问题使我们推想：到彼时期，铁岭曹家人已稍向外分散，或许已有随军到抚顺的了。

却说抚顺降后，城墙即被拆除，遂使其地失去军事守卫要地的作用（以防明兵之复夺）。努尔哈赤的战略是，既得抚顺，先向北破除明廷"北关"重镇：开原、铁岭，然后再南下辽阳、沈阳。

同年七月，果然兵临铁岭卫了。

请看一段旧本（未经大改的）《清太祖实录》：

> 天命三年四月十六日，拆抚顺城……论功行赏，将所得人畜三十万，散给众军。
>
> 四年四月初九日，选骑兵千人，遣入大明铁岭境，掠得人畜一千。
>
> 四年六月初十日，克开原，收人畜财物，三日犹未尽！

随后七月，即陷铁岭卫——铁岭的命运比之于抚顺、开原更惨：屠城！

至此，曹端广之后代有一名曹世选者（后又写作锡远，又异名宝），遂尔被俘为奴，如无其他曲折，则其被俘不出去年与本年之劫（对此，官书讳而不载，只说"来归年份无考"）。

被俘者的命运处境何似？

我们已找不到"正面"的纪实叙写。姑且引两条文字，聊作想象之资——

> 胡羌猎过，围城所破多。斩截无遗。尸骸撑卧。妇女悉被掳（luǒ）。又长驱西去，詈骂难堪。箠挞频加，号泣晨行，悲吟夜坐——欲生无一可！嗟，彼苍者何辜，生长中华，遭此奇

厄祸？……

这支《风云会·四朝元》曲子，是雪芹祖父曹寅在他剧本《续琵琶》中留下的笔墨，隐隐约约，分明透露出他们祖辈私自密谈的早先满洲军兵屠城、掠劫、虐待俘虏的惨景（借汉匈奴而暗写史事）。

"你知道那奴才两个字是怎么写的？"

此则雪芹借赖嬷嬷之口而所出之痛语——他在吟咏晴雯的簿册"判词"中也曾写道是"心比天高，身为下贱"，诵之足可令人酸鼻。

题曰：
身世悲深句意寒①，欲存不敢欲删难。
奴才二字休轻写，心比天高泪最酸。

[副篇]
　　曹家上世落难归旗的缘由与地点，已经显示了一条重要的轨迹：他们这一家人的身份大变化与居处大迁动，都不是个人性质的，总是与政治大事和人民祸福的关联十分密切。
　　讲史的人，往往习惯于一味着眼历史表层事件而不愿了解人物内心活动与"大局"的关系。比如努尔哈赤首先要拿下抚顺，说是军事战略上的考虑，这固然不错；但他与抚顺还有一层十分特殊的关系，即他幼少时父遭杀害，孤身流落于抚顺的市井间，镇守辽东的李成梁识其人才，于是收养了他，成为"厮养卒"，他因此熟悉了汉人高级文化生活与军政大势。他要攻下这个"老家"，而出降的李永芳，正是李成梁的族子（都是铁岭人）！历史是多么"有趣"！

---

① 曹寅诗：身世悲深麦亦秋。

[附考]

铁岭与抚顺的关系，由李永芳之例可窥一斑，盖抚顺地处辽东"北关"（开原铁岭）与辽东都司治所辽阳的中间，形势重要。而努尔哈赤对抚顺"不杀城中人"，却将铁岭屠城者，另有其"感情"缘故——这要略叙李成梁，方可晓悟。

李成梁系铁岭世家，父子数人任辽东总兵，威镇东北一方者凡五十年，为明代边境干城重将。其五世祖李膺尼（本朝鲜族之内附者）自鸭绿江边南迁铁岭。其子李英，得官铁岭卫指挥金事，世袭。李英生五子，李春美一支有孙四人，长孙即李成梁。成梁为明之老诸生（秀才），四十岁方得人助赞（今之"交费"）袭此世职，从此军中立了大功，封宁远伯（宁远即在铁岭稍西）。成梁抵御西、北两面的土默特入侵，东面的女真的袭扰。他立功中杀了努尔哈赤的父、祖，成为世仇。成梁五子，二子官总兵，被请赴朝鲜御倭。萨尔浒之役，一子李如柏败绩入狱自杀。然而，李成梁又曾对努尔哈赤有不杀之恩，而且曾收养这个流浪孤儿于抚顺的市井中，做了他家"厮养卒"家奴（史家谓努为明官，亦李所荐）。

此情最能说明当时的抚顺的地位与作用，非同一般。

再看李氏成梁上辈另一支——先说铁岭陷落时，李家惨遭屠戮，可考的死者有十男六女之多（实际家属家丁等尚不知多少）！此外还有数名男童被掳。

李成梁的一个侄孙，名叫李思忠，即为金兵俘掳之一名，次年其双亲也被杀死。

但奇怪的是此李思忠者（以及他的子孙）却成为效忠于清朝的得力名将。我们因何提他？只因在清太宗天聪四年（1630）所立的一块辽阳石碑中，他的名字与雪芹高祖曹振彦一起出现。振彦之父曹世选，如非先于抚顺被俘的，那么他也就是铁岭屠城时与李族人众同命运的幸存者。这是有助于观照历史复杂情实的有用之参证（其后曹、李两家也是世代姻亲）。

按：曹家被俘之人名世选，见于清康熙诰命。其后乾隆初编刊《八旗满洲氏族通谱》，写作"锡远"，实因彼时内务府档已皆系满文，满文乃拼音字，其音"世（shi）"、"锡（xi）"不分，而"选"字之拼音又正为"锡远（xi-uan）"，译为汉字遂书作"锡远"（此种音译所用汉字不同之例甚多）。今研者已考明：明万历时辽东（尤其辽北区）曹姓排"世"者，文献已有多人（如世禄、世爵、世隆、世功等名字），不同房次而同辈分者亦用"士"字代之。皆可为证。

[附说]

铁岭卫的屠城，极为惨酷，其实况是人民杀尽，房庐毁拆，将一座名城夷为平地。此后的多少年间，仍然是满城只有瓦砾砖石遍布于地上，而蒿莱野草丛生其间。清入关后，流放罪人至奉天府辖境者，有四处戍所：抚顺、威远堡(开原地)、铁岭、尚阳堡(广顺关，即开原"马市"的东关，距城四十里者)；故铁岭其时只有"流入"及守戍兵弁，并无一户平民百姓，此情至康熙末年犹然未改（康熙三年始设铁岭县）。前节所引流放御史郝浴诗，即顺、康时景况之能入诗者。并可参看陈景元《废城》诗，咏辽东旧迹：

战地无高垒，荒原有废城。
女墙野鼠斗，败砌旅葵横。
歌哭伤前辈，安荣历后生。
得知功业苦，莫视羽毛轻。

观其前幅，正是铁岭屠后的写照了。

原先的铁岭，何等景象？明人记云："万历初，辽东全盛，铁岭一卫，世职至数百人，城中皆官弁第宅，无复兵民也。复以卫城窄隘，分处城外。平辽伯李成梁，父子五人相继掌兵柄，劲卒数万，雄视绝塞；附郭十余里，编户鳞次，树色障天，不见城郭……"这种气势，真是令人震耸胸怀、惊警耳目——然而"今皆鞠为茂草矣"！（王一元《辽左见闻录》）明卫既废，康熙三年方于此设县；十年，皇帝且曾驻跸于此。康熙帝并有六言诗一首，存以史痕——

雨余塞草自绿，日出山花更红。
车辙神州近远，马鸣广陌西东。

雪芹关外祖籍所在，沧桑历尽，地犹如此，人又何堪，可为浩叹。

雪芹写宗祠对联，有"肝脑涂地"之语，也可参看辽东经略袁崇焕致皇太极的书札中所说："……然汗家十年战斗，驱夷夏之人，肝脑涂地，三韩（辽北地区之别称）膏血，浸渍草野，惨极痛极！"何以如此巧合？疑雪芹或是暗用袁语。

七、喜事天来大

明朝已腐朽不可救药，卒为清兵乘势入据中原，正式"定鼎"，建国号曰大清。追尊努尔哈赤为清太祖，其子皇太极为清太宗。入关此际，第一代小皇帝乃皇太极之第九子，名曰福临，朝号顺治。他即位时刚刚六岁。

"清"，是有意命名以继（取代）"明"的。"顺治"则来自《周易·说卦》："佑者，助也；自天佑之，顺也。"（历代朝号由此取义的甚多；远的不举，如明英宗的"天顺"、张献忠的"天佑"，亦正是同一个"统治观念"。）小顺治为何如人？正如雪芹（借托于贾雨村）的哲理：天地生人，有一类是"正邪两赋而来"的，这种类型的特点是："置之于万万人之中，其聪俊灵秀之气，则在万万人之上；其乖僻邪谬、不近人情之态，又在万万人之下。"顺治帝正是这样一个人。他极聪颖，也极恣纵暴戾；由于被诱纵欲，又由于奋志苦学（对汉文化文学酷爱而发愤学习，短期内即造诣不同一般了），以致健康早坏，终于染上痘疹（出天花，当时并无良方接种或医治，出天花为儿童乃至成人的一大生命之"关"，满洲人畏之尤甚），年少而亡，年仅二十四岁（时为顺治十八年正月初七日）。

顺治病危时，要急忙选立继位的幼主了。

如今且先说几句"闲话"：如果顺治不是早亡，也许整个清代史就要变成另外的一番情势，因为他并不是一位"好皇帝"，但十分有资格与"陈后主、唐明皇、宋徽宗"（"正邪两赋"人物的一类例子，见《红楼梦》第二回）相提并列，因为他可能发展成为一个大艺术家——他能背诵《西厢记》，他能赏识苏州才子尤侗（此人日后是曹寅的文友），他的汉字写得十分出色。《三国演义》译成满文刊行，小说《平山冷燕》被评为"第七才子书"（《西厢记》是第六）……这都是他在位时的一种文化侧影，关系非轻。这时，雪芹的太高祖曹世选（顺治八年八月，大婚"覃恩"封诰，为奉直大夫）、高祖曹振彦、曾祖曹玺，都不能不受这一风气的影响。这一方面，并非无关重要（而论者罕逢）。尤其重要的，则是顺治的灵智精神上的特点，也许可以说是直接间接地与雪芹有一种联系纽带，比如单从顺治的别号看，就可窥见他的心境不同一般富贵俗人——他法号"行痴"，别号"痴道人""太和主人""体玄斋主人"。这表明他一方面是个多情种子（所谓情种、情痴），另一方面又是一位能够参悟哲理的大智慧人，而不同于浅薄粗俗的满洲武将的家风习尚。此一现象值得学者做出专题探讨，因为这正是理解中华文化的一个入门的钥匙，更是理解曹雪芹这一历史人物的有力参照。

却说顺治病危时，已在急忙议立嗣位的人选，此乃大清国"国脉"的一大关键问题。

顺治共有十三位后妃（只指见于史册记载的），生有八子。他的第三子名叫玄烨，生母是孝康章皇后。顺治八子中，只次子福全（裕亲王）、第五子常宁（恭亲王）有事迹可叙，其余皆不享年，且多数是幼殇。

顺治在位十八年。染痘病危，皇室贵戚方紧急议立嗣位之人。经过了外间难知的皇家内部争执、协调，而且还征询了顺治素所崇敬信服的日耳曼传教士汤若望（当时号为"国师"）的意见，终于选定三皇子玄烨。其定局的重要理由却包括了一条：玄烨已出过痘，寿命可望久长（由此也能证知，顺治的诸子幼殇，痘灾为患最烈）。玄烨生于顺治十一年，此时年方八岁。

孝康章皇后由此应当成为小康熙的皇太后——但她也未能真正享到此福，玄烨九岁时她去世，亦年仅二十三岁。但她和她的不凡的幼儿，日后却是曹家的"命运之神"，重要无比。

原来，那时皇家规矩（大抵承袭明代宫廷旧制），一个皇儿降生，并不允许由生母喂养，例交"八母"乳育，八母者，乳、保各四母（一说各八母，共为十六名），乳母只管奶哺，而婴儿的其他一切生活教养，直到成童，都是保母的职责劳绩，其重要非同一般百姓家庭所可想象比拟。

皇室的家庭规矩是严格的，情形也是复杂的，但道理与百姓之家亦有共性，即生子之后，选取乳、保这些关系非轻的事，生母与其母家（幼儿的外家）要有很大的建议与决策的权力和作用。

孝康后的母家是佟佳氏——清代初期名震天下的"佟半朝"家。她是佟图赖之女（图赖，一说是满语，一说早先写作"秃赖"，即《红楼梦》中所云"癞头和尚"的秃癞之意）。佟家祖先原是汉人，但与满洲关系密切，因经营满汉贸易而迁居辽东抚顺这个商贸要紧据点，故与曹家祖上都是抚顺一带的亲故之交。佟、曹两姓都归入旗籍之后，自然旧谊不替，但佟家出了皇后，早已"抬旗"升入满洲旗籍，而且改佟为佟佳氏（级位高了），三朝皆为"国舅"（当时只称"舅舅"），而曹家沦为包衣"下贱"之奴（很晚才与镶红旗平郡王家结亲，也成为"皇亲国戚"的"副级"了）。

孝康后要选乳、保，由于正白旗内的多层老关系，遂选中了一位二十五岁的正白旗包衣人家的少妇，作为带养幼儿玄烨的头等保母，出宫分住在紫禁城西畔、筒子河边、"府右街"上的一处小府居住。

及至顺治十八年（正月初七）的这一天，忽然天外传来一个惊人的超特大喜讯：圣上晏驾，遗诏传位于三皇子玄烨！真像"石破天惊"一般，惊呆了保母孙氏夫人，不敢相信，如真似梦！

这位孙夫人，就是曹雪芹的曾祖母。

不待言，更为庆喜欲狂的是佟家上上下下之人。

题曰：
　　平地春雷已破楹，宫西小府报飞腾。
　　夫人一品尚书贵，六十年华萱栋荣。

［副考］

　　雪芹祖辈一家，世为旗奴，反得荣贵，皆因孙氏夫人身为康熙帝幼年保母，而挑选此一要职必由康熙生母佟妃做主（请示太后、皇后的礼仪同意），而佟妃（后来封为孝康章皇后）的家世与曹家的关系就很值得探求了。此点既明，还有更需注意的即是佟姓一族在清初建国以及顺、康、雍三朝政局中所处的重要地位与其巨大作用。

　　考察佟氏的论著，当推章太炎先生的《清建国别记》（1924）中所附的《佟氏考》。据考，佟字虽不见于《说文》，而《后汉书》已见此字，《广韵》收之，并引《北燕录》云辽东有佟万，以文章知名。又《玉篇》引《广苍》已收此字，释为"人姓"。是则辽东佟氏能以文名家，若非汉人必难致此。又历引明代佟姓仕宦清要，尤可力证为汉人。然佟族因居辽地之极边，又早与女真通婚，非止一世，故女真先世自通于明廷时避为异姓而每每冒称佟氏，如明人书其名为"佟教场"（即清官书之"觉昌"）、佟他失（即清官书之"塔克失"），是其显例。迨至明末，乃有佟养真一大惨剧。

　　按佟氏到养真（后官书避雍正嫌讳改作养正）、养性弟兄一辈，已世居抚顺，其另一支如佟卜年则居辽阳。养性早通于努尔哈赤，史家谓李永芳以抚顺出降，即有养性之作用在，养性得娶满洲"宗女"，成为"额驸"（俗语驸马爷者也）。养真本为明初时佟达礼之后代，本是明朝武职，辽东经略熊廷弼荐他得任山东登莱监军佥事；也曾为支援朝鲜抵抗倭寇的明军运饷；可是抚顺陷后他竟叛明而降清，且曾参与攻占辽阳的战役。其后因驻守镇江堡（安东）受守将陈良策暗通毛文龙之变，他与长子及家属六十人获罪被杀。幼子佟盛年逃脱。

佟卜年原住辽阳，本为明朝命官，任职于福建，却又因族人降清而受到牵连。

由是而言，佟氏与满洲的关系，极为错综复杂，他们出入于汉满两方之间的详情，连章太炎也认为"不可究诘者矣"。

然而更重要的关系还在此后。

佟养真的幼子盛年脱逃后，改满洲名为"图赖（或书为"秃赖"），其女竟嫁与了顺治帝，成为清史上的世祖之妃，而此前又早已有一佟氏女嫁与努尔哈赤，成为"太祖元妃"了（官书称为"佟佳氏"或"佟甲氏"），是一种升级的美称。

这位佟图赖之女，正就是后来生了康熙而被封为孝康章皇后之重要人物。

孝康后于顺治十一年（甲午，1654）三月十七日生下玄烨（康熙帝），至康熙二年二月而去世，其时康熙帝年仅九岁。

在这之前，孙氏保母一直是孝康后所亲信依赖的嬷嬷，不问可知了。

由是又可见曹家与佟家的密切关系——那也许早在抚顺之时两家已是老亲旧交了。

但是曹家之兴由佟，他家之败亦由佟。此后的史迹，斑斑可考，更为明晰。

考孝康后生于崇祯十三年（1640），其时孙氏年九岁；玄烨降生（顺治十一年，1654）挑选保母，孙氏年当二十三岁，而孝康其时不过是仅仅十四岁的少妃而已。

然而佟家的运气未到此为止，孝康成为太后，到为康熙议婚时，她的侄女（即佟图赖次子一等公国维之女）又选入宫中，康熙十六年为贵妃，二十年晋皇贵妃，二十八年册为皇后，旋卒。虽未生子，但康熙的皇子乃至夺位后的雍正，却仍然称国维弟兄为舅舅（当时已成官称）。

佟国维与兄国纲，贵势冠于朝内，且暗中左右着皇室家内的嗣位大事。

如上所述，佟氏本是边地汉人，只因与女真早世通婚，交关于两民族之间；且已内居辽东抚顺了；到佟图赖时，因为清已建国，身为贵戚，乃自称上世原为满人，要求"恢复族别"。此纯为攀"高"的政治手段。康熙帝虽明知底细（佟家人后来皆隶属于汉军族，是其明证），但出于生母皇太后与孝懿佟后的亲情，就将计就计，应了请求，将他家升入满洲旗分内（名曰"抬旗"），并于佟字下特加"佳"字为"佟佳氏"，以示别于汉人。

至此可以看明：远的不说，只以康熙帝而论，他实际已是满汉婚配的子孙（这一点，郑天挺《清史发微》亦已明抉不误）。

本文的目的，却是为了显示佟、曹两家的早期（虽无明文记载）的关系，并可表明：抚顺这一地点的至关重要的历史根由（努尔哈赤占领抚顺后，独不杀一居民，是由于感情上、策略上以及亲戚上的多层关系）。

[附说一]

本传主曹雪芹的一生，与其说是一位文星的"自成一章"的悲剧诗篇，不如说是祖辈六十年盛衰荣辱经历的一个"结穴"，而六十年之特殊经历，又自孙夫人康熙大帝之保母为其最大关纽。此义从来无人知晓，故对康熙与曹氏的关系不能深解。鲁迅先生于《小说旧闻钞》据《郎潜纪闻》首次标举孙夫人之记载；其后拙著发现冯景之《萱瑞堂记》，方知实出冯文。然冯文亦不便明言。更后蒙邓之诚先生指引，方得《永宪录》一书明叙此情，亟为引述。由是曹氏六十年家史，首尾俱得迎刃而解。此实研治"曹学"与"红学"之一大发现与"破译"，而后来论者往往置此于常言之列，以为无甚稀奇了，恐失学脉，于此特记鲁迅、邓之诚两先生之巨大贡献。

[附说二]

"宫闱秘事"，为历代讲史者所不易言；然在中国，家庭伦理关系暗中所起作用，亦与平民家无异，于此不明，即难尽晓其"宫际"属下诸人的复杂情由。如顺治一生，婚姻甚不美满，摄政王（叔）多尔衮为他聘立的正后，情感不谐，婚后二年（顺治十年）即遭废贬。另一孝惠后，亦不睦，盖顺治之太后有护惜之力，未致不幸，后得康熙尊为皇太后，敬重甚至。顺治所眷者，只有一位孝献皇后，十七年薨，顺治亲撰《行状》娓娓数千言，十分动人。此外则非后级者今不枝及。至于孝康后，年寿既微，事迹复少——观其迹象，殆亦不甚宠眷，备位而已。是以顺治心中之嗣位皇子本不在孝康所生之玄烨（其属意者早夭）。故玄烨之得立，实由佟家暗中施力，因顺治之太后出面主张而成议。满洲家规，尊女敬老，太后的意向是受到服从的。

自此为始，佟氏一门，一直左右着皇室内部的大事关节，历康、雍两朝犹无少异。

然而，曹家之兴由佟，其败亦由佟，正所谓"成也萧何，败也萧何"。佟府（后改"同福"），在北京东城灯市口。

八、江南隐德

独树官斋外，依然手泽余。
数来花信晚，看到月痕虚。
温室亲移植，甘棠戒剪除。
颇闻遗爱在，父老为欷歔。

（高士奇《楝亭诗曹荔轩户部索赋》）

曹雪芹家，可以说成是与康熙一朝同始同终，但也可以看作是与佟氏一门共福共祸，此话后文再为续表。如今且说小康熙，登基之时，年方八岁。不幸康熙二年二月，孝康太后即逝，小康熙倒是一个极有真情至性之人，生母本来也只能定时循礼一见，难有亲鞠慈孝的交融，及今一殁，就更觉嬷嬷方是真正的慈母。康熙始终奉孝惠太后为母，这是礼制，也是家规，他们的母子关系也是很好的；康熙同时也十分尊奉老祖母太皇太后，老太后依制又是正白旗的旗主，这一切都为孙夫人的地位增添了内外的保护和尊重。

康熙二年上，恰又轮到要选派内务府人才到江南去做织造监督。诸辅政大臣会议的决定，是简派孙夫人的丈夫曹玺。

到江南去做织造，在那时可不是一件容易的勾当，被选中的人，除了"关系"，还须真有干才。那时远非后来人们习闻的"康乾盛世"，康熙朝前期的局势极其严峻动荡：明代遗势的拒垒，明将已降的复叛，民间各种力量的反抗，海上的政治武装的进击，以至无数的江湖、山林的各种"啸聚"等，岁无宁日，笔难尽书。江南（此非泛称，是当时行政区划，包括今江苏、安徽）还不是一处"乐土"，其情势异常复杂。织造本非正式命官，只是一个临时"差使"性质，表面似乎只是个"办事员"，实际肩负着很多责任。这已与明代由太监充当织造，专为前去捞钱的情形大不一样了。

果然，曹玺一到江南，立即表现出他一身所兼的多面才能。他的表现，有诸多不同的方面：以前做王府侍卫（后称护卫）、内廷侍卫以及出征的本领是不及多叙的，但应列一项。特简南下的表现则又有四项：对本任职责的精明强干，是一；对文化的关注与倡导，是二；对民生的仁爱与慈善，是三；对地方官吏政绩的留意与评判，是四。曹氏家风，历世诞育文武全才，在曹玺身上又一次体现无虚。

且看康熙二十三年《江宁府志》卷十七《宦迹》曹玺传云：

……字完璧，宋枢密武惠王裔也。……公承其家学，读书洞彻古今，负经济才（经济谓"经邦济世"，与现代名词不同），兼艺能，射必中（穿透箭靶）。补侍卫之秩（指多尔衮、多铎、阿济格等白旗王府护卫）；世祖章皇帝拔入内廷二等侍卫，管銮仪事（指銮仪卫侍卫，管理皇帝出行仪仗卤簿，随侍銮驾之旁的卫士）。升内工部（指内务府营造司郎中）。康熙二年，特简督理江宁织造……

这就是雪芹的曾祖父，从此为始，曹家就与这"六朝佳丽之地"，结下了不解之缘。

曹玺在管理织造事务上的出色功绩，如康熙《上元县志》，只说是"积弊一清"（以后的方志也沿袭此语），既空泛，又有"官腔"谀颂之嫌；一看《府志》，方知那事情可多了，大端有三：买丝，原先由市侩经手，两头剥利可知，他改命由产丝基地直接购买；又如购料（如织染颜料，是一大宗，必须十分高质。雍正责怪曹家后代，就曾以所织衣料"落色"为过失），原先也是市上现买，但凌逼强买，商贾难当，改为官家直接平价购买。此两项公私两益，省却了大量的成本费用。但最要者，还有织工一大问题：原先常常因工少务繁，要"佥"民户织工，即凭空给百姓家添了沉重负担，成为一大灾难。曹玺到任，逐步创办专门培育织工的专设部门，因此机房不再织工紧缺，也不致累及民户。此一大善政，深得民心士论之悦服敬爱。

不但如此，一次岁荒民饥，他自己领头出钱，并倡导官绅有力者，放赈救民。据记载，此一善举所救活的饥民，不可胜计。

总括一句话，织造之事，自明代即为民间一害，太监代管，腐烂积年，弊端百出，不可究诘。而要把这项糟糕透顶的事情治好，没有才学当然不行，而没有胆量魄力也不能成功，最后还须有真诚为民解忧的好心田。

因此，他在江南亲切见闻的吏治之得失利病，自然也有自己的品评意见，是以他三次进京述职时，皇帝向他问及，他便"陈江南吏治，极为详剀"。

他的回奏陈说（包括评论与建言），受到了非常的赞许，可知这不是一般泛常的官腔酬对。因此赐御宴、蟒服，加一品官级，并手书"敬慎"匾及手卷以赐——是为康熙十六、十七年（1677、1678）两年的事迹。

及甲子年（康熙二十三年，1684），又该督运织品进京，未及行，因劳而疾重，遂卒于官署。

江宁士民十分悼惜。先曾立了生祠以表崇敬，至此又合请入祀名宦祠。士大夫赋诗为文以为颂念，曾有刊本；康熙帝的师傅、大学士熊赐履，也曾作诗挽唁。

熊赐履的七律诗中，特言"云间已应修文召，石上犹传锦字诗"，表明了曹玺绝非一名俗吏，他在江南的才名文誉，已然是尽人皆知的了。他的座上客，有名士鸿儒如周亮工、李渔一流，诗家吴之振，也咏及于他，说他"蔼若春云"。

从曹玺到曹寅到雪芹，这个脉络是分明的。可是，他却是一个"包衣老奴"。

题曰：

> 家学门风本自殊，旗奴身世一长吁。
> 江南祠庙今何在，往事犹能证简书。

[附说]

揭明雪芹家世的特殊承传，文武兼擅，异样人才；而他家对于当时的国势民生，又是很有贡献的一家"包衣下贱"之人。

至于曹玺所陈吏治究何所指？方志撰者不便昌言，今试推测，殆谓两江（江南、江西）总督阿席熙，此人自康熙十三年任至二十年，降免。二十年（1681）腊月于成龙继任——此乃江南一件大事。据笔记所载，于成龙未来之先，南京奢靡之风已达极点，及闻"于青天"要来，吓得纷纷撤掉百般华侈风习，连衣饰也改成较为朴素了，可见阿席熙在此之日政风如何了。于成龙是康熙称为"天下第一清官"的封疆大吏，民间则称为"于青天"（又有戏称"于青菜"者，是因他生活俭甚，很少吃肉）。他卒后，略无财物，仅几件破衣，睹之凄然。他做过官的地方，民皆建祠以祀。卒谥"清端"，其奏疏刊布行世，成为名著。

曹玺在江宁的二十年间，地方大员就是这样两位人物，其所陈"吏治"内容，可由想象而得了。

又按，织造一员，原只系一年任期，轮换不居；而曹玺却一连任职二十年之久，而且还延及其子孙，共为三代四人，首尾跨时几近六十载，此为清制上一大创例。后世苛论者自可推为皇帝私厚"亲信"，以为彼时一切皆无足取，纯属欺诳手段，只能批判贬斥。如此讲史，岂非俗谚所云："没有好人走的路了。"因曹玺、于成龙，略申此解。

于成龙，实有两个：此一为山西乡宁人，另一为辽东盖平人，后者比前者年轻二十一岁，也是一位名满天下的清官，任乐亭县时，百姓不放行，连任数次，老于成龙荐他做了江宁知府。世传小说《于公案奇闻》，就是"少于公"的事（有实有虚）。

九、楝苦萱荣

曹玺一生隐德甚多，江南父老知之，而后人已不复晓。其长子曹寅日后继任，见旧署中惟余其父手植楝树一株犹在，旁有小亭，乃绘图征题，集为四五巨卷，当时名家诗赋不可胜计，其中一家题诗中有一句写的是"闻名先觉苦"，盖因楝树结子名金铃子，其味甚苦，借喻曹玺身为包衣旗奴，一生历尽辛苦之义。曹寅自此废其别号"荔轩"而改署"楝亭"，此不但为追怀亡父遗恩，亦且隐涵身世悲深的苦味。

然而，苦又换来了另一种境遇——

《石头记》第三回，写黛玉初来荣府，到正院正房去拜见舅父母贾政、王夫人时——

> 进入堂屋，抬头迎面先看见一个赤金九龙青地大匾，上写着斗大的三个字，是"荣禧堂"。后有一行小字写着某年月日书赐荣国公贾源。又有"万几宸翰"之宝。

这是皇帝御书赐名而制成的巨匾，其赤金是指金箔贴装，九条龙围绕四周构成长方框架，那龙头都是另外雕成，用螺旋钢丝镶接于框上龙身之颈处。框内青色底子衬托着乌黑的大楷字——这是御赐匾额的制作规格，非同小可——写得一丝不走。

小说表面是说贾（假）府的事，真真切切，那么当年江南曹家是否也曾真有此匾的"原型"呢？

答曰：有之，不假。

此匾的真实字迹，乃是"萱瑞堂"[1]。

"萱瑞一匾"，标志着曹家的"黄金时代"，也即是康熙一朝的全盛时期，没有这个历史背景，也就产生不出曹雪芹这个人物与《石头记》这部稗史。

那是康熙三十八年，岁次己卯（1699），皇帝第四次南巡的一项特殊的家庭盛典。

原来，康熙帝自十四岁亲政之后，经历的政治风险十分巨大，内忧外患，危机四伏，但他举重若轻，竟获平定：国势政局既臻稳固，于是一个太平盛世果然随之到来。这时，康熙帝出于多层动机与目的，遂决意举行"旷典"——南巡。

南巡是从北京一直巡行（那时叫"巡幸"）到杭州。

皇帝的这一旷典，给沿途所经各地的官民，带来了前所罕逢的极其繁华热闹的庆贺装点的百般活动。那盛况，曹家的老仆妇们还不时提起：那是"告诉谁也不信的"！因为非亲历者无法想象与形容。

这种南巡，一共举行了六次，而曹家承担了四次的接驾任务。事实上，曹、李姻亲两家在江南共同经历了"十二次"，因为他们两家要负责在扬州、南京、苏州三处重要地点的大接驾盛典的各种仪式与场面（还不说连杭州也不是没有他们的事情）。

《石头记》第十六回，凤姐、赵嬷嬷的对话——

　　　　凤："……说起当年太祖皇帝仿舜巡的故事，比一部书还

---

① 萱瑞，与"荣禧"在字义上的关联影射，可参看《红楼梦新证》沪版（1953）"新索隐"章。按"荣"字来源，一是金陵武惠王庙碑记（曹彬祠庙，详见后章），一即萱瑞堂记。此外或尚有更多蕴义而为今人所未知，犹待详考。盖雪芹书中命名造字，皆极精细，各有寓涵，绝无虚滥。

热闹——我偏没造化赶上！"

　　赵："嗳哟哟，那可是千载希（稀）逢的！那时候我才记事儿，咱们贾府正在姑苏、扬州一带监造海船，修理海塘，只预备接驾一次，把银子都花得海水似的！"

　　凤：（追述她娘家王家的事……）

　　赵："还有现在江南的甄家，嗳哟哟，好势派！独他家接驾四次！若不是我们亲眼看见，告诉谁谁也不信——别讲银子成了泥土，凭是世上所有的，没有不是堆山塞海的！'罪过''可惜'四个字，顾不得了……"

　　雪芹笔下的这种载记，不可以用今日一般"小说"的概念来理解认识，这是他自幼听家里老辈人（包括亲戚、家下仆妇等）不时讲起的实话。（若一般小说，为了写元春，又何必远远地"扯"上这么些"闲文""赘笔"？）这是史家所谓"实录"，因为我们完全可以找到当时的诗文佐证。如张符骧《自长吟》卷十《竹西词》所云"可怜锦绣欲瞒天""金钱滥用比泥沙"，若合符契（参看《红楼梦新证》增订本，第459页）。

　　若照赵嬷嬷的语式来讲，那是把皇上的钱往皇上身上使，谁有那么多钱去买那个"虚热闹"去！

　　这"虚热闹"，一次都受不了，遑论"四次"？这可给曹家留下了天大的祸根。

　　如今且说"萱荣"。

　　那是康熙三十八年，岁次己卯的事。首夏四月庚子朔初一，康熙离京启程，初十日到达江宁，即以织造府为行宫。于十六日南行赴杭州终点，然后回銮，复到江宁，再驻织造府行宫。

　　回程的安排要比来时略略暇豫些了，这时曹寅之萱堂、康熙的老保母，出面来叩见皇上以及太后、皇后等皇家内眷。

　　这是一次非比寻常的"旧人"之重会——老奴故主的重叙"家礼"。

皇帝问起：嬷嬷如今多大年纪了？孙氏答言：六十八了。已是望七的寿母——已封为一品的太夫人。

康熙等十分欣喜。此时适值清和之月，庭中的萱草正在盛开。康熙触景生情，欣悦之下，便宣唤文房四宝，提起大"抓笔"，书写了"萱瑞堂"三个大字，以赐四十多年前抚育自己、备受辛劳的孙嬷嬷。

萱以喻母，典出《诗经》，无待多说。

这件事，立时喧传开来，是罕逢的殊荣旷典，因而江南士大夫纷纷诗文赞颂，已"积成卷轴"（应不下于《楝亭图》之富。但我寡陋，只见到冯景、毛际可二家的文，与邵青门的一诗，卷轴早已散佚了）。

这一殊荣，标志着雪芹家世的富贵荣华的顶峰点，其重要无与伦比，因为他家六十年的盛时，孙氏夫人的身份功劳是一个最大的关键。

题曰：

> 绿叶朱荣景最光，御书萱瑞榜高堂。
>
> 却从府右街前望，福佑牌楼泽尚长。

[附说]

康熙名玄烨，清制皇子诞生后，即须出宫另居，不与生母同处，全由乳、保八母哺育带养长大成人。康熙之小府在紫禁城西侧筒子河（即护城河）畔，名府右街中间——即小府西街之义也。康熙八母，文献可考者只一乳母瓜尔佳氏封"保圣夫人"（此沿明制之"奉圣夫人"），而孙氏夫人贵为一品太夫人，独膺特典，何也？盖满洲人畏痘疹，幼儿多不育，而玄烨独因已经出痘被选为继位人，则其幼时出痘，病情极险，全赖孙氏夫人殚其心力抚养调息而得以续命于垂危，故康熙终生感其恩德，奉如慈亲，此世人所不得知之情愫也。康熙即位后，待曹家至厚，殊常破例，非制度所曾有者，全由此故。

但雪芹之曾祖母为康熙之保母（绝不同于今世俗呼之"保姆"），却从未有人道破考明。鲁迅先生《小说旧闻钞》首先注意及萱瑞、赏赉一事，所据为陈康祺《郎潜随笔》，亦不知保母一义隐在其中。至拙著《新证》引据冯景、毛际可之《御书萱瑞堂记》，显系陈氏之所述出处；复据《永宪录》明叙，始知孙氏夫人实为康熙保母之实情。由是而曹家六十年盛衰一切变故，方得豁然尽晓。然其关系之巨大，今世论者引述时，亦不过视同"常识"，仍乏深论而透析之文。此亦"红学界"绝少精通史学之显例，故宜点醒，以资后来研者之考鉴。

康熙小府，雍正谋父夺位后，敕令改为"福佑寺"，以掩其逆迹，立巨牌坊，文曰"泽流九有"，民间历久昧其原委，讹称"雨神庙"。

现今庙不开放，内存康熙御书匾额，赐乳母之子嘎礼书字，又存嘉庆帝诗匾等，尚咏及皇祖故府之旧事，可谓珍贵文物。

但是日后雪芹写书时，却借了"祭宗祠"一回家礼而大书一联，其文云：

> 功名贯天，兆姓赖保育之恩，
> 肝脑涂地，百代仰蒸尝之盛。

倘不明历史，则如此联文，又将如何索解呢？

十、诗书家计皆冰雪

> 曾于邺下筵名士，争向江南谒巨公。
> 心赏未离琴韵外，手谈时度鸟声中。
> 地当金粉开铃阁，日落琼花问故宫。
> 肯袭齐梁旧词赋？皂囊每奏悭宸衷。
>
> （金埴《金陵谒曹督造子清兼两淮巡艓》）

乾隆八年（1743），名诗家屈复，在他的《悔翁诗稿》中留下一首怀念"曹通政荔轩"的绝句，其诗云：

直赠千金赵秋谷，相寻几度杜茶村。

诗书家计皆冰雪，何处飘零有子孙？

这诗笔致看似平淡寻常，而实寓深悲浩叹。四句诗不但勾勒出了曹寅的为人行迹，而且念及了他的家门遭难、后代迷踪——而且是迄今为止，我们所能看到的惟一的一首当时诗人咏及曹氏子孙的篇章，宝贵无比。

荔轩是曹寅少年时的别号（楝亭乃是后来所署）；通政，具称是"通政使司通政使"，是曹寅因南巡接驾有功而加授的官衔——三品大员，位列"九卿"了。爱才惜士，救困扶贫，把千两银子一下慨赠山东诗人赵执信，又几次三番，卑躬执礼，拜谒寓居金陵的明遗民高士杜濬。后来竟结为忘年好友……这些事，在曹寅一生中实在不可胜计，屈悔翁不过是拈举一二为例，以概其类罢了。这也可给本节文字代为表明：雪芹的祖德，如欲加详叙，非有一部专题巨著不可[1]，而此处只能简而又略（否则势将成为"喧祖夺孙"了）。

曹寅，一代奇才高士，超迈恒流，很难数言概括他的一切；过去记叙他的，大抵不过是说他是个八旗诗人，藏书刻书名家，如此而已，也没有引起多大的重视；核实而言，今世忽又知有此人此名，也还是因为"曹学"兴起后方得以表彰昭著的，这也绝非"爱屋及乌"，这位非凡的祖父，对他的文孙雪芹，那影响是太大了，岂容略而弗论？岂能视为枝蔓旁流？

曹寅生于顺治十五年（戊戌，1658），小于康熙者四岁；幼小时有"圣童"的美称，年仅四龄，能精辨四声平仄，丝毫无失，其聪颖过人，惊动长者。因为是玄烨的"嬷嬷兄弟"，故而二人是从小的亲密小伴当，

[1] 文史界迄今尚无学人肯对曹寅做出专题研著。美国却有了一部专著，即 Johnathon D.Space 的 Ts'ao Yin and the K'ang-hsi Emperor, Bond-Servant and Master（1966）（可译称《曹寅与康熙皇帝：包衣家奴与主子》）。但其所引据资料，亦系来自拙著《红楼梦新证》。又，我曾向国家古籍整理小组主持人李一氓先生建议，辑印曹寅诗、词、曲、剧、文著作全集，已得他赞同待行，然而竟找不到一个能承担校点的合宜人选，竟难实现。此事亦可发人深省。

读书习武形影不离——此为孩幼时在玄烨小府的情景。及至六岁那年二月，父亲曹玺由工部简选为首次专任江宁织造监督（明代是派太监，顺治时改由内务府派人，或一年或三年轮替，至康熙二年始为专差。但如苏州织造，六年之间凡四易人，而曹玺直任二十年之久），于是许携眷赴任，曹寅与弟曹宣（后避"玄"音嫌讳，改名为"荃"）从此到了江宁，在织造府读书，"风堂说旧诗，宾客列前席"，其家庭与社交的文化教养熏陶，达到极高的程度。

曹玺因劳卒于任所，时为康熙二十三年，此时曹寅早已入宫当差，不在江宁，他充当康熙身边的"哈哈珠塞"（满语，义为少年侍卫），武艺超群，计擒权臣鳌拜（有异志，在康熙面前很不驯，竟至"攘臂……"）。他又是康熙读书（皇帝有专师，课业甚严）的小"伴读"——皇帝从师就傅，要选宗室子弟若干人为"同学"（其时师傅是大学士熊赐履，江宁人）。

迨到康熙十七年（戊午，1678）正月，诏开博学鸿儒科，征试明末遗士，时寅方二十岁，正做銮仪卫的"治仪正"，得与入宫参试的诸位名流硕学交识来往，大遂其慕贤会文的夙愿。顾景星、施闰章、陈其年、尤侗、姜宸英等，皆一代诗词巨擘；他们此后又皆不能忘怀于曹寅，赋诗远赠，备加称誉。而尤奇者，不屑事清的明遗民，峻介难近的如杜岕，也时时以诗寄怀于他，可见此人（年方弱冠）的品格是何等令人惊赏了。

迨至康熙二十九年（庚午，1690）四月，曹寅奉命自内务府广储司郎中（兼佐领）出任苏州织造。

从此，曹家又重到江南。其后的居处也未离苏、宁、扬三大名城。

曹寅在京时，已编成诗集《荔轩草》；到苏州后，开始了剧曲的创作，今所知有《北红拂》《续琵琶》《太平乐事》。《续琵琶》之名雪芹已写入《红楼梦》中，《太平乐事》则是写上元灯夕的盛况，《长生殿》作者大师洪昇为之制序。

也从此，他诗、词、曲，三者并进。而藏书、刻书的重要事业也逐步展开，《楝亭图》大规模征题也在此际积累，至今传世，成为珍贵文物。

他的仕途宦运，不属正科名（只中过顺天乡试举人，出徐乾学门下），而是钦点两淮巡盐御史。姊丈是富察氏显宦傅鼐，长女由康熙指配与平郡王纳尔素（大贝勒代善的后代）。真是如雪芹之所言"我家自国朝定鼎以来，赫赫扬扬，已将百载……"他家的生活习尚，见闻品位，皆属皇家规格，绝非一般士大夫家所能企及。文化艺术的环境，更不待言了。

由这个家族和家庭，才诞育了一位旷世稀有的伟大文星巨匠曹雪芹，而他祖父曹寅对他来说更是难以估量的灵智才华的亲近源头。

曹寅的生平，万言难罄，如今只说自从康熙四十三年（1704）起又钦点了两淮巡盐御史（与妻兄李煦逐年轮代），即渐移驻扬州真州使院，不得不与盐商俗务打交道，身在"金银窝"中，人人视为天下头号的"肥缺"，可发大财。但至御题"萱瑞堂"那年之后，不久即又在扬州开设了"诗局"，专为编刊《全唐诗》而投入了心血精力（有十位名士为助）。诗词唱和，也进入了一个新高潮。随后又是编刊《佩文韵府》的创举，均为中华文化史上的巨大贡献。

不幸，他忽于康熙五十一年（壬辰，1712）七月染疾，二十三日亡逝于扬州客寓。官阶是通政使司通政使。

雪芹的这位祖父，负绝世的异才，品格高绝，而身为"下贱"皇家世仆；织造、巡盐，世称巨富之区，康熙本是一心恩待其家，却使他身陷俗务之间、贪污之窟，难以拔足。江南吏情复杂严峻，京师皇子王府勒索百端，穷于应付。"簿书与家累，相对无一可"，是他难言的感叹。"南巡"又加上了极重的负担，终致引导出一场家破人亡的奇祸。而其病终时，家无剩赀，萧凉至不能养子孙。"冰雪"二字，诗人定了他的一生的清标正节：他没有为私积财，也没有倚势作威，却嫉邪护正，舍己救人。他渴望晚年能退身息隐，脱离羁绊——然而天不假年，为善而无报，后世论者仅以"风雅"赞之，岂能窥见曹氏一门的真情实际乎？

是以欲知楝亭之为不易，即悟知雪芹之为尤难了。

题曰：

> 重来子建更惊才，俊羽冲霄触网回。
>
> 三品九卿通显贵，子孙何处总堪哀。

十一、"运数合终"——"末世"

曹寅的去世，是中华文化史上的一大损失，他如享年，还会做出十分重大辉煌的事业。当然，他之中寿而亡也即是他家盛极而衰的关纽点，从此，门户凋疏，人丁无继——以至横遭剧变与奇祸。

曹雪芹的降生，却在曹寅去世之后的十二年上。到他长大懂事时，听讲祖父的时代与经历处境，他对自己的时代的一切，所感所思，强烈地相信这已是"末世""祖宗基业一尽"（皆为《红楼梦》中用语）。

雪芹降生，时为雍正二年，岁次甲辰（1724）闰四月二十六日（未时）。父亲是曹颊——曹寅的侄儿、过继嗣子，曹宣的四子，字昂友。

这儿有一大段曲折变故，必须叙明——

康熙五十一年岁次壬辰（1712），这年是曹家的一大不吉之年。（甚至连皇室帝家，也发生了巨大变故，而这也遥遥地伏下了日后他家被祸落难的根由。）

且说这年上元佳节，曹寅由客腊北返述职，正在京师，元夕良宵，康熙在畅春园（遗址在原燕京大学今北京大学西门正对过，只隔一溪。此园之建造、管理，与曹、李两家皆有渊源，康熙与诸皇子皆喜寓居此园），召诸大臣近侍张灯赐宴，他躬与其盛。二十九日随侍鹿苑（即南苑，亦称南海子，元之飞放泊，养育动物，为游猎之所。在京南二十里，今属大兴县。一九九六年十月雪芹祠/庙建成于此）。至二月初十始踌辞南行。三月十七日，《佩文韵府》开工雕版，拔选工匠百余名；六月中，至扬州"书局"监刻此书。七月初一，感受风寒，卧疾，后转疟，服药不效；妻兄李煦因盐务在仪真，遂来视疾，势急，代寅向康熙求药。康熙派专使星夜赶赴扬州送西药"金鸡拿"（后亦称金鸡纳霜，治疟特效药，当时只宫内有之），药未到，曹寅即于七月二十三日辰时身故。得年仅仅五十四岁——正是大有作为的年龄。

曹寅之病而不起，如此早逝，朝野士民商户，无不悼惜；虽不相识亦有堕泪者。

曹寅一死，只有幼少儿子连生一人。其时，群情激动，纷纷围在总督衙署外，吁请以连生代父继任。

康熙依从了，并命连生改名曹颙。

谁知，家运一败，竟真有难测的祸变：曹颙继父任后，仅仅两年，大约也是岁末进京述职，于康熙五十四年（1715）正月某日，也遽尔因病而亡。

此时，其家只剩曹寅夫人李氏（熙之妹）与颙妻马氏二人，孤孀子影，了无依靠，其情惨痛已甚。康熙见她家如此不幸，又特命李熙主持，与其家族商议，选中了曹荃（宣）的四子名𫖯者为寅继子，并再次特命𫖯继父兄仍为江宁织造——也是出于万般无奈，借此以勉维此一凄凉的门户。

而曹𫖯，其时不过是一个"无知小孩"（康熙语）。

而此小孩，即是我们文学史上的一代文曲巨星曹雪芹的父亲。

然而，曹𫖯这个无知小孩，被安排到此一奇特地位，并非什么"福气"，相反，他的命运也是奇惨无比。

题曰：

　　门庭凋落祸重重，运败如山倒一空。

　　谁念无辜复无过，却罹灾难泣何从！

第二章

一、诞育文星

　　江宁织造监督有衙署、有机房，规模巨大，而织造官虽为内务府一名差遣人员，却是钦差性质身份，所居官署俗称织造府，及皇帝南巡多次驻跸，又成为"行宫"的品级，故此非同小可。此府坐落南京利济巷大街，总督衙门之前[①]。

　　织造府的东半是府衙公地，西侧是内眷居宅，西北角有一座花园，有池曰"西池"。曹玺时期，不但子侄随任读书，连丰润同族子弟也来此同读，同在西池园中嬉戏。

　　曹颙继父职，又来此地，时为康熙五十二年，岁次癸巳（1713）。正月初九任命，至二月初二到任。不幸至康熙五十四年（1715）染病而亡。正月特命曹𫖯再继父兄之任，于三月间，李煦携曹𫖯到达江宁，初六日莅任。

---

①　此府乾隆十六年扩建为正式行宫（织造府移于他处），太平天国时大加改建为天王府，后毁。今只存"大行宫""利济巷"二地名，遗迹一无所有了。

曹頫其时年少，公私诸务，皆赖李煦一力周章扶持，暂维门户。

至康熙六十一年（壬寅，1722）十一月甲午日，忽传康熙帝薨逝于畅春园。尤奇者，"遗诏"嗣位人竟是皇四子胤禛。朝野上下，闻此剧变，惊得目瞪口呆！曹、李两家更是如同突遭天崩地陷的大祸，惶惧万分，不知所措——时刻即能有灭顶葬身的命运降临。

次年，改元"雍正"（因新皇原是雍亲王）。

雍正二年（甲辰，1724），曹頫提心吊胆，已在江宁勉强维持了七八年的焦灼岁月。到本年闰四月二十六日（应为未时），内院忽传喜讯："太太生下了一位哥儿，大喜大喜！"

这哥儿——是谁？来得"好不是时候"。

题曰：

> 龙年逢闰降麒麟，二字连呼即是芹。
> 七日送麟随满俗[①]，异时幻笔到湘云。

二、生有异征 来历不小

雪芹实生雍正二年甲辰闰四月二十六日[②]。他生后三日，江南久旱即得甘霖普霈。

他之降生，相传曾有异常现象。例如一种笔记说某人一落生即"有须"，而揣测即是雪芹之事。又一说云：其母夫人梦入月而有娠，生他时"红光烛天，邻里异之"（拙著《新证》771页引《曹雪芹先生传》）。这可以视为传闻附会，旧时不乏此种谈资笔录。但结合《石头记》本身所叙而参详之，其说谓宝玉一落草即口衔美玉，京师外省，皆传为"异事""新文"（即今之"新闻"），则恍惚微茫，又似当日此孩生时，确曾

---

① 满洲习俗，生子七日外祖家例送麒麟珮。
② 《曹雪芹生卒考实与阐微》，载《学习与探索》1996年第4期。

有过某一异象随之发生，否则何以不约而同——传异而质同？

"有须"之言，不足多论，因显然是强为拉扯，且亦不伦不类。倒是母亲梦入月而怀孕之故事，却可从中寻味一些"玄机妙理"。因为，显然此子生后，世人皆尝评估他是"来历不小"之人。

按我们中华文化传统观念与历代传说，母梦"月入怀"而生女的故事是不少见的，那总是为了"证明"此女日后果为皇妃、贵妇是有其"来历"——因为月是太阴之精，是女性的象征或"代表"。但这与"梦入月"却有同有异，未可一概而言，浑沦作解。

那么，倘不脱离历史而论其实际，则母梦入月而孕生此儿的意义，至少有三层可以略述——

第一，雪芹的母亲（不知谁氏爱女），定非俗品陋质之人，她应亦出自诗礼文风的门第，有本身的天姿禀赋，复加家教的文化教养，乃一大家闺秀。她自幼也熟闻诗词名句，方能对那皎洁清莹的冰轮玉魄特别喜悦而神往——那儿还有美丽的广寒宫殿与桂树、嫦娥……

她能梦而入月，当然不是偶然之事。

第二，梦月本是生女的祥征吉兆；可是令人称异的是，她却生下一位哥儿（满洲旗人称男孩之语也）。

这哥儿，因与月有特殊的渊源关系，他又受母教的影响熏陶，故而也深喜明月清光。而且说也奇怪：此男孩生性与众不侔，他近乎女儿的情愫心怀，也特别喜欢与女儿相处相聚。

家人世人，大抵笑他"不像个男的""没有男人气概"——"成个什么男子汉大丈夫呢！"（此刘姥姥批评其婿王狗儿之用语）

贾母也曾诧异自己的爱孙："别是个女儿托生的吧？"即谓原是女身而错投了男胎之意也。

我们在此如是而传写雪芹，不要认作戏语败笔，这实际上是理解雪芹为人与其小说著作的一个根本性的关键问题。只要想到：国际上研究《红楼梦》的学者（当然更多的是译本读者）时常把这个问题当作主要讨论目标，总难理解这个中国作家写出的这个男主角宝玉，令人太觉稀奇——西方观念更没有这样的"男子"！

第三，雪芹在他书中流露出来的对于皓月的感情，是个值得专题研究的大文章（惜尚无人注意）。他于开卷即写中秋（脂砚批本又透露：原本是以中秋诗起，以中秋诗结）；写香菱学诗，题目不是别的，单单是《月》。写中秋大联句，"晴光摇院宇，素彩接乾坤！""宝婺情孤洁，银蟾气吐吞！"乃至写及"对月长吁""皓月清波""看见星星月亮就长吁短叹"……其例不可胜举。这一文学现象究当如何研析阐释？岂能置而弗论？

由是而参之，雪芹的禀赋上原自有其极大的特点，而此特异禀赋应当如何给以解说？在今之所谓十八世纪之初（乾隆早期）的中国，人们对他的异常不凡超众"来历不小"，采用了以月为征兆的文化解绎——不一定是"科学"的，但十足充分的是中华诗境的！

题曰：

三生一性见精魂，入月衔琼语意尊。

谁向传闻辨真幻，重吟素彩接乾坤。

三、既霑既足

这日，曹𫖯正在书房小憩，忽传内宅嬷嬷与夫人贴身大丫鬟求见。遂命进来，因问何事。二人说："启禀少老爷（此"老"谓身份，不关年龄），老太太、太太打发来请示，哥儿已是七日上了，照礼该取名了，请您赐下一个好名字。"

曹𫖯沉吟了片刻，打开一本书，翻到一个叶子上，看了又看，点点头，然后答道：

"就取一个单名，叫霑。"

嬷嬷不懂，幸亏大丫鬟识字，便请示这个字怎么写。曹𫖯便说是"雨"字头，下边一个"沾湿了"的"沾"：三点水，一个"占"字。是下了透雨的意思。

大丫鬟在回房路上讲给嬷嬷听,说这个字可太好了!——不是哥儿刚到三日上就带来了一场喜雨嘛!今年龙年,哥儿属大龙,龙是管雨的,可不正是一点儿不差?说得嬷嬷心悦诚服。

原来,这是取自《诗经·小雅·信南山》上的好句:"……益之以霢霂,既优既渥,既霑既足,生我百谷。"选上了这个"霑"字。

因何单单选它?说来话长——

雍正(胤禛)阴谋夺位后的一两年间,天少雨雪,江南尤甚;而这在那时是令新皇帝面上很不光彩的——天子圣明,太平郅治,"风调雨顺,五谷丰登"是一大征验;雍正此时急需的正是这些"面子",而天时与人心却给了他一个反面的警告!他自己心虚意怯,却对"奴才"们大找岔子,寻隙施威。他心知曹、李两家是康熙父皇的头号亲信得用之人,却因他们都是不"附己"而属"政敌"那一边的基层力量,又深知他做皇四子时的一切内情,故忌而衔之,——事实历历分明:

一、舅舅李煦,民称"李佛",一生做好事,绝无罪恶,而因康熙南巡接驾等事欠下官帑难以完结,已在追查"亏空",旋即下狱。二、曹頫自继父兄来江宁,原是一名年幼孩童,艰难苦度了九年,已长大成人。据康熙《上元县志》明载:

> (曹玺)孙,颙,字孚若,嗣任三载,因赴都染疾,上日遣太医调治,寻卒。上叹息不置,因命仲孙頫复继织造使。頫,字昂友,好古嗜学,绍闻衣德,识者以为曹氏世有其人云。[1]

此虽着语无多,而风规宛然可见,当时康熙主持,群议赞其为人忠厚老实,选中曹頫为嗣,绝非无谓之举。然而,雍正的一个亲信名噶尔泰者,却早早地向新皇上打来小报告,大讲曹頫的坏话了——说他无有才干,所有事务皆交管家下人代理云云。雍正看了密奏,还要批一个"原不成器",并于他处明言织造皆"包衣下小人""下贱""微末""混

---

[1] 康熙六十年刊本,卷十六《人物传》。

账惯了！"……切齿之声如闻。①

这却不说，最使曹𬤇寝食难安、忧思恐惧的是舅舅李煦，新皇帝从一上台就把他治得家破人亡，无有立锥之地。而这案情之内时时连及江宁织造的关系。

竭尽一切可能而照顾曹寅一家的康熙是没了，年届高龄百般弥缝扶救的舅舅李煦也彻底毁灭了，新皇帝正在全力整治他的敌对之人，包括他"皇考"宫眷太监在内！

在曹𬤇的感觉上，这是一场不折不扣的天翻地覆，大造运会，已到"末世"，可谓危亡无日，如待刑之罪囚，只等一声令下了。

在此煎熬之下，曹𬤇变得脾气不好，诸事焦躁。他向雍正奏报时，已表明不惜妻孥冻饿，全力补还父亲的"亏空"——那么这新生哥儿应是次子了（在先之"孥"后来不见痕影，疑已早夭），这个孩子虽然大家报喜贺赞，曹𬤇却心情十二分复杂——不是丝毫不喜，但总有一层阴影笼罩在此子的头上与自己的心间，觉得他带来的恐怕不是吉兆，"莫非是一个不祥的异物，偏偏此时找到了我的门庭？倘若他原是'来历不小'的异才，那也是错投了胎，不该到他母亲腹中，生为曹姓。"

家里人都看出少老爷对这小哥儿不怎么疼爱亲近，总是紧锁双眉地看上一眼就罢了……

但是祖母却不同，把这孩子当作宝贝和心肝一般，见人就夸奖他的出奇的聪明、超众的品貌，说是曹家的一条命根，会给不幸的家门带来否极泰来的大运前程。

这也无怪。曹寅夫人李氏，经历的是五六十载的荣华显耀，却又接连遭到了丧夫、失子、亡孙的大痛深悲；过继了侄子，虽然礼数不亏，终究不是亲生自养的血肉，内心有难言的苦衷与惨意；好容易盼得真又有了这个哥儿，而且可喜可爱过于所有儿童，怎不视同珍宝？——更要了解，"假子真孙"这一层古代中国伦理观念的重要含义：过继关系是人为的，不自然的，有"假"的成分，但到他生了孙儿，那就一切都不

---

① 可看《红楼梦新证》第七章《史事稽年》雍正朝有关各年条下引录档案。

再虚幻，这个新孙儿就成了的的确确的真亲孙了。对这样曲折艰难而幸获的"真孙"，常常要比对一般真正亲孙更要加几倍疼怜护惜。

霑哥儿，从一来到尘世，所处的世界、公私朝野的环境背景，就是这样不同寻常。他活在一个难以表述的"氛围"中，有时欢乐，有时忧伤；有时是父亲的严规怒责，有时是祖母的慈爱纵容……一切一切都缕缕复杂、重重矛盾。

霑哥儿还太小，还不会给这一切"命名定义"。到稍能懂事，便从父亲那里"偷运"来一个不可对人言讲的秘词："末世。"

"生于末世运偏消。"

这是他日后写入小说的一句话——也是他的人生与著作的"主调"和"句眼"。

题曰：

> 非关一姓没蒿莱，盛世先知末世哀。
> 异物不祥严父惑，那知绝艳与惊才。

[附说]

"霑"字取义于《诗经》，这无疑问；但杜诗中喜用"霑"字，曹寅《洗桐》诗中也用此字，也不排除多层次的文学联想。

四、晬盘取玉

晬，古书解义是"周年也""子生一岁也"。俗话说的婴孩"周岁"了，实即"周晬"之同音或音近而小转也。我们祖先留下的习俗非常有趣：初度一周年的孩子，要让他"试晬"——俗话则叫作"抓周"，就是在周晬那天，给他摆一个盘子，内盛诸般物件（小的可以是实物，大的则是仿大而做小了的模型玩具类），让他去抓；看他抓取的是什么，就评定他长大以后的志趣，"以验其性"。那盘子就叫"晬盘"，有特制的朱漆描金分格子专用来试晬的，十分考究。

雍正三年，似乎"空气"稍稍平静了一时，竟然安度到四月下浣，尚无大事或不吉的征兆。江宁织造府内宅里，就比去年缓和了些许，增长了一点点生活的乐趣之心。可巧，霑哥儿要过的这第一个生日，该在四月二十六（去年闰四月生的，就只能以四月为生月，再不会总逢闰四月的），而这日正交芒种节。嬷嬷、丫鬟们喜欢找个热闹儿，就早早预备好了晬盘。

这日，吃寿面，供寿星纸，铺红毡，抱着哥儿让他学拜寿星，给祖母、父母叩礼……顿时一片喜庆之气，堂屋里外都显得比往常明亮。

临到未时了，嬷嬷抱出哥儿来，晬盘摆好了，众人一齐围上来——看看他怎么一个出手的彩头儿。

晬盘中摆满了小弓小箭、小虎小狮、小车小马，一簇簇精致玩意儿，美不胜收。霑哥儿对这些"俗物"一概不睬不顾，只单单抓取了一枚小小的古玉珮，好像早已认定选准的一般。众人一齐喜笑起来，笑声带着惊奇称异的意味。

这块小玉，不同于市售常品，乃是祖辈家珍——行家管它叫"刚卯"，极小的玉上刻有八行篆字，意思是辟邪驱疫（古谓之"刚瘅"），保护安康，流传之说以为佩戴刚卯兴自汉代（其实要早得多）。①

小霑哥儿似乎很能欣赏这块古玉的美质，不但晶莹鲜洁，而且由于两三千年入土，受有"沁"蚀（俗又写作"浸"，但读为"沁"音），呈现出黄、红、紫的彩色来。

霑哥儿手很利落，抓起小玉，赏玩了一会儿，顺势就往嘴里一含！吓得众人怕他卡了嗓子或吞入腹中，急忙从他口中掏出。谁想霑哥儿不依了，哭起来，还是要玉！

嬷嬷们无法，却生一计，小哥儿颈上现挂着外祖家去年送的小麒

---

① 关于古代小珮玉上刻趋吉祛邪的词句，名为"刚卯"的起源与解说，参看拙文《"金箍棒"的本义和"谱系"》（见《汉中师院学报》1984 年第 2 期）。

麟，何不就将这玉穿了丝绦，替那小麟，佩挂在胸前？——他就是含在口中，也咽不下去了！

大家齐声称妙。

从此，他佩戴了此玉，而且总是喜欢把它含在嘴里，怎么管教劝说，他也不改。

这才是刚满周岁的情景。稍过之后，家里人就"顺水推舟"，讲给他听：这玉可是个宝物——是你一下生就从嘴里带来的！因此你总还要把它含在嘴里呢！

哥儿听了，像是很感兴趣。

日后，他在《合璧事类》书里读到晬盘的典故，那所引事例竟然就是他家宋代显祖武惠王曹彬"抓周"的故事：按《宋史》本传，一开头就叙武惠刚满周年，家人"试晬"，他"左手提干戈，右手取俎豆"，然后，随手又抓起一颗金印！——所以他长大果然显贵，位尊将相，才兼文武，官居极品，传为佳话。

"原来抓周还是我们家的一大典故！"他由此颇生感叹：我却一技无成，半生潦倒，真是一个家门"不肖"子孙了！

于是，就在他日后写小说时，也还是把这件美谈与奇想"运化"起来，却单抓钗环脂粉，写入书中，用以映衬出一个特别强烈而又新奇的"古今""祖孙""穷通""荣辱"的巨大对比。

从著书的艺术构思上讲，也是全部的大眼目与总纲领，一切一切，都是由从、围绕此玉而发生发展变化的。

中华古俗，一与我们的特异天才伟大文星相遭逢绾合，便会生出异样的意蕴和光彩。

记清：此事发生在雍正三年（1725）四月二十六，芒种节日。

有一出人意想的奇事：迨到乾隆元年（1736），霑哥儿过他十二岁的生日那天，竟然又是四月二十六正交芒种令节！

你道此事奇与不奇？

题曰：

取印提戈溯国华①，及今存命仰天家。

生儿衔玉原非妄，试晬盘中记赤瑕。

[附说]

通灵玉的想象，亦虚亦实，半真半假；但也自有其历史来由、文化含义，并非一个简单的"荒唐言"可以解释了结。认识曹雪芹的一切，都需要从这种"史"与"诗"的文化融合而晓悟其间妙处。此之谓"灵"，忌参死句，忌以世俗常理而拘看死讲。

四月二十六与芒种节的交会，也是雪芹一生的一大生辰标志，印象之深，刻骨难忘，所以这个日期也写入了他的《石头记》中。常人又多以不可解的闲文赘笔等闲视之。皆不能"通灵"之故也。

按："通灵"一义，出于晋顾恺之《嵇康传》，谓康"通灵士也"。

五、锦衣玉貌

舅舅李煦从新皇帝一上台就卸了苏州织造职，派来继任的名唤胡凤翚，当然也是内务府人——他为何获此"美差"，原来他竟与新皇帝有"连襟儿"之谊（雅名"僚婿"，即妻室是姊妹）。李煦本已面临绝路，谁知所亏官帑，大抵皆是盐商们的少缴与积欠，及众商见盐官如此善人而罹是奇祸，天良发现，纷纷表示情愿补交，为李煦赎"罪"。李煦竟亦绝处逢生，苟延残喘，暂安一时。而此情既明，曹頫这边也形势见缓，心下稍定，未致同归于尽。家下气氛略好，哥儿的抚育教养无形中受其益利。就是家计艰难，对他的衣食一切，还是要维持"钦差"之家的规格。所以霑哥儿此际倒真是锦衣玉貌的小公子，行动也是嬷嬷、丫鬟围随，不啻于群星捧"月"一般。

① 曹彬，字国华。

偏这孩子生得出奇地相貌美好，心思灵慧，人人见了爱惜夸赞，并非出于应酬俗套，而是真心实话。他生得面如秋月，神采夺人，一股灵秀之气袭襟扑面，吐言致礼，让亲朋宾客皆为之倾倒，称道传扬，几于远近咸闻。

彼时儿童，最早的也须六岁就傅启蒙，认字诵书；但他与常儿有异，四五岁上已能熟背"四书"。他更能背诗、吟诗、学诗、作诗，家塾里先生说他是个"诗迷"，大有"偏才"。

这一点，与父亲也很不一样：父亲是位"好古嗜学"的"少年老古板儿"，即世上所谓的"通经服古"，正统士大夫的气质派头，于诗道相远。如今这哥儿则出口成章，过目成诵——使他父亲虽不明言，却也暗自"佩服"。

更有一奇，就是这孩童在一般的聪明伶俐之外，还有一种慧悟灵性之处，迥非常儿所及。他对事物能看出"道理"，说出见解，孩幼之言，虽令人觉得不无幼稚可笑的"乱讲"，却不时道出惊人动众的警语，大有奇致和深思！

彼时从皇帝到大臣学士，官私崇奉，一色是宋儒朱子（熹）的学说识见，凡经书义理，皆奉"朱注"为圭臬，谁也不许违背，也不敢生疑置议。独这哥儿不然，他读书不只是聪颖强记、背诵如流，更喜欢"琢磨"道理，时发奇问，弄得先生无以答对，总是以训斥"不许胡说"了之，霑哥儿心里是不服气的。

比方，他会这么"发难"——

"先生，孔圣人对女子为何那么不敬？他说惟小人与女子为'难养'：'近之则不逊，远之则怨。'我看女子才慧仁慈，过于男人，怎么与小人一同看待？圣人不是教忠教孝吗？孝的不是他母亲吗？母亲即女，连母都'难养'，与小人同论了，怎么算个孝呢？"

问得师傅瞪了眼，半日回答不出。

再如他或许也会问先生："君子何以要远庖厨？"先生说："君子是心地高洁的，不忍眼见那宰割烹烧的景况，此乃仁心之及于万物也。"他反问道："如此何不吃斋？'眼不见为净'，口里照样吃得香，岂非自欺欺人的事？"

师傅也还是张口结舌，只训他"无礼"。

他不止此，不时说出一些"疯疯傻傻""有天没日"、令人惊骇的话来，没轻没重，无尊无卑，全出常人意想之外。

日久，传到父亲耳里，十分担心此子胆大语狂，谨防祸从口出，被仇家知闻，去告发"逆"罪。对他增加了"戒心"与不喜欢的忧思烦虑。

为此，管教上更加上几分严规。比如除非大典特准，是不许外出乱走的，某某地方名胜古迹，虽然盛况腾誉蜚声，也是不许去看的。只府旁有家庙，年节岁时，许随家人仆婢一往。因此，金陵虽大，景物风光不可胜计，他却无缘亲到，只能听家下人口讲心传，徒增神往而已。

曹頫的教子之严，除了这是满洲旗下家教的常规之外，加上了自己的警戒小心，惟恐子弟稍有不慎，被人议论，横生事端，勾起"政治账"，祸不旋踵。

霑哥儿，身为钦差织造的小公子，锦衣玉貌，人人爱赏疼怜，严父终不敢"假以辞色"，稍露舐犊之真情，父子之间，天伦之乐，四五年间，所享实在无多。

更有甚者，他有时碰到父亲因官家公事的煎逼而烦恼时，触了气头上，还要遭到责打——那不是"表演"，是很厉害的鞭笞刑罚！

嬷嬷们能记忆她们主家的家规："……说声恼了，什么是管儿子？——竟是审贼！"

霑哥儿是如何生长起来的？后人怎得尽知。

题曰：

尚衣府宅气峥嵘，玉貌锦衣公子名。

能使先生无以对，圣门古训敢离经。

[副篇]

雪芹童年的事情，过去一无可考，至一九八二年七月三十一日《南京日报·周末》（增刊）上刊出黄龙所撰《曹雪芹与莎士比亚》一文，叙述他在一九四七年左右尚在金陵大学做研究生时，因考索莎剧资料，到中央图书馆（今为南京图书馆）阅书时，发现一本 *Dragon's Imperial Kingdom*，一八七四年 Douglas 版，内有一段文字，追述著者 William Winston 的祖父 Phillip 曾在南京与曹頫来往的简况，而且涉及了曹的娇子。黄龙先生原有译文，我重译过，今录于此——

　　这个皇朝国家是以一条五爪金龙为之象征的，龙是传说中爬虫类的一种，从创世以来并未存在过的动物。这个国家的种种物产中以柞蚕丝为最享盛名。这使她赢得了东方的"丝绸之乡"的称号。作为我们的传家之珍宝，一直还保藏着一件江宁织造局手工制成的带有龙凤图纹的织品，几经兵燹，此品竟得历劫幸存。当我祖父菲利普经营纺织商业而居留中国时，他有幸结识了当时的江宁织造监督曹頫先生，并在曹先生的邀请下担当了纺织工艺的技术传授人。这位东道主极其慷慨好客，常常即席赋诗，以展情抱。为了酬答盛意，我祖父就宣讲《圣经》并为之详述莎士比亚戏剧的情节故事，讲得绘声绘色，十分生动。然而作为听众的，儿童和妇女是不得在其列的，而曹先生的娇儿爱子，竟因偷听之故而受了责打训教。

　　这份资料十分新奇可贵。但后来海外学者对之蓄疑，理由主要有两点：（1）遍查英国出版资料，并无 Douglas 一八七四年出版此书的痕迹；（2）所引英文原文，不像十九世纪彼时的文字风格。以是疑其未必可据。自此，此事发生了争议。

　　然又据南京的严中、北京的胡文彬两先生的考索，已共有三人曾亲见此书，连封面颜色等尚能记忆，印象并不含糊。似此，则黄龙教授之所录资料，又不能轻易断为子虚乌有。

　　我昔年是倾向相信的（可参看《曹雪芹小传》第 222~225 页的考论等文字），也曾写入《曹雪芹新传》。但既有争议，悬而未有最后定论，从学术上讲，应存审慎，而又不宜全付阙如。今在此述其梗概，仍为必要。

[附记]

此一资料如系后来伪造，则必将重点移向雪芹而做出更多的"情节"附会之文。今观其所叙简净不烦，寥寥数言即止，更无可疑之点。盖若借雪芹之盛名而造伪文，意在引起"轰动效应"，恐即不止如是而止笔矣（可对比世传伪造长文一类拙劣"手法"）。此意不知是否？存待评议。

六、满俗家风

霑哥儿为何最畏父教？父严母慈，是中华传统的伦理定规（对人称自己的父母也是说"家严"与"家慈"）。再加上满洲风俗，子侄最怕父辈，其礼严峻不可稍有轻忽，否则议为大过。清代有一外国传教士记录在中国的见闻经历时说：有一位满洲官员因公到他寓处相访；其后若干年，适有此官之子也因公来到他的住所，及知那张待客的坐椅是他父亲曾坐过的，即起立敬避其位，再也不敢在同一座位上就座了。此例最为生动而有力，说明那种父之尊严，子之礼敬，万万不敢差错一步。然则霑哥儿自幼的怕父亲，可以晓然了。

这也就必须稍知那时内务府包衣之家的一切习尚，与汉人百姓，有何不同。

汉人归旗年久的八旗人家，其家久受"满化"，生活规矩习俗是"满七汉三"①。而内务府世家因是历代跟随满洲的"汗王"（后称皇家了）做奴服役，就更不止于"满七汉三"的比例，差不多已然到"满九汉一"的地步了。霑哥儿自幼所过的生活——衣食住行，所受的教养，言行礼数，无一不是满俗特色浓郁的规范。当然，这个规范与异邦文化不同，

---

① 1953年版《红楼梦新证》中有所引及。

它还是中华文化中的一个特有的少数民族特色，并非"全异"，这是不消说的。换言之，必须理解雪芹自小所处的环境是一种满汉两个伟大民族特有文化的交会和融合，酝酿和熔铸而成的清代八旗内务包衣品位的特殊文化文明境界。因此，只从历史上一般汉族文人才士的共同情况去认识雪芹，就会失掉他身心上具有的很多个性特点。

"从龙入关"是甲申（1644）的五月初一日那天，曹世选、振彦一家人还是"九王爷"多尔衮手下的包衣人。其同族另一"世"字辈的，则是十王爷豫德亲王多铎的包衣。这个包衣世家一直延续到清末民初，大约是豫府的总管家（比如豫王府卖给协和医院，修葺时掘出窖银，比卖价银还富得多……），其后人的回忆追述，大可助益于今日了解曹家生活实况的一些侧影——

> （父亲）说原有《曹氏宗谱》存在长门家里……家谱父亲见过，始祖叫曹世×，如果与《红楼梦》作者同宗，则应叫曹世选。

下有一段文字，表明始祖为"世"字辈之记忆不误。

> 据说原系关内人士……落籍襄平。

中叙曹族入关者分三支：一支驻唐山，一支进北京，另一支驻承德。"沈阳老家还有一部分人留守家业。"其父在世时尚有联系。

> （本支祖，约为"世"字辈之第三、四代云）曹大邦何时成为豫王府属民（包衣阿哈），不清楚。风俗习惯基本满化：生女不裹脚，娶妇要天足，成人女子梳两把头，穿高底鞋。男人留辫子，一落生来是养育兵，可关粮饷。

> 礼节满化，请安代替作揖，妇女叩头下跪不低头，行举手礼三次，叫鞑儿头。

称呼也都满化，管父亲叫阿玛，管母亲叫额娘或奶奶，管祖母叫太太。

所不同的，供祖先悬影（画像），不供竿子板子（狩猎工具）。

甚至自己名字也满化，上学学两种文字，汉文与满文。（中叙满文实为拼音字，共有三十六个字母，分十二行，每行三母；第一行为阿、卧、依，分三母音；满文楷书叫清字，草书叫拉西密字……）

这些情形，有清一代未曾改变，相沿入于民国初年，仍有遗痕余绪可寻，故足可借为雪芹家庭满俗的写照。

这份回忆还讲到八旗官学，不收学费，供衣物及"膏火费"，鼓励旗家子弟入学，但旗家并不重视官学，仍兼有家塾业师，还是要读"四书五经"，街坊熟人家孩童可来附读。——

外院门房暂作书房，老师姓连，也是方字旁的旗人，道貌岸然，判仿（按即习字的作业——本书著者）使用朱砂红笔，盘腿坐在棋盘炕上，伏身在古色古香的硬木炕几上判学生写的字。棋盘炕上铺有地毯，少数民族的气息非常浓厚。

这正是旗家的文化教养的情景——当然在雍、乾之时，曹家的考究要比这高级十倍不止了。

回忆者也叙明，家里有石锁、扎枪……是旗人习武必备之物。

这便一切了然：霑哥儿是位公子，可又是一名养育兵——等于说待役兵，一到成丁，随时要听调披甲入伍。

而且，父亲是钦差，虽然年轻，上下内外都得称其为"大人"，出门要坐八抬大官轿，人人见了都要起立。地方大官也得按时必到织造府去，"向圣上请安"——因为钦差能代表皇上。然而，霑哥儿一家又是奴才，既非自由民，更非真贵族。他家早期只能奴际通婚，地位卑贱。

这一切，小霑哥儿日后方得明白：自家这么特殊，可又这么不好懂。

题曰：

家世旗门样样殊，满须弓箭汉须书。

悲欢哀乐无穷事，此日哥儿识得无？

[附说]

本节借今人曹嘉康所撰《漫话家史》中之若干片段以说明包衣旗家之生活实际，因清代文家绝少此类记载（此文写于1991年，承曹仪简先生提供）。因系仅听其父"茶余酒后"所谈，大致信实，而亦多不合历史制度与揣想、模糊欠缺之处，既系摘录，今不枝蔓。最可注意者，即其家本有家谱，其谱第一世为"世"字辈，正与睿王包衣曹世选（雪芹五世祖）名字排行，豫王、睿王本分领正白、镶白二旗兵力，地位重要，而此一支不见载于"五庆堂"曹谱，应非一源。

雪芹小说中所写，正是此种满汉文化交融的生活实影。

七、阴阳邪正

童幼时期的小雪芹，不只颖慧过人，亦且早早开始察事悟理，对他所见及的事情暗自思忖参求。比如，自己所处之家境，是既荣显，又窘迫；家门在江南是皇家"代表"使臣，连督抚大员也必到府里向"圣上请安"行礼，而他家却又是一种"包衣下贱"的奴籍（小孩子还懂不太透彻）。他们住在南方已达数十年之久，可家里上下人们讲的总是北方京城的一切名称市俗……就此，已悟到一个理路：世间万物群情，都不是一种单一的、纯粹的因子所构成的（这是用现代词义来代他表述的方式）。

就连孟、荀的性善、性恶之异论歧观，他也开始有所体味——怕也是复杂的，并非那么简单的一面之事。

于是，他终于钦佩一个最古老的哲思"玄"理，即一切万物，都是这样双重结构的结果。

他从小特别敏感于"阴阳"造化大课题，而在观察中使他启蒙的却是男女两种很不相同的"人物"。

那时候不是像如今叫作什么"性别"，而是说"男女有别"，男女之间有一道"大防"，连叔嫂也是不许"亲授"的。但霑哥儿很奇特：他从来不喜欢与男孩一起，对于女孩异常亲近——他感到她们有一种莫可名状的气质、气息、气味，一种神奇的魅力。他觉得男人很粗陋下俗，其气味竟然有"浊臭逼人"之感。

他这样感受，也这样表示。家里大人们听了惊讶发笑，甚至以为这小小孩童"天生下流"，长大了定系好色之徒……他父亲闻悉此情，更是心下不悦——担心自己生了一个"不肖"之子，则于曹氏祖德门风，更为负罪无状，难对先人了。

男女是阴阳的大道理，也是善恶、邪正、吉凶……种种异同变化的妙相玄思。这当然是他日渐长大之后的思索参悟，但他这种领会的开头却很早，早得旁人万想不到——因此众人对他很难理解，只说这孩子真"怪"，实与常儿太不相近，不知怎么"形容""称谓"才好。

还有一层：他虽颖慧惊人，神采夺众，而另有一种顽劣淘气的脾性，也超过一般小孩童，以至弄得家里人时时啼笑皆非，传为"异事"。父亲恼了时，严加笞挞，但并不能略收管教之效。

这样禀赋之人，说善不是，说恶也不是；说正不对，但说邪也不可——简直即是无以名之。

他从众人的"反应"中也看到了自己的"复杂性"。他对此也暗自思索。到了日后著书时，他创造了一个崭新的名目，叫作"正邪两赋"而来之人——似乎是一种双重气质性格的异样"构成"，世俗常理陋识，只会单一思维，故此无法理解他、赏识他，只把他当成一个"不近乎人情事理"的乖僻疯癫的、不值重视、不足深论的不肖子孙，如此而已。

这种人，不但有一个早慧的问题，还更有一个早熟的问题，讲说讨究起来是不大容易的，也很难获取常人置信的，对异性特别敏感而多思的孩童，多属此类（我在《曹雪芹小传》中有过论析，举出清代若干早慧早熟的实例，可以参看）。

因这种人禀赋既殊，人所难解，世亦不容——乃是带着异常浓烈的先天悲剧性的历史人物。

题曰：

正邪两赋本堪悲，世上无人不笑嗤。

只待百千年以下，方知此义最惊奇。

[附说]

本节不但是为了从哲理上解说雪芹为人的特点，也为他的用"两赋"创说以解说所有悲剧性历史人物做出了简明的阐释，比如他特别钦慕晋代嵇、阮一流畸士高人，正由此而可得领悟。

第
三
章

一、诏狱先声

霑哥儿勉勉强强"平安"长到四岁年底、五岁年初，他的钦差内府大人（"大人衙门"为当时对内务府的通称，并非乱用字眼）之公子的生活便早早地宣告结束。

这短短的四年间，已是惊涛骇浪，苦海无边，他的家门地位，像一叶小舟在其中漂泊浮沉，时时有覆没之危势，逐日悬悬，惊魂战栗。

回顾一下，他家的处境何似——

雍正阴谋政变、夺位"御极"之后，立即穷治政敌的一切人物，包括骨肉、母妃、亲戚、功臣，以至奴籍——太监和内务府包衣人，尤为他所处心积虑、首先制服的身虽卑微而事关要害的这些"下贱小人"。

这种例子姑举二三：康熙的宜妃，本是"大孝""至诚"之新圣上之"皇考"的爱眷，乃其诸母之一，只因她是胤禟的生母，将她翊坤宫中的重要太监多名，皆说成是"极恶"之人（并详知其为主为己经营买卖而"极富"），竟尔分遣极边，给兵丁做奴当苦差，如若不肯远去，即勒令自尽！又如他另一政敌弟兄的胤禩之福晋（正王妃）——助夫反对雍正，即将她母家革去王爵（革后的日子是不好过的）。再如康熙的亲信得力大太监梁九功（京戏《盗御马》中的"梁九公"），于雍正夺位后，不待新皇帝"费心"下令，传旨设词，自己就一根绳吊死了。一句话，雍正的心黑手辣，残酷至极，以至其弟兄胤禩、胤禟等被百般刁难折磨得说：这还不如一下子死于刀下痛快——实在非人所能忍受！

在雍正等主子看来，内府包衣与太监相差无几。所以他一"登极"，先就下手"整治"曹寅的妻兄（雪芹的舅祖父）李煦。

李煦的罪名是"亏空"官帑。曹、李两家本是"一体"互扶：分任江宁、苏州织造，后又轮替分年管理两淮盐政。二人共同南巡接驾数次的"亏空"，其数目惊人！雍正借着整肃吏治的美名，首先严查"亏空"（还命令立将康熙手批密折扫数进缴）。

李煦下了"诏狱"（刑部大狱），抄了家产，子女人口逮捕，房屋"赏"与大功臣年羹尧！登时一门男女，皆陷绝境，其惨不忍尽言。

李煦于康熙一晏驾即时落职，随即严审峻治，到雍正改元的六月，总管内务府大臣等已在奏报审治的结果了。此际，李煦之妹——曹頫过继后的母夫人与頫本人的处境与心情何似？头上一丝之悬剑，项间九道之刑绳，大约可以约略想象形容吧？

题曰：

小人有过圣王明，官帑亏空件件清。
皇考南巡应有罪，何曾一字不平鸣。

二、待刑觳觫

雍正新朝一开始，已将李煦亏空一案交江南督臣查弼纳审办。此时继煦来任的苏州织造胡凤翚，奏报案外又查出李煦任内剩余银六万余两未入库存，请并追。又巡盐御史谢赐履也奏报，曾解过银五万两与苏州织造李煦，又两次解过八万余两与江宁织造。今请两处将该项银两解还

（由巡盐御史交户部）。

元年六月十四日，庄亲王等大臣奏报督臣查办李煦案，共亏银三十八万八千余两，将家产估价抵欠外，尚亏三十五万余两。又两处家属共二十九名口，悉予逮捕。

本年，曹頫曾多次进献物品——想来是为了讨一讨雍正的"欢心"，表示一下自己的"忠诚"。

雍正二年，正月刚到初七（我们民族风俗上称之为"人日"，大诗人多有咏题），曹頫即有奏折。不妨引来并加想象以表述其时情景——

江宁织造署。一处院落厢房，匾上是"西轩"二字，轩内的曹頫，时年二十余岁，正在独自沉思，面现忧郁之色。曹頫回想本年正月初七，即曾呈递奏折，只因伯父——过继父曹寅在任之日，康熙老皇帝屡次南巡，费用浩大，欠下了亏空，如今新皇帝追逼甚紧——

　　江宁织造，奴才曹頫跪奏：为恭谢天恩事。切（窃）奴才前以织造补库一事，具文咨部，求分三年带完。今接部文，知已题请，伏蒙万岁浩荡洪恩，准允依议，钦遵到案。窃念奴才自负重罪，碎首无辞，今蒙天恩如此保全，实出望外。奴才实系再生之人，惟有感泣待罪，只知清补粮钱为重，其余家口妻孥，虽至饥寒迫切，奴才一切置之度外，在所不顾。凡有可以省得一分，即补一分亏欠，务期于三年之内，清补全完，以无负万岁开恩矜全之至意。谨具折九叩，恭谢天恩。奴才曷胜感激顶戴之至！

"朱批"：

　　只要心口相应，若果能如此，大造化人了！

曹頫耳边响起雍正帝的严厉可畏的声音：——
"只要心口相应，若果能如此，大造化人了！"

曹頫的沉思，为门外仆役传话的声音打断：

"主文相公求见老爷。"曹頫命他进来。

"禀老爷，杭州织造府孙文成，苏州织造府胡凤翚二位大人发来紧急合奏的奏折，请您审核，具名。今日已是闰四月二十六，圣上为南省代售宫中人参，价目不合一事，催问甚紧！今日快马进京，望求赶办要紧。"

相公说毕，又打一躬，将来折呈上。

曹頫神色又添一分紧张，接过奏折……

耳边又响起雍正冷酷的声音：——

"人参在南省售卖，价钱为何如此贱？着问内务府总管！"

二年之四月初四，曹頫有一贺表，其文云：——

    江宁织造奴才曹頫跪奏：为边疆凯旋，普天同庆，恭贺圣功事。窃奴才接阅邸报，伏知大将军年羹尧钦遵万岁圣训指授方略，乘机进剿，半月之间，遂将罗卜藏丹金逆众羽党，歼灭殆尽，生擒其母女子弟及从逆之贝勒、台吉人等，招降男妇人口，收获牛马辎重，不可胜计。凯奏肤功，献俘阙下，从古武功未有如此之神速丕盛者也。钦惟万岁仁孝性成，智勇兼备，自御极以来，布德施恩，上合天心，知人任使，下符舆论，所以制胜万全，即时底定，善继圣祖未竟之志，广播荒服来王之威，圣烈鸿庥，普天胥庆。江南绅衿士民闻知，无不欢欣鼓舞。奴才奉职在外，未获随在廷诸臣，舞蹈丹墀，谨率领物林达、笔帖式等，望北叩头，恭贺奏闻。奴才曷胜欣忭踊跃之至！

"朱批"：

    此篇奏表，文拟甚有趣，简而备，诚而切，是个大通家作的。

这份贺表，所得批语，表面似赞许，语气实含讽刺——这位"圣上"对人的"态度"之一斑，由此可窥。

至五月初七，曹頫又奏晴雨麦收（此乃职分以内旧例），不料雍正的朱批却写道——

> 蝗蝻闻得还有（按此即久旱之所致），地方官为什么不下力扑灭？二麦虽收，秋禾更要紧。据实奏！凡事有一点欺隐作用，是你自己寻罪，不与朕相干！

这不但已露狰狞面目之初机，而且确实"与朕相干"——因为二事皆与织造了不相涉，一个皇帝向一个臣奴如此说话，全是威吓寻衅，"光棍气"十足，已不再是什么古来"君臣体统"了。

五月中至六月，又命查库存纱变色事（如系三五年内所织，须究现任织造）。

至七月二十四日，负责审治李煦的隆科多（雍正称之为舅舅，姓佟），题本奏报此案情形。其内容略云：据江南总督查弼纳审办结果，李煦"亏空"内，实包含盐商少缴秤银三十七万八千八百四十两，应予减去，由盐商等人追赔。具奏人是"太保、尚书兼步军统领、公、舅舅隆科多"与正黄旗汉军都统、兵部尚书卢询，还有内务府大臣常明、来保、李延禧等。

按此案情，将近三十八万两的"少缴"（当时只为"买脸"虚报银数，实无此款缴库，亦即"锦绣瞒天"的一项假相），早已超过了上述的李煦亏空三十五万余两了，证明李煦既无罪可言，此案应即审结。但是不然，还要审讯一个重要幕宾办事人沈宜士等等，还在续捕一个"郭苍书"……

延至十月十八日，总管内务府大臣、庄亲王允禄等又奏云：据江南总督称，已经逮捕的李煦家属、家仆并男童幼女等共计二百余名口，在苏州变卖，日久无人敢买，现将续审之人须留讯者外，应交内务府处置；得准后，专人押解回京途中，已有男、妇、幼女各一人病故，所余二百二十七名口，除十名家属交还李煦外，应交崇文门监督变价（卖与人为奴）。雍正批示云：大将军年羹尧人少，令他尽先拣取为奴。

这些人口，受不住折磨，已有途中病死者，余人惨状不问可知。特别是所云男童幼女，其中有数十名是可怜的孤儿，由李煦收养存活的无辜者——至今叙此历史陈迹，犹令人鼻酸心恻，不忍于言。

年底以前，苏州织造"新红人"胡凤翚又献殷勤，查出李煦历年所种红稻，所存不足，用去一千九百九十余石，也要照价追赔——其实这也是康熙帝明令让他在江南"普及"种植的（这种红稻，《红楼梦》中也写到过）。

以上当然都与曹頫家息息相关。但本年雍正特为"关注"曹頫，已将他交与怡亲王胤祥"照管"了。这儿请看一道"特谕"——（本年无月日）頫请安折，并朱批，全文云：

> 江宁织造奴才曹頫跪奏：恭请万岁圣安。

朱批：

> 朕安。你是奉旨交与怡亲王传奏你的事的，诸事听王子教导而行。你若自己不为非，诸事王子照看得你来；你若作不法，凭谁不能与你作福。不要乱跑门路，瞎费心思力量买祸受。除怡王之外，竟可不用再求一人托（拖）累自己。为什么不拣省事有益的做，做费事有害的事？因你们向来混账风俗贯（惯）了，恐人指称朕意撞你，若不懂不解，错会朕意，故特谕你。若有人恐吓诈你，不妨你就求问怡亲王，况王子甚疼怜你，所以朕将你交与王子。主意要拿定，少乱一点，坏朕声名，朕就要重重处分，王子也救你不下了。特谕。

据此旨"圣训"，可知者约有三点：一是怡亲王对曹家有护惜之情；二是曹頫此际如鱼游沸釜，惶惧万状，在投求可以解救的门路；三是雍正此时人心不服，敌对甚多，舆论不佳，他担心的是自己的"声名"（穷治严搜，刁狡残酷）。

曹頫对此，要恭接跪读，门庭妇幼，皆为之觳觫战栗。小霑哥儿，就生长在这个家势之中。

题曰：

　　舅家惨局剑芒寒，寝食如何可暂宽。

　　拟向豪门乞身命，圣恩浩荡尚温颜。

［附说］

　　查弼纳审办李煦，查出商人累害盐官，众商愿赔，一由不忍，二由总督有意脱救李煦，其内情亦非简单，亦且牵及后情。怡亲王是雍正最为表扬的人物（借以显示对弟兄手足并不残害），但内情也很复杂，至乾隆朝始见分晓，而到雪芹时，犹与怡府有重要关系。要之，雍正心恶李煦最甚，不肯稍加宽贷，而于曹頫，一时尚不拟同惩，盖其所系政治牵连非一，暂时犹有所犹豫顾瞻。然而"特谕"之声色俱厉，已然无可尽掩矣。

第四章

一、狡兔死　走狗烹

雍正二年，是个很不吉利的年头，闰四月二十六日生下的这个孩子，虽然带来了甘霖喜雨，毕竟也带来了不祥之兆。父亲为此时有一层阴影笼罩于心头。此孩，凡见者无不赏赞夸奖，为父者也不是全不知察省，但终不能十分抚爱疼怜；加以公私交迫的情势，日夜煎熬，也无心去多及天伦乐趣。就这样，父子之间，无端无故，却伏下了一道隔膜和类乎疏远的"淡化"感情，总未消减。

从雍正二年到雍正五年底，孩子已长到四岁，时光也是将近四度炎凉。这期间，官场家况，事事难测。

雍正的心腹之患当然不是这些"包衣下贱"的"小人"，他的劲敌是弟兄胤禩、胤禟、胤禵。从二年为始，已撕去"孝悌"的假面具，极力找寻他们的岔子了，明文责斥胤禩"不以事君事兄为重"，而与诸人一起反对他，怀有"私心"。这说明皇家多数弟兄都不承认他（胤禛）是真正合法的嗣君，而且也绝了兄弟之真情。这年年底，裕亲王保泰因为同情胤禵（被雍正阴谋夺位的康熙内定继位皇子）而遭革爵。原被废皇太子胤礽，也是一个隐患，却恰巧亦于年底"病故"了。

多少风云变幻，浪涛汹涌，曹頫太渺小了，反于雍三一载中，颇称"粗安"无事。尤奇者，五月下旬，原胞兄曹顒，时任宫内茶房总领，竟得到赏房一所（九间，灰厦子三间，原系罪家入官的空宅）。

此事，原档不言缘故——宫廷茶房头目人，恐怕不会原无住处；难道是家口众多得"住不下了"？这里面，也许曾有曹顒因故获"罪"而被惩办过，此时不过是又予恢复"生活条件"？还待再考内情①。

这个雍正三年，对曹頫的挑剔不多，却不过是表面上"平静"，内中正在酿造着大端巨祸。因这一年，雍正忙于比惩治"奴才""小人"更重要的大事：一面加重刁难折磨他的手足弟兄胤禩、胤禟（及其"余党"），一面开始其"鸟尽弓藏""狡兔死，走狗烹"的阴险毒辣的勾当。他的第一个目标是"大将军"年羹尧，先看准了他，到了"下手"的时刻了。

雍正谋父、篡诏、夺位，众人不服，依赖的就是两个特大功臣而侥幸登台的：一位是隆科多，一位就是年羹尧。此二人分掌京师与西北军兵实力大权，控制内外朝野，使得反对反抗者竟然无法起动，这个伪皇帝才变成了"真天子"的。因此，雍正一面感切肺腑，一面又忌之若仇（此谓内心活动），怕他二人"泄密"于天下后世！于是，第一步将二人宠之至于极荣至贵，让他们陷入陶醉而失去理智提防。对年大将军，使用的甜言蜜语，读之令人肉麻不堪——哪里还像个"人君"，简直就是一个流氓无赖、市侩小人。

---

① 按迄今可见涉及"曹顒"的记载及档案，有一二疑点尚不能遽解：第一，记载只言其职任为二等侍卫兼佐领，而档案只言"茶房总领"，而此茶房"顒"者系由满文音译（符合官书正式记载而定之汉字也）。第二，此人者，或以为是曹宣之子，或以为曹宜之子，而档案又译为"曹寅之子"。如此，有无可能本系二人而误混为一者（如宣、宜即然）？参看《新证》"人物考"中所列各情。又，烧酒胡同当在东华门外旗人聚处。李英入官之房，疑即李煦一案中人，盖煦宅在草厂胡同，即此邻巷也。但若系曹宜之子，则曹宜任是护军参领，身份是保卫皇帝的"亲军"，皆是信用之忠诚人员（曹宜被派监视囚禁中的雍正的主要政敌，可知他并不与曹頫的政治处境相同，是得到新皇帝的宠信者），那就另当别论——赏房纯属"恩赐"，别无曲折情由了。

年大将军正在飘飘欲仙之际，雍正一下子变了脸——抓住他奏折中一句颂圣的四字成语颠倒了次序，即刻龙颜大怒，所用的刁狡威逼的谕旨批训文辞，正与原先的肉麻蜜语构成十二分有趣的对映。几经挫辱贬黜，最后是天恩浩荡，格外宽仁，"不忍"斩杀，"赐他自裁"——而且"挥泪"谕示：朕如此大仁至义，你死了也应当"感涕"！

大将军只有一条路："感涕"而自己结果性命。

年大将军甘为走狗之下场，与本题何涉？不要忘记，刚刚才赏了他的，乃是霑哥儿舅爷李煦家的房屋、奴婢。（这些人的处境与命运如何？我们是连"想象"也谈不到的！）

还不止此。霑哥儿日后有两位至交好友，他们的一位叔祖名叫普照（英亲王阿济格之后代），因其兄之女为年羹尧之妻，雍正方赐他公爵，予祭，立碑。今则明言：年既有"罪"，普照也不许再为公爵。而且，稍后还勒令年妻返回娘家！

还有，雍正的侧妃年氏，适于此际"病笃"而亡，雍正封她为"皇贵妃"，辍朝五日。把戏表演，不一而足。

至年底，年羹尧以"九十二款大罪"勒令自尽之外，其子年富，立斩；十五岁以上男子发云贵极边充军；家产抄没；以后子孙凡长至十五岁者皆照遣，永不赦回，有敢隐匿者，以附"逆"论。其族人居官者一律革职。

再看雍正四年。

年大将军仅差一丝即是灭门之祸。雍正已然去了一大心病，宝座又稳了一度，于是转年，又有"闲心"加紧折磨胤禩、胤禟，并带及包衣下贱人等了。

且先看三处织造的事：一入雍正四年，先是三月间已责斥杭州的孙文成与江宁的曹頫，因缎品粗糙，均罚俸一年。随后，苏州新织造胡凤翚，与妻妾一齐悬梁自尽！

原来胡曾任宜兴知县，被上司巡抚张伯行（康熙朝公认的大清官，为曹寅作过祭文，交谊不浅）参罢，本非端人。雍正却把他栽培为内务府郎中，得以出任苏州织造。至此，忽然责令回京！吓得他和妻子年氏、妾室卢氏，三条绳了结自己——免得回京受罪！

雍正对此，表示"不忍"，还埋怨勘司太苛——则其惨可知。但什么罪呢？吾人难明，只知此位年氏夫人与雍正的亡妃（即刚才封敦肃皇贵妃的）都是大将军年羹尧的妹妹。事之奥妙，无须再问了。

胡凤翚一死，雍正又派了继任者：他的保母之子，名叫高斌，身隶镶黄旗，内务府世家——后来篡改、伪续《红楼梦》的高鹗，即其族人（等到雍正暴亡，乾隆即位，首先就又抄了高斌的家）。

织造官的种种事相，时刻警示着曹頫。他在本年，又曾屡因织品粗薄而再遭谴责。

遭谴事小，大的又在暗中萌动掀腾了。不过曹頫也还是梦想不到——没有此等智力预卜"圣上"的机谋大政。

治胤禩、胤禟的事太繁，不宜在此备及；只就雍正如何连无辜妇女家眷也不放过的毒酷，略举一二为例——

雍正自正月初四起，即大肆惩治胤禩、胤禟等，革去"黄带子"（开除宗籍）且不必论了，而且将胤禩的母妃从其府中"迎归宫中供奉"——这就使那母妃（康熙之遗妃也）难以活下去了！

母亲是"回宫"了，妻子呢？圣旨勒令"休回外家"，且须另住严监，不许潜通消息。不久，又"赐"自尽，并"散骨扬灰"！

这一年，惊魂荡魄，事事骇闻。霑哥儿虽只三岁，聪颖绝伦，虽还不能懂得世事，但每见家人夜静更深，闭门掩幕，低语吞声——他从人们脸上的那种异乎寻常的畏惧惨苦的表情中，仿佛也领略着一种将要降临的奇灾大祸。

题曰：

年大将军骨已寒，胡家妻妾共绳缳。

苏州织府来新贵，谁卜江宁几日安？

二、六亲同运（上）

事情一到雍四、雍五两年，可就多起来了——这是新皇帝一朝"施政"的高潮顶点，也竟然成为曹家致命的败亡之前奏。

四年因织品粗薄而罚俸、而赔补（要自己出钱重织交纳），还只是个"失职"受窘的事故；到五年，已有人密报曹頫的"情况"了。这就是由打去年新任的两淮盐官噶尔泰（他去年缴进了三十二万两银，雍正嘉奖，赏银两万，叙功晋级），已受雍正指使，在暗"访"曹頫了。他在五年正月密奏的言辞是——

> ……访得曹頫年少无才，遇事畏缩；织造事务交与管家丁汉臣料理。臣在京见过数次：人亦平常。

雍正见此，朱笔批云："原不成器……岂止平常而已！"

这确实是一个不祥的警号——内中又有了新的缘由与动向。

内务府也出了事：一群包衣"奴才"到王府（不言何王？）"嚷闹"并"抄抢"总管大臣李延禧的财物。详情实故，亦不言，必是政治党争的一种反映。至此，将犯者分遣到云、贵、川、广极边去受罪。内务府由此更加分化和严酷清洗。

紧跟着，惩治另一夺位功臣、雍正两大支柱之一的舅舅隆科多的重头大戏又已开场了——这则真是累及曹家遭难的直接近因的头号主角人物。

五年新正月，刑部及诸大臣已在参奏隆的"罪状"。这原是政治大案，却照例要从"钱"上抓题目："婪赃犯法"，然后方才引到"大不敬"这个吓人的名目上去。此为雍正制胜手段的一个"撒手锏"。

据奏报，隆科多的罪款是"挟势婪赃"，其家下人牛伦等向摆叙门下之安图索取财物古玩等并银十四万两，又从赵世显、满保、年羹尧等多人共取得金八百两，银四万两千余两。议以"大不敬"罪拟斩立决！

雍正示宽，仅革尚书，一等公、世职保留（步军统领等兵权早已解除了），因为留之还有"用"处。按此案的要害点全在隆与揆叙家的关系。揆叙者，先朝太傅明珠之子，纳兰性德之弟也，乃胤禩一党，以百万财力资助之，为反对雍正而暗斗，雍正恨之入骨，以丑语立坟碑以辱之（安图，据史家言本朝鲜族人，因在扬州行盐，富冠朝野，而且成为古物书画的头号鉴藏专家）。

这仅仅是序幕，案情要到冬天方告结落。此间，有两桩要事须先叙清，因与曹家大有干系。

一桩是胤祯的命运。这是清史上的一个特大悲剧性人物。康熙在选立太子上，是终生一大恨事与伤心气恼的难题：已立太子胤礽，是个良才，而被弟兄辈（尤其胤禛）嫉羡，加之诬害，以致精神失常，废而再立，再废，于是最后选定了又一良才胤祯。康熙派他为抚远大将军，到西北去镇守平定个别部族的作乱，临行的盛大场面，堪称空前绝后——皇帝、百官、全军，正式出郊饯送，成为从来未见的异样典礼！胤禛将康熙害死，将传位密诏"祯"字篡改为"禛"字（此二字形极相近，涂改甚易），因而夺了皇位。胤祯在外，茫然不晓，被召回京，即解兵权，特派一个"光荣"职务：去守康熙先皇的陵寝（那时为忠为孝，无法拒不为父守陵），实变相软禁（有人监视）。

五年二月，宗人府忽奏称胤祯(官书早皆改书"允禵"，乃胤禛心虚，诡计灭迹的旨意所定）家下太监刘玉潜逃，胤祯不请旨即私派家人到丰润县去缉捕，在彼"扰民生事"，议再降级为镇国公（虚衔）。雍正示"恩"未从，暗中又生新策。

此一"扰民生事"，大约对曹家在丰润的同族曹铨家也造成了灾难[①]。

① 丰润曹家，不知何因，忽然遭事败落，十分骤然；又当地盛传曾遭抄家，一女外逃至山西，演为剧唱……详见《曹雪芹祖籍在丰润》（天津人民出版社，1994年版）。董宝莹《初探丰润曹氏历史上一大灾难》，疑与胤祯一事有关联（比如太监刘玉事急冒称奉命到县办事，而曹家以京中旧谊招待协助，遂为雍正所怒，加以惩办。此等皆不会载入官书史册，存此说待考）。

才到五月，便将胤禵从马兰峪守陵处撤回了，与其子名白起者，一同禁锢在万岁山（景山）内寿皇殿之旁小屋里（寿皇殿已因火被毁不存）。

这就又牵连上了平郡王讷尔素（或作"苏"）——即是曹寅的长婿，霑哥儿的姑丈。

讷尔素本是大贝勒礼烈亲王代善的五世孙，其长子克勤郡王之后。为抚远大将军胤禵的副手，摄过大将军印事。康熙知道曹家上世与大贝勒家有旧谊，故将曹寅长女，指配为讷尔素平郡王的嫡福晋（正夫人），生子名福彭（定远大将军）。讷尔素至此竟遭圈禁（严重的惩治，是对待有活动力、危险性人物的严惩手段），罪名是军中"受贿"，其实情当然也还是由于胤禵的副手，不服雍正的夺位。

讷尔素平郡王是曹家的最重要的政治支柱，曹頫之未即遭难，平邸的维护是第一等因由。如今他也获"罪"，事势就更为凶险了。

另一桩是前总督查弼纳（承旨治李煦的大吏）本为胤禩一党，至此为雍正所悉，下令"九条锁链"逮办，回京亲讯。查弼纳吓走了魂，为了讨命，将隆科多、苏努等六十七人如何结党的内幕（皆胤禩一方）和盘供出，投降乞命。雍正的权术高超：不加之罪，反予重任——明示将来还有"用处"。

查弼纳于是全副精神向雍正献勤讨好，事事尽心——最不幸的是他又当上了内务府大臣，又成了曹、李两家的致命上司！

三、六亲同运（下）

一到五年上，才交二月时令，舅爷李煦再次获"罪"，入了刑部的大狱——案情还连上了前总督赫寿。

二月二十三日庄亲王、查弼纳等内大臣奏报的审讯结论是，李煦受赫寿的劝说，以八百两银买了五个苏州女子送给了胤禩（已被雍正改名为"阿其那"，系满语的一个丑词贬呼）；并供出那是太监刘进到江南去要人要银，非止一次。索银累计几千两，实是小焉者，在当时风气算不得大款项。但最关紧要的是有一次索取二万两，是为了给胤禛修盖花园！

这花园，就是现今还十分驰名的"恭王府花园"的前身，而考证表明:这个大府园，民间一直沿称"西府"，与胤祯的敦郡王府（称为"东府"）紧相毗邻，传说与考证一致吻合，那就是《红楼梦》中所写的荣宁二府的建筑结构的"原型"①。

曹家此际处境之复杂，除了李煦再下诏狱，平郡王遭了圈禁，还有一层同样关系至为重要，甚至更为重要的，是（曹寅的妹倩）霑哥儿的祖姑丈：傅鼐。提起此人，实在又是一位非凡的满洲文武双全、品德兼异的雄才伟器，必须稍叙梗概，方可明了许多的事故与后果——日后也对霑哥儿雪芹大有影响。

傅鼐，字阁峰，本姓富察氏，此乃满洲八大姓中的一家，祖居长白山，祖父名叫额色泰者，佐(清太宗)皇太极建立武功。额色泰生四子，次名噶尔汉，康熙时武将。但到傅鼐时，家已积书万卷，有名园"稻香草堂"，聚文史以至医卜百科名家，讨究学问。年方十六时，被选为胤禛府的护卫，因此对后来的"雍正帝"的一切（性情在内）极为熟悉，也很得用。胤禛夺位之后，即任为兵部右侍郎。年大将军既"大逆"赐死，要穷索其党，廷臣无敢言者，傅鼐独倡言不应株连"胁从"，于是诸王大臣们方敢讲些真话，得以平反之人不计其数。

这就是说，傅鼐自年少时与胤禛关系特密，"顷刻不离"，而从不助纣为虐，反倒是于万马齐喑之局中仗义执言，救了无数人的身家性命与子孙惨状。

曹頫一家，竟能于新朝苛酷之下苟延残喘至四五年之久，而未与李煦同时严惩，是暗中有平郡王与傅鼐的呵护缓解之力。

---

① 参看拙著《恭王府与红楼梦》。胤祯也是反对雍正之郡王，故首遭惩治，府久废(年大将军获罪后一度囚于此府中)，而其邻府（西府）几百年来竟失其主名——盖从雍正时无人敢提"胤祯"一言半字，讳莫如深，遂致迷其名号与历史实情。其花园内有明代建筑与山石，此次二万银，不过用以增葺加修，非指创建，此园绝非二万银能建者。此府园早归内务府收回了。

然而，极其不幸的是，平郡王遭到革职禁锢，无复自由，旋即又有傅鼐获罪的大事故。

于是曹家走投无路——跟着就"立案"受审了。

题曰：

> 砥柱中流说傅公，西城平邸旧旗红。
>
> 六亲同运当时事，地网天罗鸟触笼。

四、家门籍没

五年腊月二十四的严旨，到达两江总督是用不了几日的，正好已是大年底下——本来众衙署例应"封印"（放年假，不办公）了，但这是特旨，范总督立即知会驻防旗营的首领（当时称将军）派兵围了钦差织造府，将全家主仆男女拘押在一个角落，不许活动，然后清点一切物件，逐细列清造册，然后用大封条（官印森严）固封，谁也不容再动丝毫，听候发落。

当然，这一家子是"过年"过不成了，一下子陷入了可怖的惨境之中。

那时的抄家，景象何似？无人敢于记录；我们已叙过胡凤翚，被抄时连同妻妾一起悬梁自尽。又知道雍正十二年有抄没学政俞鸿图之家的"圣上震怒"之事，也是妻室自尽，竟把一个幼儿活活"恐怖死"！聊借一位明朝人简写抄家的几句话来略资"想象"吧：

> 自抄没法重，株连数多：坐以转寄，则并籍家资；诬以多赃，则互连亲识；宅一封而鸡豚大半饿死，人一出则亲戚不敢藏留。加以官吏法严，兵番搜苦——少年妇女，亦令解衣；臣曾见之，掩目酸鼻！此岂尽正犯之家、重罪之人哉？一字相牵，百口难解，奸人又乘机恐吓，挟取资财，不足不止。半年之内，扰遍京师，陛下知之否乎？

这是明代的实况，而满洲自早也盛行抄没之举，更为严酷①。

这就是人们后来说的"扫地出门"之法制。

此时的霑哥儿，年方四岁，只充当了不满四载的哥儿公子，便身历此种特殊的场面与后果。这在他的小小心灵上，会要镌刻下何等的印记？除他自己，无人能代宣喻。似乎可以说，在他的记忆上，"人生"就是这样开始了的。

恐怖的丁未岁尾，熬过去之后，恭候旨命方敢行动，是以告别金陵北上，是戊申开春之事。

据继任的绥赫德开年不久（确切日期佚去）的奏报云：他到任后细查了曹家一切财产物事，与总督册列封固者相合，计有——

（一）房屋及家人住房，十三处，共计四百八十三间（平均每处三十七间，约当相连之两个小四合院）。

（二）地八处，共十九顷六十余亩。

（三）家人大小男女共一百一十四口。

（四）桌椅床机（小凳子）旧衣等零星物件。

（五）当票百余张。

（六）外人所欠银三万二千余两。

按以当时知情人所著《永宪录续编》所记："封其家赀，止银数两，钱数千（俗语几吊钱），质票（当票）值千金（一千两银子之雅词）而已。"——此实相吻合，盖抄家真目标并不在田屋不动产业，而在现存金银珍玩贵重家私，故《永宪录》于田屋不必多及，只以看当场查封物件为论。

于此，有两点十分重要，必须点明——

一是绥折感颂"浩荡天恩"——已将曹𫖯所有田屋人口尽赏与他了。

① 可参看《曹雪芹小传》第44页引谈迁《枣林杂俎》。所引明人文字，见《明史·吕坤传》。

二是《永宪录》记云:"上闻之恻然!"即雍正得知"豪富"的曹家竟尔穷得如此可怜,也不禁发生了"慈心"。因此,证以绥折之末又言奉旨与曹家"少(即稍微,些许)留房屋,以资养赡",绥赫德遂云:"今其家属不久回京,奴才应将京房屋人口,酌量拨给。"

此时之曹家,已然一无所有。回京之后,亦无立锥之地。多亏"天恩",给一住处。后来档案记明,绥将坐落蒜市口的十七间半房(当是一个小院子),并家人三姓夫妇,计有六口,给了曹家。

至于曹頫家属回京如何过活?何以为生?至今尚不得而考。

从绥折估计,曹家眷属,老少主妇两代三人,即寅妻李氏,颙妻马氏,頫妻某氏,外有男孩霑哥儿——他们当不出正二月即须监押北上。

霑哥儿从此离别了南京城,并且在艰难的水陆行程中第一回放眼看到了世界与人间众生诸相。

霑哥儿对南京并无大略熟悉的机会,他是不能外出游玩的。以至他日后写作《石头记》,还留下一句"听说金陵极大"的话,并且得到批点者特别指出"听说二字之大有神理"。所以在他的小说中,连半句具体描叙江宁景物风光之例亦不可见——只有贾母史太君口中说出"南省"的俗话如何如何,这最堪回味历史的实际对他作书的影响了。

但是在他住了四年并且在那儿生长嬉戏的织造府园,却是熟悉记得的。但他也有意避讳实写那座"老宅",只借别人之口说从外面看去,隔墙可见后园楼台树木的峥嵘润润的气象。

此府早已毁灭无存,只还有一幅平面图,是乾隆十六年改建为行宫的图样,从中尚可领略一些规格痕迹。

前章叙过的栋亭与萱瑞堂,即在其间①。(对于此府,自改建行宫另设新织造衙门于淮清桥头,已与康、雍史事毫无关涉,而后人时有混淆误说。老府点滴情况,亦惟《红楼梦新证》第四章第四节略有叙述。)

---

① 织造府成为大行宫,此地名今犹存在;至于建筑,当由太平天国大规模拆改重建天王府时彻底消失。可参看《江苏文史资料》第4辑《天王府旧址历史沿革简介》。

题曰：

门庭冷落是行宫，老宅峥嵘远梦中。

嬉戏园池谁识得，声声腊鼓说查封。

［副篇］

按康熙于五十四年，曾询问过刚到江宁继任的曹頫家下财产情况如何，彼时曹頫奏报所说，他自幼家（过继）父曹寅带往江南抚养长大，今到任后细问，则所有财产不过以下几项——

（一）京中住房二所（此指内城）。

（二）外城鲜鱼口（地名）空房一所。

（三）安徽含山县田二百余亩，芜湖县田一百余亩。

（四）扬州旧房一所。

（五）通州典地六百亩。

（六）通州张家湾当铺一处，本银七千两。

并言此外并无买卖（即商业经营铺号等）积蓄，不敢隐瞒。

观此，与后来绥赫德所报基本符合。因绥之所查包括家人十三处之多，故显房多。这种情况，如以今日普通人的观念来看，必以为这也很"富"了，殊不知彼时王公富贵官宦世家等人，其田屋财物之惊人，动辄百万千万，乃至"富可敌国"。曹家以六十年钦差"美缺"宦居江南，其产业仅此而已，这会为当日阔府豪门嗤笑煞的！

再看他家的公私两面的"亏空"账目，简而叙之：曹寅故后，李煦特请续任盐差为之补清，以救此不了之残局；至任满正式列出清单奏报皇帝时，总数是一百八十余万两，俱已清完（而且屡次证明此点）。此后继任盐政李陈常，又代补完江宁织造亏空，也很分明。

康熙批示指出，曹、李轮管盐务十年——总督噶礼（康熙乳母之子，后因谋杀生母，"赐自尽"。是曹家的对头）曾要奏劾他们"亏空"三百万银！但康熙心知实情，不曾许他如此行事。

那么，一百八十万两银，官库账目列了而无此实存，用于何处了呢？难道贪私肥己，也竟需弄到这般地步吗？

这就是《红楼梦》中赵嬷嬷的话了："……拿皇家的银子往皇帝上使"，谁有这么多钱去买那"虚热闹"去？康熙几次南巡紧连，费用浩如烟海，各地官员不得喘息，穷于支应，大量"亏空"，已是公开秘密，只是不能明言，康熙本人知之，故对曹、李破格维护（雍正时有官言及南巡以致地方亏空事，雍正还硬予反驳，说"皇考"崇俭，费用自出，不累地方……）。

但还有一项更为难言的苦处，即正职务以外的"办差"（如康熙要制乐器，李煦于苏州选竹数千根运京进献），尚且是"明"的，更有不明不白的，即诸皇子皆以织造为"江南办事处"，不断派人前往需索，是无底之壑，然而不敢得罪任何一个。如二阿哥（太子）胤礽，派嬷嬷爹凌普向曹寅"取款"，一次就是二万两！江南好物，苏州美女，亦不例外——李煦因胤禩索女，以数百两银买女子应付（日后反成"大逆极恶"之"奸党"罪证）。这都不过偶可得知的二三事例，余者难以枚举不知凡几。

这种"亏空"，是一大宗。

至于私人"费用不少"（康熙语），也是事实：以钦差大人身份，驻扎江南，出入须八抬大官轿，督抚大吏疆臣要到织府向他"请圣安"（有代表皇上的身份），那排场人役如何？不会十分"寒伧"。家下人一百数十口，衣食住行，都须养活。织务、盐务的公事，要与百般商贾人户交往应酬；加上爱士济贫，来往馈赠（"直赠千金赵秋谷"，其一例而已）。自己买书藏书（如买宋人稀见诗集，似有再编《全宋诗》之打算），还刻书——为己为人，如为宣州施闰章，一部全集要花六千两！

这些，我们今日之常人，是难以尽晓，也是无法尽举的。

曹寅身后，至亲为之补清"亏空"一百八十余万两。最后一次盐政拨与江宁织造"年例"七万两中，除去费用，还剩了三万多两，曹頫不敢自留，具折进献，康熙只留了六千两，说为"养马"之用，照顾曹頫还有不可或缺的费用（应酬）……

这就是尔时曹家末后的"经济状况"的轮廓外影。

再读一次屈复诗吧:"诗书家计皆冰雪,何处飘零有子孙?"

何处?何处?

[附说]

雪芹于书中特写林四娘,含有深意:林父为江宁府库使,因"公帑"入狱,四娘与其表兄力救父难。此可佐证雪芹对于父亲曹頫冤狱的不平与某种救父的经历。参看拙著《红楼梦的文化位置》(《燕京学报》复刊号)。

第五章

一、哈德门外——蒜市口

丁未年根底下抄了家，由艰难登时又变为赤贫，曹頫家口监押在府东侧的家庙里，庙名"万寿禅院"，原是为康熙老皇上祝寿而建的。他们在庙里受僧尼的慈悲救助勉强度日活命，听候发落。每日惊魂不定之中，也有素日曾受曹钦差之恩的人，于心难忍，冒了死罪，买通看守兵役，前来偷送些食物零钱，流着泪悄声安慰李氏老夫人。

一交了戊申年，霑哥儿就说是五岁了。他像梦中，一面惊吓迷惘，一面又觉事事新鲜，出乎意料之想。他对这座万寿寺庙的一切，极感新奇，极有兴趣——他觉得这里的装修布置，大至佛像，细至壁画，供桌上的炉烛七宝，件件物物都美不可名（今天的话，就是"审美享受"了）。僧众每日的钟磬梵呗，经文佛号，令他凝神谛听。

挨至忽有一日，总督衙门传下命来，克日水路押送回京。小船大船各一艘，主仆分乘，由江宁顺江先到扬州，转入大运河，往北而行。

这一日，仆役相语，终于离都门不远，由通州登陆，换为坐车西行。

霑哥儿生下来，第一次目见了京城，远远即可望到一座城门楼，两边迤逦的大城墙，垛口整齐得好看极了。

他终于随祖母、伯母、母亲等进了皇州帝里。"果然市井繁华，人烟阜盛，与别处不同。"

但他对京师，还一无所知。只听家人讲说，要住"哈德门外"。

哈德门，是老北京老百姓口中的叫法，正名是崇文门。

京师的城，元代以土筑之，至明永乐由应天府迁都至燕京，加砖重修，周四十里，号称"九门"（还只指内城，因后又增筑了外城，另有五门）。城分三级：紫禁城；皇城；最外圈方是北京大城，其高三丈有余。南面三座大门：正中为正阳门（俗呼前门），东为崇文门，西为宣武门，一列遥遥相望，气象极为壮丽。

曹家是内务府包衣人，应住内城皇城，如何却到"崇外"去住家呢？（清兵入京后不久，尽驱汉官民出内城，只许住外城，规制甚严。）

原来，这就是绥赫德将此处原为曹家一处空房，"酌量拨给"的缘故。此房坐落哈德门外（一直南行不太远），地名蒜市口①。

那么又何谓"蒜市口"？

原来早在元代之时，有一古水道名"三里河"，由此流向东而折向转南（早已湮涸，今犹存"三里河"一处地名），沿河皆当时大都（元代京城）南郊的市集，分类而聚列，如今还留存有菜市口、猪市口（后改"珠"市，已失史实）；此外瓜市、草市、柴市等，而蒜市与缆杆市乃其最东端者。此一带，原是郊野农田，即至明代筑了外城，围入城内，也还是无法与内城相比的"简陋区"，人烟虽逐渐增密，而房屋则一概狭窄低矮，视内城大宅甲第，还不如其中之上等"下房"（呼为"群房"，奴仆所居）的规格。

蒜市口这所空房，赏给了曹頫，家人方不致露宿窝棚。此院有房

---

① 蒜市口者，系据绥赫德奏折所云。而曹頫奏报，只言外城鲜鱼口空房一所，不言蒜市口。按鲜鱼口在正阳门外东侧，由此穿一巷（胡同）即可达蒜市口。疑实即一处，不过久在南京之家误将蒜市说成鲜鱼罢了（鲜鱼市、肉市，亦元代遗称）。鲜鱼口有"曹家店胡同"地名，值得研究。

十七间半。这个小院子，非同小可——中华文化文学史上的一位特别伟大的奇才巨匠，却是在这个环境中成长、阅历和体验人生滋味，积存了文采与哲思。

这处小院，应该随而不朽。

题曰：

> 金陵遗事几寒温，蒜市微茫没旧痕。
> 十七矮房一方院，井天席地即乾坤。

二、金狮有泪

霜哥儿从江宁织府到了万寿禅院，又从禅院到了蒜市口十七间半房屋——京师外城汉人百姓民居的一个小院子里，方觉世间是多样而变化的。小院子冷落清闲得很，闲杂人是进不来的，而院里人也不得随意外出——家教国法，皆不容许。

这十七间半房围成的一块"方丈"之地，就是霜哥儿心目中的"新世界"了。

如何过活度日？这时还不敢求亲靠友。绥赫德既得了赏赐的曹家产业，天理良心，半私半公，大约会想点法子接济一下，不能让这小院里饿死人（那也无法交代）。小院里一共才十个人：老夫人、两位少夫人，六口家下人，家主还在审讯未结。因此这点儿用度是不多的。

小哥儿聪慧出奇，已然五岁，要认字，要念书，怎么办？只得先由家人中一个年纪最大的"识字"者暂代"家塾"，教哥儿读些童蒙"教材"。霜哥儿最喜欢的，还是《千家诗》，已能背诵如流。

至于大人们，仍是"罪家"，惊弓之鸟，依然提心吊胆，要恭听随时传下来的不祥之音。

夜深人静时，关紧了门，老家人们窃窃私议，霜哥儿偶尔也听得几句，半明不白，似懂非懂——

"上一回舅爷家抄了，说了家产折价十一万两，抵了亏空。咱家也说是查亏空！怎么连房带地，一个钱儿也没折价，都赏了绥赫德大人了？怎么不再抵还那亏空？"

"嗐，大家心照不宣吧，给皇上当差，就得听圣旨，你敢去讲理？亏空倒有，谁拉下的，怕也算不清……"

大家默然。

雍正六年，对曹頫是生死交关的一年。他从去年一直在审办之中，不知何故，如此久延不结——据字面仍云是"骚扰驿站"——此原是三处织造下属差役之事，何以苏、杭无过而独治曹頫？即使确是只有江宁之人员有过，下边人的路中需索本是一向的陋规，又何以至此独兴大狱？俱难索解。我们今日只能得知的是他被"枷号"了。

"枷号"是"披枷戴锁"，在露天空场"示众"的办法。枷，按罪状分有等级，其重枷套于颈上压得站不起来，只可委顿在地上，不管冷热晴雨，要在那里受罪，体质好的可以多挨些时日，弱者很快就受不住了（枷期有一个月、两个月、半年……）。

只因底下差役向山东州县驿站勒索了一点"路费"，就值得如此严法折磨吗？[1]

而且，枷号之后，怎么样了？至今也找不到应有的"下文"。

前已引过，人赞他"好古嗜学，衣德绍闻"。即在先时选他过继时，康熙亲云"曹頫好"。就是自家人和亲戚，也都一致说他"忠厚老实"，能孝其母……曹寅更早的诗，还说众侄儿中惟"多才在四三（排行第三、第四两个）""努力作奇男"，可知这位青少年绝非凡品。他一无辜之孩子，对上辈之千头万绪的事一无所知，而至此刻"欲加之罪，何患无辞"，竟罹此难。谁会承认他是罪有应得呢？

---

[1] 按据乾隆初继位时宽免官员亏欠档，载明雍正六年六月曹頫案内，"骚扰驿站"案应分赔银四百四十三两二钱，已缴过一百四十一两，尚未完三百零二两二钱……然则可见：若仅仅是三百两银的案情，不过追缴拖欠与失察之过失，焉能至于将一钦差织造"枷号"示众？其中另有情由，尚何待烦言而后明。

霑哥儿的父亲，下场不明不白。无怪乎诗人日后嗟叹："何处飘零有子孙？"

或以为，大约到六月间，李氏、马氏等家属才由江宁解送到京。但究竟何时回京的，亦无明文可考。回京后情况更不得而知。

至于政局，则在胤禩、胤禟均已致命之后，对诸王续加"管理"；如果郡王胤礼优褒晋封亲王，是为一种显示"孝悌""手足"之情，而另一面则斥诚亲王胤祉为"唯利是视""愤怒怨望"，降为郡王，不准议政，严加锁锢。另有几家王爵也免去议政资格。尔时，除怡王胤祥、庄王胤禄等表面顺从之外，所有皇室勋戚的内心是不服而又惶恐的。"愤怒怨望"四个字倒真能反映群情众论。

迫到七月初，忽有绥赫德于初三日奏报——

> 查得江宁织造衙门左侧万寿庵内藏贮镀金狮子一对，本身连座共高五尺六寸。……系塞思黑（胤禟之贬名）于康熙五十五年遣护卫常德到江宁铸就。后因铸得不好，交与曹頫，寄顿庙中。……不知原铸何心。并不敢隐匿……

此事的相关遗档虽已无存（或待发现），但即此已可晓然：正在审治中的曹頫，本来或者还只是抓他的"亏空"或属下琐末之事，而忽有此一重要情节出现，不啻火上浇油，案情就发展得越发复杂严重了。这一点，方是将他"枷号"的真正缘由——在当时，必然会严讯曹頫：绥赫德懂得"不敢隐匿"，你如何将此等要事并不奏报请旨？"是何居心"？……

此事的关系在于：第一，将及六尺高的镀金巨狮，显然不是王公之家应有的制度所能允许，故此奏报人亦言"不知原铸何心"。第二，此"何心"即"大逆"之心，无须明言；但胤禟等既已治死，增此一款已无多大实际意义，则胆敢"藏贮""隐匿"的曹頫，就罪不容诛了。在那时无数株连瓜蔓的"奸党"案中，别人还未必有此等类似的大事情节，岂有不加穷究之理？

此时，就连疼怜照看他的怡王府，也无法再为他开脱解释了。

李煦之买苏州女子以送胤禩，案发再入刑部大狱（一般之罪内务府自有慎刑司的监狱）；而今之金狮又比女婢女伶如何？以此推之，曹頫的枷号，是否只是慎刑司的发落？枷号后又有何等结案的处分？现今均不可臆揣。

本年的施政各项中，再次严禁内务府、八旗各庄头窝藏逃人与"盗贼"，地方之不宁可觇侧影。至于内务府包衣，他当然更为注意，特命在原有的景山官学之外，将咸安宫空房再立一处官学，专供包衣子弟之优秀者入学肄业——造就人才，实寓加强教管之用心也。日后，雪芹与这处官学当有所关涉。

综而论之，霑哥儿父亲已陷入重罪，这由房产等赏了别人不抵还"亏空"可知；此时胤禟铸狮不曾奏闻，是为"大逆"，更掩过了"亏空"这种条款①。在重大政治罪案中，只怕"枷号"还不是最后的结果，应当更为惨重得多。

题曰：

公匮私穷百绪焚，金狮何故事干云。

阿爹枷号谁能救，掩户吞声墙外闻。

三、末世人情

煎熬苦度，已到雍正七年，岁次己酉（1729）。

新年才过不久，忽然传来了舅爷李煦殁于戍所打牲乌拉（今之黑龙江极边）的悲惨消息。

---

① "亏空"主因是多次南巡与盐商虚报实欠两大致命内幕，但李煦、李陈常早已竭其可能为之清完在案，即当无事了，但后来忽又有大小数目的旧账显现（有的并非赃贿可比），复须追赔，一直拖累难以清白。为避繁冗，即不再逐一罗列，盖讲述及此，明其大势真相可矣。

那时充发到彼的，是"绳系颈，兽畜之"！七十五龄之人，冻饿而死。

李煦的家世如何？沦为旗奴的年资阅历不及曹家，身份却同。其父姜士桢（雍正极怕"祯"字，即使偏旁不同也得避忌改为"正"①），明崇祯七年冬满兵入侵至山东，腊月初八日，兵万人围攻昌邑，城陷，照例大掠人畜财富。姜士桢幼而颖异，被正白旗军兵李某见而怜之，收为养子，遂得存活，从养父改姓李。日后官至广东巡抚……今不备述，只应叙明一点：李煦之妻韩氏，似亦曾被选秀女入宫当差，其母文氏似与曹寅之母孙夫人同为康熙幼时八母之列。

李煦的生平，有李果曾作一传，所叙感人至深。只单看这几句——

> ……己卯春，圣祖行省方之典，奉皇太后南巡，癸未圣祖临阅河工，乙酉、丁亥两年巡幸如前，凡四遇翠华南幸，车舆服御，行宫帐殿，大官尚食，应织造供顿：公竭诚致慎，次第得宜，未尝毫末扰民。其侍直行在，当独对时，凡吏治民生，必据实以奏，多所裨益。平居留心民瘼，东南水旱凶灾，辄上闻。当康熙四十七年，岁大歉，奉旨平粜，公减价济民，所费万计，全活甚众。

> ……公卒之日，囊无一钱，韩夫人已先数年卒，二子又远隔京师，亲识无一人在侧。方婴事时，下于理，刑部拟重罪，天子念其前劳，特恩从宽发遣，方行，牛车出关，霜风白草，黑龙之江，弥望几千里，两年来仅与佣工二人相依为命，敝衣破帽，恒终日不得食，惟诵圣天子不杀之恩，安之怡然。呜呼！公始终忠诚之概，可以见矣。初公与曹公更代视盐也，曹公病，公问疾，弥留之际，曹公张目以盐政及校刊佩文韵府书局事属公，公诺之；又念曹公两世官织造，奏请其子颙袭任，

---

① 如王士禛，固要改为"士正"，但李士桢也须改为"士正"，此类不胜枚举。甚至地名"真定"也得改为"正定"。古抄本《石头记》中"路谒北静王"一回书文，却出现了"藩郡余祯"的骇人字句。一般俗本当然早已改动无复遗迹，程高伪本改得尤为显露痕迹。

不二年而颙即世，公复保奏颙从弟頫复任织造事，不以生死易
交。其所隶乌林达、笔帖式，或升迁，或身殁而负库银者，皆
为代纳；故交子弟，单门寒畯，待以举火者、更数十百家，贫
者给絮帱，死而不能殓者助埋殡，常禄所入，随手散尽，官织
造三十年，时以千金赠人，而卒以亏损国帑，身挂吏议，赖天
子圣明，曲赐矜全，然终贫困以死，而公终无纤毫芥蒂于昔之
被德者也。呜呼！可不谓贤哉。

试看这样一个人，原本无罪可言，一生为善，却被惩治至于如此惨酷之
结局。我们叙他，也是曹家同德同命悲剧的一个最亲切的侧影。

李煦，并非一般俗吏，除藏书万卷，尤爱马爱竹——此二者皆是赏
其神骏丰致的精神境界。如晋时王献之特爱竹，谁家竹好，不问主人，
径行闯入伫赏。晋高僧支道林爱马，人问出家人为何喜马？他答："道
人（修行之人，与"道士"异义）爱其神骏！"皆可为证。李煦家有园，
以竹建为亭阁，故名"竹村"（亦即《石头记》中叙及史家旧园"枕霞
阁"等景物的原型）。也喜诗文书画，家有戏班。曹寅作诗称他为竹村、
昼公、莱嵩等字号别署，确是堪称同类的高层文化人士。

李煦故后十年，政局有变了，山东名诗人赵执信（原在天津水西庄
查家，李煦聘请到了苏州）方敢作一首小诗，来抒其悼念的悲慨之怀：

啼乌唤泪落江云，断梦分明太息闻。
三十年中万宾客，那无一个解思君？

舅爷的噩耗传来，霑哥儿的老祖母悲痛不已，全家无不为之惶悚而
惨恻。

从蒜市口小院谨慎而掩藏地向外听听看看，一鳞半爪，也略明"天
下"气候何似：

这时，新皇上的施政已转入第二阶段，即杀害政敌"奸党"渐告功

成，重点随而移向控制官民的精神活动了，名之曰"风俗人心"者是也。

民间流言极盛，怪语异闻，"妖人""逆妇"不一而足。水旱灾荒，在中国传统上是皇帝政治败坏的反镜，雍正心虚，却将致此乱象的责任推给了人心世道的不良，他是无过的。更如舆论民言，皆说他是"屠弟"者，他也觉得不大好办，于是繁词历数胤字辈禩、禟、祉、祯、祎等人的"罪行"，表示他们咎由自取，"天所不容"，非屠杀之故。他为此无休无止地做出百种"表演"，可说一部二十四史中的帝王，所出的谕旨训示，数量之大，文辞之鄙，实为第一罕有，不禁令人想到日后雪芹在他书中突出一个"末世"的名目与观念，那是历史根由实际的痛语。

这一年，雍正还有一项重要措施，即是连兴文字大狱：曾静、张熙、陆生柟、吕留良，相接继起。从实质而言，文字是书生的事情，似与平民百姓两无交涉，但若明白这也还是"人心风俗"的大范畴，也就不足称奇见怪了。

文字狱是雍正大做起来的，传给了他的四子弘历乾隆。这于日后的雪芹，也是大有干系的一种无形枷锁与有案图圄。

题曰：
　　囚仇死尽圣躬宽，风俗人心治却难。
　　水旱灾凶非朕过，民言屠弟语何谰。

[附说]

雪芹曾祖辈，今所知者为兄弟二人，曹尔正与尔玉，尔玉后因康熙将二字书连，成为玺字，遂以玺为御赐名。尔正之子名宜，玺之二子名寅、宣。故曹宜为雪芹之堂叔。长房、二房间之关系如何，今不可知。至本年（雍七）十月初五日，署内大臣庄亲王等奏请补放缺额十四名，列举提名七人，曹宜居末，其注云："尚之舜佐领下人，原任佐领曹尔正之子，当差共三十三年，汉姓人。"雍正则在七名中挑出五名，遗下德寿与曹宜二人，并另放补缺者九名（合十四名之数）。然日后曹宜又见任用。综观之，曹家两房情况不尽相同，遭遇亦各异，长房似纯武人，无文采痕迹遗留。

四、炎凉历劫

霑哥儿日后写书，开卷就说那是一段"悲欢离合、炎凉世态"的故事①。但他实际上是一身兼聚贵贱、贫富、荣辱、炎凉、聚散、悲欢诸般复杂"交叉"之人，而且又具备着满汉、主奴、旗民（此词在清代指旗人与百姓）、文武、南北（生活环境特点）种种文化融会的异样"综合型"伟大历史人物。若想充分理解认识他，那是大不容易、极需学识的一个古今罕有的特殊文化课题。如今，则只能就"炎凉"这一面的事态，略述梗概。

僻处外城东偏窄巷中的这家小院，本来是内城里无人敢来"串门儿"走动的，但从近些时，忽然情形有点儿变化，有限的两三家老亲旧友，渐次露面了——先是打发家人带了节令礼物前来问候，随后还有亲临车到的。

这其间，就有低言慢语的透露："上边"近来有点儿形迹，缓和了松动了些，不再一味是"天打雷劈"，到处神哭鬼嚎，阴森窒息。还有"荒信儿"，不久就要豁免历久积陈的亏空，戴"罪"之人可望宽赦复职。

虽则目下还未"目见为实"，却已勾起一家人的满怀颙望，翘首企足地盼着院外传来什么喜讯，哪怕是一种梦境也比没有好。

大凡"风闻"皆有其来由，可以挟带着讹变，却不同于全虚。雍正的"政风"以九年、十年之际为一大转关，这是乾隆继位之初明白宣谕的:此前是"峻厉"（加上群小迎合，加码"奉行"），此后则已见"宽简"。原因何在？第一，"奸党""邪党"诛锄已尽，危险不复存在；第二，怡

---

① 这八个字，是全书大旨纲目，却被程高伪续窜改者全然删掉，偷换了躯体魂灵。

亲王之忽然辞世，并非一个"病"字了得，他见雍正残杀亲弟兄手段太酷，表面忠诚，内心忧愤——传闻曾有"尸谏"之意味，雍正十分震动，有所警省；第三，此时弘历已渐成熟（年当二十二岁），明里暗里已知自己是父皇认定的嗣位人，也很关注这十来年朝野官民的大形势，并不美妙，遂向雍正施加影响，劝他改辙易弦，不要再苛刻酷毒，亟待"收拾人心"。雍正也已折腾得筋疲力尽，"兴致"与前有了差别，自觉精神孤独，人皆畏而不亲——这就感到"痛苦"了，他之忽思召回自幼的伙伴傅鼐，虽说亦由军兴需用，实则已悟傅鼐才是一个正直敢言、异于别人趋附谀媚之辈。

傅鼐一回京复职，又重新"入宫侍起居"，则他论及曹家之毕竟有罪还是无辜，自然有几分能入雍正的"宸衷"。

还有一层，同样重要：老平郡王讷尔素获罪圈禁之后，其子福彭应袭王爵——此王爵是"世袭罔替"，祖制是不能断绝的。福彭自幼是诸皇子读书南书房时的宗室伴读，而特与皇四子弘历投契亲睦（论辈数是弘历的侄儿）。福彭是霑哥儿的大表兄，实为至亲切近之谊。曹家处境太苦了，濒于绝路，平郡王家总不能待如路人，坐视不救。这两层至亲关系，大约还是曹家绝处逢生的关键力量。至于牵涉历史宏观的形势，旧来谓之"运数""气候"，当然也常常是一群一批人的命运的总枢纽，不在话下。

果然，雍正八年春，已有迹象，要查明实际，豁免各地多年积欠钱粮亏空了。这是一项极不寻常的政策——不是从清史财赋利病的角度来评议，而是从曹頫这样的内务府奴隶的命运生死存亡的关口来叙列此等史迹。

雍正七、八两年好像是（从康熙六十一年冬起）一个漫漫长夜的尾声，过此之后，有一丝熹微曙色从远处渐渐透出，虽然还很遥远，却已使蒜市口小院的"井天"之上空忽显微明，少减凄黯。

霑哥儿父亲，家主曹頫竟被"枷号"，起自何时，讫于何日，无可确考——我们得知此事，还是间接地由一件遗档中之一言半语连带叙及的。七年七月二十九日内务府奏称：刑部移文，赵世显一案中，查得曹寅曾得银四百四十余两，应向曹頫审追；此前亦曾交巡抚尹继善查追，而因曹頫已因"骚扰驿站"获罪枷号，故江苏无可追云云，方知他确已在京"枷号"。而且这也表明案情并未审结，还在刑部大狱中。此或白日按时枷号，夜晚收归囚所。

漫漫长夜，已苦苦煎熬了整整八载，而这是度日如年的岁月。家计真如"冰雪"一般，缺衣少食，连求告亲友也是不能自由行动的。

回顾雍八这一年，却未见与曹家直接关涉的事件。朝政上则开始晋封几位亲王，维系宗室的表面"和睦"关系，对胤祉父子则加以恶名禁锢。但是，疼怜曹頫的怡亲王胤祥忽然病故了——怡府曾是曹頫的保护者。此是五月之事故。

重要的一项措施是设官学"教育"觉罗（远支宗室）和汉军，命汉军旗人须习"清字"（满文），而另一面又命，如汉军旗下兵员有缺，可从内务府汉姓包衣人中一体挑补——这就打破扰乱了清代前期的一个严格区别：汉军是明朝降军所编，而内务府包衣是累世满洲家奴，属满旗，呼"尼堪""汉姓人"，不作"汉人"看待的旧制、旧观念，开始了一个很大的混乱。这反映了雍正对汉人、对民族关系的公开歧视态度。他还列举早先开国汉人功臣的后代之"不肖"者，范时绎竟在名单之中！（范是范文程的曾孙，文程乃宋名臣范纯仁之后，沈阳生员，谒努尔哈赤于抚顺，助之破明立清，建文化制度，沟通满汉，有大功。而时绎则是奉命抄曹頫之家的总督大吏。范、曹也应是很早的世交。）

到九年上，一线曙熹忽然透映了纸窗。

一到九年七月，雍正忽然把远戍数年的傅鼐从黑龙江召回了。这是曹家至亲的第一个大喜事，上文已述。

傅鼐（雪芹的祖姑丈）为何得以回京？原因是西北军事又起，雍正"安内"方稍稍喘息，又须"攘外"（藩部从康熙时起的叛乱者），想起傅鼐旧年论此军事机宜的卓见，当时不识，现时悟了，方欲重用于他。再者前时震怒远流严惩，是因他力言隆科多之子岳兴阿无罪，疑为一党；如今亦知傅鼐只是仗义执言，并无二心（非"危险人物"），而雍正已将自己弄得十分孤立，于是转而怀念起自幼的护卫近侍之人了。

傅鼐回京，复职，并命为西北军营参赞大臣。未及行，又改为"入宫侍起居"——需要他的帮助，政事军情都必须听取他的有识而敢言的意见了。

蒜市口小院门前，也有意外的来客——工科给事中唐老爷的家人前来送礼问安。

这是唐继祖。他原为曹寅的门人，本贯江都人，故得在扬州诗局、书院，成为交契的门下士。曹寅殁后，唐于康熙六十年得中进士，雍正改元授编修，五年调礼部员外郎，迁浙江道御史；至七年，迁工科给事中。他受命核查八旗的亏空这个积久的繁难案情。其情形是：亏空律严，凡侵、挪，罪不赦；而一查之下，方知犯者多因贫乏无力追赔，竟有系狱至二三十年之久者（可见曹頫家自罪发至此不过才是个"新犯"而已），于是唐继祖为之"核、减、开、除，奏请豁免，积牍一清"。

这件事情在雍正朝非同小可。他办的虽是普指所有八旗之案，而其影响当然也会连及内务府同类事例。这就使曹頫的不赦之罪有了减免的指望。

唐继祖是雍正用为两湖按察使的信任大员，但他却不是新朝的爪牙鹰犬，多雪冤案，而史言"世宗（雍正）御吏严，内外大僚凛凛，救过不暇（只顾自己别出事还顾不过来）"，而他却敢"一意展舒"，且与雍正似有缘法，竟能"所奏无不允"。别人不敢也无法为曹頫一言请命的，大约唐御史是不忘扬州旧日师门兼东道主家曹大人待他的情义。

唐继祖，字序皇。如《栋亭诗钞》卷六叶五，即有"八月三日热甚，同鲍又昭、王允文、唐序皇、王植夫，泛舟至池口柳下"一题。这都是一时同仁，时相唱和的文士。

门人亲戚，不相为谋而暗暗综合交织成的一点福缘，给霑哥儿之家传送来了否极泰来的消息。

题曰：

懿亲世契几家存，门下仍推御史尊。

池口柳舟迷旧影，遗诗何以付文孙？

第六章

一、从师就傅

　　岁序已交辛亥，新皇上驾坐紫禁城已然坐到了九年上。此际，据云"民心已知法度，吏治已见澄清"（稍后的乾隆之语）。老辈诸王败亡殆尽，其新一代子孙们还年轻，成不了气候。朝政渐趋"宽简"，时令略觉温和。家人亲戚，想到霑哥儿已是八岁的孩子，颖异超常，和爷爷当年人称"圣童"真不相上下。按规矩，应该离开家教，进入官学了。

　　官学在哪里？在咸安宫。

　　咸安宫坐落于紫禁城西华门内。此门的内外，乃是内务府包衣人当差服役的聚集地。出西华门，往西转北，直到西安门为界，这一片地带也就是内府三旗的聚居之区。

　　但是，霑哥儿住的是外城蒜市口，从这儿想到达咸安宫，那可是像"说梦话"一般——要进内城，要进皇城，要进宫城，哪道城门也不是随便可入的，还不必说路程很远，行动要车、马、轿才行。

　　还有，入学要内务府大臣、官员们挑选，请示，照准……

　　起初，计议到此，难处太大，只能当作"后话"，搁下慢慢想法儿。

目今之事，除了大姑丈平郡王府，别无第二处大门向他家开启。平邸老王爷革了爵，不任事了，圈禁也只是"在家不许出门"，生活依旧。他有六个阿哥，最幼的名叫福静，年纪还小，正有家塾，可以商请就读。再说，霑哥儿也大些了，只在小院里，一切不见不知，是万万不可的，必须到大宅里去看去学，规矩礼数，衣饰仪容，言语举动……样样是有满洲高门贵胄的品级和讲究的，全不能与蒜市口一带汉民百姓的规格习俗相提并论。把孩子送到那府里去，不但是势不得已，也是必由之路。

这时，那府里却有一位不俗不凡的文士，在西宾中堪称首席。此人姓方，名叫观承。霑哥儿自幼得他的教益不浅。

方观承，康熙三十六年（1697）生于京东通州，本籍安徽桐城，乃当地一门望族。曹家与安徽关系很是密切，有同宗的一家人（如贵池诸曹），有享名的诗友（如施闰章），有田产（如含山县等处）。也有诗文之交（如为《楝亭图》题咏的潘江等，就正是好例）。曹寅的丰润族叔曹鼎望，在徽州做过知府，他本人也到过安徽，因为那时江苏、安徽是一个行政区划，合称"江南"者是也（并非泛词）。方观承也在南京住过，因有产业在彼，上辈还与曹寅有交。

方观承的家世十分不幸：康熙朝的一大文字狱是戴名世的《南山集》大案，观承祖父孝标、父亲式济被挂累，而流放到极边卜魁（齐齐哈尔），而他须多次前往探省，有时留住在一起苦度艰辛，还要读书造就。到雍正十年（1732）上，由平郡王福彭礼聘，入府为西宾。他们何以相识？也许还有早年与曹家有交的间接关系。这是一件不寻常的事情，福彭敢于聘用罪人的子孙，不但须识才，还得有政治胆量①。

大表兄福彭请到这位方先生时，霑哥儿已是九龄童，内外气候更见和缓了，可以进内城拜谒姑母和姑丈老平郡王了。他本来从蒜市口北行

---

① 方家获重谴，史家皆称屈枉：一说谓康熙帝误认方孝标为从吴三桂反叛的另一人了，因而更为愤怒。方观承与丰润曹家恰亦有交，如他为丰润曹继参等在京城孙公园住宅题有"父子兄弟叔侄太守"匾。凡此，皆非偶然的巧合。至于他的其他情形，后文再及。

不远可入崇文门，但此门是个税卡，也是菜蔬等物运进内城的入口，进此城门很麻烦，霑哥儿只曾跟随老家人入来一次，草草看过东四牌楼的闹市，方巾巷、贡院的规模，以及东城墙内泡子河稍西的老宅（已赏给了绥赫德家），见了"老槐门巷今犹昔"（爷爷曹寅的诗句），别处没有去过。这一阵子要到姑母家去，却是从外城西行，过正阳门，进宣武门。

一进宣武门，向北遥望，是西四牌楼的远影，金碧辉煌，真所谓"瞻云就日"。但将到未到牌楼时，却往西拐，进的是一条石驸马大街（石驸马，是明代史迹）。往西不远，就是一座潭潭大第宅——平郡王府了。

霑哥儿在这府里拜见了他的真正的启蒙业师方先生。他字遐毂，号问亭、宜田，人们皆称问亭先生，此时已是三十几岁之人。

方先生家世书香，遭遇艰险，饱经风霜磨炼，为人正直端方，明敏干练。福彭聘他，非出偶然——仍有其外祖爱才识士的遗风。而问亭先生一见霑哥儿，也立即为那神采飘逸、秀色夺人而暗自惊奇；再稍一问话，聆其对答，忍不住连声称赞，果然无愧为楝亭先生的再传哲嗣，真是非凡出类。他十分高兴，愿收小哥儿为帐下从学之高足。

自然，要在府里从师就读，是不能逐日车马往返蒜市口的，从此安排，霑哥儿得以久住在那几层深院的雄伟异常的老府里。

没过多久，方先生向葵心主人（福彭之号）小王爷说起：这哥儿大奇，过目成诵那不在话下，更能闻一知十、善悟通灵；尤其诗才特异，过于文辞远甚，日后亦当如楝亭先生，以诗名世。

方先生也说过：这孩子也刁钻古怪，有些乖僻，不甚谐俗——恐怕将来并非簪缨通显一路之才，也要看曹府上的"气数"如何了。

题曰：

　　惺惺相惜重丰神，同是刑余劫后身。

　　未入桐城古文派，只缘天遣作诗人。

[附说]

　　福彭初聘方观承，方不至。其后遇于沈阳，福邀方为书巨幅，书未成，方因探父劳瘁体弱晕倒，福亲掘鲜人参煎汤救之，由此订交图报。事见方氏诗集自叙。即此可见福彭的文化趣向，爱才惜士，皆有外祖曹寅的遗风。

二、群赴军营

　　霑哥儿从方问亭先生受业，长进得飞快。方先生时时向东家极口称赞这学生的颖异殊常，霑哥儿也十分敬重这位师长的人品学问。但方先生特别赏爱这个"附学"的奇童，还有一层不便明言的感情作用——怜惜他自幼遭家不幸、处境可伤的景况，为之同情嗟叹，因为这与方家的不幸虽事由不同，而其族众没官为奴、上辈流放极边，这又依稀仿佛，有其家门惨痛、身世悲深共鸣的神弦与心音。

　　方先生刚刚在府里住了一年的光景，便要离开而随东家远赴西陲。霑哥儿无奈，只得暂依府中另一师傅苦学经书，而师生之间相赏相契之情不能与前同论了。

　　大表兄福彭，从雍正十年起，任职正蓝旗满洲都统；闰五月擢迁宗人府右宗正。至十一年二月，又任玉牒馆总裁。两个月后已在军机处行走——渐渐进入秉政大臣之伍列了。方入七月，便因西北军兴，受命为定边大将军，讨叛者噶尔丹策凌。

　　这时，福彭因深重方先生之品行才能，倚为臂助，遂奏请，任为随军记室，得准。于是紧张准备出征的百般事务，府里繁忙之状自不待举。大军远征的军务之外，也牵动了大将军本人要随行带往的众多人员仆役。

　　枷号未死的曹𬩽，也要到军营去效力，并且可以将功折罪。其他亲旧人等，随往者很多，亦在忙迫之中。

　　谁知就在这般紧凑的七月间，平郡王府里却出了一桩牵连曹家关系的案情。

原来，在雍正五、六年间大大走红的绥赫德，此时已经革职回到内务府了。他事败之前，就售卖以前曾蒙赏（本系曹家所有）给的产业，把扬州的所有房地出了手，得银五千多两。这个"动响儿"不算太小，京中即有传闻了。

再说老平郡王、霈哥儿的大姑丈讷尔素，得了罪谴之后，"在家圈禁"，即不许出门活动。他知道自己的岳家曹府上抄没拿问，家破人亡，惨不可言，而绥赫德却"发了财"，心中不忿。恰好有一个在前门（正阳门）西侧廊房头条胡同古玩铺（这是老北京古董行的一个聚处）的沈四，专门在"旗门子"人家走动，买卖牟利。由沈四引线，老平郡王便向绥赫德要古玩——当然是声称价买。曾有玉寿星、玉如意、宝月瓶、铜鼎、洋漆书架等物的交道。随后又借银五千两（可知此即正指扬州售产之数）。绥赫德说已用去了一千二百两，遂两次送（借）银共三千八百两。来往传送的，是绥家第四子富章，交与讷尔素的六阿哥福静。

事为小王福彭得知后，遣人诫饬绥赫德，不许再到府中走动。

宗人府于十月初七奏报了审理此案的详情。

雍正的批示是很有趣的——

> 绥赫德著发往北路军台效力赎罪。若尽心效力，著该总管奏闻。若不肯实心效力，即行请旨，于该地正法。钦此。

此件宗人府奏报中，透露了绥赫德之获罪革职是"于织造任内，种种负恩"。这个阿谀新皇帝的小人，得意于一时，旋即"报应"了——这且不必细说，如今只须将重要的一点内幕揭开：事情的真正缘由还是老平郡王夫妇要借此机缘，向绥赫德讨来财物，变相偿补曹家的损失，救济曹頫现下一门无告的困境。

这一点，绥赫德在供词中不敢明言，但已说到小阿哥（福静）拿出的古玩，价四十两未付，不忍催索，是因为阿哥是"原任织造曹寅的女儿所生之子。奴才荷蒙皇上洪恩，将曹寅家产赏给了奴才"……

观此，其中微妙的关系就不难晓悟。雍正之批，只惩绥赫德，未涉讷尔素等一字，亦十分耐人寻味。历史让人回忆：十几年前，正是老平郡王讷尔素协助大将军皇子胤禛远征西北，驱除了侵扰叛掠的厄鲁特，收复了西藏，立有大功；而如今却又正是他的长子做了大将军，肩负上了那个同一巨大的汗马重任。老平郡王的这些琐事，不问也罢，何况已经证明绥赫德原是大大不如曹頫的"负恩"之人！

老王爷得了将近四千两银，暗中接济了霁哥儿家里。虽说只是四千两，在富贵王公之家算不得什么，外边却也风传府里"发了财"（档案中原语）。那时三千两就可以断送二三百个贫民女儿的命运（买一个头等使女丫头，多不过三十两；次者，十两就可以买一个）。

对蒜市口小院的寡妇孤儿等十来口人（内有三对夫妇是留给的老家仆役）来说，确实感到今年"偏惊物候新"，春冰乍泮，柳变禽鸣，里里外外有了一点和润之气；一到秋天，更是层楼可上，稍稍纵目而望那皇州帝里的风光，甚至能够想见大漠孤烟、黄河落日、塞上胡笳、楼头羌笛了。

霁哥儿年龄还太小，不然也要披甲从军的，从方先生学诗已经一载，到此十岁之年，越发爱上了唐诗，而要启蒙开笔做"文章"（当时称八股制艺的名词，不是泛语）却大大与性相远，觉得真是无情无味、苦不堪言。

题曰：
学诗闻说逸巢盟[①]，绛帐依依服问亭。
极目关河霜气紧，将军记室且言兵。

[附说]
曹頫抄家，雍正闻报仅零钱数吊，当票一束，也为之"恻然"；而

---

① 逸巢事见后文。

仍因属役"骚扰驿站"而治罪"枷号"。但此"罪"终不至于死命,档案不存,未敢悬断如何。如尚健在,则必在内务府戴"罪"效力;而逢此军兴大事,所有八旗人不分主奴,皆须出人出力,是为定制。雍正九年三月曾命八旗各出家人,计两千人赴西营备用。至此,则曹頫亦须随军,而由福彭指索隶于记室副员之末,即非情理以外之事。此虽系假设,但如旧传之《曹雪芹先生传》(见拙著《新证》第770页所引《红楼梦发微》),竟云"其先为甘肃固原人。祖某……官至副都统"。见者以为所记名字籍贯皆悖史实,全出附会。以今视之,傅清(傅恒之兄,富察氏)即曾镇守固原。此殆因亲友襟联,辗转传讹所致,然可见雪芹之上一代有赴西北军营之痕迹,可供探究。

三、阁峰伟绩

雍正十一年的事,除以上所叙,还可以提到:七月二十四日,内务府大臣等奏折中,有旗鼓(包衣)佐领曹顾病故遗缺请补放一项。这是霑哥儿的堂伯父;恰巧同日又奉旨将曹宜补放为护军参领,这又是更长一辈的堂叔祖。都是世代必在内务府当差服役之人。此二人却都不曾受到霑哥儿这一支的牵连,实因他们的职务并未与雍正的政敌一方的诸皇子家发生交往关系,故而无事无灾。但这些人,似乎对于遭难的这一支不幸者十分冷淡,无所救济。霑哥儿日后写书,曾有题诗云:"朝叩富儿门,富儿犹未足。——虽无千金酬,嗟彼胜骨肉!"[1]这种慨叹和讽刺,绝非无故而发,已很明显。

定边大将军福彭等一行,于十一月间已抵蒙古,进驻乌里雅苏台。

这次进军的对象仍然是为患于康熙朝的厄鲁特部噶尔丹。康熙大帝亲征过,内务府曹家的人,霑哥儿的堂伯祖曹尔正、叔祖(血缘祖父)曹宣(荃),都曾在军中——《红楼梦》中老仆焦大追忆"二十年

---

[1] 此诗见于《石头记》第六回回前。

前"，他把主子从死人堆里背出来，把救命之涓滴饮水给主人，自己喝马尿……正是此等史事的鳞爪旧痕。到了此时，其与清政府作对的，名叫噶尔丹策零（零又作凌）。官军到后，形势严峻，双方相持不下。

延至次年（雍十二，甲寅）的八月，决议派傅鼐前往交涉晓谕，劝促和好。

这是个十分危险的差使，不但国情军势关系至重，自身也难保不遭毒手。傅鼐毅然愿往——雍正将他从边荒召回，也正因忆其旧言，对西北军情大有明识卓议。

诗文名家袁枚（子才），后来为傅鼐所作碑传，有一段描叙，文情可观，十分动人——

十二年春，命公观兵鄂尔多斯部落，中途，侦贼数万，掠地西走。公即赴拜达理，请于大将军马尔赛曰："贼送死，可唾手取也。鼐远来，虽兵疲，犹能一战，惟马力稍竭，愿大将军给轻骑数千助鼐，事成归功将军，事败鼐受其罪。"马嘿然，再三云不应。公愤激，自率所部，出与贼战，大败之，获辎重、牛畜万计，卒以马病，不能穷追。事闻，天子大悦，赐孔雀翎，移佐平郡王军谋，斩大将军马尔赛狗于军。会贼有求降意，而盈廷诸臣皆欲遣使议和罢兵，上问公，公叩头曰："此社稷之福也。"上意遂定。即命公同都统罗密、学士阿克敦往。时战争连年，虏氛甚恶，穷沙万里，雪没马鼻，行者迷向，认人畜白骨而行；公闻命不辨岩径，上马驰抵策凌部落。策凌坐穹庐，红氍毹为褥，金龙蟠叠五尺高，侍者貂蝉持兵，女乐数行，弹琵琶献酒，公从容宣诏，音响如钟。酋蛮伏地，观者以万计，皆膜手指夷言曰：果然中国大皇帝使臣好状貌也。诏……（叙雍正之意，略）策凌曰："阿尔泰不毛之地……我先人披荆棘、历血刃，与喀尔喀争来之地，宁忍弃之？"公曰："以为若不念先人耶！若肯念先人，更善：昔我圣祖征噶尔旦，通好于若国，若国主伐叛助顺，缚噶尔旦送来，在途病死……

即献阿尔泰地方……置驿设守已有年矣，今犹以为言！是非背
大皇帝，乃是背其先人，岂非大不祥乎！"策凌语塞，以利害
动公，乃集十四鄂托、十四宰桑合而见公，曰："议不成，公不
归矣！"鄂托、宰桑者，华言十四路头目也，公叱曰："出嘉峪
关而思归者，庸奴也！某思归，某不来矣。今日之议，事集万
世和好，不集三军露骨，一言可决。而讠戋讠戋如儿女子，吾为而
王羞也！"诸酋相目以退。翼日，策凌如约缮表求公奏，并遣
宰桑同来献橐驼、明珠等物。世宗大悦，敕下加公三级，晋秩
都统。……①

傅鼐的这种超众的智勇韬钤，使当时的朝野军民无不钦佩。

此役，实际上是霑哥儿的祖姑丈与表兄两家至亲在军功上的绾合。
这样的大事，无疑给他家也增添了"六亲同运"的无上光彩。

别号"清痴"的那兰（纳兰、那拉）长海，有诗题赠:《喜傅阁峰
尚书谕降归自塞外》七律云："多时麟阁待边功，沙漠归来协帝衷。见
说行人（古官名）能致使，争传片语已和戎。九州输挽霑春露（谓全国
免除了军资兵饷的巨额耗费及劳役），万里旌旗转朔风。自谓王符今老
矣，几回倾倒布衣中。"这说他功成报命，志在挂冠，仍与所集诸文士
一同觞咏的襟怀风度。

叙清傅家，也因为这位尚书公有子名曰昌龄，是一位大藏书家。曹
寅的书，大部皆归了昌龄的谦益堂，日后霑哥儿长大，要读爷爷的遗
书，是到这位表叔伯处去大开眼界胸襟的，所关实为至要。

大表兄定边大将军平郡王福彭，方问亭先生，以及其他诸位帐下
人，先是于十一年十一月三十日进驻乌里雅苏台，到十三年夏月，此一
支大军已移镇鄂尔坤。但到达鄂尔坤不到两三个月，大将军等因已派来
了代任之人，遂得返回京师。

____

① 见《小仓山房文集》卷二《刑部尚书富察公神道碑》。

小霈哥儿跟随着大人前往郡王、尚书两府贺喜，内眷欢言，高门开宴，一片豪华锦绣的热闹大场面。其间言谈礼数，举止仪容，让霈哥儿感到十分有趣，也极繁难严格。

题曰：

穹庐和议转乾坤，满座簪裾贺语温。

两代姻亲居末席，也霈喜气到寒门。

四、梅庄绛帐

大表兄、八王爷、方先生等一行人回到京师以后不久，一桩天开地涌的特大事件发生了！

害得无数的无辜陷于人亡家破、冻饿穷荒、惨不胜述的元凶——新皇上雍正突然驾崩寝殿。

这天清晨，京城的人们刚从熹微曙色中要出门活动营生时，忽闻喧传已启的城门一概重闭，街上马蹄及挥鞭的响声喧腾，九门提督麾下巡街官兵汹涌奔驰，吆喝行人，人们纷纷隐避进了小胡同，胆小的早已将大门关锁，紧张之势倏遍九衢万户，不知出了何等天大祸事。

及至禁势解除，市井复行平静时，人们这才出来交头接耳，争传一个秘讯：雍正不知何故暴亡，样子是死于非命——四皇子已经登极即位了。

若在今日词语中表述，那就是：当时朝野军民都惊讶万分，一夕之间从天上出来一个"爆炸性的特大新闻"！

雍正如何死的？至今还是一个难解之谜。

按诸史迹，雍正从十一年（1733）将傅鼐从边外召还，本是要派他去参赞定边大将军的军务，而随即改变命令，留下"侍起居"，实即因为雍正此时已有病在身，精神日见不佳。大约他一直也未曾真正康复如前，因为有记载叙及他病重，派马尔赛向在囚禁中的胞弟胤禵，告罪托付后事，即位为君之意，可是胤禛回答说：杀了马尔赛，我就出来（再做皇帝）——亦即坚决拒抗的愤词①！由此可知，雍正已然患病甚重。但民间数百年来盛传雍正是被刺身亡，行刺者是吕留良（因文字狱而惨遭灭门戮尸）的孙女吕四娘（伪装得入宫内充为宫中侍女……）②。

此一秘闻，很快传遍了普天之下，纷纷暗怀得庆重生之喜。蒜市口小院中，到了夜晚，户静更深，一家人低声共语：可熬到了出头之日，那个暴君果然难久——善恶有报的。

如今却需追叙在大将军福彭大营中所发生的一件罕见的戏剧性奇闻故事——而这却意外地与霑哥儿的成长大有关系。

这是又一桩文字狱的主角人物，大名震惊了全国的铁胆（不止铁面）御史谢济世。

谢御史，字石霖，号梅庄，广西全州人氏，生于康熙二十七年（1688）；五十一年（1712）壬辰科进士，授检讨（官名）。雍正四年（1726），得官御史。莅职不数日，首次例行朝见时，即上疏弹劾河南总督田文镜。田文镜本是雍正在"潜邸"（皇子阿哥府）的庄头，没有科名，因雍正宠眷做了地方大吏，是一位严苛残忍的酷吏。因先有大臣李绂劾他监禁县令并置之死地，因此官未死，反而使雍正认为是诬陷田文镜，更增加了信宠。此时谢济世又劾田贪赃枉法害民之罪，雍正生性猜忌，即疑谢、李等有同谋之嫌，怒甚，立将谢御史遣发到乌里雅苏台军营去效力——这却与大将军福彭发生了重要关系。

大营里的情形微妙：原先由顺承郡王锡保统帅营务的，福彭来后，锡保却受命要听福彭的节制。福彭对谢御史十分敬重，锡保却有暗察之意。说来饶有意味，谢御史在此成了老师——他为满洲将士们开讲"四书五经"，大家列坐恭听，执弟子礼，非常欢迎这位老师的讲授。这可以反映人们同情他的遭遇，敬佩他敢批逆鳞、冒犯雍正的铁胆精神。

① 可参看《红楼梦新证》第十章"雍正十三年"条下所引诸文。
② 吕留良与子葆中戮尸，另一子处死，其余子孙流极边，妇女没入内务府为奴婢。则吕四娘入宫之说当由此而起。

　　谢先生于是在营中讲学著书，并无阻碍。谁知锡保将他注解《大学》（"四书"之首）的书稿送呈与皇帝"审阅"。雍正见其论述，时有违反"正统"（当时以朱熹的注疏为最权威的观点，不得反对），且以为寓有讥讽朝政之意。于是传旨就地正法。至时，谢先生绑赴刑场，全营嗟惜悼送。不料等到即要行刑的一刻之前，锡保忽传密旨，将谢赦免——原来是一场"假斩"的戏剧！

　　当时谢先生从容就义，面无改容，直与平素丝毫不异。于此，人人惊叹不已，因而对这位从来罕有的铁胆御史更加十倍敬佩和崇拜。

　　谢先生也因雍正暴亡、乾隆嗣位而即获释回京师。福彭便决意聘请他到府里去教导世子。相对于锡保之要害他而福彭却是仰佩加护之人，故此谢先生感慕这位郡王的为人，就应允下来①。

　　这在清代史上说，也是一件非比寻常的佳话与特例。

　　正因如此，霑哥儿有幸得从谢先生受业，学识品德，俱受甚深影响与教益。

　　府里请谢先生，自与请一般家塾专师不同。御史位尊望隆（谢先生回到京师复职，每一出入，民众群立街头聚观这位不怕死敢与雍正抗争的"新闻人物"），乃是特恩屈就指点子弟；世子虽然尚幼，族中人多，也有学生来聆教；至亲霑哥儿也就得此奇缘，同叨拂席侍观之幸。

　　到日后，霑哥儿人称雪芹，以撰作稗史小说为寓怀托志之时，在《石头记》中，还留下受教于谢先生的一些痕迹。残存的八十回书中，也还可以举出四点，例如——

　　一、托主人公贾宝玉之口，昌言除了"四书"，凡书皆后世欺人之作，都该焚弃；又言只有《大学》开宗几句"大学之道，在明明德，在新（亲）民，在止于至善"是真言至教，其他皆可不论——此实暗刺雍正。

① 慎郡王胤禧极慕谢御史，烦福彭致意，欲请到府中一会，谢济世婉谢了，以为不可随便到王府走动，其风节峻甚，由此可见。参看《梅庄杂著》卷首。谢御史获罪非止言辞责斥，是受刑鞫审的；史言他受刑不过时则大呼"圣祖仁皇帝！"众官闻之纷纷起立！竟无法使他一言屈服。

二、敢触朱子的尊严。如第五十六回，借探春之口，批评朱子"虚比浮词"，即是显例。

三、贾宝玉十分憎厌八股文——"愚顽怕读文章"，文章二字乃当时专用词，指八股制艺，并非泛词。谢御史则是第一个敢于上疏请改革科举办法，勿以八股文取士。此等在彼世皆为骇俗犯怒之言。

四、谢先生不同于一般"纸上谈兵"的书生文士，特重实学，他在蒙古军营，注意考察地理、物产、动植……亦即今世所谓的科学研究，包括天文也有卓识（如谓地是悬在空中，大气托之）。雪芹在《石头记》中所表现的"百科"式"杂学"，事事物物精确真实，这正是受谢氏学影响的良证。

谢御史被劾的罪名是"离经叛道"（他的著述数十种全部禁毁），而雪芹的思想中，这种大胆的违世抗俗精神，受谢先生之教是一个重要的根源。

题曰：

> 古巷乌衣夕照红，吟诗常想谢家风。
> 谁知此日执经处，别有奇言破世蒙。

［附说］

谢御史是一位罕见的奇士，当他下狱受刑鞫时，忍痛不胜，则大呼"圣祖仁皇帝！"群官闻之必须纷纷起立……因而审讯难以进行。这种性格之人，对雪芹少时必有巨大影响。

五、大案奇情（上）

雍正心中最忌恨最警惧的就是"佟半朝"家的历史渊源与潜在力量，佟家从很早与满洲通婚共事，前章略有追述；到顺、康时代，更是一言九鼎、满门簪笏，时时左右皇室与朝政的局势。但隆科多的父辈都是"胤禵党"，历年已久，雍正夺位后，将佟国维的儿子遣到盛京（沈阳），并不算完，又传令杀了才放心。这时既已下手治隆科多，当然他儿子岳兴阿又成了罪犯。

可是，傅鼐又替他辩护，说他无罪。

这么一来，忮刻猜忌的雍正恼怒了，估量傅鼐也是"隆党"——据史载，隆科多未大用时也曾礼下于傅鼐，而傅不与交游，此刻却敢为他的子弟发言营救。一怒之下，"圣上"将他充发到极边（今之黑龙江）去受罪。

名家袁子才（枚）叙写此事，只有两句话，很得其神理——

公（傅）闻命，负书一箧步往（徒步而远赴苦寒之地）。
率家僮斧薪自炊。

他什么也不带，只背了一箱书——此岂武将世家的凡才俗辈可比，真令人敬佩他的英风壮色，一片豪情，又兼很深的文化学养的气度。

曹家的亲戚是不凡的，大抵类此。傅鼐之子名叫昌龄，成了一流藏书名家——日后对长大的霑哥儿，也有重要的影响。

且说傅鼐一走（直至雍九方归），曹家立即也陷入了"隆案"之内。这回可不再是申斥威吓的事了，动了真的。

如今且看本年大事的发展变化及其间的相互关系：

李煦一案，自二月发作，至三月审结发落，二十三日内务府奏议应按"奸党"例，定斩监候（秋后处决）。雍正故示"宽免"，流放打牲乌拉（最极边远苦寒之地）。李煦当于月底月初遣发，时已七十三岁高龄。

按《永宪录》载此事于本年三月，并叙及前总督赫寿（已指为"大逆极恶"），本系宗室，康熙任命为总漕官，出为两江督臣，入为理藩院尚书。曾奉命入藏见活佛；归而持素，为人镇静和平。此时身故，而子孙犹遭"党祸"云。其同情之心溢于言表。

李煦一生为善，人称"李佛"，结局如此奇惨，无人敢为悼念他而发一言，惟一奇士名叫李果，冒生死之险，却为他留下了传略，感人肺腑。又十年之后，方有山东诗人赵执信敢作一首绝句抒写他的同情与怀念。此外无闻。

闰三月十七日，内务府忽奏一奇案：曹頫之老家人有名唤罗汉者（满档汉译作"吴老汉"，定字不确），原江宁织造库使萧林、桑额、索柱等唆使番役逮捕罗汉（拖欠银两而反生陷害）。审结将桑额枷号两月，鞭一百，偿清欠银一千三百一十五两，发往打牲乌拉充打牲夫。[①]

至五月，谕内阁，织造衙门贡物奢泰，御用绣绒黄龙袍增至九件之多，又灯帏上饰有彩绣，"朕心深为不悦"，着诫谕。

六月，因御用褂面落色，曹頫与其属员司库（名唤"八十五"）罚俸一年，库使（名张保住）则俟送物至京时鞭五十。

至十二月初四，杭、苏、宁三处织造被劾严审。理由是山东巡抚奏称三处织造运送龙衣人员过境于各县站多索夫、马、程仪、骡价等项，骚扰驿站。雍正夸奖巡抚塞楞额，着将所奏各项严审，定拟具奏。

至十二月十五日，内阁奉到上谕：……杭州织造孙文成年已老迈，着李秉忠以按察使衔管理杭州织造事务。"江宁织造曹頫审案未结"，着绥赫德以内务府郎中职衔管理江宁织造事务。此事正式载入内阁起居注。

如以为曹頫此时已在被审中，案由似即被劾骚扰驿站一事，实则不然。盖塞楞额所劾，杭州领首之三处不分也，而孙文成落职只因"老迈"，苏州之高斌亦无事平安，可知曹案与此亦无多大干系。况且，此时曹頫实已在京受审，案情不会是只因差役人员运送"龙衣"需索这种琐事（其实那是从明代传下来的"陋规"常例，本不足"挂齿"，塞楞额无非显才邀功罢了）。然则真情何在？这就是与隆科多大案连上了"党祸"之故。

[①] 同一档内，有二"桑额"名字出现：一为案犯，一为罗汉之主人——则应指曹頫之兄辈（推其原委当是罗汉年老回京又在曹桑额处服役）。拙著《新证》于此未能辨析。可注意者，奏此案者为庄亲王、查弼纳、李延禧等内务府大臣与总管常明之外，又有"茶饭房（应作茶膳房）总管、包衣护军统领（佐领？）兼副都统、署内务府总管永福"。此人当即曹頫之顶头上司。

按隆科多，自年初事发，至三月，又有宗室辅国公阿布兰私将《玉牒》底本交与隆科多一事发作，阿革爵圈禁，诘问隆收藏《玉牒》，"是何意见？"玉牒者，皇室之家谱也，原本所载，涉及皇子选储嗣位之痕迹仍存，而"后本"已有所涂改隐讳也。

此时，查弼纳这一"两面派"也遭降调。

经过复杂万分的"审拟"，延至十月，方将隆案揭晓，其"内容"计有——

> 大不敬之罪五，
> 欺罔之罪四，
> 紊乱朝政之罪三，
> 奸党之罪六，
> 不法之罪七，
> 贪婪之罪十六。

此"四十一款大罪"，奏拟的处治是：斩立决，妻子入辛者库（为奴），家产入宫（抄没）。

雍正又一次施"恩"：免其正法，着于畅春园（皇考久居之地）旁近，造屋三间，永远禁锢，妻子免为奴，子岳兴阿革职，玉柱发往黑龙江当差。贪婪之银项仍令追缴。

至此，雍正谋父夺位的出面施行与隐秘知情的头号人物，已灭迹灭口，以为不再有泄露的危险了（至于政敌、被夺位者，均已死的死、禁的禁、治的治、惩的惩，大势"太平"了，心下也稍安了）。——然后也不放过曹家。

［附说］

雍正夺位的密谋所以得逞，隆科多不仅仅是个知情者，实际上是由他一人主角演出这一幕瞒天过海的"大戏"的：康熙在畅春园病逝，并无皇子与"顾命大臣"在侧，是由隆科多一人由苑中飞骑而出，驰向京师，口称"遗诏"控制臣民，一手造成"传位皇四子胤禛"的（路遇果亲王，闻此异讯，几乎惊得状类疯狂！详见孟森先生《清代三大疑案考实》，确凿无疑）。是故雍正必须将隆消灭。此一千古奇案，却株连了曹门无辜之人。

六、大案奇情（下）

隆案之初结在十月中，而曹頫正于十一月（也许还早些）已然被逮回京审讯（织造进京述职，也须到年底，不能不经请准而擅回）。是则可见两案之紧连，即大案牵上了李煦（审办李特命隆为主管官）与曹寅的罪累重重。这一点显明无误。

延至腊月二十四（民间祭灶是官三民四），雍正传下了正式严命。

> 江宁织造曹頫，行为不端，织造款项，亏空甚多。朕屡次施恩宽限，令其赔补。伊倘感激朕成全之恩，理应尽心效力，然伊不但不感恩图报，反而将家中财物暗移他处，企图隐蔽，有违朕恩，甚属可恶！著行文江南总督范时绎，将曹頫家中财物，固封看守，并将重要家人，立即严拿；家人之财产，亦著固封看守，俟新任织造官员绥赫德到彼之后办理。伊闻知织造官员易人时，说不定要暗派家人到江南送信，转移家财。倘有差遣之人到彼处，著范时绎严拿，审问该人前去的缘故，不得忽忽！钦此。

今日读此"旨"者，须着眼两点：一、所谓"行为不端"，不与一般常言相同，乃是当时的政治用语，实指曹頫亲友交往，皆系"奸党"一方人等。二、一道严"旨"，了不及它，惟叮嘱在"匿财"一事上——名曰为了追缴"亏空"，实即想象曹家世代江南美缺肥俸，身在"金窟"，定为巨富，皇帝抄臣下之家也为一己发财，此为史家皆知之"私密"。

由此"旨"中，又可证知曹頫已在京中，故有防其遣人回南之言。又，总督范时绎，名臣范文程之后裔，与曹家原有世交。

从此，曹家自康熙二年（1663）至本年年终（中间仅有五年断隔），便永远结束了江南的钦差官宦生涯，而全家沦为罪犯之囚奴。

题曰：

金陵织使绣衣尊，仿舜南巡接驾繁。

只为天家皇子众，不知福祸选谁门？

[附说]

雍正的心腹大忧大患，主要系于三条线索：一是康熙晚年内定的嗣位人胤祯，一是多年来图谋太子地位的胤禩、胤禟，一即舅舅隆科多。此三大系力量最厚，影响最大，都可以左右朝政大局大势，而三者之间的分合异同的关系亦极复杂。雍正则全力对付，逐一击破，手段毒辣——也极"高明"。而曹家的三大重要姻亲是平郡王讷尔素、傅鼐、李煦，此三家者，每一家都与雍正的死敌有了干连而正遭惩治（讷圈禁，李、傅充发极边），因为讷是胤祯之副手，李交通了胤禩，而隆虽扶保成全了雍正的阴谋政变，但他家上世一直是力支胤禩（而曾遭严谴）的皇亲内戚，现又发现隆与"奸党"暗结一气，危险性更大！雍正在击破三"线"上都胜利了，所牵连的人数之众，事项之繁，绝非一个章节文字所能叙其千百之一二，亦非本编主题所应尽及，只得从略。今只指出，在此之前，李有奉命审办的隆科多、查弼纳暗中回护，曹有平郡、傅鼐的关照，至此，全在遭难之列了。曹、佟的老关系，已见前章考述，也是千丝万缕，难以割离，而当隆败，在"四十一款大罪"的任何一款的小边缘上直接间接沾上勾连，也就足以构成曹頫抄家逮问的律条了。但此等档案，已不可见，或日后犹有发现之望。

在此应补说几句的则是雍正不但对宗室、八旗的控制加严加密，而且谕使地方长官禁勒太监、仆役的老家及旗下庄头等地方下层人的活动。甚至逛庙会、练拳脚（武术）等，也在禁止之列，可谓之"无微不至"。他掀起了钱名世、查嗣庭等文字大狱，查被"戮尸"——其弟兄查嗣瑮也流放三千里（嗣瑮是曹寅的诗局同人与唱和文友）。他又一再传命要"旌表"节烈妇女，崇祀孔圣人……总之，名义是教忠教孝，"世道人心"。但此时的实际风气却是"人心大变"，正义名节难言，官场人人自危，坏人竞趋苛酷，以此讨好，而民间则私议谣传纷起，对新皇十分不利，雍正也并非全然不知。四年五年这一段时期，是新朝政局的"奇观"之一个大旋涡、高峰点，曹家的命运正是在这峰侧与涡边间陷于绝境。

第七章

一、普天同庆

雍正暴亡，在形式上百官黎庶都要对"大行皇帝"表演丧仪，文辞悼颂，实际却心舒意快，气畅时和——也就着宝亲王弘历"缵承大统"的题目，举国欢腾，气氛热烈，倒真正地成了有清一代罕有的"普天同庆"的局面。

僻居于外城东偏蒜市口的十七间半房屋的小院，门庭也顿时改观了：先前的冷落静悄，一下子热闹起来了。街坊邻居，都眼见他家的亲戚朋友们频繁走动来往，老家人换了新衣，在大门口侍立，迎送人客，打发车马。

雍正"升遐"是八月的变故。九月初三，新嗣皇已正式颁发"覃恩"封诰，即特大庆典普封所有官员旗士的父祖，加衔晋级。在曹家一族，幸而尚存的诰命就有追封曹振彦（霑哥儿的高祖父）、曹尔正（霑哥儿的伯曾祖）及两辈夫人的诰命原件。其一件全文如下：

奉天承运，皇帝诏曰：德厚流光，溯渊源之自始；功多延

赏，锡褒宠以攸宜。应沛殊施，用扬前烈。尔曹振彦，护军参
领兼佐领加一级曹宜之祖父，性资醇茂，行谊恪纯。启门祚之
繁昌，化簪衍庆；廓韬钤之绪业，奕叶扬休。巨典式逢，荣阶
宜陟。兹以覃恩，追封尔为资政大夫，锡之诰命。于戏！三世
声华，实人伦之盛事；五章服采，洵天室之隆恩。显命其承，
令名永著。

高祖的封典，虽非霑哥儿本支所得①，却也是阖族之庆，在接奉恩旨及
供诰（要设香案如供神一般供于尊位）开筵等庆礼时，自然也要招请外
城小院里的本家去同聚（还应有曹𬙂之三个本生同父兄长的族亲等人）。

霑哥儿自从能有记忆以来，这是第一次在族祖宅第中见到这么多的
本家长幼诸辈，相见的礼数、盛大的聚合、喜庆的气氛，还有向这两轴
诰命的异样崇敬，都使这个聪慧奇童大感惊喜与新奇，其庆幸、悲感、
怅惘、疑惑……交织于心头，终生难忘。

满洲内府旗人世家的这种（以及类似的）大礼大聚合大热闹场面，
也成为他日后写书的营养成分。

是年冬十一月，大表兄平郡王福彭，已升任"协办总理事务"，为
参政大臣副手性质了，日在内廷行走（行走，是清代官制特用语）。这
是他从七月自塞外回京后，首次受命的高级文官职位，非同小可。

一个更大的喜讯也传来了：覃恩诰封的同日（九月初三）所颁的恩
诏，中有宽免亏欠一项旨命，原文有云：

　　……八旗及总管内务府三旗包衣佐领人等内，凡应追取之

---

① 追封曹振彦（及夫人欧阳氏、袁氏）之所以由于曹宜者，因此时"宀"字辈已仅
有曹宜任护军参领兼佐领，寅、宣俱不在世。至于曹玺（尔玉）之未见有诰命尚
存，或已失，或因曹𬙂此时因无职任，无从列封。
又，拙著《新证》已经指出：新封诰原应加级晋阶，却反封后仍低于康熙时旧封，
似不可解，盖旧封已遭雍正追夺贬废，其情显然可按。

侵食（与蚀通）、挪移款项，倘本人确实家产已尽，著查明宽
免。再，轮赔、分赔、著赔者，亦著一概宽免……

这就是曹𫗶一家的福音大运了！

果然，内务府总管大臣等于十一月二十一日奏报，查明列具名单，请旨宽免。其中正有尚存的三件，涉及曹、李两门的旧账——

一、曹𫗶：雍正六年（1728）六月，"骚扰驿站"案内，"……原任员外郎曹𫗶名下，分赔银四百四十三两二钱，交过银一百四十一两，尚未完银三百二两二钱。……"

二、佛保、曹寅：十二月十六日内务府又奏报"分赔"案十一件，内有"原任散秩大臣佛保（李煦之婿）收受原任总督八十一（人名）馈送银五千两；笔帖式杨文德馈送银四千四百两。原任织造曹寅家人吴老汉（一作罗汉）开出馈送银一千七百五十六两。……"

三、曹寅："……家人吴老汉供出银两案内，原任大学士兼二等伯马齐，欠银七千六百三十六两六钱。……"

四、曹寅："……原任织造郎中曹寅亏空案内，开出喀尔吉普（人名）佐领下原任尚书凯因布收受馈送银五千六十两。……"

奏请之后，于当日即奉旨："著俱宽免。钦此！"

即此仅存遗档而确切显示的，可知曹寅、曹𫗶两代案内，非因私弊贪污、实受外因牵连的亏空罪，一概得到宽免勿究了。

至于政治"罪"款，曹家本无可为定案处分之实迹，纵使略有干连，亦属内务府包衣人必须在职分内支应的被动行为，而新皇嗣位后，立即释放圈禁的宗室；已革退的获"罪"宗室、觉罗之子孙，一律赏还"黄带子""红带子"，载入《玉牒》，恢复宗籍身份；甚至命大臣议定释放头号圈禁"政敌"胤禩与胤禵；并且申谕宗室人等要"亲亲睦族"了。此即迫切收拾皇室内部激烈残酷的政争后果而欲"一切已成过去"的掩盖之计，区区"包衣小人"，更不在话下了。

所以曹𫗶此时，无论是亏帑还是"行为不端"，都已属于毋庸再究之列。

新皇即位，以明年改元，朝号乾隆，命庄亲王胤禄、果亲王胤礼与大学士鄂尔泰、张廷玉为辅政大臣。命平郡王福彭为"协办总理事务"，即是总理大臣（辅政者）的副位身份。随又调傅鼐为刑部尚书，而仍兼兵部尚书。

霑哥儿家的至亲显贵，也在同时助彩增辉。

还有，九月初三的"恩诏"中，也已涉及八旗人等因亏欠而以房地入官抵偿之事，也命分辨查明，可宽免者不再没官。此事又可能追溯到曹家房地一概赏与绥赫德之前情——虽系雍正之命，但不久绥赫德即已"负恩"革职、充发了，则此项"赏给"可由新皇酌情重新处置。绥赫德已为重罪之犯人，焉能仍旧据有无罪曹家之产业？再者，曹頫既获宽免，例应仍到内务府当差司事，家居外城东偏，岂能远赴禁城西畔？这完全无法安排。是以若经平郡王代请将绥赫德所据、曹寅当日在西华门外、西安门内的一处居宅，发还与曹頫，以便当差效力——还有儿童长大了要入咸安宫官学的住处问题，等等，俱应解决。这也许不是在情理与制度之外的事吧？

这真应了"否极泰来""绝处更生"的古语。大喜事一桩一桩拥来，蒜市口小院门前热闹非常——报喜的，致贺的，送礼的，看热闹礼节的……门上结了彩绸，贴了大红喜报……

这个腊尾，正与雍正五年（1727）的那一回形成了极不寻常的强烈对照：一悲一喜，一祸一福，一辱一荣，一死一生！

这个年的大除夕，小院里陈设装点得一片灯明彩绚，香气氤氲，加上四邻远近的笙歌鼎沸，爆竹喧天，把霑哥儿欢乐得彻夜通宵并无睡意。

题曰：
    也有风光到罪家，今宵笑语剧喧哗。
    休提八载前番事，一霎欷歔眼泛花。

二、铁胆良师

嗣皇改元，号曰乾隆，霑哥儿年交十三岁，是年丙辰（1736），他的真正的"生活"，实从本年开始；而乾隆一朝，历时六十年之久，这又使得他的生命未能超出这个朝号的时限。

"乾隆"二字何义？《石头记》开头已然作出了解释："昌明隆盛之邦"是也。何以言之？盖在《周易》而论，乾为天、为阳、为日，故"昌明"切此卦义，而"隆盛"直申本字，更不待诠了①。不但如此，一部《石头记》，除楔子序引开篇以外，正文情节，由第十七、十八回起，直写到第五十四回，经过研考，表明这全是以乾隆元年的有关史事作为"蓝本"而写为小说的②。

曹家经历了一场大灾大难，几乎不可收拾；此际忽庆更生，一切从头再揭新章；毕竟是一门"赫赫扬扬，已历百年"的内务府世家，"百足之虫，死而不僵"；一旦恢复身份，加以至亲旧谊的各门鼎力扶持，很快即能逐步"中兴""再造"，其生活纵不一定丰裕，却有一个传统规格是平常人家万万不能比拟、想象的。霑哥儿从此才成为一个名副其实的"公子哥儿"，锦衣玉貌之身，灵慧才情之秀，也正如他曾自述的，那几句看似简单，内涵却是异样曲折丰富的语言——

......上赖天恩，下承祖德，锦衣纨袴之时，饫甘餍美之日......③

---

① 清代年号，"顺治"用《易·说卦》："天之所助，顺也。"（明之"天顺"，农军之"大顺"等，皆取于此。惟"雍正"自谓雍亲王为"正"规嗣位者，故有"雍正不正"之嘲语。）
② 参看《红楼梦新证》之《红楼纪历》章等。
③ 从"甲戌"本。此等文句，各本小异，今不繁校。后可类推。

这是真实的记录，尤其是从乾隆元年为始，以后的几年中，他确实是经历着衣丰食美的内务府旗人等级的生活，其习俗风尚、知识见闻，多是皇家内苑的名色、讲究、品位，断非民家与一般仕宦所能企及。

但更重要的是他的物质生活改变之外，更有精神思想、学识这一"无形"方面的成长与变化。虽然年纪尚小，他却早早地思索品味着各种各样的事理与疑题。

新皇改元的三月，大表兄福彭又身兼满洲正白旗都统之要职。这旗，正是曹家所隶之旗，除内务府职分差使之外，他家的一切旗内事情，就都由新都统管理、掌握了。不待言，这对他家的命运，真是福竟"双至"！

先说一件奇事。

福彭在军中保护了谢济世，谢先生赦回后，福彭就特聘谢先生入府，教育子弟[①]。霑哥儿遂有机缘从而受教，得以饱聆绪论。

谢先生的人品，连乾隆帝也是钦佩的，亦即将他复授御史。这谢先生，脾性也未免太"怪"——他因注解《大学》《中庸》等"四书"，反对朱熹之说，几乎丧命；至本年，竟又上疏于皇上，请将他的新注取代朱注，颁行天下！

这在当时，实为骇人听闻的奇闻异事（因为朱注是从南宋以后，历代相承尊为权威的"定本"，清代之尊朱，更是胜过前朝，君臣百僚，少有敢议之例）。新皇本来器重他，这么一来，真的惹恼了，立即予以严词责斥！（此事的骨子里还是牵连着雍正的内幕，人人皆知他之得位是谋父、逼母、屠兄、戮弟而夺来的，谢先生注书寓有讽议之处。）

这件事，使福彭十分为难，因为他向乾隆说过谢先生的好话。因此，谢先生是否还敢到平郡王府去，今不可知。

这一切，不但朝野竞传，却也震撼了十三岁的霑哥儿——"四书"

---

① 事见《梅庄杂著》卷首，参看拙文《考芹新札》（《河北师范大学学报》，1984 年第 3 期）。

是怎么回事？君王何以特重朱子？谢先生何以不循朱注？尤其是，谢先生这个人为何如此奇怪，与众不同？……他开始探索"生活"以外的很多问题——"想"的事情多起来，比如贫富、穷通、荣辱、祸福等感受上，更觉还有高深道理。而且，这又使他心里反复"琢磨"另一件大事。

他想的是：世上万事，谁最通达？孔圣人的大道理久已定于一尊了，又出来一个朱子，也定于一尊，不许疑议，别人不思，为何谢先生敢思敢议？谢先生既敢，则他之外也该有如此胆识之人才是，怎么不见？朱子也许大有是处，未可轻蔑，但他必有是有非，如何不容非议一句？谢先生非朱之说，谢说就又全对了吗？……

如此一而再，再而三，细推了去，他乃悟及：天下的事，自家可以自有识见，不必向来尊奉的就都是神圣。人说谢先生罪在"离经叛道"，然而谢先生自谓"我正是为经为道而争其真伪"……谢先生未必已然得真去妄，可他能使人洞开心臆，不做前人旧说的奴辈。

霈哥儿不但好思，且又好文。能思善悟，怀志负才，又使他嗜学而求书——常听人讲爷爷是藏书万卷，现下家里却一无所有。大表兄平郡王府里有些书，不多，且不是他喜读的这一路哲士才人之述作。他问祖母：爷爷的书都哪儿去了？

祖母告诉他：可到你祖姑傅家府上去打听打听，或许知道。

他又问老家人，果然也说是当年在南京抄家时，那些是不算财产的，总督范大人做了主张，保存下来，未遭散失毁坏——听说后来赏给了傅爷家，派专人来，费好大事，都运走了……

霈哥儿记在心里，打定主意，想方设法到傅府去借书看。

题曰：

　　谢家铁胆动人思，邺下才人亦我师。

　　愿向缥缃问踪迹，"敷槎"姓氏可搜奇。

三、谦益遗书

当世之人评论傅鼐，说是"事上太直，处下太杂"。向皇上说些"愣话"，不讲委婉，则受嫌厌；对属下亲朋过于热心，喜助人为乐，如被欺蒙，则惹出是非。是以傅府也是"三起三落"，转眼一变。他去冬兼两部尚书——兵、刑大政，这太重要了，本年七月即因"为人奏求恩荫""瞻徇情面"而获谴；至年底，不知何故，又遭罚俸。在乾隆面前，他不如福彭之一直得到嘉许。这且不必细叙，稀奇的是他也十分好文爱士，公子昌龄，即霑哥儿的表叔，也成了大藏书家。

原来，这一门富察氏的家世，也不同一般满洲粗俗陋劣的武将军官出身之家。他家当初何以与曹家成为姻戚，更非偶然。

傅鼐之伯祖父名曰额色赫（亦作额斯赫），其祖自讷殷归于努尔哈赤，后隶镶白旗，为睿王多尔衮部下亲信，他与曹家一度为同旗之人。但额色赫入关后，实与蒋赫德官至文华殿大学士，主会试，总裁纂修《太宗实录》《太祖太宗圣训》等书，卒谥文恪，乃是顺治朝后期的重要文臣（宰相级）。这种家世就不同于满洲的纯武人〔因为蒋赫德是明末遵化州秀才，顺天乡试，天聪三年清兵入侵，被俘；彼时正创"文馆"，选儒生俊秀，蒋（原名元恒，满名是皇太极所赐，可见宠爱）与额色赫同列，同充纂修正副总裁，可知清初的"文治"从他二人开创，《三国演义》译满文本，也正是蒋、额之任〕。

额色赫有弟名曰额色泰，亦隶镶白旗。康熙初，吴三桂叛时，他率水陆军于岳州洞庭征战，十六年（1677）竟卒于军中。他初任一等侍卫，后擢护军统领，乃是皇帝之近侍亲信。在湖南，抚军爱民，卒之日，军民设牌位而群哭以祭，哀动郊野。此在彼时满洲军将中，堪称罕有之例。

额色泰，即傅鼐之祖父①。即此可知，包衣曹家的身份地位，远不能与傅家相比，何以曹玺之女能嫁与这一大学士门第？这当与曹振彦身为贡士文才，于初立文馆时已露头角，当时犹能追溯其文化世家，大有关系，当亦因此之故由皇家指配为婚，否则是礼制所不能启议与允许的。

迨到此际，霑哥儿欲向傅府求书之时，傅家的藏书已然名动京师了，这就是著名的"谦益堂"。

霑哥儿初入谦益堂，不只芸香扑面，真是神魂为之震耸——高大的书房，排满了紫檀橱架，直连栋宇，只见满厅里乌压压，那是数不清的书册，一边还有特别夺目的一排，皆是锦囊玉轴，牙籖绣带，那书何止万卷！他从未想到过：世上竟会有这么多书！就读它一辈子也读不完吧？

当世有评论：贵家藏书之富，皆推明太傅家通志堂（即纳兰性德词人之家），然而若以富不敌精，则谦益却胜过通志②。可见这是多么高的品格了。

这个第一次进入谦益堂的大孩子，已经被那么多书"吓"得有些晕眩了，当表叔问他想看何书时，他竟回答不出——半晌，方才说是想看看爷爷的诗。表叔从架上抽出两大函，上题着"楝亭诗钞"等字。

霑哥儿如获至宝，行了礼，捧回家中，打开一看，洁白的不知名的佳楮，墨香四溢，那字是良工的写刻楷体，扬州精雕，世称"康版"。

霑哥儿天性爱诗，很早就如爷爷"四岁能辨四声"韵律。但未遇诗人可以从学——方问亭先生能作诗，然无甚出色精警；谢梅庄先生也不以诗为事业；表兄府里不但无有诗家，诗集也不多见；今日一得此集，虽尚只能看懂一小半，却已眉飞色舞，意惬神超。他像入了迷，饭也不顾吃，连夜吟诵不倦。

从此，诗成了他的性命。

题曰：

① 额色赫、蒋赫德传，可看《清史稿》卷二百三十八。额色泰传，亦见同书卷二百五十六。
② 参看昭梿《啸亭杂录》卷四《昌龄藏书》条。按昌龄印鉴曰"敷槎昌龄"，盖满文无四声，"富察"即读如"敷槎"也，皆记音而已。

借读诗书谦益堂，青毡散帙字留香。

祖风家学无人识，奇气萧然自主张。

四、包衣秀女

皇上薪沛"恩纶"，家里的大事总算是了结清爽。霑哥儿早到学龄，原该进入官学，只是罪家子弟不许保送，白白耽误了几年。如今正是时候了，谁知新政下新事迭出，家里家外，处处需人，大些的孩童也有了"差使"，上学的事又须暂且推延。

这事，还得从富察氏这条线上说起。

在康熙时，有了一门"佟半朝"，前已叙及；到乾隆时，可说是又出来一个"富半朝"，势派视佟氏有过而无不及。曹、佟的关系是分明的——从康熙佟太后起，到隆科多被罪、曹頫抄家，此案方结，而随之即又转入了曹、富两家关系的崭新局面之中。富察氏一门几代的事情极为繁复，不宜尽行枝叙，如今只说"二马吃尽天下草"的马齐、马武兄弟，马齐就曾是总管内务府大臣，是曹家的老上司。曹家，包括日后人称为曹雪芹的这位霑哥儿，又与富家实有千丝万缕的明暗因缘胶葛——就连后来雪芹好友敦诚赋诗寄怀，属望雪芹"劝君莫弹食客铗，劝君莫叩富儿门"的那富儿，也正是一个暗指富察家的巧妙双关之语。

"二马"的一个弟弟，名字却叫李荣保。李荣保虽然日后才封为一等公爵，而所生子女及孙辈，富贵达于极品。其女嫁宝亲王弘历为嫡妃，即是乾隆皇后。她册立为皇后事在乾隆二年（1737）十二月，同时所封庶妃有：高佳氏（包衣女）为贵妃，那拉氏为娴妃，苏佳氏（包衣女）为纯妃，金佳氏（包衣女）为嘉妃。

再稍稍回顾一下雍正十三年（1735）十二月的诸般事态中，有一件也令人注目：庄亲王胤禄与果亲王胤礼曾奏请迎其各妃母回邸第。乾隆因谕大学士鄂尔泰、张廷玉，有云：

朕闻奏，心甚不安。因再四思维：人事事亲，诚欲各遂其愿；自今以后，每年之中，岁时伏腊，令节寿辰，可各迎太妃于邸第。其余（时日）仍在宫中。则王等孝养之心与朕敬奉之意，庶可两全。和亲王（弘昼）分府后，亦照此礼行。

合此两事而看，则可悟雪芹日后著书时，于第十六至十九回一段"贵妃省亲"的故事，显受此等史实的影响启示而穿插拆借，以写当时他所亲历的一些典礼场面①。

庄亲王、果亲王乃乾隆的叔父，此时正任协办总理大臣（即辅政大臣），而庄亲王又是雍正朝的总管内务府大臣，亦即多年来皆为曹家的最高上司，霑哥儿的长辈乃至他本人，到庄府里去当差执役、办事从公，那是十分熟悉的"大门口"，庄王的母妃回家的礼仪庶务，也是内务府人员不可或免的职务。果亲王虽未曾任总管内大臣，但有一个有趣的线索或迹象：他的赐园名曰"承泽园"，其园亭景物的布置建构，和雪芹所写"大观园"大有相似之处，似乎不仅是个巧合（《新证》曾有论及）。

以此而论，清代妃嫔，不管是哪一辈分的，确有出宫省家的史实与礼数，是乾隆特许的"旷典"。是以《石头记》所写建园省亲的情景，纵使并非以一家一人为原型模特，却也绝非纯乎来自一个"想象"与"虚构"。

至于富察家有没有过类似的旷典，今不可考；但甲戌本《石头记》中写及赵嬷嬷与王熙凤、贾琏等谈论"省亲"之事时，有一朱笔侧批云："文忠公（家）之嬷。"文忠公即指李荣保之子傅恒，乾隆皇后之兄。而《批本随园诗话》舒坤亦言《红楼梦》所写本事，传说不一，而有谓

① 这种宫中女眷的仪仗典制，如曲柄凤伞，如冠履服色，如"挡围幙"，皆历史实况，可以稽考而知，无不符合，这绝非未尝经历过同类情者所能虚拟半句。然也有人误读脂批，坚谓此乃"隐写康熙南巡"云云，真风马牛之不相及——南巡龙舟成队，百官万民夹岸跪接，任人观看，繁华万状……如何写成一个女子单人回家，游幸家里的"后花园"？皆因对于历史典章制度一无所知，任意猜度（可参看《红楼梦与中华文化》第一章引巴金先生论雪芹所写场面皆亲身经历的见解）。

事出傅恒家之说，当系一种揣测。然则霑哥儿少年时的经历，多少也与富家的势派场面有其点染借径的关系。

还有一说：皇家要选"秀女"，入宫服役，其制八旗各家为三年一选，内府包衣家则为每年一选。如此，曹家女儿有选入宫中的，乃是必然之事。秀女分在宫眷各处，也可以成为皇帝的侍女，也是逐级升格，以至升到嫔妃，其中一级即名为"贵人"，此等妇女在宫中不分等次，统称"主儿"，亦即相当于宫外民间所称的"娘娘"。但官书史册是不会记载她们的（未生子女的更无地位入载）。因此就有不同的可能：一是曹家入宫的秀女适在许可出宫回府的后妃处当差，这就得以随其主妃而同获回家省视一下的良机。另一则是本人确是"贵人"一级的身份，或曾是富察氏皇后（史称纯皇后）的贴身大丫鬟而随侍入宫的，其后得以升级而又曾特许回过母家的一位实有的人物。

按"庚辰本"等书内脂批，谓雪芹在"省亲"回，尤其是写到元春痛切等处，屡有"难得他写得出，是经过之人也""非经历过，如何写得出？"再如"戚序本"回后总评，对此等文字的"铺排"，也是强调非亲身经历，无从臻此境界。循此以推，如谓既为小说，即属编造，本非定有所据——此等常见的观念，未必适用于当时罕能"想象"的特例了。

霑哥儿少时的出乎常人意想之外的经历与处境、感受与思维，方是他如何能成为一位特异天才作家的真正值得参悟的真诠、领略的关键。

题曰：

包衣生小唤奴才，庄、果王家服役来。
更有皇家挑秀女，曾闻旷典例新开。

［附说］

清代宫眷，等级甚多，如官书所见，皇后之下，则有皇贵妃、贵妃、妃、嫔、贵人诸等级。贵人是一关键级：往上可升为嫔、妃，而其下者（原来身份）即是宫中侍女，有"答应""常在"等名目。而贵人还分两种：一是曾被皇帝"御""幸"过的；二是未尝同寝，仅属一般封号称谓。此可参看《国朝宫史》卷三雍正六年四月二十一日上谕。贵人级的宫眷，从未见载于史籍（大抵由嫔封妃，方见记载），是以内务府众多入宫秀女，无由尽由"书本"证明其有无。研论者往往以为元春本无其人，纯出"虚构"，此种思维推理方法，貌似谨严，实未尽然。

（本节涉及这类问题，一不同于往常的"红学"俗义，二不同于文学创作理论讨论的一般识解，而是从传主曹雪芹的自幼成长、亲身阅历、学识见闻、思想感受，以至日后执笔为文的精神活动、写作生活中的种种微妙而深刻的探究，如抛弃这种寻绎而以为是窠臼俗套或附会穿凿，那恐怕就只能剩下一堆浮泛的空词或"模式语言"了。）

五、古瓦修柯

自从霑哥儿得以出入内城之后，已然有"两个世界"之感，他眼界大开。偏又借到了爷爷的诗集，一看那些篇什中咏及的地方，更是极想逐一地游历一回，才可稍慰渴怀，印证诗情文境。第一个使他注目的就是"古瓦修柯荫舍南，参差城郭迥凄含"这两句所写何处？因为那是爷爷与子猷叔祖（其实是本生祖）于月夜对坐而写的，这必是"老家"无疑。

他就请问祖母和老家人，果然所想不差。

他让老家人领他去踏寻这处神往之地。

他们先得进崇文门。顺大街北行，遥遥望见金碧辉煌的东单牌坊，本名"就日坊"。由牌楼前转东，不久来到方巾巷，再东即是贡院，俗呼"举场"，天下举子来考进士的地点，门外三座大牌坊。又往东行，渐渐临近东城墙一带，景色与肆衢大异了——那里老北京人叫它"泡子河"。原来曹家入关以后，老宅就在此河之畔。

对于这处内城东南角的风光，可从两书所写窥见遗影——

泡子河在崇文门东、城角，前有长溪，后有广淀；高堞环其东，天台（按即观象台）峙其北；两岸多高槐垂柳；空水澄鲜，林木明秀，不独秋冬之际难为怀也。河上诸招提，苦无广大者。水滨之颓园废圃，多置不葺。——城内，除德胜河（按指今之什刹海）外，惟此二三里间无车尘市嚣，惜命驾者少耳。

（《燕都游览志》）

张园酒罢傅园诗，泡子河边马去迟。
踏遍槐花黄满路，秋来祈梦吕公祠。

（《查浦诗钞》）

吕公堂在观象台之南，泡子河东岸。……今"梦榻"尚存，而祈梦者鲜矣。但祈方药者甚多，门外卖药王姓以此致富。壬辰春闱，余假寓其家，每晨光未旭，步于河岸，见桃红初沐，柳翠乍剪；高塘左环，春波右泻；石桥宛转，宛若重虹，高台参差，半笼晓雾。河之两岸多园亭旧址，今无尺椽片瓦之存。然其景物澄廓，犹足流连忘返。

（《天咫偶闻》）

只据这点滴描叙，已足见其境界之殊常，变迁之倏忽①。曹家是正白旗包衣，按旗分配，须住东偏，包衣更近城墙一带僻处。

霑哥儿来到此处，立于河边，不禁神观飞越，也觉无端悲喜，交会胸中，不可名状。老仆领他走向一个宅门，站住了。他当下明白：一点儿不差，正是"古瓦修柯""参差城郭"；还有那"老槐门巷今犹昔，来捉蒲葵（扇也）得几人？"的句子，历历现于目前了。

霑哥儿自从认识了自家老宅之后，便也引起了以往不曾涉想的疑

---

① 泡子河，《顺天府志》作"炮子河"。按北京人谓成片的水塘为泡子，如什刹海亦称"莲花泡子"。"后有广淀"，淀即泡子也（或谓"泡"，即"泊"字的变音）。所引三段文字，自明代至清末，其变化之巨已十分惊人。今则更无痕迹可寻了。

问，就不时请祖母、老家人等讲给他听。他这才明白了爷爷一生十分复杂而又难言的心情。

他由是得知——

老宅隔墙可以看见一个小楼阁，旁有大树遮映。此即"芷园"中的"掌大悬香阁"，阁中供奉着一尊魁星。"悬香"之名取自李贺（昌谷）的诗句"画栏桂树悬秋香"。为何这等布置？祖母告诉他，爷爷时常感叹自己从祖上是服侍人的"奴才"，千辛万苦，不可明言；如何才能"改换门庭"？只有一途径，就是科甲功名，有了出身，就可望脱出牢笼了。但你爷爷一生只喜诗词，不爱八股制艺。再加身为满洲旗下，康熙老皇上不让满旗之人科考争名，于是爷爷也就绝了这一条"上进"之心；以后当了织造、巡盐，一心作诗刻诗，直到去世。小阁里供着魁星，阁旁植有桂花树，都是祖上为了让子孙考中科名——魁星是管这个的，"折桂"是考中的吉语。这儿还有，不远就是大贡院，咱家这一带，每逢春秋两季科考，顺天府的秀才，天下的举子，齐集在此，赁房租屋，街坊都贴上"状元吉寓"的大红纸……可热闹极了！

霈哥儿听了这些往事今情，不禁百端交集。心里翻腾着，自己也是个"奴才秧子""家生子儿"，身命前程，茫茫不可预卜，有哪条路可走，或者是该走哪条路？祖上、家门、亲戚，上下，尊卑……层层面面，都是千丝万缕，环环锁套，能够像爷爷吗？要不，就会像父亲？……

老宅的地方和境界，使他一时思绪梦如，理不出一个脉络和方向。

园里除了悬香阁，还有一处叫作"鹊玉轩"，他便又问此为何意。老人说，这出典爷爷也讲过，可谁也记不清什么书了，那是说某地某山产玉，玉是宝物，但在彼地不知珍贵，当地人随手捡一块玉石，掷向树上赶乌鸦、喜鹊，与瓦砾一般。这是你爷爷的才学手笔，谁也比不了的！

霈哥儿听了，悲从中来。因念祖父那样奇才逸质，百事出群超众，受了皇家的大恩，才不过到江南去管织造，役使机户劳工，为宫里织那无数的特级绣缎，错一丝也要获咎得罪，诚所谓"为他人作嫁衣裳"——这种人才的使用，可不是一块"鹊玉"又是什么？

他因此又把爷爷的另一首咏石的诗联起来琢磨思忖："娲皇采炼

古所遗，廉角磨砫用不得！"爷爷是玉，也是石——这石是女娲炼的
灵石，原为补天之用，可是遗而置此，历世遭劫，棱角磨尽，终成废
物……

　　霑哥儿从此又对石对玉发生了极大兴趣，而且对它们的材质与命运
深为悲慨，暗自痛伤。

　　题曰：
　　　　泡子河西贡院东，悬香鹊玉义重重。
　　　　徘徊古瓦修柯侧，无限思量感圣童。

六、咸安宫学

　　霑哥儿已然十三岁，也够了成童之年，在亲戚家附馆就学，本非
长久之计，毕竟要入官学才是"正途"。他们家能入的官学，只有二处，
一是景山官学，在紫禁城神武门、北上门之外，这是早先有的。另一处
咸安宫官学，却是雍正中期专为"教育"三旗包衣内府子弟而新设的，
地点初在寿康宫长庚门内。

　　想进咸安宫官学，第一要有门路，第二要学生本人资质优秀颖异，
拙笨者是挑不上的。恰好祖姑丈傅尚书（鼐）此时正兼任了内务府总管
大臣，而霑哥儿的聪慧才情，已渐为人知。因此他果然得以进入咸安宫
上学[①]——这就如同"一步登天"：能出入西华门，身居"大内"，非同
小可之事。

　　从此，他不再是小孩子了，学名曹霑，师长给取了一个表字，叫作
"芹圃"。他早已明白：自己的名字是来自《诗经·小雅》"（雪雨）既
霑既足，生我百穀"，但表字却还是用了"采芹泮水"之典，没离开科

[①]　雪芹少时入咸安宫就学之事，当然不会有书文"记载"；但清代不同人士在咸安宫
　　做过教习的，却在那儿听说过他的名字和点滴事迹可以为证。参看《曹雪芹小传》。

甲功名的俗义，心里不太如意。他想，为何不从《小雅》之原意取字叫作"穀生"或"百祜"？若必用芹字，也该叫"雨芹""雪芹"才是。可巧后来他读到苏子由（辙）的"园父初挑雪底芹"和范石湖（成大）的"玉雪芹芽拔薤长"这两句诗，不禁大喜，就决意另取了一个"雪芹"的别号。

小雪芹在学，成绩优异，师傅、谙达（武艺的教习），无不极口奖赞，刮目相视。

可是，他性情有些古怪，不与常童一样。又不喜欢八股文章，只一味钻研"杂学"（当时经艺八股之外的诗文学术，都叫作"杂学"），完全是个"不务正业"专爱"淘气"的学生，时常惹动师长生气，遭到责训。这种事传到家里，也让父辈十分气恼，痛加管教。

小雪芹并非不受父、祖世代为奴，梦想"出头"脱籍的苦衷所感动、所激励，也很愿替他们争一口气，"一举成名天下知"，中了进士，擢升为翰苑名臣和大学士"相国"宰辅，仁政宏猷，寿民济世……如爷爷所想的娲皇采炼的补天之石。但无奈怎么也不能忍受"八股"的气味和樊笼，与本性格格不入，无法"调剂"。由此更想起两件对比的时事：谢御史（济世）力主科举改革，废除八股文章取士的陋规，而另一面乾隆一即位就钦命选定一部八股文的"榜样"书，颁行天下学宫学舍，让所有读书识字之人都以此为"圭臬"，顶礼膜拜。

这就是他日后写书时，有一首《西江月》，内中道是"潦倒不通庶务，愚顽怕读文章"的真正缘由①。

包衣人入宫，须走西华门。

大内的西路，有武英殿，与东路的文华殿遥对。武英殿虽"武"，却与"文"事更有关系，修书处、御书处皆在近旁——修书处日后还与《红楼梦》大有干涉（详见后文）。殿西有尚衣监，监西有器皿库。

雍正六年（曹頫被罪之年）的十一月，命内务府："咸安宫见（现）

---

① 潦倒，读如"涝道"，意为行为不检，不守正规（与落魄贫困一意不相雷同）。"不通庶务"是当时贬人的成语，略如"迂腐书生"之意。"文章"，特指八股时文、科举制艺，与今日所谓一般文章更非同义。

在空闲，著设立官学，将包衣佐领、内管领之子弟，并景山官学生内，拣选颖秀者，或五六十名，或一百余名，入学肄业。"其正式开学，当在雍正七年①。

小雪芹虽是十足的颖秀生，但在学时恐亦未必称怀得志，只要看他日后追记的"负师、兄规训之德"，也就可以知其大概了。

入学要进西华门，而内务府署就在西华门内，紧靠城墙。除广储司在门内，门外还有六司（内务府共辖三院七司）。但广储司的六库（银、皮、缎、衣、磁、茶），防嫌之地，官学生是一步不许乱走的。

学内设备并不考究，桌凳简素，虽名为宫，室内又暗又冷；正中供着"大成至圣先师"孔子牌位，皇上圣训②，入来时先须礼拜，先敬师傅；师傅为教习一班小包衣"秧子"，人选庸常，讲书枯燥浅陋，因想起若比谢御史，那一天一地了。又总离不开训诫，尊卑上下，三纲五常——丝毫没有灵智才慧上的事情可聆可受。就是讲"四书五经"，死背硬记，也只为了学作八股文时需熟悉经文朱注，照讲不误。这一切，使小雪芹苦极了，觉得是一种折磨。

这种教育，未能使他"上进"，倒日益减退了读书科举、耀祖光宗的念头。

---

① 《宸垣识略》卷二，谓"为教习八旗大臣子弟肄业处"。此与雍正上谕不合。盖所据已为后来制度。

② 咸安宫官学，雍正七年（1729）开设，原在长庚门内。晚至乾隆十六年（1751）因寿安宫改建，方移至旧尚衣监，雪芹是否能在学如此之久，不可臆断，故应叙寿安宫。但乾隆元年（1736）三月初四即特颁此官学上谕一道，文辞不短。其中透露内务府主管人奏请在学学生有年长者应以笔帖式、拜唐阿任用，方不误当差云云。乾隆不以为然，指示：一、此官学为造就人才，不为早早当差。二、入学者十九岁，若至二十出头即令当差，学问岂能甚高？不合设学本旨。三、着将学生遴选，留三十名优秀者，次者退学；将学额由内府三旗扩及八旗子弟，每旗选送十名入学，一同造就；大臣子弟愿入此学者亦可入额。四、每月钱粮二两银。五、满汉文艺、案牍办事、骑射武艺，多面兼长，为教育准则。六、优者具奏引见，格外以部属人员擢用。七、不论用于何处，俱于职衔内写明曾在咸安宫官学习学（可见资格可贵了）。八、将派专官管理，不再由内务府公同掌管。

由此可知，雪芹若由十三岁挑入，可以在学至十余年不为太久〔此官学乾隆十六年迁新址，至乾隆二十五年（1760）再迁，方至器皿库西〕。

题曰：

> 吕公祠上忆初游，美梦黄粱古榻幽，
>
> 此日咸安宫内坐，一心飞向广和楼。

七、画坊习艺

内务府世家英和，于所著《恩福堂笔记》卷上叙其父祖事，曾言"先大父授先公《四子书》（即"四书"），每背诵，一字不讹；后仍读百遍。嗣于雍正六年（1728）初设咸安宫官学，选八旗内务府俊秀子弟入学读书[①]，先公甫十龄，在选中。同学者：先世父文恭公（按指观保，其父德保之兄），阿文成公（指阿桂），舅氏原任中丞良公讳卿。中第后始出学。至七旬时，诵经书，尽卷不遗一字。每示余曰：'此家塾、官学之力也。'"为难得的正面记述咸安宫官学的文献。我们由此可以窥见当时的一些情况，尤其是入学资格、年龄以及读书的范围，其课业要求之第一条即是能诵"五经四书"至于纯熟，一字不讹，乃至终生不会遗忘。这就清楚：雪芹自幼及少，也必须受此严格教育或"训练"。

但今日推详起来，雪芹能入咸安宫，则此处西华门内一带所邻之禁中诸处，却都与今日所谓之文学艺术者大有关联。如武英殿附近的修书处、御书处、缮经馆、清字馆、如意馆等皆相次毗连，而且又有器皿库与南薰殿，皆在西华门内稍北；南薰殿收藏的是历代名画，而如意馆是丹青绘事诸供奉服劳之所在。雪芹身为一包衣官学生，固不许乱走，也无由进入；但既为内府世家，却又"三亲六故"皆聚于此，比如借了有身份的亲长，就能有机会（如查库、取件等差使）随入此种"禁地"而大开眼界！历朝古画名迹不必说，就连画师们正在绘制的各种长卷、南

[①] 按此系英和于嘉、道时追记时之误说，雍正六年年底始命设此官学，专为内务府三旗子弟，与八旗无涉；至乾隆时方命将入学名额扩及八旗。《笔记》叙次未清，宜辨。

巡图、宫中岁时行乐图……其工细精美已达到了令人惊叹称绝的境地。雪芹家世，代有画家，祖辈及伯叔辈，文献记载俱在，故而也有遗传的天资禀赋，一见这等人间宝绘，其所感受，如针芥相吸。他对必须背诵的经书的兴趣，远不如绘画这类"技艺"对他引起的精神之激荡、性灵之契洽。

不知是由内务府亲友的推荐，还是由如意馆的画师的发现，雪芹的画艺天才终为人知；他在官学的时间也许不是太久，就因如意馆缺乏辅助人才而设法把雪芹调入了馆中去学艺。从此，他进入了这一个新奇神妙的丹青世界，一生也未曾荒废阁离疏远了它，而且达到了高层造诣。

这在《石头记》中，也未尝没有痕迹可寻。当然最明显的是借宝钗之口而论画具的那一大段文章。其实就连雪芹笔下的鸳鸯姑娘，当她痛斥其嫂（劝说鸳鸯去当大老爷的小老婆……）时，也能说出这样的警句——

"什么好话？宋徽宗的鹰，赵子昂的马——都是好话(画)!"

鸳鸯虽然是老太太的左右臂，身份不同一般丫鬟，但她的"文化水平"何以能到如此的高度？须知，在乾隆年代，宋徽宗画鹰与赵子昂（孟頫）画马，就是最富贵人家也无此等珍秘，只有内务府，的确有之。若非目见之人，是造不出那样"谚语"的。再如所写怡红院中内室所贴"洋画"（运用光线透视而使人物如"凸出"一般……），这也是宫中所有之物。第四十回写探春的书斋——

这三间屋子并不曾隔断；当地放着一张花梨大理石大案。案上磊着各种名人法帖；并数十方宝砚；各色笔筒、笔海内插的笔如树林一般……

这种景象，岂但姑娘小姐之居处，就是富家"哥儿"也无此势派。这完全是宫中书画处的规格。雪芹见过，方能移借而为晓翠堂点染增色。请看下文写宝钗所列的画具，即可明白。

今日一般人读雪芹之书，总以为他善于渲染，又见所写事物名色皆不同于寻常，又以为他总爱"夸张"；其实这也是一种错觉。不必别举，就拿惜春自陈为例：她画时只用随手写字的笔，此外也只有两支染色笔；颜色呢，则又只有四样：赭石、花青（二者配成浓淡绿色）、藤黄、胭脂——此乃最通常最简单的四色，只能画一点花鸟小景之所需。这儿哪里有一丝毫的"夸张"？及至写到宝钗的口授，这方是另一种规格，但也并无"夸张"可言：单讲笔，就有排笔，分大、中、小三号；染笔，也是大、中、小三号（皆各四支）；南蟹爪，大、小各十支（可知用它之时最多最费了。蟹爪是细硬尖笔，专供勾线用）；须眉十支（极细的画毛发所用之硬笔）；着色大小号各二十支；开面十支；柳条二十支。此外要有名贵矿物性颜料，还得生风炉化胶、出胶、洗笔……还得有一张粉油大案，上铺毯子……

只要看看这些，就可明白，这也是宫中画院与如意馆的规模派势，也不是民间文士所能具备。宝钗家为"皇商"，即内务府所属的采办，她家如何熟谙此等高级画艺专业的知识？

倘若再看宝钗的（其实即是雪芹的）"画论"，事情就更为清楚：她说藕丫头（藕榭，惜春雅号也）虽然会画，也只"不过是几笔写意"，没画过大幅园林楼阁台榭、树木山石，加上人物——这就是宫中"行乐图"的意思了。她说的是，建筑"界画"分毫不能差错歪斜；人物的手、足，一笔不能失误——不然"手也肿了，脚也瘸了"！……这已是明指楼台工笔画了，与"不过几笔写意"可谓悬殊迥异！

还有，论到用纸，宝玉说雪浪纸"又大又托墨"，宝钗批他"不中用"，因为雪浪纸只适合画"南宗山水"，而不宜于北宗金碧园亭之用。这是因为，南宗画特重渲皴，以笔墨韵致取胜，而北宗画则专以勾勒染色、工细挺秀、绚丽丰富为境界——这也就是宫中如意馆的风格技法，一丝不走。

从这些迹象来看，雪芹的绘事造诣，丹青擅场之处，断乎非同"不过几笔写意"，他自幼受过宫廷名匠与供奉大师们的严格教授、训练，特以工笔人物及园林景物、花鸟惊动当时同世之人。这是极为艰苦的细经营、真功力，大大有别于明清时代文人学士们，他们大抵都涉猎画艺，但皆"不过几笔写意"，这在文人偶然寄兴见意，是可以的，也自显其文化素养之流露——此即世称之"文人画"。文人看不起工笔细画，以为"匠气"，是"工匠所为"，自谓那几笔信手"挥洒"为高。然而他们忘记，中华自古绘画即是"工匠"派，"文人画"乃是很晚起的风尚，真好的"文人画""写意派"，如无工笔根底功夫，就流为一种空洞无物、千篇一律的"假大样"，而晚世心理，趋于苟简，画工笔北宗，吃力不讨好，常常几年苦功而成一大幅，却"卖不过"那种一挥而就的"几笔写意"。雪芹对此世态人情，也是从很早就身亲目睹，感慨至深——"写意"虽"高"，怎奈其只存假相何！

在馆中，师傅们指给他：你看我们的景物，万象森罗，却要一丝不乱；百个人物，却讲神态各殊；笔细如丝而处处不软不阘，极纤至赜，而依然气韵流动——哪儿又有"匠气"？这才是真功夫真境界；一轴画却常常是几年十几年的苦功所成，心血斑斑，洒遍楮纸缣素，岂可轻以"工匠画""馆阁体"讥之？

雪芹细审师长的手迹，果然如此，心中感动已极，每念辄为泫然，不能自禁。此后丹青不辍，终身守此诲训，不肯以"大抹儿"假相换钱欺世。

题曰：
数痕写意也称雄，愧煞霜髦供奉工。
自幼饱承师辈教，馆严功苦夏兼冬。

[附说]

清代宫中画艺设置，分为两处：一是如意馆之"画作"，一是"画院处"。如意馆归内务府之"造办处"所属，共有"四大匠"，即画作、玉作、牙作、裱作，此四个"作坊"皆工匠制作之处。画作工匠以苏州画工为主，风格工细娟美。画院处则是遴选词臣中工画者与延聘海内名家入院作画。两者身份、品级、性质、工作均不相同，而世人往往混为一谈。作坊工匠呼为"承差"，画院专师称为"供奉"，赏以品级名衔。故尊卑有异，所事各殊。雪芹在内务府供役，应是先有进入画作的差使，即如意馆承差之人。但他与画院处的画师名家，也会有机会相识相交，如画苑有名的唐岱，在画院供奉，实亦内务府籍也。雪芹叔祖（本生祖）曹宣（荃），即曾任《南巡图》监绘官，此则画院名师所为，与如意馆非一事了。

第八章

一、粉墨登场

　　广和楼，在正阳门（俗称前门）外东侧，原名查楼，相传是查家所建〔查氏分南北二支，南查即查慎行（嗣琏）、嗣珽、嗣瑮那一门；北查自康熙间移寓天津，查日乾（天行）、为仁、为礼等，筑水西庄，为名诗人〕，是京师最古老最有名的戏园。雪芹少小时，由蒜市口往西，穿过长巷（如兴隆街等胡同）即到前门外一带市肆繁华之地，每过广和楼，目见门外摆列的刀枪旗帜（戏台道具），耳闻笙笛仙音，便为之移神驻足。嗣后一有机会，便循声认路，到戏园去欣赏各色名剧，渐渐入了迷，陶醉在那种美妙的戏文与歌音之中。

　　旗家子弟，历朝是禁止游步馆园、听曲看戏的。雪芹的这一行径，本来就已越轨违规，更为家教礼法难容的，是他由于喜唱，竟然与"戏子"结识往来，学歌习舞。

　　"戏子"何等样人？当时是一种"贱民"，倡优同列并举，不与"良家"通婚，良家中如出了优伶，会被摒除族籍，视为耻辱。但自乾隆年，八旗贵公子、文人士大夫之间兴起了一种极盛的风气：与旦角男伶交友，流连沉溺——称男伶为"相公"（据说本作"像姑"，以音转而美称为"相公"，且以其住寓之处为"下处"，本亦借官员下值别寓的休憩之所为名目）。那些贵客饮宴时，要招邀"相公"来陪侍，谓之"侑酒"。

在这当中，也就有了分别：一种人是以"戏子"为特型玩物，借以寻欢取乐；一种却是把他们视为艺业天才，深赏其资质品貌、造诣才情，重之以为超越俗义的知己襟契。

这种畸形的社会风气一直到清末不衰。如有一段文字，记其概略云：

> 京官挟优挟妓，例所不许。然挟优尚可通融，而挟妓人不齿之。妓寮在前门外八大胡同，麋集一隅，地极湫秽，稍自爱者绝不敢往。而优则不然：优以唱曲为生，唱青衣花旦者，貌美如好女，人以像姑名之，谐音遂呼为相公。其出色时，多在二十岁以下。其应召也，便衣，穿小靴。其家名下处。……京官清苦，大概只能以挑酒为消遣（只备十二碟下酒，省钱。另有"吃饭"名目场面，则甚费）。因下处甚清雅，夏则清簟疏帘……冬则围炉赏雪……绕座唐花，清香扑鼻。入其中，皆有乐而忘返之意。像姑或工画，或知书，或谈时事，或熟掌故，各有一长，故学士文人，皆乐与之游，不仅以顾曲赏音也。然此皆闲曹年少时为之。……①

这种被人视为下贱玩物之人，却本是寒苦之良家幼童，卖身从艺，实皆天才异质，禀赋非凡，而且往往出现品德崇高、行为侠义的"畸人"，助人救难，做出难能可贵、可歌可泣的事情，在清代梨园史料、诗文集中，时有记述。

少年雪芹，深为这种不幸而可爱的人才所倾倒，因为"惺惺惜惺惺"，互有可以交流共语的心灵投契，而大异于俗常的"狎邪"意义。

---

① 引自何刚德《春明梦录》卷下。

　　这就是他异日在书中写到琪官（蒋玉菡）和世家公子能串戏的柳湘莲等人的生活泉源。他明白表示：大凡天地生人，有一种"两赋"之才人，生于贵家者为情痴情种，生于清门者为高人逸士，而生于贫家者则为奇优名倡——断不甘为庸人做奴服役！这种对"奇优"的本质理解与评价，可谓高绝，断非世俗常人正统观念所能想见与承认。

　　因而，这却正是为家族、亲戚所难以容许的"不肖"子孙，败坏家门的严重邪行。

　　还应说明，少年雪芹之与优伶交游，并不是如京官那样真到"下处"去"挑酒"，他们是另有场合的，是朋友的聚会，而不是什么"挟优"作乐的性质。这样的交往尚不致生出大事来，还有十分危险的一种，就是交结上王府里私家戏班里的出色人物——正如蒋玉菡一流身份。那会惹出极大的祸端，连累家门父母。

　　与优伶相契同游，已是难容；更可骇者，他竟然弄到了"身杂优伶""粉墨登场"的地步①。

　　当时的富家子弟，会受戏班的诱陷，迷恋上名角，以至于倾家败产，流落至于绝境，如乾隆间的一部小说《歧路灯》，正是这类事迹的反映；但杂于优伶之间，共同粉墨登场献艺之事而写入小说的，尚所罕闻。

　　此情，一方面是雪芹的艺术天才，使他能够以歌舞倾倒座客知音，另一方面则亦足见他的超常的大胆与"邪僻"，已然不再是一般的"不守规矩"了，已然使得家里家外声名"狼藉"，无法管教了。

　　在这"无法"之中，却逼出了一个非常之法，即是"圈（juān）禁"。

　　圈禁是满洲习俗，专门用以惩治"危险人物"，重者禁锢在一间小屋，轻者"不许出门"，行为严限自由。这本是一种政治性处罚形式，仅仅不加杀戮或流放边荒受苦，是为严法重惩。至于私家一门之内，对子弟竟用此法，那就是其他管教责答全然无效之后，方才如此施行——真是无可奈何的下策了。

---

①　参看《红楼梦新证》第 701 页引善因楼刊本《红楼梦》所附朱批（周绍良藏本）。

少年雪芹，一度被禁三年之久①！

宋翔凤是身为常州派学者，身历乾、嘉、道、咸等数朝饱谙遗闻掌故的名家，据他所知，雪芹是"素放浪"。这"放浪"二字之中，不知隐含着多少难以想象言传的"故事"，可惜无人曾为之写记传留。此"放浪"二字，极其简赅而中肯，已把"背父母教育之恩，负师兄规训之德"之幼年行径，尽为印证无讹了。但可以推断，在诸般放浪行为中，最为骇人的恐怕就以与优伶杂处、亲自串戏这一款目，直使闻者无不愕然！讥嘲唾骂，交口喧传，随之俱至。

这儿的一个基本冲突之点就是：俗常社会道德礼法观念为一方，只论身份贵贱高下，以"位""分（fèn）"为中心；而雪芹则是以"人"为本位，不论其他，爱重的是人的资质才情、品格道义。这一点，其实也就是他日后著书，一心为"人"传神写照的总根由、大宗旨，其平生最大志愿，无逾于此。

虽锁锢三年，亦不能改易其初志本怀，缘故正在这里。

雪芹所串何戏，所嗜何曲，俱无从探求了。但从他书中所写而看，他极不喜欢当时盛行的喧哗热闹的俗戏，如弋阳腔之类；他醉心的是清词丽句的昆腔雅调。比如《牡丹亭》的"袅晴丝，吹来闲庭院，摇漾春如线。停半晌，整花钿。没揣菱花，偷人半面。迤（tuō）逗得彩云偏……"又如《邯郸梦》的"翠凤毛翎扎帚叉，闲踏天门扫落花……"再如《长生殿》的"天淡云闲，列长空、数行征雁。御园中，秋色斓斑；柳添黄，苹减绿，红莲脱瓣……"这些风流蕴藉的戏文，都是他吟赏"入迷"的绝唱——他也曾将己身"化入"戏中人物与之同悲欢、共离合，浑然物我一体。

题曰：

风流文采溯门楣，《红拂》《琵琶》祖墨奇。

此日登场亦歌哭，不须锁锢也孤栖。

① 见蒋瑞藻《小说考证》引赵烈夫《能静斋笔记》，宋翔凤所传轶闻。

二、空房禁锢

宋翔凤先生原来的讲述，想是曲折详尽，娓娓可听，足传雪芹为人的风流偶傥、佯狂忤世之极致；但聆者记者却把这段珍贵的逸闻化成了最简单、最乏味的二十几个字，说是"（雪芹）素放浪，至衣食不给。其父执某，钥空室中，三年，遂成此书"云。

这几句话简化得太厉害了。从史迹考察，少年放浪，结交优伶，被禁一室，是一回事；至衣食皆缺，寄食于亲友家，乃另一回事，两者年龄少长与生活阶段应非同一之历程。（因禁锢空室长至三年，须供给衣食，其"父执"某，既能如此，何以又任其"衣食不给"而后方于禁锢中供养之？似不合理。且交结优伶，皆年少者为之，在乾元以前，年尚幼小，亦无此可能；乾元以后数年，正"锦衣纨袴"之时，安能又谓之"衣食不给"？所谓"放浪"，是有具体实指的，是还做公子哥儿时的"越轨"行径；衣食不给乃是放浪的后果，时序本末，恐不应倒置。此即行文记事简化太甚之弊也。）

传述记载中，又并不言"其父某"钥之空室，而特云是其"父执"；父执是父辈之人，已非其父本身。此点亦堪注目。

小说中有"不肖种种，大承笞挞"一回书文，正是因交结王府优伶，并被诬为"强奸母婢"致使投井等事的极大放浪行为，因而遭到严父的毒打，并险被置于死地——恐他日后会酿成"杀父弑君"的大逆极恶之奇祸！凡此皆非泛泛无谓之笔。但有权置之死地的，还只能是嫡父，而不能是"父执"。在历史真事上，雪芹的放浪似乎更不止如小说所映写，而其时其事，已涉及全族各支的毁誉与安危的重大问题，故此"父执某"，应是族长的身份（雍、乾时期，确曾谕命宗室、八旗等家须各立族长，管教一切）。

这三年锁禁中，雪芹如何受苦？今不可知。可知的却是"遂成此书"——写成了这部《石头记》。

今日以事理推详，雪芹著书之最早成型传本为"甲戌本"《脂砚斋重评石头记》，其开卷《凡例》后即大书七律一篇，末联的痛语是："字字看来皆是血，十年辛苦不寻常！"是则即以"十年"而论（实不止此，盖诗句字数有定格，故每举成数、整数），也难说此书为三年所能成其胜业。但空房禁锢的苦况中，精神无所寓注，乃萌生作书之想，这却是真实的经始历程。

少年雪芹之被锁，如仅为防止他与"下流"人等来往，则禁勒在小院中"不许出门"（此为最宽一级圈禁的专用语），也就够了。但彼日实情，严重远甚于此，"钥空室中，三年"，宋先生的传述是如此具体而明确，时间空间，皆非泛语——则可见少年雪芹"古今不肖无双"的种种，那是非同一般不守规矩了。可惜这已无从得知其详情委曲。

锁禁这位不肖子弟的空房，必非轩明爽垲之地，比如北房大屋，倒座客厅之类。应是一间院角处的小屋，春阳难照，秋雨易侵，更不必说盛暑祛寒的苦况如何承受。还有衣、食、沐、便等难题，俱非常人所能堪忍。如此"三年"磨炼，又正当身心内外一切生机盛旺成长之龄，苦是真苦，然而也逼迫他的精神灵慧，日益凝聚到文理哲思上去了。

小屋中并无陈设，一桌一椅，仅可容膝，雪芹只以面壁枯坐度日。大约后来乞得笔砚及少许书册楮纸，这才可以书写遣闷——这也就是明写诗文、暗营稗史的机缘。

被锁之人，原为教训"不肖"，而撰写小说却又正是"不肖"行为中之极不可容者，所以"遂成此书"的历程，也定非如此简单顺畅，通行无阻。但书生自弄笔墨，起初未为族长视为大事，总比私结优伶、登场串戏为"无害"。

在白日，可以翘首从窗纸隙中（那时只有大富贵之家才有一块玻璃）窥见房角双檐欲接之处仅余的一点青空碧落。夜晚的皓月金波，极难在周天转运中把晴光射入他的斗室蜗居，连一种"落月屋梁"的怀人念旧之感也无从生发激荡。

耳边却不太岑寂——京师的寺庙遍布于街前巷后，晨昏钟鼓之音起伏相接——倒不是从这梵音仙乐引起禅心悟性，而是令他想象逢期到日各庙庙会的盛况，尤其是四月初旬，正如后来韩小窗在《红楼梦》鼓词中所写："孟夏扶疏草木长，楼台倒影入池塘。佛诞繁华香火盛，名园富贵牡丹芳……"少年雪芹特爱这种民间风俗盛会的境界，也最爱园林胜景中的群花细草，游时流连不舍，离时也真是"踏花归去马蹄香"！但此刻寸步难行，隔墙的市声人语、梵呗歌弦，一一来到他的耳际心边……

昆班常演的一出吹腔名剧《奇双会》(即《贩马记》的后部)，有一句话道是："这也就苦煞了那书生！"

雪芹是一位书生，从他降生以来，已经尝到了人生的悲欢离合、世态炎凉的多味。他在空房中细品此味——却还不能知道这只是一个开头，苦况还跟在后头，比这更多"回甘"之味。

题曰：

一钥三年禁妄行，歌楼粉墨已腾声。

古今不肖无双子，石破文成天亦惊。

三、丹青列女

在空屋中，与其说雪芹是"遂成此书"，不如说他是"遂成此画"。此画为何？就是"十二钗""新列女图"。

这一程序，可由当时情理规矩推想而得，虽不中或亦不远。

盖被锁"不肖"之子弟，索书索字，必然涉及何书何字的问题，若非"正经""正字"是不会许他索看的。惟有一端，不犯忌讳，尚少顾虑，即丹青绘事，既习技艺，复无害"风教"，于是自幼喜画的雪芹，可以得到画册，以资临摹效仿。因他此时要学的已是人物、仕女，于是给寻借所得，内中竟有亲友素所庋藏的陈老莲(洪绶)的《水浒叶子》图和顾虎头(恺之)的《列女图》——当然都是摹本，却出于名手，肖法极工。雪芹得之，喜不自禁，如获至宝，日夜临习揣摹，尽忘幽系之苦，孤独之悲。

恰好，此二者正是英雄、美人，为自古画苑写入的两大类别，对映而齐辉，互衬而益显。

忽一日，雪芹乃由"英雄美人"这个已成流俗的言辞意念而想到一副对联：梁山豪杰与列国名媛堪为对仗，岂不就是"绿林好汉"正对"红粉佳人"？此八个字，堪称骈俪精工，天造地设。

他的下一步思忖，对仗虽工，终嫌市俗之气，未免美中不足。而且，所谓英雄好汉，难道只许男子独占？闺阁之内，竟真无可称"英雄"者不成？

于是，他将那对句润色，改为——

绿林豪杰——脂粉英雄

"脂粉"亦可成为"英雄"，自古无人作此奇想、铸此新词！雪芹自己对此十分得意——他最厌陈腐旧套，自觉这番创思可谓极新至雅，脱尽了以前对于女子的评美眼光与赏才标准。

忽然，他又生一想——

陈老莲画笔如此之高妙，只因先有了《水浒传》，才有了《水浒》所写绿林好汉，才有老莲画《水浒》人物。顾虎头画《大列女图》《小列女图》，也因汉代先有《列女传》之著作。我如欲画"十二钗"这样的脂粉英雄，却少一部先已著成的《十二钗列女传》。这如何使得？既未先有此书，则我画必不能好。然若等待此书先出，又须待何人方有这番心意？左思右想，并无善法。

蓦然，他心上绽开一朵红花，耳边有声若曰：既无此书，则何必求人，就由我自写一书，又有何不可？

此时此际，这小屋的暗影中，似现光明洞彻，再无昏霾滞塞之气，一下子天开地辟，如同再造了鸿蒙宇宙一般！

他下定了决心：我要写一部"女水浒"！

但是怎么写法？

忽又想到：水浒共聚一百单八位绿林好汉，则我若只有"十二"为钗，实难匹配相敌。这又如何是好？

他回到《列女传》上来思考。列女一共多少人？他当时只记得似乎一百多，而传说顾虎头只画了七十二位……

七十二比一百零八，少了三十六。

他又一下子大悟：原来百八之数，就是天罡三十六与地煞七十二之所构，而四九三十六，八九七十二，合为百八者，乃是十二个"九"的总和。

于是，他完全懂了古人著书的文心匠意，处处精极，并非粗制滥造之事。九为阳数之极，十二为阴数之至，合得一百零八，以表至多，以示全众，而非算账目、计铜钱的实数也。

为敌男子豪杰，必须也有一百零八个脂粉英雄！雪芹的"小说计划"，从此推定。

但这多女子，又不可直同汉晋时代顾画一样，又无陈老莲的"叶子"可为师法……

这却难住了他。

忽然，墙外寺庙钟声又已传到耳边。细数，正是一百零八响。

他想起，这稍东左近诸庙中有碧霞元君的行宫。

碧霞元君，是泰山之女神，此处则称元君的"行宫"。雪芹到过此庙，见那女神塑像庄严美好，云裳霞帔，真乃中土特有的女子之美，丽而不妖，艳而不媚……

由元君，他忽又驰想到了东岳庙。

京城内外，琳宫梵宇，神庙贤祠，何止千数，又几乎是朝朝庙会，月月道场，朝山拜圣之风，过会行香之盛，最是仕女如云，车行障雾，百货列肆，众艺联棚，少年兴会，未有不喜这样游观赏乐的，雪芹也是一个最爱上庙的特种"香客"。然而"大廊小庙"，所阅虽多，到底还是东岳庙，无愧人称京师名庙第一，北京城的男女老少，没到过东岳庙的，实是罕闻。

——此时，雪芹独处于幽室，因耳畔寺声而特念东岳庙之盛，重重缘故之中，却有一层：他惦记着这座大庙的后一排，名叫寝宫，宫内所塑，异于前殿各处的神圣与鬼卒，却是一百零八位侍女。

原来，雪芹入庙，并不为焚香敬圣，祈福保安；在随众赏玩诸般游乐之中，他专爱看那些名手的塑像——这些像相传还是元代刘銮的遗作。雪芹每一见时，总觉心中惊怯不安，因为那像不只是"栩栩如生"，而是要向你扑来，其神采具有异样力量，逼你倒退几步！

雪芹惊喜、惊奇——也惊骇，这种神奇的艺术生命之力，使他难以舍离，却又不敢久立！

他的感受强烈异常，但又说不清这是何道理。

一百零八位侍女，个个不同，神情姿态，看都眼花缭乱，如何记得清楚？他此时特别渴望即刻到庙里去，再细细重看一回。

因为，这是画一百零八位脂粉英雄的惟一范本，价值又超过陈老莲的"叶子"多多。要为这么多女儿传神写照，必须先从这处寝宫里寻求借助、营养。

题曰：

　　幽室驰思骏马骄，天齐宫殿望云霄。

　　眼前百八红楼女，先试丹青用意描。

［附说］

《列女传》，汉刘向著，正编一百零五人。

顾恺之绘《大列女图》《小列女图》，历代著录名迹，今故宫有摹本残卷可见风规之一斑。

四、名塑传神

京城的正东门（北有东直门，南有东便门）名叫朝阳门，老北京却仍沿元代大都的旧称，叫作齐化门。齐化门是京东、关外的商民货物晋京入城的必由之门户，门内门外市肆都十分繁盛。另有一项交通往来，其人员却是皇帝和贵官、宗室与他们的庄户，也非细小的动静——皇家要谒奉天盛京的福陵、顺天府遵化州的东陵，不少隶于白旗的王公贵胄的圈地、墓园，也都在东郊附县，岁时伏腊，两季秋收，有大批人无不出入这座大门。

齐化门正对着城内的四牌楼。出了城不过二里左右，便是东岳天齐之神庙了。

这座大庙给予雪芹的启示与灵感，并非一面一层，单文单义。

他起意画十二钗，虽说受的是顾虎头的影响，却又有东岳寝宫众侍女的感染。更奇的是他日后写到一处"太虚幻境"，其实那也是由这庙"奇观"而得想而延思，庄谐反正，运化庙中的构筑格局而成。

原来，此庙的塑像，先出刘元之手，名震都下与天下。刘元俗误为刘銮（銮为另一人），有"刘銮塑"之盛名。刘元本是直隶宝坻人氏，是旷世的塑像大师——这门艺术名为"脱活"（本应书作"抟换"），到刘元成为一绝。

刘元为东岳庙（元代初建之时）塑像，名家虞集（道园）有生动的记叙。其中的一段，正好与雪芹之揣摹作画很是对景——

　　大都南城长春宫都提点冯道颐，始作东岳庙于宫之东（中叙遂请刘元为之塑像，刘初不应）。冯去后，正奉（刘元官至昭文馆大学士，正奉大夫，秘书监卿，故称）果恍惚若有所感者，病不知人者三日（中叙祷于东岳庙，病起）。谓其门人子孙曰：速为我御，我且之东岳庙。至庙，疾良已……正奉祝曰：愿亲造（天齐）仁圣帝像。（既造帝像）既而疾大安，又进秩二品，益喜……又造炳灵公、司命君像。而佐侍诸像弗当其意，悉更之（中叙所造帝、臣诸像之佳）。初，正奉欲造侍臣像，心计久之，未措手也。适阅秘书（馆阁内所藏）图画，见魏徵像，矍然曰：得之矣！……遽走庙中为之。即日成：仁圣帝两侍女，两中侍（太监），四丞相，两介士（卫士）。

　　其西，炳灵公两侍女，两仪臣。其东，司命君两道士，两仙官，两武士，两将军。皆正奉之手，善观者知非他工，所可杂其间也……

虞道园的这种论艺的文字，古今皆不多见，至为可贵——却帮助我们理解，凡艺术大师巨匠，纵然才异技高，当其创作，必先"心计久之，未措手也"——今之所谓"构思"者是也。雪芹欲为十二钗写照传神，正不例外，他要"心计久之"。

　　而后，又须适阅魏徵古画像，成其触磋，助其机轴，发其灵慧。

　　所以，他"参考"过陈老莲，也看过别家的仕女图，大抵"千人一面"，难辨年时，不分寒燠，总是一个模式气味，使他不快、不满——亦不甘效颦学步，依样葫芦。

　　这才想起了东岳庙，尤其是后殿寝宫。

　　有文为证——

　　　　庙在朝阳门外二里，元延祐中建，以祀东岳天齐仁圣帝。（明）正统中益拓其宇。两庑设地狱七十二司后设帝妃行宫，宫中侍者十百：或身乳保，或为妃治膳奉匜……三月二十八日，言是帝诞辰，都人陈鼓乐旌幡，结彩为亭阁，导帝出游，观者塞路……

这就是明末人刘侗等以极简之文字记叙其时庙之概貌与会之盛况。

　　"侍者十百"，还是雪芹要再细看的借径之群影。盖天下所有祠庙中，也无第二处塑有如此众多女侍妙相，真是奇观与大观。

　　雪芹欲传的"列女"，也由古人专重后贵妇而转注于婢鬟使役一流女儿，其契机启括，也正由此而得，并非偶然之事。

　　雪芹始创"十二钗图"。由此传出，不久即流传于都中富贵之家。后来两江总督、大学士尹继善，有诗题赠傅恒，就有"十二金钗只画图"

之句，可知乾隆盛时贵家已有悬挂十二钗图的风习了①。

三年的禁锢，未必著书"遂成"（也只在"心计久之"的历程中吧），却练出了一手精绝的工笔人物画艺，见者无不爱赏求觅。

谁知，这丹青一艺之长，却又成了他后来谋食糊口的一条重要的"度命"之方。

题曰：

"卖画钱来付酒家"，也缘此日苦生涯。

传神写照新题例，谁识天齐路不遐。

[附说]

"卖画"句，雪芹友人敦敏之诗句，详见后章。

东岳庙，距城仅二里，若由泡子河出东便门，健步者不移时即可到达，即由蒜市口而计，亦非甚远之路程。

东岳庙建于元，拓于明，清康熙三十七年不幸居民失火连带焚毁，康熙帝特命裕亲王（其兄福全）监修重建，至四十一年工竣（乾隆间不过缮修，并无新建）。其庙门外，有著名的琉璃牌坊。庙前之街名为神路街。彼时四周尚多林木，亦有明代废园残址。

---

① 关于"金陵十二钗"这一词语的来历，以严中《红楼丛话》中专文所论最详，雪芹对此古语、古典有所运用，但意义并不全同，未宜一概而论，但世俗之人不及分辨，故常混连列用。如尹继善《尹文端公诗集》中有游傅恒府园之诗，即有一首写及某亭馆中"十二金钗只画图"，其实不过只指一般仕女美人图，非与《红楼梦》有必然联系。但画"红楼"人物，脂批中已有提及，可知起源之早；尹诗或因所闻而随手运用，亦不足奇（按尹诗原意是说傅恒不多蓄姬妾，"美人""粲者"只在壁间画图中。如此而已。倘多作附会，恐即失实矣）。

五、通灵异性

幽系失自由，所得静而思。雪芹在暗室中除了绘画习字，"思"是闲中一课，也是苦中一乐。他思绪极富，而顾虎头则是导思者——因画而及文，因文而及人，因人而及性，因性而及生之本源，以至万物之理，阴阳之道。

在他心目中，顾虎头是千古第一奇士异才，最堪佩服。日后写入书中的一串"正邪两赋"之人，许由、陶渊明领首，实在只为他们"不仕"高蹈，与艺无关；才艺之域，他列的就是顾虎头，冠于晋代，连嵇康、阮籍、刘伶也在其下。品质之高，更无俦匹。

顾虎头以画为世所称，但文赋更奇，人便识之不尽。最奇者，还有他的"三绝"中，"痴"却居一，所谓"痴绝顾长康"，才是这个异才的最大奇处。雪芹对此最为注重。

然后，雪芹发现这位"痴人"的心目中，品第万物有一最高标准，其铸词曰"通灵"。

于此，证据有二：一是他为嵇叔夜作传，开头一句就是"嵇康，通灵士也"。另一证是他自谓他的画不翼而飞（实为友人骗去）是艺业已经"通灵"之故。

雪芹仔细地品嚼这两个字的意思与滋味，得到的领悟是：万物皆有灵性，而有通有不通，通者为上品，不通者为下劣；人亦如是，人之上品，其身心必有灵秀之气质——这比一般所认定的智、慧还要可贵与可爱、可敬。

世人浅见"痴"，岂不正与"灵"相反？惟雪芹彻悟，则曰非也，"痴"非俗义不慧，呆傻，而是灵性之偏至，至于极处，世俗常人不能理解，遂目之为"痴"，嗤之曰"呆"。

是以痴与灵，二而一也，一种至情至性的两面示现也。

但顾虎头为何最喜画那《大列女》《小列女》？

雪芹于此，思索更深、更广。

远的不说，还回到东岳庙——这儿也能悟得一些道理。比如，蒜市口左近就是"泰山行宫"，碧霞元君乃泰山女神。曹子建作《洛神赋》，千古脍炙，而洛川之神为宓妃。郑交甫洛浦所遇多情解佩者，也是一位水之女神。潇湘有娥皇、女英，骊山有"神姥"①，巫山有神女，连砚石之神名为"淬妃"，亦非男子……如此推了去，山川灵秀，总赋女流，而男子实为"须眉浊物"，其粗陋秽臭之气逼人！娲皇补天垫地（以芦灰铺洪水退后之湿土）、土水造人——人之形体虽具，还得由她赋予灵性，方成"万物之灵"。那么，她所炼之石，当然也就通灵之性了……

他的思路，就是如此的奇特而"痴绝"如晋贤，分明一类人物。

由此亦可得知：只因他存下了这种念头，便日益憎恶男子——但有一类少男，能演女儿，是为男中之最为灵秀气多、浊秽气少之人，是以特喜其品格丰采，攀为可与共语知音之"同类"——所谓"正邪两赋"之人如生在贫家，被人售卖，落于"贱"籍，则为"奇优名倡"。这与高人逸士，只是"易地"（身份异位）而本质正同。

因他自存此念，俗世常人哪得知情？遂以为此少年乐与"相公"交往，而不知耻，真是下流不肖，"败家子弟"！

这是一种精神灵智的隔层，也是文化道德的差异。社会不齿，亲友难容，造成了锁禁一室，犹为小悲剧。其大悲剧，则落在他的"四十年华"的一生，落在他的著作遭人误解与污损破坏。

讲到"灵性"，至今亦未必索解得人——有的表示这"灵"是什么，岂非"玄虚"？是故雪芹的为人，他的性情、他的智慧、他的灵秀才华，至今犹在时遭扭曲、贬斥、鄙薄之中。

这是中华文化史上的一桩最大的悲剧性公案——艺案、学案，尚待今贤来哲，不断覃思深考，以求得其真际与实指——这儿并没有什么

① 姥，音如"母"，民间称女神曰"老母"，即此字。北人称外祖母为"老老"，雪芹时即写作"老老"。又作"嫽嫽"，乃俗造之字，可知彼时尚无"定字"。而后来则皆写成"姥姥"，已非雪芹时原貌（如"斗姥宫"即读"斗母宫"，与"老"音无涉）。

"玄虚"之可言；不解不晓，即以"玄虚"为自己开脱，正是雪芹悲剧的一个小小关节。

题曰：
> 思路如环绪万千，女尊男鄙世哗然。
> 难知最是通灵语，下士遥闻笑更玄。

六、四月辞春

北国春迟，"五九六九，河边看柳"，只是意到话到，象征罢了；实则余寒料峭，卷地风沙，草木难青，虫鱼犹伏。人们的真正季节改换与文物游观，总要等到上巳清明，一直延连到端午节前，真是一年之间的一段极盛而崭新的风光举动。而后世不解难信的，总在这一段盛景新节，实以寺庙为之眼目。西城西郊且不遑备举；从三月三起，只这东城内外、蒜市口外围不远，就有数不清的大寺小庙，迤迤逦逦，连接不断，行香过会，真是钟磬之音流韵于遥空，香火之雾合氛于邻巷。小雪芹住于此处虽然为时不算太久，而到达都门以后，却对这段时序年光特感丰荣富丽，难以忘情。此际幽于斗室，在秋冬也还不论，独这暮春芳馥、首夏清和的两个月，最是渴望外面的生活，深抱内心的惆怅。三月三，东便门外、通惠河南畔蟠桃宫，瑶池王母之庙，庙会盛极，都人仕女，踏青上庙，一年游乐，自兹为始。由三月十五起，东便门外稍北河边的天妃宫（即福建、台湾的妈祖，民间船户、妇女奉之最虔）即已开庙，到正日子三月二十三；而朝阳门外的东岳庙，也是由三月十五开庙，却要延续到二十八日正期为止——此庙之盛，又实与别庙不同。光禄寺、顺天府、大兴县的官祭，商户富家的"还愿"，百姓民人的祈福，人山人海，最远的竟有从江南以及直沽（天津）专程北航而来的。加之无数的"过会"①，鼓乐旗幡，遮天震耳，那是一种华夏古老风俗，也是民间文化艺术创造的一个奇迹大观！再加上西城宣武门外的西城隍庙，也是此季的大庙会，其盛况与东岳真是东西遥映，雪芹因那儿离平郡王府不远，也是去过的——最巧的是惟独此二名庙皆有寝宫，所塑侍女，虽早无刘元之神奇美妙，却也是出于都下名手，皇家所选，不类凡才。雪芹从来不为鬼神焚香礼拜，只是对这些民间古俗遗风，百般技艺，实是倾心喜爱。一圈在小屋，心里从三月一直折腾到端午大节——偏偏从五月初一起，又是妙音卧佛寺的庙期，那就在蒜市口东南不远。刘廷玑《在园杂志》曾引谚语曰"南桥北寺""穷工极巧"，实是艺术之殿堂，金石之宝库；后人已难理解，为何雪芹一生与庙宇神祠结下了不解之缘——即如卧佛寺，异日也成了他漂泊栖身之地。

　　还有一层，众多大庙会之间，四月二十八是药王圣会，也是要从月中开庙，其盛况更是惊人，而正日的前两天，就是雪芹的生日——四月二十六。虽在圈禁中，到了这日还是给他送来了寿面、衣裳鞋袜、文房纸笔。今人亦已不知，那时还是在四月间有"送春"之礼俗②，此因"四月末，花事将阑，易增惆怅"（见《燕京岁时记》）。何以惆怅？盖当日京城，四月满城卖花，牡丹、芍药、茉莉，清芬飘陌，"牡丹四月贱如蒉，十五青铜（钱也）买两枝"；而一到月末，百花开过，如以花为"春"迹，则至此方为春尽，故京师送春，并非"三月正当三十日，风光别我苦吟身"，而是晚至端午节前——正是四月二十六，雪芹生辰已到之际。

　　于是，送春、饯花这一观念，遂与四月二十六日（芒种节前后）连

---

① 过会，北方民俗专用词语，也叫"出会"；"出"重点指举行"列出"之义，而"过"则重点指"列队巡行"献艺之义，因系多个"会"组成大列队，故观者谓其一伙一伙地"过"——即交替相继而经行之义也。《红楼梦》开卷写甄士隐抱女儿英莲出门外看那"过会"的热闹，即此。北京以四月为过会特盛季节（今京津忽改称"花会"，盖南语，旧时无此例。北京俗曲有《大过会》，可证）。

② 京师送春之古俗，可看《郎潜纪闻》初笔卷十二《京师四时之景物》条："四月，西山看李花；海棠院看海棠；丰台看芍药。煮豆子结缘。送春。赛会。"凡此，在雪芹书中皆有隐痕可按，如贾母拈佛豆，湘云卧芍药茵，咏海棠，芒种节"饯花会"，正即当时"送春"古俗的变相特写（四月送春，《北平风俗类征》亦有记载）。参看卷末附录三《曹雪芹生卒考实与阐微》。

在一起，难分难解。

然而，雪芹于此，其中又实含一层深悲大恨：天地生我，欲我何为？我生此际，春神已退，百花零落：是我之生，殆为送春饯花而来。如此，芳时淑景，由我之生而荡然消逝，岂不可悲？岂不堪痛？

他一存下这个念头，灵性中已种下了悲感愁思的种子，再难泯没。

但这一念头忽然此时又与另一悲感相触：好花，即如美人，花之不幸，正如女儿之可伤，女儿命薄，风雨摧残，转眼凋谢，与花无异，此已大可伤怀。送春饯别花神，花尚有司花之神女，而女儿如花，却连一位司花之神亦无，这一可怜可惜，又倍于"东风无力百花残"了！然则女儿为何独无管领群芳万艳的美丽之神？似当有之，尚未知之……

忽然，他又回到了东岳庙中的景象：正殿尊神之外，两庑另有"七十二司"，专司人间寿夭福祸，罪孽刑罚——既如此，我何不为众女儿也立一处仙境，其中亦有诸司，亦有簿册，记载其各种命途遭遇？假使我有财有力，真的盖造出如此一座女神庙，岂不比东岳庙"阴曹"大有意味？塑画群芳，可以爱赏，可以凭吊，可以吟写，可以歌哭……

此时，他真是百端交集，万感中来，年来心中积存的一些世人难解的"乖僻"的异想痴情，一时都涌上心来，纠结在一处：顾虎头，通灵士，列女图，水浒传，金圣叹，一百单八条绿林好汉，一百零八回《东周列国》演义，十二哲，七十二贤，脂粉英雄，千红一哭，芒种饯花，为女儿之神立庙，为"十二钗"写照……一百个头绪，纷纷纭纭，丛丛杂杂——四月里幽室的繁思，正与墙外的繁华反衬，起伏回荡，交相呼应，交相感召。

没有斗室的幽系，也许这些念头永远得不到梳理与集结，这些"心计久之"的构想，却一一地实现在他后来写出的《石头记》中。

那么，宋翔凤先生所传的"钥空室中，三年，遂成此书"之说，也并非无理无据了。

北国的"更新"有两次：一次自然是天下共同的过年，万象的更新；另一次就是四月的又一种万象更新的季节，诗人所谓"京师三四月，江南二月时"，尤其四月，一切方与以前的"春"不同了：新花、新果、新蔬，满城满巷；新天气、新衣裳（那时衣服讲定时"换季"）、新打扮、新声色、新游乐、新香味、新气象……这才展开了一年的新景光，人的感受极其新鲜美好。这在异方殊域是感受不到的。而雪芹所居的崇文门外蒜市口，又与别处不同，那是彼时（乾隆"太平盛世"）京师士女游玩必经之地。邝露有《步出崇文门》诗云：

> 步出崇文门，清明七贵欢。
> 游女百蝶衣，弱息①双珠簪。
> 马是宛委龙，人是夷朝安。
> ……
> 七香石崇车，千金韩嫣羁。
> ……

从雪芹小院往西，是金鱼池"射柳"之旧地，往东南，就是万柳堂听莺之古园。斗室的拘羁，使他神游到了这些"更新"的境界。

题曰：
> 四月京城一色新，隔墙听唤卖花人。
> 我生不幸群芳尽，心塑诸司别样神。

七、正邪两赋（上）

雪芹在幽室中，神往四周，神驰万象。除了季节、风俗、画苑宗师、民间绝艺之外，他也暗自思量经书子注的事情。那时，讲经、论学、教子、抡材、从政，虽说皆以孔孟之道为指归，实质上却是"朱注"

---

① 孩童。

的天下，从皇帝起，奉朱子为无上权威，不容侵犯。康熙朝的几位大名臣，都是朱子信徒，少有例外。如若疑朱反朱，便是离经叛道，可以构成最重的罪款而家破人亡。雪芹的祖上，世役于皇家，更不会是"异端"的包衣，"邪教"的奴仆。即如曹寅，身是诗人，虽然学富百家，亦不以学者名世。至雪芹这一代，已成"不肖"子孙。但他的不肖，也从未有人将他归入于"学派"的（即思想的）异化或叛离，以为不过是"放浪"的行为，"潦倒"（实义已见前注）的生性——后人谓之"有文无行（xìng）"者是也。谁也不会以他为"学案"中人。

然而，事情又并不如是简单。

在崇朱排异的当世，明是"一体"无二，实则已有不同。前已举过，御史谢济世，只因解经反朱注，几乎丧生，却坚守不改其操——他后来在京无立足境，乾隆三年自请出为外官，继续著书述志，又遭罪谴，所撰书籍与雕版，悉为官家付之一炬。然而他在军营讲学，满人倾听，尊以为师，而且平郡王延入府中教子。此已甚奇。

另一例，即大儒李塨（恕谷）。李塨，直隶蠡县人，与其师颜元（习斋）建立了"颜李学派"，名重当时后世。他只考中了顺天乡试举人，一生是在家乡与京师诸处家塾教学，也在南北地方官衙作幕为生。他精通礼、乐、史、数、易、法多种学问，以实学力行为主旨，不空谈仁义性理，能佐治地方，卓有成效。他著述等身，遍涉诸学，而也撰成《大学》《中庸》《论语》（"四书"之三种）的"传注"——这就是说，他也要于权威"朱注"以外另立一家之解。我们考论历史，涉及学术思潮，不必动辄夸大为什么"斗争"，只须指出，即在彼世（主要是康、雍、乾），敢于疑朱的学者已不止一二人了。一个令人发笑也发人深省的"故事"：李塨一生三十余次进京为士夫家庭课子，因多识名家学者，其中就有大名鼎鼎的方苞（其时身份是罪人，在内务府为奴，却实际给皇家编著书册，包括八股文选"范本"），二人交谊至于要交换田宅产业（方已难返南京故地，李则欲到江南去传道弘业），在议妥垂成之际，李塨之子李习中，却因到南京踏勘方氏家产实况而殁于旅途之中。方苞不惟不寄哀唁之同情，却致书于李塨说：你之丧子，乃是素日指责朱子学说的"报应",须自儆醒[1]！

这个事例极好地说明了那时"朱注"的地位身份是如何尊严，而又说明了思想哲理学界早有"异化""分途"的存在。更重要者，也还要提到当时满洲权贵索额图家，还有康熙内定储君皇子胤礽（官书篡改作允礽者是也），都曾敦聘他入府教育子弟（李谢而不往）。此与谢济世的事例虽不尽同，却大可合参细究，以见当时满洲上层人士也并非全是盲从权威与明教，暗中另有一种精神智慧的探索追求。

这就可以解说雪芹的史识与哲思的异于流俗，根源另有所在——他胆敢"离经叛道"，也有它的时代大背景给予他一种敢于独立思索的种子，他再自己生发而成长，而又异于已有的思路与识见。

方、李的交情是深厚的，但一到思想上有所不同，朱子道统的尊严力量便会超过友情的交好而对丧子亦不予"宽恕"，这种严峻的正统威力、压力，对于雪芹会有多么巨大？可想而知。必明此义，方能体会雪芹在小说中敢于提出"正邪两赋"这一哲学命题的超常胆识。

"正邪两赋"是雪芹在幽室思索宇宙万物，人生灵智的最大解悟——也即成为当世俗儒攻击他是"邪说诐行之尤"的最大目标。

在中国古代，对于人的诞生与构成，早有"气禀"之理的认识与论说。气禀说自非雪芹的创论，但他的理论却与前人大大不同，自有卓议。

"气"是什么？在我们语文意识中，此字所包实多，简易言之，似乎可以说成是：凡是固体、液体以外形态而存在的实在物质的运行、作用、机能，通常条件下看不见而本有实质的"力量"，都谓之气。人的身体，有骨肉脏腑，是可见的，但更有不可见的气在流转运行，那骨肉身躯方能"活"而不亡，故古人问候书札中常说"体气"如何。在中华

---

[1] 李塨的恩师颜元是学派创立者，他本人是继承而光大者。但颜元早期原是一位极虔诚的宋儒崇拜者（至以设龛礼祀），后因丧礼实践，发现宋儒与经文不合，始疑以朱子为代表的宋学。再后幡然变为强烈反对宋儒、明儒的哲学家，抨击佛学；主张直接实践孔子的原本教育法则，学子必认"六行""六艺"，反对只讲书本空谈。他的名著人称"四存"：《存性篇》《存学篇》《存人篇》《存治篇》。此例尤富文史哲多层意味。

先民看来，气比什么都更重要。此气，似乎即指生命生机的内在活动。

虽说"内在"，也有显示作用，是以我们自古最讲一个人的气质、气味、气度、气象、气概……此即表明：我们看人，不只是形貌外表，最要紧的还有一种无形非相的"气"，流溢散发于那人的"形而上"，让人倾倒钦羡，心爱情亲。不妨说，在中华文化上，我们是以"气"来定人品格之高下的。

中华人的灵智，早就晓悟：不但于人，天地宇宙先有气而后有质（《列子》讲太初、太素、太清……最细），无气即无世界万物。天有气——气候，节气，气运；地有气，冬至日以葭琯验气（一阳生而动飞灰……）。现代科学实验，元素原子内部在不停止地运动——那就也是我们所说的"气"。

天地间有各种气，纷杂流行，纯气、杂气，正气、邪气，善气、恶气，美气、丑气，刚气、柔气，这些气的运行鼓荡，遂赋予生物，包括人在内。人之生，必有气禀之；所禀之气不同，所生之人即随之而异。是谓"气禀"之说。这种认识理论，中国哲学认为是"唯物"的，因为气确是物质的一种特殊形态的真实存在。

雪芹自幼听过谢御史梅庄先生的绪论，对宋儒的"气禀"论早有知闻[1]。但他对于"人"的思索探究，却使他从宋人之旧说而得出迥然不同的义理。

以朱子为代表，他的识见大略如下——

> 正如天地之气，运转无已，只管生出层层人物，其中有粗有细，故人物有偏有正，有精有粗。
> 如贵贱、死生、寿夭之命有不同，如何？曰：都是天所命。
> 禀得精英之气，便为圣为贤，便是得"理"之全、得"理"之

---

[1] 谢济世遗书已不可见，仅于残存文字中偶得点滴，如："盈天地间者，气也。有浊气、戾气、杂气、清气。清而且刚者可伸不可屈，可大不可小：是曰正气。人秉天地之正气以生……不则利泽施于生民，功业垂于竹帛。"这就是雪芹之分气为正邪二者的来源——证明了雪芹曾从学于谢济世，绝非偶然。

正；禀得清明者，便英爽；禀得敦厚者，便温和；禀得清高者，
便贵；禀得丰厚者，便富；禀得久长者，便寿；禀得衰颓薄浊者，
便为愚不肖，为贫，为贱，为夭。天有那气，生出一个人来，
便有许多物随他来。

只这几句话，便把"气禀"学说从生命科学的高度一下子拉向了贵贱等
级先天命定论。

雪芹却说：不然，人之生也，虽然"易地"（时代社会等种种条件
之不同），但其本质"则同"，帝王、高士、文星、艺师、侍女，乃至"奇
优名倡"，皆"同"之人也，在此哪儿能有"贵贱"等封建意识存在的
地位？

宋儒如彼，可勿更论；下逮明儒，如大哲学家吕坤，他是针锋相对
反逆宋学之人，他的"气禀"论较前大大提升了一格。其言有云——

天地万物，只是一气聚散，更无别个。形者，气所附以为
凝结；气者，形所托以为运动。无气则形不存，无形则气不住。

气者，形之精华；形者，气之渣滓。故形中有气，无气则
形不生；气中无形，有形则气不载。故有无形之气，无无气之形。

特别是：

无极之先，理气浑沦而不分；气化之后，善恶同源而异
流……气运之天，后天也，有三。一曰中正之气：一阴一阳，
纯粹以精，极精极厚，中和之所氤氲，秀灵之所钟毓；人得之
而为圣、为贤，草木得之而为椿桂芝兰，鸟兽得之而为麟凤龟
龙、驺虞鸳鸯。二曰偏重之气：孤阴孤阳，极浊极薄，各恣其
有余，各擅其所能，为邪为毒；人得之而为愚、为恶，草木得
之而为荆棘樗栎、钩吻断肠，鸟兽得之而为枭鸩豺虎、虺蝮蜣
蝝。三曰驳杂之气：多阴多阳，少阴少阳，不阴不阳，或阴阳杂

糅而不分，为昏、为乱，为细、为浮；人得之而为蚩、为庸，草木得之而为虚散纤茸，鸟兽得之而为羊豕燕雀、螟蠓蚱蜢之属。

纯粹不杂之谓理，美恶不同之谓气……降恒而命之，听其所着：着于清淑之气，则为上智；着于顽浊之气，则为下愚；着于驳杂之气，则有美有恶；着于纷纭之气，则为庸众。均帝衷也，而禀受殊，所值之气则然，非恒性之啻也。

雪芹则说：也不然，前人把不纯的"杂气"看得如彼其微贱琐末，还是不能超俗而大错了！他写入小说，借书中人物之口而抒发自家见解，说道——

天地生人，除大仁大恶两种，余者皆无大异。若大仁者则应运而生，大恶者则应劫而生；运生世治，劫生世危；尧、舜、禹、汤、文、武、周、召、孔、孟、董、韩、周、程、张、朱，皆应运而生者，蚩尤、共工、桀、纣、始皇、王莽、曹操、桓温、安禄山、秦桧等，皆应劫而生者：大仁者修治天下，大恶者挠乱天下。清明灵秀，天地之正气，仁者之所秉也；残忍乖僻，天地之邪气，恶者之所秉也。今当运隆祚永之朝、太平无为之世，清明灵秀之气所秉者，上至朝廷，下至草野，比比皆是——所余之秀气，漫无所归，遂为甘露、为和风，沛然溉及四海；彼残忍乖僻之邪气，不能荡溢于光天化日之中，遂凝结充塞于深沟大壑之内，偶因风荡，或被云摧，略有动摇感发之意，一丝半缕，误而泄出者，偶值灵秀之气适过，正不容邪，邪复妒正，两不相下，亦如风水雷电，地中既遇，既不能消，又不能让，必至搏击掀发后始尽，故其气亦必赋人，发泄一尽始散。使男女偶秉此气而生者，在上则不能成仁人君子，下亦不能为大凶大恶，置之于万万人中，其聪俊灵秀之气则在万万人之上，其乖僻邪谬、不近人情之态，又在万万人之下；若生于公侯富贵之家，则为情痴情种，若生于诗书清贫之

> 族，则为逸士高人，摅（纵）再偶生于薄祚寒门，断不能为走卒健仆，甘遭庸人驱制驾驭，必为奇优名倡。如前代之许由、陶潜、阮籍、嵇康、刘伶、王谢二族、顾虎头、陈后主、唐明皇、宋徽宗、刘廷芝、温飞卿、米南宫、石曼卿、柳耆卿、秦少游，近日之倪云林、唐伯虎、祝枝山，再如李龟年、黄旛绰、敬新磨、卓文君、红拂、薛涛、崔莺、朝云之流：此皆异地则同之人也。

这就是一口气把宋儒、明儒的识见彻底驳正了，不承认"算命"式的定格论，却大胆标出"成则公侯败则贼"的响亮名言（但他为避文字狱，将"成则王侯"改了一个字），尖锐地否定了先天命定论的"气禀"谬说——就如胤禛，"成"了帝王"天子"，被他捉弄"败"了的胤禩、胤禟、胤䄉、胤祯却成了"贼"！其为康熙皇子的一切条件皆是相同的，"气禀等级"何尝有异？

少年雪芹当然不是学究，也不是真读了上面所引的朱、吕之言，当必是在各府中侧聆过高人如谢御史的讲论，引起他的思索参悟。"致知格物，悟道参玄"，用的是小说语言，其实即今之所谓哲理思维。毫无"玄"义，莫被他"瞒过"。

雪芹千古一人，浑身是胆——挺身而出，一百分地肯定、赞美了"正邪两赋"的人才——而又特取女儿为代表，倾心矢志，为之写照，为之传神，为之悲喜，为之歌哭——此义方是一部《石头记》的根本宗旨精神。

不幸的是，正因雪芹以一部《石头记》为形式而示现本怀，探究生灵，叹惜才慧，于是世人只以"小说家"目之，中国哲学思想史上从不给他以一席之地位。而实际上自从孟子性善、荀子性恶两论互议以来，雪芹的"两赋"论方是石破天惊的"创教"之伟言，穷源之奥旨。其为伟大，岂易一言而尽哉！

题曰：

"悟道参玄"语不经，谁知下笔泪先零。

可怜"两赋"何人识，比附西文说"爱情"。

八、正邪两赋（下）

雪芹所思考的"气禀"之理，根源并不真在宋儒，而在老子、庄子、列子等道家大哲先师。如《列子·天瑞》早就对宇宙万物的源始生成提出了"四纪论"，即最早为"太易"，此时一物未生；"太始"，此时始有"气"行；"太初"，此时始有"形"显；"太素"，此时始有"质"存。老子则最早提出的总认识大命题是以"道""一""无名朴"等几个无名而强名的名目（概念是一个，即异名而同指）；但也已提出了"气"（如"专气致柔"）。尤要者则在第四十二章："道生一，一生二，二生三，三生万物。""万物负阴而抱阳""冲气以为和"。这实际上已经说明了万物皆秉气而生，包括人的生命之源。所以老子之哲理方是中华本土的伟大思想祖师，也是宇宙学、生命学、人类生理学等学科的创始人，不但是哲学祖，也是科学祖（道家是化学、医学、药学、养生学等多门现代科学的开创者，人已咸知）。

今为简明解析上引老子一段要义，我引高享先生《老子正诂》（开明书店本）的注释——

一二三者，举虚数以代实物也。一者天地未分之元素。《说文》所谓"惟初太始道立于一，造生天地，化成万物"者也。《庄子·天下篇》述老子之术曰"主之以太一"（汝昌按，太一译为今言即"最极最极原始的大整体"）即此一也。

《易·系辞》上"易有太极，是生两仪，两仪生四象，四象生八卦"。太极亦即此一也。二者天地也，三者阴气阳气和气也。《礼记·礼运》"礼必于太一，分而为天地，转而为阴阳"。《吕氏春秋·大乐篇》"太一出两仪，两仪出阴阳"。皆"一生二，二生三"之意，特仅言阴阳，未言和气耳……

至解"冲气以为和"，他又说道——

> 《说文》："冲，涌摇也。"《广雅·释诂》："为，成也。"冲气以为和者，言阴阳二气涌摇交荡以成和气也。《庄子·田子方篇》："至阴肃肃，至阳赫赫。肃肃出乎天，赫赫出乎地（天地二字当互易），两气交通成和而物生焉。"《淮南子·汜论篇》："积阴则沉，积阳则飞，阴阳相接，乃能成和。"又《淮南子·道应篇》："阴阳不及和。"《汜论篇》："天地之气莫大于和。"并古人重和气之证。

须先明乎此，方能彻悟雪芹之哲思来自古人而又不为古人所拘缚，常常超越凌驾而更上层楼，再进一解，翻出新意，焕生异彩。这就是"正邪两赋"论的根源所自与其本身的特殊价值。

试看其间异同嬗变，十分鲜明——

一、古人发明二气，初分阴阳。雪芹亦讲二气，却重正邪。

二、古人以阴阳二气之"冲和"最为可宝可贵。雪芹则以为正邪二气之"搏击掀发"最为可重可尊。

这种哲思慧解，显然全由中华本土的祖源生发翻转，而与外来的（包括释家的）思想无涉①。

再看他在提出"正邪两赋"论之前，已先借贾雨村之口说明：此义"非多读书识事，再加以格物致知之功，悟道参玄之力，不能知也"，这正好透露了此一哲思的根源是道家为主（"玄"特指《老子》。"格致"儒学之最低层次，近似今之"科学"，然道家方是由格致而达于高层次

---

① 冲，古书不同版本又与"盅"通用，盅乃虚之义也。故古时称誉于人，谓之冲虚冲谦，与"涌摇"异致。故"和气"谓之冲和，与"冲突""冲击"更非一义（此又涉繁简字"衝"字之纠缠，今不枝蔓）。本处行文，只借高氏讲疏，以为便捷而已。

识解的真"格致"家）。

阴阳二气，各具其性，如阳刚阴柔，阳浮阴潜，等等。赫赫与肃肃，亦正其性之分明对立。但此间毫无善恶正邪之别。是以雪芹的"两赋"论，源于道家哲思慧识，而又不是照抄复述，他另外分出了"正气"与"邪气"的新概念，而且此二气之"交"，并不与那"冲和"一样，更非前人所谓之"杂气"，具有极大的崭新的特异光彩。

所以，他一方面承认正气之性为"聪明灵秀"与邪气之性为"残忍乖僻"，但他的最极目的却是要标出：正惟受"邪气"之搏击掀发，其聪明灵秀之性始能尽情激显，"出于万万人之上！"而同时此气的本性"乖僻"（"残忍"二字以后不再提起了），则仍有遗留，以致不顺常情，不守常规，不为人解，不为世容——加以种种恶名而不识其本质材器之大美至贵，而这正是世界人生的一大悲剧，无人深识，无人表白，无人悯惜，无人传写——这才激他誓为这一群"小才微善"之人"撰此石头一记"，为之传真写照的真正缘由与意义。

此义不明，则读者难解，亦且一部中华思想史亦留下一章重大宝贵内容的空白遗憾！

题曰：

悟道言玄本不虚，世人俗论孰知余？
聪明灵秀加乖僻，万目睚眦谤此书。

［副篇］

"正气""间（jiàn）气""秀气"的提出，为时甚早，据古书引《春秋演孔图》云：

正气为帝，间气为臣。宫商为姓，秀气为人。

这个"间气"似乎就意味着不够"纯正"，夹有"杂"气了，所以只好做别人的臣属，不能自立。然而到唐代的大诗文家柳宗元，却已把"间气"作为极高的"气"来称赞了，他在一篇祭文中说：

公禀间气，心灵洞开。翱翔自得，谁屑群猜。

据古人的意思，"间气"是"不苞一行"（在"五行"中，不是包含统一的一"行"）的气，正即一种"杂气"了。禀赋这种气的人，据柳宗元的仅仅四句话，已有三大特点：

一、心灵大开——特别聪明颖慧，光明磊落；

二、自行其是，不混于流俗；

三、因此，"正人君子"看不起，不与之交往，而且猜疑他是不正之人。

以上的这些复杂而深奥的妙理，都对雪芹起了相当的作用。但他从此悟出了自己的一种更新奇的"理论"。

粗理旧说，有一点最值得注意，即不管是汉是唐，言"气"者皆不曾正面提出一个"邪气"来，而雪芹独敢。此最耐人寻味。盖"邪"亦有真假：世人不解不容的略略新颖的思想道理，都会被以"邪说"的恶名，是以"邪气"未必即为真邪，比如与孔子朱子意见不同的，就也成了"邪人邪说"，如明末李卓吾是其佳例。所以看雪芹笔下的用字措词，总有反正两面。他慨叹"假作真时真亦假，无为有处有还无"。仿此，即可也创一联：

善作恶时恶亦善，邪为正处正还邪。

如此方切雪芹本怀。

［附说］

"道"与"气"可以说是中华文化的最大特色或根本标志，在欧美语文中均无对应词字可译。盖西方文化背景是形式逻辑，思维周密（希腊亚里士多德的逻辑体系、欧几里得的几何推理等），专重各个具体的定义概念（清晰明确），但没有"道""气"这样的高度悟知性与概括性，故根本无法传译理解。西文译《老子》，"道"只能译为 TAO（记音）；"气"也无法与 AIR、GAS……等同。反而显得中华的词义"模糊""不科学"。

"道生一"，一乃原始最大整体，故名"太一"，然《越绝书·外传》云："道生气。"可悟"太一"亦即原始宇宙气之总称。因此略收一步而设词，可以说成"道"即"气"的运行的总秩序、总规律、总存在，而"气"是道的具体显示或感知。

《老子》形容天地"其惟橐籥乎"！是比作"拉风箱"：一入一出，一呼一吸，亦即"气"之周流运行之象征比喻。所以宇宙也同样在不停地呼吸——此即最广最大的"道"。最近我国科学家已然发现：地球也在"呼吸"，则老子之言已经部分证实（整个地球乃至沉积岩、海洋也存在吐纳呼吸的状态；但地球所吐纳的并非氧与二氧化碳之类，乃是凝聚与喷出体内的"原始宇宙气体"。见 1997 年 5 月 23 日《辽宁日报》，曲直文）。"道生一，一生二，二生三，三生万物"，对西方人来说真是"天书"，不可思议，也必有嘲弄之意，因为西方哲学家泰勒斯说是万物生于水而归于水——清楚明白，一点儿不"模糊"，也不神秘玄虚。这就被今世一般人认为"科学"了（也可参看 1997 年 6 月 6 日《新民晚报》王滨滨《从数字看文化差异》一文）。正因如此，为现代一般人（多受西方文化影响）而讲雪芹所特有的哲学思想，势必费力而未必顺畅"接受"。

第九章

一、同荣同难

乾隆四年（己未，1739）十二月初一日，宫中传下一道上谕。这道上谕看字面只是训诫太监之失职，内里却包藏着一件特大事故——这事故大到几乎动摇了乾隆的帝座，而且也将雪芹家门再次带入了灭顶的灾难。

此上谕之文曰：

> 四执事总管首领（太监）将太监李蟠放假四五日，往弘晳处，将宫内之事借口传说。太监等告假，不过一日两日，岂有四五日在外之理？将四执事总管首领查明议罪。尔总管等晓谕旗下太监等：既已身离旗下，复往何为？现今将李蟠夹讯，即是榜样。
>
> 再，旗下太监不可在近便随侍等处当差，只宜外圈熟火、打扫处服役……以后新进旗下太监，不许留在近处当差。

弘皙是谁？康熙废太子胤礽的长子（封理亲王）是也。旗下太监又为何义？此特指原在宗室王公府内之太监、后被撤除而收入宫内者也。宗室王公虽身份至贵，但仍隶于某旗，不同于皇宫内务府，其分配到府的太监称之为旗下太监，以示别于宫内太监也。"身离旗下"者，此特指原在弘皙府中而被撤入宫内，是为已离旗下。

此一特大政治变故，一般清史研著不载，治史者也罕见提及。更奇者，如此大事，官书记叙及档案发现之稀少，亦令人难解。是以颇疑当时影响太大，出于忌讳，曾将相涉的谕旨档记等文件加以销毁，盖此事涉及康、雍、乾三代皇室内部激烈冲突残害的恶斗与丑闻，无论官方还是民间都不敢明言揭示。而雪芹家之最后重遭惨祸的真正缘由，遂亦随之而湮没，不为世知。

原来，清代自初期，皇位问题即异常复杂，皇太极（清太宗）与多尔衮（睿亲王）兄弟间的矛盾争夺，史家习言，今不多赘。自是而后，在皇位上出现三大悲剧性人物，皆是满洲入主中原后所生的异样出色人才，即：一、福临（顺治帝），二、胤礽（废太子），三、胤禵（十四皇子）。雪芹家世，"包衣老奴"，服役于内务府，即与此三人皆有特殊关系，因而几代人的兴衰荣辱、离合悲欢，无不与此三人之悲剧命运息息相关，心心相印，如影伴形，似镜偕像。是故雪芹家世的巨大悲剧性命运遭际，根源在此；雪芹本人的巨大悲剧性经历与感知，亦根源在此。

顺治帝是满洲皇族的第一个"文化型""诗人型"的特异天才，已大大不同于他的祖辈［强弓铁骑（jì）、攻城陷阵、杀人如麻的武人］，他酷爱汉文化文学，多情善感，聪明灵秀，而又有暴戾乖僻的一种特性——正是雪芹所体会的"两赋"之人、"情痴"之类的一个最好的典型或"先驱"。他的酷爱文学（能背诵《西厢记》，命将《平山冷燕》译为满文，号称"第七才子书"……）给予内务府曹家的影响是太重要了——旧时世传《红楼梦》所写为顺治的情事，虽系讹传附会，却隐含着另外的文化意蕴，需要深细思辨悟知。他的悲剧性是受太监诱导，纵欲伤身，加上苦学汉文，劳伤过度，早早亡逝（不然整部清代史会完全异样风光）。

顺治的第三幼子玄烨，继了皇位，出于意外之幸运，前章已详其缘由。是为康熙大帝，清代第一雄才大略"福寿全归"之人也，但后期因诸皇子的纠纷，气恼至于"痛哭倒地"！他生长子胤禔，却看中了次子胤礽。胤礽成长后确是一位大器伟才；可说来有趣：他也又是一位"继承"了"两赋"特质的"来历不小"之人！正因此故，他也有"乖僻"之性的难为人解的一面。

胤礽这一支所关于曹家者实极切要。

他诞生于康熙十三年（甲寅，1674），降生之日母亲即亡（孝诚仁皇后，内大臣索额图之侄女），康熙因此自幼特为钟爱怜惜，年仅三岁，即册为太子。当然也因此儿资质不凡，可成大器，康熙亲自教他读书，而侍读陪讲者又皆为当时第一流大儒（如熊赐履、张英、李光地、汤斌）。此子通达满汉文而精于骑射——此乃康熙培育人才的基准。诸皇子原在畅春园，而苑西特建新园（西花园）则专赐胤礽一人。康熙两次亲征噶尔丹，皆以太子留守京师代为听政。

正因如此，胤礽遂有骄纵之习，不检之行。而索额图对之宠护太过，康熙怒甚，将索额图置之狱中（至死）。太子失宠之迹既萌，诸皇子遂纷起觊觎而暗谋嗣位之事端自此日酿生不已。

康熙亦知此情，对诸皇子严加训责提防，但亦无益。其中胤禔最坏，史言他竟雇用喇嘛、巫婆等以邪法诅咒谋害之（即俗谓"魇魔"法，满人自在关外即信行此术），以致胤礽精神失常，类似疯狂，至欲刺杀父皇，为索额图（舅祖父）报仇！康熙怒极，宣布废黜——却幽禁之于胤禔之宅中。后来胤祉告发胤禔的阴谋邪法，果于其庭院中掘出埋藏的邪法物事。康熙始知其冤枉，又将太子复立。

历经诬害、激怒、折磨之后，太子已难复原，终不可救，再遭废黜，因于郑家庄，筑土城，驻兵严守，以至于死（雍正三年，1725）。弘晳者，则胤礽之长子也。

雍正夺位后，心忌者胤禩、胤禟、胤禎（已被改名"允禵"，以讳篡改"传位胤禎"的遗诏事，因禎、禵二字，音形俱似而得改也），但也不忘胤礽（因他从未停息复出的指望），却表面封他为"理亲王"，造成"亲手足"的假象；但雍正又心忌与胤礽曾有关联的人，正包括包衣人曹、李二家。

这是因为：曹寅是西花园的监修人，又与太子最敬信的老师熊赐履有世交（曹玺故后，熊特作挽诗。熊为南京人，曹寅亦曾从学，时予照顾）。再如后来发觉，胤礽常派"嬷嬷爹"（乳公）凌普到南京曹寅处"取款"，一次就是二万两银！还有官书档记所难以备及的种种情事。仅就所知，已表明曹家与太子的关系是不简单的——康熙自幼身边的僮仆，亲近而服役于太子，那是理所当然，无待讲解；但在雍正看来，皆为"罪状"，是不肯放过的。

胤礽卒于雍三（雪芹二岁时，曹頫在南京），长子弘晳嗣其爵位（为郡王）。此子虽差了一辈，却心胸不凡——故而深为雍正所注意。

雍正费尽心机夜不安枕地"坐"位十二年头而暴亡，指定的嗣君是弘历（乾隆）。乾隆一上来，千方百计收拾人心，包括宗族，尤所在意。但表面上与内幕里很不一样：皇族表面很和睦忠顺，暗地里酿酝着一件大事，风云险恶。此大事即：两朝老账，仍然待算；大家对雍正所遗的深仇大恨，要在他的四子新君身上寻找报复。诸系王家，连成一气，组成"新政府"，一朝得便，即将乾隆推翻，或杀或废。

这一伙新政府中，论辈分以庄亲王胤禄为首，论资格以弘晳为中心。

这就是胤礽府中太监李蟠，后被撤归宫中，竟然离宫四五日前往旧主弘晳处去"联络"的内幕真情。

此事已被乾隆发觉。毕竟宫禁组制严密，使令便捷，诸王想要打破皇帝的禁卫是很难的，大约从乾四为始，直到乾五、乾六，此案波澜汹涌，险象环生；既破之后，株连更广。

王府级主犯，弘晳之外有庄亲王胤禄已奇（他一向似乎不在政争之党派中）。更奇的还有怡亲王胤祥之子。

但要想了解雪芹家之再遭巨变，却必须由此"二奇"觇测消息。

庄、怡两府之人也参加了"谋逆"之大事，奇在何处？胤禄是康熙第十六子，父皇临终时在场确聆传位遗诏的极少数人中，就有他一席。因此，篡改遗诏而夺位的胤禛（雍正），正如"报答"缄默"保密"不言之恩的同一道理，特许胤禄承袭了上辈的功高位显、八大王之一的庄亲王（原封庄亲王为博果铎，皇太极之孙），并且"世袭罔替"。此等异样荣宠，当时即招来宗室中的非议与嫉妒。乾隆继位，又将庄亲王胤禄命为辅政大臣。至于怡亲王胤祥，予人之印象是第一个拥护雍正之人，因此受到百般谕奖宠任，以示新皇对于手足并不残酷。怡亲王倒也不干预政争，一意为修治水利而经营努力，确有巨大贡献，受人尊敬，称为"贤王"——雍正下令全国遍立"贤王祠"。一句话：庄、怡二府可谓彼时无独有偶的两位"忠顺"王级代表，是雍正显示"孝悌"的两面标牌。

如此，却为何到了乾隆继立，他们却也都加入了逆案之中呢？清代的皇室秘密，无人敢于多记，失传已久，今日亦无从尽发其覆。综观历史所有迹象，皇室内部实无内心倾向雍正者，不过畏其手段残忍毒辣太甚，只得佯为顺服，及雍正暴亡，群情激奋，乃谋报复——至此则原先表面驯服者亦不敢自外而干众怒，故此争相联结。

前章已述，雍正窃位后，即将曹𫖯交与怡亲王监管。而庄亲王则是多年的内务府总管大臣，亦即曹家的职务上司，无时无事不是要与这家王府打交道的——就连两家的仆役下人，也私交近密①。如此，则大事一起，当时"规矩"，照例先治下人，探其私密，取其互证，制缚主家，则可知曹家在此处境中，千丝万缕，皆难解缚，遂又遭瓜蔓株连，查出了"罪状"。

《红楼梦》在秦氏之丧一段书中，涉笔点出了两代"王"级的历史事故：一是"义忠亲王老千岁"所遗棺木因他"坏了事"而存在薛家，无人敢动……此即隐指胤禩、胤禟那一辈人曾因政争而失败获罪。另一面则特写"北静王"为在秦氏出殡时坐轿来路祭，并且重笔叙出此王家与"贾府"祖上是"相与之情，同难同荣"，现下小王年未弱冠，以祖上功高袭爵，因念当日两家"不以异姓相视"，故今日亦"不以王位自居"……云云。这些话，所隐内涵可是太重要了！单说"异姓"一词，

---

① 如庄亲王府茶上人桑额，即有曾向曹寅之老家人罗汉（又作"老汉"）借贷交易等事（后因讨债失和，二人构衅成案，见于内务府档），可为确证（参看前章，已有简叙）。

乃清初对满汉异族的婉语隐词，后世早不复晓了（可参看杜岕为曹寅《舟中吟》所作序，见《新证》引录）。其中情事，正与史实紧联。再如宗室裕瑞（礼亲王系）《枣窗闲笔》正也指出雪芹书中诸王府皆有实指。此在中国小说（"野史"）传统手法上考察，皆是真实不虚之论（与西方的 Fiction 观念本来迥异也）。

此次逆案，官书透露极少，而且即私家载记亦很难遇。今只知几名主犯，曾为乾隆点名的，其他更不得而考——计有：

一、理亲王胤礽长子弘晳；

二、庄亲王胤禄本人；

三、胤禄之子二：弘普、宁和（又作宁赫）；

四、怡亲王胤祥之子二：弘昌、弘晈；

五、恒亲王胤祺之子弘昇。

乾隆对以上每个人皆作了"评析"，说胤禄只是庸平之辈，无大作为，不过奉承弘晳。弘晳则自以为太子嫡子，居心叵测——在乾隆面前十分放肆！其他则或曾获罪圈禁，或为"行止不端"，等等。并一一加以惩处发落。

"同难同荣"，四个字中关系最为重大，尤其是那个"难"（nàn）字。但那应指已过之史迹。至于此次，则不知小说中所有诸王府，是如何叙写的——这在雪芹原稿未残时本有后文展示，而如今已不易想见了。

题曰：

兄弟相残到子孙，双悬日月竞乾坤。

同荣同难何人解，数笔寥寥沥血痕。

二、另立七司

这件大案，竟也连累了平郡王福彭。

虽说胤祉揭发了胤禵以邪法陷害胤礽，并因此将胤禵圈禁，大部分财产、人口赐予了胤祯，但主此恶谋者未必即胤禔一人。据《指严说萃》所记，在畅春园时，胤祯利用皇子汉师傅与喇嘛僧的矛盾，让喇嘛以邪法害太子及其师傅（据云以幻术显出太子的下流恶行的景象，使康熙见之，激怒了皇帝，太子由此逐渐失宠……）。弘晳所要报复的，并非胤禔一系之人，还是针对弘历。此义可思。

史册载明：乾隆四年（己未，1739）十月，宗人府审结此案奏报议处。乾隆云自上年已闻知其事，至是，各予处分：胤禄，仅留王爵与内务府大臣，其他议政大臣等要职统统革去。弘晳，革去亲王，在郑家庄监禁，不许出"城"（围墙）。弘昇，永远圈禁。弘昌，革去贝勒。弘普，革去贝子及銮仪卫职。宁和，革去公爵。弘晈，仅留王号，终身停俸。

此十月十六日之事也——看来所加惩处不为太重，但此只系"外面"之昭示于人者耳。

就在同日，平郡王福彭因属下包衣大（"大"乃满语首领之义）及披甲人（旗兵）"生事"，自请议处①。显与弘晳大案相涉。

事情并未到此为止。

弘晳既在监禁，有福宁者，又首告其罪状多端，其最惊人的一条，是信奉邪术，妄图造反——他问"妖人"安泰的话，供出四句：一、准噶尔（藩部叛者）何时能到京城？二、天下将会是"太平"还是要大乱？三、乾隆的寿算如何（能活多久）？四、他本人还能"升腾"否？

此乃交平郡王福彭与公（爵）讷亲二人审讯所得供词。十二月初，议处，命将弘晳免死，由郑家庄移入景山东果园圈禁，安泰处绞。另据康亲王等奏请，将弘晳子孙革去宗室籍。

但此案余波仍在。最令人注目的是此后已改由康亲王、和巴乐图等议奏，福、讷二人不再具名。此大有缘故了！

稍后透露，弘晳的事情并非空词或想象，他竟已另设了一座"内务

---

① 此乃亡兄祐昌于《起居注册》发现，紧接记于弘晳一案之下。大案情由则引自《内阁上谕簿》，详见《红楼梦新证》第 695~696 页。

府"，包括它的七司衙门！此中须有数百名包衣人供职当差。

更可异者，从乾隆新朝起始的几位议政大臣奏事名单中，从此单单不见了平郡王福彭。

十二月初七，内务府已有档记，曾奏问弘晳之移圈东果园是否"带锁圈禁"（圈禁之严酷，有多种形式等级）①。

乾隆惊惶气怒中自言，"从前阿其那、塞思黑（胤禩、胤禟）居心大逆，干犯国法，然尚未如弘晳之擅敢仿照国制，设立会计、掌仪等司（按指内务府七司之制）。是弘晳罪恶，较之阿其那辈尤为重大！"由此确知此次举事，其计划、组织、规模、实力，俱非前例所有。

嗣至五年七月，事情演至高潮顶点，即秋围行刺之变。此等大事原亦无人敢记，惟萧奭龄于《永宪录》卷四有极罕闻的实录——

> 乾隆五年，今上修秋狝之制，以饬武备。庄亲王子有密谋，为告密者所觉。今上逮之——方夜半，锢高墙。次日仍出围，以安众心。盖今上豁达大度，每出巡，不严警跸。

当时只争毫发之间，政局就会翻天大变，惊险之势尽于此寥寥数语之中。估量此庄王子即是弘普与宁和。乾隆方曾评议弘普为"受皇考及朕深恩，逾于恒等……虽所行不谨，由伊父使然，然亦不能卓然自立矣"。看来乾隆把他低估了。

此次事变，乾隆的侍卫、亲护军等与举事一方的战斗之激烈，不问可知。许多无辜之男女，也在此"虎兕相逢"之中充当了牺牲品②。

内务府曹家的人，在此案此役中，是无法"洁身自好"的，到底又因与己身无干的"罪状"而落入刑网之中，惨遭严治，家破人亡。

---

① 至此，可证第一节所引《国朝宫史》乾四十二月初一日之上谕，疑年月有编误，盖是年六月至腊月，一直在陆续审讯中，一太监岂能再到弘晳处"通风"报事？似应是三年腊月之事，即乾隆谓"上年已闻……"之史实也。

② "陆行不遇兕虎"，见《老子》第五十章。雪芹笔下之元春，为乾隆贵人级侍妾，官书不载（贵人须生子者方入档记），应有"原型"在。疑元春之死"望家乡路远山高"，即系此事变中被难。

雪芹撰作《石头记》，自言是"离合悲欢，兴衰际遇""追踪蹑迹，不敢稍加穿凿""徒为供人之目而皆反失其真传者"，故鲁迅先生亦特标其"正因写实，转成新鲜"[1]。准此，可以分明推见书内的兴衰际遇，时序推迁，井然不紊，又皆与所本之历史"素材"情节相应；书至八十回，事迹恰合乾隆四年为止——其后残失手稿内容，恰为弘晳弘普大逆案之年月（及其以次牵连的后来巨变）。

这个特异现象，极为重要。

研究者又早已指出，书至八十回，伏脉已张，引弩待发；一到八十一回，应即大故迭起，局势骤变——元春之死，贾府之败，皆在此间。试与以上所列史迹对看，何其"巧合"？其间必有道理可寻。

再有，如前已叙，当时名诗家屈复（著有《玉谿生诗意》），在其《悔翁诗稿》中留下了重要史迹，即其怀人诗《曹荔轩通政》写道：

> 直赠千金赵秋谷，相寻几度杜茶村。
> 诗书家计皆冰雪，何处飘零有子孙？

这是他在乾隆八年夏六月，奔波南北、还寓苏州时所写。按此乃诗人游历之后，忆其见闻，感怀题咏，而其时他已无从访知曹寅之子孙，是有是无、飘零何在了！然则，乾八季夏时距乾五秋狄，为时只有三年。年月相接，迹象鲜明。

鲁迅先生是第一位为雪芹撰写简传之学者，他在《中国小说史略》第二十四篇中写道：

---

[1] 在20世纪20年代，凡论者所谓"写实"，所谓"自叙"，皆是相对于"虚构编造"及影射他人（尤其仇家）者而言；"写实""自叙"并非意与"艺术加工"（即剪裁取舍、穿插拆借、烘托点染等手法，我谓之"小说家之故常"者是也）互为对立排斥，丝毫不发生这样的"问题"。此原是文艺常识。但后来被人曲解搅乱，连鲁迅先生也几乎需要"批判"了。今日不应再有无谓之纠缠重生异论。

　　……寅子頫，即雪芹父，亦为江宁织造，故雪芹生于南京……雍正六年，頫卸任，雪芹亦归北京……然不知何因，是后曹氏似遭巨变，家顿落。（下叙雪芹贫况。）

　　先生既叙清雍六頫卸任之事了，则所推"是后"的致家顿落，必另有巨变，而变出何因，尚待研求。

　　先生此论，重要无比。盖雪芹半生潦倒，贫困以终，惟此巨变之原因是其关键；此而不明，则雪芹之传，可以不撰矣。

　　雍六之变，存内务府档记，盖此乃隆科多大案余波所牵累，档案亦不"明文"留"证"。其枷号重惩，仍只以"骚扰驿站"为词——此连"亏空"亦全不论了①。而再遭巨变之实因，讳莫如深，档又无痕。然从各种史迹事由，参互钩稽，可觇真相，盖其关键皆在大案内"另设内务府"一款，此即直接包括各种包衣人员，或派遣，或随从，分配到弘晳"新内务府"下当差而不由自主，遂悉成"逆党"之人。平郡王何以单单于此案同时发生"包衣大"滋事之"自请处分"，缘由尽已昭然（即傅鼐获罪入狱，亦因家人之故，所谓"接下太杂"，正此之故也）。

　　题曰：
　　　　家门顿落势堪惊，巨变何因尚不明。
　　　　不见诗人难着笔，只悲无处觅飘零？

三、笔帖式

　　弘晳、弘普大逆案，到乾隆五年达到顶点，因被告密（出卖？）而以失败告终。乾隆明处示以"大度"以安众心，内必加紧防范宗室、后

---

① 思维方法问题，如雍正明明谓曹頫"行为不端"，研者有坚称頫罪为"纯经济原因"者，与政争无关云云。然而李煦如何？隆科多又如何？曹家财产为何不抵"亏空"而煦之家财何以赏年羹尧，頫之家产何以又赏绥赫德？……便不置一词了。

妃母家（满语"丹阐"）、太监、近侍、内务府包衣。正如雍正于四年秋，已正式命满汉四御史监察内务府（见《永宪录》卷四），乾隆对内务府包衣人倍加注意，尤其是"汉姓人"（绝不可以混称"汉人"——当时更无"汉族人"之用语，身份迥异。"汉姓人"即表明为满洲旗籍。后世对此多不能晓了，"专家"亦往往茫然莫辨）。例如，四年二月初一日，江宁织造名曰李英者，就向皇帝自陈家世支派（参看《新证》第693页所引，略云世居关东，五六世祖皆明代世袭指挥，曾祖李景和归旗至京。祖父李成龙，生三子，次名如柏，英即如柏子……），此例最能证明内务府包衣人在此时之处境倍加复杂。

迨至乾隆六年（辛酉，1741），雪芹年当十八岁。

是年，实为雪芹一生命运大转折之又一关键岁月。

何以言此？盖此时制度，已以十八岁为成丁之年。此前一切，仍可童幼视之；在此之后，则事事有定法，无能免脱者也。以是，雪芹至此已面临三层重要"前景"：一、当差服役的问题；二、考试科名的问题；三、婚姻家室的问题——而此三者，皆须在家门再遭巨变的前提下而屈服于"命运"和"国法"。

对此三层问题，略作推考，以觇大概——

第一，科名的问题，向有"举人"与贡生两说。前者见叶德辉《书林清话》，恐无确据，只因世传《红楼梦》作者为"某孝廉"之言而加牵合（孝廉即举人）；而贡生一说则见于梁恭辰《劝戒四录》，他所据为亲闻满洲旗人师友所言，实有来历。此二说不能并存，因贡生者，即未能考取举人而特加选拔之"失意"生员（秀才）。其贡入国子监肄业的，则为监生。今考当时贡生制度，康熙时每十二年举行一次，至雍正朝改为六年一举，而到本年（乾六）又命改回为十二年一举。雪芹此时年未弱冠，家又遭变，其被选贡恐不在这个时际——约为十二年后即乾隆十八年年当三十岁时之事。雪芹未成举人，应是他根本没有参加顺天乡试的资格与机会，而并非试而不举之故（尽管他不喜对八股时文下功夫）。

此时之事，大约还是要在内务府当差，方为不可避免的一段人生阅历。

他在内务府所任何职？向来亦有二说：一曰堂主事，二曰笔帖式。

所谓堂主事，乃是内务府署实际主官"堂办郎中"下的低级小员，"堂"是对七司的分司（部门）而言的，主事位居郎中、员外郎之次，笔帖式之上，已有微权与专司。笔帖式则是各衙署中所用满洲籍通文墨、工缮写（或能翻译满汉文）的人员，职位很低，但也能依品迭升，以至高位——满洲大臣（无正路科名的）多由此职出身。如大学士鄂尔泰，原即笔帖式也。

从事势推看，雪芹初任笔帖式是极合乎情理的，应无疑问。至于堂主事，是否他日后果能升任此职？今不敢妄断必无，存此一说，以待再考。

"堂主事"之说，见于英浩《长白艺文志》。笔帖式之说则见于《立言画刊》187 期（民二十四，1935）署名"槐隐"一文，中云："……雪芹官内务府笔帖式，学问渊博……"此说当属可信。盖"堂主事"一职若真曾为雪芹所任，也只能由笔帖式升迁，而此时十八岁方才成丁之雪芹，其入内务府当差，自以笔帖式为必由之初阶。是故堂主事之职，此际尚不在话下，暂不多论。

笔帖式者，是清代特有的一个官职名称。满语本是"巴克什"，与蒙语"必阇赤""比阇出"语出一源。巴克什为满人未入关前初识文职官吏之必要时特赐之名称，地位不低，且有荣耀意味；入关后则此类人员需要大增，遍设于各部衙署，改名为笔帖式——参用了汉文表意法。因人数大增，地位反随之下降，最高品级不过七品小员而已。其职务原以翻译满汉文章奏档记为主，此乃要职，其他则随生的缮本、贴写等次之。尤其内务府，一切档案文书皆以满文为定制，不通满文者是无法在本府充任笔帖式的。至此，也可明白：雪芹幼时，必须先入咸安宫官学去学会满汉对译的本领。重要的一点是，笔帖式人员出身来自满洲旗籍。汉人或汉军是没有这一资格的。

雪芹的婚配，更无记载。只有一种传说以为其岳家姓陈，住于西城旧刑部街。未知确否①。

以上三层大事，在彼时是决定人生命途悲欢离合的基点。身为皇家包衣的雪芹，自己并无"主权"，很难逃脱其"命定式"的摆布。

题曰：

贡生终老有人讥，笔政当差品特低。

岂是怀才悲不遇，自甘心性异云泥。

四、水窝马厩

雪芹成丁，当差在内务府为笔帖式，为时大约只有年余，就因故离职，流离播迁之生活，由此而始。因为诗人屈复在乾隆八年夏六月赋诗，已言曹荔轩"诗书家计皆冰雪，何处飘零有子孙"了，此种口吻情怀，绝不同于一般的信息未通，迁居待访之类；那分明已是嗟叹其重遭大故而非衙署人员了。雪芹因何被斥于内务府外？无可考按。从情况而推，大约还是他的性情"乖僻"，行止骇俗，为世不容——所谓"潦倒不通庶务"，正寓此义。庶务，一本作"世务"，已非孩童之家庭生活琐事。"行为偏僻性乖张，哪管世人诽谤""富贵不知乐业，贫穷难奈凄凉"，显然是综括"平生"的涵盖之词了。

这种性情行为之人，在宫廷当差，随时可以因细故而犯刑条，斥责惩治。他在书中也已借人之口而明："……断不能为走卒健仆，甘遭庸人驱制驾驭！"说得何等明白决绝（第二回）。此皆有激而发，并非空论。

他是以"素放浪"闻名的人，也许为了摆脱庸人的驱制，就故意惹个乱子，借此逃离羁绊，都是他做得出的事，亦不离奇。

被人雅称为"笔政"的笔帖式，有不少是官运亨通位至显贵的；也

---

① 内务府包衣人相互为婚，皆不出两黄、正白三旗人家；所居乃北城与东城。旧刑部街不属于此区。或另有原委？存此一说备考（此说系徐恭时据传闻所记）。

有宦途蹭蹬，成为"一辈子的"老笔帖式。笔帖式中也有名望很高的奇士，如保禄，字雨村，即其佳例。郑板桥赠他的诗，知者已经难得了，更奇的是连身份高下悬绝的慎郡王，也赋诗相赠。慎郡王胤禧，工诗善画，他题咏的人大抵皆是当时的高人逸士，而罕与公卿相往来。其诗云："故人佳句苦不多，清冰一尺寒峨峨。空斋酸寒坐亭午，怡颜惟有庭前柯。"（拗体绝句）可见尔时卑官微职旗下不俗之士的贫况与高致了。雪芹之做笔帖式，正此一流人物。

乾隆八年夏月，诗人屈复既已咏叹曹楝亭"何处飘零有子孙"，是时雪芹即已不在内务府供职服役了；而恰在六年十二月奏定：从乾元开编的《八旗满洲氏族通谱》已近尾声时，复命将内务府包衣人等附编于卷末。此书刊成于乾九，内中果然收录了雪芹家的六代十一人〔入旗始祖曹锡远（诰命则作"世选"。"锡远"乃"选"之"拼音"汉写，由于内务府档例用满文之故），高祖振彦，曾祖玺，祖寅，叔祖荃（原名宣），伯父颙，父頫，堂叔宜，堂兄颀，堂伯天佑（名顺）①〕。这儿却寻不见"霑"名，原因有二可能：其职笔帖式位卑，体例中不在收录之列；或者到八九年间刊刻时"霑"已被开除于内务府外——结束了笔帖式的卑位宦途生涯。

迨至乾九，雪芹的两位好友（年少于他）敦敏、敦诚兄弟，已入宗学肄业，其期间为乾九入学，乾十九卒业离校——而敦诚赠雪芹诗中追忆他与雪芹曾在宗学相识相交之事。如此，则雪芹自乾八离开内务府之后、遇敦家弟兄之前，另有一段时间，乃是他二十多岁的年月中最为不幸与艰难的一个生活阶段。

此一阶段，即是他播迁流浪、衣食无着的困境时期。

雪芹的流浪播迁，与一般人的贫窭艰辛并不一样，而是另有其极大的特点：第一是他流落的痕迹遍京城内外——内则东西南北四城，外则由海淀、外三营、香山、翠微山，自近及远，最远达于四五十里之外。

---

① 此《通谱》体例，不同于"家谱"尽载所有人名，而是只载有官职之人；而且人名排次中，又不尽依辈分，也视品级与"原任""现任"为序。天佑下注"现任州同"，是乾隆六年至九年间语气。有人竟以天佑即雪芹，其难合显甚。

此其特点之一端。

第二点，他所"住"的地方，非但不是常人的居处，甚至连屋室亦无，简直还不如乞丐之尚有寄身立锥之地。

先从城里说起。有一传说，谓某人曾于东城某胡同内见一处旧房所积坠瓦残砖中砖有刻字痕迹，细辨之尚可识为"悼红轩"三字。因《石头记》开卷明文有曹雪芹于悼红轩中披阅、增删、分回、定名的交代，故知此处曾为雪芹所居。然只此一节，此外详情，即如胡同名称，亦均不曾确记，是为可惜。今按：雪芹家世正白旗满洲，八旗分方占住，正白旗本在东城一面；则其亲友故旧，东城必多，此一传说亦当有其缘由，非出向壁虚造。

再说西城，也有传说，谓雪芹岳家居住旧刑部街，而此家之人见雪芹落拓无依，来求寄住，很不待见——有如《石头记》中甄士隐贫后投奔其岳父"封肃"家而大受鄙薄一样[①]。

今按：雪芹至亲平郡王府，至友敦家弟兄宅，皆在西城。似乎他的足迹确曾由东向西迁移，往来于两城之间，为生计所迫，不安厥居，无有定所。

然后再看北城——事情就更繁杂而丰富得多了。

有三个互不相干的传述，却不约而同，说的都是雪芹流落北城的事：一个是在大翔凤胡同南段，一个是同一胡同的北口外，另一个是从这胡同往南，过一王府，王府的南邻（原即府之南院）。此三说，实际集中在一个地点。此一现象值得特别注意。

大翔凤胡同本名大墙缝胡同，即由"恭王府"（清末称呼）东面之"府夹道"直通，往北达于什刹海。什刹海分前、后海，二海之交为银锭桥，桥之稍西，即此胡同北口。北口外偏东数武，是一古井，昔时井边有汲水卖水的"水窝子"——一说本是水屋子，屋为入声，与"握""喔"等一音，北京人口中无入声，故音转呼为"窝"了。一位

<hr>

① 此一传闻，初见于徐恭时《曹雪芹年谱简编》。时当20世纪60年代初期徐致书于我，乃得知之。

在此一带住过的老人（后迁南方）还能记忆一个传说:《红楼梦》作者曹雪芹曾住过这个"水窝子"。

另一传说的"马厩"，即指"恭王府"略南的一处房屋，传说中还知道是"和珅府"的"马号"；而和珅府亦即恭王府之前身（此马号后为乐仁堂乐家的一所住房，其地原即什刹海的一角，民国时成为稻田，现在填平成为体育馆场，有铁栅围断，此房即在栅西侧）。

第三项传说是我亲闻，更为详细亲切——

事在一九八三年，其时年已八十岁的原辅仁大学生物系老工友王文志（生于一九〇三年），在一次座谈会上（地点恭王府）当众讲述了他所知于曹雪芹的事迹。他说他对雪芹原无所知，但其师傅颇有所闻，偶尔谈及，雪芹一度住在"恭王府"（曾为辅仁大学女生院）府后东北角的三间小屋内——此处原是早先某府的听差仆役人等每晨聚集，听候吩咐当天的工作分配的地方。王文志老人并言其师尚知雪芹曾题此寓居为"红豆馆"。他并确知，此三间小屋一直无恙，到府邸售与辅仁大学（据闻价钱是一百零八条黄金）之后，为当时的教务长×某所居，遂因翻盖而拆毁无存了。

按此老工友只读过短期私塾，"五四"运动时他当过"报童"卖报，并无文化文学知识，上述情节他编造不出。至于"红豆馆"一名，恐是音讹传误。因为:一、曾于上海见到仿雪芹字幅，上有"红藕花馆"印章，当即此一馆名之本真。二、此名采自宋女词人李清照《一剪梅》中名句"红藕香残玉簟秋"，非高级文士不能有此水平。三、恭王府后即什刹海，旧时荷花极盛，有"莲花泡子"之名，地望正是对景生情。四、《石头记》第四十一回写湘云口诵"藕香榭"之对联，"芙蓉（荷花）影破归兰桨，菱藕香深写竹桥"之句，皆是明白运用李清照"红藕香残玉簟秋。轻解罗衣，独上兰舟"的句意（此实预示书中后来湘云情事）。似此种种，绝非一个粗识数字的老工友虚拟构想所能达到。这项传述尤关重要。

综以上三项而合观，可见雪芹当日处境之困苦已到非同寻常的地步，而其流落北城的一处重要地点即是今日"恭王府"，那时为某王府的前后边缘房屋，存身寄寓，甚至与"马"同处。

奇怪的是：民间父老世代相传，皆谓此某王府即是《红楼梦》中的荣府——居民们口头沿称为"西府"，人人皆知（二十世纪三四十年代犹然）。

题曰：

红藕香残小馆名，身居西府事堪惊。
水窝马厩依稀在[①]，什刹湖边履印清。

[附记]

水窝子事，亦徐恭时先生所传，古井照片，载于拙著《恭王府考》。"西府"一义，详见拙著《恭王府与红楼梦》。古井今已填平，上盖新房，惟井口故石圈尚存，其上绳痕宛然，为年深汲水的遗痕（今归北京市西城文化局保存）。

水窝子是老北京的风俗，京师吃水皆靠井水，而水多咸苦。水质好的，有井主占据，汲水售卖，也管按户送水，甚至成为"专利"。井主在井旁搭一窝棚，放置各种水器，名曰水窝子（旧闻人云，水窝子可歇脚饮茶，类路旁茶座；或谓此说不然，水窝子只是卖井水之处，与卖茶水无关）。

五、寺门萧瑟

雪芹的贫况苦情，迥异于一般，但他的"世境"愈窘，却"诗境"愈浓，扑人眉宇。这不仅是我们后世人的一种"心理"作用，想象而然；

---

① 今之什刹前海，仅剩东半，西半填平，有铁栅栏为界；栅西一所房屋，旧时乃乐家（同仁堂）所有，据当地王姓老人言，在乐家以前，此房即是和珅的马厩。和珅以前，是康熙年间老府。盖即胤禔府，见《恭王府与红楼梦》。自雍正时已无人敢言府主之事，年久遂致失传。雪芹在此废府近旁寓居之缘由，也许还有人所未知的经历。

即在雪芹本身，当时虽处于极贫至苦之中，却仍有他自家的"享受"一面，即他以诗人之心目而领略一种常人俗子所不能体会的"诗"的境界。中华的诗人，早就体验而总结出一条"诗理"，大书曰"诗者穷而后工"。这穷，不独指衣食不给，更包括精神品格上的"穷途"——无人理解，不为世容的极大的孤独寂寞之情怀，正所谓"……然于世道中，未免迂阔怪诡，百口嘲谤，万目睚眦"，"见弃于世道"（《石头记》第五回托警幻之言）。这是非常深刻的人生哲理，世路常情。如此之"穷"，方是雪芹之真穷，而不单是"物质生活"的艰困这一浅层之事，更不是仕途不获腾达的俗义。

如此，他在北城的"水窝子"与"马号"之中，穷是穷得到底了，然而面前却是全京城中独一无二的佳景胜境，这儿湖波柳影，鹭立鸥浮，有桔槔稻香，有名园甲第；时人以至比之为唐世长安之曲江名苑；而银锭桥看西山之绝佳地势，更为曲江所无。"红藕花馆"的寄意托怀，正是他一片诗心诗境的"缩写"①。

北城是如此。再说南城又是何等诗境呢？

说来奇特，这处诗境，却是因为大画师齐白石而得到了写照而且兼有了画境——

一首七绝题曰：

风枝露叶向疏栏，梦断红楼月半残。
举火称奇居冷巷，寺门萧瑟短檠（qíng）寒。

此诗题在一张横幅画的右上方，画境是幅左边一处庙门，门上为树木枝柯掩映，稍右，一钩残月悬于清空。

全幅只此数景，着笔不多，其点睛一笔全在题诗第二句上。

这是画的哪里？

① 什刹海与《石头记》的多层关系，可参看拙著《恭王府与红楼梦》（燕山出版社，1992年版）。

原来白石老人极重雪芹，也深悉一些关于雪芹逸闻的传述。他知道雪芹贫极时寄身于崇文门外卧佛寺。

雪芹何以托迹于此？大约从他幼时入京之后，第一处使他生有留恋感情的古刹即此卧佛寺。

从他家进京以后所"赏"住的蒜市口往东行，不几步就是缆杆市，过了此市，路遂不直而折向于南；自此东南行，也不算太远，就到了卧佛寺。

此寺原名妙音寺，只因后殿所供奉的是一尊卧佛，乃明代精工木雕，被以彩绘，佛身巨大无朋——长一丈二尺。卧佛是如来释迦牟尼示疾之像，身后周旁环列十三大弟子侍立，面有悲戚之状——此乃世尊毕生为度众生而辛苦备至，行将圆寂的前夕景象，感人甚深。雪芹自幼见之，怦然心动，从心灵与艺术上均有所感受。《宸垣识略》引宋光熊游卧佛寺诗云："寺门东接禁城阴，野水平沙古木森。留示人间老病死，色空真谛悟禅心。"此诗末二句不佳，全是俗套，但前二句可见当时此寺处于外城僻处的景况，是以雪芹喜此野水深林的境界①。据居民云，寺原有跨院，花木幽静。意者雪芹栖身，或在其间乎？——当然要看寺主对他是否如此惠爱了。

但如今须细讲白石老人的绝句诗。

据白石作画题诗的意境来看，那是深秋夜景，似为九月中末旬之交，其时天气已近寒凉，雪芹夜眠不得，起而倚栏寻梦，梦境依稀，残月半天，树荫满地，孤怀独立，秋气逼人，于是挑灯濡墨，续写日间未完的一回《石头记》稿——这是人间苦境，却又是诗中胜境。

短檠（qíng），贫士夜读的矮灯，相对于富家的"高烛"而言者也（出

---

① 《宸垣识略》记云庙内有明正德圆钟，铸有妙音寺名，但以为张爵《五城坊巷志》记崇南坊有妙音寺，已无存，乃疑卧佛寺此钟系从他处移来。按此说殊无理，盖北京"卧佛寺"有三，皆俗称，各有本名，妙音寺既未另见有迹，何以武断钟乃后移？实不可从。我于20世纪60年代曾访此寺，已沦为居民大杂院；后殿为沦陷时势者拆卖木料，将大佛移在前面之小圆殿（原有立佛），几不能容；十三立侍佛则埋于土中。乾隆丙戌图塔布碑亦不可见，阶下一残碑，洗视为更晚之重修碑了，即此今亦不存了。

韩愈诗）。举火称奇，意谓"往日贫，以不举火为奇事；今日贫，以举火为奇事了"。是说穷到每日不能点火做饭，而偶得做一次饭吃，已觉是意外的奇情了！此言雪芹之穷，已到极点，实在是常常饿着肚子写作。

白石老人这又所用何典呢？原来此正是曹寅诗友、明遗民杜茶村的遗事（即屈复诗中"相寻几度杜茶村"的杜濬）。据钱林《文献征存录》载："杜濬，字于皇，号茶村，初名诏光，黄冈人。明副榜贡生，有《变雅堂集》，性傲慢，不求友……王于一尝问'穷愁何似？'答曰：'往日之穷，以不举火为奇。近日之穷，以举火为奇。'于一笑曰：'君言一何俊也！'"白石径用此典，不但学识渊博，亦见其寓有深意。

当然，此乃诗人之想象摹拟。在实际上，雪芹投奔卧佛寺，未必只求一席之地而自炊为食，恐是如唐时王播"惭愧阇黎饭后钟"那样"赶斋"吃。而真正的寺庙是只有早午两斋，"过午不食"的（此语尚见于脂砚斋本《石头记》批语）。所以不管如何寻绎，雪芹之无衣乏食，饥寒寂寞中苦自撰书，确是实情实况，深得其真际，并无夸饰[①]。

雪芹之四处流离，其经历绝不止于上述几个线索，亦非自始即投僧寺禅林。其先应是求亲告友，乞食贷赀。这在《石头记》第六回回前标题诗即有所反映，其诗云："朝叩富儿门，富儿犹未足。虽无千金酬，嗟彼胜骨肉！"骨肉之亲，对雪芹的贫困，不予济助，反有烦言——说他如何放浪无状，无可怜惜。又此回回前所题一绝句云：

> 风流真假一般看（kān），借贷亲疏触眼酸。
>
> 总是幻情无了处，银灯挑尽泪漫漫（mán）。

又回中批语亦有"开口告人难""为求亲靠友下一棒喝"等语，皆非无

---

① 齐白石此画与诗之原委，由张次溪先生提供，原画已失，有摹本影片。此事知者甚多，张先生曾列示许多知情人名，文化大革命中失去。关于卧佛寺，或讹为"千佛寺"，非是。我访卧佛寺有小记，刊于张伯驹先生所辑《春游琐谈》，可参看。今仅见冒效鲁教授《叔子诗稿》收 1962 年一诗，题为《次溪嘱题白石老人画红楼梦断图为访曹雪芹故居而作也》，诗云："青衫古庙对萧晨，欢唾离痕忆绛唇。别夜红楼尘梦断，一回吮笔一酸辛。"足资印证（余亦有一时同作，今并佚去）。

故而发。其间正有切身体会，不觉笔下流露。

清代人对雪芹虽不详知其委曲始末，但如宋翔凤所云"素放浪，至衣食不给"，潘德舆所云"寄食亲友家"①，皆与敦诚诗"劝君莫叩富儿门"相为印证。潘德舆在《金壶浪墨》中且有题红楼梦十二首绝句，其第一首即云："朱门回睇不成春，花月楼台总怆神。酒冷灯残枯管秃，可怜金穴旧时人。"也正与白石绝句词近心通，可为雪芹一时之写照，盖诗人诗境，亦堪作信史观。此诚可喜亦复可悲也。

题曰：
　　诗人乞食古来闻，未若当年窘似君。
　　一画二诗聊见意，愧无神笔更传芹。

六、诗文有狱

寺门野水，笔秃灯残，其境凄苦，而诗意转似更浓——但雪芹的这种诗境，并不能真正离尘脱网，得自在身与清净慧，他的"奴籍"使他勾连迤逦地缠裹在政局的惊涛骇浪之中。

如今要从一位御史、总督大臣说起，在他的名分之下，出了一桩历时数年之久的"伪疏稿"大案。在此案中，因"办理不力"而获谴的就有尹继善、鄂容安、鄂昌等人——他们日后与雪芹都有关系。

此事由御史孙嘉淦的敢言而引起，但实与他本人无所干连。

孙嘉淦，山西兴县人，是雍、乾之间的名宦大臣。他与曹家的河北

---

① 潘德舆《金壶浪墨》云："或曰：传闻作是书者（指雪芹），少习华腴，老而落魄，无衣食，寄食亲友家。每晚挑灯作此书，苦无纸，以旧历（历书，俗曰皇历）纸背写书。未卒业而弃之——末十数卷他人续之耳。余曰：若如是，是良可悲也！吾故曰其人有奇苦至郁者也。"
齐白石老人访卧佛寺雪芹旧址事在辛未（民国二十年）。我访此寺时尚有残碑载明为乾隆三十一年重修，已在雪芹逝世后之第三年。由此可知：当雪芹寄居时，寺已残破甚矣。参看《春游琐谈》卷二拙文专记。

丰润一支有交，曾为曹家在北京东城干面胡同（东单牌楼以北）的住宅写过"四世五大夫"匾（当时官衔是"军机处行走"、兵部尚书）①。

孙嘉淦（字锡公，号懿斋、静轩）生于寒家，康熙五十二年（癸巳，1713）方得进士及第，授检讨，以后辞官。但在雍正元年，他忽上疏进言，请这位新皇"亲骨肉"（还有停捐纳、罢西兵等条奏），因此直声大振，也因此一生做到许多要职高官，如祭酒、顺天府尹、乡试主考官、御史、总督、尚书、协办大学士，今不暇叙；只说他这敢言的声名，却给乾隆初年带来了一桩奇事也是麻烦事——即"伪疏稿案"。

此"疏稿"托名孙嘉淦，直指乾隆帝，说他有"五不解，十大过"！此稿暗地里辗转传抄，已遍及全国，乃至穷乡僻壤，边地山村，而御史大官的子弟竟也从学里带回了抄本！

此案自乾隆十六年（1751）正式发作后，闹得朝野震骇，举国鼎沸，人神不安。但这是一件无头案（疏稿是伪，无待多究，只开头所具官衔即与历史年份抵触），严饬苦查了三年，了无头绪，因无法结案，颜面攸关，只得"劝导"两个"嫌疑犯"（替罪羊，尹、刘二人皆低级武员）承认罪名，加以极刑——聊作收场，以掩尴尬之实境。

此事似不相干，但有三点需要注意：这事的远源早在乾隆三年即有迹象（以后疏稿逐步扩充而成，非一时一人之作），其真源仍是弘晳等宗室内部争斗的一种手段或方式，非出臣下所敢为。第二，伪疏稿内容除指斥乾隆十大过等之外，另一攻击目标是乾隆继位后的几位辅政重臣：鄂尔泰、张廷玉、徐本、尚书公（爵）讷亲，而独不见庄亲王与平郡王福彭之名（他们是一直联署办事奏报的），这就有了缘故〔庄亲王胤禄管内务府，福彭任宗人府，皆关系极为复杂难处（chǔ）的麻烦之地〕，这事情就太可疑了。第三，各地大员因查究"不力"而被谴的有尹继善、鄂容安、鄂昌（鄂尔泰的子侄），这又暗中牵涉到紧接发作的胡中藻、鄂昌的"诗狱"——大"逆案"。此三端，与雪芹之命运又都直接间接地牵丝挂蔓，欲避而不能，甚且有不顾身命之危而仗义助人的

---

① 五大夫指曹继参、鼎望、首望、镳、永淳，见《浭阳曹氏族谱·艺文志》。

可能。

雪芹对"文字狱"并不陌生，他自幼饱闻爷爷在世时舍己救人、江南传诵的往事——老家人曾为他讲述说：太爷当年尽做救危济困的好事，身处万般繁难之中，要应付百般需索，世上哪有全能尽善的圣人，也难免有人说长道短，只是有一件，人们却没有不服的了，就是救"陈青天"的大事。陈青天是百姓口中称呼，说湘潭人陈鹏年（沧州）为官最是清正，不畏强梁。乙酉那年老皇上南巡到了江宁，百官迎驾，竞献奢华，总督阿山要为此加派钱粮，惟江宁知府陈鹏年独敢违众，不服此议，以致中止。又加预备一处行宫的事办得不够华丽，随行的有太子，下边的坏人进谗，激怒了太子，还有总督、巡抚，这些大人们要害陈青天，无人敢言一字——此时独太爷曹寅不顾一切，叩头流血，说陈鹏年的好话——而太爷素常却与陈青天是不大相投的。这事传遍了江南，将太爷比为古人"朱云折槛"的美谈！陈青天得以不死，后来作诗感谢太爷。还有一位总督噶礼，他也捏抓罪名要害陈大人——噶礼是老皇上的"奶哥哥"，他家自来就与咱家曹府闹不对头，老皇上尽知，此人后来要毒死母亲，噶嬷嬷告到御前，老皇上非常生气，赐他自尽了。他在山西贪赃几十万两白银，虐吏害民，无所不至，被御史参了一本……你看，凡是清廉正直的，像咱们家太爷和陈青天，都是受他们坏人辖制监视的，他们恨正人是碍脚之石，当门之栏，必要除去。太爷一辈子为此伤心忧愤。以后，噶礼又告陈大人的状，说《虎丘诗》是心怀异志！幸亏老皇上不信诬词，把陈大人召回京师，编了一部大书……

雪芹聆此，感叹不已——他还设法抄来了陈鹏年的《虎丘诗》，共二首，其二云：

尘鞅删除半晌间，青鞋布袜也看（平声）山。
离宫路出云霄上，法驾春留紫翠间。
代谢已怜金气尽，再来偏笑石头顽。
楝花风后游人歇，一任鸥盟数（入声）往还。

雪芹吟诵，为之击节，心说：作诗可真是件难事，即如末二句，我若不知他感激爷爷救他一命，岂不也疑心"楝花风"那也有讽刺了？可见噶礼明知"金气"是讽他，"石头"是牢骚自负，傲视于他，却诬称是怀有"逆"心——因为"金气"可以说成是指大清朝呀！可畏可畏！

雪芹在感叹之际，却灵性旁通——他对陈诗的自拟"石头"以及其第一首还有"春风再扫生公石""红叶空山绕梦思"等句，不觉若有所触，怦然心动，因为这与他的《石头记》书稿竟有暗合之处，深以为奇。

于是，石头一物，对他发生了三层意义：一、爷爷诗中的"娲炼"遗材，被弃荒山；二、陈诗中的"生公"（竺道生）被挤抑，无处讲演真佛理，到虎丘山对一群石头开堂说法，竟使石头也为之点首领悟！三、就是受到诬谤陷害而不屈不畏的"顽"性。

此三者，在他的书稿中都得到了抒写寄意。

自然，他也明白了什么是"文字之狱"，作诗却干连着身家性命的大险大难。

题曰：

　　顽谓坚贞岂曰冥，石头谁识有情灵。

　　高僧护法袈裟重，廉吏怜民性命轻。

七、富儿门下

雪芹离开内务府笔帖式，不知几经周折流转，为了生计，去到人家做"西宾"，这个传说，文字记述，众口一词，流传已久，连旧日在京住过的外国人也知道，满人文康（《儿女英雄传》之作者）之言，也是如出一辙[①]。这已无可置疑。

---

① 前者系德国人的记载，姜其煌先生提供，引录于拙著《曹雪芹新传》第330页。后者见金启孮先生所撰《荣王府与红楼梦》。其他不再详列。

但他究竟在谁家当过西宾？是只在一家还是前后"东家"不止一处？已难尽考。敢于确指的，却实有一家，即后来敦诚赠诗"劝君莫弹食客铗，劝君莫叩富儿门"的那个"富儿"之家（"朝叩富儿门"，源出杜诗）。

诗人措词，语妙双关：此家既富，又恰好姓"富"，实在是令人击节，也忍俊不禁。

此富儿，即富察氏，名叫富良，家住京城西单牌楼（瞻云坊）稍北的石虎胡同，人称"敦惠伯府"者是也。

"西宾"一词，原是雅称，相对于"东家（主人）"而言，俗话则称"师爷"，而师爷可指助理文书的先生，也可指在家塾里授业的老师。雪芹之做西宾，应是后者。

因此，必须略明此一"富儿"的家世门风，以及此家与雪芹的非同一般的关系。

清代与曹家相关的高门大姓，前文已引的顺治、康熙（末及雍正初年）之时是"佟半朝"一家贵盛；而到乾隆初年，则又有一家取代了他们，此家可以仿称，叫作"富半朝"，可谓名实相符，毫不夸张。

富察氏，满洲一大姓，据其自家人记载，共有六十几个不同支派，曹家至亲傅鼐、昌龄，即此氏之一支。此时先须叙清的，则是"二马吃尽天下草"的这一大门户的上世与子孙。

努尔哈赤时代，富察氏来归附的始祖名叫旺吉努，其子名叫万济哈（其实"旺吉""万济"本满语同音汉字异写），万济哈生子哈什屯，孙米思翰，这是康熙朝早期的一位重要人物。他生有四子：马斯喀、马齐、马武、李荣保，皆非寻常之人，传到乾隆时，李荣保这一系简直富贵已臻极品，连"佟半朝"家也远远逊色了。

米思翰起初因不肯阿附多尔衮的权势倾人，遂受顺治的赏识。及康熙十二年，小皇帝方自亲政，遂有意要撤"三藩"（明降将吴、耿、尚，兵权在握，可左右天下局势）；此事危险忒大，朝臣皆不敢主张，独米思翰与明珠（纳兰性德之父）二人一力赞同，因此大受康熙器重信用。米思翰另一大功绩是自他为始，各地钱粮统统解运入户部，结束地方侵蚀截用的宿弊，国库大充，他估量十年军需不成问题——撤藩用兵可以无虑（其后果然取胜，此为清朝巩固一大关键）。米思翰因此得授世职一等男爵，并任内务府总管——自此为始，他家多年就成了曹家的上司。这层老关系，非同小可，雪芹"命中注定"要和他家缔结下不解之缘。

更要者，其长子马斯喀，也继任了内务府总管的要职，从雪芹高祖、曾祖到祖父，都是在富察家当"头儿"的衙门里服劳充役的。

还有，马斯喀是征讨厄鲁特噶尔丹的重要将领（做过平北大将军），初随皇兄（福全）、次随康熙亲征，汗马艰危，还著有《塞外纪程》（欧洲教士也有记载），后驻宁夏。康熙三十六年正月，内务府档就记载原任佐领曹尔正管理出征马匹之事[1]，即此役之准备阶段。尔正彼时已年老，曹家丁壮，必然还有随军远征之人[2]。

但马斯喀的声名权位远不及其弟马齐，而马齐之子才是雪芹的"富儿"东家，这就更要略叙他家的盛势了。

马齐有谥曰"文穆"，两次官居大学士（相国级）。他早年文武全才，在地方做监税、巡抚，审贪吏，极有政声，与于成龙齐名，因此授职御史，后为兵、户部尚书。康熙出征，太子胤礽在京监国，他是助理大臣。他负责管理与帝俄的外交、商贸事务，签订边界条约，也管着一支俄罗斯佐领（旗兵）。当雪芹祖父逝世时，他正署理内务府总管大臣，对曹家的后事，如以曹颙（雪芹伯父）继任等事，康熙帝必然也得征询他的意见——他对曹家的命运是有"发言权"（可供康熙参酌）的，这可不是一般的关系。

马齐之事，牵涉到曹、李两家的，还有一桩，即他支持过胤禩做太子备选人。此事，他在康熙面召大臣会商选立新太子（胤礽被废）时，马齐带头，群臣承意，一致拥立胤禩，康熙震怒（看破是相约密谋），马齐也与皇上"面忤"，愤然离去，事态极度紧张僵化，康熙遂下令逮

---

① 参看《新证》第392页。
② 《石头记》第七回叙焦大随主出征喝尿救主等情，即此役之反映。或谓系指征大同姜瓖叛变时事，无论年代，战场情景（塞外马战），皆相异甚远，说不可信。

捕了马齐与弟马武、李荣保的全家，几乎杀身灭门！马齐监禁在胤禩府中——因俄国商团等事无人可以办理，方将他释放复职……

谁知，雍正夺位之后，马齐竟又获得了忠勤的奖誉，将原袭的世职男爵第二项，并为一起，升级为伯爵。伯爵由其第十二子富兴承袭，富兴惹了乱子，改由其兄富良（行十一）承袭——是为"敦惠伯"的由来。

雪芹的东家"富儿"，就是这位敦惠伯富良。

雪芹与这家富察氏的关系还很多，今不及连篇罗列，只应先说明，他在富良家的处境，并不会十分顺适愉快。

"朝叩富儿门，富儿犹未足。"

"劝君莫弹食客铗，劝君莫叩富儿门；残杯冷炙有德色……"这就是在富家所受的待遇，一些残茶剩饭，还是以"做好事""怜悯人"的姿态而赏赐的呢！

题曰：

名门富贵极人臣，西席叨为座上宾。

食客不应夸傲骨，要君来作受怜人。

［附说］

"二马吃尽天下草"，当时流行口碑，说马齐、马武二人势倾天下，也聚敛贪赃。马齐为办理俄国事务专家，就曾受俄人之贿（见传教士张诚的记载）。又乾隆继位赦免"亏空"项内，列有马齐从曹寅处取银七千六百二十六两之多（参看《新证》第671页）。即此可见，雪芹贫后投靠富家，也有"债主"的身份，而富家人忘恩负义，反加冷遇。

八、触境生春

敦惠伯的封爵由马齐为始，世袭于子孙，到清末为敦崇之叔乌拉布

（绍云），是位翰林，在福建漳州主考学差上卒于考棚中，而敦崇是满洲旗人中的出色著述家，而他的外祖母就是荣贝勒奕绘的福晋，盛名一代的女词人西林春（顾太清）。其文学家风，可以溯自马齐时代，史载他喜欢招邀文士，公余讨论讲习——但也有记载说他抱怨所聘西席馆师都不好，至言要"买一个先生"，会比"雇"的听话，成为笑谈（见《啸亭杂录》）。他在办外交订条约时坚持在满、蒙文本之旧例外，要有汉文文本，不同于一个"粗人"武将之类。

马齐的"佳话"，嫌"雇"的馆师不好，要"买"一个，这意味深长，甚至使我疑心那话就包指雪芹在内——即使雪芹在他家任西宾时较晚，外间人也可以将他儿子辈的话附会在他身上（因为名气忒大）。

雪芹的文名才气，在那时已是尽人皆知，曹通政楝亭的文孙，"洪才河泻，逸藻云翔"，罕有其匹；贵家争聘，并非偶然。但同时也知道这位内务府世家公子"人品行为"与众不同，放浪不羁，饮酒无度，纨袴习气很重，又时时放言无忌，有些话俗人听了会变色掩耳而疾走。性子狂傲，脾气乖张，不好交往……

雪芹的才调文思，健谈，诙谐，风趣，让人喜爱欢迎，可是日子一长，相处相知，就不容易为人所谅了。

他的这种"双重性格"，到哪儿也会受人嫉妒，招来嫌隙，承受诬谤。东家未必全然知晓一切委曲，其手下一些小人之辈，就乘时寻会，经常向主人进其谗构之言；枝叶渲染，回黄转绿，渐渐地就骇人听闻之说充满于主家耳内了。

据前引《立言画刊》一文所记，正是因为雪芹任西宾时，由于"有文无行（xìng）"竟遭"逐客"之令！

《立言画刊》之言，其来有自，非想象而为者可比；虽然那记述是说在"明相国"家的事，而那一辈的明相国应指明亮，也还是富察氏一家人——此或雪芹先后在他家两门里都做过西席之故[①]。不论如何，其

---

① 或以为"明相国"乃指康熙时明珠，此盖不知年代相去太久，不能成立；又不知到昭梿时代，著书已称明珠为"明太傅"，以别于"明相国"指明亮了。明亮是富良佐辈。

情形是必不出此一辙。

雪芹在富良敦惠伯府做西宾，还有一个确证，即裕瑞所著《枣窗闲笔》中十分难得地记载了雪芹的体貌、风度、性情、口才、写作等人所未闻的真实景况。

裕瑞是何如人？他又怎样能得知雪芹之事呢？

裕瑞是努尔哈赤第十五子多铎豫亲王的后代，他父亲修龄，袭豫王（谥良），娶妻即富察氏承恩公富文之女。是则富文家即裕瑞的外家，所以他从"老辈姻亲"口中获悉了雪芹的情况（富文是李荣保的第四子，明瑞、明琳之父，下文还要叙及）。

《枣窗闲笔》之文曰——

> 雪芹二字，想系其字与（或）号耳，其名不得知，曹姓。汉军人，亦不知其隶何旗。闻前辈姻戚有与之交好者——其人体胖，头广，而色黑；善谈吐，风雅游戏，触境生春，闻其奇谈，娓娓然令人终日不倦。是以其书绝妙尽致……其先人曾为江宁织造，颇裕。又与平郡王府姻戚往来；书中所托诸府甚多，皆不可考……又闻其尝作戏语云：若有人欲快睹我书，不难——惟日以南酒烧鸭享我，我即为之作书云。

这段话，除"汉军人"一句须正解外[1]，都异常之珍贵，别无同类的记录可寻，而那正是雪芹在富察家西宾时期的情景。

裕瑞实生于乾隆三十六年，他并未赶及亲见雪芹，其所记皆是他的老辈姻戚富察家之人的传述，又由于他笔记时已是嘉庆年代，记忆只能是片段鳞爪，加上他的文笔亦不甚佳，往往词义表达并不精恰，遂也留下遗憾。尽管如此，我们仍可从中窥见不少真情实际——

第一，"雪芹"二字，早已成为他的"代名"，本名知者甚罕了。第

---

[1] "汉军"本旗制名称，与满洲旗、蒙古旗并列为三大旗别；但从乾隆年代为始，渐渐混用此词以称所有在旗的汉族人了，原是一种口语泛词。曹家乃满洲包衣籍，与汉军旗人大异，须加识辨。

二，旗籍之不详，表明他脱离内务府已为时不短了。第三，雪芹的本领，在于能"风雅、游戏"，即以翰墨丹青百般技艺而随意驱遣运用，可以是严肃庄重的正经大事，也可以是逢场作戏，寄兴托怀。随机触境，无不造其妙处，令人倾倒——此之谓"触境生春"。这是一位古今罕有的奇才妙人，所以人人折服（也会招来猜忌挤抑）。

对"风雅"层次以外的人来说，则他的最大吸引力是天生一副妙舌生莲，齿颊流馥——"口若悬河"是善辩，而他的词源（口才）却如倒流三峡，从无涸竭之状。这就使得每日每处，总有一群人围着他，要听他"说书""讲故事"！

非常重要的则是确证了雪芹在西席多暇的富家，写作小说之事已非秘密，人们催逼着他写，写了的拿出来——没写的"您先讲讲我们听"！

今日想来，他那迷人的娓娓奇谈，有别的故事，有《石头记》书里的故事，也有《石头记》书外的故事。

何谓"书外"？即他拟写的，未落笔的，即兴拈来应众人之请而不一定真想入书的……那真是只有"触境生春"这句妙词方能形容得尽的"奇谈"！——可惜，那没有"记录"，我们无从再觅求这种耳福了。

还有一点也令人感叹：雪芹在富家，厨房里不给对口合味的饭菜，雪芹家虽属包衣，但几辈人生活早已是宫廷里的若干规格，非一般仕宦之家能比，讲究饮馔，口味是高的——因此吃不对意，方向人们张口，点名要南酒（好绍兴酒？）烧鸭……这听起来不过是句"戏语"，然而敦诚日后赠诗却已点破：残杯冷炙，尚有"嗟来食"之态呢！

敦诚是用诗圣老杜的典："骑驴三十载，旅食京华春。残杯与冷炙，到处潜悲辛。"

这"悲辛"一语，正对雪芹的身世遭遇，读之令人酸鼻。

题曰：

朱门寄食少陵悲，曹霸丹青尚有诗。

谁为雪芹题痛句，大书深刻勒贞碑。

[附说]

"有文无行"的传闻，来源亦久。如早年外国人记下过，说雪芹做西宾被辞是因他与一个婢女"通奸"（参看拙著《曹雪芹新传》末章）。这分明正是因为雪芹营救不幸的丫环而被小人诬谤的一个例证。"无行"云云，大抵类此了。

九、西窗夜话

雪芹在敦惠伯家，看过不少俄罗斯传来的东西，如今还可以于《石头记》中晴雯补裘一回中依稀见其踪影，而当时是写为"哦啰斯"的［连带一提：还有人把元春归省等情说成是富（傅）家的事，却不免附会之嫌，今不细述①］。

如今却须稍稍转向富良府旁的一处右翼宗学，因为上文引及的赠诗于雪芹的敦诚，即是这座宗学的学生。

说来极有奇趣——雪芹的至亲好友，竟没离开努尔哈赤的子子孙孙，都是"金枝玉叶"，贵胄天潢。

他的大表兄家是大贝勒代善（努尔哈赤之次子）之后代。方才提到的裕瑞，是代善之十五弟多铎（人称十王）之后代。而这儿要讲的敦诚，又是"八王"阿济格（英亲王）之后代。努尔哈赤的"三幼子"：阿济格、多尔衮、多铎，掌领两白旗兵力，功劳最大，都曾为曹家的旗主。多尔衮无嗣，后来过继了多铎之裔，复封为睿亲王（因已废爵），而此新睿王也对雪芹倾服备至！他们都忘记了：这位奇才异士不过原是他们的一名"奴才"。

历史的变化，时生奇致，但没有比这一情形更为令人称叹其奇实不

---

① 李荣保之女，富文、傅恒等之妹，是乾隆之皇后（孝贤后）。"甲戌本"于省亲一回中"大小姐"旁，批"文忠公之嬷"一语。此或傅家后人之笔。雪芹写贾府一闻圣旨到来，全家惊恐万状，心神不安，活画一被罪人家之情态，而傅家"承恩"受宠至于无与伦比，其级位、生活、词气、心态……无一相合，焉能牵扯为一？

可思议了!

英亲王阿济格排行第十二,但人称八王①。他一生功高罪大,本人下场及全家人命运极其悲惨,是一位鲁莽热衷的武人,因受屈抑,满腹不平,终遭派系之争的奇祸。

"三幼子"乃孝烈武皇后所生(闺名阿巴亥),孝烈武皇后为努尔哈赤之第三妻,特受宠爱,故所生三幼子亦最为其父爱怜看重。努尔哈赤病终之前,惟召孝烈后相见,并遗嘱以第十四子多尔衮嗣位。但诸皇子侄代善、阿敏、莽古尔泰等不依遗嘱,支持了皇太极,并因此逼迫孝烈后自尽殉葬——此即清代争位所酿惨剧之开端,恶果影响直达于雍正夺位之密谋巨变。

皇太极死后,顺治帝年幼,叔父多尔衮为摄政九王爷,权倾一代,以至曾称"皇父"。遂为仇者指为怀有异志逆谋。

阿济格、多铎早就劝促多尔衮夺回皇位,多尔衮未从。及多尔衮一死,立遭罪谴,削爵、开除宗室资格,贬辱备至。而其兄英亲王阿济格却仍不甘心,竟欲谋求继弟为辅政之王,以便行事。不料于送弟之葬途中,被政敌郑亲王济尔哈朗一党势力逮捕,监禁,抄家,也开除了宗籍,并将全家人发与仇家为奴!

阿济格被"赐自尽"——死前无法忍受折磨,要掘地道,放火以图逃出,遂致丧生。他一生受屈,父亲原命给他掌领一个整旗,但实只分到几个佐领的兵丁属他实管。战功最多,而受赏承褒无多,每每反而有过。

他家的子孙眷属,世代成为一种清史上极其特殊的"宗室奴隶",分在本旗王公府内当贱差,服苦役,旗主对之有求索而不遂者,或别挟仇怨者,则"日以鞭楚从事,其苦万状,其贱无伦"(见宗室奕赓《管见所及》,燕京大学印本《佳梦轩丛著》)。敦诚的高祖名叫博勒赫,系阿济格次子,至康熙元年赐还宗室,追封镇国公——这是最幸运的一支

---

① 天聪四年之《大金喇嘛法师宝记碑》文中之"八王府令旨",《重建玉皇庙碑》文中之"阿吉葛贝勒",皆即后来官书定名汉字"阿济格"也。北京东郊有八王坟、九王坟,在今朝阳区内。

了〔其余诸子中有四支晚至康熙五十二年方赏与觉罗（俗称红带子）；还有很多支连这也未能邀赏，仍为"庶人"或奴隶〕。

这种镇国公，实一空衔，只是闲散宗室，其家势尚远不及曹寅盛时；而且到雍正苦治年羹尧时，因年之妻是他家的姑奶奶，竟勒令追返母家！这也就挂累了他家，几乎成了"奸党"。

知道这些，方能理解曹、敦交谊之间的友情，实亦有其一言难尽、口不宜宣的渊源契合。

敦诚生于雍正十二年三月初一日，比雪芹小了十岁。其胞兄敦敏则比他年长五龄。乾隆九年（1744）兄弟二人进右翼宗学肄业（原在家塾多年了）。正是在这所宗学里，二敦弟兄和雪芹时常过从聚会。

他们自何年为始相识订交，今不可确考。有一点却清楚，即他们的相投，起因是在作诗上。

敦诚（字敬亭，号松堂，晚号慵闲子）据其兄敦敏为之作传，"生而秀异，性灵警，为严慈所钟爱；十五岁出继叔祖（名宁仁）一支，祖母尤为抚爱异常"。这是一个天分极高的少年。从诗文手笔而观，其特点是开朗轩爽，才气飞动，潇洒英多，与其兄之稳重沉潜，趋于"内向"者形成对比。其学力根底亦胜于乃兄，是以敦敏也很爱重这位小弟。十三岁，从叔父学诗，是当时宗室中的名诗人，有著作传世。

这样一位少年公子，一见雪芹，立即为其才华风调所倾倒。他的第一句赞词就是"爱君诗笔有奇气"！更有加者，敦诚也生性嗜饮，喜游，更爱高谈阔论，而这正好也是雪芹的"擅场"，二人虽年纪相差十岁，却是一拍即合。

敦家弟兄在右翼宗学时，雪芹正在敦惠的富良府里充任西席馆宾，两处是紧邻，因而雪芹早晚得便时，常到宗学来"串门儿"（京语，过访闲坐之义也）。敦诚追怀此乐时写道：

当时虎门（宗学）数晨夕，西窗剪烛风雨昏。
接䍦（古冠名）倒著容君傲，高谈雄辩虱手扪。

雪芹的奇谈娓娓，口似悬河，妙趣横生，敦家二难（古有"难兄难弟"之语）享尽了耳福！

可惜，他们不敢做出一些"记录"，以致雪芹的咳唾珠玉，只如空际云烟，早已随那西窗风雨散尽，再也无从收拾，哪怕是点点滴滴，片言断句。

题曰：

风雨空堂夜烛摇，聆君一夕语如潮。

隔墙喧处开高宴，却爱评诗度此宵。

［附说］

自二十世纪六十年代之初纪念雪芹逝世二百周年时起，流行一种说法，以为雪芹在右翼宗学服役为"舍夫"，故与敦家弟兄相处于一地云云。其说不可信，盖"舍夫"实"塞傅"之讹音，满语教习，师傅也，而雪芹并无在宗学任教之事，敦诗仅谓"数晨夕"，乃用陶诗友朋相访之语义，非同在宗学内也。又有人将右翼宗学之地址误认为他处，且更不知敦惠伯富良府即在石虎胡同宗学之旁，遂尔以讹传讹，愈说愈背史实，今不详辩，以省枝蔓。

乾隆时吴长元《宸垣识略》卷七末载："一等敦惠伯第在西单牌楼石虎胡同。"此为确证（首先注意及此者为周崇森语）。

十、自投文网

敦家兄弟自乾隆九年（甲子，1744）已入右翼宗学，在学历十年之久，至十九年（甲戌，1754）离校。乾隆九年，雪芹时方二十岁刚过，尚非出任贵家西席之年，该还在流浪播迁，包括"身杂优伶"等"不肖"行径期间；是以他到富家并得与二敦相交，已是敦家十年学程的后期，估量或在乾隆十七年至十八年左右，其时雪芹接近而立之年了——上限应不会早于乾隆十三年，即富良始袭伯爵之年。

他们相聚时的一些情景，后文再为补说一二，此刻则要叙一桩重要的变化，使他们三人结束了西窗夜话的清福与诗境。

甲戌年本是一个有纪念性的年头：雪芹的《石头记》已有了第一次的清本（今存者至第二十八回），其年雪芹正当三十，故卷首已有"一技无成，半生潦倒"之叹——古时以六十岁为常寿，即人生的基本活动时间，故以"三十"为半生。是年，二敦卒业。而且，不久就连宗学校舍也作了别用——宗学迁到了宣武门外绒线胡同去了。真是世事无凭，转眼之间他们三人的聚会已成历史陈迹。

二敦随父辈到山海关去了，而雪芹也从辇毂软尘之帝里皇居搬到了西郊某处的一个山村。

此为何故？一向不明雪芹离城僻居的真正缘由。

按据旧日所见惟一之《曹雪芹先生传》（载《红楼梦发微》，云引自《午梦堂集》），中有一段，所关至要——

　　……性任侠，为乡里雪不平事，几绁文网。交友多道义，通有无不吝——暮年虽窘乏，犹典质琴书以应故人之急。

此中包含着无限的情事，早非世人所能意想。从多个线索与旁证来钩稽隐约，此一事故正应在胡中藻、鄂昌一大"诗狱"上。

论史、读史者皆知清代以"文字狱"为一大罪过，但所涉诸狱案性质甚不相同，而笼统混淆，不辨实际。如顺、康之际，所治大抵前朝遗士，思明反清之民族思想"犯"也。雍正时则集中于注经论史，或反程朱宋儒，或讥雍正篡夺，借评朝政，暗责伪君……"反清复明"之主题已退居次位。至乾隆朝，形色有加，有"献书"（如"秘策""神书"之类）者，或热衷功名，或精神有病，种种不一。前文所叙"伪疏稿"一案，是为又一新类。然俱非"文学"性之事件。惟至胡、鄂"诗案"一出，始为真正的合乎词语本义的"文字狱"。而且，以往之罪者，汉人反满也，至是而变为满、汉合流，"联合怨望"，实乃破天荒、开史例之极大异闻。

此案一出，举国震骇，尤其震撼了八旗满洲，包括宗室觉罗的一切旗人。

这桩文字狱发生在乾隆二十年（1755），可是我们却须溯源于雍正阴谋夺位这件丑闻上去。用兵力帮助雍正"成功"的是年羹尧与隆科多，但雍正把他们都铲除了，单单感谢一人：张廷玉。张廷玉最了不起的"功劳"是亲手修纂康熙《圣祖实录》时将雍正如何阴谋夺位的一切破绽痕迹都消灭了，把史实作了最大的歪曲篡改（这种歪曲篡改的"传统"一直延续到《四库全书》和《红楼梦》的"对策"上去）。雍正因此格外青眼，要把张廷玉日后"配享太庙"——惟一的汉人进入满人祖庙的特大荣宠。

雍正安排妥善，特以"四子"弘历嗣位，而以张廷玉与鄂尔泰为"扶保幼主"的两个主要辅政大臣。

鄂尔泰，满洲人，姓西林觉罗氏。原系内务府籍（奴籍），后因位居极品，官书正史讳言内务府出身；又因身后遭谴，贬旗降入镶蓝旗（八旗之最末旗）[1]。鄂尔泰为人正直，在内务府时不肯去迎合雍正（那时还是皇子），反而受到雍正的佩服与信任。他在雍正手下也并无丧品败德的恶迹，倒是很受人尊敬。

两位辅政大臣，人品性格太不一样了，渐渐由"合不来"而发展为分朋树党。二人各有一班人"忠"于本党本派，日演日烈，水火冰炭，其情状朝野皆知，乾隆也很了解。

张氏手下有张照、汪由敦等多人（张、汪皆乾隆"书法"的代笔人），张党人多智广，鄂派常为所抑。鄂公则有徐本、胡中藻等人为之壁垒（徐本与平郡王福彭等，同为乾隆初期主政大臣）。鄂公虽后来也成了"军事家"大将军，实则从早就是一位爱文惜才、激扬文化的江苏

---

[1] 鄂尔泰本人曾任内务府员外郎、郎中，其子鄂容安（本名鄂容，皇帝赐改容安）于乾隆八年因仲永檀一案入狱，也是内务府慎刑司审治。鄂家亲戚高斌，亦内务府人。皆可证。

布政使，所以颇能吟咏，他的受知于康熙即由于作诗称旨。因此，也就有了这种家风，子侄辈、幕客中，多有诗文之士。他又历任主考，门下多士，亦自可知——这里面就出了一个胡中藻。

鄂尔泰卒于乾隆十年（1745）四月，张廷玉卒于乾隆二十年（1755）三月。张氏临末惹恼了乾隆帝，遭到了很大的责辱，差一点儿被治罪。鄂派当然称快。张党之人，衔恨移怨，遂向鄂党报复。便有人出了高招，将他们最恨也最怕的鄂公门生胡中藻选为目标，摘其所为诗句，罗织中伤，达于乾隆，乾隆竟为所惑。胡中藻其时官任内阁学士。鄂尔泰之大兄鄂善，有子名曰鄂昌，官至甘肃巡抚。中藻、鄂昌二人以世谊唱和往来的诗章，竟被人摘出"悖逆"之词，于是一场文字大狱发作了①——中藻坐斩，鄂昌"赐自尽"，抄没了家产。乾隆极为震怒，连已死的鄂尔泰也怪上了，将他从贤良祠中撤位！

获重罪之家，是没人敢与之来往的，连至近亲戚也不敢多走动，处境至难至惨，城中是住不下去了的，遂避居西郊。靠鄂昌之子鄂实峰②做幕为生。鄂实峰晚年方娶了香山的富察氏之女为妻，于是安家于香山脚下健锐营一带。实峰生子名少峰，二女西林春与露仙两姊妹。他们家势虽然败落了，诗文的家风却皎然不坠，都有很高的造诣。

鄂尔泰的世系还是分明的：始祖名屯台，以下诸世是图们——图颜图——鄂拜（国子监祭酒），鄂拜生鄂善、鄂尔泰、鄂尔奇。鄂善乃是内务府笔帖式（康熙时内务府档可见其名），生子即鄂昌。鄂尔泰之子

---

① 此案于乾隆二十年之二月开始，密旨令刘统勋等大员严查，极为紧张峻厉。乾隆帝为此颁发了一道很长的上谕，训诫八旗，其中有云："……乃近来多效汉人习气，往往稍解章句，即妄为诗歌，动以浮夸相尚……即如鄂昌，身系满洲，世受国恩，乃任广西巡抚时，见胡中藻悖逆诗词，不但不知愤恨，且与之往复唱和，实为丧心之尤！……着将此通行传谕八旗……倘有托名读书，无知华安，哆口吟咏，自蹈嚣凌、恶习者，朕必重治其家！乾隆二十年三月庚子。"
观此方知雪芹等人以诗为朋辈推服（"诗胆如铁"）可是在何等政治气氛下而为之的！
② 鄂实峰之名字，系据金启孮先生《漠南集》中专文所述其上世与鄂家之姻亲关系。惟鄂尔泰本有子辈名鄂实，出继于鄂礼，恐其下一辈不能取"实"字为名号，疑有传述音讹字误。

则为鄂容（皇帝赐改名容安）。此堂兄弟二人在"伪疏稿"一案上皆受过责备。

国子祭酒，名清位重，纵非老师宿儒，也必系众望素孚，可知鄂拜已非陋士，他家也是"文化世家"，与曹寅一门颇有相近之处，两姓同为内务府世交旧谊。

再者，如乾隆中后期之皇族舒坤（1772—1845）曾记述鄂家后人：

> 鄂西林（尔泰），诗学家传。公子鄂容安，字修如；鄂容安之弟，十二公子鄂博，诗尤佳——以耳聋终于笔帖式。虽有世袭三等伯，而子弟皆穷酸傲慢，鄂氏遂式微矣。

这实在是重要之至了：诗学家传，诗尤佳，而又穷酸傲慢！这正合了雪芹的门风家世，骨格性情，他与鄂博曾同为笔帖式，必然唱和交契，更不同一般纨袴之声色相求，马狗竞胜。

谁想，张党之人因欲倾陷鄂派，遂异想天开，要从胡中藻下手，而一下子连上了鄂昌。

这事原与雪芹略无干涉，可是坏人乘机借口，攀藤牵蔓，硬加诬害，以图报复往常的嫌隙。雪芹则出人意料，不惟不加辩释，竟然"顺水推舟"，自承他与鄂家是老友世交，愿意与之同受处分！

这一件新闻，人人称异，传遍了京城内外。

题曰：

穷酸傲慢有闲评，物以群分惺惺。
我自心甘同入罪，助人为重已为轻。

十一、方到山村

胡中藻是江西新建县人〔巧得很，新建就是宋末时期雪芹上祖曹孝庆因知隆兴府（南昌）而落户的地方］，乾隆元年进士，官至广西学政，甘肃巡抚。自号"坚磨生"，故其诗集题曰《坚磨生诗钞》。他是鄂尔泰主试时所取的得意门生，当然也赏其能诗；胡则以"记出西林第一门"为荣耀。《诗钞》被张党"呈览"后，先经大臣蒋溥"搜索"字句，得出"罪证"。乾隆对此十分震怒，雷霆骤发，使下边措手不及——于二十年（1755）二月二十六日，派乾清门侍卫哈清阿与理藩院侍郎直奔新建，将胡中藻逮捕，同时并命广西巡抚卫哲治彻查胡在学政任中的一切文字，陕甘总督刘统勋彻查甘肃巡抚署中文字。连人带文，皆解送京师。大案由此开审。

　　扡扯的字句，如"一把心肠论浊清"之类，今不多举（以为"浊清"是骂"不干净的清朝"……），总之是罪在不赦："……出身科目，名列清华，而鬼蜮为心，于语言吟咏之间，肆其诋讪怨望"，种种悖逆，"是诚何心"！终于四月十一日，将胡斩决结案。

　　至于鄂昌，本无过错可言，乾隆怒他对胡之言行不惟不加举发，反而与之往来唱和，指为"满洲败类"，特示"宽恩"，不加斩杀，只"赐自尽"（当年五月十七日）。

　　鄂尔泰已于十年前身故，入祀贤良祠，命令撤祀，并言"如伊尚在，定当重治其罪"。似乎内中还有人所未知的缘故（如对雍、乾为政亦曾有讪议或其他意见）。胡中藻之弟侄、门生，以及为他刊刻诗集之人，俱遭株连，难以细列。

　　不但如此，连江西的士子也一概蒙受了斥责，以为嚣凌妄诞，多事不宁，连出悖逆，几乎停止了全省的乡、会试（这又有些像雍正忌恨浙江人了）。

　　"赐自尽"，是一种"特恩"，不使其"身首异处"，其"制度"规定，似无详明之文，实际也是凄惨无比："圣旨"一下，所派执行人员到门，不容拖延（如与家人诀别……），立即监视犯人自行尽"忠"效命，向"上"叩拜谢"恩"后，结束性命（只知有一例是用毒酒浸纸，贴闭七窍，窒息而亡……），一家老小，吞声而哭，监法人目睹"正身"确已毕命，出门上马去"复旨"了——然后这家的人等方敢放声哀恸，邻里亦为之罢餐止乐……

"赐自尽"完毕之后，跟着的是抄家。

雪芹家里，天幸尚无"赐自尽"的经历，但抄家的况味是自幼饱尝、没齿难忘的。他见鄂昌一家"扫地出门"，茫茫无告，处于绝境，其亲其友，竟无一人敢示相扶济困之情，他心里难以忍受，便向内务府自报：愿与鄂家罪人同去城外服苦谋生——出于甘愿，如有干律例，亦在所不辞。

鄂昌有子，已佚其名，只知字号实峰。其家原属内务府三旗，与雪芹相似；但此刻已因罪大而贬出上三旗，逐离内务府，降为八旗中最低的镶蓝旗。

降为镶蓝"末旗"的鄂实峰，别无生路，只好投奔郊西香山脚下。那里有处新地名，叫作健锐营。

健锐营本是军营名称，但日久自然也就成了一个地点名称，泛指此营所在一带，范围不小。鄂实峰离开京城来到健锐营，是其至亲荣郡王府后人所传，递述至今日，已不明原指实义（是军营？抑只是营地附近山村？）。无论如何，这个地点意义重要，因为自从二十世纪六十年代起，一些传闻都说雪芹在西郊所居，即在"健锐营"。这就内中必有缘故了。

健锐营，起源于乾隆十三年至十四年间，具名"健锐云梯营"，因其前身本是攻城的兵种（高梯攀登城墙），在金川战争中，山险碉高，极难攻克，故特设此营训练攻碉破堡之劲旅，就在香山之麓小山坡上筑起石碉七十余座，从前锋、护军两要旅选拔尤为勇武超群的精兵健卒，组成两千人的"敢死军"，去平定金川之乱。战事告终后，还恐此一特技日久废弛，再用难于一时练就，遂将此营永设不撤。那是一处形势非凡的大营盘，大兵场中有皇帝阅武厅，形如圆城；循山北一溜为左翼四营（由镶黄至正蓝），西一溜为右翼四营（由正黄到镶蓝）。营房林立，四围墙垣绕护——并非闲人"游览"之地。

寻找当时人描叙大营实况的文字很难，只见宗室弘旿《瑶华诗钞》

卷四有《过万寿山玉泉山抵健锐营考验士卒途中怀旧》一题中，写道：

> 春风杨柳夏蒲芦，仙苑栽培廿载俱（平声）。
> 依约尘迎车马迹，洽然清梦入元（玄）都。
> 云梯矗耸石楼高，健锐功深气倍豪。
> 却望离宫碧云寺，空教泉石吊蓬蒿。

弘旿，号瑶华道人，以画闻名——也就是他在永忠诗稿上批注说闻《红楼梦》之名久矣而终不欲一观，恐有碍语也，云云（以为雪芹之书有政治性"违碍"语言）。他的这首诗作于乾隆四十七年（1782），回忆二十年前曾与傅恒、尹继善、兆惠及两位蒙古王来营视察——正是雪芹在世之时。

鄂实峰及家人凄凄惨惨，投向香山脚下而来。他家已降入镶蓝旗——健锐营的镶蓝旗却在西侧一溜的尽南头。这儿不远是杏子口（也作杏石口），是从香山再深入西山的道口。那一带曾有传说：雪芹住过杏子口。

难道说，鄂、曹二人相濡以沫，就是落到了杏子口一带山村吗[①]？

题曰：
> 传闻健锐寄身存，此是军营岂曰村？
> 怅望镶蓝邻杏口，鄂家诗裔旧同门。

[附说]

推考雪芹决意离城出郊的原因，本不易寻；过去只以为流离贫困，逐步由近邻、海淀而西迁。今则重新审视众多线索，得一辐辏密合点，

[①] 传雪芹曾居杏子口，见周啸邦《曹雪芹的故居与坟地在哪里？》，载《北京晚报》1962 年 4 月 18~21 日。

似非偶然凑巧：其一，敦诚赠诗于乾廿二（丁丑），已言"不如著书黄叶村"，是雪芹此前已到山村。其二，《发微》转载之传明言雪芹因任侠助友而几缕文网，此为要害。其三，二十世纪六十年代初香山张永海传述，谓雪芹系与一位名"鄂比"都同罪而归营者，是雪芹之至香山，非单纯贫困迁移之故。其四，鄂昌一案，适发作于乾隆二十年，其家人流离西郊，正应在乾隆二十至二十一年之间，与敦诗时间恰合。其五，"鄂比"一名，旁无佐证，但鄂昌之子本名已佚，"实峰"乃字号（满洲人无如此取名之习俗，且"实"字有讹，已见前注），则雪芹所"同犯"而来者正为鄂某，复正相密合，非臆造所能预拟。综此诸端，悟"文网"一事，原非泛指，其时其人，正鄂昌"诗狱"也。

十二、感时情重

瞻云坊大街石虎胡同，右翼宗学的聚会，转头陈迹，朋侪星散。雪芹到了郊坰，敦家弟兄也从京师来到了关山塞垣之地。敦敏所撰《敬亭小传》叙明：乙亥（乾二十）宗学岁试优等，得记名（候补）宗人府笔帖式，而"丁丑（乾二十二）二月"已随父"司榷山海（任榆关监税小员），住喜峰口"。是则二敦离宗学实在乾隆二十一年（丙子，1756）。而雪芹之流寓西郊，应在乾隆二十、二十一年之际，更为明显。

敦诚既居喜峰，孤怀难遣，时念故交，遂于是年之秋日，赋诗寄怀雪芹。其诗云：

> 少陵昔赠曹将军，曾曰魏武之子孙。
> 君又无乃将军后，于今环堵蓬蒿屯。
> 扬州旧梦久已觉，且著临邛犊鼻裈。
> 爱君诗笔有奇气，直追昌谷破篱樊。
> 当时虎门数晨夕，西窗剪烛风雨昏。
> 接䍦倒著容君傲，高谈雄辩虱手扪。

感时思君不相见，蓟门落日松亭樽。

劝君莫弹食客铗，劝君莫叩富儿门。

残杯冷炙有德色，不如著书黄叶村。

敦诚赋此名篇时，年方二十四岁。纪昀评他的诗以为古体胜今体，而古体七言又胜五言。若就此篇而论，则脱胎于诗圣老杜的《丹青引》，句句运古，而事事典切，为雪芹前半生的一段历程留下了难得的写照。

此诗的题目是《寄怀曹雪芹》，五个字下，侧注一个"霑"字；又于"扬州"句下双行注云："雪芹曾随其先祖寅织造之任。"这将雪芹的本名与辈分，明确留示于世人，别无第二处清楚的文献记载，无上珍贵！

这是七古歌行体，全篇十八句，每六句为一段——在中华诗道上讲，应说此诗共九韵，以每三韵为一节，章法考究，是为精心措意之作，而非率笔。首节叙雪芹之出身来历及今昔之巨变；次节即追念宗学相聚之乐与所以爱重雪芹为人之缘由；而末节则于怀旧感时之中兼寄相勉之情，其爱护慨叹之音溢于弦外。

年仅弱冠过四的满洲武将阿济格的×世孙，作汉诗已臻如此造诣，今之人或难置信，然而当时宗室年少诗人辈出，皆有清芬逸响，其上乘者甚至有"不食人间烟火"的高致，洵为奇迹（可惜文学史界绝少研思评介）。于此，也正可悟知雪芹之喜与敦氏相交投契，定非无故。

《丹青引赠曹将军霸》（今本杜集卷十一），杜少陵寓蜀时所作。《名画记》载曹霸乃魏曹髦之后，髦画有名于当时，霸则唐开元、天宝间以画御马及功臣像盛称于世，杜诗极赞其画"开生面""盖有神""惨澹经营"而须臾传神写照，飞动如生，而贬其弟子韩干"干唯画肉不画骨，忍使骅骝气凋丧"——只知摹拟形似而奄奄无复生气。霸官至左武卫将军。

敦诚为何将雪芹比为曹霸？盖有多层涵义在焉。

第一层，杜句原谓"将军魏武之子孙，于今为庶为清门"（《左传》："三姓之后，于今为庶"）。敦诗全袭其文法句意，暗示雪芹本亦名门（曹彬）之后，而当时已沦为"环堵"陋居，蓬蒿没径。第二层，也暗示"为庶为清门"，盖雪芹此际已为平民身份，脱离包衣旗籍了（此义参看下文另述）。

其次，表出了身世的变改，而一切皆以"文采风流今尚存"（杜句）为主眼，加以生发运化——"十年一觉（jiào）扬州梦，赢得青楼薄幸名"，是晚唐小杜（牧之）的名句；然后说旧梦已醒，落得当垆卖酒，又是一位"文采风流"的司马相如的故事。

而这其间，复又隐含着很多引人想象的情事：相如放浪不羁，与新寡的卓文君结为良缘，为文君之父怒逐他乡，夫妻以卖酒为生，相如身着"犊鼻裈"（劳作的短袴，与士大夫的长袍是云泥之比）杂于佣保中一起操作生涯。然则雪芹似有类似的脱略礼法、为世人骇异讥评的行径。

复次，诗中又暗含着一层不必明宣而人可意会的要义：杜少陵深叹曹霸"将军画善盖有神，偶逢佳士亦写真。即今飘泊干戈际，屡貌（mè，动词）寻常行路人。途穷反遭俗眼白，世上未有如公贫。但看古来盛名下，终日坎壈缠其身"！这才是敦诚心中所想的，实实与雪芹对景，不禁感慨万端。

此第一节，诗仅六句，所写却已十分复杂丰富。

以下的全篇腹段，方才正面写到雪芹为人的几大特色：

曹霸是大画师，敦诚既于开篇暗喻，无待多言，但他最钦服于雪芹的还是诗笔之奇过于画笔之精。他以李贺（昌谷）来比拟，以为抉破向来诗家的畛限，自成异格，恐怕真像李贺所说的"石破天惊"，令人闻声震耸，令人拍案称绝。

诗笔之奇，与他性情的狂放傲岸是相联的，是敦诚目中笔下的雪芹，又正是接䍦倒著（衣冠颠倒，无复礼数仪容之拘束）与扪虱高谈（也是一种狂放无忌的形态，此用王猛扪虱而大谈天下事，旁若无人的典故）。

而这些情景，皆为虎门相聚时的深交至乐，难以忘怀的。虎门一典，原出《周礼》，以指国学——国子监（相当于"国家大学"），但清代皇家以自己与国画了等号，故"宗学"也就成了国学。还有一个妙处：

宗学所在之石虎胡同，巷口有一古雕白石立虎，乃前朝旧迹①，敦诚巧用"虎门"一词，实为别饶意趣。

"当时虎门数晨夕"，要看陶渊明的《移居》诗："闻多素心人，乐与数晨夕。"此谓卜得佳邻，遂有时相过从之乐；"数"（入声，音朔），频繁之义。故其下接云："邻曲时时来，抗言谈在昔。奇文共欣赏，疑义相与析。""奇文"与诗笔奇气，"抗言"与高谈雄辩，无不气息相关，暗通潜度。

这一切说明二十四岁的诗人敦诚此篇堪称佳作，并非溢美，而这也证明了雪芹当时与二敦是"邻曲"往来，晨夕偷闲，方得赏文论事，而非同在宗学之内也。

这首诗的不可轻视，还在于"感时思君不相见"一句上。

何谓"感时"？浅解可以是追昔抚今，年华水逝之"时"义，但恐并非如此简单浮泛之事。本篇原自杜诗脱化而来，而杜另有名句曰"感时花溅泪，恨别鸟惊心"，学诗者人人知之。乾隆二十二年，虽无开元、天宝之巨变，无须硬为附会，然其因"时"而生"感"，其理不殊。是以虎门一别，各有一段不便明言的悲欢离合，皆"时"之所造，故感深意挚，情见乎词——相念而不可相聚，切望各自珍重，勿自轻贱而使仇者快而亲者痛。两个"劝君"，一个"不如"，真是忘年之良友，异姓之知音，雪芹诵诗，哪得不深为感动？我意他见此诗后，不会置而不答，必有和韵之篇——当然这只存于敦诚的"开箧犹存冰雪文"中，我们却总难得读了！

题曰：

> 咳唾曾闻珠玉亡，遗文冰雪事茫茫。
>
> 蓬蒿黄叶山村远，剩有当年履印香。

---

① 此石虎旧年仍在，移于巷内东边；后又见其倒卧于地，再后则不复可见。有人谓已移至醇王府遗址，然不知确为同一古物否，待考。

第十章

一、满汉两难

敦诚方逾弱冠之年，诗已作到如此境界，才之与学，显然皆出人头地；但他能"感时"，则是更有思想意志的明证。比如他《过耶律文正王墓》五律，为诗集开卷第三首（寄怀雪芹为第七首），因见村民祭耶律楚材祠而作（祠墓在瓮山湖畔，即今颐和园昆明湖边），句云："相业今安在？孤坟控碧浔。又因百姓哭，想见古人心。祠畔平湖晚，阶前古木森。事多诚可减，语意一何深！"此即借古讽今，属于"咏史"一类（其集内咏史绝句等不止一题）。可知其"时"令人增"感"之处，哪得仍如虎门剪烛、高谈雄辩乎？此所以相思不得即相见之情含于言外。

若论其时可感之事，则首在于诗。

两年前鄂昌之案既发，乾隆怒不可遏。但事情还应回溯到前一年（乾隆十九年）之九月，已有盛京（沈阳）礼部侍郎世臣一案发作。世臣在关外郁郁不得志，"办理陵寝"（皇家祖坟，无聊之闲差也），不肯竭诚效力，心存怨望，得罪，发往黑龙江以惩之。有一道谕旨甚关重要——

　　盛京为我朝龙兴重地，自定鼎以来，设立五部侍郎及奉天尹丞等官，分理庶政，教养旗民，责任綦重。且距京师仅千有余里，方今天下一家，即在汉人中，犹不应稍存择地之见，况满洲世仆，岂可遂忘根本。世臣本属庸材，粗通腐文；徒以资深，擢用至盛京礼部侍郎；乃其诗稿中至有"霜侵鬓朽叹途穷"之句，几自拟于苏轼之谪黄州！（不）自思以彼其品其学，与苏轼执鞭，将唾而笔之！且卿贰崇阶，有何"途穷"之叹？又云"秋色招人懒上朝"。寅清重秩，自应夙夜靖共，乃以疏懒鸣高，其何以为庶寮表率？又云"半轮明月西沉夜，应照长安尔我家"。独不思盛京固我丰沛旧乡耶？世臣居心不可问如此。则昨之革职发遣，尚属轻典。夫纵情诗酒，最为居官恶习。以满员而官盛京，尚抑郁无聊，形诸吟咏，则从前汉人之以出关为畏途，又不足怪矣。此地风俗素醇，甚恐为此辈所坏。嗣后盛京各官当深以此为戒。其有不思敬供厥职，妄以诗酒陶情，废乃公事者，朕必重治其罪！可将此旨各书一通，悬之公署，令触目警心，永垂炯鉴。

此事一出，鄂、张二党之争中鄂不知警，张党黠者却一眼认准此乃引火热线，即将胡中藻、鄂昌唱和诗句加以罗织而"进上"密告，于是果触乾隆发誓"朕必重治其罪"的怒火，一下子大狱即兴，震动了全国！

　　这儿的要害，是存在乾隆心中已久而不宜明言的满、汉两族臣民的由矛盾而分化而合流的巨大政治、社会问题，是乾隆十分敏感的一桩进退两难、举措堪虑的心事。诗酒的交往唱酬，不过是个表现形式而已。

　　辛亥革命结束清朝之后，治史者大抵一味强调显示满汉的矛盾与满洲帝王对汉人的歧视、防范、压迫以至残酷杀害。这是事实，但不应突出一面而不识其他多面的历史实际，以致造成严重的民族隔阂、误会——往小里说，就连曹雪芹的家世生平的一切，也无法合理讲解，并且十分自然地引出了"反清复明"的索隐派红学的许许多多形态不同而实质一致的观点，至今不绝。

满洲皇帝臣僚，防嫌汉人，其形式是谆谆告诫晓谕满人勿忘祖风（骑射），勿效汉人一切奢靡习俗。这是康、雍、乾三朝不啻十遍百遍诫饬过的。然而效力不大，事态反而不断"恶化"。胡中藻、鄂昌"诗案"特别触怒乾隆，要点并不仅在胡所出考题《乾三爻不象龙》（被解为以谐音诋骂"乾隆"皇帝）这些事上，而是对鄂昌的行为愤怒难遏。

乾隆之言，谓鄂昌身为"满洲世仆"（即内务府包衣），曾官居广西巡抚，不但对广西人胡中藻的"悖逆"不加纠举，反而"丧心与之唱和，引为同调"，是为罪不容诛。结果胡中藻以"违天叛道，覆载不容"被杀，鄂昌以"负恩党逆"勒令自裁（当时的说法，是"赐自尽"）。在此案内被挂累的还有宗室诗人塞尔赫的《晓亭诗钞》。因此传谕八旗："务崇敦朴旧规，毋失先民矩矱；倘有托名读书，无知妄作，侈口吟咏，自蹈嚣陵恶习者，朕必重治其罪！"及胡、鄂一案既结，又下了一道命令，说道：

> 满洲本性朴实，不务虚名；即欲通晓汉文，不过于学习清语技艺之暇，略为留心而已。近日满洲熏染汉习，每思以文墨见长，并有与汉人较论同年行辈往来者，殊属恶习！……（鄂昌）又以史贻直系伊伯父鄂尔泰同年举人，因效汉人之习，呼为"伯父"，卑鄙至此，尚可比于人数乎?! 此等习气，不可不痛加惩治。嗣后八旗满洲须以清语骑射为务……如与汉人互相唱和、较论同年行辈往来者，一经发觉，决不宽贷！著通行晓谕部院八旗知之。

这道严旨一出，满洲知文之士，人人震慑；敦诚虽是闲散宗室之家的一个青少年官学生，岂不知闻？但他仍敢于"诗"中大赞诗友雪芹的"诗笔"之奇！看来，诗在当时已成为满洲官民人家的一种"着迷"的风尚，其力量不可抗拒——八旗满洲，出了无数高流诗人，汉诗文化使他们如醉如痴，无法"医治"。而乾隆本人就到处题"诗"，多至四万余首！历史好像总和皇上的"圣心"不大一致，时常开他的大玩笑。

胡、鄂"诗案"表面是诗的事情，骨子里是满洲民族融会的超越政治的问题。乾隆特别重视事涉满、汉的一切政务，其矛盾自攻的表现十分显眼而可笑，也可思可悲。

如前所述，乾隆刚一嗣位，就非常重视旗务，采取种种整顿措施；甚至想到下令修撰《八旗满洲氏族通谱》。由郡王降为贝子的弘春，曾因办理旗务不善而"革去贝子，不许出门"（这虽然还不是"在家圈禁"，可是不准行动，也是一种软禁的替管形式），正蓝旗蒙古副都统布延图因为"分别满、汉，歧视旗、民"而受到严饬。乾隆二年至三年间，一方面准许包衣佐领、管领与八旗联姻，一方面定出八旗家奴开户（即准许脱离旗主而独自立户）的条例；三年七月，设置稽查内务府御史，十一月命八旗包衣归汉军考试①，到乾隆六年十月，又命令汉军御史归汉缺——就是划归汉族官员名额之内、制度之内。这已然显示出，乾隆是越来越把八旗内部的所有汉族血统的成员都要当作一般汉人来看待了。果然，事情发展到七年四月，便发出了一道全面而彻底地处置汉军人员的"上谕"，其中有这么一段话：

> ……朕思汉军其初本系汉人，有从龙入关者，有定鼎后投诚入旗者，亦有缘罪入旗、与夫三藩户下归入者，内务府、王

---

① 清《皇朝文献通考》卷四十八"选举考"二，"乾隆三年议准，包衣人员，在投充庄头子弟隶入内务府管辖、编入上三旗者，又有旧汉人在内管领下，及五旗王公所属包衣旗鼓佐领内者：此等原系汉人，因由满洲都统咨送，每有在满额内中式者，悉行改正，并饬严行禁止"！又卷六十四"学校考"二，"（乾隆四年）清厘满洲、汉军籍贯：嗣后内府、王公府属人员考试之时，内务府及八旗满洲都统务严饬该管官逐一稽查，其投充庄头子弟及内管领下与下五旗王公府属鼓佐领内之旧汉人（按即指入关以前入旗者），均别册送部，归入汉军额内考试。有将应归汉军考试之人混入满洲册内咨送者，将该管都统、佐领照蒙濊造册例治罪"！可见乾隆初期开始的满、汉甄别政策是如何严厉，而内务府包衣人自此为始乃完全作为"汉军"一例看待。这是清代政治上极为重要的一点，而研究者每不能认识此事之真正意义，而只从包衣人是否应称"满洲"或"汉军"之表面现象立论。参看下条注。

公包衣拨出者，以及招募之炮手，过继之异姓，并随母、因亲等类，先后归旗，情节不一。其中有从龙人员子孙，皆系旧有功勋，历世既久，无庸另议更张。其余各项人等……如有愿改归原籍者，准其与该处民人一例编入保甲……

在这里，特别有几点值得注意：其一，这次的措施，虽然表面上是为了"朕意欲稍为变通，以广其谋生之路"的社会经济问题上的目的，但是联系上举其他迹象而看，内中实际还是包括着政治、民族等政策方面的用意。其二，"上谕"虽然说明"不愿出旗仍旧当差者听之""仍询问伊等有无情愿之处"，并且特别表示"并非逐伊等使之出旗为民"，可是结合八年四月"谕汉军同知、守备以上毋庸改归民籍"的命令而看，这一场文官同知、武职守备以下的逐旗为民，实在是规模非常巨大的一次旗员分化，那意义是，官方不但承认了这种日益分化的趋势，而且明令规定以实现之、促进之。其三，乾隆列举了那许多种汉人归旗的旗人，虽然特别把"从龙人员子孙，旧有功勋，历年久远"的这一类分出来另论（这就是包括内务府包衣人而言），以示与一般汉军不同，但是，他称呼内务府包衣为"汉军"，这不仅是认识上、名词上的淆乱①，而且也说明了他在"思想感情"上已不把这些老早合入满洲、世代隶属满洲旗下、满化既深且久的奴仆们再当"自家人"看待，而要归到"汉军"

---

① 以内务府旗汉姓人为"汉军"，乾隆以前罕有此种讹误。从乾隆以后，逐渐混淆不清，连旗人自己也沿用这种误称了。但"内务府旗汉姓人"和"汉军"在制度上完全是不同的两回事，身份殊异，在研究旗人时最应注意分辨。参看杨钟羲《来室家乘》叙其先世本为内务府旗，因召见时不谙满语，奉旨贬入汉军旗的事例（在历史上，仅康熙时三藩期间曾有把个别汉军安插于内务府当差的事例，雍正时编整汉军时曾以内务府包衣人拨补其上三旗的不足数额）。关于这一点，有两种情况应该说明：一种是根本不清楚这种区分的，误认曹家为隶于"汉军旗"；一种是以为内务府的汉姓既可称"汉军"，又可称"满洲"，"实际上完全一样"，而且说，这样使用名词，"丝毫不发生混淆"。但这后一主张是想拿较晚的误称事例来说明问题的，殊不知这正是混淆以后的情况。我们不应当以误证误。更重要的是，我们承认历史上有混称之事例是一回事，研究辨析它们的异同则是又一回事，而这后者才是我们的责任。

范围以内去计算了。这一点，无疑也反映了包衣人的主观和客观两方面的分化因素。

这是清代史上的一大变革，其影响所至，极为广泛深远（可惜清史著作中难得看到这方面的研论，以至我们欲求借助，而所获无多）。自本篇传主雪芹而言，他出郊当是为友人"雪不平"而"几缧文网"，为助鄂实峰一家可怜之人，随之来到山下，既已同遭贬入镶蓝末旗，是即开除内务府，不再以"满洲世仆"视之了。既已非复奴籍，已许开户出旗，成为平民百姓——此方是敦诚所谓"于今环堵蓬蒿屯"——又暗示了"于今为庶为清门"的非常重要的隐义！否则雪芹安能"逍遥自在"，去过那甘心自愿的山村著书的生涯？

如所推去史实不远，则雪芹之出旗为民，即在乾隆二十、二十一年之际。

题曰：

六世为奴事万端，蓝旗开户历千难。

不知黄叶村何在？细写红楼砚自寒。

二、一流人物

敦诚所爱重于雪芹者，是其人其诗，而诗特有奇气——日后又说过雪芹"诗胆如铁"，如宝刀之有寒光。是则吾人应对芹诗有所研析评介，不得轻轻放过。然而敦诚一生于芹诗不但未曾多加引录，而且在一特例称引时只肯引两句十四个字！岂不怪哉。

惜纸乎？畏事乎？忍心埋没此一异才畸士的奇句乎？是以未见芹诗之奇，与其中之胆，真是不知如何着语，因为不能向壁虚造。莫说不许虚造妄谈，就是想要变通窥测，借张说李，求其同类近似者以为匹喻，也无办法。这是一个最大的难题，也是最令人遗憾的恨事。

比如大致与雪芹同世而年辈略早的郑板桥，久负盛名：书画诗文，皆脍炙人口，又皆有其独具的特色，还带着些"怪""奇"的风格与性情。然则拿他来"借讲"雪芹，可以使得吗？万万不可，因为二人不会一样。

例如郑诗开卷首篇《巨鹿之战》咏项王事迹气概，灭秦报楚，英雄盖世……无论文词见解，都不落庸俗，可谓有"奇"有"胆"，然而我们也无法想象雪芹之奇之胆，又有何不同，又当如何震烁人的耳目心怀。

但郑板桥却自评其诗曰："余诗格卑卑，七律尤多放翁习气。二三知己，屡诟病之。好事者又促余付梓。自度（duó）后来亦未必能进，姑从谀而背直。惭愧汗下，如何可言！"那么也就多少可以悟知，若讲汉诗，格能不卑，已是极难，而况敢言一奇字乎！

不过，此刻若借郑板桥来说明几件事，倒还不失为可行之一途——"康熙秀才，雍正举人，乾隆进士""七品官耳"的扬州兴化人，当时为不俗之士了。

第一就是满、汉诗文唱和之佳例。

郑板桥的满洲诗友，上起慎郡王胤禧，下至笔帖式保禄（有趣的是慎王与此笔政亦有诗交）。慎邸为他的诗集题词，且另有赠诗（其句有云："欲寄一枝嗟道远，露寒霜冷到如今。"此指兰花以喻人品，两句曾铸为巨铜币，一面双钩丛兰，一面此十四字行草书，极为别致）。其赠保禄诗云："……无方（京郊高僧，曾住瓮山）去后西山远，酒店春旗何处招？"又赠伊福纳（字兼五，姓那拉氏，满洲人，户部郎中）云："红树年年只报秋，西山岁岁想同游。枯僧去尽沙弥换，谁识当时两黑头。"他笔下的风光境界，也正是雪芹所到的那一带地方：梵宫，秋树，酒店，西山……一一在目。

还有八旗汉姓旗下诗人李锴、内务府世家石东村，板桥也都与之有诗交。且看赠李诗（李号豸青山人，明辽东总镇李成梁之后辈人，康熙时权相索额图女婿也）句云："落拓王孙号豸青，文章无命命无灵。西风吹冷平津阁（以喻相府），何处重寻孔雀屏！"至其《寄题东村焚诗二十八字》云："闻说东村万首诗，一时烧去更无遗。板桥居士重饶舌，诗到烦君并火之！"石东村乃英和的祖辈，和方观承是至交，方任平郡王记室之前曾为他家西席。方号"问亭"，典出石家①。

另一首赠图清格诗，也很重要。图字牧山，满洲人，官部郎，善画，师石涛和尚。诗云："懒向人间作画师，朋游山下牧羊儿（盖双关'牧山''叱石成羊'巧喻）。崖前古唐新泥壁，墨竹临风写一枝。"

凡此，借径板桥，实为当时西山风物、落拓人才，种种情貌，作一侧照佐影——正可由想见雪芹彼日形景境界，胜于我之杜撰虚拟多多矣。

那时满、汉的交流，文化是一大端，包括文章学术。这也必须有所了解。

如人所习知的阎若璩之客于雍邸，虽有歧说，而清人陈康祺已有力证（实即胤禛做王时所聘）。再如大将军（内定储君）胤禛，则力邀河北大儒李塨（李谢未往，见《李恕谷年谱》）。至于平郡王之聘谢御史济世，前已叙过——更要者，慎郡王当时品格极高(不交权贵，专重贫困、下僚、逸士)，也曾烦请平郡王代向谢公致意，欲邀到府一面（事见《梅庄杂著》卷首）。

至于方观承，在平郡王府客席之前，实在石家，其地在今朝阳门外六里屯。《恩福堂笔记》卷上一段小故事极有味可寻——

> 余家自东省入北京，卜牛眠地于朝阳门外六里屯之东，豆各庄之西，以葬七世祖母。坟东南建屋宇，莳花木，居然一小园，康熙年间土人即称之曰石家花园。先大父偕弟兄常居焉。其时桐城方恪敏公观承与大父为布衣交，并课文恭公读，暇日杯酒论文，极友朋之乐。一日，忽思归皖省，设饯于亭。适百花正放，主向宾定重来之约，指指亭前花曰：来年花放，可复执手言欢。及届期花放，而人不至，我祖因名亭曰"问芳"。未几，恪敏公来，复设酒于亭。公知名亭之由，感主人意，因

以"问亭"易"宜田"旧号……

这是方观承的一段经历，其诗集即有《宜田集》《问亭集》目。盖石家始祖是投奔多尔衮王府长史官巴拜而归旗的（巴拜乃其始祖之姑丈），后隶内务府。故石、曹等亦皆老世交，彼此关系，千丝万缕。著名的"燕山十布衣之一"的石东村（本名永宁），焚诗万首者，即"问芳亭"主人之兄长（其弟石东溪，盖皆取号于朝阳门外东郊之义①）。

这些旧事，既可说明满、汉诗交文谊的密切，又可窥见这些可能对雪芹幼时曾有影响的诗人们的行径。

如果再看看方观承是如何能入平郡王府的，那就更饶意味。方本罪家，父流放关外，他性至孝，出关探省，路过沈阳，遇平郡王（时往谒陵），原先平郡王已曾邀见过，他谢不往，至此，方邂近一面，平郡王知其善书，命作巨幅，观承时奔波羸弱，勉力而书，未及幅成，人已晕倒，平郡王急将院中所栽鲜人参亲手挖出，煎汤救治。及观承苏醒，见王之双手尚沾满泥迹，既知其故，心大感动，方由此缔交，而后至京入府为西席，以至伴随军营，倚为左右手——然则可见平郡王之器重方观承，全由翰墨之事，而非别故。凡此，在在说明满、汉人士的汇合交融，核心是文化的交互喜爱与影响，这种力量，胜过了政治控制，超越了种族的差别，最为引人深思而反省。

上引郑燮板桥诗，一为简捷方便，二则实有其代表性：他对下层满洲畸士的看重与题咏，对西山风物境界的喜悦与抒写，都非他家诗文集所易寻到。而且，这儿更有一层重大意义，即：雪芹所提出独特哲思"两赋"之人才，分属三级，富贵则为特痴情种，清门寒素则为高人逸士，再生于贫苦之家者则为奇优名倡。那么读本篇所引郑板桥诗中人物，于此义岂不正可参悟？即板桥所咏《落拓》一诗中的"乞食山僧庙""缝衣歌妓家"，也大可为后世理解那一类放浪乖狂之人，大抵即雪芹所论所重所惜的良才俊器。不然者，我们又如何能想见在乾隆盛世、富厚繁

---

① 六里屯、豆各庄，至今皆在。

华之下，而别有一种文化天地、精神世界呢？

认识雪芹，此为真谛。他的"放浪"行为，今世之人未必悉能赞美称扬，更无须"仿效"，但在历史观照中，却不宜忽视其间的深层意义。

题曰：

西山风物系人思，酒店春旗古佛祠。

不向此间寻"两赋"，风流落拓那能知。

三、池名谢草

燕京西山，太行一脉，不与五岳争名，而别饶神奥奇雄之气，凡高人才士，身到其间，去而回顾，未有不钟情而眷想者。"西山"的本义，乃土人谓山自西来，故称曰西山，今则误为"山在京西"之意了。"西山内接太行，外属诸边；磅礴数千里，林麓苍勤，溪涧镂错，其中物产甚饶，古称神皋隩区也。""太行首于三危，伏于河，折北而尊为恒山，支峦复岗，毕赴于燕（yān），秩秩然复缅属以东，数千百里，入于海上。土人以其西来，号曰西山。"（引自《日下旧闻考》）此其大势也。但通常所云西山，自京师居者而言，则近指香山一带，远指"三山""八刹"（八大处）为主，其特色是山林、寺庙、离宫禁苑的异样组合。如旧文所写："西山诸兰若（佛寺），白塔无虑数十，与山隈青霭相间。流泉满道，或注荒地，或伏草径，或散漫尘沙间。春夏之交，晴云碧树，花香鸟声。秋则乱叶飘丹；冬则积雪凝素，信足赏心，而雪景尤奇。"（《宸垣识略》卷十五）西山自然风物之胜如此，而古刹尤多，自唐及明，说者谓有"七百寺"，则杜牧之"南朝四百八十寺，多少楼台烟雨中"，转觉无奇矣，堪称天府奥区，人间仙境，是以游者无不流连忘返——而居者则隐在衡门僻巷之间，野浦疏林之境。

雪芹的山村——"不如著书黄叶村"的此一久迷之地，还可寻觅踪迹吗？

敦诚此句，原是宋贤苏东坡"家在江南黄叶村"与清人王苹"黄叶林间自著书"的一个组合运用，本非实指，那儿也没有一个真叫此名的村落。敦敏也有"清磬一声黄叶村"之句（《熙朝雅颂集》），同为虚拟之名目。雪芹祖父在时，似乎有过一处郊村住处，其诗集卷八《畅春园张灯赐宴归舍恭纪四首》之三云："……放仗几家笼蜜炬，缓归骑马月中村。"但此指海淀地方的"下处"，距香山尚远，更无论以西之地了①。故与雪芹的山村并无交涉。畅春园、圆明园相邻，王公大臣在此亦多有赐园或私园。御苑所属卫军、内务府分署、百般服役官员、差遣，以至各种"园户"，云集于此，并非"隐者"所在之"幽居""尘外"也。

然则雪芹的山村，必另有所在。

如依周啸邦在六十年代初所作调查（他是彼时北京副市长王昆仑办公室人员，王受命办理曹雪芹逝世二百周年纪念活动，周在实地访查踏勘中有较亲切收获），传说中雪芹尝居杏子口一带。

今以此说为中心，则有不同来源之线索辐辏此间，值得注意寻究。

一个是张宜泉《春柳堂诗稿》中《伤芹溪居士》诗首句的"谢草池"，另一即老舍先生在五十年代于万安山下山村所闻雪芹在此出家的传述。还有就是亡友吴恩裕先生也向我说踏访杏子口的感受，以为"若说雪芹住在这种环境，就对了"（但我已难忆其说与周啸邦说是一源抑为不约而合）。更重要的还有鄂、曹皆有"镶蓝旗"的经历，而此旗在香山排列，地位颇近杏子口。

今按其地理而推之（依据乾隆《宸垣识略》，取其简明可信），从健锐营之演武厅而计，往西南里许，为梵香寺；寺再西，为长龄寺（旧为延寿庵），在中峰下（中峰即万安山）；再西南为宝谛寺（乾十六建），又西为宝相寺（乾二十七建，时正雪芹、脂砚协作《石头记》批本）。过此，"西山列嶂忽开，如两袖之垂：其左为帝王庙、翠岩寺、曹家楼，

---

① 曹寅此诗中"辇路""堍（埝？）桥""游人""车马"等字句，皆是畅春园附近一带之地理情况，因苑在海淀（今北京大学旁），康熙常驻此苑，大臣贵官因于海淀附近备有住处，以便上朝值班。

其右为弘教寺，而其中为中峰，在香山之后。以其为诸峰之中，故曰中峰"——此处吴长元按语云："中峰即万安山也，在香山南麓内。"然后——

> 中峰下，南过龙泉禅林，为滕公寺。循大道而南，数里，至万佛阁。过此即杏子口。道旁杏，皆老干，多百余年物也。

这就是从健锐营而言，渐往西南，达到杏子口的一幅"地理简图"。

我们找到了杏子口，然后再看——

> 门头村，在郊西八里许，以其地为西山门径，故名。在静宜园（香山）东南二里许。
>
> 下（中峰）弘教寺，循山趾而南，有卢师山，与平坡山并峙，诸寺鳞次……

大约一到门头村境，景物又有不同，如查嗣瑮（曹寅诗友）题此间之小屯（村）云："万顷绿杨烟，波光暖接天。分明西堤水，只是少湖船。"可见其美了。

若来到了平坡山，则张宜泉吊雪芹诗中所说的"谢草池"，便有了些着落。

> 平坡山，（明）正德中改名翠微山。岭虽高而不觉其峻。寺在山巅，一目千里。后有小天宁寺，殿后藤胎（观音）大士，（高）七尺，清古具丈夫相[1]……

试看明人姚广孝题平坡寺诗：

---

[1] 《石头记》第十七回叙及观音遗迹，无人确解，不知所指。疑与西山佛寺相关。

平坡杳杳挹西湖，径断樵行败叶铺。

泉落石河深愈急，云归沙树远疑无。

夜堂风静舒帷幔，晓井霜寒掣辘轳。

但得余生辞世网，卷衣来此日跏趺。

今日看来，恐怕雪芹正是初至香山下，厌新建大营一带气味，自己逐步寻向杏子口、门头村——一度栖憩于中峰万安山附近，然后更转向西行，看中了翠微山的风光，在谢草池边"庐结西郊别样幽"，是一处人踪罕到的幽居陋屋。

谢草池，并非用典，是实有其地。《日下旧闻考》卷一百零三引宋聚《平坡访谢草池作》诗云：

玉泉西畔昔惯住，卢师东边今始行。

山石荦确啮马足，树林阴翳藏禽声。

座上主人谈众妙，壁间图画教长生。

所嗟秘径禁来往，不敢题诗留姓名。

试看这处本是禁人来往的秘径，故知者言者绝罕。宋聚与题，亦不著其所访"主人"之名，而又云"不敢题诗留姓名"者，实包宾主而言，既不敢称主人之名字，遂亦不便留自己的姓氏——那诗题实在是隐去所访之人而只标所在之地，其主人与佛寺无涉，却是一位道家隐士，故言"谈众妙"（"众妙之门"，出《老子》）"教长生"也。

与张宜泉诗对看，"谢草池边晓露香"，通首并无与兄弟相关之本事情节，何必泛用谢灵运、谢惠连兄弟典故？故知亦为地名实指。其末句"翠叠空山晚照凉"，亦与翠微山景切合（可与明人题句"绣岭岩峣紫翠重""壁倚千寻石，池开万劫灰"等对看）。

依今日所能推寻的路线而观，雪芹离城后，迤逦到达健锐营一带（营西北方卧佛寺、樱桃沟退谷等处名胜甚多，也会有他的足迹，但无从证明他在此有过住处①），自此而至万安山，至杏子口，又西而至翠微山一处人踪罕至的"秘"境——其至友敦家兄弟亦总不肯明言其居处，甚至二敦所到过的雪芹山村，是不是杏子口、万安山一带，而谢草池这处最后之"藏修地"，只有张宜泉一人曾来造访与凭吊。

题曰：

　　翠叠空山晓露清，池名谢草劫灰平。

　　寻踪问径无消息，只有烟霞万古情。

[附说]

　　四十年代，我在京西海淀燕京大学读书时，某先生（忘记是谁了）谈及，他曾闻雪芹住过海淀（参看《曹雪芹小传》）。一九八三年八十岁老人王文志言：他在辅仁大学生物系当工友，到香山去采标本，在"香山后街"小饭铺歇脚，听铺主夫妇两老人自语：曹雪芹当年就在这儿住过（指其铺址）。然未及烦王老领路去访寻此一故地，他即下世，此线索遂亦迷失。即所云"后街"亦不知何指。记此俟有知者补之。

四、情僧寄意

　　前引古书册，云门头村去郊西八里，不知从何地计起，《日下旧闻考》按语说明，村在静宜园（香山）西南二里许。此书又谓村西五里为万安山。山上原有弘教寺，顺治十七年就遗址建法海、法华二寺，虽为二寺，而前后相连，好像一个大寺而分两院者。有顺治、康熙两朝的御书碑石。

---

① 在健锐营西北一路寻找雪芹遗迹，也是20世纪60年代以后的事，我也作过种种推测（如《曹雪芹小传》中《山村何处》等章节），但俱无实据，也少确切的线索。由此而衍生的一些编造的"传说"，日增月益，全属齐东野语，可资谈笑，而不可以混入学术论著中，今俱略去。

二十世纪五十年代，满族作家老舍，在万安山下村中住过，曾作诗题咏当时农村"跃进"情况，一九八六年底（或稍晚）我寓北美时，于《人民日报·海外版》见刊登此诗，诗与《红楼》了无关涉，但有一小注云：村民传说，曹雪芹曾在法海寺出家（回京后我烦老舍的女儿舒济从存稿中查到此诗，证明不差）。

因为早先已有雪芹"逃禅"之说（见《红楼梦新证》第701页引善因楼本《红楼梦》朱批所载），这就令人深省：此说应有来由，而万安山法海寺的地理位置，又与我们的推考雪芹行迹颇为相合。

对于此寺的风光，征引弘富的《日下旧闻考》竟无一诗可觅（只有明人王穉登题弘教寺二绝句，亦不关景色）。倒还是郑板桥有几篇法海寺诗，略可窥见当时境界——

参差楼殿密遮山，鸦雀无声树影闲。
门外秋风敲落叶，错疑人叩紫金镮。

树满空山叶满廊，袈裟吹透北风凉。
不知多少秋滋味，卷起湘帘问夕阳。

——《法海寺访仁公》

又云：

……
风铃如欲语，树鹤不成眠。
月转山沉雾，花深鸟入烟。
……
胜地前朝辟，青山帝主情。
……
秋风满松壑，幽梵晓来清。

——《同起林上人重访仁公》

此种境界，大约是雪芹所喜悦所饱尝的吧。

雪芹真的出过家吗？如谓绝无，则传说何自而生？如谓确有，而二敦、宜泉等人诗中却略无蛛丝马迹可以寻见。揆其情理，如白石老人所题，寄食萧寺，举火称奇；如敦氏所题"寻诗人去留僧舍"，又皆可证明雪芹虽未剃度成为真释子，却不止一次"乞食山僧庙"（板桥句），则无可置疑；然则他在法海寺"出家"，料想大致是类似的情景——或许为时较久，或许为寺中服劳操作，衣裳不给，借着僧袍，望之而与出家人无异，这也是情理可有之事。

雪芹在万安山一带留有履痕墨渍，应无可疑。

他在寺中，真正萦心矢志的事业，仍然是续撰《石头记》——而为何忽又为之取一异名为"情僧"之"录"？岂不正好说明：无论是否曾依佛门戒律舍身离世，皈依彼教，而他自以佛徒的形迹而隐在此间，却更是十分合符的互证。

"情僧"在山寺秋灯之下，走笔写书。

在此以前，丁丑秋日敦诚劝他"不如著书黄叶村"，其时似乎犹在杏子口内，未至门头村。丁丑的前一年，《石头记》已然写到七十五回了（自乾十九甲戌至此已阅三载，写作未息）。

在今存传世"庚辰本"第七十五回回前，有一单页，其上书云：

　　乾隆二十一年五月初七日，对清。缺中秋诗。俟雪芹。

后面上方画出六个方格（表示空字），分为两行。下边则写"开夜宴发悲音""赏中秋得讖"，也分两行。此乃尚未敲定的回目（今传本已补齐两句各八字了）。

再看此本此回第十四页背面第四行，果然有宝玉作了诗写在纸上"呈与贾政看，道是——"的文字，而"道是"以下果无诗句，便又接

"贾政看了……"等话，显示了原稿正是缺中秋诗待补①。

此一痕迹，透出许多内容，比如稿本的待补待定的情况，雪芹写书时的致力点（不肯草率充数），乃至由于生活颠沛而使他不能一气呵成，阻断了文思……这都可以令人想见当日的各种艰难、干扰，非如今人创作，条件大抵相当优越，尤其是成名之作家，专业之撰者。

雪芹写书的景况，也是随其生活经历的不同阶段而有不同形式："被钥空房"而写书时，寄食亲友家时，栖身卧佛萧寺时，在富儿家西席时，到郊西山村时，在万安山当了"情僧"时，以至来到谢草池边时……这就已是六个时期，实际也许比这还要曲折变化得多。

"甲戌本"中明文"至甲戌抄阅再评"，是则可知甲戌（乾十九）以前已有未抄时评本；是本之卷前又题诗"……字字看来皆是血，十年辛苦不寻常"之句，姑假定此诗即"抄阅再评"时所题，可推知雪芹开笔创稿，当在乾隆九年（甲子），其时雪芹年当弱冠，史迹相合——年纪再大了，"父执"就不会因管教他的"放浪"而施以空房禁锁之法了。

但直到乾隆二十一年（丙子）五月初七，"对清"的抄本才到第七十五回。则又已历十三个年头，平均每年所作尚不及六回书稿。是可见其生活之艰难，居地之迁动，还有我们今日已无由尽知的许多情由，都使他不得安心如意地为书而辛苦。

由此却可想见，雪芹身在法海寺，形如"出家离世"，反而倒是他写作中最好的环境条件了。约略计之，七十五回书以后的书，似属托迹万安山——谢草池这段时间的笔墨。

敦诚寄诗"不如著书黄叶村"，计时雪芹早已离了城居来到郊甸。其诗"黄叶村"只是虚称诗语，或彼时雪芹虽入僧房而敦诚远在喜峰，并不详悉，俱在情理之中。

潘德舆，嘉庆时诗论家，著有《养一斋诗话》传于世；他在满洲正

① "庚辰本"虽存"道是"而下连写不留空处，惟"圣彼得堡本"此处尚留空行，痕迹至为珍贵。他本则连"道是"也删了。

白旗钟昌家做馆甚久。钟字汝毓，号仰山，嘉庆十七年进士。潘因是曾闻雪芹轶事，曾于《金壶浪墨》中记云：雪芹贫无衣食，寄食亲友家。其著书时空室一间，惟一几一杌（凳类）。无纸，则将旧皇历翻转叶子，于纸背书写。这种贫况，应是雪芹著书的早期形景。在富儿家时，人们围着他，求他口讲——此又一番情景。萧寺寒灯，深宵走笔，复又不同于馆师之时。

作小说，那时被人看作是"有文无行（xìng）"的"下流"行径，无论在富家，还是在山寺，主人都不会欢喜这一"行为"。雪芹自号"情僧"，寺里老方丈绝不会赞赏这种名目——因为佛门是不许宣扬"情"的，僧而多情，必犯戒律，且为寺中招致麻烦，以致诬谤丛生，声名败坏。

雪芹的为人，不为世容，到哪里也要"途穷反遭俗眼白"。他不能久在万安山法海寺，原因不言而可喻。"无立足境，方是干净。"佛门亦非他安身立命之地。故自古文星才士，有如雪芹之"坎壈缠其身"者，实所未有。

题曰：

　　万安山寺岂能安，秋叶敲窗秋袂寒。

　　一盏秋灯写秋字，情僧有梦未全残。

[附说]

一、一九六二年调查雪芹西郊遗迹时，曾出现"住过小营"之说。按小营，乃乾隆初征服金川、所获苗人编旗下，另居于万安山上（不在健锐营内）。此适可为雪芹曾在万安山一带作一参证。

二、法海寺，北京郊西有同名者二寺，分称南法海、北法海，万安山者在北。板桥诗未详南北，姑借引为资。

五、何事南游

虎门星散后，丙子五月雪芹著书至七十五回"对清"；丁丑敦诚自喜峰寄诗见怀；又次年则为戊寅（乾隆二十三年，1758），敦敏自山海归，则常游于东皋，自戊寅所存之诗，题为《东皋集》，其中竟也有六篇佳作明涉雪芹（尚有不明题雪芹之名者，约有三四首）。其自序云："自山海归，谢客闭门，惟时时来往东皋间，盖东皋前临潞河，潞河南去数里许，先茔在也①。渔罾钓渚，时绘目前；时或乘轻舠，一槁（篙）芦花深处。遇酒帘辄喜，喜或三五杯……"而其弟敦诚仍居西城尽西处。

《东皋集》之第四页，有《清明东郊》诗，题下注云："已下已卯。"诗云：

<blockquote>
郊原寒食候，晓日出城闉。
古渡花争发，荒祠草又新。
野烟人上冢，啼鸟自含春。
无限幽栖意，临风一怆神。

青帘遥隔岸，野肆绿杨堤②。
把酒问渔艇，临风试马蹄。
孤篷春水阔，古寺夕阳低。
薄暮未归去，人家烟树迷。
</blockquote>

这种东郊境界，日后雪芹也是来游过的。

此时已是乾隆己卯——己卯年已又有一部《石头记》清抄本继前

---

① 其始祖英王坟在六里屯、豆各庄"石家花园"之南；此潞河以南之茔地，盖其子孙另辟新墓地。此潞河即指通惠河，在东便门外以抵通州。

② "堤"原误为"烟"。

"甲戌本"竣工，回数较前更多了一些。尤为重要者，自甲戌即题书名为《脂砚斋重评石头记》，至本年始有纪年己卯而署名脂砚的朱批，存于册内。

脂砚何人？迷离扑朔，难辨雌雄，容后文再叙。此刻亟待说明的则是脂砚已卯批书时，雪芹何在？——是与脂砚挑灯对坐？抑或不在一处，作者稿出抄齐，而批者别在他处为之评注？

且看《东皋集》已卯诗。

其《闭门闷坐感怀》云：

> 短檠独对酒频倾，积闷连宵百感生。
> 近砌吟蛩侵夜语，隔邻崩雨堕垣声。
> 故交一别经年久，往事重提如梦惊。
> 忆昨西风秋力健，看人鹏翮快云程。

此经年久别之故交为谁？实即雪芹。稍后《敬亭招饮松轩》诗内，又言"旧雨飘残霜雁冷，新愁零乱晚烟昏"（"旧雨不来今雨来"，杜句，沿用为故交之义）。而紧接即又有一首七律——

> 芹圃曹君霑别来已一载余矣。偶过明君琳养石轩，隔院闻高谈声，疑是曹君，急就相访，惊喜意外！因呼酒话旧事，感成长句：
> 可知野鹤在鸡群，隔院惊呼意倍殷。
> 雅识我惭褚太傅，高谈君是孟参军。
> 秦淮旧梦人犹在，燕市悲歌酒易醺。
> 忽漫相逢频把袂，年来聚散感浮云。

此诗之重要，至少与丁丑敦诚的寄怀诗不相上下，因为句中透露的史迹，又非京师作馆虎门剪烛那一时期可比，一切变化巨大，关系也同样巨大——此诗字面上不见有什么"碍语"，而敦诚为之选订取舍（也是为了日后付梓之意）竟用两个墨钩将它置之选外了，这就表明其中大有犯顾虑、费斟酌之处，慎重非常①。

然则这一载有余，故交暌隔，以至不相闻问，甚异于昔时，雪芹之久别，又是到何处去了呢？

从诗中寻绎答案："秦淮旧梦人犹在"，又意外重逢、惊喜把袂（捉住衣袖，实指满人习俗相见行抱持礼）之际，立即"呼酒话旧事"，则可知雪芹年余身在金陵，"旧事重提如梦惊"——分明是他在南京时又牵涉父、祖江宁织造时的种种兴衰荣辱，世事（政局）如浮云变幻，令人百感交膺，万言难罄。

雪芹父、伯、祖、曾祖三世四人居南京几乎六十年之久，他家人会把南京视为"老家"，也是"老宅"所在，雪芹如"回"南一游，或缘老亲旧友犹有存者，前往探省，有何关碍可言，以至如此讳莫如深？殊不知此事全与乾隆南巡紧紧相连，非同小可。

乾隆素慕其祖康熙的功业与风度，故"六次南巡"，也务欲仿行，所谓踵事增华，过无不及。

事情溯源于二十三年戊寅九月，两江总督尹继善领衔奏请：河工告竣，年谷丰登，"臣黎望幸"，请于庚辰再举南巡之典。乾隆未允，而预示可在辛巳举行。

但到庚辰之八月，又降旨"南巡应办差务暂停"，改期壬午春。是则可知，己卯一年与庚辰前大半年，南北上下，无计其数之人要为南巡百般备办的"大典"。而雪芹之正在此际南行，缘由已可推知了。

乾隆的南巡，又不可与康熙时同论，康熙时虽已有人讽刺"金钱滥用如泥沙"，毕竟"民间见识"，康熙确实还是崇俭恶侈的明智之君；乾隆时的奢靡风习，已达到骇人的地步。南巡以江、浙为主眼，而江苏以总督驻地南京为首要。康熙南巡确以视察河工海塘为大事，又包含了政治作用——故祭"孝陵"（明祖坟墓地），不设严跸，许百姓走近"御

---

① 此时尚在乾隆文字狱盛行之际，不同于敦诚《四松堂集》付刊在嘉庆年间，已与此时情况不同，禁网大弛了。

舆"亲瞻天子玉颜……而乾隆南巡，与康熙时势已不全同，江、浙一带的"反侧"（抗清思潮与活动）也过了最尖锐的年代。因此，天下臣民皆知皇上要到苏杭等地，主要目的是"游幸"；因此地方官府都在竭尽巧思，争奇斗胜，预备接驾的大典，以讨圣上欢心。而这就需要延聘百种人才，而尤以百工巧匠、艺术高手更是急求争致的"红人"。

曹家当年"独他家接驾四次"，此种盛事，犹为金陵父老津津乐道。于是，有人向总督大吏建议，可以访求曹家后人，如能延请到来，定可共襄盛举。

雪芹之南行而重温"秦淮旧梦"缘由，实出此一重大而微妙的内情。

"虎门绛帐"，那时监察右翼宗学的御史就是孙灏（晴川），其人品节甚高，世有"凤励清修"之誉，因上疏劝谏乾隆勿"幸"，以防意外；但情不自禁，说出了此地不同江浙，"并无可观"——这下子触怒了乾隆（怪他不该如此揭露"心态"，乃繁辞驳斥，以表南巡并非为了"可观"），将孙灏革职，只以三品"京堂"留用。从此无人再敢稍议南巡的大事。

《石头记》写到省亲建园之前夕，借赵嬷嬷之口提起当日"太祖皇帝仿舜巡"（指康熙旧事），说了一大段话，虽系"妇人女子"口头家庭闲话语气，却道出了一番大道理：谁也没那财力，"银子成了土泥"，无非耗费官帑，去"买那虚热闹"！批书人脂砚，于此即有话说——

借省亲事写南巡，出脱心中多少忆惜（昔）感今！

（第十六回"甲戌"回前总评）

此正因批书时又见"今上"南巡而追溯昔时之"盛"中种下"罪"由祸根的深心痛语①。考之年月岁时，合若符契。

---

① "借省亲事写南巡，出脱心中多少忆昔感今"，是说借凤姐赵嬷嬷等人谈论省亲，话头自然联到昔日康熙老皇帝的南巡家里"接驾"之盛，故凤云偏没赶上，引发赵嬷嬷许多感叹议论，是借题发挥之义。但有人误读，以为"写省亲即写南巡"的"艺术虚构"云云。此则全失脂批本义。故一须知文，二须考史，脂砚作此批，已在己卯时也。

脂砚的"己卯冬夜"之批，明书干支季节的尚能看到二十四条，其余省略不记年月的尚不知应有多少。

冬夜寒宵，挑灯濡墨，面对雪芹之书文，忽涕忽笑，感慨不胜（shēng），朱墨齐下——此正雪芹已离京师，而脂砚孤守索居、深念作者，遂以笔代语——既是与读者对话，又似与作者共语之真情，纸上可寻。

题曰：

南游踪迹事云何？挑尽银灯感喟多。

脂墨亦如真血泪，锦心绣口共研磨。

六、胭脂渍砚

传世《石头记》旧抄，"甲戌本"卷首曾言"至脂砚斋甲戌抄阅再评"之语，其书已正式题名曰《脂砚斋重评石头记》。甲戌为乾隆十九年，中阅四载（有丙子五月对清之一次），至己卯，而始见之"己卯冬夜"脂批，即在"甲戌本"上，此不足异，盖脂砚多次重读重评，逐次书写在原先旧本书上，而带有纪年署名之批，皆在眉上（因正文已写定，行中有双行小字夹批了），可证俱为后来续批之笔。

脂砚之读《石头记》，与吾人今日，有异有同：有异者，与作者同时同历过书中情事，也深知雪芹独特文心笔致，别有赏会，不同泛泛一般；而"同"者则是任其如彼，也难一读全解，也还是读一遍有一遍的新体会。再者，初评时显然手中只有前半部分书文，并非已览全豹，成竹在胸。此亦可证雪芹的书，不是那么十分易读易晓的浅薄之俗作，必须反复寻绎玩味，方可渐入其所设的佳境。

脂砚留下的纪年署名批语，自己卯始，明记己卯者今共存二十四条（见《新证》第839页列表），而除第十六回只一条书写"己卯冬"之例外，扫数皆书为"己卯冬夜"，第二十四回一条且书"己卯冬夜脂砚"六字俱全。故知"己卯冬"一例当系过录时脱漏"夜"字，原无歧异。

第六回标题诗一首，写道是——

　　风流真假一般看（kān），借贷亲疏触眼酸。
　　总是幻情无了处，银灯挑尽泪漫漫（mán）。

这恐怕也正是独夜批书时的情景。

　　但是，曰银灯挑尽，泪墨交流，这是何等身份之人的口吻？很显然，此是一位女子的声口。

　　然则脂砚莫非是一女流吗？

　　这事不假，藏脂砚，用脂砚，号脂砚的，本来就是闺阁词义，无待多证。

　　脂砚，明代名妓薛素素的遗物，清末归入端方之手，因流落蜀中。一九六三年，四川戴亮吉携至北京（于挑担售旧物小贩的担头发现），由张伯驹先生重价购下，后归吉林省博物馆。小砚侧镌"脂砚斋所珍之砚"隶书；砚背镌明名士王稚登题五绝一首。朱漆匣，盖内刻有薛素素小像，匣底有万历癸酉款。此砚的存在，关系甚巨。砚是女砚，以女砚取为斋室名者，亦必闺秀才人，可以推见(参看《新证》第 795~801 页)。

　　《石头记》庚辰本第二十二回，写到贾母特为宝钗作生日唱戏，有一眉批，分明写道——

　　凤姐点戏，脂砚执笔事，今知者聊聊（寥寥),(宁) 不悲夫①!

查此回书文，是日"并无一个外客，只有薛姨妈、史湘云、宝钗是客，余者皆是自己人"。须知此是贾母上房，男客是不得入内的，况且下文写点戏人的名次，十分清楚:宝钗、凤姐、史湘云、李纨、迎、探、惜，丝毫不爽，概为女眷内宅小戏自娱的场面。

　　然而，脂砚读到此处，却走笔批云:"凤姐点戏（她不识字），脂砚

---

① "悲"原误"怨"，草书形似，过录者误书。

执笔！"是则脂砚即是席中之一员，确为女儿，无可疑惑。

点戏时，凤姐之下即列湘云，此外谁能就近依序而代为执笔？其事还不明白乎①？

脂砚其人，隐名讳姓，不欲以真情面世，她为协助雪芹抄整书文，批点胜义，常常是独自一人，冬宵夜作，一盏银灯，伴之流泪。

她不但极赏雪芹之文，而且极惜雪芹之人。

在传世"蒙古王府本"宝玉摔玉一回，她记下批语，至言"不觉背人一哭，以谢作者"（全文见后引）。她面对着雪芹的书稿，一种深怜至惜、爱慕护持的至情，即如是寥寥数语之间流露抒发，阅之令人感动最深，这真不是随常可见的一般世俗文字——也不同于"评点派"的旧套陈言，而且这位批家对之"背人一哭"，则她的女性情态的特色，也入目如绘其形，如闻其泣。

脂砚有深情，有豪气，文字不甚考究，一味信手率性而言，赏会雪芹的文心才气，抉发书稿的密意真情，时有警策之文，骇俗之义。如敦家昆仲，确是雪芹生平仅有的知音契友，但脂砚与彼又不相同，她是雪芹的闺阁知音，迥异于须眉诗酒之俦，世路尘缘之客。她与雪芹另是一种至亲至密的因缘关系。

当她批阅到雪芹写出"还泪"一段话题时，便于书眉上写道：

知眼泪还债，大都作者一人耳。余亦知此意，但不能说得出。

当她批阅至第三回宝玉"摔玉"时，便又提笔写道——

我也心疼，岂独颦颦。
天生带来美玉，有现成可穿之眼，岂不可爱可惜！
他天生带来的美玉，他自己不爱惜，遇知己替他爱惜——

① 考论这一课题，《新证》设有"脂砚何人"专节，可资详析。李侭民先生曾赐函谓拙文是使他惊心动魄地得以知悉脂砚的真相，见《红楼梦与中华文化》。

连我看书的人，也着实心疼不了。不觉背人一哭，以谢作者。

（"蒙古王府本"第三回）

试看她对作者雪芹的感情，是何等的深切真挚！她对雪芹怀着一腔感激之忱。而且，此情此意，复不欲人知人见，因而只能"背人一哭"，则其心情处境又是何等的不同于一般身份——无论是读者还是好友，都不会与此相同相类。

此批书人脂砚，口称书中人为宝玉知己，实则她本人方是雪芹的真知己。雪芹在千苦万难中能坚持将《石头记》写下去，大约只有她一人是他的精神支撑者与工作协作者。

到了后来，雪芹甚至已将开始著书的主题对象逐渐改变，成为此书不但为了别人而写，单只是为了脂砚对书的真情与实力，也要写完。说后半部书乃是为脂砚而写，亦无不可，或更符实际。

当雪芹不在家时，脂砚便于冬夜为之整抄，为之编次，为之核对，为之批注。雪芹是个狂放不羁之才士，下笔如神，草书难识，加之干扰阻断，其手稿之凌乱残损，种种不清不齐之处，全赖她一手细为爬梳调理，其零碎的缺字断句而关系不甚重大的，甚至要她随手补缀；不敢妄补的，注明"俟雪芹"。

为全书最后定名为《石头记》，也出自她的主张，此非小事。而且问世时又定为《脂砚斋重评石头记》，则益见此位女批家对整个创作完成的贡献是如何巨大了。

作者的知己，书稿的功臣，小说评点史上的大手笔，中国妇女文学家的豪杰英才——佚名失姓的脂砚，信乎应与雪芹携手同行而焕映千秋，其意义将随历史演进而日益光显。

题曰：

笔下呼兄声若闻，一生知己总关君①。

---

① 一条批曾言：将她与黛玉等同列，比为知己，"则余何幸也！"可并参照。

胭脂入砚留芳渍，研泪成朱谢雪芹。

七、西池老宅

雪芹与京中亲友阔别一载有余，人皆念之。他南涉秦淮，愿温旧梦，显然与江宁地方正在紧张筹备乾隆的南巡接驾大事相连。

如今河南博物馆中，藏有一幅雪芹小照，绘有坐像，像之左上方有五行题记——此为册页的一页"对开"合扇的右幅；其左幅则为尹继善题七绝二首，只有落款，而无像主名姓称呼（即俗谓"上款"）。

其像旁五行题记云：

> 雪芹先生，洪才河泻，逸藻云翔。尹公望山，时督两江，以通家之谊，罗致幕府。案牍之暇，诗酒赓和（去声），铿锵隽永。余私忱钦慕，爰作小照，绘其风流儒雅之致，以志雪鸿之迹云尔。

下署"云间艮生陆厚信并识"。

此幅肖像，与题记内容，皆属足信，有鉴定、论据可凭①。雪芹此一载时光，正是在两江总督幕中度过。

可巧两江总督大衙与康熙时老织造府正是前后紧邻，在明代甚至原为一个"汉府"范围。老织造府自乾隆十六年已改建为行宫，那是闲人不许擅入的。雪芹于暇时只能围绕新行宫的高垣，向"里面"窥望与想象。正如《石头记》中有几句写道是——

> 那日进了石头城，从他家老宅门前经过……大门前虽冷落无人，隔着围墙一望，里面厅殿楼阁，也还都峥嵘轩峻。就是

---

① 参看本书卷尾附编《雪芹小照考实》。

后一带花园子里，树木山石，也还都有蓊蔚洇润之气。

这就是雪芹当日的感受之移写了。

这所"老宅"，他家四代人（到雪芹这一辈），竟住了五六十年之久。

雪芹循墙绕到西北角，想起小时候喜欢的"西池"花园子，就在墙角内。伫立良久，从爷爷的诗句中，从祖母及老家人的讲说中，曾多次重温了此宅的前尘往事——

那是一座外围墙略成正方形（西北面多出一些来）的衙署，署内屋宇，除执事"群房"不计外，基本是东中西三路的布局。东路是衙署正院，有六进院落之深。中路是内宅，也有五进。西路是最别致的一路，前面东为戏台，西为射圃，而后面又是一座花园。这座园子，雪芹的祖父曹寅在日称之为西园，因为园中有池，又叫西池。

这所老宅，自从雪芹的太爷曹玺在康熙二年（1663）春天就来到了，一直住到二十三年（1684）夏天，已然经历了二十多年的岁月，雪芹的爷爷曹寅从六岁起，就居住在此，是在这里长大的，如今雪芹又是生活在这座宅院里，回溯起来，这已经是六十多年前的事了。

太爷在世时候，已很有文名，但看来他对庭园景物不曾多加经营，只是在刚到任后不久亲手种过一株楝树，及至此树长大成荫，乃在其下筑一草亭，爷爷为此特别给自己选定了"楝亭"二字作为别号。太祖母姓孙，康熙老皇帝就是她抚养带大的，康熙三十八年（1699）时，她已六十八岁，皇帝南巡，就以织造署为行宫，见了孙夫人老保母，十分高兴，因见庭中萱花已开，古人正是以萱喻母，于是亲书"萱瑞堂"三个大字赐她，就悬挂在内院正厅上。这一亭一堂，乃是曹家的家世历史文物，子孙对它们怀着深厚的感情，雪芹自不例外，从小就听家人讲述它们的来历。

雪芹的太爷卒后六七年，康熙二十九年（1690）起，爷爷曹寅又由京城外任，派到苏州去做织造官，《楝亭诗钞》卷二，就是从苏州任上开始；等到康熙三十一年，这才又从苏州移任江宁，在《楝亭诗钞》卷二中的那两首《西园种柳述感》五言律，就是祖父当时的心情，历史的见证——

> 在昔伤心树，重来年少人。
> 寒厅谁秣马？古井自生尘。
> 商略童时乐，微茫客岁春。
> 艰难曾足问？先后一沾巾。

> 再命承恩重，趋庭训敢忘（平声）？
> 把书堪过日，学射自为郎。
> 手植今生柳，乌啼半夜霜。
> 江城正摇落，风雪两三行。

这是整整隔了九个年头又回到江宁老宅时的情景，那时正是仲冬十一月间①。

　　自从这时起，被别人胡乱住了将近十年的故居，在曹家人看来简直已成十分"荒寒"了的样子，很快便开始改变了光景。迨到幼年的雪芹在这里生活的时候，那又已是三十几年的光阴过去，爷爷半生的经营，移竹添花，汲池种草，处处留下了丰富而深刻的痕迹。老楝婆娑，自不待言，山坳的高柳，也格外潇洒；梨花玉兰，鼠姑石苋，一时数之不尽；几处亭馆，一经高手点缀，自有无限风华。雪芹对爷爷特别喜欢的外署文酒宴会的西堂，内院萱瑞堂一侧的西轩和整个府院半偏的西园，也

---

① 所有年月，参看《红楼梦新证》第七章。曹寅并非直接继其父任，而是时隔九年，除楝亭本集可考外，最有力的旁证有二，一为熊赐履《曹公崇祀名宦序》说："而公长子某，且将宿卫周庐，持橐簪笔，作天子近臣。"无一字言及"继任"之说。熊氏为康熙的师傅、重要的大臣，在皇帝的乳公死后作崇祀序，在当时是关系不小的事件，岂有遗落继任诏命之理。一为与曹寅同年到江宁做官的宋荦说"子清（在苏州）追念手泽（并曾筑怀楝堂），属诸名人赋之（指《楝亭图》），诗盈帙矣；未几，子清复移节白门（南京），十年中父子相继持节，一时士大夫传为盛事，题咏愈多"（《寄题曹子清户部楝亭三首并序》）。所谓"十年中父子相继"，正指相隔九年，语义最明。若曹玺卒后即曾命寅继任，熊、宋之言皆成不可解矣。其他旁证尚多，参看《新证》第322～323页。

是格外感到意味深长，心怀亲切。他当时虽然还不能懂得其中的种种事故，但到他长大一些，能读懂爷爷的诗卷时，句句引起了他的回忆和感慨。"读书过日，学射为郎"——意思是读书就是最好的生活，不要追求享乐；生为男子，应当习武，是祖训，也是"家法"①。爷爷把年少的子侄都带到南京同住，一面"命儿读《豳风》，字字如珠圆"②，一面"绳量马道不欹斜，雁字排栽筑水沙。世代暗伤弓力弱，交床侧坐捻翎花"（《射堂柳已成行命儿辈习射作三截句寄子猷》）。

儿女们都在这个宅院里长大，他们嘴里无法避免地带上了渡江以南的口音——这件事雪芹从他爷爷的诗里也能找到感慨的笔迹。还有太祖母的形象，也仿佛能在祀灶诗里看到了——

> 刲羊剥枣竟无文，祈福何劳祝少君。
> 所愿高堂频健饭，灯前儿女拜成群。

当此流年急景，腊鼓频催的大年底下——

> 楮火连街映远天，岁行风景倍凄然。
> 江城爆竹声何据，一片饧香三十年。③

至于府后的西园，那从爷爷因丰润族兄来访而写的诗句中，就更能得见它的历史——

> 西池历二纪，仍爇短檠火。
> 簿书与家累，相对无一可。

---

① 所以曹寅也说："读书射猎，自无两妨。"这除了满洲旧俗、康熙重视的原因外，和他家始祖魏武帝的"春夏读书，秋冬射猎"也有关系。
② 此诗作时较早，此为借用。
③ 这正是追溯从康熙二年起在此度岁的三十年来之事。但曹寅作此诗时却料想不到再过三十年的祭灶日，正是他家惨遭巨变的"命下"之日。

连枝成漂萍，丛篠冒高筳。

归与空浩然，南辕计诚左。

今夕良宴会，今夕深可惜。

况从卯角游，弄兹莲叶碧。

风堂说旧诗，列客展前席。

大乐不再来，为君举一石。

闲居咏《停云》，遽若恋微官。

行苇幸勿践，税驾良匪难。

寸田日夜耕，狂澜无时安。

恭承骨肉惠，永奉笔墨欢。

……

伯氏值数奇（jī），形骸恒放荡。

仲氏独贤劳，万事每用壮。

平生盛涕泪，蒿里几凄怆！

勖哉加餐饭，门户慎屏障。

雪芹到后来才明白，这座西池，对他家来说，并不单是一处"外面好看"的游玩之地，里面包含了一部辛酸的家世史，无限的难言之痛①。他爷爷从一回到这里来就写出了"艰难曾足问？先后一沾巾"的痛语，不但是回顾，也是预言了他家的命运。

迫到异日雪芹著书，用特笔隐隐约约点了一点，说："那日进了石头城，从他家老宅门前经过……大门前虽冷落无人，隔着围墙一望，里面厅殿楼阁，也还都峥嵘轩峻。就是后一带花园子里，树木山石，也还都有蓊蔚洇润之气。"批书人在此即批云——

---

① 这种诗所表达的沉痛的语调，恳恻的感情，所使用的种种字眼，都说明了曹寅是追述家门的事情，骨肉的关系。但有人非说这是"官场联宗的习气"，未免太不实事求是了。

好，写出空宅。

后字何不直用西字？恐先生堕泪，故不敢用西字。①

须知，到雪芹作书，脂砚批书的时候，那老宅果然已就是"空宅"了——因为从乾隆十六年，曹家住过六七十年，诞生了雪芹的这处宅院，变成了乾隆皇帝的"大行宫"，长年锁闭，无得擅入，那"大门前"确实是"冷落无人"了。

题曰：

重来已是海生桑，旧宅巍巍属圣皇。

不见西池莲叶好，墙头花木付彷徨。

八、随园雅客

雪芹到过随园，为园中雅集之一客。

这座随园何处？与金陵小仓山袁子才（枚）的园子并无交涉。

此园就在北京，园主就是慎郡王胤禧。

胤禧是康熙帝之第二十一子，别号紫琼道人，生于康熙五十年（辛卯，1711），乾隆初晋为郡王。当时人萧奭龄《永宪录》叙此王云："慎郡王，圣祖二十一子，名允（胤）禧。雍正八年封贝子，晋贝勒；乾隆初，至郡王。与今上（乾隆）同庚，少同学。为人尚风节，乐交寒素。号紫琼道人。尝作陈恪勤（鹏年）、赵端毅（申乔）、沈绎堂（荃）、王阮亭（士禛）、查二瞻（士标）、王石谷（翚）《六君咏》。盖王兼诗、书、画三长，故咏及沈、王诸人——陈、赵为名臣，首致慕向意……"

---

① 皆见"甲戌本"。此为暗写南京织署，与"都中"（北京）的贾府所居之处，已无关涉。但不少读者总是把南北异时之事（素材）误认为一。而曹雪芹笔下却未尝有一丝含混。

其下引所作七律三首，《过恒王故园》云：

紫霞朱帐喷（去声）香猊，歌舞频看（平声）落月低。
废井水干黄叶满，危楼人去白云栖。
风流一歇成长往，《花萼》何堪见旧题。
系马空庭清泪洒，残烟衰草两凄凄。

而慎郡王之园，盘山高士李隐君（锴）却有佳作叙写其盛时雅集情况，与"歌舞"享乐全非一路生活。

雪芹于书中，写宝玉年十二三岁时，"路谒北静王"，此一小王，即以慎郡为"原型"者——慎郡王卒于乾隆二十三年（戊寅，1758），谥曰"靖"，故变幻为"北静郡王"；又乾隆帝于后二年命皇六子永瑢过继为慎郡的嗣爵人，故雪芹又以"水溶"（字形影射）借为靖王的名字（此两层巧妙变幻手法，亦即"假语"中实寓"真事"之本义）。

雪芹初会慎王，时在雍十三、乾元之际，年方十二三岁，而其时慎王年纪为二十五岁（1735），方过"弱冠"之年。试看那初会时——

……那宝玉素日就曾听得父兄亲友说闲话时常赞水溶是个贤王，且生得才貌双全，风流潇洒，每不以官礼国俗所缚。……

（第十四回）

……宝玉举目见那北静郡王水溶，面如美玉，目似明星，真好秀丽人物。（前文已云："现今北静王水溶，年未弱冠，生得形容秀美，情性谦和。"）……（水溶云：）若令郎在家难以用功，不妨常到寒第——小王虽不才，却多蒙海上众名士凡至都者未有不另垂青目，是以寒第高人颇聚。令郎若常去谈会谈会，则学问可以日进矣。

（第十五回）

这就正是慎郡王府上的实况。

李锴有《上慎郡王二十四韵》排律，中云：

儒术河间贵，文章予建雄。

……

坛坫争推毂，诗书妙发矇。

……

布衣珠馆集，上客锦筵同。

……

（《含中集》卷五）

持与雪芹之语对看，正相合符。

再看慎邸的随园的真景——

天帝灵宝无端倪，气有精者谁张施，乔云景星光曜滋，萃为帝子仍金枝，三驸退食尝委蛇，云旗翠葆祛绣旗，道腴内充神外弥，被服儒素循中逵，西园十亩邸第西，嘉随之义因名随，药栏鹤栅丁香篱，势有曲折劳攀跻，神鞭丈石飞峨眉，千年紫柏丛斑皮，吟亭花馆靡雕几，石床木几闲撑支，购书不恤千金靡，河闲万卷咸签题，好古杂以古鼎彝，珊瑚瑟瑟如涂泥，颓云黯澹陡欲低，大王墨沈时淋漓，一笔一墨皆天机，草木中有神明栖，宛转飒沓风雨回，擘窠作字龙蠖蚇，园中佳客谁趋陪，曳裾跕履联邹枚，易居卓踔三湘湄，父子兄弟齐音徽，烂斑尺二横介圭，大庭作贡孚有时，落落唐子楚璞劙，学穷焦费非时蹊，祖丈萧曹家世齐，毓东弱籍通金闱，依光日月丰沛陲，钦明兰谷骈玉芝，远情凝注秋水涯，曹江性与糟丘宜，酒酣往往摹徐熙，吴中澹泉何提提，星源海鹤方清羸，促膝茗饮传缥瓷，玎玱谁叩青颇黎，天风披拂水蚕丝，白门上人情我移，锴也臃肿多狂痴，敝帷故席蒙不遗，蜩螗细响吟清辞，

虎头妙技今丁仪，镕铸万象从范围，神采栩栩毫端飞，抡工选
胜更入微，补以树石唐画师……

这是李锴的《题随园雅集图歌》。此诗极为珍贵，与《上慎郡王
二十四韵》合看，则更是清晰明确：第一是李锴总把慎郡的诗书文化
比作汉代的河间献王，而又于雅集图歌中引举了几位最重要的宾席、
学者、诗人、画师等之外，还有高僧，各予一二语以表其特色与擅场
之处。

在此诗中，可以看到雪芹的影子，依稀仿佛，呼之欲出：

　　曹江①性与糟丘宜，酒酣往往摹徐熙。

嗜酒，工画，正是雪芹的两大特色。

随园十亩之地，在慎邸之西，故通称"西园"，而"嘉随之义"遂
不甚为人写记，久而遂迷，以至误混为袁枚的园林了。

随园何处？考永瑢承嗣慎郡王后，封号改为质郡王（事在乾隆
二十五年庚辰）；《宸垣识略》卷八（内城四：西中北、西北）载："质郡
王府，在宫门口葡萄园。"《啸亭续录》则云："质郡王府在官园。"《燕
都丛考》第二编第五章云："……翠花横街以西，火神庙、葡萄园以北，
南北胡同曰观音庵，曰东廊下、中廊下、西廊下，曰苦水井（今改'福
绥境'）。其西之东西胡同曰东弓匠营，曰太平街——《顺天府志》作小
太平街，曰官园。"此处有注云：

　　《啸亭续录》：诚亲王旧府在官园，今为质亲王府。按，诚
　　王讳允（胤）祉，圣祖三子，雍正中以罪除，乾隆二年追复，
　　谥曰隐。质王讳永瑢，高宗六子，嗣慎靖郡王后，谥曰庄……

---

① "曹江"，应是"曹郎"之误，诗中"曹郎"与上文"唐子""祖丈"等相次，文例
一致。盖李锴《含中集》原是稿本，因"郎"字的章草书形状与"江"字草法十
分相近，遂讹为"江"。

而《永宪录》卷一叙慎王，引过恒王旧园诗后，即引《过诚王故园》一诗。中云"灯月光中看妙伎，风花香里送春杯"，其人与文翰无涉，是一享乐之俗人；末云："翡翠不来鹦鹉去，横塘烟雨长蒿莱。"据此而推，诚王胤祉被雍正革废后，其府园久荒，至慎郡晋王爵分府，即是诚王故居；及质王嗣其后，遂又为质邸。

所称"宫门口"地名，本指朝天宫，在白塔寺西邻，只一墙之隔；其遗址甚广阔，考者谓官园、菜园、瓜园、葡萄园等，皆昔时宫内蔬果场圃遗痕。故质王府有宫门口与官园两说，或为一处之歧词，或本为邻近。总之，慎王随园所在，当不出此一地点，属京师西直门内稍南，为全城之最西部，故又称为"西园"。

西北城内，宫门口至官园一带，时有雪芹的足迹，参与随园的雅集，诗酒书画，样样不让座中前辈才人，怎怪得主人格外青目。

但只因这座随园之名少为人知，稍后即为讹传所混。

乾隆三四十年间，富察明义（与富良同族人也）作《题红楼梦》绝句二十首，小序中说：

> 曹子雪芹出所撰红楼梦一部，备记风月繁华之盛。盖其先
> 人为江宁织府。所谓大观园者，即今随园故址……
>
> 　　　　　　　　　　　　　　　（《绿烟三琐窗集》）

袁枚据此，引入《随园诗话》，将原话改为"……即余之随园"云云（其后重版又将此条删去）。从此，世上出现了这一传说，而不知当日雪芹实与慎郡的随园有往来雅会之因缘，与南京的随园并无瓜葛[1]。

一段旧事，可资参考——

二十年前，在张伯驹先生八十寿辰宴席上，有尚养中老先生向我赐

---

[1] 详考见拙著《恭王府与红楼梦》第二章，今不重述。至有记载云雪芹与袁枚曾有晤会，亦不实，因袁枚于其《诗话》中称雪芹相距已"百年"矣，岂是相识之语？当皆属讹传附会之说。

教，说："曹雪芹的事，我知道一点儿。"稍后蒙见访，细述一切。他大意是说，他乃平南王尚可喜之后，其家旧在西城"六部口"（地名），人称"六部口尚家"，有名。幼时，其家曾有一位多年寄居者，家中人皆称之为曹大哥而不知其名。曹大哥多才多艺，博通文史、小说戏曲，惟绝不谈《红楼》。为人沉静寡言笑。其后经家人再三强求逼请，方自揭明："我实雪芹之后裔，先人丫鬟所生，族中不承认，逐出，流落无依，故久寄老世交尚家。"涉及大观园旧址事，他说，园在宫门口，早成废圮荒芜了。

尚养中并云，幼时常到此一荒园中嬉戏，记得有一处土假山和涸池痕迹，他每爬至土山上玩耍……他一次特来邀我到这地方去看看，而我未往，原因是彼时对慎王随园一无所知，茫然以为此说难以联系，未加重视。二是他说旧址已盖了楼，面貌皆非。我听了遂全无兴趣，不想去看。今日回忆，深为悔憾。

题曰：

"随园旧址即红楼"，俗说讹言别有由。

谁向官园试寻问，更无涸沼与荒丘。

[附说]

尚养中先生名可恭，自述世系清晰，尚可喜生七子，之隆、之杰等皆康熙时内务府人，世代取名排行的字序，他亦记忆甚清；他自述是之隆或之杰之后代，云是康熙额驸。内务府尚与曹两家有世交，当属可信。他传述"宫门口"废园时，并无一字及于慎郡质郡二王。我亦不知此种线索；而如今方悟此中大有关联，非出偶然，因为此中找不到任何出于附会的嫌疑漏隙，今方绾合。

至于雪芹如何得识慎郡王，也可推知，盖平郡（福彭）、慎郡二王皆少时与乾隆为同学，故二王交密（一件郑板桥手札中叙及其弟子朱青雷由慎邸转入平邸，两府西宾。又慎王烦平郡向谢御史致意邀见，亦其交契之证）。当是慎王到平邸见到雪芹。

又李锴诗言曹郎醉后画摹徐熙，熙为南唐花鸟画大师，《圣朝名画评》卷三"花竹翎毛门"列首，评为"天下冠"，胜过黄筌、赵昌，出人意外，既神且妙，几近造化之功。

[补记]

今南京师范大学《文教资料》发表新史料记载，南京聚宝门外雨花台畔有曹公(寅)祠，祠内有大桂树二株，游人甚盛，如入广寒之府云。曹寅生祠、名宦祠皆有塑像，凡任织造者皆有像。雪芹既到南京，此祠为必到之地，盖其塑像亦为名手所作。

第十一章

一、柴门冻浦

雪芹南下，重到金陵，经历如何？无从悬揣。从敦敏意外遇他于养石轩，立即"呼酒话旧事"，感叹"秦淮旧梦人犹在"，可知雪芹从南省带回来满腹的话题。除了当前的"南巡"热潮之事以外，恐怕还有他会到的老辈之人向他讲述他爷爷在世时的无穷的盛业与佳话，有的真像"故事"一般，"比一部书还热闹"，这话嫡真不假。

雪芹为何不能在尹幕久居而复又北返？大约原因不出两端：同僚共事之人不容，嫉其才学，视为当门之兰蕙，势在必锄为快，因向东家大官时进谗诬，仍然不离"有文无行（xìng）"那一"罪名"。正如敦诗所谓"可知野鹤在鸡群"，他如何能在彼种官场俗套、金钱贪秽和奔竞倾轧中去和一群"鸡鹜"争食而蝇营狗苟？于是决意拂袖还归。

但另一无形无迹的原因却是他惦念《石头记》书稿之进程正在关键回目之间，比起前部来，笔墨更加紧凑，思虑益见激情。他心中放之不下，必欲回来与脂砚再接再厉，以期将全书胜业速底于成，以是他在南边是待不住了。

雪芹那日向好友所话之旧事都是怎样的？敦敏不肯为文以纪，只作了那么一首看似平淡无奇的七言八句诗，并无具体内容可考，然而就连这么一首七律，他弟弟敦诚也用"墨勾"将它付删了（即准备刊印时不予收录）。而且敦敏在"秦淮旧梦人犹在"之下，却接的是——

燕（yān）市悲歌酒易醺。

不管我们多么"钝觉"，也会从这种痕迹中"读出"弦外之音来。那些事情的关系，大约都是很重大而讳莫如深的。笔不能宣，酒以浇之。

不但如此，其酒畔悲歌，今亦不可得而闻之。

明琳的养石轩，究在何处？亦不可考了①。真令人有云烟散尽之感，旧梦全迷之叹。

敦敏得知雪芹已归，当即告知于敦诚。二人相念已久，便打定主意，到郊西山村的隐居之地去访晤雪芹，以便畅叙久别之情怀，再聆江南之闻见。

那时出城奔郊西，要起个大早，坐骡车，数十里路，就是顺畅无阻，也得过午方到；遇有一点儿周折耽搁，会闹到更晚，何况雪芹此处山村，他们并不识路，问径寻途，煞是费事。

好不容易，终于寻到了这处"庐结西郊别样幽"的村居隐地。

敦家兄弟从城里乍一来到这种从来未到之地，真如身入另一世界，那一切一切，竟是如此不同，若不目击身临，很难形容想象。

这儿的水碧山青，令他们目怡心悦；而雪芹居处的清寒简陋之状——"茅椽蓬牖，瓦灶绳床"，《石头记》卷首的这八个字，分明在目，丝毫不假——又令他们一阵凄然酸鼻，两眼泫然。

并不奇怪，他们如此难得的重聚，所谈的话题仍离不开雪芹的南游

---

① 养石轩地址本不可考，旧日只推断明琳为明瑞之弟兄辈，即富文之子，如此则或与明瑞同宅，应在东城勾阑胡同。拙著《曹雪芹新传》云在北兵马司，系依明亮宅而推寻，但西城另有兵马司胡同，故总难定。俟再考。

经历与见闻，情怀与感慨。

二敦为此，各赋诗一首，成为此行的忠实记录——

> 碧水青山曲径遐，薜萝门巷足烟霞。
> 寻诗人去留僧舍，卖画钱来付酒家。
> 燕市哭歌悲遇合，秦淮风月忆繁华。
> 新愁旧恨知多少，一醉酕醄白眼斜。
>
> （《东皋集·赠芹圃》）

> 满径蓬蒿老不华，举家食粥酒常赊。
> 衡门僻巷愁今雨，废馆颓楼梦旧家。
> 司业青钱留客醉，步兵白眼向人斜。
> 阿谁买与猪肝食，日望西山餐暮霞。
>
> （《四松堂集》卷上《赠曹芹圃》①）

两诗历历，绘出雪芹当日的生活与处境的一片真情实况。其地幽僻，野草环生，凄迷小径，面山临水之处，搭架起几间陋室，那种贫苦境界，令朋友看了心中十分难过——"愁今雨"，今雨为之生愁，"今雨"用杜句"旧雨不来今雨来"（前文已见）。

雪芹的贫况，是诗中的一大重点，"举家食粥"，用颜鲁公《乞米帖》的旧典，南人以米为主食，家贫米缺，只能煮粥充饥——北人谓之"稀饭"；"喝稀的"这话就指吃不饱，没有"干的"果腹耐时。嗜酒的雪芹，向小店赊取，等画了画儿卖几个钱再付酒债。至于今日的聚会，要留客款待，此费何来？是向人借来的，方有聊备客筵之资——"司业青钱"，也是用杜诗"更有苏司业，时时乞酒钱"的典故。

两诗的另一重点就是"话旧事""悲遇合"。

"废馆颓楼梦旧家"，句中只避去了一个"红"字，其实已经是把

---

① 《赠曹芹圃》题下注："即雪芹。"

《红楼梦》的命名与涵蕴都已揭示出来了。"旧家""旧事""旧梦",在小序与诗联中如此重复突出,则这在雪芹的精神世界占据何等地位,不待烦言可晓。

当然,自从他们相识、订交以来,此一话题必定早已存在,且恐不止一次;但这时忽又将它重新提到中心,其与南巡、南京的新事态暗相关联,也是不言而喻,更为分明。

这些,引起了雪芹的悲怀,而在以酒消愁时,则以歌当哭,以笔代舌——尽发其穷奇块垒、郁勃佯狂之气,出语惊人,落笔骇俗。雪芹的"白眼"斜态狂情,使得好友为之心旌震荡。

"秦淮旧梦人犹在",此人何指?

"燕市哭歌悲遇合",这遇合与犹在之人有无关联?

敦敏在篇末给出了"新愁旧恨"四个字,又各何所包孕?

当时不敢多写,今日安能测知。

旧恨,显然指的是康、雍的巨变,家世的深灾。新愁似乎包含着乾隆五年以后的重重事故以及目下雪芹所遭逢的不幸——幕府东家的菲薄与京西脂砚的危难。

"阿谁买与猪肝食",还透露了雪芹所居地方官吏对他的欺凌逼迫。

"猪肝"的典故出于《后汉书》闵仲叔事迹,仲叔高士,贫不得食,时安邑令敬之,每日为购猪肝一片以飨之。敦诚学博,独用此事以写雪芹之贫甚,食不得饱。然而,诗人之笔并非都是径直而单层次的死语呆话,这儿显然还透露出一种事势:时无安邑令,不止是一个不知敬重救济的问题,实质就是器重敬惜的反面——对雪芹更加欺凌逼迫。这事将在此后不久的一条脂批中得到印证。

本年敦家弟兄出郊入山,寻访雪芹,似不止这题句赠诗的一次。敦敏在冬天访雪芹不值,就又留下了一首五言绝句——

野浦冻云深,柴扉晚烟薄。
山村不见人,夕阳寒欲落。

冬日天短，山中光暗，所以显得时辰已晚，敦敏独立于那陋巷柴门之外，眼见这一片冻水寒烟的景象，心中无限感怀叹惜——雪芹在此境中，举世无有肯来一顾者。

极大的孤独寂寞之悲感情绪，使诗人泫然泪下。

题曰：

寂寞山中抱一心，几多鬼蜮正森森。

斯人不见知何往，独立门前五字吟。

二、旧梦新书

雪芹之南游，并非他愿过西宾幕客这种生涯。但除此机缘，又无由亲到金陵去捕捉自己虽未深尝而久闻艳说的秦淮旧梦。加以声名已作为西宾为人称道，友朋如鄂实峰，也是以幕席为生计的文人，故此图一个驾轻就熟，遂应聘而南行。

"比一部书还热闹"的秦淮旧梦，从何温起？金陵城是世界上最大的一座古都，从"六朝金粉"到孔尚任的《桃花扇》传奇院本，那都是雪芹熟知的了，但他离开南京时年龄只有四岁。看他在《石头记》中借宝玉之口而说出"常听人说，金陵极大"（第五回），"甲戌""戚序"两本皆有批云："常听二字，神理极妙！"便可为雪芹原未及熟悉南京的确证。如今来到这处"老宅"旧地，目睹一切，他的感受真是百绪千端，莫可名状。

金陵确是太大了，古迹也太多了，除了秦淮画舫、门巷乌衣等易知易寻之地而外，如何游览山川胜概？却甚茫然。应是幸得祖父旧时故交世谊给他指点：他处慢慢闲行，惟鸡笼山不可不先去一看。

果然，这一指点是太对景了。这儿有多处可资雪芹忆昔感今的名胜，在《楝亭》遗集中也是有迹可寻的。

鸡笼山，又名龙山，在明代多称钦天山，因为观象台设在山上，属钦天监所治，故此得名；而俗语又多以"北极阁"为之代称——聆此一名，可悟山在北面无疑了。

《建康志》称此山高三十丈，周回十里。山顶曾有望湖亭，早废；后筑者犹有旷观亭，盖此山下临玄武湖，登亭一望，徒倚空阔；南眺城肆，灯火万家；而群山环抱，映带江湖，实登临览胜最佳之地。

雪芹至此，胸怀大畅，想到北京，与此不同，曾因差使登景山，凌白塔（北海），望全城，一片金黄琉璃瓦宫殿铺海，无数金碧牌楼，以棋局的街巷，画所难到——与此诚为各有千秋，不可轩轾。

但更使雪芹摇动心旌的，还有山之左右的"十庙"，山下的胭脂井，东面的鸡鸣寺……

何为"十庙"？原来，金陵虽是六代名胜古都，但俱是偏安之局，未足远控中原，统收华夏；惟至明太祖，逐走元人，混一区宇，方以南京为"应天"之府，建都立国，故明故都城之伟迹尚存于清初。仅于鸡笼山左右，即有"十庙"之称，早成游观盛景。

雪芹一闻"十庙"之名，顿时想起"十庙墙东杜芥家"的诗句，想起杜芥就是给爷爷的《舟中吟》诗集作序的人，南京最有名气的明遗民"二杜"之一杜（另一即是杜茶村，名濬）。他知道爷爷为了寻访二杜，赏句谈文，送钱赠物，这十庙墙东是他常到之地。

但是何为"十庙"？这须逐一到寺焚香，方知详细。雪芹游兴本浓，遂命驾而往。

原来那"十庙"是：帝王庙、蒋忠烈（子文）庙、城隍庙、真武庙、卞壶庙、刘越王（南唐之刘仁瞻）庙、曹武惠王（彬）庙、元德国公（福寿）庙、功臣庙（明之开国元勋百八人）、关帝庙等，俱是洪武年间新建或徙建者，凡十一庙，人举成数，顺口成词，故谓之"十庙"。

如今单说这曹武惠王庙——此庙本在南门外，乃金陵之民感念武惠王下江南平南唐时不安杀一人、不私收一钱的厚德而为之建立的，但地方湫隘；洪武二十年特命移建于钦天山，遂列于"十庙"之间。庙有明碑，题曰《敕建宋济阳曹武惠王庙记》，碑文亦奉敕所撰，其大略云："洪武二十年夏六月，皇上御奉天门，诏臣三吾（作记者自称）曰：宋济阳曹武惠王有遗爱在民，朕命工曹鼎新祠于钦天山之阳，当笔曰勒石，以传后世。"碑文全部列其功勋名位之盛，其天性仁厚，所至之处，军习屠城肆欲，王则勒令部下秋毫无犯，民皆德之。至围困南唐都城，后主李煜不降，将士欲攻之，王持不可，以惜此一城生命，佯示疾卧病，诸将来视，乃告以如破城不妄杀一人，我疾即愈，诸将皆感动，焚香共誓。城破执李煜，释而礼遇之。部吏有犯法者，因新婚不即治其罪，为恤人言新妇不吉利而遭不幸……其忠厚过人，不忍伤一物者大抵类此。碑以诗结，其句云——

> 积善余庆，天道则然。粤稽古昔，惟王有焉。
> 王其倚何，佐宋太祖。勘定祸乱，允矣神武。
> 劳为民福，燕及其私。天且不违，人敢忘之？
> 皇帝曰吁，王有遗爱。聿荣其德，有敬无怠。
> 继作新庙，赉然有辉。王其居此，感吾民思。
> 秉彝好德，有心则同。刻文在本，来者其崇！

雪芹读罢，方悟祖范家风，并非偶然，太爷、爷爷一生行迹，正复如此，无怪乎金陵人士也为之立祠，久而不忘。

聿荣其德——"荣国府"的称号，渊源于此。

"至今黎庶念宁荣"（第五十四回宗祠联语），也莫不与此相关。

雪芹瞻拜了遗像，不免想起已在《石头记》中写下了"诗礼簪缨之族"的前情，那原是溯及了武惠王在内的文武家世的一句"假语"——却又是"真事"。

雪芹既到江宁，方知太爷、爷爷除皆入名宦祠，又各有专祠，均为遗爱在民，众民所立。爷爷的祠人称曹公祠，建在太平坊，岁时祭者不辍。因而向老辈人访求祖父遗事。老人们都说那可是讲也讲不完的。惟有三四件事最使雪芹惊心而震魄，下泪而伤神——

一件是前明名臣姚廷尉（思孝）之子，姚潜，字后陶，歙人而居江都；明亡弃世高隐，诗酒自豪。忽妹家被祸，妹被抄没入满洲贵家为奴，后陶斥尽家赀入京师奔走，竟将妹氏与孤甥自火坑中赎出。晚景孤身一人，无家可归，因曹公来扬州，遂托于曹公，公给以馆舍，计口授食、计时授衣者二十年，至姚八十五岁而终，又与其妻方氏合葬于烂石山。今《楝亭》诗中尚存与后陶唱和之迹……

于是雪芹忆起：祖父诗卷一中，太爷去世后，全家北返，今存留别南京交好的诗只收有二首，一首即是《留别姚后陶》，那诗就是雪芹最为击节得味的，常诵不去口——

> 塞草江芦青不同，浮生何限别离中。
> 雄心作达深杯见，老眼题愁素纸空。
> 巷北树凉扶杖过，溪南水好放船通。
> 相于正有园居约，多送蒲（帆）入尺风。

雪芹最爱的是颈联二句，常言这已不是唐贤宋哲的范围了，另有一种俊迈沉雄之致，真是爷爷的高才与奇气，自己万不能及。

再说鸡笼山上本有北极阁，其左有万寿殿，乃康熙二十八年（1689）因谕免房税，民因立殿纪焉。雪芹屈指算一算，那时爷爷还在广储司，翌年之夏四月，方出任苏州。

再看山之东麓，有鸡鸣寺，乃是六朝梁时的同泰寺故址。梁武帝舍宅为寺，即此名地了。《楝亭集》中，诗文亦在。寺后有豁蒙楼，取杜诗"忧来豁蒙蔽"句意，传为南唐涵虚阁旧址，据湖山之胜境，而其下即胭脂井。此井的井栏石上有红脉，色如朝霞，能染帛似胭脂痕，相传是南朝陈时景阳宫井，宫人之胭脂染石而成红色，因有胭脂井之美名。不管传说是否确实，却对了雪芹的心思。他的痴意是，此亦女儿容华血脉之所至，传而入石，道理是实有的，何必考据真实与假想，即假想也是美的。

金陵之大，实是非常，仅此鸡笼一山之胜处，到了雪芹口中，娓娓奇谈，出神入化，已把二敦听得眉飞色舞，不断叹赏叫绝。

至于问到在彼所闻于祖父楝亭先生的遗事美谈，那可就益发万言难罄了，雪芹只举了两桩旧事——一桩是《长生殿》大名剧的事，一桩是一部大禹治水的小说。

金陵老辈文士津津不去口的是有一年洪昉思（昇）先生到了南京，棟亭大会宾客，尽三日夜搬演全部《长生殿》，奉洪于上座，亲自为之拍板按节，逐字击赏，并赋诗感叹洪因此剧遭受的不幸——

> 惆怅江关白发生，断云零雁各凄清。
> 称心岁月荒唐过，忧患文章恐惧成。
> 礼法世难容阮籍，穷愁天欲厚虞卿。
> 纵横捭阖人间世，只此能消万古情。

二敦不禁叹慨，说此诗也好像是预为雪芹而作，句句贴切，字字道着，如天造地设的一般。

那另一桩更奇——

沈滕友名嘉然，山阴人，能书，后入江南大宪幕中。病封神传俚陋，别创一编，以大禹治水为主，按禹贡所历，而用山海经传，衍之以真仙通鉴、古岳渎经，叙禹疏凿遍九州，至一处则有一处之山妖水怪为梗。上帝命云华夫人授禹金书玉简，号召百神平治之，如：庚辰、童律、巨灵、狂章、虞余、黄魔、太翳，皆神将而为所使者也。至急难不可解之处，则夫人亲降，或别求法力最钜者救护之。邪物诛夷镇压，不可胜数，如刑天、帝江、无支祁之类是也。成功之后，其佐理及归命者皆封为某山某水之神。卷分六十，目则一百二十回。曹公棟亭寅欲为梓行，滕友以事涉神怪，力辞焉。后自扬返越，覆舟于吴江，此书竟沉于水。滕友亦感寒疾，归而卒。书无副本，惜哉！

敦家弟兄听罢这段故事，一齐惊呼痛惜，深知人间自有异才绝构，然而天地不仁，每每忌而厄之，以致人琴俱亡，永无可复之望。这真是仁人志士之大恨，而曹氏祖孙的钟情于院本传奇、虞初稗史的家风，也由此印证彰明，同为不俗有识之士倾倒折服。二敦于此，也不免联想到眼下雪芹何以如此珍重他新撰的《石头》一记……

雪芹从金陵带回的"旧事"，必当包括这些，应无疑问。可是，还有他在大吏幕府中的种种经历见闻，却是后人所无法想象的了。

题曰：
> 十庙来参武惠崇，长生殿与景阳宫。
> 古今文武兴亡事，新梦依依旧梦中。

三、凌烟新阁

敦敏于明琳的养石轩隔院与雪芹相遇，写下了一首诗：

> 芹圃曹君霑别来已一载余矣。偶过明君琳养石轩，隔院闻高谈声，疑是曹君，急就相访，惊喜意外，因呼酒话旧事，感成长句：

> 可知野鹤在鸡群，隔院惊呼意倍殷。
> 雅识我惭褚太傅，高谈君是孟参军。
> 秦淮旧梦人犹在，燕市悲歌酒易醺。
> 忽漫相逢频把袂，年来聚散感浮云。

"可知野鹤在鸡群"——阔别年余，相逢意外，敦敏第一句话就写下了这么七个字，其措词实不偶然，而语气斤两之重，也不同泛泛。雪芹在他的同僚中，真同鹤唳青霄，俯视一班蝇营狗苟、奔竞倾轧之辈，鸡群也未必如彼其卑鄙尘俗。然而此次南游作幕，却也给他带来了新的声望——其才华笔墨，绣口锦心，远出常流万万，虽嫉者口中不言，心却暗服。

一位大诗人、画家、艺家，竟以"名幕"为人所"知"，试看一首七律——

病虫余血此书函，感慨名场泪满衫。

粉黛空传花史笔，文章只博稗官衔。

依人左计红莲幕，托命穷途白木镶。

世态炎凉都历遍，无聊楮墨写酸咸。

（《红楼诗借·悼红轩吊曹雪芹先生》）

此诗对雪芹的身世深所谙悉，字字皆非泛设。其腹联二句，可证"红莲作幕"，绝非妄传，当时人皆知之矣（白木镶，用杜诗，流离贫饿以木镶掘野芋以果腹。"无聊"，非后世贬义，谓穷愁无所依托寄寓，"百无聊赖"，常用语也）。

红莲之幕，其名甚美，其境至杂，雅词西宾，俗话师爷，实际种类性质繁多，品位等级各异。真正的官衙幕僚，是世传专业，结伙成帮的，专管钱谷刑名各种要务，皆为主家（官员）之左右手，谙悉宦场一切内情惯例，常人断难替代，此种即俗称"绍兴师爷"为之代表。其余京师各王府贵家慕文向化，早已成风，凡才名藉甚而身位未崇者，皆被延聘，争相罗致，或课子孙，或充"清客"，以至包括琴师画手、棋匠园工，莫不可以归之于西席一目。其间真名士，实学高才，暂托朱门，后成大器，其例比比皆是，数量之大，其实可惊。估量雪芹之入尹幕，绝非钱谷刑名那一类型，恐怕连公文案牍的"主文相公"也不是，还应该属于词章艺术的专长异品之列——因为南巡接驾的大典，亟需异样难逢的特殊才艺。

尹继善，满洲镶黄旗人，本姓章佳氏，雪芹降生的前一年他成为进士，进了翰林院。平生历任地方督抚大吏，政绩超群，而以"四督两江"著称，在江南二三十年，公正清廉，仁厚风雅，民情悦服。但只一件，为人批议，即是多次逢迎乾隆，几度请举"南巡盛典"，"锦绣瞒天"，远比康熙时更甚，加以开山造河，以致江南三吴之民力大耗，三十年之久犹难恢复，可为评他功罪的一大条款（乾隆末年诫其子嘉庆继位后万万不可再举南巡，深自愧悔，可知其所关之至重至深矣）。

尹继善应是雪芹平生所认识有交往的一位重要政治人物。他父亲尹泰，以笔帖式官至大学士，他的夫人是鄂尔泰的一个侄女；而他的女儿（张氏所生）竟嫁与八阿哥永璇为王妃，他与乾隆成了儿女亲家。

雪芹对二敦讲了秦淮旧梦之与"新梦"的比照与异差，因而论及尹公，说他倒是一位难得的好官，长处很多，尤能爱才惜士，汲引任用，相待宽厚，但接下太滥，真伪良莠便尔不分，如袁子才，奉承显贵，营求声气，造伪作假，诗家而有其极俗的一面，尹公却概加青眼（以致人讥"翩然一只冲霄鹤，飞去飞来宰相衙"）。又迎合南巡，搜奇竞胜，"雅"得也令人难免有"变俗"之叹。为造"幽居庵""紫峰阁"，苦搜奇石，皆从地底数丈深处挖出，刷沙去土，拽运安插，费工耗银，不可胜计——只此一事，其他可知矣！

雪芹又言，尹公与傅忠勇（恒）交情甚笃，傅平金川，建立奇勋，实多赖尹为运饷得力，盖其时尹主户部，所关最切也。因提到傅公，雪芹这才又吐露出一段心事，尚为敦家昆仲所未知——

原来，这几年来国事军情，可又非比寻常，雪芹自从出城出郊，暂得幽居，似离世外，而实亦无法与世隔绝；天下之大事，虽有能知不能知，但两三年来人人传述忧心的是两件：一是天灾不断，各省州县，所遭之灾，可谓已经"齐全"：水、旱、风、霜、雹、虫、潮……而且接连报警。另一件是西北军情日益多事，准部、回部相继叛乱，大兵调遣，军书旁午，火急潮涌，几无虚日。那时的"盛世"，并不"太平"。而恰在此种年月中，皇上游兴特高：乾隆二十二年春，南巡再举；而且春祭、秋狝、谒陵、避暑，还有孔林、泰岳……也是日日折腾。二十二年春，回部情势更紧，定边将军成衮札布等大军两路进剿，此间明瑞（明琳之兄）已为领队大臣。至于灾民遍野，九州饥渴，朝廷施赈与免赋的旨命之多而且密也是史书上罕见的危势。

乾隆二十三年的腊月初一，日食（古时以日食象征天子有过，要"修省"，纳言），左副都御史孙灏乘此机会奏请明年停止巡幸（已见前叙）。不想遭到严谴，降为三品京官留用，给了御史言官一个莫大的"没脸"，从此再无一人敢谏一字。

孙灏就是稽查右翼宗学的孙晴川先生，二敦十分敬重的正人君子，品格甚高，竟因直言而蒙辱。

但乾隆二十四年这一年，是进军西疆平定回部事件的关键之年，而南巡的或行或止，实与军机大势息息相关，并非各不相涉。谁也不曾想到：因有南巡之举，雪芹方到秦淮旧游之地，而西师的险势紧急与意外的胜利，又使得雪芹回到京师。何以云此？

——盖自本年春，军事节节胜利。三月，明瑞已晋封"承恩毅勇公"（"承恩"表皇帝后妃家封号）。至冬十月，叛首霍集占为部下所杀，献首级，全部投诚。至此，一场巨大危机，经众勇将士卒浴血苦战，深入重围，死难者无算，终获全胜，实出预料之外（乾隆诗文承认初无任何胜算把握）。乾隆大喜，得将军富德捷报后，立即宣布中外，大封诸位首将：将军兆惠加封宗室公品级，富德封侯爵，与参赞大臣公明瑞皆特赏戴双眼花翎（孔雀尾羽之翠眼，双眼翎为殊荣）。

这一喜不打紧，乾隆立意要为功臣画像纪勋，盖造紫光阁，以为悬像之处。

这么一来，方又引起到处觅聘高手画师的举动。

富察家，以傅恒为首，选为百位（第一批五十人）图像功臣之领头人物，而明瑞又是这百人中列居第十八位的名将重臣。他们知道雪芹的才艺超常的大手笔，加上尹继善也很称赏推荐，于是雪芹从南京被请回了京城。

这就是为何敦敏忽于明琳的养石轩之隔院，重晤雪芹的一段曲折的经历。

题曰：

南巡盛概几人知，苦战西陲浴血时。
赢得紫光崇阁位，重劳绝技画图师。

[附说]

红莲作幕，典出南齐王俭，俭领朝政，所辟皆才名之士，时谓入其幕府者为入莲花池，以红莲淖水相映之义也。然"感慨名场泪满衫"一句尤关紧要。雪芹祖父题《楝亭夜话图》即有"感慨名场又一时"之句，张伯驹先生《春游琐谈》以为此用太史公报任少卿书，寓有深意。今按"名场"一词早已超越科名仕宦之本义而成为暗喻政局之语矣。

四、傲骨称奇

乾隆皇帝因平定西陲奏凯，一心要大举动以表喜庆，遂命修葺紫光阁，一面觅聘画师为五十位功臣绘像，并为亲制像赞。后五十名则由儒臣代撰。人物肖像之外，还有巨幅的战役情景的全图、地图若干帧。当然宫廷御画院与如意馆内的人手是大大不敷用了。这项绘制工程，比之修葺阁殿还要巨大而困难。

紫光阁坐落于西苑（今称中南海）。苑与西华门相对。苑内有一处叫作仁曜门，门西有屋，康熙帝在此养蚕，有桥亭，题曰结秀亭。亭西一水横带，稻田数亩，折而北，就是有名的丰泽园了，此乃康熙种稻之处——《红楼梦》中所写的胭脂米，也曾在此植获。园后种桑数十株。康熙有时亲自做些"农活"。园之西，有春耦斋，自此循池西岸而北行，即到紫光阁。

紫光阁原为明代所建，康熙时则以此处为考取武进士的地方，又常于八月仲秋命上三旗、侍卫大臣等于此校射。因此遂循例成为与武备有关的专用所。这次正好选它为功臣图像，十分恰合。

大学士一等忠勇公傅恒，金川之役早立丰功，健锐营之设立，也是因此之故；而此次他并未出征却又是百位功臣中独他居首，何也？只因他是决策的重臣，所关最巨。是以乾隆给他题好了像赞：

世胄元臣，与国休戚。早年金川，亦建殊绩。

定策西师，惟汝予同。鄦侯不战，宜居首功。

而参赞大臣、一等毅勇公、户部侍郎、副都统明瑞，也排在前列，其
赞云：

> 椒室懿亲，年少志雄。谓可造就，俾学从戎。
>
> 独出独入，既忠且壮。屡立宏勋，惟予所望。

从此可知，明瑞的成就，乾隆自其少时即加指点训导了。

只因傅家（富察氏）的这些人，都要画像，这可就想到了丹青圣手
曹雪芹——盖从敦诚丁丑赠诗那年起，人们早已把他视为当世的曹霸将
军了！

古代画像，名曰"写真"（此词日本沿用而移于照相拍照了），"真"
即真容之义。在中华人物画中，写真是一专科，其高手能以最简练的线
勾法而传出像主的形神意态，达到惊人的境界。唐代曹霸于此最负盛
誉；其大弟子韩幹亦有名，但韩幹为郭令公（子仪）之婿赵郎画了肖像，
而名手周昉又作第二幅，周绘竟压倒了幹作，此事成一代艺苑美谈。乾
隆既立紫光阁，当然即须传言地方大员物色画像名家，推举来京，入画
院或如意馆充当供奉。

江南总督尹继善，当下选取了画师，也推荐了雪芹。

大约雪芹也已倦于幕僚生活，想回京郊，惦记脂砚与书稿之事，便
乘此机缘，答应回京——到京之后，先去与傅家联络商洽。这就是敦敏
忽于明琳养石轩隔院巧逢了阔别年余之雪芹的缘由。

"蝇头小楷太匀停，常恐工书损性灵。急限彩笺三百幅，宫中新制
锦围屏！"此乃郑板桥的一首绝句。他咏的犹系儒臣写手们在供奉书法
职务差使中的苦味，那么画又如何呢？怕是要繁难十倍百倍了。那是生
命精气的巨大消耗，是画好了只有"圣上"一览，而世人永无欣赏之权
利与荣幸的。学艺一生，难道就为了这样一个"结果"？

> 捐躯报国恩，未报身犹在。
>
> 眼底物多情，君恩或可待。

这是雪芹放在《石头记》中作为"标题诗"的一首五绝（"或"，原抄本讹作"成"），而实在原是他对于傅恒等显贵要人召他入馆画像的一个回敬词。

今日推想，当是傅恒因他拒不受聘而向他游说劝促，内中会说道：这些功臣，出生入死，以至捐躯报国，都不惜身命。你为他们画画，与人家"肝脑涂地"相去太远了，怎么还吝惜自己的那一点儿画艺，不肯报效皇家？你若画得好，皇上是有隆恩厚赏的……

看雪芹那四句诗，恰恰是针对那一类说辞的答复。

这个答复，当然激恼了贵官们，都骂真乃不识抬举的一个败类，曹家的不肖子孙，无可救药，也无可怜惜！

雪芹的真回答可能在心中另有一番更惊人的话语：我们曹家已是六代人给人家做奴才了，难道还没做够？还要给这一群弓马奴才去当笔墨奴才？我宁愿少受点儿浩荡皇恩，且自顾一下我的眼底（今之所谓"现实里的"与"最亲近的"）牵肠挂肚的亲人吧！

这种狂傲不驯的答词，不但回绝了"君恩"，也满可以招来杀身的大祸。

无怪乎敦敏随后有题雪芹画石的一首诗——

> 傲骨如君世已奇，嶙峋又见此支离！
> 醉余奋扫如椽笔，写出胸中魂磊时。

雪芹之另一诗友张宜泉也写道——

> ……
> 羹调未羡青莲宠，苑召难忘（平声）立本羞。
> ……

张宜泉是用唐代大诗人李白、大画家阎立本的典故，说他们皆因入宫供奉而表面似宠、实际蒙辱的史实，暗指雪芹之不同于李、阎，竟不赴召。

今按阎立本的那段故事，原是唐太宗一日泛舟于苑池，臣僚侍坐赋诗，乃召立本图绘此景状（即后世所谓"行乐图"），立本奉召，匍匐于池边，敬谨作画，见同僚坐而陪侍，独自己如此，不禁羞愧汗颜。事毕，归而诫其子曰："吾少读书，文章不减侪辈；今独以画见知，与厮役等（与奴仆一般），若曹（你们）慎勿学。"这是很可悲的一段名言。张宜泉移用于此，而且接着说的是："借问古来谁得似，野心应为白云留。"此则又系运用宋代魏野的典故，野隐不仕，被征不出，人问他何以不出山做官，他答："野（自呼）心已为山中白云留住。"

合而观之，"君恩或可待"，"苑召"之荣留与日后再去承当吧！——雪芹谢绝了聘请，不肯再去做皇家的厮役，已甚明白。

此为傲骨，此亦为英雄侠骨硬骨。

题曰：

匍匐池头运笔难，贵人体泰我身寒。

醉来画石真奇丑，也胜诸公面团团。

五、眼底多情

"眼底物多情"，指什么？指谁？

《西厢记》第四本，俗称《草桥惊梦》者，写崔莺莺与张生送别，是全剧的精华与顶点，其第三折，有一支曲叫《耍孩儿》，曲前一段道白，必须参看——

（一）先是莺莺嘱咐不拘得官与否，早日回归。张生答云："青霄有路终须到，金榜无名誓不归。"

（二）崔莺莺乃言："君行别无所赠，口占一绝为君送行：'弃掷今何在？当时且自亲。还将旧时意，怜取眼前人？'"张生答云："小姐之意差矣，张珙更敢怜谁？谨赓一绝，以剖寸心：‘人生长远别，孰与最关亲？不遇知音者，谁怜长叹人？’”

（三）莺莺唱，曲调即《耍孩儿》——

"淋漓襟袖啼红泪。比司马，青衫更湿。伯劳东去燕西飞。未登程，先问归期。虽然眼底人千里，且尽生前酒一杯。——未饮心先醉。眼中流血，心内成灰！"

（四）此前莺莺唱《满庭芳》，已有"眼底空留意"之句。

要明白雪芹的"眼底物多情"何所指称，务宜熟参他所倾服的王实甫先生的芳词警句。

至此就已十分明白，这指的就是为他批书的脂砚。

由此也可以推想，当雪芹南下，脂砚与之作别时，恐怕也像《西厢记》里的那一曲《五煞》——"到京师（应变云'金陵'）服水土，趁（古语赶路之义）程途，节饮食。顺时自保揣身体。荒村雨露宜眠早，野店风霜要起迟。鞍马秋风里，最难调护，最要扶持。"两人的心心相系，只此方是"眼底物多情"的真正内涵。

这位眼底之人，需要多情相顾相依，故此"君恩"可待他日再报。那么，"秦淮旧梦人犹在"的那个人，恐怕也就与此不无牵连了。

"人"，在唐诗宋词中往往有其特指（或可叫作"属性"），多指相思之"对象"。例如"人面桃花相映红""不见去年人，泪湿春衫袖""雁横南浦，人倚西楼""碧野朱桥当日事，人不见，水空流"……举之不尽。是以"秦淮旧梦人犹在"，隐隐有一"梦中人"在于"眼底"。此义当明，也至关重要。

在此特定的双关字义上，又可晓悟：此眼底之"梦中人"亦即"书中人"。试看宗室永忠题《红楼梦》三绝句之三：

都来眼底与心头，辛苦才人用意搜。
……

（《延芬室集·戊子初稿》）

再看《石头记》第四十八回一条双行夹注批云：

> 一部大书，起是梦，宝玉情是梦，贾瑞淫又是梦，秦之家
> 计长策又是梦——今作诗也是梦……故《红楼"梦"》也。余
> 今批评，亦在"梦"中——特为《梦》中之人特作此一大"梦"
> 也！——脂砚斋。

这可确切表明：脂砚乃是书中之一位女子①。

雪芹的"燕市哭歌悲遇合"，他的"眼底物多情，君恩或可待"，都是为了照顾、保护脂砚而拒绝了苑召，并因此而遭到了皇家与贵官的逼拶与惩治。雪芹终未屈服于权贵压力，是以傲骨称奇，世所罕有。

估量在雪芹愿作南游的本怀中，也包含了为写书中女子的不幸遭遇与结局，如妙玉、熙凤等与江南往事的牵连等历史背景，也想向她们的出身之地去考察了解。

至于脂砚，极可能即是曾在苏州多年，与曹家为至亲的李煦家的一个流离失所、所遇悲惨之女——在书中则化名为"史湘云"者（今日之文学理论术语则即是以早年之脂砚为"原型"而写成的湘云这一书中人物）。

在现存的十余条文字记载中，有一点是众家一致的：在雪芹已佚原著中，结尾是宝玉、湘云经历难言的苦难，至沦为乞丐——湘云也做过女奴佣妇，最后终得重逢，结为劫后夫妻。此殆即现实中雪芹与脂砚的悲欢离合的一种艺术写照。

在雪芹书中，开卷特笔强调标出——

> （《石头记》乃是）……携入红尘，历尽离合悲欢、炎凉世态的一段故事②。

---

① 请参阅《红楼梦新证》第 853 页《脂砚何人》节。
② 注意这一重要纲领，却被程、高伪本删去，篡改为"携登彼岸"的"顽石"——成了悟道成佛了。

这方是开宗明义的全书纲领，此八个字，恰恰就是敦敏"秦淮旧梦人犹在，燕市悲歌酒易醺"，敦诚"燕市哭歌悲遇合，秦淮风月忆繁华"的注脚。

此际的雪芹、脂砚，正是历尽了"离合悲欢"而正在经受"炎凉世态"之中。

谂知雪芹曾贫居崇文门外卧佛寺的齐白石老人，也早闻传述：雪芹后来与一李姓表妹终成眷属（张次溪《齐白石传》）[①]。芹、脂二人的真身份与真关系至此已是令人晓然于心，宛然在目了。

二人历尽了天翻地覆的巨变，尝遍了人间世路的险恶，不期复得聚合于余生，相依为命，在炎凉中觅求自己的精神创造。

这炎凉，恐怕不仅仅是由贫富盛衰荣辱而生的一层世间常态，还有更为严峻的官府之欺凌逼害，以及世俗庸人的诬谤中伤。

芹、脂确实是在无畏奋斗中寻生为活。

题曰：

> 遇合称奇却可悲，难言百痛有谁知？
> 文君红拂今佳话，笑骂纷纷是彼时。

六、皇家瞩目

丁丑（乾隆二十二年）敦诚寄怀雪芹诗中，曾有"扬州旧梦久已觉，且著临邛犊鼻裈"之句，那其实早已是"秦淮旧梦""燕市悲歌"等后来新句的影子了——似乎已然透露了有一段"遇合"或"离合"的故事在内。

[①] 白石老人的说法，与"红学"界之考证等说毫无关系，其来源是老北京旗家的传述。例如卧佛寺之事，"红学"界从无知者，即可推见其说另有来历。张次溪先曾向我面叙过此事，其后方写入《齐白石的生平》等著作。

那本是卓文君新寡、再嫁司马相如的典故。诗家用典，并非情事"全"合，常常是在某一点上相似，即可作比。相如、文君的佳话，只是后世传为美谈，在当时是世人嘲骂的话题。文君之父一怒将二人逐离成都，才流落临邛卖酒的，可知那"社会名声"并不好听。芹、脂二人之事，在这一点上正与司马、卓古迹相通。是以脂砚始终埋名隐姓，不便以真相（女性"梦"中人）面世，只可曲折暗示于素心之人而已。

穷困相依，受人白眼，已经很苦了。可是还不止此，还有"安邑令"贤否的问题。

从雪芹在南，脂砚于己卯冬夜时时再评《石头记》，直到次年之秋，竟得整、抄、评、题，出来了一部新本①，今所存传录本，分订十册，每册之首标曰：

石头记第××回至××回
脂砚斋凡四阅评过

而至后四册之首，又加题了一行：

庚辰秋月（或省脱"月"字）定本

分明可见，雪芹著书，十年辛苦，艰难困阻，迁动流离，稿本凌乱，已有残缺不全之处，若再不及时收拾，会有散佚之虞了，是则己卯、庚辰两年间，确为脂砚加力编整批注，务欲早日使之定型显相。

这是一件大事，工程浩繁艰巨，他们二人为此而受尽辛酸，可以说是为书而力与"命"争，因"人"而甘与世忤。

---

① 今传世者有"己卯""庚辰"二种抄本，理应为一次先后所"定"，然二本复不相同（有谓"己卯本"即"庚辰本"之底本者，甏言也，已有专著驳正之）；且所谓"定"者，如"庚辰本"中，明存残缺，文字亦不"最好"，更加讹字极多，至后幅尤甚。本书只就所存"庚辰秋月"之痕迹而论雪芹、脂砚事状；至版本考订之复杂内容，不在此详及。

芹、脂二人之努力整订《石头记》书稿，也许内中还有一层重要缘故，未经世人窥探清楚。二三迹象，十分惹人注目。

《石头记》一书，大约从未定型前就已秘抄私授，流传于八旗贵家子弟之手，而宗室王公家更是久已传阅，成为"枕中之秘"。弘旿（康熙第二十四子诚亲王之第二子）早就说过"闻红楼梦之名久矣"（已见前引）。今传世之"己卯本"中，"祥""晓"二字皆缺末笔，故有人指出此为"怡府本"，因怡亲王名胤祥，其子"冰玉主人"名弘晓，是避其两代名讳。若然，则雪芹之书已入怡府（敦诚有上冰玉主人诗，盛称其藏书之富）。至永忠于乾隆三十三年始见芹书，深憾为时已晚，不及亲与作者相识……

凡此，皆可证明雪芹书稿已在宗满贵胄家流行。这就引起一桩十分重大的事故来了。

史载，乾隆二十五年庚辰三月二十一日丙寅"上幸皇八子第"。此乃罕见之特例（连《清史稿》乾隆本纪，也收录了此项记载，可知亦以为非常之例矣）。皇八子是谁？就是尹继善的"乘龙快婿"永璇。

这让人立刻想起前人的一段记载：

乾隆帝某日忽"幸"某满人家，某人适不在，见其案头有《石头记》一部，挟其一册而去。及某满人归，知此情，大惧！遂连夜删改进呈。所以传世本与原本不同，盖缘删改之故也①。

按清代制度与事例，皇帝并无亲到满洲官员人家的情形（极个别的大臣元老丧奠者有之，亦极罕），这也正是忽幸永璇府载入《本纪》的缘由。何况，除去此例，也无法找到又幸过别府的史迹。

永璇者，日后倒是嘉庆朝的重臣仪亲王，但此时正值年少，且有"内疾"，乾隆对此爱子很是关注，所以才到其家看视——暗寓察访之意。若在此少年阿哥（皇子特称）书房里搜出这部"秘本""野史"，当

---

① 见《万松山房丛书》本《饮水诗词集》后署名"唯我"的跋语，郭则沄《清词玉屑》卷二。

然要引为大事一桩（年少人是禁阅小说的，雪芹书中即已写及）。

由怡王府已有《石头记》传抄本一事来看，八阿哥家里也有此书，洵不足为奇之事矣。

对于旧时"笔记"式的传闻叙述，大抵时间隔代（非即对当世），文句简约，与今日之"记录"不同，我们对待此种史资的明智态度应是悟其要义，而不宜拘泥字字句句的表面，即如此条笔记，所示于吾人者，端在两点：一、《石头记》之传抄已被皇家皇帝探知，甚为注意；二、因此之故，书稿曾因避忌而遭删改变动。至于其他"细节"，如是否"连夜"所毕之事，由谁动手，由谁进呈……则不但吾人难揣，即当日笔记者亦不会尽晓。但此事故，并非空穴来风、全出编造，却是分明的，其重要亦即在此。

果然，事到壬午年的重阳节前，就有了"索书甚迫"的变故了。

庚辰的次年为辛巳，这年黄河大水灾，遍及数省，治河救灾成为头等急务，故其他小事暂时不暇多顾。辛巳一年在《石头记》中未留痕迹，似乎雪芹过得还算安闲无事。其新识的一位私塾馆师，名张宜泉者，有一首咏芹溪居士的七律，诗云——

> 爱将笔墨逞风流，庐结西郊别样幽。
> 门外山川供绘画，堂前花鸟入吟讴。
> 羹调未羡青莲宠，苑召难忘（平声）立本羞。
> 借问古来谁得似：野心应为（去声）白云留。

正是此时的情景。看来这一年雪芹心境尚好，丹青韵律，时以自娱。张宜泉却不敢提到《石头记》一事，是不知乎？抑讳之耶？

等到壬午（即乾隆二十七年，1762），脂砚又一次重作评点，已又化名"畸笏叟""畸笏老人"了。壬午重阳，"索书甚迫"之事，便发生在此次评阅之时。

题曰：

才见风流笔墨新，又缘秘稿祸随身。

重阳本是登高节，只见西山不见人。

七、村塾过从

雪芹的朋辈过从，不限于满洲宗室。他在西郊时期，有一位朋友，就是一个教书馆的私塾先生。此人姓张，名字已不得而详，只知道字曰宜泉，也是旗人。介绍一下张宜泉，对了解雪芹也不无帮助。

张宜泉的几个显著特点是：身世可伤，家庭多故，嗜吟好饮，不肖不才，坎坷穷愁，孤独愤激。看其性情，也是傲骨壮怀，诙谐放达而不为世容。所有这些，都或多或少地和雪芹有共通之处，因而这也必然就是他们的友谊的基础。

张宜泉自言"先世曾累受国恩"，这是旗人回顾身世的套语，是当时的一种特殊措词；揆其家世，可能也是内务府包衣旗籍①。他十三岁上就没了父亲；才得成人，又遭丧母之痛；兄嫂不容，逼迫分居。因毫无赡养，不得已觅馆课童以自活。生有二女一子，不幸因痘夭伤，仅存一女；后来又生一子（他曾续弦，不知是前妻抑或后妻所生）。他长兄比他大十五岁，母亲死后相继而亡，所遗侄女也是幼年痘殇；嫂氏再醮，亦无立锥之地。张宜泉自己则"家门不幸，书剑飘零，三十年来，百无一就"（这和《红楼梦》卷端的"作者自云"所说的"半生潦倒，一技无成"正是一个意思）；有时竟因"避横逆出门"而不及接款来访的客人，其况可想。因此不时发出"奇穷不一收""吐气在何年"的慨叹：潦倒抑塞，其心境大约与曹雪芹有略同之处了。

前文引到过，张宜泉是以诗酒为命，其所"自供不才"的，也就是这两件事。他的诗句有时写得不错，如"市近飞尘起，人多小利争"，如"霜

---

① 《春柳堂诗稿》影印本"出版说明"以张宜泉为"汉军旗人"，当系据《八旗艺文编目》而云然。乾隆时代以来，内务府旗籍多被误说成"汉军"，例多不可胜举。

花暗拂心花冷，日影旋移人影孤"，如"一声篱鸟曲初罢，数片瓶花香自来"，如"丘壑连村多磊落，桑麻填巷亦萧条"，都不失为佳句；有时在感叹愁颜病发之后，而写出"幸得于今烟景好，野花零落在吾庐"。他的萧条寂寞的境界，故以热闹之笔、宽解之意以出之，使人读去倍觉感动。

但是引人注意的尚不在这里。他的诗还有其他特色。

第一，他喜欢在诗中开玩笑。如作试帖排律诗《凿壁偷光》，结句忽然说出："高东诚见悯，当教尽添油！"这是村塾先生向吝啬的东家的呼吁：晚上应该多给点儿灯油，好叫我多读会儿书啊！他描写老妻病起，说她是"瘦容争岛魅，脱发误庵尼"！写他的孩子，为争苹果，以至于"怒叫容皆白，急争眼尽红"！都可令人绝倒。这可见他为人也是素性诙谐，放浪跌宕，时时在穷愁中滑稽为雄，自嘲自解；这里面就也包含着玩世不恭、愤世嫉俗的意味。"正统"诗家、"馆阁"手笔，是绝对不肯也不敢这样写诗的。

其二，他能以穷儒之眼阅世，颇能见到阶级的不平，同情于贫苦大众，而致慨于统治寄生阶级的荒淫享乐。如春游诗写出"驱犊谁家牧？垂竿若个人？""独怜拾菜女，绕地步逡巡"。和刘二弟闲话诗，写出"王侯容易福，乞丐自然贫！"的愤语。《西宫即事》写道："拾薪子尽蓬头惯，荷蒉人多赤脚流。"触目所及，自然生感。这实在是乾隆"盛世"的一种侧面的真实写照。另如《四时闲兴·其四》说道：

> 午床簟展小堂空，积闷难消睡课中。
> 柴米只争终日贵，人家益较去年穷！
> 妓楼鲜润榴裙雨，僧寺清凉蒲笠风。
> 怪煞先秋蝉噪急，一声声出碧梧东！

伤时愤世，写出了贫学究的一片感慨。在这一点上，张宜泉的感受和表现是比敦氏弟兄强烈得多了。这就非常重要。

最后，也是最值得注意的一点，是张宜泉的"政治思想"问题。

张宜泉的诗集最前部分是很多篇排律、试帖诗，这种诗是练习应考科举用的,并无内容,只要堆砌典故、考究技巧,就是"佳作",当中和结尾可都不要忘了"颂圣"。这绝无例外。因此有人说张宜泉这种诗也就是"和其声以鸣国家之盛的"。可是事实殊不尽然。在《东郊春草色》篇中,张宜泉竟然写道:

> 日彩浮难定,烟华散不穷。
> ……
> 几度临青道,凝眸血染空!

这后十字是结句(这里应该"颂圣")——真是令人不胜骇异了!
再有:

> 锦瑟离宫曲,膻笳出塞声。
>
> (《惊秋诗二十韵》)
> 同声相与应,殊类故难参。
>
> (《萧然万籁含虚清》)
> 莫厌飞觞乐,于今不是唐。
>
> (《美花多映竹》)
> 亭沼非秦苑,山河讵汉家!
>
> (《闲兴四首·其四》)

这简直奇怪到极点了!这些句子,分明是讽怨当时满洲贵族的统治的。在乾隆时候,这样的话,不要说屡屡出现于一本诗集子里,只要有一例被摘,就足以杀身灭族了!——即使曾兴文字大狱的那些例子也都只是些隐语暗喻,还没有见过这样显露激烈的!

他的诗里还有很多值得研究的地方,此处不能细论。只举较明白的,如《读史有感》写道:

> 拍手高歌叹古今,闲披青史最惊心!

阿房宫尽绮罗色，铜雀台空弦管音。

韩信兴刘无剩骨，郭开亡赵有余金。

谁似尼山功烈永，残篇断简尚堪寻。

这就隐含了对当时政治的讥评。他的气骨很硬，壮心不死，也时时流露出来：一方面表示"首阳欣所跻"（不食周粟），一方面又常思"惊兔""射貗""猎虎豹""樵虬龙"，极有一种桀骜不驯之气透出纸上，都不是泛泛常语可比。结合上面所举的那些令人骇异的句例而看，张宜泉的思想大有可以探讨之处①。

所以，这位朋友也是一个具有叛逆性格、反抗思想的人物。这方面，成为他和雪芹之间的友情基础，因而也就帮助我们更深刻地了解雪芹的性格和思想。

张宜泉的诗集里有很多篇诗是涉及曹雪芹的，也有明白标示姓字于题中的，也有只以"友"来暗指的②。张宜泉和曹雪芹的过从相当频繁密切。有时候雪芹去访宜泉，主人就留他止宿，两人"破灶添新火，春灯剪细花"，分砚裁诗，检鱼对酒，直到月斜，还不肯睡。有时候宜泉去访雪芹，携琴载酒，径隔溪幽，而"不便张皇过，轻移访戴舟"。他们的来往，似乎还避人耳目，不欲世知。有时候宜泉竟找到僧寺里去访雪芹。有时候想念特甚，扫径张筵，以待雪芹，而又"封书畀雁迟"，似又因故犹豫不发，因此叹息"何当常聚会，促膝话新诗"。有时候敦

① 从张宜泉诗集看，其曾祖枢尚遗弃于张家湾荒庙中，曾往寻访不获；其死因不明，年久遗于张家湾以致失迷。情事亦觉可疑。似其先世曾有难言之故。宜泉思想，或亦与此事有关。

② 《春柳堂诗稿》诸诗排列法多有以类相从之例。如《和曹雪芹西郊信步憩废寺原韵》《为过友人家陪饮诸宗室阳雪城西……》《题芹溪居士》《伤芹溪居士》四题相连，其中陪饮宗室即指陪敦氏弟兄，为指雪芹家无疑（不能设想张宜泉穷馆师又认识其他友人，亦恰与宗室交往）。是即以"友"代名之例。又如《春夜止友人宿即席分赋》《晴溪访友》《怀曹芹溪》三题亦相连，而前二题内容全与雪芹特点恰合，故亦可推知其所称友人实即雪芹。

氏弟兄到郊外来看雪芹，雪芹也特地邀宜泉来作陪共饮。宜泉歌颂雪芹
的不为皇家服务，高情只为山中白云留住。及雪芹亡后，宜泉重访故
居，怀人不见，痛泪成行，叹息雪芹的诗、画、琴、剑诸般才艺，都成
绝响，而破匣里的遗剑，犹有铿铿的影气——象征着雪芹的叛逆精神的
永远不死。试看——

> 谢草池边晓露香，怀人不见泪成行。
> 北风图冷魂难返，白雪歌残梦正长。
> 琴裹坏囊声漠漠，剑横破匣影铿铿！
> 多情再问藏修地，翠叠空山晚照凉。①

雪芹的朋友，就是这样地爱重他。

[附记]

　　雪芹诗全部亡逸无存，张宜泉却有一首《和曹雪芹西郊信步憩废寺
原韵》的七律，留下了原倡的韵脚。张诗云："君诗曾未等闲吟，废刹
今游寄兴深。碑暗定知含雨色，墙颓可见补云阴。蝉鸣荒径遥相唤，蛩
唱空厨近自寻。寂寞西郊人到罕，有谁曳杖过烟林。"

　　此废寺何指，论者以为即樱桃沟内山上的广泉寺，自明代已以废寺
见称，而康熙时宋荦题此寺的诗韵正与此篇大致相同，因此推断雪芹原
作亦系受宋句的启思，故废寺应即广泉寺云。

　　此说可备参考，因有此可能性存在。但已难确言如何。旧年友人齐
儆曾访此寺遗址，尚有残瓦及古井可定其位置。

---

① 原诗见《春柳堂诗稿》47页，题曰《伤芹溪居士》。

八、平邸非王

辛巳既往，转过年来，岁次壬午，是为乾隆二十七年（1762）。脂砚于己卯冬夜那次批书之后，忽又重新走笔。此时，脂砚因外来压力，似又经迁徙，而且也改用了一个新署名："畸笏"①。

这年的批语，纪年月者不少，而大致自孟夏为始，至九月为止。

那"索书甚迫"的事，就出在八九月之间。

如今在"庚辰本"第二十一回留有眉批，二条紧连相次，工楷大书：

> 赵香梗先生《秋树根偶谈》（汝昌按："读书秋树根"，杜少陵句也）内：兖州少陵台有子美祠，为郡守毁为己祠。先生叹子美生遭丧乱，奔走无家；孰料千百年后，数椽片瓦，犹遭贪吏之毒手。甚矣才人之厄也！因改公《茅屋为秋风所破歌》数句，为少陵解嘲——"少陵遗像太守欺无力，忍能对面为盗贼，公然拆充非己祠，傍人有口呼不得，梦归来兮闻叹息，白日无光天地黑！安得旷宅千万间，太守取之不尽生欢颜，公祠免毁安如山！"——读之令人感慨悲愤，心常耿耿。

> 壬午九月，因索书甚迫，姑志于此——非批《石头记》也，为续《庄子因》数句，真是打破胭脂阵，坐透红粉关，另开生面，无可批处。

这已分明可见，在壬午年夏秋之际，芹、脂的处境又因书稿而引惹出巨

---

① 脂、畸古今（地区方音）读音十分相近（幼儿与"咬舌子"人亦读音难分）；"笏"在旧日用以称墨，如墨一枚曰"一笏"，以其形皆长方板状故也。又，笏也可用以称砚，如"棠笏"一典，见于南宋吴文英词。其《江南春》开拍所云："风动牙签（指书卷），六寒古砚，芳铭犹在棠笏。"此"笏"即砚之代词。可知"畸笏"实即"脂砚"之变幻语，而"畸"又富有畸零、不谐于俗、剩残等义。盖其人年事渐增之后，遂避去"脂粉"字样，免为人知也。

大的变化。

他们一方面要紧张地"删削"整编出一部应付"进呈"的本子，一方面该管所在的地方官吏正在向他们严加逼迫欺凌，以至于拆毁住房，驱逐而不容于较近郊甸的居处。

拆毁原居，当然必有借口，比如此地要有官家急需，以充别用或另有新建。

脂砚为此，借一位赵先生的笔记，婉转其词，暗纪事实，而心中无限感慨，一腔悲愤，不能去怀——托言记于纸角，以抒难言之深悲巨恨。

房屋被拆，只得又觅立锥之境，大约也就是再往西投，方到平坡山谢草池之地。

雪芹一生坎壈缠身，途将穷而日薄暮，而时至此间，竟真如前人所说，是生遭丧乱，奔走无家——及至有家，而家复被拆，仅此数椽片瓦，亦难逃毒手。才人之厄，虽自古史不绝书，然其厄至于此极者，亦可称绝矣！

拆毁居屋的打击十二分沉重。"删削进呈"的打击更是加倍严峻。拆迁被逐，生活狼狈不堪，犹可忍受苦挨，但笔墨心血的摧残破坏，则实在创伤了雪芹的整个身心，他几乎不能负荷如此一种精神之压抑迫害。

壬午这一年，遂成为雪芹生命精神能否支撑延续的关键岁月。

壬午年的新正，乾隆便奉了皇太后离京南巡。直到四月孟夏，脂砚正在又一次开笔批点《石头记》时，皇帝还在杭州西子湖边，而且巡视了织造机房。在江宁，临幸了尹继善的两江总督衙署——就在曹家"老宅"（原织造府，已改为行宫了）的后面。

"圣驾"所到之处，真是千般锦绣，万种繁华，直使老皇上康熙的旧事黯然失色。因此，乾隆还特下谕旨，训诫各处官员，其中透露："（各处行宫）靡丽饰观""（名山胜迹）自渡淮而南，凡所经过，悉多重加修整，意存竞胜""大兴土木""其彩亭锦棚，一切饰观之具……若地方官专欲仿而效之，以为增华角胜……""凡地方豫备一切饰具，殊觉繁俗"。于此，已可窥见一斑。而其时各省灾情连续，赈济、免赋的官样举措，几无虚日，与南巡的"盛"典，正是相映成"趣"。

京师呢，则淫雨连绵，愁云不展，脂砚的批书，常是在"雨窗"之下而濡笔抒怀的。

是年有一个闰五月。在此月中，平郡王府又出了事故。

雪芹的大表兄福彭，自乾隆五年那一大案沾惹干系之后，失势失宠，郁郁而早亡，年仅四十一岁。曹家惟一重要姻亲，已无多助力解困之功。到本年，身袭王爵的是雪芹之表侄庆恒，已非福彭嫡系。庆恒其时的职分是署理镶蓝旗蒙古都统事务，只因有西宁等人冒借宗人府之滋生银两，庆恒隐匿，事发得罪，降二级为贝子，且罚俸十年，惩责严厉。其中纳延泰者，抄没了家产，其子惠龄，原任主事，亦遭革职。

镶蓝旗本就是八旗的末旗，地位最低，庆恒所管此旗蒙古军事务，还只是个署理的差事，已非重用之职；因他是宗室，福彭曾是宗人府的主管者，故他家实与这个衙门关系密切，冒借滋生银两之事，必是因由庆恒而得以交洽而做成的非法动用公中银两。这个乱子的发作，也还该有更深层的背后原因。十年罚俸，闭门思过，由郡王降至贝子，是极大的贬惩了。

这事发生在闰五月，雪芹远在西山，并不知晓。及索书甚迫、室庐被占，情势危急时，雪芹只得进城求告亲友为助。这日他进了西门，一径奔到瞻云坊南的石驸马大街，进"平郡王府"，要见表侄时，门房的差役人等告诉他：这已不叫王府，是贝子府了，贝子爷出了事，不能接见……

题曰：
岂有风光似旧时，门庭萧索仆低眉。
曹佳姑母今何在，一脉懿亲诚远离。

九、佩刀质酒

雪芹听仆役的一席话，揣那语气，是劝他此后也不必上门打扰。雪芹转身出来，站在门前，向西一望，顺着大街走向街里去了。

虽说叫石驸马大街，这一带却有前代遗留下来的河沟，走到尽西头，是太平街，有桥跨水。折而向南，就到太平湖。

雪芹一人，踽踽凉凉，从大清早上路，够奔京城，数十里路，奔波至此，天色已晚，日欲西沉，雪芹饥渴疲劳，亟待寻一休止之地——就在这儿，正好有敦敏的槐园一处幽栖僻巷。

槐园坐落在太平湖的东侧。因敦诚家住稍北，地靠西城根，也辟了一块半亩闲庭，堆土浚池，栽花植木，即呼为西园。相对西园而言，他们弟兄又把这槐园叫作南园。

雪芹奔到了南园。

南园并非王公贵家的名园，主人敦敏只是一位闲散宗室，从始祖阿济格获罪遭祸，无位无财，焉有造园享乐之力，其名槐园者，自是因槐得名，实则缘湖占胜。因紧依湖侧，得天独厚。这儿原是京师内城的西南角最靠近角楼之地，角楼建筑极美，其下即是柳影湖波，与画栋高城相映。后来满人有一段写照，最是引人入胜，足资卧游——

> 平湖十顷，地疑兴庆之宫；高柳数章，人误曲江之苑。每当夕阳衔堞，水影涵楼，上下都作胭脂色。尤令过者流涟不能去。
>
> （曼殊震钧《天咫偶闻》）

槐园可以借此胜境，雪芹哪有不喜之理？每番来游都是流连忘返，乐不思家。但今日到却满怀愁绪，方才"贝子府"前的见闻，已使他心头重压，而这时偏偏天又阴云凝榭，晚日沉山，那西风的凄紧，正倍显关河的冷落。

叩开花关，径入园内。

主人出迎，却见雪芹神色凄楚，衣襟单薄，大不似往日相见时彼此"把袂"言欢，"绝叫"逞兴。见他形景，知是又冷又饥了，急备晚餐，饭罢天已大黑，二人篝灯夜话，直至三更，敦敏方知雪芹一腔心事，十倍急难，为之愤慨叹恨不已。二人疲极，方始移灯就寝。

雪芹自居客屋，只闻窗外风鸣不止，雨声已作，辗转终宵，难以入寐。

好容易挨至天色将明，独自起来，只见一天有雨，满院无人。向外望时，朝曦掩曜，秋气侵窗，自己一个徘徊室内，情味十二分难遣……

正在百无聊赖、万感弥襟之际，忽闻园门响处，有人进来！

雪芹不看则已，看时却是敦诚——不顾雨淋，跑出屋来，他一把抱住敦诚，敦诚吃惊不小！大声高叫："……芹二爷！您……您怎么在这儿？……"

敦诚见满园阒然无人，知是昨夜宾主眠迟，今晨醒晚，二人不暇多叙，敦诚一径引领雪芹到了近处一家简陋的小酒铺，呼杯对酌。

雪芹从愁绝之中忽得此乐，恰似一天愁云忽然散尽，大喜狂叫，敲着大酒缸的石板盖，高吟起来。

此来突兀，敦诚未带酒资，遂将腰刀摘下，交与当垆店主为质，约好改日送钱赎刀。

这件事也让雪芹诗思泉涌，奇句迭出，可惜敦诚不曾笔录，一概随云烟荡尽。后人有试补者，姑借其片段，以畅文气——

> 少陵茅屋秋风里，娲皇老懒朝慵起。
> 神禹守家坚闭门，南园槐梦惊湖水！
> 我来正值白帝威，振衣忽觉轻如纸。
> 我来不畏身化鱼，只愁杯涸枯肠死。
> 天恩浩荡待他年，一物多情且眼底。
> 宝刀正可赠佳人，卓氏当垆意态真。

酒入堂堂岂化泪，脂砚生津笔有神。

感君为我《丹青引》，途穷曹霸时人哂。

此身饮罢欲何归？独立苍茫气凄紧。

……

敦诚乘着酒兴，也高吟《佩刀质酒歌》。此歌却留在了人间，传写了当时情景爪痕雪迹之一斑，其辞云——

秋晓，遇雪芹于槐园，风雨淋涔，朝寒袭袂。时主人未出，雪芹酒渴如狂。余因解佩刀沽酒而饮之，雪芹欢甚，作长歌以谢余，余亦作此答之。

我闻贺鉴湖，不惜金龟掷酒垆。

又闻阮遥集，直卸金貂作鲸吸。

嗟余本非二子狂，腰间更无黄金珰。

秋气酿寒风雨恶，满园榆柳飞苍黄。

主人未出童子睡，斝干瓷涩何可当？

相逢况是淳于辈，一石差可温枯肠。

身外长物亦何有？鸾刀昨夜磨秋霜。

且酤满眼作软饱，谁暇齐谷分低昂。

元忠两襦何妨质，孙济缊袍须先偿。

我今此刀空作佩，岂是吕虔遗王祥。

欲耕不能买犍犊，杀贼何能临边疆？

未若一斗复一斗，令此肝肺生角芒。

曹子大笑称快哉，击石作歌声琅琅。

知君诗胆昔如铁，堪与刀颖交寒光。

我有古剑尚在匣，一条秋水苍波凉。

君才抑塞倘欲拔，不妨斫地歌"王郎"。

敦诚此时尚不及知悉昨夜敦敏所闻雪芹之近况，故诗之结尾犹以"君才抑塞"为眼目而不及其他。中间特笔大书雪芹诗胆如铁，堪与刀光交映，这话在古今诗史中也绝未见同例，真是非同小可。我们若只凭想象而摹拟雪芹的诗，必致毫厘千里——勉强可以窥见的点滴意味，还只有"……眼底物多情，君恩或可待"那二十个字的一篇偶存未泯之墨渍，但也并不等于说雪芹的真诗绝唱就止于是那样。

清晨绝早，从酒铺归来，方与敦敏三人聚晤，从头细叙一切。二敦安慰了雪芹，并且计议如何为他解救此一灾难。"贝子府"的情形，雪芹已经说了。最后还是敦敏说：明琳家的"承恩勇豪公"明瑞，是紫光阁画像的，新近做了正白旗都统，雪芹因拒绝了苑召，自难亲去求他设法，还是由敦敏去托明琳，这条路似有一些指望。

这次也许雪芹也随敦诚又到了西园小做勾留，为敦诚新作的《琵琶行》剧本题了诗句："……白傅诗灵应喜甚，定教（平声）蛮素鬼排场"，如今也只留下了这么十四字残句，奇气犹存。

这次三人之相聚，也就是最后的一次——雪芹从此再没有走进北京的城门。

题曰：
长歌一阕字琅琅，酒共斯人气质芳。
十顷平湖数章柳，梦华谁更写微茫。

［附记］
"大酒缸"为旧北京称小酒铺的俗语，较长的胡同中往往不止一家此种小铺，规格相仿：只有一间房面，摆两三个大酒缸，缸是或满或空，上有木或石盖，即以代桌，菜碟、酒浆皆自取，小柜台结账。坐板凳，窄不容膝。然老北京人却十分思念此种境界。

十、文星之陨

"删削进呈"的事，果然发作了。当时的风声，人人皆知作这部"淫书""邪说"的人，是富良家的师爷。富察家一是无法否认此事；二是明知雪芹作书之时又正在那几年间；三是雪芹与他家几门的人都有来往交情，"关系"脱不净，怕惹出大事担了是非，因此一力托情维护，一面先将删本进呈，一面还得安抚雪芹，怕他的傲性不肯低头，事情弄僵了，招来大祸，那时都要担当不起。

进呈的本子，早先有人见过：那黄绫封面的巨册，须放在八仙桌上方能展开，小地方摆不下，更休谈阅读了①。——可知传述不虚。

雪芹为此，忧愤交加，惟有脂砚一人，为命相依，时加劝慰。

辛酸之泪，书赖以成；而此时又为书之存亡、人之生死更洒辛酸之泪。

艰难困顿，百般作计，勉强度过了这个壬午之严冬。但雪芹的身体，由此而日见衰坏。

熬过冬寒，又是芳春时节。槐园的敦敏，早已屈指计日，将到三月初一了——这日是爱弟敦诚的三十整寿，人生节序，骨肉相关，满洲世家，尤重礼数，必当为之开筵祝嘏，以申"而立"之庆。于是先期折柬，赋一小诗，专邀雪芹来聚。其诗五言四韵，走笔写道是——

东风吹杏雨，又早落花辰。
好枉故人驾，来看（平声）小院春。
诗才忆曹植（入声），酒盏愧陈遵。
上巳前三日，相劳醉碧茵。

① 现在记忆犹清的是张次溪先生亲向我言：他见过的最大的一部《石头记》抄本是须放在八仙桌上方能展卷（他家曾在琉璃厂从事旧书业，故所见甚富）。至于黄绫面巨帙，最早传述者似是陶心如先生。拙著《戚蓼生考》尝有涉及。

这真是特例，因为《懋斋诗钞》里并未留有同时也邀请别人的诗句。可知故交至契，而相念相慕之忱，端在诗才难及这一点上，把雪芹比为曹子建，"八斗"奇才，兼能豪饮大谈，有他一人，则满座增欢，四邻惊响，那真是一种享受。

然而，雪芹不曾前来。

在那寿辰正日，二敦与族内至亲等数人，小开家宴，无有铺张。席上屡屡话及雪芹何以不到，大家揣想种种缘故，当不出穷愁困乏，无力进城应酬，并未多想。

连年的天灾，已使得粮米百物之价不断腾昂。百姓人家，更加日月难度。更奇的是连原先的富家也变穷了，以至于卖男卖女。雪芹想起有一首诗，他见传抄时年方二十，引起了誓欲为不幸女子传真写照的大愿，就在那时——那诗题目曰《鬻女行》，一首七言古体——

　　菽粟年年贵不止，甲第因循变贫子。
　　朝餐未饱日又晡，夜来不见炊烟起。
　　饥女哀哀回面啼，忍教父子相从死？
　　绝路于今难两全，亲心一旦成封豕！
　　男媒女妁争携带，背人却粥（鬻）东门外。
　　到处讹传近夭亡，可怜尚恐亲知怪。
　　弱质低头来贵门，入室谁谙长跽拜。
　　箕帚虽甘贱妾操，骨肉犹含大家态。
　　脱体羞看红叶飞，思亲泪与白云垂。
　　愿君珍重良家人——看取他年掌上儿！

此诗所写，嫡真实谙，而一心欲讽当前的富贵之家，仔细日后保不住自己的掌上明珠、千金小姐也会成为被无情役使（以至虐待）的女奴！此诗传自八旗名诗人陈石闾，足为当年"盛世"作一史家侧鉴。雪芹自思所写不幸女子，其中也包含着这一品类。而如今的"菽粟年年贵不止"，又甚于十几年前，更不知天下又有几多女儿正如那诗中之女，同归一个"薄命司"中。

是以，"菽粟"的价钱，是与女儿命运紧紧相连的，此理世人尚多不悟，雪芹因之深为叹恨；念此，则自己一人的穷愁，又不值什么了。眼底的脂砚，却正是《鬻女行》中同类之人。岂不痛哉！

前年去年，连着是两年雨涝；今年又反过来，春旱异常。虽然皇帝"祷雨"，又"躏诏无虚辰，常平百万石，度支千万缗"，开设粥场，表示赈济，那不过是"贪墨臣"们中饱私囊的好机会到了，小民何尝有多大好处到身？粮米如珠，百物腾贵，穷人更难活了。当时人记载的情况是："是时饥民去（离开）乡邑，十室已见八九屚；犁锄抛弃付诸泽，椽栋折辇来神京。"雪芹为了这种日月，也益行烦恼。他的身体也觉不如往年，精神颇见委顿。

去年闰了一个五月，今年的节气便都在月份上特别显早。去年祭灶日前夕就立了春，今年二月二十二已到清明；三月初八就是谷雨，二十四就立夏了：这和去年二月二十五才交春分，三月十二才到清明相比，简直差了二十天。现时才当二月杪，去年这时花还没影子，而今年遍山桃杏，已将开遍了，花期真早。山中花事，都人士女，车马争来观赏，而山中的雪芹，却对花兴叹，想起老杜的"感时花溅泪，恨别鸟惊心"，玉溪的"啼莺如有意，为湿最高花"……不觉凄然，因此一次也不曾出外看花。城里敦二爷的寿诞，更无法去尽礼了。

谁知，古语说得不虚：福无双至，祸不单行。一桩史不见书的奇事，即在京师发生：痘灾夺去了万家儿女的性命。

原来，接种痘浆的办法，是嘉庆年代以来才开始的；在此以前，出痘是人生一大关——必须过了这一关，生命才算有几分把握，不但小孩，大人也如此。传说中"五台山出家"的顺治皇帝，实际就是出痘死的。满洲大将们往往不死于战场刀箭，却丧命在痘灾上，因此满洲人畏之尤甚（例如蒙古王公，出过痘的才许入京"觐见"，叫作"熟身"。否则不许，叫作"生身"）。出痘，本是年年有、家家有的事，但到本年，却酿成一场空前的大惨剧。

这一年，从三、四月起，直到十月止，北京内外，儿童死于痘祸的数以万为单位计，诗人蒋士铨特为作诗纪叹，说：

> 三四月交十月间，九门出儿万七千；
> 郊关痘殇莫计数，十家褵褓一二全！

敦诚也记下了"燕中痘疹流疫，小儿殁此者几半城，棺盛帛裹，肩者负者，奔走道左无虚日""初阿卓患痘，余往视之，途次见负稚子小棺者奔走如织，即恶之"！可见这次痘灾情势之剧是骇人的。

雪芹的友人家，遭此痘灾的，单是敦家一门就有数口："阿卓先，妹次之，侄女继之。司痘者何物？三试其毒手耶！"然后又死阿芸："一门内如汝姑、汝叔、汝姊、汝兄，相继而殇，吾心且痛且恶，竟无计以避，汝亦终遭此荼毒耶！"敦诚因此是"即以目睫未干之泪，续之以哭……私谓自兹以往，可净睫痕，不意索泪者相继于后……泪有几何？宁涔涔无已耶"！张宜泉家兄弟两支中小孩也是四口剩一。

雪芹只有一个爱子，是前妻所遗，孩子又好，又怜他失母无依，所以特别珍惜，也是雪芹穷愁中惟一的一点挂心悦意的骨肉。在痘疹猖狂流毒的今年，家家小孩不保朝夕，遍地惶惶。雪芹为此，真是忧心如焚——不要说进城以会亲友，简直百事俱废。

可是，哪里有雪芹幸逃的"命运"在？他最怕的事终于临头了：他的爱子染上了痘疹。雪芹哪里又有力量给孩子"饵牛黄、真珠无算"？只有眼看病儿日近垂危。其时约是秋天，竟然不救。

儿子殇后，雪芹悲痛难以自持。忧能伤人，再加上多方的煎迫烦劳，不久雪芹自己就也病倒了。

"举家食粥"的人，平时岁月已不易挨；病卧在床，营养皆无；医疗药物，更是分外之想。朋友中间或者尚能小助，但今年敦家丧祸连绵，泪眼不干，自顾兀自不暇，哪里还顾得及数十里外远在西山脚下的曹雪芹？可能连知道也不知道。雪芹的病，其病在心，外境重以掭逼，如何望好？他的病情由秋天起，日益严重下去。

乾隆二十八年癸未的除夕（实已入公历 1764 年，当 2 月 1 日），别人家正是香烟爆竹、语笑欢腾的时刻，雪芹在极其凄凉悲惨的情境下离开了人世！

题曰：
　　哀乐中年舐犊情，卢医艰复卜商明。
　　文星陨处西山动，灯火人间守岁声。

　　牛酒曾闻诗圣穷，岁除那得一灯红。
　　明朝荒野知何处，一叶铭旌战朔风。

［附说］

乾隆癸未的大痘灾，从蒋士铨的诗得到了确证。种痘法在清人著述中如《柳南随笔》始见记载，但普遍实行，为广众接受，则必非一时之事。敦敏小诗代简招雪芹，编于癸未年，是为其诗集中最后与雪芹通讯的痕迹。对雪芹生卒的确考，请阅卷尾附编《曹雪芹生卒考实与阐微》。

第十二章

一、哀思

以上诸篇，粗叙雪芹生平，从稀缺已甚之文献记载中，或数语，或片言，揣其情景，窥其大略，"虽不中，或不远"——这是一种勉为芹传者的一个奢望。假使姑以为不致大谬，则仍有一个总的问题需要提出与解答，此问题即：

雪芹究为何如人？

正面回答，殊不容易。且从几个侧面来寻味其人的不同于常人的绝特之处——

看看鲁迅先生怎么看待他？

先生在他学术名著中，而不是杂文随笔里，对他称"雪芹"而不冠以姓氏①，也不呼名。试看《中国小说史略》第二十四篇《清之人情小说》：

---

① 当然，如第一次叙《红楼梦》作者时或其他一处必要全称时曾冠以曹姓，那属当然。论事忌纠缠强辩，通人无此也。

> 雪芹名霑，字芹溪，一字芹圃……
>
> 故雪芹生于南京……
>
> 寅子頫，即雪芹父……
>
> 雍正六年，頫卸任，雪芹亦归北京……
>
> 雪芹至中年，乃至贫居西郊，啜饘粥……

须知，称其别号而不名，这是中国古俗最为爱重而亲切的称谓方式（通篇不云"霑"如何如何）。这种中华传统文化礼数上的讲究，今人或已不复知悉，但在昔时，却是非常严格而分明的。而且，可以证以先生所有著作中对于其他作者的称呼，亦从无如此之特例（先生论《儒林外史》，不会对吴敬梓称什么"敏轩""文木"如何如何）。

由此可见，先生对雪芹的估价以及情感上的爱重与亲切，实属仅见。在此种地方，如无所体会，那就太钝觉而缺乏文化了。

如再证以先生的讲演《中国小说的历史的变迁》第六讲中，也是如此，首出全名之后，便一律只称"雪芹"。难道这是无故与偶然吗？

更可注意的，先生还说雪芹幼时"实在是大世家的公子"。

先生给雪芹定下了这个身份，非常重要。

大世家的公子，不同于一般人者何在？可举者虽多，但首要的一条便是文化积累的富厚。在此基础上，生活阅历的复杂丰盈，因而生发出人生的价值与意义，质量与光辉，更为突出。雪芹如果不是一位大世家的公子，绝对写不出这部"只立千古"（梁启超语）的《红楼梦》。

但这位公子与俗世的纨袴子弟不同。在他身上，交织着多层"冲突"：满与汉，贵与贱，盛与衰，荣与辱，南与北，雅与俗，才与性，情与礼，命与运，痴与悟……这些历史的，地理的，政治的，文化的，社会的……重重"矛盾"都在他身心血肉中"交叉"而"斗争"，通流而融会，构成一个奇丽难名的"杂人"和"畸士"。

这种人品位骨格很高，不易为世所知；又带着忤俗的"放浪"缺点，又为世难容。

这是一种悲剧性极复杂极巨大的异样人物。

这样人物，寻求他的踪影，理解他的心性，传写他的神态，讲解他的著作，都极困难——时时感到是不可能的事，我们无力做到。

乾隆九年，岁次甲子（1744），"辽东三老"之一老，诗人陈景元，写有一首短句——

> 少微耿孤光，其应（去声）多高士。
> 惜彼割肌痛，郁郁隐而死。
> 苍鹰惜六翮，老骥志千里。
> 媒衔苟不前，岁月空劳矣。
> 所以绛县人，殷殷记甲子。

（《陈石闾诗》卷八《甲子吟》）

雪芹以一世家公子，怀不世之才，而抱割肌之痛，甘隐荒山，郁郁而死，正与八旗名诗家李锴、陈景元、马大钵等同一可惜可痛，然而这却正是雍、乾之际的一个时代特写。史家于此，殊少研论，后世学人，何从闻悉？为雪芹作传，倘不及此义，失其职责矣。

文星既陨，痛惜者如好友敦诚为赋挽诗，且于《鹪鹩庵笔麈》中称其诗才，说"竟坎坷以终"。而另外一种恨他的官人们则说雪芹"以老贡生槁死牖下，竟无人稍加顾恤"（梁恭辰《劝戒四录》）。诚所谓"亲者痛而仇者快"，其切齿之声如闻。但此种"仇"，却并与个人恩怨略不相涉，乃是"才高不入俗人机，时乖难遂男儿愿"（《西厢记》）的问题，是不同精神世界的问题，是人生道路的问题。其高下异趣，真如"不知腐鼠成滋味，猜意鹓雏竟未休"（李商隐句）的问题。悲夫！

敦诚《四松堂集》中甲申诗开年第一篇，即挽雪芹七律，而另据《鹪鹩庵杂记》抄本中却记下了此诗的初稿，原是两首，即云：

> 晓风昨日拂铭旌……

由此据知雪芹实卒于癸未之除夕〔脂砚在"甲戌本"上的眉批所言"壬午除夕，书未成，芹为泪尽而逝"，则是事隔多年（甲午）之误笔，因为雪芹之致疾，实自壬午索书、毁屋逼逐等大事而起，印象最深，故每以"壬午"为芹之厄期。古人误记干支之例常见，我曾摘举多例，今不繁述〕。

敦诚甲申开年之诗云——

四十萧然太瘦生，晓风昨日拂铭旌。
肠回故垄孤儿泣，泪迸荒天寡妇声。
牛鬼遗文悲李贺，鹿车荷锸葬刘伶。
故人欲有生刍吊，何处招魂赋楚蘅？

第三句下原注：

前数月伊子殇，因感伤成疾。

开箧犹存冰雪文，故交零落散如云。
三年下第曾怜我，一病无医竟负君。
邺下才人应有恨，山阳残笛不堪闻。
他时瘦马西州路，宿草寒烟对落曛。

敦诚原稿如此，后来竟又删并另成一首，成为刊本中的"定本"，实因避忌太多，不愿多所存录句中的本事，以免事端——

四十年华付杳冥，哀旌一片阿谁铭？
孤儿渺漠魂应逐，新妇飘零目岂瞑？
牛鬼遗文悲李贺，鹿车荷锸葬刘伶。
故人唯有青衫泪，絮酒生刍上旧坰。

此即雪芹身殁，即时挽吊的文献，宣告了中华文史上特立独出的文星之四十年生命的结束①。

题曰：

> 凄然三首吊芹诗，酸鼻伤情有泪滋。
> 邺下才人何所恨，不堪言语付迷离。

二、身后

雪芹异才，而遭奇厄，抱恨以终，其难瞑目者有二：一是遗稿冰雪之文，一是霜雪飘零之妇。

敦诚挽诗两稿，一云寡妇声泪，再曰新妇飘零。则此妇者何人？又何以称之为新妇？

考"新妇"一词，盖有三义：古之新妇，即今"媳妇"（音近递变），如晋代羲献父子遗帖中犹存此义甚明。二即俗称侧室姬妾（姨娘、姨太太……）亦曰新妇（虽至年老亦不改此"新"字）。三则犹如今之所谓"新娘"，或新婚不久之妇女。然则敦诚究用何义？殊难确指。以情理推之，殆敦诚挽其故交，实无称其原配夫人为"新妇"之理，应指新近续弦，方合文例。

若然，则或与"秦淮旧梦人犹在""燕市哭歌悲遇合"句中情事不无关涉。

六十年代，张次溪先生见语：其师齐白石老人，喜读《石头》一记，留意雪芹遗闻轶事。光绪二十九年（1903），白石在西安，与诗人樊樊山晤会清谈；复及红楼雪芹之事，时有一满友人在座，因述所闻，据云：雪芹妻李氏，实其表妹，孀居无依，后与雪芹结缡，而婚后不甚久，雪

---

① 至于其他偶存的挽词悼句，皆属后来追念，与敦诚诗性质不同，应当另叙，庶清先后之次。

芹又逝，飘零代人佣役以为生。此事张次溪所著《齐白石传》曾有记述，可以覆按。

再据徐恭时先生《曹雪芹传略》云："笔者采访的传说中有谓雪芹后来结合的'秦淮旧人'系李煦的孙女，李鼎之女，早年寄寓曹家，李家遭籍没，流落在外……"

"秦淮旧梦人犹在""废馆颓楼梦旧家"，此"人"此"家"此"梦"，当日诗人不可明言者，今日看来，诚已十分明晓，无待烦词，内中包括了《红楼梦》之"著书"与书中人物了。然则结合敦家诗句、齐翁传说、后来研考与"旧时真本"见者所记宝、湘二人经历苦难、沦为贱役以后重逢结为夫妇的情节记载，多面综观，则此"旧梦"中犹在之人，当即漂泊如落花飞絮的"新妇"，她与雪芹一生的"离合悲欢，炎凉世态"（真本《石头记》开卷交代宗旨之语，后为程高伪本删篡），就是构成了书中的兴衰荣辱之大局大纲的真实背景。

于此，我们不能不想到，前章已然提过的脂砚批书时的异样语气，殊类女流的重要现象。再看"甲戌本"首回眉批一段——

知眼泪还债，大都作者一人耳。余亦知此意，但不能说得出。

然后至第一回方出"满纸荒唐言，一把辛酸泪"处时，眉上又批云：

能解者，方有辛酸之泪哭成此书。壬午除夕，书未成，芹为泪尽而逝。余尝（常）哭芹，泪亦待尽！……
今而后，惟愿造化主再出一芹一脂，是书何本［幸（草书形讹）］，余二人亦大快遂心于九泉矣。——甲午八日泪笔。

此为乾隆三十九年（1774）雪芹卒后十年秋日重阳节前夕脂砚最后一次在书上记下的痛语——无异绝命之辞！试看其语气何似？"还泪"之意可适用于何种伦理关系？"一芹一脂""余二人"语式含义何等亲密！

若非夫妻之恩情蜜意，焉能出此亲昵而痛切之词①？

脂砚实为一位女子，应即书中史湘云（"原型"）。齐白石所闻于某满族友人者，也证明书中"史侯"家即现实中李煦、李鼎家的推断。

由此可知，"湘云"乃李家遭祸后经历了难言的折磨屈辱，暗助雪芹著书。她身居"贱籍"，为世路所卑视，孀居后与雪芹的旧缘不解，相互遥通声息或形迹往来，也大遭俗论的嘲骂（如"淫奔"等等之言）。最后芹、脂不顾非议，结为夫妇，隐迹山村，相依为命，以至于生离之后又逢死别。

此即"新妇飘零目岂瞑""泪迸荒天寡妇声"之情实，即敦家昆仲亦不便言说之真正缘由。

脂砚于批语中曾因英莲的命运而感叹"生不遇时，遇又非偶"。八个字道尽了她自己的身世。

雪芹爱子既殇，有无后代遗亲？已不可考。两项传述，皆我亲闻者，记之以备探寻，再定实否。

其一，张伯驹先生八十寿宴上，有尚养中（名可恭）老人者，就我座旁特致数语，自言"对曹雪芹的事，我知道一点"……其后承来舍下细谈，自叙云如下——"我是平南王尚可喜（一作禧，上世河北人）的后代，可喜七子，多官于内廷，家住西城，人称'六部（地名）尚家'。是额驸尚之杰一系（历代所排取名的谱序，说得很清楚）。幼时家中有一客人，虽非自家人，却是久住的亲戚关系，家人皆称之为'曹大哥'。其人沉静寡言，自居一室，好读书，学识甚博。因家人谈及小说，自然要提《红楼梦》，因问曹大哥，此书究为何人何事而作？他置而不答。多次皆然。最后一次被家人相迫，方才吐露，说'我何以不愿谈这书的事？因我即是雪芹的后代，但因是与一个丫环之所生，族中不肯承认，被摒于外，只得隐姓埋名，不欲与世人多言家事。书是写自家事的，世传诸说如纳兰等等，均非事实'。"

---

① 参阅《红楼梦新证》第九章第二节《脂砚何人》的推考。

据尚先生言，此曹大哥后来离开尚家，到天津去了，再后就断了消息。

第二，是原杭州浙江大学教授吴惠民女士所传。吴女士因读拙著投函，因而相识，并告知我所见雪芹画幅的详情。后索拙字，因写敦诚诗为赠，她裱好悬于内室。一次，久居美国的某姓老太太（旧亲友）回国访问，见了这幅字，就谈起雪芹的事。老人说，她原家住北京西城红庙胡同，是京城兴办女学校的第一家。其邻居曹姓，有二女，常相往来，十分亲密。后来得知，其家实为雪芹后代，其时家已贫寒，有时予以馈助。后来二女命运，一位流落天津，沦为贱业，不幸折磨早亡。另一位则听说在某"高干"家做保姆，因相处甚好，及年老无依，主家遂留养在家，形若家人。其时已不知仍健在否。

我也曾请吴女士再与述者某氏老太太联系，希望能有补充的追忆提供研究的线索，包括探询那位老保姆的确址。但未获回音，因而这一头绪也就中断了。

"曹大哥"明言系雪芹的后裔。红庙的二女，姓氏分明，然世系未闻其详，也许是雪芹上世某一支的后人，也许就是雪芹直系遗脉，已难再究。

正是："诗书家计皆冰雪，何处飘零有子孙！"

题曰：

飘零新妇史侯家，旧阁曾闻号枕霞。

脂粉模糊留砚渍，红楼当日即香娃。

遗脉传闻事事差，曹哥身寄尚侯家。

凭君莫更寻踪迹，忍向津门吊落花。

三、追悼

雪芹逝后，不见敦敏挽诗，不知何故①。直至乙酉（乾隆三十年，1765）春季，方见一诗悼念于他。题为《河干集饮题壁兼吊雪芹》。其句云：

> 花明两岸柳霏微，到眼风光春欲归。
> 逝水不留诗客杳，登临空忆酒徒非。
> 河干万木飘残雪，村落千家带远晖。
> 凭吊无端空怅望，寒林萧寺暮鸦飞。

在稿本眉上，前后各篇皆由敦诚注一"选"字（此待编刊之手迹），独此首不蒙入选（可与前墨勾欲删养石轩重晤雪芹一诗之痕迹合看）。

此诗所写之"河干"，即敦敏概念中之"东皋"一带，潞河（通惠河）之畔。"潞河四十里"，指到通州为止（再东达天津，仍称潞河，亦曰白河）。实际则限于京城内城东便门外里许之水南庄东至庆丰闸这一二十里之地（再东为平上闸，偶一至，已非常到之处）。庆丰闸俗称"二闸"（出东便门，便登"头闸"大石桥），从清代到民国向为东郊胜游名迹，旧日酒楼渔艇，盛极一时（今则一切荡然略无痕迹，闸已不存，仅岸边一旅店旁招牌尚用"庆丰"二字）。

雪芹本住外城东偏，故其游踪所及，二闸早为喜到之地。清末民初人沈太侔《东华琐录》所记，犹可想见其一斑——

> 都门昆明湖（颐和园）长堤，例禁泛舟。什刹海仅有踏莲

---

① 敦敏《东皋集》稿本中多有割弃不存之空白诗位，久疑其间必有关涉雪芹而有所避忌之处，故付删削，此殆不见挽诗之一因。

船，小不堪泛。二闸遂为游人荟萃之所。闸在东便门外。自五月朔至七月望，青帘画舫，酒肆歌台，令人疑在秦淮河上。内城例自齐化门（朝阳门之元代古名，京人沿称不改）外登舟，至东便门外易舟至通惠河。外城则自东便门外径往。其舟或买之竟日，到处流连；或旦外夕还，一随人意。午饭必于闸上酒肆，小饮既酣，则或征歌板，或阅水嬉，豪奢不难挥霍万钱。夕阳既下，箫鼓中流，连骑（jì）归来，争门竞入。此亦销金窟也。近则就城隅别筑铁轨，较前易舟稍免周折，然旧时风景亦因之变更矣。

马齐、富良的后人富察敦崇《紫藤馆诗草》有《二闸口占》云：

> 游人如绣便门前，水色澄清草色鲜。
> 一簇绮罗娇不语，驻在河畔待呼船。

此为光绪二十年（甲午，1894）敦崇四十岁时所见东便门外的盛况，犹然如此。

从敦敏诗看，似乎酒楼上尚存雪芹诗迹，故而追念悼和。雪芹在东皋的游迹当亦不止一次，可惜俱难寻觅①。

再有张宜泉，却存专篇挽吊雪芹——

> 谢草池边晓露香，怀人不见泪成行。
> 北风图冷魂难返，白雪歌残梦正长。
> 琴裹坏囊声漠漠，剑横破匣影铿铿。
> 多情再问藏修地，翠叠空山晚照凉。

其题目是《伤芹溪居士》，下注："其人素性放达，好饮，又善诗画，年

---

① 参看卷尾附编《雪芹屐印落城东》。

未五句而卒。"其诗第四句，明为指诗，然"梦"字殆亦隐示《红楼梦》一书之传世。然最佳之句端属腹联，琴声虽寂，剑影犹寒，写出雪芹精神不灭，意气长存，令人远想兴仰慕之怀，嗟悼之痛。

此外皆后来作者，因读芹书而有句，俱非挽吊专篇，摘其一二，略见遗思所在，触处衔有悲音。

如富察氏明仁之弟明义，《绿烟琐窗集》中《题红楼梦》二十首之末篇云：

> 馔玉炊金更几春，王孙瘦损骨嶙峋。
> 青娥红粉归何处？惭愧当年石季伦。

此首属咏小说作者，末句尤为重要——晋石崇（字季伦），因政治迫害而亡，其爱妾绿珠，坠楼以殉，以喻雪芹，临终之日，并一绿珠亦无矣，可知其处境之惨，此恐与脂砚后来之命运大有隐寓。

又如康熙原定嗣位人十四阿哥胤祯之孙永忠，因从敦诚之幼叔额尔赫宜得见《红楼梦》，时雪芹已逝五年，作诗三首，有云：

> 都来眼底与心头，辛苦才人用意搜。
> 混沌一时七窍凿，争教天不赋穷愁？

> 传神文笔足千秋，不是情人不泪流。
> 可恨同时不相识，几回掩卷哭曹侯。

诗见《延芬室稿》。

永忠是宗室中重要诗家。比他稍晚的，则有重封睿亲王的淳颖，他的集外诗（手稿）有七律一篇，题为《读石头记》，其句云：

> 满纸喁喁语未休，英雄血泪几难收。
> 痴情尽处灰同冷，幻境传来石也愁。

> 只怕春归人易老，岂知花落水仍流。
>
> 红颜黄土梦凄切，麦饭啼鹃上故邱。

淳颖本像亲王多铎之后，幼失父，母佟佳氏教之成诗人，有《虚白亭集》，乾隆四十三年恢复早已获罪削爵的睿亲王封号，因多尔衮无嗣，特命淳颖过继袭爵。此诗甚佳，可注意者至少有四端：一、极赏宝玉至情极处欲化灰化烟之奇誓。二、能识"花落水流红"（即"沁芳"语义）为全书象征。三、深解雪芹忤俗骇世的思想，不顾万目睚眦、百口嘲谤，其气质实一英雄人物。四、所见抄本似仍为雪芹原文，有宝玉于清明节日为昔年女儿上冢扫墓的情节，早无第二人知悉了。

再晚，则皇胄中又有荣贝勒奕绘，少时即作《戏题石头记》诗，亦为七律——

> 梦里因缘哪得真，名花簌影玉楼春。
>
> 形容般若（be ruǒ）无明漏，示现毗卢有色身。
>
> 离恨可怜承露草，遗才谁识补天人？
>
> 九重运斡何年阙，拟向娲皇一问津。

诗见《观古堂妙莲集》，作时年方二十一岁。其诗颈联虽借佛家语，却绝非"色空观念"，而一结乃申补天用世之心愿。由此可见，奕绘所读，似亦非程高伪本，因而深契雪芹本旨。（颈联借佛语，词义不过以佛子喻雪芹，能以大智慧大慈悲而为人"现身说法"，全是赞赏备至之心，与俗解"色空"毫不相同。又"因缘"亦佛语，莫与"姻缘"相混。又第二句已出"簌影"，亦能理解雪芹为众女儿传神写照，非为某一人而作。皆识见超俗。）

试看雪芹家世原系皇族奴仆，而时至身殁，其皇族子孙却已纷纷致其悼慕敬佩之意了，何以致此"颠倒""反正"？雪芹之伟大，尚待深研而正解，然于此一侧面而观，其书感人之深，动人之至，能令其"尊上"者亦为之倾倒折服，为之悲感伤嗟，为之思维感发……则其伟大，亦已晓然无待烦词了。

题曰：

身殁名高可感天，当年不值半文钱。

题诗句句皆珠玉，难赎才人一世艰。

[副篇]

世人所知于雪芹的一些情况，迄今仍以敦家兄弟的十来首诗句为基本文献（其他传述居次，而伪造的"史料"是另一回事）。但这十来首是明白点名的，实则除此明点的以外，还有几首也是咏芹（至少也是兼咏）的重要篇章。今将拙见略叙其二三，或博雅君子不以为妄言，为之发明胜义，诚为幸甚。

第一例，比如敦敏壬午年有一首《秋夜感怀》，极为重要。其句云："叶落疏窗向夜敲，短檠幽思倍难抛，蛩吟断砌悲今雨，燕去空堂剩旧巢……"

这里的"今雨"，正是他访雪芹于山村时所说的"衡门僻巷愁今雨"的同一含义，是暗指雪芹——这时他正因官方"索书甚迫"，进城来访敦敏，次日敦诚于槐园同作《佩刀质酒歌》的那一番变故。最终，连住房也被强占，栖身无地，所以脂批引杜甫的不幸而慨叹古今才人之厄！合参互证，真是符契之相吻。而且，敦诚觉此诗语气愤激（"壮心还欲学屠蛟！"），深恐不妥，就用墨勾替哥哥删掉了！你看这是何等的隐晦而清楚——敦敏感怀的正是雪芹的困厄一至于此！这是关系雪芹生平的大关目、大事故，由于害怕惹祸招灾，不敢明白题咏，以致无人索解。

第二例，比如敦诚有《同人往奠贻谋墓上，便泛舟于东皋》一诗，也十分重要——

才向西州回瘦马，便从东郭下澄渊。

青山松柏几诗冢，秋水乾坤一酒船。

其第三句下注句："三年来诗友数人相继而殁。"

要弄清：所奠之人是他族弟，名叫宜孙，是自家人，不得呼"诗友"，所以那是称友朋的用语，而首句正是他挽雪芹诗中所说的——

> 他时瘦马西州路，宿草寒烟对落曛。

前后呼应，紧密伏倚，说明了他不久前刚在西州门外（借指西郊）吊祭了雪芹等诗友，那"青山"恰好也正是"故人唯有青衫泪，絮酒生刍上旧坰"的呼应与伏倚。这是多么耐人寻味而又令人悲慨的文学史迹！

这一例，也充分表明了一个事实：敦诚往奠雪芹，是"西州瘦马"，与赔谋墓在潞河南岸正是一东一西，遥遥对举，而入于吟咏的。

二敦诗句暗涉雪芹而不欲明着题中的，理应还有待寻者。如《熙朝雅颂集》收录敦敏集外诗，即有一首《西郊同人游眺兼有所吊》云：

> 秋色招人上古墩，西风瑟瑟敞平原。
> 遥山千叠白云径，清磬一声黄叶村。
> 野水渔舟闲弄笛，竹篱茅肆坐开樽。
> 小园忍泪重回首，斜日荒烟冷墓门。

论者以为所吊即指雪芹，因"黄叶村"一句已然点明。按此固属可能，然敦敏喜用白云黄叶以写郊景，如《东皋集》之第四篇《登观音阁吊安亲王故园》首、颈即云："落木响萧飀，遥登古佛楼。白云樵子径，黄叶废园秋……"而"黄叶村"本亦诗词中泛语，并非实名。是以究竟如何，可待续考。

此外如敦敏《客来》诗，所咏"公荣饮酒胸何阔，阮籍看人眼太分"等句，谓为雪芹，亦觉合符。但若一概坐实，又恐武断。姑存线索，以俟贤者论定。

[附说]

　　《熙朝雅颂集》收有敦敏《西郊游眺兼有所吊》一诗，中云"清磬一声黄叶村"，末云"衰草寒烟冷墓门"，论者以为亦系吊芹之作。按当时郊西寿安诸山多柿树，入秋黄叶一望皆是，"黄叶村"本泛语，并非真有此村名，如敦诚《与子明兄酒家题壁》云："西风黄叶孤村外，又与先生入酒家。"皆是常例，恐难实指。又如敦诚《西郊感事》诗，即吊亡者，在壬午《佩刀质酒歌》之前。故尚不敢遽定如何。姑存一说，记此备考。

四、篡稿

　　雪芹之逝，才人抱恨，目不能瞑。所抱何恨？实非一端。其中最大的恨，即是他的书稿痛遭破坏。子夏伤明，遗孀漂泊，齐构悲惨人生，共绘凄凉图画。他的《石头记》，是"漫言红袖啼痕重，更有情痴抱恨长，字字看来皆是血，十年辛苦不寻常"，那还是甲戌的题句，自甲戌至壬午，又历八九载，仍在"滴泪为墨，研血成字"，所谓"哭成"的书，嫡真不假。然而这半生心血，终遭毒手。

　　今传世（有正书局石印）戚蓼生序本（以及此一系文本的蒙古王府本、南京图本），第七十八回祭雯读《诔》之后无复文字，戛然而止；而杨继振藏本此回之后恰有"兰墅（高鹗）阅过"的朱笔题迹。这证明早先有一种七十八回本一度抄传，其《诔》后所增出的回尾及七十九、八十两回，盖为凑成"整数"而由他手所为，文情已不尽合雪芹原意。而且此本不再题为"脂砚斋重评……"了，书内所有脂砚署名处一概删净。此又证明已出事故，脂砚亦不敢稍留痕迹。

　　估量此殆即壬午"索书甚迫"，"删削进呈"之本。昔人见过的巨大的黄绫封面之抄本，当即"戚序本"的底本（或间接底本）。

　　七十八回《诔》后，书稿何往？是否本未写完？非也。"己卯本"第十九回夹批已然叙明：末回的《情榜》都看到了；还有多处提到"后之三十回""后数十回""后半部"的若干文字、回目、情节零散痕迹。这如何能说是本未写完?

另有第二十五回一条眉批,则特笔写出——

《狱神庙》五六稿,为借阅者迷失。叹,叹!

观其语气,谅非寻常亲友的"借阅"与偶然不慎的"迷失"。其中变故,隐约可窥——狱神庙一回,写小红探监,宝玉、凤姐落难,正是与政治有关的巨大事件之发生与后果,偏偏这"五、六稿""迷"而"失"掉!何其巧也?

由此可知,"删削进呈"之说,还包括着由作者"自删"(?)以外的复杂而惊险的事故。

乾隆末,吴云①为石韫玉之《红楼梦传奇》作序,开头即云:

《红楼梦》一书,稗史之妖也,不知所自起。当《四库书》告成时,稍稍流布,率皆抄写,无完帙。已而高兰墅偕陈(程)某足成之,间多点窜原文,不免续貂之诮!本事出曹使君家。大抵主于言情……

吴云此记,极关重要:他以当时见闻,指出几大要点,与后世传闻附会不可同日而语。

最要者,他指明《红》书流布时间与《四库全书》告成相连。而全书告成时,四库馆总裁已是和珅。和珅实乃主持破坏雪芹原著而炮制伪续的大主谋。请看——

谒宋于庭丈翔凤于葑溪(苏州)精舍,于翁言:曹雪芹《红

---

① 此吴云非晚清之吴平斋,一粟《古典文学研究资料汇编·红楼梦卷》误混为一人,排次于清末人中,谬甚。盖非乾隆人不能知悉如此真切也。

楼梦》，高庙（乾隆）末年和珅以呈上。然不知所指。高庙阅而然之。曰："此盖为明珠家作也。"后遂以此书为珠遗事……

（蒋瑞藻《小说考证·拾遗》引赵烈文《能静居笔记》）

宋翔凤是常州派学者，身历数朝，谙悉朝章掌故，其所言特指和珅呈上。凡笔记，大抵叙述概略，细节环扣，多于辗转间简化缩省，此所谓和珅呈上乾隆者，若系雪芹原本，断不能"然之"——则必是先阅过原本不以为"然"，方发生了和珅主持、高程伪审（续）的事情。及伪续既成，和珅呈上此"全本"，高庙方始"然之"，即今语所谓"认可""批准"也。

因此，原为禁书的《石头记》，一变而成为风靡天下，"士大夫家置一部""人家案头必有一部红楼梦"（皆清人记载），盖因它官方特许专印专卖之"新书"也。

伪本初印于乾隆五十六年（辛亥，1791），世称"程甲本"。卷头高序，明言"名公巨卿"所赏，此"巨卿"正指和珅①。此本当时称为"殿版"，盖因是内廷修书处的木活字所排印者，而俄国第十届教团团长卡缅斯基于其所得程本上恰好写明是宫内印刷的（见俄学者李福清、孟勃夫所著论文《俄国和苏联汉学家对〈红楼梦〉的兴趣与研究》，载圣彼得堡藏本影印本卷首）。至此，和珅伪造假"全本"的一段阴谋毒计，方始得到确证②。

---

① 参看《献芹集》之《红楼梦"全璧"的背后》。和珅为一有才而品行不端之人，专行诡计，其管理《四库全书》完成之时，遂以余力访查小说剧本，亦以抽撤篡毁之办法（对古书史籍如此破坏，而后成为"定本"）对待之。和珅与《红楼梦》的关系极为复杂微妙，世传和珅府身即小说之荣府遗址。陈镛《樗散轩笔记》亦载坊间一百二十回本系和珅至亲苏凌阿家之本，仅八十回，后四十回为付梓时他人增缀。蛛丝马迹，鳞爪尚存。又，据北京图书馆某专家云：他所见某本"高庙阅而然之"句，"然之"原作"善之"。若如此，则"善之"语气更为加重赞赏肯定。

② 有版本专家以为程本乃木刻，非活字。为此请询了日本学者"程甲本"收藏者伊藤漱平氏，据答：除卷首序、目等为刊字外，全部正文皆是木活字排印，绝无疑问。考木活字试用，始于乾隆甲午；武英殿修书处之木活字处，在西华门外北长街路东。

这个阴谋完成于辛亥，但其缘起却远早于此，并非一次直线发展的事情。从上述迹象而观，其萌始是在雪芹辞世之前，即"壬午索书甚迫"之时。"五六稿迷失"，当然更非偶然丢失。

书稿既遭"点窜"，又被续尾，移形易质，换柱偷梁，此为雪芹一世奇冤，中华文化千古悲剧。胡风先生谓为"五四"以前中国文学史上最大的骗局，可称一针见血之言，烛怪燃犀之论。

雪芹为此，抱恨无穷，而后世犹多为和珅所蒙蔽，是故雪芹一生悲剧，不在贫困坎壈，而在蒙此奇冤，竟难昭雪。

题曰：

四库书成毁撒抽，偷梁换柱秘深谋。

奇冤不雪长遗恨，麦饭啼鹃访故邱。

[附说]

今查得蒋引赵氏笔记之文，实出赵烈文日记中所记，文字只有一个异点，即"阅而然之"，日记则作"阅而善之"。此一异文是否关系重要？记此以备专家细究。

五、探佚

雪芹原书，七十八回之后，加上"后之三十回"，实共一百零八回——正如《东周列国志》的回数体例。这后三十回，内容境界，与今之流行伪本全然不同，天地悬隔。

其最大区别，原书彻底祸变败落，人散家亡，而伪本"家道复兴""兰桂齐芳"——依然"沐皇恩""延世泽"，歌功颂圣。再者，原书以"花落水流红""千红一哭（窟），万艳同悲（杯）"为总纲大旨，备写众女儿之不幸结局，悲惨遭遇，而伪本全反此意，只以一个"掉包计"

庸俗手法的"婚姻事故"将全书变质，将一部伟大的奇书痛语根本改窜，只成了一个"哥妹爱情"小悲剧，以此抹杀了雪芹的一切哲理精思、灵心慧性与其痛悼不幸妇女命运的深情巨恨。

这是一桩自古未有的奇冤，亦是沉冤——至今尚难剖白昭雪[①]！

雪芹原书已残，而曾存世间的却有一部"真本"（或称"异本"）。此本自清代《续阅微草堂笔记》起，以讫于最近金启孮先生（荣贝勒奕绘之后代）新著中的文章[②]，已不下十几家记叙，不约而同，或详或略，或小有出入，而大致趋于一同的，则是确有此本。后寓台湾的剧作家齐如山，家藏过此本，后为涞水友人借去不归（见其《回忆录》）。杭州的姜亮夫教授，少时读书京华，于孔德中学图书馆尚亲见此本（抄本共十六册）。金启孮先生则记述其上世传闻：满人文康（《儿女英雄传》作者）确言雪芹原有全书，尚记其若干情节（与他人笔记中所传基本吻合）。此外，如日本儿玉达童氏，曾见蒙古旗人三多（号六桥）藏此异本……不必备举，已足证明此本之存在并非虚语或好事者之附会。

探寻雪芹真本原有重要内容与大体轮廓的研究工作，近年早已构成一门专学，称之为"探佚学"。此学的中心任务即揭示原著真相，以显露雪芹的精神世界与高鹗之流是如何地冰炭难容，霄壤悬异。

研寻雪芹本真，事极困难，而且多遭不理解者与受伪本影响太深者的怀疑与反对。但另一根本原因也在于雪芹著书的缘由、动机、感发、思维……层面甚多，非一单薄肤浅的细小结构体，是以不同读者所见所识，亦每不尽同。遂生种种纷纭，各执一隅，以为全美。

雪芹自白：书之大旨在"情"，在为闺友传照，在写"悲欢离合，世态炎凉"，也在"此系身前身后事"，现身示众——如此交织，已是经纬多方。何况从雪芹的身世经历、内心深曲而言，又不止此。比如书一开头，方写至绛草怀思之处——

---

① 当世有痛诋雪芹的（如苏雪林）。也有公然宣称"伟大的不是曹雪芹，而是高鹗"。你可能聆此不能置信吧？

② 见《爱新觉罗氏三代满学论集·荣王府与红楼梦》。

只因尚未酬报灌溉之德，故其五内便郁结着一段缠绵之意。

于此，脂砚立即批云：

妙极！恩怨不清。西方尚如此，况世之人乎？

只此一处，便是深解雪芹心境的一把钥匙。

盖曹家几世皇奴，供人驱役，如玺、寅在江南，维护清官，反对贪吏，交识正人，救济贫士，乃至收养孤儿，葬埋旅骨，为人刊书，爱才惜艺……因而曹、李两家在江南，人有"佛"慈之号，他们在政局险恶、勒索百端的情势下，焦心殚虑支应了几十年，还能做出那么多难能的好事——然而结局奇惨；败落之后，子孙无托，至于寄食于不知酬德之人家，从上到下，无一人顾恤，而且嘲谤睚眦，立锥无地！此种"恩怨不清"，方是"炎凉世态"的真正缘由。即由此一端而论，雪芹一生的"遇合"，皆可悲歌。知此，方是读懂《石头》一记的起码条件。

然则，深研"曹学"与"探佚学"，所为何事？无它，正是百脉归源，万宗一揆，为了真正理解雪芹著书的辛酸与伟大，为了从此一书大可晓悟我中华文史哲的一个罕有伦比的崇高境界。

题曰：
异本如今议假真，昨时犹有见书人。
可怜貂狗从来混，骗煞愚蒙也自神。

[附说]

《石头记》立意与含义的层次之多，也是一部专著的题材，非本书所能包括。脂批中最强调的一条，即全书出场第一位不幸女儿英莲，由她的身世命运而引出"有命无运，累及爹娘"八个字，脂砚便批云：

八个字屈死多少英雄！屈死多少忠臣孝子！屈死多少仁
人志士！屈死多少词客骚人！今又被作者一把眼泪洒与闺阁之
中！——见得裙钗尚遭逢此数，况天下之男子乎？

这也就是雪芹一生之大恨深悲。但此批原是女性批者的感叹，故将雪芹之特重裙钗又反谦让于男子，细玩极有意味。凡此，皆是《石头记》最大纲目。试看这与"爱情"多大距离？而忍昧原书伟愿以附和低文化之俗论乎？

至于原书情节结构，亦难在此尽述，但须表明一点：伪续处处与原书针锋相对，有意翻反。如鸳鸯为贾赦迫害惨死，程高却写成"殉主"（宝玉也向她行礼赞美这贾氏忠臣）；柳五儿亦惨死，却写成"承错爱"，肉麻低级已甚。湘云经历奇厄，却写成嫁与一大财主。贾芸本为与小红成为夫妇，日后救助宝玉、凤姐落难逢冤之人，却写成是他拐卖巧姐……如此不一而足。最奇者，宝玉自八十一回起即甘愿入塾专心于八股文，连黛玉也变得劝他读书上进，说八股文"清贵"。总之，一切存形变质，一切北辙南辕。是则伪续的居心何在？又何以将伪续官方排印大肆推行？难道吾人对此可以漠然无动于衷，而犹为乾隆、和珅之谲诡所欺乎？

请参看拙文《红楼梦"全璧"的背后》。

不尽余音

创新与造化
——写在纪念曹雪芹逝世二百五十周年前夕

我曾作有《与贾宝玉对话》一书，问世后，赏者寥寥无几，却有二三知音能解其中有味。我今日又忽然心血来潮，想要再叙数语，以遣愚衷。

如今，假设雪芹坐于悼红轩内，有一采访者叩门，见面寒暄之后，采访者便问道：

> 雪芹公子，我常诵念古人的两句诗，说道是"酿得百花成蜜后，为谁辛苦为谁甜？"，您对此有什么感想评论？

雪芹不假思索，立即答曰：

> 诗是作得很好，脍炙人口，但年月已久，我还可以变换为"酿得群芳成髓后，为人辛苦为人悲"。因为我那《石头记》

并不那么"甜",有点儿辛酸苦辣,所以我换用这个"悲"字,如果你不喜欢这个"悲"字,我可以另换一字,你看如何?

采访者听了此言,兴趣高涨。

雪芹说道:

我再换的是一个"痴"字,我再重念两句如下:"酿得群芳成髓后,为人辛苦为人痴。"

采访者听了,一面沉思,一面赞叹,停了一会儿便又问道:

曹公子,您别嫌麻烦,我还有一问请您赐答。古人还有两句诗,道是:"鸳鸯绣出从头看,已把金针度与君。"您的《红楼梦》等于绣出了一幅绝妙绝美的"鸳鸯图卷",您的"金针"是度人呢?还是自己收藏?

雪芹听了此言,不禁改变了方才的表情和语气,畅快地大笑起来,说道:

你问得真好,实对你说吧,我绣出的"鸳鸯"要说不美,人家会说我假谦虚,要说"金针",我固然不是从此自己收起密封,不肯拔一毛以利天下,但我也不肯把这支"金针"随意交付他人,将这"金针"存其形,变其形……

采访者又问:

这两条古例,您若以我们今天的人的白话来表达应该是怎么说呢?

雪芹答：

第一例"酿得百花成蜜后……"是由积累、加工、变化而产生出一种崭新的形态和滋味的物质，如米粮经过加工可以变酒，那就是"酿"字的本意。第二例"鸳鸯绣出从头看，已把金针度与君"，则是如用工具把众多的材料聚合、运用、变换、组织起来，产生出一张张美妙的纺织品，色彩图案都是原来没有的，这与"酿"的方法过程皆有不同，但由原材料到加工变化而产生出前所未有的物质，这就是自古以来"造化"二字的重要意义了——我很明白你发问的用意是否想听我讲一讲我写《红楼梦》是用"百花酿蜜"的方法呢？还是"鸳鸯绣出"之法呢？

采访者笑而答曰：

一点儿不错，正是此意，请您为我打开混沌七窍。

雪芹答道：

我听你所发的诸问，说明你心里早已有答案了。这原很简单，我的"群芳髓"就是"百花成蜜"的同样的比喻，这原不待多言。至于"金针度人"的话题，这不是我作书人的直接任务，我把这个任务移交给了我的批书人脂砚斋先生了。请你看一看她在批语中列出了那么多的文心匠意的方法名称：如"草蛇灰线"，如"背面傅粉"，如"云断山连"，如"暗度陈仓"，如"云龙雾雨"，如"空谷传声"……一时连我也举之不尽。请你看一看，想一想，这是不是"金针度人"？又往哪里去找什么比这些更重要的"刺绣"工具呢？

以上两例，是我想用一个对话的方式来提出几个问题。第一例"百花成蜜"可以称之为"酿花工程"。第二例"鸳鸯绣出"可以称之为"形化工程"。从这里又提出一个"创新"与"造化"二者的异同关系的新问题。这对于有些人来说，大致以为"创新"也就是一种"造化"，"造化"也就是"创新"，无大区别。我则认为，在一般情况下两者的区分似乎不太清楚分明，但细一研求就可以看出"酿花工程"是"质"的变化，而"鸳鸯绣出"这种"形"的变化并没有涉及"质"的任何新旧问题。我们在书画、文学艺术等方面来说，一提创新，给人的感觉是指"形化"工艺工程的范围。比如，画法有写意、工笔的不同，有南宗、北宗流派的分别……这是技法、风格，即表现手法方面的问题。中华绘画、书法的本质并没有因那种不同而形成质的变改。但如果我们使用一个"造化"的词语，那语气、分量、内容等等全都与"创新"的范围大不相同了。

"创""化"如何理解？我想最好的办法是请你查一下《说文解字》。许慎大师在此书中注解"娲"时，说得十分明白："古神圣女，化万物者也。"你立刻就可以改变原来以为"创新"与"造化"大致一样的看法。造化万物，从无到有，从少到多，从高到低，从优至劣……万有不奇，这不是一个简单的形的改变的小事情。

——说到这里，我才可以回到本题，是想用这个办法来说明《红楼梦》小说在中国文学史上的重要地位。大家都认为它最能创新，就连鲁迅先生评论《红楼梦》，重点也是在于：自从这部小说出来，就把以往思想和写法都打破了……所有这一切，还都没有超越"创新"的范围，也就是说还都没有接触到"造化"的本意。换言之，我强调请读者注意领会我们读《红楼梦》时所感受的新的境界、气氛……与读其他小说时很不相同，我们就不会表达这是怎么回事，就只能说有崭新的感受。其实这个新不是外表形式的改头换面等手法的事情，而是有更高更深的本质方面，有博大精深的造化工程，就如同娲皇当日从荒漠一般的世界里，"造化"出后世的这样丰富多彩的万象万物一般。"造化"不是简单的工业流程、方法和技术的问题，而是从根本上、质素上、智慧上、灵性上处于最高境的一种异彩所创造出来的"大化"。以此，"造化"给你的感知比之"变化"和"创新"等名词所发生的信息给予你的感受是不相同的。如果把这两者混为一谈，以为《红楼梦》的"新"也不过是对于社会现象和表现手法的由"旧"生"新"，那就是没有领会娲皇创世的那种无以比拟的功德劳绩。

——说到这里，我又要请你停下来想一想：曹子雪芹立意要写一部百余回的大书，决心要不畏困难，要表现他思想、智慧、灵性中所有的巨大内容，他为何要选定一个由娲皇领起开头的表现方式？仅就这一点，已然充分显示出曹子雪芹的精神世界是与以往一般小说不仅有雅俗之分，更有"新"与"化"的根本区别。懂得了这一关键之点，关于《红楼梦》的其他一切，以前看不清、不明白的地方就都可以逐步得到或迎刃而解、或渐入佳境的美学与哲学享受的巨大快乐与幸福。

创新与造化，两者有分有合，有同有异，是由哪位圣贤专家学者提出的呢？如若问我，愧不能尽知。我只能说，这样的问题雪芹公子在他书中早就提出了：第十七回，贾政命宝玉题联额时，宝玉就说古人曾说"编新不如述旧，刻古终胜雕今"。如果只听宝玉此处的这两句话，你就会把他误解为一个顽固守旧的少年了。其实，等他驳回他父亲的理论及题词之后，他自己却新撰"沁芳"二字，博得众人的评赏。因为"沁芳"二字比贾政所题"泻玉"要清新高雅得多，这是事情的一个方面。等到你往下读，看到雪芹给贾惜春安排下的那首绝句里，则明明白白地出现了"……园修日月光辉里，景夺文章造化功"，就在这儿毫无含糊地由四姑娘笔下，夺人眼目地献出了"造化"二字！即此一例，无待多求，大约读者已然领会到，这个造化之功能已经不是新与旧的一层寻常关系。

上面我将"创新"与"造化"两个名词概念提出来，为继续讲说，我要插入几句闲话——这可能是我写文时的老毛病。要说的是不拘做人还是作文，都要说老实话，不可欺人自欺。比如我要讲"创新"与"造化"的分合异同的问题，就感到力不胜任，文词缭绕颠倒，费事不小，却并未说个清楚。如今，我要如此讲解，岂非越来越烦琐了吗？要义当前，又不宜回避，就请耐烦多听我绕一个小弯子吧！在讲解这两个词语概念之前，我得先讲一讲"夺"字。就是说，四姑娘惜春作诗的最重要的关键词是"景夺文章造化功"，既定是文章艺术的事，怎么又会发生"夺"这样一个不伦不类的问题呢？这令人太难理解了。请容我举二三小例助你领会。我们汉字的特点有一种"反用词"，例如"闹""乱""谬""枉"等等都是难听的字眼，万万不可用于他人，可是，你哪里想到，古来文士才子却偏偏把它们用在别人身上，而别人看了不但不恼怒，反而自觉得意，你说奇乎不奇？

一、"红杏枝头春意闹"，这个名句就曾引起争论，有人说"闹"这个难听的字怎么用在优美的词句里面呢？完全想不通。可是能够欣赏古来词人措词炼字的本领的，就知道那一个"闹"字，就把难以形容的芳春艳景的气氛完全烘托出来了。

二、"城上风光莺语乱""柳下桃蹊，乱分春色到人家"……你看，本来是很不好听的一个"乱"字却被用得如此巧妙。

三、"谬"，是骂人的话呀！你要说某人荒谬，他会大怒而反攻；可是你若说：我的拙作蒙您谬赏……他却高兴起来了。你看怪也不怪？

四、这个"夺"字的反用法，有点与上举诸例不无异曲同工之妙，比如，你说某人的文章是"夺"别人的，那岂不是骂人剽窃吗？可是四姑娘偏偏说"景夺文章造化功"。可知，这种"夺"已然与"争夺""抢夺"等俗义完全不同了。因此，我们必须探讨这样用"夺"字的根源来自何处，这个根源明白了，那么"创新"与"造化"的不同就从根本上分清楚了。

我这么绕弯子，您若嫌烦，我就没有更好的办法引导您进入哲学、美学的深奥问题中去。

原来，在唐朝的名画家口中笔下出现过一句"巧夺天工"，这"夺"字的用法就是汉字用法的大创造。"天工"者，就是我们要讲的"造化"同义语，因此你要懂得惜春"景夺文章造化功"的诗句，先要从"巧夺天工"讲起。这样一说就彻底免除了争夺、抢夺的坏意义而变成"反用"的好意义了。在全部曹雪芹原著《红楼梦》中还有同样的例子，如第三十八回"林潇湘魁夺菊花诗"。如在第二十三回，贾政招来宝玉向他传达贵妃娘娘的命令，准其入园读书……宝玉进屋时，贾政抬眼看时，只见宝玉站在跟前"神采飘逸，秀色夺人"。请你讲讲这个"夺"字又是何意？

或问："造化"本意就是创造，而"创新"一词中也有了一个"创"字，两者不能混为一谈，我们常言的创新是与循旧相对而言的，所以才有"推陈出新"，所以才有"吐故纳新"……甚至于"化腐朽为神奇"这句话也还是一种新旧对立的意义罢了。至于"造化"者，是一个彻底、纯粹的创始，其对面并不隐着"旧""故"，所以你看《说文解字》对于"一"字的解说："惟初人极，道立于一，造分天地，化成万物。"从这儿你就可以理解，"创新"与"造化"不是一个意思。前面又说四姑娘惜春题大观园的四字匾额就是"文章造化"，这无异乎就给雪芹的这部奇书定了性，定了位，它是一部具有"造化"性质的绝大文章。

至此，我的圈子绕完了，这篇小文也就该结束了。

结束语是什么呢？即：人所创造的文学艺术都是良工巧匠的创作，他们的高级造诣真可以与天工（即造化的同义语）相提并论，同样美不可言。既然如此，那么天工造化不易多求，我们就把良工巧匠的作品与天工造化同样评价——换言之，是说这种绝代的良工简直就可以代替化之天工了。

曹公子雪芹赞：

情溯鸿蒙，才参天地。

怀大慈悲，负深智慧。

为群芳泣，代众生罪。

口海青莲，心田红蒂。

发钟鼓音，降雨露惠。

作十四经，动亿万世。

2011.5.6

曹雪芹《红楼梦》之文化位置

小 引

曹雪芹生前，朋侪所以推许他，是诗，是画，是"笔墨风流"，具见敦敏《懋斋诗钞》、敦诚《四松堂集》、张宜泉《春柳堂诗稿》，今世尽知，无待繁引。在他身后则以小说家而闻名寰宇。一九六七年以来，他的名字已载入宇宙时空，永垂不朽（水星环形山之命名，中有雪芹一位）。人们现下都称之为中国伟大的文学家，堪与莎士比亚媲美。但在地面上，对他的研究探索却并不丰盛兴荣（如莎翁那样的万分之一也还不逮）。说他是小说家，自然不错，但似乎十分笼统空泛；若进而再问一句："他是怎样的小说家？"在现有论著中寻找这个答案，恐怕就不是容易的事了。

"曹学"于"莎学"既是望尘莫及，这不单是数量的差距。目前"红学"论著出版的品种看起来似乎不少，实则也不能算多；再从质量规格上要求较高层次的理解阐释，就更稀少了，特别是从中华文化的大角度来看，这种感觉就更为突出。

本文不揣浅陋，拟就十二个分题，试申拙见。

一、一段文化史的脉络

中国的小说，由被轻蔑而转入受重视，大约时当清末民初，与"欧风东渐"相关联。阿英氏所编《晚清文学丛钞》，托始于光绪二十三年（1897），即严复、夏曾佑合撰的《国闻报附印说部缘起》。这是一篇长达八千言的鸿文，它的特点即是从宇宙生物进化而直到以回顾整个中华文化史的大角度来论断小说的价值、功用、地位。这是一份重要的文化思想遗产。

从此以后，到光绪三十年（1904），即有王静安（国维）的《红楼梦评论》发表。《评论》共为五章，在清代所有评《红》专著中，这是最新型的，也是影响最大的，欧美大学校的硕士、博士论文，以中国小说为课题的，大抵奉为"权威"（也是"入门捷径"）。

再过了四载，到光绪三十四年（1908），另一篇重要文章问世：天僇生的《中国三大家小说论赞》。数下去，到了民国三年（1914），又有了陈蜕盦的《列石头记于子部说》刊出，其余零散涉及《红楼梦》一题的，尚不遑备引。在这百年之中，几乎所有中国第一流的学术大师、文化巨人，都以不同形式对《红楼梦》抒写了感受领悟与估量了意义价值，如林纾、王国维、陈寅恪、蔡元培、梁启超、刘鹗、胡适、鲁迅、吴宓、茅盾……概无例外。这一现象本身就显示了这部小说并不是一个文艺的课题，而是一个中华文化的大课题。此义甚长，暂时不遑逐一详说。如今稍一回顾，值得深思。

这些百年以前的有识之士，已经宣言：曹雪芹并不是一位一般的小说作者（明清以来，可谓车载斗量的作者），而是一位中华文化的大哲士，大思想家。他的《石头记》并不是一部"小说"，而是应当列于"子部"的"创教"之巨著。

这真是一次认识上的巨大飞跃。

二、"子部"与卢梭

何谓"子部"？"子"即"诸子百家"之子，亦即中华文献向来分为经、史、子、集"四部"的子类。对于子部的定义，倒正好就引上文所说到的严、夏合著的那篇《国闻报附印说部缘起》，其文有云：

> ……谓英雄必传于世，则古来之英雄何限；谓男女之事之艳异者必传于世，则古来缠绵悱恻之事亦何限。茫茫大宙，有人以来，二百万年，其事夥矣，其人多矣，而何以惟曹、刘、崔、张等之独传，而且传之若是其博而大也？生平孤露，早

迫饥驱，尝溯长江，观六代之故都，北至长城，西度函关，观秦、汉、唐之遗迹，凭吊其兴亡；而岁时伏腊，乡邻赛社，萍踪絮迹，偶然相值，未尝不游然于其市，讯其风俗，而恍然于中原教化之所以成也。何以言之？古人死矣，古之人与其不可传者俱死矣，色不接于目，衣裳杖履不接于吾手足，然则何以知有古之人？古之人则未有文字之前赖语言，既有文字之后赖文字矣。举古人之事，载之文字，谓之书。书之为国教所出者，谓之"经"；书之实欲创教而其教不行者，谓之"子"；书之出于后人一偏一由，偶有所托，不必当于道，过而存之，谓之"集"。此三者，皆言理之书，而事实则涉及焉。书之纪人事者，谓之"史"；书之纪人事而不必果有此事者，谓之"稗史"。此二者，并纪事之书，而难言之理则隐寓焉。此书之大凡也。

这一段话，把中国的"史"与"子"的分别说得至为清楚，而小说为史之一支，亦已十分明白①。准此，可知陈蜕盦的意见是：雪芹之书虽为稗史，而实质却是一部"创教"的思想论著。陈氏的论据是怎样的呢？试聆其言：

《石头记》一书，虽为小说，然其涵义乃具大政治家、大哲学家、大理想家之学说，而合于大同之旨。谓为"东方民约论"，犹未知卢梭能无愧色否也！

这是开宗明义第一章，借当时逐渐风行的西方学说来评定了雪芹的地位，以为法国的大思想家卢梭（或译卢骚，所著《民约论》，亦译《社会契约论》）若在雪芹面前，犹有相形见绌之感。这在当时可谓惊人的卓识与"狂言"，令人服其敢于立论的精神。他以实例来说明他立论的理由：

---

① 请参看拙著《红楼梦与中华文化》中《归源于文史通》一节。

……其意多借宝玉行为谈论而见。而喻以补天石，谓非此则人性不灵也。见于行为者：事顽父嚣母而不怨，得祖母偏怜而不骄；更视谗弟而不忮，趋王侯而不谄，友贫贱而能爱，处群郁之中而不淫，临悍婢骄童而不怒，脱屣富贵而不恋。综观始终，可以为共和国民，可以为共和国务员，可以为共和国议员，可以为共和国大总统矣！唯诮贞姬为"尤物"（汝昌按：此指尤三姐，陈氏为程本的伪窜文字所误，故云），嗔慧婢以"蠢才"，为可訾也。但此是作者微旨：纯粹至此，不免受居养之移，足见率性为道、须臾不离之难也……

其于谈论，则更举数千年政治、学说、风俗之弊，悉抉无遗。不及悉数，取足证吾说而止。论文臣死谏、武臣死战一节（汝昌按：据此，则陈氏又阅过脂批本，至少是"戚序本"），骂尽无爱国心之一家奴隶。论甄宝玉一节，骂尽无真道德之同流合污。论禄蠹，则恨人心龌龊也。论八股，则恨邪说充塞也。论雨村请见，则恨交际浮伪也。于秦钟则曰恨我生于公侯之家，不得早与为友，恨社会不平也。于贾环则曰一般兄弟，何必要他怕我，恨家庭不平也。于宝琴则曰原该多疼女孩儿些，恨男女不平也。接回迎春之论，恨夫妇不平也。与袭人论红衣女子事，恨奴主不平也。（汝昌按：此下举二例皆程、高伪续文字，从略。）至其处处推重女子，则更本意全揭，见得生今之世，保存大德，庶几在此。故曰"怎么一嫁男人，就变的比男人更可杀"！又曰"我生不幸，琼闺绣阁之中，亦染此风"！真有遗世独立之概。其旨如此，而托之父母不喜、亲宾寡洽者之口中，又自斥以"天下无能第一，古今不肖无双"，意若曰：天下古今无能肖此玉者，有之，则亦父母不喜、亲宾寡洽耳。

这一篇绝大议论，刊于民国三年（1914），其时代则在王国维评论与胡适考证之间。在我看来，他对曹雪芹与贾宝玉的认识，超过王、胡二家，而世人征引不多，远不及王、胡论红之声誉遍于海宇，也许就是所谓有幸有不幸吧？他提议该把《石头记》归于"子部"的本意，一言以蔽之，乃是因他看出曹雪芹此书是一位大思想家之作，而未可以小说"闲书"目之。仅仅这一点，就极有见地。最应注意的是，他实际上是认为《石头记》一书而具三重属性：文、史、哲。何以言之？

第一，他评曹雪芹之文笔，超迈六经子史，试听其言：

> 《石头记》是大文学家，古今殆无可比。夫六经之文朴，周秦之文遒，两汉之文拙，魏晋之文衍，唐宋以下之文冗——而评者或曰："《石头记》直是《左》《国》，直是《庄》《列》，直是《史》《汉》。"意以崇之——其作者，当曰："尔何曾比予于是！"（你怎么把我比成了他们！）梦雨（按：陈氏自谓）平情之论：庄、列、左、马，偶一片段，有其综密、散宕、起落、穿插之妙，不能具体也；况一百二十回数十万言作一篇（按：陈氏不知程、高的伪续拼入，吾辈不以辞害义，识其主旨大端可也），岂么么馀子所能梦到？……终觉悼红主人不作此等迁想，亦自不欲以此空前绝后之言情绝著列诸孔、孟、贾、董庑下也。于是有曰《石头记》乃一部二十四史者，失其本意，附会虽确而乏味。又有曰古文作法者，枉其所长，赞誉非诬而已。什么彼胸襟见解，雪亮风生，何难夺班、马、韩、欧之席？——为不屑焉，别成一家。强以附诸，鬼笑其侧矣。

这种评价位置，从文学上一点来讲，对雪芹之推崇，又何尝低于他对其思想的评价位置？（可是最近又出来一种论调，说是《石头记》价值是近些年人为地把它捧抬得"过高"了，云云。作此论者，早就认为芹书并非第一流作品，数十年后，不过是重弹旧曲。全世界对《石头记》的评论位置，他先生不太知道，那也不论；陈蜕盦的这种出现于二十世纪之最初的高级知识分子的见解议论，如果蒙他垂鉴，那么把芹书抬得"太高"了之说，究由何时而起？是否某一二人之私见？岂不值得反思乎？）

第二，陈蜕盦并不以为雪芹著书在言情之外另有作史之意在；可是他却说了这一段话：

> 即此行为谈论，岂他小说所有？抗手老、庄，突驾董、杨，足矣。至浅见者谓其文不雅驯，不知今日正宜备此一格也。又谓全书除宝玉外，无非名利声色之辈，争攘倾轧之事，骗诒邪诈之行，何足传世？不知蓬生麻中，遗麻何以见蓬？孔孟书中，尚有就时发言之处，何独苛责《石头记》？
>
> 其体本为记载，以其遗形取影，不能列之史部。故就其纲要，挹其枢机而子之，谁曰不宜哉！
>
> 惟必有为之评注者，如李善之于《文选》，刘孝标之于《世说》，而后可！

观此，可见陈先生之学识灵慧，皆极高明，足令人生敬佩之思。他指出《石头记》文学品格极高，又指出其书之本体实为"记载"——即通常所说的史书纪传体，不过只因为它含有"遗形取影"的艺术成分，故而不把它归之于史部，而提议归于子部——子部者，即思想家之著作，而不可与一般文学作品混同而论。能够如此看事，信是通人之见。他虽然所重者在其文笔与思想，却又能识其本体属于史部——自有红学评论以来，未有如此具眼，如此宏通者。所以我说他在红学史上的地位，应当列居王静安之上，可惜却没有很多人加以研究，给以阐释发挥。

陈先生已经看出，宝玉是一位思想家，但不止空想，并且实行，所以他从"行为谈论"两方面举例而析论之，最有力量。他说的宝玉之为人，可以做得共和国民以至共和国大总统！今天的人看了也许会感觉奇怪或好笑吧？不知此正时代之印记。那时辛亥革命刚刚成功，所以他把大总统的品格估计得那么天真理想——当然也带有政治上的时髦之风，然可见一时人心之向往，这虽使人感叹，却也无可厚非，盖书生之见，大抵为然耳。从理解宝玉这一人物来说，他所析论的却是十分之深透警辟。从他的议论中，我们注意了"诗人型""艺术家型"这个特色之后，却又能非常鲜明地感到宝玉并不是一个单纯"任性恣情"的无知孩童，他是"有知"的，这"知"就是他能观、能感、能思。从观而感而思，他才有了那样的"行为谈论"。

关于雪芹与卢梭的异同得失，比照评估，不是本文的目标，我只想在此指出：卢梭的《民约论》之出版，在雪芹逝世之前二年（1762），他们正是同世之人，一东一西，成为辉映（卢梭也作过小说）。在欧洲，那叫"启蒙思潮"的时期；在清代中国，我们这里有什么思潮运动否？表现何若？人们常常引来了顾炎武、黄宗羲、王夫之等人的"民主思想"，用以解说曹雪芹的一切。我看那其间的关系未必真有多大的紧密性。雪芹并没有"研究""追随"那等鸿儒学者的机缘与条件，他所学的（受的教育教养）完全是"另一路"。其根源何在？也不是本文的探究目的。我也只是想在此指出：如果想编著中国思想史，没有曹雪芹的篇章将是很不完备的、大有缺陷或失误之作。换言之，只想在"小说史""文学史"的角度上去认识曹雪芹其人其书，那终究是"一隅之见"的事情。

这样看来，雪芹原是一位"创教"的大思想家，他在我中华的文化位置，已可得一虽粗浅而简切的基本认识。

三、一篇重要旧文的启示

以下想请大家温习天僇生的三大小说家论赞。此文很重要——既有见识，也有错解，但可谓瑕瑜互不相掩。

> 茫茫宇宙，哀哀众生，其生也乌，其死也貉。于此世界中，无端而有皇王帝霸，兴亡成败之业，生老病死，悲欢离合之迹，智慧贤否，忠佞邪正之殊，为存为殁，刹那刹那，忧苦

畏怖，陷顶投踵，于此五浊世界之苦海中。呜呼！生至促也，化至速也，当乎此时，其思想有能高出社会水平线以外者，厥惟小说家。是以天僇生生平虽好读书，然不若读小说，读小说数十百种，有好有不好，其好而能至者，厥惟施耐庵、王弇州、曹雪芹三氏所著之小说。

特达之士，喆嶷之才，知人命之至速也，束身砥行，思树功伐，垂令名，劳思焦虑以赴之。其卒也，则或求之而得，则或求之而不得。至于求之而不得，见乎邪曲之害公也，顽嚣之蔽明也，忧谗畏讥，惧终其身无可表襮，乃不得已遁而为小说。吾国数千年来，为小说者，不下数百，求其与斯旨合者，时则有若施氏之《水浒传》。施氏少负异才，自少迄老，未获一伸其志。痛社会之黑暗，而政府之专横也，乃以一己之理想，构成此书。设言壮武慷慨之士，与俗有所迕，愤而为盗。其人类皆有非常之材，敢于复大仇，犯大难，独行其志无所于悔，生民以来，未有以百八人组织政府，而人人平等者，有之，惟《水浒传》。使耐庵而生于欧美也，则其人之著作，当与柏拉图、巴枯宁、托尔斯泰、迭盖司诸氏相抗衡。观其平等级，均财产，则社会主义之小说也；其复仇怨，贼污吏，则虚无党之小说也；其一切组织，无不完备，则政治小说也。阮小五之言曰："若有人识得俺时，水里水里去，火里火里去。"又曰："英雄尽有，只是俺不曾遇着。"观乎此，则知耐庵者，不惟千古之思想家，亦千古之伤心人也。时则若王氏之《金瓶梅》，元美生长华阀，抱奇才，不可一世，乃因与杨仲芳结纳之故，致为严嵩所忌，戮及其亲，深极哀痛，无所发其愤。彼以为中国之人物、之社会，皆至污极贱，贪鄙淫秽，靡所不至其极，于是而作是书。盖其心目中，固无一人能少有价值者。彼其记西门庆，则言富人之淫恶也；记潘金莲，则伤女界之秽乱也；记花子虚、李瓶儿，则悲友道之衰微也；记宋蕙莲，则哀谗佞之为祸也；记蔡太师，则痛仕途黑暗，贿赂公行也。嗟乎！嗟乎！天下有过人之才人，遭际浊世，把弥天之怨，不得不流而为厌世主义，又从而摹绘之，使并世者之恶德，不能少自讳匿者，是则王氏著书之苦心也。轻薄小儿，以其善写淫媟也宝之，而此书遂为老师宿儒所诟病，亦不察之甚矣。时则有若曹氏之《红楼梦》。曹氏向居明相国珠邸中，时本朝甫定鼎，其不肖者，往往凭藉贵族因缘以奸利，贪侈之端，乃不可偻指数。曹氏心伤之，有所不敢言，不屑言，而又不忍不一言者，则姑诡谲游戏以言之，若有意，若无意。闻满洲某巨公，当嘉庆间其为江西学政也。尝严禁贾人不得售是书，犯者罚无赦。又语人曰：《红楼梦》一书，讽刺吾满人至于极地，吾恨之刺骨。则此书之宗旨可知。海宁王生，常言此书为悲剧中之悲剧，于欧西而有作者，则有如仲马父子、谢来、雨苟诸人，皆以善为悲剧，声闻当世。至于头绪之繁，篇幅之富，文章之美，恐尚未有迄此书者。盖此书非苟焉所能读也，必富于厌世观者始能读此书，必深通一切学问者始能读此书，必富于哲理思想、种族思想者始能读此书。世人读之而不解，解矣，而不能尽作者之意，则亦犹之乎不读也。由是以观小说，至此三书，真有观止之叹矣。吾国小说，非无脍炙人口，在此三书外者，然如《三国演义》，非不竭力联贯也，而文词卑陋不足称；如《野叟曝言》，如《西游记》，其篇幅非不富，其思想非不高也，然《野叟曝言》事事在人意外，而此三书则语语在人意中；至《西游记》之记事，更如于轮舟中观山水，顷刻即逝，更无复来之时。馀子自郐，更不足道。

今冬病居无偶，颇悉心力，加之研求。既撰编告天下，并缀述为赞，将以扬向贤之心，昭示来许。词曰：

茫茫坤舆，上黔下黩。狞飙崩馗，妖眚蔽谷。天诞魁彦，以惠亚陆。夺帜而舞，顿豁眯目。谲谏主文，贬顽订惑。缀为赞辞，更世留瞩。昔在腐迁，传彼《游侠》。巍巍施公，厥绍往伐。维元之季，政以贿成。贤豪蔽时，甘污厥身。呜乎我公，古之伤心。宋郎材高，戴氏行速。武杨坒袂，攉狡维独。人式崆峒，风高代北。双眼泪尽，九阍梦悬。古有同情，洛阳少年。沛国沦驭，官与盗同。峨峨相臣，青词蔽聪。维彼元美，身遭厥殃。书以告哀，目击心伤。刻偻回奸，摹绘淫媟。物无匿形，笔可代舌。绵历千祀，炯鉴永昭。昊穹靡私，罔有遁逃。珞珞雪芹，载一抱素。八斗奇才，千秋名著。维黛之慧，维宝之痴。天乎！人乎！而至于斯。儿女情多，郎君笔媚。薛工春愁，林渍秋泪。兰露心抽，梨云梦碎。子建而还，罔可与俪。于古有作，伊惟《春秋》。实惟三公，乃承厥祧。于何藏之？配以玉牒。于何哭之？洒以泪血。维山可崩，维水可竭，吾词与书，奕祀鲜灭。

这个时代的这种文字，论述而兼文章之美，高瞻远瞩，放眼六合，纵怀千古，是前乎此时的文人写不出，也是后乎此时的知识分子所不会写的了，重新温读一回，未始没有一些引人思索而予人教益的内涵。我以为天僇生论《水浒》的见解最好了（论《金瓶梅》则因循旧说，缺乏新意），只可惜他没能看出《红楼梦》与《水浒》的文化脉络，而又误以为雪芹是"反满"的"革命思想家"，遂尔走失了路向，禅家所谓"失却一只眼"，令人抱憾。但这不等于说此文毫无意义，仍然需要引录在此，以便引发我们的符合历史实际的析论。由这篇论赞，我们至少要探讨三个问题：

（甲）雪芹是否曾任明相国西宾？

（乙）《红楼》是否反满之书？

（丙）《水浒》《金瓶梅》《红楼梦》三者的真正文化脉络应如何寻认？

这三个问题，都至关重要，所以应当成为我们逐一讨论的焦点。由于须各设专节，容在后文再申拙见。而为了澄清讨论路程上的枝蔓与障碍，拟先就王静安的《红楼梦评论》略加评议，然后再转回本题三重点。

四、王国维不解雪芹思想

王静安是近代一位学术地位很高的大学者，在宋元戏曲史和词论方面都有卓越的贡献，他的《红楼梦评论》是清末运用西方新思想学说来阐释雪芹小说的第一篇分章专著，在海外知名度尤高，几乎成为一般外国学人寻究《红楼梦》的必由门径与专题研究对象，影响超过所有同类著述。但是这篇《评论》，实际上的学术价值不高，鉴赏眼光也很平常，可谓盛名难副。我这样下语并非有意抑扬，不存在任何那样的动机与目的，只是如实评论。拙见的理由可列以下几点：

第一，王先生此文，可称是一篇严肃的文学思索与鉴赏，但不是一篇扎实深切的研究著作。他对此书的作者身份、时代背景、版本真伪等几个基本理解上的重要环节，没有任何自己的开创发掘的研索过程，只是随手取用了一部坊间的程高伪续假冒的"全本"作篇为立论成说的依据——这种本子是有政治背景的对雪芹原著的大审改，是由宫廷武英殿修书处用木活字排印的"官定本"（参阅第十二节）。它已经把全书歪曲成为叙写一块"顽石"，堕落"尘劫"而由仙人"引登彼岸"的故事。而这一假象，正好契合了王氏的"出世"思想，所以一拍即合——这作为一种个别的读书感想的小例，是用不着深辩力争的，但在学术思想史与美学史上来说，却是一件可悲的事情，因为王氏不同于一个普通的文化水准不高的世俗之人。他想利用《红楼梦》来"证成"自己的人生观与文艺观，等于是与程、高一流人联合毁坏这部他自崇之为"悲剧之悲剧"的向所未有的"大著作"，这才是我们必须深辩而力争的大是非、大得失的民族文化问题。

小说作者曹雪芹并不曾有过像王氏所解说的那样的思想的精神的"立足境"，这在全书的开头部分，交代得已经十分清楚，试看：那遗弃未用之石，"因见众石俱得补天，独自己无材，不堪入选，遂自怨自叹，日夜悲号惭愧"。空空道人自青埂峰下经过，"忽见一大石上字迹分明，编述历历……原来就是无材补天、幻形入世，蒙茫茫大士、渺渺真人携入红尘，历尽离合悲欢、炎凉世态的一段故事"。

> 无材可与补苍天①，枉入红尘若许年。
> 此系身前身后事，倩谁记去作奇传？

> 满纸荒唐言，一把辛酸泪。
> 都云作者痴，谁解其中味？

在"无材补天，幻形入世"句下，脂砚斋即有批云：

> 八字便是作者一生惭恨！

又云：

> 呜咽如闻！
> 不能补天之缺陷，便当去补地之不平，而不得有此一篇鬼话。

凡此种种，俱已表明作者的本怀是入世、为（wèi）人的人生观，因遭遗弃，不得已而幻形入世——"幻形"者表面指石之化玉化人，实即自喻竟尔成为一小说稗史的作书人（此在当时，乃是怀才抱璞之士的最"下流"的勾当了），亦正即"枉入红尘"之意。雪芹盖谓："身前"为石，既不得预选补天，"身后"做人，又不得济世，两番皆虚，略无建树，故此深自叹恨。

试看此种人生态度，著书宗旨，何尝有什么"出世""离尘"的消极成分，可为王静安的"评论"提供理据？

王氏大约正是因只见"程高本"文字在开卷时已将"历尽离合悲欢、

① "可与"即"可预"，音义并同，为参与之义。通行本"与"皆误作"去"，与第四句第四字重复，绝句绝无此例，盖草书"与""去"形极相似，抄误。论据详见拙著《石头记会真》按语。

炎凉世态的一段故事"悍然窜改为"……被那茫茫大士、渺渺真人携入红尘，引登彼岸的一块顽石"这样一句"开宗明义"之语了，所以认定雪芹之书乃是一部宣扬出世思想消极人生观的小说。

当然，程高那句改词，全是为了给他们设计的"全书""结局"作预告——"顽石悟道"，亦即等于"浪子回头"，正所谓"回头是岸"，其致一也。但即依此而言，王先生也未能明察程高用意的实质与真际，而误解误说，相去不啻风马牛了。

何以言此？盖"程高本"的写"沐皇恩""复世职""家道复兴""兰桂齐芳"是一条"主线"，至于写到黛玉之"断痴情"恨恨而死，乃误陷于"情"的应得之下场，是无可怜惜的，"痴情"之必须要"断"，正合了王氏的"去欲"之说，但宝玉的做和尚，也并非什么"彻悟""脱尘"，而只是让他娶了妻，生了子，给宗祀延续了"香烟"，又中了举人，给家门父祖增加了科名荣耀，即逐一地完成了人伦的一切根本大事——然后去"成佛做祖"，也即是"一子得道，九族升天"的那一套完完整整的庸俗的封建思想的"典型体现"！在这儿，真是并没有任何一丝毫的够得上是其他"思想"与"哲理"的胚芽可以寻见，也和真正佛门释教的"出世"的人生观并无干涉。而王先生竟然为这个假象而判定了《红楼梦》的内涵是写"人生之痛苦"的根源是人的无有餍足的"欲"，而以为雪芹宗旨是要指明离欲出世乃是惟一的"解脱之道"。

所以事理至为分明：王氏的这篇名作，实质是一篇未经自己用心研求、连程、高窜后的坊间俗本也未细加辨析，误读误解或者干脆就是一种为合己意而"借题发挥"的拿《红楼梦》作为"图解"自己的精神世界的工具而已。

因此我说，静安先生此文，既无学术价值可言，也无美学赏鉴的高度足重。而且它也正是随后出现的"色空观念"论调的先驱，其影响流弊，至今犹未底止。盖王先生主张"人之大苦在有欲"，这实质与"人之大患在有身"并无多大差别，也必然与释家的"无生"论终归合拍，向往"涅槃"。而清末的王静安如与清初诸大哲思家的宣言相比（如黄宗羲"天理正从人欲中见：人欲恰好处，即天理也。向无人欲，则亦并无天理之可言矣"。唐甄"生我者欲也，长我者亦欲也"。颜元"岂人为万物之灵而独无情乎？故男女者，人之大欲也，亦人之真情至性也"），那就真可说是一代思潮的大反流了。曹雪芹去清初未远，岂为一无情无欲之观念而流泪著书乎？

五、天僇生的误会

天僇生的论赞，以《水浒》之部分最为精彩，可惜他没有看清《红楼梦》是从之而脱化的这一层重要关系。如今先评他论《红楼梦》的两大要点。

一是他说雪芹曾任明相国府西宾。这是清代人相传的很常见的一个说法。此说确否？

按雪芹生卒，依据其至交敦诚甲申开年所作的挽诗"四十萧然太瘦生，晓风昨日拂铭旌"的确切言词，可以考知：雪芹卒于癸未除夕（乾隆二十八年，1764 年 2 月 1 日），上推四十寿，应生于雍正二年（甲辰，1724）。而"明相国"明珠卒于康熙四十七年（1708），于雪芹的年代是早得多了，无法说成是明珠曾聘过雪芹为其府中幕客。

一个可能的解释是：这一盛传的说法也许是指雪芹曾做过明珠某代后人馆师。但历史材料还未出现任何可资考断的线索[1]。我则以为此一传闻中的"明相国"指乾隆朝的大学士富察明亮的某一同父祖的堂兄弟辈，因为我们确知雪芹与富察氏族中多人有交往关系[2]。

但不论如何，都不能以此来证明和阐释雪芹之著书是为了讥骂满人。雪芹本人虽未赶上过明珠的年代，而明珠革职之后紧接着出任内务府大臣二十年之久（直至去世），是曹家的"顶头上司"，雪芹的父祖两辈人都必然会由于各样的差使而与明珠府中来往走动。明珠的夫人是英

---

[1] 只有一个可能，即雪芹曾在明珠的子孙后裔的家中任过职事，如乾隆时和珅贪黩无忌，诬陷明珠后人而图其财富，而和珅恰为主谋篡改《红楼梦》的关键人物。此事确需详考。暂可参阅拙著《献芹集》中《红楼梦"全璧"的背后》一文。

[2] 参看拙著《红楼梦新证》与《曹雪芹新传》（1992，外文出版社）。

亲王阿济格的女儿，亦即雪芹至交敦敏、敦诚的上世祖姑。雪芹姑丈是平郡王，曹家与满人为至亲，所熟悉的王府、相府以及显贵家门的第宅生活，又何须只认定一个明珠之府？这皆因清末诸汉人学士，已不尽了解早期清史实况，更不懂得曹家这种内务府世家的物质文化生活水平是如何的高级与"满化"（所谓"满七汉三"的生活习俗比例，见拙著《红楼梦新证》初版卷末《新索隐》），故一见雪芹所写，便误以为定是什么"豪门贵族"，定是讥讽它的"奢靡淫乱"云云。由此，遂生出"反满论"的红学观点，而传至后来，遂成为"索隐派"及革命家的一种风行的常谈。然而鲁迅先生独能指出：自考明雪芹为"汉军"①，则"反满"思想之旧说遂不复成立（见《中国小说史略》第二十四章）。这是最具卓识的论断。

不过"反满"说至今并未绝迹，时时尚有余音。查其所据，大抵不出一辙——下节试为疏解破疑。

六、"反满"与征讨噶尔丹

引雪芹原文以论证他有"反满"思想的，大抵以第六十三回宝玉为芳官取"耶律雄奴"绰号的那段话作为依据。其词云：

> 因又见芳官梳了头，挽起来，带了些花翠，忙命他改妆，又命将周围的短发剃了去，露出碧青头皮来，当中分大顶，又说："冬天作大貂鼠卧兔儿带，脚上穿虎头盘云五彩小战靴，或散着裤腿，只用净袜厚底镶鞋。"又说："芳官之名不好，竟改了男名才别致。"因又改作"雄奴"。芳官十分称心，又说："既如此，你出门也带我出去。有人问，只说我和茗烟一样的小厮就是了。"宝玉笑道："到底人看的出来。"芳官笑道："我说你

---

① 鲁迅《中国小说史略》第二十四章。他当时说的"汉军"即指汉族血统人早年归入满洲旗的特殊家族，不指"汉军旗""绿营兵"（明军收降于清朝的"汉兵"）。读昔人书，宜详其本旨，而勿以辞害义。

是无才的。咱家现有几家土番，你就说我是个小土番儿。况且人人说我打联垂好看，你想这话可妙？"宝玉听了，喜出意外，忙笑道："这却很好。我亦常见官员人等多有跟从外国献俘之种，图其不畏风霜，鞍马便捷。既这等，再起个番名，叫作'耶律雄奴'。'雄奴'二音，又与匈奴相通，都是犬戎名姓。况且这两种人自尧舜时便为中华之患，晋唐诸朝，深受其害。幸得咱们有福，生在当今之世，大舜之正裔，圣虞之功德仁孝，赫赫格天，同天地日月亿兆不朽，所以凡历朝中跳梁猖獗之小丑，到了如今竟不用一干一戈，皆天使其拱手俛头缘远来降。我们正该作践他们，为君父生色。"芳官笑道："既这样看，你该去操习弓马，学些武艺，挺身出去拿几个反叛来，岂不进忠效力了。何必藉我们，你鼓唇摇舌的，自己开心作戏，却说是称功颂德呢。"宝玉笑道："所以你不明白。如今四海宾服，八方宁静，千载百载不用武备。咱们虽一戏一笑，也该称颂，方不负坐享升平了。"芳官听了有理，二人自为妥帖甚宜。宝玉便叫他"耶律雄奴"。

究竟贾府二宅皆有先人当年所获之囚赐为奴隶，只不过令其饲养马匹，皆不堪大用。湘云素习憨戏异常，他也最喜武扮的，每每自己束銮带，穿折袖。近见宝玉将芳官扮成男子，他便将葵官也扮了个小子。那葵官本是常刮剔短发，好便于面上粉墨油彩，手脚又伶便，打扮了又省一层手。李纨探春见了也爱，便将宝琴的荳官也就命他打扮了一个小童，头上两个丫髻，短袄红鞋，只差了涂脸，便俨是戏上的一个琴童。湘云将葵官改了，换作"大英"。因他姓韦，便叫他作韦大英，方合自己的意思，暗有"惟大英雄能本色"之语，何必涂朱抹粉，才是男子。荳官身量年纪皆极小，又极鬼灵，故曰荳官。园中人也有唤他作"阿荳"的，也有唤作"炒豆子"的。宝琴反说琴童书童等名太熟了，竟是荳字别致，便换作"荳童"。

357

于是论者便把此文中所隐指的"番"解为即是"满族"。这真是一个莫大的误会。如不予澄清，势将以讹传讹，流弊无穷。

按雪芹此文所喻，只是特指连续数朝为患于清廷的厄鲁特噶尔丹。这是清史上的一桩大事，翻开清史纪传，真不啻有"史不绝书"之势。简略而叙，事情也很繁乱。厄鲁特部，居西宁塞外，为古时西海部之地①，距京师五千余里。厄鲁特旧分四部，其一曰准噶尔。其始祖曰李罕，六传至和森，生子二，次名额斯墨特达尔汉诸颜，是为准噶尔之所自始，又七传，至和多和沁，生子十一，其一即噶尔丹。青海渐起纷扰，自康熙四年始，屡增防筑墙，并传谕勿逾牧界。十六年，噶尔丹袭杀驻牧于西套的鄂齐尔图汗，于是青海和硕特部诸台吉（首领）皆惧，纷纷避居内移。由是，西北遂无宁日。

康熙二十九年，清军击败噶尔丹于乌兰布迪。至三十五年，康熙帝复亲征噶尔丹，败之，噶尔丹遁逃。次年二月康熙帝又视师宁夏。

在这康熙三十六年亲征的行役中，涉及内务府包衣人等的历史痕迹，有本年正月二十六日的内务府偶存之档一件，内有曹尔正（为备办掌收太监之马匹，列为轮班之头班人内，详见拙著《红楼梦新证》第七章《史事稽年》，第392页）。盖皇帝亲征，内务府人乃其家奴，亲护军人等更须随役服劳，此为史书不待细书之定制。内务府人随征者，每人又可携带自己家奴一名，负担最劳苦的差役——《红楼梦》中第七回所写之焦大，即此种历史痕迹之一斑。

西北用兵，西宁成为重镇，朝廷所派抚远大将军，驻守于此。曹家的至亲旧友，多与西北军事有关，所以他家一族人到西宁当差使的世代有人。就连《香艳丛书》所载的《曹雪芹先生传》，竟云曹氏籍贯为固原，乍视以为荒谬可笑，实则亦由上述缘故而讹传误认，非漫无来由之编造可比。

然而最极重要的一层关系即为康熙十四年皇子胤禵的出任抚远大

① 可注意《红楼梦》写及薛宝琴，说她幼时随父到"西海沿子"去，是为重要史迹的流露。

将军，而曹寅之长婿平郡王讷尔素为之副手。而其后雪芹之大表兄小平郡王福彭，又继膺此任。曹家一门在西北军营的种种差使营干，经历风习，遂成为他们生活中的一大话题。

清代皇室之人，自己讳言"夷"字（古称东夷西戎），也不许人用"胡""虏"等字样，犯者往往祸及满门亲族，但他们却呼汉人为"蛮子"，蒙古人为"鞑子"。北京旧时有很多"鞑子营"的地名，辛亥后皆改为"鞑智营"了。故雪芹书中第四十九回所说史湘云女扮男装之时，人说她像个"小骚鞑子"者，即此义也——拙著《新证》初版本早已引据《草木子》等书论析详明。"骚"者，特指食用牛羊肉的游牧民族人等身上所带有的气味。凡稍知明清两代史的都会知道，从来没有滥用"鞑子"一词来指称满族的文证语例。而从辛亥革命年代起，这种旧事旧语已逐渐被人误解，"索隐派"常常举此以"证"《红楼梦》的"反满思想"，流风余韵，至今未绝，中国人对自己的历史如此生疏，亦一奇观异闻也。

至于"土番"（番子）一词，也是当时的习用名词，与厄鲁特紧密关联。不必繁引，只如顺治十三年厄鲁特和硕特族之首领顾实汗卒，其子曰车臣岱青，清廷谕曰："分疆别界，向有定例。迩来尔等率番众，掠内地，抗官兵，守臣奏报二十余次，屡谕不悛……"又如康熙五十八年，抚远大将军固山贝子胤祯之宣谕亦云："……今准噶尔戕拉藏汗，离散番众……"①此乃顺、康时期用语；至乾、嘉时，则史档多见"番子""番目"等词，又有"野番"抢掠蒙古人口牲畜事件，层出叠见——这些，也正就是曹雪芹这种人家所习闻熟知的历史事状。

西宁一地，始终是西北军事的中枢地点，而雪芹之大姑丈讷尔素协助皇十四子胤祯久驻于此。胤祯阴谋夺位，以年羹尧兵力监制康熙帝内

---

① 清史文献中所言"番众"，指藏族人民。当时小部分藏民为噶尔丹等之辈欺骗愚弄，裹入叛乱军中；又遭离间，造成藏民本身之间的内部不和。其根本祸乱皆由厄鲁特准噶尔噶尔丹事件引起。

定的嗣位人胤祯①，要害之地也就是西宁。从康熙亲征包衣披甲、侍役人等的随行，以至乾隆时期随小平郡王福彭继驻西宁的亲信人员，都少不了有曹家人的公私两方面的必然服役的职责。所以雪芹写到"贾府"中也都有旧有"小土番儿"，语语皆有历史事实的背景，当时的读者看了都一目了然，而后世（以至现今）的研者论者，却作出了与史实全然背离（"反满"）的解释。

　　这一事例，最能说明要想读懂《红楼梦》，先须略明清代的历史实际与雪芹的家世背景，方不致厄言日出，以至全然歪曲了雪芹的文义——又何以侈谈其旨趣精神乎？

　　结论应当是：雪芹对某些富贵而庸俗鄙劣的满人（不拘亲戚还是当差的上司、做馆师的东家、因事接触的熟人⋯⋯）当然会有讥讽批斥，但这绝不能滥加引申而说成是"反满"的"民族思想"问题。此二者岂容混为一谈？

七、林四娘故事的深刻意义

　　评论雪芹政治思想的文章中，另一常见引据作说的例子就是第七十八回中的《姽婳词》了。因为宝玉诗中有一句说是"明年流寇走山东"，于是论者遂执以为辞，即谓林四娘是抗拒农民军的"反动阶级"，而作者曹雪芹自然也就是站在"封建地主阶级的立场"上讲话的，可见其思想是"反动"的，云云。

　　但一经考史实，立刻发现完全不是那么一回事。林四娘抗拒的，乃是明末时入关劫掠山东的满洲兵，因是暂时流窜入侵，故用"流"字，与李自成等事毫不相涉。拙著《红楼梦新证》增订本第七章《史事稽年》

① 胤祯，康熙之十四子。太子胤礽被废后，康熙帝看中的杰出人才即属此子，内定为嗣位人。派往西宁为抚远大将军，为西北军事重任，用以历练干才，提高威望。不料胤禛利用"祯""禛"二字形似音近，阴谋篡改康熙遗诏，夺取了帝位，而将胤祯软禁废置，并将所有官文书中之"胤祯"皆改为"允禵"，以图灭迹。此即民间流传之改"传位十四子"为"传位于四子"之由来。清代皇室最大悲剧之一也。

第 227 页以次，及卷末附录补遗第 1158 至 1159 页等处，有详确的考辨，可供参阅。

但拙著虽已澄清了上述问题，毕竟还未能阐明雪芹独于此回重笔特写林四娘轶事的旨义何在。近承何龄修先生惠示一则珍贵的资料，这才使我恍然有悟于雪芹的本怀。此事不但极有趣味，而且所关十分重要。

拙著中关于记载林四娘故事的野史笔记，略有引述，唯尚不知作《庄子因》的林云铭却有一篇极好的文章。经何先生手录《林四娘记》见示，其文云：

晋江陈公宝钥，号绿崖。康熙二年任山东青州道佥事。夜辄闻传桶有敲击声，问之，则寂无应者。其仆不胜其扰，持枪往伺，欲刺之。是夜，但闻怒詈声。已而推中门突入，则见有鬼，青面獠牙，赤体挺立，头及屋檐。仆震骇，失枪仆地，陈急出诃之曰："此朝廷公署，汝何方妖魑，敢擅至此？"鬼笑曰："闻尊仆欲见刺，特来受枪耳。"陈怒，思檄兵格之，甫起念，鬼又笑曰："檄兵格我，计何疏也？"陈愈怒，迟明调标兵二十名守门，抵夜，鬼却从墙角出，长近三尺许，头大如轮，口张如箕，双眸开含有光，蹩跚于地，冷气袭人。兵大呼发炮矢，炮火不燃，捡铳中矢又无一存者，鬼反持弓回射，矢如雨集，俱向众兵头面掠过，亦不之伤。兵惧奔溃。陈又延神巫作法驱遣，夜宿署中，时腊月严寒，陈甫就寝，鬼直诣巫卧所，攫去衾毡衣裈，巫窘急呼救。陈不得已出为哀祈。鬼笑曰："闻此神巫乃有法者也，技止此乎！"遂掷还所攫。次日，神巫惭惧辞去。自后，署中飞炮掷瓦，晨昏不宁，或见墙覆栋崩，急避之，仍无他故，陈患焉。

嗣，余有同年友刘望龄赴都，取道青州，询知其故，谓陈曰："君自取患耳，天下之理，有阳则有阴，若不急于驱遣，亦未必扰扰至此。"语未竟，鬼出谢之。刘视其狞恶可畏，劝令改易颜面，鬼即辞入暗室中，少选复出，则一国色丽人，云鬓艳妆，袅袅婷婷而至，其衣皆鲛绡雾縠，亦无缝缀之迹，香气飘扬，莫可名状，自称为林四娘，有一仆名实道，一婢名东姑，皆有影无形。惟四娘与生人了无异相也。陈日与欢饮赋诗，亲狎备至，惟不及乱而已。凡署中文牒，多出其手，遇久年疑狱则为廉访始末，陈一讯皆服，观风试士衡文甲乙悉当，名誉大振。先是，陈需次燕邸，贷京商二千缗，商急索不能应，议偿其半，不允。四娘出，责之曰："陈公岂负债者，顾一时力不及耳，若必取盈陷其图利败检，于汝安乎？我鬼也，不从吾言，力能祸汝。"京商素不信鬼，笑曰："汝乃丽人，以鬼怖我。若果鬼也，当知我在京庐舍职业。"四娘曰："庐舍职业，何难详道。汝近日于某处行一负心之事，说出恐就死耳。"京商大骇，辞去。陈密叩商所为，终不泄，其隐人之恶如此。性耽吟咏，所著诗多感慨凄楚之音，不忍读。凡吾闻有访陈者，必与狎饮，临别辄赠诗，其中庾词日后多验。有一士人悦其姿容，偶起淫念，四娘怒曰："此獠何得无礼？"喝令杖责。士人欸然仆地，号痛求哀。两臂杖痕周匝，举座为之请，乃呼婢东姑持药饮之，了无痛苦，仍与欢饮如初。

陈叩其为神始末，答曰："我莆田人也，故明崇祯年间，父为江宁府库官，逮系下狱，我与表兄某悉力营救，同卧起半载，实无私情，父出狱而疑不释，我因投缳以明无他，烈魂不散耳。与君有桑梓之谊而来，非偶然也。"计在署十有八月而别，别后陈每思慕不置。

康熙六年，陈补任江南驿传道，为余述其事，属余记之。

余谓左氏传，言涉鬼神，后儒病其诬。然天下大矣，二百四十余年中岂无一二事出，于见闻所不及乎，今陈公绿崖正士也，非能造作言语者，且吾乡士人往往有亲见之，王龙谿曰："神怪之事，圣人不语，力与乱，明明是有；怪与神，岂得谓无，鬼能见形且预人事，不可谓非神怪矣，然强魄暂留人间，终归变灭不能久存，是在精气为物游魂为变之外，非可以常理推究，言有言无皆惑也，此圣人所以不语也夫。"

（林云铭《挹奎楼选稿》卷之六《记传》）

由这一份当时见闻亲切的记述，我们得以确知三个要点：

第一，林四娘的事迹，发生在明代崇祯十四年（1641），与李自成之农民军毫无关系。这一点再次得到了明证。

第二，林四娘的父亲是江宁府的库使，因亏官帑而系狱。此与雪芹之父曹頫因雍正追缴江宁织造"亏空"而逮问枷号，情状甚为相似。

第三，林四娘与其表兄，共同竭力营救父亲时，曾与表兄长时共居同处，而二人不及于乱。此点则又与雪芹书中晴雯之与宝玉数年相狎于闺帏之间而不及于乱者，复甚为相似。

得此三要点，方知雪芹何以于诔雯痛悼之际而忽然重笔夹写林四娘，为之歌咏。这大段文字，过去论者皆以为费解，于雪芹之用意纷致疑揣，终无令人满意之解答的"枝蔓"文章。

这就说明，雪芹之写林四娘，与明清易代的历史政治问题并不相涉——是否反对"流寇"，更不是评论他这种家世身份的历史人物的一条"标准"。他之因晴雯而联及林四娘，文心匠意，能为我们今日所知的，至少有两大方面：一是衬写晴雯的"不及于乱"，用以表彰她的高洁的品格。二是借景生情，兼于世人难以觉察的"字缝"中暗暗地追思亡父的负屈遭祸，怀有极深的隐痛而不能明言，独出奇计，以林四娘之事托寓其内心深处的一段悲愤。

当然，从康熙二年就来到江宁的曹家，用不着像我们今日要作什么考证，而是当时当地，林四娘的故事还是人们常常谈起的话题，并非"僻典"，所以雪芹才巧为运用（但也必须为之涂上一层"伪装"的色彩）。

雪芹运用林四娘，明面是写"殉主报国"，内面暗含为父亏帑落狱而全力营救的隐义，这也可以间接佐证：雪芹为曹頫之子，于雍正五年年底頫遭抄家革职逮问。而曹頫卒于康熙五十四年（1715），据頫奏报，頫妻马氏怀孕七月，未卜生男生女，而其后亦无续报生子之奏折。頫更未尝有因罪款而落狱之事。可见雪芹为"頫遗腹子"一说，难与史实契合①。

除此而外，此文还隐约透露了一点：晴雯屈死，雪芹将她的年龄、入府时间、与之共处的岁月时间，一一交代清楚，在全书中写众多丫环实为特例，可见晴雯之亦有真人真事的"原型"，但独于她卖身作婢的情由隐而不言。从他用林四娘以比衬之手法来看，此女十分可能也是官宦人家之女，其父负冤，家破人亡，妇女为奴（此为清代的一种残酷制度）。此乃书中一大主题也。

八、伟大的思想家

将以上各点剖白之后，再论雪芹思想，可以省免枝蔓曲折之歧说异议。

前文已引陈氏之主张，以为雪芹之书，虽托体稗官，实归"子部"，即早识雪芹为一伟大思想家。陈先生独标胜义，信为真知灼见，震聩启蒙。唯以陈氏所处时代适际民国初立，故其论析不外"民主思想"，推崇备至。此论原不大错，但自今日视之，则因彼时潮流所囿，未探终极，仍不免失之拘浅。雪芹思想，博大精深，并非"民主"一义足以尽其崇弘。是以尚待吾人续加研索。

欲究雪芹思想，似不妨即借小说中贾雨村评论贾宝玉时所用的一句："……若非多读书识事，加以致知格物之功，悟道参玄之力，不能知也！"

雪芹因是以小说为体裁，故语气时有半庄半谐之趣，但其本旨却是郑重、严肃，以至沉痛悲悯的——亦如冷子兴之言"见他说得这样重

---

① 《八旗满洲氏族通谱》中所载曹锡远（世选）系下后代有"天祐"一名，注"原任州同"。后出之辽东"五庆堂"曹氏谱中乃记天祐为曹颙之"子"，于是论者以为曹雪芹（名霑者），即此天祐，为颙之"遗腹子"。但据《易经·系辞》第十二："《易》曰：'自天祐之，吉无不利。'子曰：'祐者，助也。天之所助者，顺也。……'"可知"天祐"本曹顺（对故宫内务府档）之表字，其堂弟颙之子，岂能再以"天祐"暗犯其伯父之名讳？曹家命名取字，皆有经籍典故出处，拙著《新证》早已论及。此又良例。据《易》之《系辞》，亦可显示"五庆"谱之不可尽信。

大"，确实此间是包括了一个非常巨大重要的哲理课题。如今试为粗探，以供讨究。

"字字看来皆是血""滴泪为墨，研血成字"的《红楼梦》，并非为了供人消闲遣闷，也不是为了"情场忏悔"或"解脱痛苦"，乃是作者对于宇宙万物、社会人生的一个巨大的深邃的思索与观照。小说从女娲补天、遗石通灵，幻形入世，一直写到了"离合悲欢，炎凉世态"，展示了一位哲人的全部智慧与精神的高度造诣，代表着中华文化精华的特色与价值。实际上，他以当时的形式思索了天、地、人的生成与进化，探究了生命、性灵、才干的可贵，谱写了人与人之间的理想关系，以及人才的遭遇与命运。他是十八世纪早期时代呼唤中华知识界重新来思索探讨这种重大课题的思想巨人，他是行将步入近代的中国人的启蒙者，意识革新的先驱者。

今日要想了解作为思想家的曹雪芹，"致知格物，悟道参玄"八个字却是一个透露消息的"窗口"，因为这正说明了他认识宇宙人生的步骤和层次的"方法"问题。

"格物致知"原是儒学中"正、诚、格、致、修、齐、治、平"众多步骤层次中的一个做人积学的必由之路，必要的阶段功夫，接近于今时所谓探求科学知识，认识客观世界。然而中华文化思想又认为，这是必要的，但并非最高级的认识，也非终极的目标。要从这种对客观事物的认知而上升到更高层的领悟——寻求它的本源本质、本身变化规律、相互关系等等巨大深奥的道理。这就是"悟道参玄"的本义，而不可拘执于"悟"（指释家功夫）"玄"（指道家理论）等等死义。——对我这样理解，最好的证明，即用来阐释那八个字的具体例证乃是"正邪两赋"而生人之论，却与释、道都无直接渊源关系。那"道"与"玄"，不过是指"器""物"的具体之外之上，还有一层"形而上"的（看不见听不到摸不着的）微妙之理。

正是遵循了这样的步骤与层次，雪芹达到了他自己对于"人"的理解与认识，关切与忧思。

所谓"人"的问题，大体包括：（1）人是怎样产生的？为什么人有价值？（2）人分什么等类？哪类最可宝贵？（3）这类人遭遇与命运如何？（4）人应该怎样互相对待？（5）人生目标是为己？还是为人？……对于这几个重大的问题，雪芹都于长期人生阅历中深思细究过，并在小说中一一申所见所感。

现今传本第一回开头（本系批语，后混为正文）引据作者自云"因历过一番梦幻，故将真事隐去，而借通灵之说撰此《石头记》一书也"，与稍后的"此书大旨谈情""历尽悲欢离合，炎凉世态"等语，说的即统统都是对于"人"的问题的思索与感发。

九、对"人"的巨大思索

曹雪芹的哲思，全部托体于稗史小说，故与学者的论文不能一样，所谓"说来虽近荒唐，细按则深有趣味"（"甲戌本"作"细谙"），此言表明，他的小说的措词听起来像是荒言假语，但实含巨大意义，贵在读者能否细加玩索罢了。所谓"荒唐"，首先指的就是从女娲炼石补天的古史话说起的。此义至关重要，它决定了全书的精神命脉。

女娲是何如人？她是重建天地，创生"人"群（中华民族）的伟大神力慈母，也是婚配的"高禖"之神。《淮南子》《列子》等广含古事的书，记载她为倾坏的天穹用五色石补好，止住淫雨洪水，并"断鳌足"为破裂的九州大地修整定立了四极；而《风俗通义》又记载她用黄土"抟"造人群的故事，这乃是中华的"创世纪"，涵义最富。雪芹独取娲皇为全书之来源，已可见其旨趣，与"荒唐"只是"貌合"的表面文章而已。

汉代大师许慎在《说文解字》中注释说："娲，古之神圣女，化万物者也。""化"非变化，乃"化生"之义，此又可见先民视女娲为创生万物之神，还不止是人类之祖而已。那么，炼五色石，这"炼"实亦含有"化"之意味在内；这就无怪乎雪芹说她炼而未用之石，也是"灵性已通"的了。

这样，便对女娲的伟大意义明确到一点上：她的伟大固然在于建天地、化万物，创造了世界；但更在于她能赋予"物"以灵性！她把灵性给了人，人遂成为万物之灵；而经她化炼的石头，也能脱离冥顽而通彻灵性——这个想象（即雪芹之哲思）饶有意味可寻。这大约表明，在雪芹想来，物是由"无机"而进化到"有机"的，由初级灵性而上升到高级灵性的，在《石头记》中，其"公式"即是：

石→玉→人

这一"公式"的含义，与"妖精变人""孙悟空七十二变"等类是性质不同的两回事，需要细辨：石是有了灵性（知觉、思维、情感、才智……）之后才有了做"人"的愿望，并且是经过"玉"（古民视为瑞物，物之精体，具有神性灵性）为之"过渡"才化为"人"的，此即由低向高的三部曲。这分明带有一种朴素的物类进化思想，这一思想自然比不上英国生物学家达尔文那么精细，但要想到，达氏确立"种源进化论"是在一八五八年，时为相当于清代的咸丰八年，比雪芹晚了一个世纪之久了呢！这就不能不对雪芹的思想之高度称奇呼异了。

当然，作此对照，还只是一种比喻，我并无意拿雪芹与达尔文牵合比附，这种东方的"进化论"未必即与西方的一模一样。比如石头能说话（石言）见于《左传》，石头听高僧竺道生说法，能领悟而点头信奉，见于唐人《莲社高贤传》。天下有许多著名的奇石，尚难解释，表明它并不是完全"冥顽"无知的"死物"一块，这也仍待研究。正如雪芹还说那株绛珠草后来"修成女体"，则草木也能"进化"为人。这些当然与达尔文的理论异趣，西方科学家会哂笑的。但万物之有灵性者，毕竟以"人"为首，万物的最高"阶级"，则是殊途同归的，里面确又含有一种东方式的"进化"思想在。

十、"两赋"的新哲思

雪芹是在认真探究"人"的本源本质，进行严肃的哲理思索，而不是只为写"荒唐""无稽"的"小说"。他引女娲造人是其一例而已。

有人会问：他写的是女娲炼石，与造人何涉？这就是不懂得雪芹的明笔与暗笔之分。他写"造人"是用的暗笔：说男人是泥做的，女儿是水做的，这正是由娲皇抟黄土造人的神话暗暗接连炼石而来的文脉，岂可对此一无理会？

但他对"人"的本原本质还有神话以外的理解与阐释，他的一个更重要无比的哲学新说是"正邪两赋"论。

"两赋"者何？是指人之所生，不仅取决于有形的"水""土"形骸，还更在于所禀赋的无形的"气"，气才决定其本质性情。此所谓"气禀"学说。自唐宋时代以来，文家学者皆已宣述此论，非雪芹所创，雪芹的"两赋"新说，虽然来源也出于"气禀"之说，但他的识解却与前人有着极重大的差别。约略言之，可列三端：

第一，过去的气禀论者，似可称为"机构分类法"：正气所生为圣贤，为忠孝，为善良，为颖慧；邪气所生则为奸佞，为邪恶，为鄙贱，为愚昧（可参看拙著《曹雪芹小传》第十一章，今不繁引）。而雪芹之意则不然，他以为正、邪二纯气之外，还有一种"合气"（与古人所谓"杂气"并非同义。似乎接近"间气"），即正、邪二气本不相容，但相逢之后所激发而生出一种新气——

> 天地生人，除大仁大恶两种，余者皆无大异……清明灵秀，天地之正气，仁者之所秉也；残忍乖僻，天地之邪气，恶者之所秉也……（邪气）偶值灵秀之气适过，正不容邪，邪复妒正，两不相干……必致搏击掀发后始尽。故其气亦必赋人，发泄一尽始散。

是为"两赋"气禀说之本义的论述（第二回）。

第二，前人曾有过"杂气"的名目，但以为那是最卑微鄙陋之人所秉的，甚至以为连蚊蠓蚁蚤等细虫也就是这种气所生之物。雪芹则大大不然——

> 使男女偶秉此气而生者，上则不能成仁人君子，下亦不能
> 为大凶大恶；置之于万万人之中，其聪俊灵秀之气则在万万人
> 之上——其乖僻邪谬，不近人情之态，又在万万人之下！

这就是说在雪芹（借贾雨村之口）评议中，这种"两赋而来"之人，乃是极可贵重的一种"新型人才"，因为那所谓的"乖僻邪谬，不近人情"，语虽贬抑，意则赞扬：这种新型人才方是人类的英华俊秀——与前人的"杂气观"正为相反的识见。

第三，前人的"气禀"论中的另一陋见谬识即是"气"决定了人的贵贱贫富的身价命途，是为统治阶层制造"先天合法论"。雪芹则又大大不然——

> （两赋人）若生于富贵公侯之家，则为情痴情种；若生于
> 诗书清贫之族，则为逸士高人；总（纵）再偶生于薄祚寒门，
> 断不能为走卒健仆，甘遭庸人驱制驾驭，必为奇优名倡。

以下他罗列了许由、陶潜、嵇阮……又列了陈后主、唐明皇、宋徽宗，又列了大诗人词人，又列了卓文君、红拂、薛涛、崔莺、朝云……这就表明，在雪芹的人物价值观中，这么些贵贱悬殊的人，都是一样的，"易地皆同"的——人的才质并不受政治经济条件的割裂分离。所以者何？因为这些是异样珍奇的人物人才，他（她）们是与庸人俗物相对立的！

由此方能晓悟：原来，他所说的"乖僻邪谬，不近人情"，也就是这些世俗庸人对新型珍奇人才不能认识、不能理解，而只用世俗尺码来称量他们的"估价"。那两首"嘲讽"贾宝玉的《西江月》，字字是贬，句句是讥，而骨子里正是大赞深褒，这大约也可归属于雪芹告诉读者读此书要看"反面"的一义之内吧。

此种特异人才，不为人识，不为世知——是为作者雪芹一生的"惭

恨"（"脂批"说"无材补天，幻形入世"八个字"便是作者一生惭恨"，见第一回）。

这在我们思想史上，难道不是堪称为"革命"的冒天下之大不韪的伟论奇论吗？

十一、"才"的意义与命运

才，人才，是雪芹最为关切的主题，一部《石头记》即为此而作。这人才，包括他自己，也包括他"亲见亲闻"的一群"异样女子"。

作者一生惭恨的是"无材补天，幻形入世"。此语何义？书中已有解答，即：

> 无材可去补苍天，
>
> 枉入红尘若许年。
>
> 此系身前身后事，
>
> 倩谁记去作奇传？[①]

这说的是："身前"为石，是无才而未能入选于补天的大功大业；"身后"托生，下世为人了，又是毫无建树，虚生枉入，"一技无成，半生潦倒"——此两番经历，皆为人视为"弃物"，故深自惭恨，不得已，故将才华抱负，倾注于一部稗史，十年辛苦，镆而不舍。此乃为"才"而痛哭流涕之言也。

雪芹对于他人，其重才惜才，书中用语时时流露，如：

"小才微善"——评诸女儿（谦抑之词）。

"才自精明志自高"——探春的"判词"。

"都知爱慕此生才"——凤姐的"判词"。

[①] "作奇传"，当是后改笔，因"杨藏本"旧抄原作"作传神"（失韵），明系"作神传"之误倒，本为"传神写照"之义，非重在"奇"也。说详《石头记会真》。

"气质美如兰，才华阜比仙"——妙玉的"判词"。

"女子无才便有德"——李纨所受父训（引来作为反语者）。

"老天，老天，你有多少精华灵秀，生出这些人上之人来！"——宝玉赞宝琴、李纹、李绮、岫烟等语。就连元春之"才选凤藻宫"，也确切表明她是因"才"而被选的。

换言之，雪芹所写诸女儿，一一具有过人之才，只是表现方式、机会，各个不同罢了。

才，到底是什么？今世似乎只知才与文人诗家有联，才华、才调、才思、才情……大抵如此；而不究"才"之本义实甚弘广。《说文》中解之为"草木之初也"，可知这是指植物萌生的生命力量的表现，如与"英"对比，则英为外相之发挥至极至美，而"才"乃内部蕴蓄待展的强大生机生力。在旧时，对官吏的"考语"（鉴定），通常以"德、才、功、赃"四者为次，此才亦曰"才具"。如上司说某官是"才具平常"，即是指他的为政办事的识见太平庸，不堪大用。此种旧例对我们理解"才"之真谛，却很有用处。

这样，"无才补天"的才，凤姐、探春理事治家、兴利除弊的才，当然就得到确识，而不再与"文才""诗才""风流才子"等意味混同牵合。

中华文化对"才"的认识与崇重，是来源最为古老的。如今还能看到的、反映在典籍中的重"才"思想，可举《周易·说卦二》：

> 昔者圣人之作易也，将以顺性命之理：是以，立天之道，曰阴与阳；立地之道，曰柔与刚；立人之道，曰仁与义。兼三才而两之，故易六画而成卦。

中华先民哲士，以天、地、人为"三极"。此三者各有"性命"，而各有其"才"之蕴涵（内在能量）。是以不妨称呼我们中华的一种文化思想为"三才主义"。三者之中，人为万物之灵，所谓"天地之心"者也，故人之"才"亦即天地人合一的最高级智能显示。

而按照雪芹的哲思，则人之"才"尤以"两赋"之"才"最为可羡可贵。但此可羡可贵之"才"，不为世俗庸人所知，故其遭遇命运，总归于不幸与悲剧结局。此即《水浒》与《红楼》的貌异而实同的共识与"和声"。其意义之伟大，殆未易充分估量。

明代人将《三国》与《水浒》两部小说合刻而名之为"英雄谱"，是已打破了帝王将相与草寇强人的政治界限了，一视同仁，许之皆为"英雄"，即超众的人才。此一识见非常了不起，即在今日思之，令人犹觉惊叹；但其时文化意识还不能识及"脂粉队中"亦有同质同才的"英雄"——是以那时也就还没有《红楼梦》之产生的可能，这一点最值得深思了。

若能从这一重大意义上来看雪芹的小说，那就会真正理解这位作家的伟大，是空前稀有的。

这个伟大，并非我们的虚词泛颂，那是令我们的心神震撼、令人类一齐警醒领悟的一种特别辉煌的思想之伟大。

十二、"创教"的英雄哲士

由上面的论析，可以看出，作者雪芹痛切关注的是人、人物、人才，总括这样巨大的主题，具有这样宏伟崇高思想之人，绝不会是为了一个狭隘的"反满"的民族之事而流泪著书，这里思想层次、精神世界的差别是太大了，岂容缩小歪曲？

至于王国维的"痛苦解脱"论，是其"无欲"即等于"无生"，故必然与佛家的"涅槃"之说终相契合，亦即与某些"红学家"的"色空观念"论是一致的误解。即如卷首叙及空空道人时，说他因见石头之记：

> ……方从头至尾，抄录回来，问世传奇；因空见色，由色生情，传情入色，自色悟空——遂易名为情僧，改《石头记》为《情僧录》。

试看，原先是由空到空的"空空"道人，至此竟弃"空"而从"情"，此为何义？岂可以闲文视之。盖四句十六字，两端是"空"，中含两个"情"字，是即明言：宇宙人生，情为主因，而雪芹之书，以谈情为"大旨"者，正乃反空之思也。又何容以佛家之"空观"曲解其真意？

雪芹的"文人狡狯"是惯用现成的旧词来巧寓自己的新意，如那四句十六字，若"译"成今日的语言，则大致应是下列的意思：

> "空空"道人（古汉语，"道人"与"俗人"相对，即修道之人，有别于世俗之群民，多指沙门，并非"道士"之义）本是身入"空门"的，以为人间是"到头一梦，万境归空"的（"甲戌本"有此文出僧道之口）；可是当他读到了并抄回了《石头记》之后，却由原先认为的"空"境而领会到了人生万象——即所谓"色"者，他因此而发生了思想、感情，而以此有情之心之眼再去观照世界万物人生，这才悟到：所谓的"空"，原来就是这些有情世界的假称，它实际是个充满了感情的境界，一切的"色"皆因情而得其存在。

因此他给自己改取了一个新名：情僧——有情、多情、痴情的修持者，一个"惟情主义"的大智慧者。

这番意思，当然是与只看字面的"色空观念"论的解释大相径庭的，这也就是难为世俗所理解的一个最好的说明了[①]。

但是，什么人才最有情？在雪芹看来，最有"才"的才最有情。是以，"两赋而来"之人也就最有情。惟其有情，故不会成为出世者，而一心热情愿为世用，所以渴望具才，切盼补天。但不幸的是："有命无运"，非但不能见用，抑且横遭屈枉冤抑，至于毁灭。

"有命无运"，又是雪芹借用"子平学"的术语而来巧寓其深刻痛

---

① 可参看浦安迪（Andrew H. Plaks）《红楼梦与奇书文体》，文中有云："只有宝玉（再加一二人）最后出家，反而入门；可见作者不是一心提出归空为最高境界……"

切的哲思的一例。这四个字，雪芹用来加之于全书出场第一位女子的身上——香菱，她是全书一百零八个女子的代表或象征人物。所以特以此四个大字点醒全部的意旨，不妨说，《石头记》的灵魂即此四字。

当僧道来到甄士隐面前，见他怀抱英莲爱女（真应怜也），便说出：你将这有命无运、累及爹娘之物抱在怀中作甚？在此，脂砚连加数批，其一则云：

> 八个字屈死多少英雄！屈死多少忠臣孝子，屈死多少仁人志士，屈死多少词客骚人！今又被作者（雪芹）将此一把眼泪洒与闺阁之中，见得裙钗尚遭逢此数，况天下之男子乎？

又一则云：

> 看他所写开卷之第一个女子，便用此二语以订终身，则知托言寓意之旨，谁谓独寄兴于一"情"字耶？

又一则云：

> 武侯之三分，武穆之二帝，二贤之恨，及今不尽！况今之草芥乎？

所以这一切言辞意念，都集中在一点：人才不得尽其展用而抱恨以终，所谓"出师未捷身先死""三十功名（南宋人谓克敌复国之大业为"功名"，非一般科举俗义）尘与土"者，其痛一也。

若能晓悟了这些，怎么还会把一部《石头记》说成是什么"色空""解脱""情场忏悔""爱情悲剧"等等之类？

当第二十二回写到宝玉于黛、湘等人之间各受责怨，乃自思："目下不过这两个人尚未应酬妥协，将来犹欲为何？"脂砚便批云：

看他只这一笔，写得宝玉又如何用心于世道！——言闺中红粉，尚不能周全，何碌碌偬偬欲治世待人接物哉？视闺中自然女儿戏，视世道如虎狼矣！谁云不然？

这是愤世反语，其本怀原为入世用世，尚不彰明乎？宝玉，作者自况也。至于女子，则有一回尾联，题曰：

金紫万千谁治国？裙钗一二可齐家。

这是盛赞凤姐协理秦氏丧事的才干的感叹之言，那么请问：雪芹写书为诸女之才如此感叹，不是用世之思想，难道反是为了一个"色空""解脱"之道？

书中写探春之兴利除弊，同属此旨。"戚序本"有一则回后总评，说道：

噫，事亦难矣！探春以姑娘之尊，以贾母之爱，以王夫人之付托，以凤姐之未谢事，暂代数月，而奸奴蜂起，内外欺侮，锱铢小事，突动风波，不亦难乎？以凤姐之聪明，以凤姐之才力，以凤姐之权术，以凤姐之贵宠，以凤姐之日夜焦劳，百般弥缝，犹不免骑虎难下，为移祸东吴之计，不亦难乎？——况聪明才力不及凤姐，权术贵宠不及凤姐，焦劳弥缝不及凤姐，又无贾母之爱，姑娘之尊，太太之付托，而欲左支右吾，撑前达后，不更难乎？！士方有志作一番事业，每读至此，不禁为之投书以起，三复流连而欲泣也！

我愿天下关切"红学"者深思而熟审，那种能引起批者这样一种巨大感慨的一部书，难道其本旨只是为了一个"空"和"脱"吗？悟"空"而能"脱"的人，大约不会再洒泪研血而十年辛苦地去写这"稗"史吧？

雪芹正是惜才痛才，深叹才之难、才之贵与才之不幸，故此他将一部小说的主眼化为一个美词，题之曰"沁芳"。

"沁芳"者，"花落水流红"之变换语言也。他痛哭闺中脂粉英才，一个个如残红落水，随流而逝，是一大象征，一大咏叹，一大抒写。

然而，世人于"沁芳"（主景主脉之总命名）却以为是并无所谓的"香艳"之饰词，文人之绮习。岂不大可悲乎。

胡适之先生于二十世纪二十年代之初，始作《红楼梦考证》，提出了"自叙传"之说（此说清代早已盛行，胡氏不过是恢复，而非创始），而此考出后，"索隐派"众多著述纷纷出版，以强大势力表示反对，而三十年前又遭到激烈批判；只有鲁迅先生一家在严肃的学术论著《中国小说史略》中给以肯定；最近国外研者承认此说者较前增多了，是非历久始明。但以"自传"之眼光读《红楼梦》者又易落于一个狭隘观点：以为雪芹不过因身世坎坷，抱才不遇，故著此小说以发其牢骚不平之气。总之，既属"自传"，便划定为"个人"之喜怒哀乐了。此则虽也初获正解（写己，非骂人），却又迷失了大旨深义——为人类"两赋"异才之不幸而洒泪走笔。此即十分严重地缩小降低了雪芹的思想精神的广度高度，说得严重些，也变成了一种错解或"歪曲"。

胡先生那时还只把雪芹的小说看成是一部叙写"坐吃山空""自然趋势"的个人经历。对于事物的认识，原本都有时代的阶段层次的递进与提高，对胡先生在二十世纪二十年代的见解本不须多加非议，但也要想到：《老残游记》的作者刘铁云，却早就识透了雪芹的"千红一哭""万艳同悲"的大痛与深恨，在其自序中把这一要旨作为结穴（所谓"沁芳"者，亦即同义变换语）。两相对照，就不能不佩服刘先生的高出一筹了①。

在刘氏之后，又历百年而至今，不少人还是从哥妹"爱情"上来看待这部小说，的确是中华民族史上的一个最大的文化悲剧。

但是，更大的文化悲剧发生在乾隆朝的后期，即乾隆帝与其宠臣和珅等人合谋密计，将雪芹原稿八十回后的书文毁掉，另撰四十回，拼成

---

① 大观园之地，全为"沁芳"一义而设，亦即脂批所谓"诸艳归源"之所，实众钗总命运之挽词也。近年余英时在香港倡"两个世界"之说，以为大观园乃一虚构的"理想世界"，盖对"沁芳"点睛之笔略无领会而致错解耳。

伪"全"本，欺骗天下后世读者，彻底篡改了原著的整体情节结构，而使之变成了一种"三角"式的"恋爱婚姻"小闹剧，用以掩没原书的不得已而涉及抄家入狱、贾氏家破人亡这一事件背后所隐示的政治情由，他们以为这对大清朝廷是不利的。其详可看拙著《红楼梦"全璧"的背后》一文。

这一事实，早在一七九四年（即程、高伪本初版之后二三年），俄国赴华的教团团长、汉学家卡缅斯基，已经在一部程本上批注："道德批判小说，宫廷印书馆出的。"此即明指当时为《四库全书》设立的武英殿修书处的木活字印刷成了此书。这是皇家设备专用"印刷厂"，程伪本若非乾隆特许，焉能对一部小说如此特例宠幸？此本出后，士大夫"家置一部"（过去《石头记》是禁书，并不敢公开流布），原是"官方批准"的了，方才大行其道。这种历史真相，今世知者甚少，尚所不论，最奇的是近年有人公然宣扬"伟大的是高鹗（伪续本出笼作续的代表人物），不是曹雪芹"！

这，岂不是中华民族史上的一个更大的文化悲剧？

但寻绎到深处，真正的、最大的悲剧是什么？既非索隐派、王国维、胡适之等人的解释，也非捧高贬曹之流的鄙陋之见，而是乾隆、和珅等人也并不能理解雪芹的博大崇高的思想境界，而误以为只不过是一种政治"抒愤"之作，故而残酷阴险地将原著彻底损坏变质。

这就是曹雪芹《红楼梦》的多层悲剧的最根本最核心的巨大悲剧性之所在。

雪芹文化思想，在十八世纪初期，对中国文化是一种启蒙和革命的思想，其价值与意义和他的真正历史位置，至今还缺乏充分深入的探索和估量。整整九十年前陈蜕先生提出了雪芹是一"创教"的伟大思想家的命题。创教者，必其思想境界之崇伟博大异乎寻常而又前无古人，如孔子、释迦等人方能膺此光荣称号者也，陈蜕所见甚是。而九十年中，并无一人知其深意而予以响应支持，则不能不为民族文化识见之趋低而兴叹致慨。本文不揣浅陋，聊贡愚衷，希望抛砖引玉，不胜企幸之至。

《红楼梦》的赏析与评价

《红楼梦》形式体裁是一部中国传统章回小说，而内容实质则是中华文化的一个综合体和集大成。

小说在文学史上受很大重视是近百年来受西方文化影响的结果；在中国则素来有"野史""闲书"之名号，是不够高雅流品的书册，甚至是禁止流传阅读的"禁书"（尤其是青少年不许看小说野史，只能偷读）。《红楼梦》就曾是禁书中的"重点"名目。它的巨大涵义与伟大价值地位，是近数十年方才得到逐步认识的。

作者以女娲的神话古史的故事作引而提出了一系列的重大问题：天、地、人、物四者之间的关系，"人"的起源，人的具有"灵性"的两大表现——感情与才华的问题，才之得用与屈抑（浪费人才）、情的真义与俗义的问题，情与"理""礼"的矛盾统一的社会道德问题……都可以在这部伟著中找到观照与解答——至少是作者的思考和认识。

作者曹雪芹把这些问题集中而具体化起来，选中了一块石头的经历而叙写，成为一"记"。

石本为物，物与人是对待的"双方"，但作者认为，物经娲炼，也能"通灵"，即有生命，有知觉感受，有思想感情——物与人可以相通的。

这是一种"天人合一"的博大的哲思。

作者又认为，在"灵性"的诸般功能体用中，以"情"最为根本，最为珍贵，是以书中于开卷不久就特笔表明："大旨谈情。"

但因"情"是抽象的，无法成为故事，于是便又以众多人物的"悲欢离合"的情节来抒写这个特别可贵的"情"。

但是，"情"这个字眼常常令一般人发生错觉或误解，一提起情，就划限在男女之间的所谓"爱情"上，于是作者便又顺水推舟，就以女子作为书中的主体人物而来体现真正的情到底是何等境界意味，它与被俗常歪曲而又看不起的"情"，其间区别又是怎么样的。

这儿，又包括了曹雪芹的一段独有的见解：他特别器重赏爱女儿的真才情——"聪明灵秀之气"，超过男子远甚，而在他的时代，女子的处境与命运却是带有普遍性的不幸与悲惨，这就又使作者产生了一种大悲悯的情怀：特别珍惜怜爱女性。

这就是他在第五回中提出的"千红一窟（哭）""万艳同杯（悲）"的沉痛语言与宣言。这是人类的最博大的真情，也是中国文化文学史上出现的一个最伟大的思想境界。

"千红""万艳"是泛称其众多，而实际是以一百零八个女子这个象征数字代表了千千万万。书的异名又叫作《金陵十二钗》，十二也是代表多的意思，九层的十二钗，使成为一百零八位女子（传统评价人物，也是分为"九品"）。书中所写一百零八位女儿，正对《水浒传》的一百零八位英杰。是以作者表明：书中人物是"小才微善"的"异样女子"。这一措词又谦虚又表彰。

十二是书中的一个基数，处处点明不畏其重出复见，如十二个小道士，十二个女戏子，十二枝宫花，十二支《红楼梦曲》……连"冷香丸"的配药处方也是九个十二组成的！

写了这么多女儿，绝大部分都是姑娘、侍妾、大丫鬟、小丫头——当时屈抑为奴婢"贱"位的女子。

然后，采用了一个巨大的总象征手法："花落水流红""落红成阵""花谢花飞花满天"——"沁芳"之溪，水逝花流，群芳俱尽！

特写"饯花会"，明似热闹繁华，实深悲悼。

从这一点来观照评比，岂独在中国的思想史文学史上是向所未有，即全部言论著述中也是独一无二的。

对曹雪芹与《红楼梦》，给以最伟大作家作品的估价与称号，是不同于虚词溢美的，是名实相副的。

小说主角人物贾宝玉，就是以此至性真情，去关切、同情、体贴、悲悯天下所有的不幸生命——甚至并无生命的"物"，他也以同样的精神态度去对待。但他从不考虑个人的利益，自身的得失利害，不在心上，总是为了别人（以女儿为代表）而设身处地、推心置腹——此即"体贴"二字的实义。

在这儿,作者提出了一个如何对人对己的巨大课题。

但是这种至性真情以待人对己的意念与行为,在世俗上是罕有而难见的,因此反遭误会误解受人嘲骂,处境孤危。这就是作者自寓的"反评价",如《西江月》咏宝玉云:"无故寻愁觅恨,有时似傻如狂。行为偏僻性乖张,哪管世人诽谤。"亦即警幻仙姑对宝玉说的:"……如尔则天分中生成一段痴情……在闺阁中固可为良友,然于世路中未免迂阔怪诡,百口嘲谤,万目睚眦……"(第五回)

这是全书的"大旨谈情"的一大关目,必须深切理解作者的本义,方能领会他的精神世界与世俗理念的距离与冲突。

后四十回伪续,恰恰与此相反。他们把原著的伟大思想精神歪曲成为一个十分庸俗的"一男二女"的"三角性爱"和"争婚"的个别家庭小悲剧,伪续的"吸引力"全在于一点:一个低级的"掉包计"拆散了宝玉、黛玉的良姻美眷,以致黛玉"绝粒""焚稿""断情"……恨恨而死——使读者产生错觉的同情怜悯之心,反而盛赞这种"反封建(婚姻不自由)"的"伟大功绩"。甚至有人竟说"伟大的是高鹗,不是曹雪芹"!

可是"伟大的高鹗"在他的续书中是这样写的——

（贾雨村问甄士隐）"宝玉之事,既得闻命,但是散族闺秀,如是之多,何元妃以下,算来结局俱属平常呢?"士隐叹息道:"老先生莫怪拙言:贵族之女,俱属从情天孽海而来,大凡古今女子,那淫字固不可犯,只这情字,也是沾染不得的!所以崔莺、苏小,无非仙子尘心;宋玉、相如,大是文人口孽。凡是情思缠绵的,那结果,就不可问了!"雨村听到这里,不觉拈须长叹。

这就是伪续书的用心所在,它从根本上反对曹雪芹原著的总精神,一般读者极易发生错觉误识,以为他写黛玉之死是同情她而为之感动,其实他正是利用她来骗取读者的眼目,并且宣告这种下场是她咎由自取：犯了"情"的罪过！

这是清代官僚正统士大夫与伟大文学巨星两种思想观念与精神境界的对立与抗争。现代青年读者，务宜明了此一要义。

《红楼梦》的伟大，首先在于思想精神的伟大。这种伟大是不容歪曲或窜改的。

《红楼梦》的伟大，又在于文笔艺术的伟大——充满了特色与独创，然而又正是中华文化的继承、综合、延伸、运化和发展。

研究者、评论家常常以曹雪芹与英国的"剧圣"莎士比亚（Shakespeare）相比并举。如此，则雪芹可称为"稗圣"（稗指说部的别名"稗官""稗史"）。但莎翁一生写出了三十七八个剧本，他的众多角色人物是分散在将近四十处的；而我们的伟大作家的几百口男女老少、尊卑贵贱等，却是集中在一部书里——而且是有机地"集中""聚会"，而非互不相干。这是古今中外所有文学史上唯一创例，无与伦比！这么多大小人物，生活在一处，生死休戚，息息相关，是一个大整体，而不是依次上场，戏完了没他的事，退入幕后，又换一个"登场者"的那种零碎凑缀的章法。此为一大奇迹，一大绝作。

章回小说在明、清两代十分发达，其数量之大，远非常人所能想象。因此良莠不齐，高下各异。及其末流，即模式化，俗套多，事迹不外男女私情，人物"千人一面"，毫无个性与思想感情的等差和变化。一到《红楼梦》，立即展开了一幅惊人奇丽异彩的"万尺画卷"，数百人物，个个不同，声口、气质、风格、神态，绝无雷同，而且不只是一个无灵魂的空名字，个个如同现实世界，活现其情境于纸上。这则是又一奇迹，又一绝作。

如鲁迅先生早已指出的：雪芹之写人，打破了以往的旧式，好人一切皆好，坏人一切都坏。《红楼梦》人物都是如现实中的人，其性与质都是复杂的构成品，各有其长，也各有其短，而不是有意美化或丑化的绝对化认识与做法。正如鲁迅所说：都是"如实抒写"，不是纯主观概念式的褒扬讥贬。

与此紧相关联的即是立足视点的多元化与感情的多元化。这一点十分重要，也是《红楼梦》艺术的突出特色。在本书中，作者不是站在一个固定的僵死点去观察观照人、物、事、境，而是从众多的"点"或"角"去进行的。他写人，各有其处境、关系、甘苦、哀乐，而不是以作者个人的心意去代替的"一面性"写法。例如写宝玉为父亲笞打，牵动了全家的每个人的心魂，无不泪下或痛哭——每个人（包括教子的严父）也并非是灭绝人性的"卫道者"，他内心痛苦更大。

再如写迎春房中大小丫鬟与厨役柳嫂的矛盾争吵，那场对话，令你感到各有其愤怨不平的理据，又各有难言的苦处——作者绝不是"站在哪一边"专为单方硬撑强辩，护张排李。

这一特点，绝不见于以往的小说中，表明了一个极大的胸怀见解，即：大悲悯，大体贴，"众生皆具于我"。

第四，写人的手法纯粹是中华画法的精神体现：传神写照（晋代大师顾恺之的提法）。

传神写照者，就是极重"神似"而不泥于"形似"。所以书中人物，一出场，一开口，即如闻其声，如见其人，而又绝不见他对外貌细节的"描写""刻画"。

这是中华文化艺术的一大精髓，最须体认。

第五，《红楼梦》是一部"诗的小说"。这是由于作者曹雪芹本人就是受其友人盛赞的天才诗人。他的笔下，不管写人写景，写事写境，都带着浓郁的诗意和诗境。在西方，文学分类中诗与小说是截然不同也罕有交涉的畛域。但在中华，特别是到了曹雪芹这儿，诗是无往而不在的，他将诗（不单指体裁形式）融入小说中，别具一种他处少有的美学质素和魅力。

在这一方面，青年读者需要多接触一些古代诗文名作，涵味领会，方能充分感受。

第六，"惜墨如金"。有些人以为《红楼梦》写得细写得长，是为"文繁"。其实作者最不浪费笔墨，书中绝少闲文赘笔——初看不明，暗中皆有作用的地方，须慢慢多读方悟。

有此数端，已经足够说明这部"奇书"的独特与伟大了。至于人物对白口语的运用等等，尚在其次，即不必多述了。

《红楼梦》堪称人类智慧才华的第一精华，并非夸大。而称之为中国的伟大作家曹雪芹作的"文化小说"，集中华文化之大成，综合了文、史、哲的三大因素的精髓，也就因之而显示分明了。

我们能了解曹雪芹吗？

题目中的"我们"是谁们？是今日的一般读者、文艺爱好者，包括我这写书人和正在手执拙著阅读的"红迷"们——我们此时想了解两个半世纪以前的那位曹雪芹先生，有可能吗？可能性多大？有些什么渠道和办法？众说纷纭而且都在喊叫"我的看法最正确"，目迷"五"色的"五"字太不够使了……这该怎么好？

对雪芹的了解很不容易，这是事实；但也有事情的另一面。比如，所有讲论曹雪芹的人都十分抱憾于史料的太稀少，太不"够用"；其实是没有比较与思考，清代的很多名人的史料还有比不上雪芹的，比他更难于查考。

实际上如何？雪芹之友为他写的诗，明白题咏投赠的就有十七篇，加上虽未题明而可以考知的，至少竟达二十首之多。各类笔记文字叙及他的（绝不涉及那种伪造的胡云）也有十种。这已然是相当可观了，怎么还嫌太少？假若他的一切都已记录清楚了，那又何必再费事来研求追索？

我的感觉是：困难另有所在。

当代论者大抵对清代史事并不熟悉，尤其满洲八旗世家的生活、习俗、文化、思想更是陌生得很——就勇于以他们今日所想象的"情景"去讲论评价这位特色十足的历史文学巨人，结果是把他"一般化"加"现代化"了，甚至牛头马嘴，不伦不类。更为麻烦的是"曹学"涉足者（包括笔者）原本学识浅陋，却自我高估，小视了雪芹这个奇才异品的高深涵量，于是说出一些外行的、浅陋的、错谬的话，扭曲了真实的雪芹。

我从上述"史料"中所得到的强烈印象，便有六个方面值得特别一说：

一是文采风流，二是"奇苦至郁"，三是诗才特高，四是高谈雄辩，五是放浪诙谐，六是兴衰历尽。

以上六项，每一项都需要从细讲述方能稍稍深入。这儿自然不是那种文字的体裁篇幅。若扣紧他撰作《红楼梦》这一主题来说，那就还可以引用我在别处说过的几句话：雪芹兼有思想家的灵慧哲、历史家的洞察力、科学家的精确性、诗人的高境界。

在这几项中，最不易理解和讲说的是"奇苦至郁"四个大字。这四个字是谁讲的？曰：潘德舆先生。潘是《养一斋诗话》的著者，他的笔记叫作《金壶浪墨》，其中写到了雪芹的一些情况和他读《红楼梦》的感受，十分可贵。

潘德舆的记叙是其来有自的（我考论过，此不多引）。他知道雪芹著书时穷得一无所有，只一几一杌（凳）。无纸，将旧皇历拆了翻转书叶子，在纸背起草……他看到某些感人特深的章回，为之泪下极多。他表示感受最深的有两点：一是书中所叙宝玉的情况，笔墨如此惨怛，这分明是作者自喻自况——若写的别人，万万不会达此境味（大意）。二是由上各情来判断感悟：作者必有"奇苦至郁"，无可宣泄，不得已而方作此书。

在我所见记述雪芹旧事和读《红楼梦》心境的，都不及这位潘先生的几句话，字字切中要害，入木三分——所谓"性情中人"也。

除去清代人的记叙之外，另一"渠道"其实还是要从《红楼梦》书中去寻求。兹举一例，试看如何——

薛小妹新编《怀古诗》十首中，有一首《淮阴怀古》诗云：

壮士须防恶犬欺，三齐位定盖棺时。
寄言世俗休轻鄙，一饭之恩死也知。

这诗另有"打一俗物"的谜底，不在此论，单或这诗内容，就与雪芹本人相关。雪芹"素放浪，无衣食，寄食亲友家"，稍久就遭到白眼，下"逐客令"了。所以有时连"寄食"之地亦无。贫到极处，生死攸关了，不意竟有一女子救助，方获绝处逢生。这大致与韩信的一段经历相似。

据《史记》韩信传所载，信少时"钓于城下"，无谋生之道，在"护城河"一带钓鱼为"业"，饿得难挨。其时，水边有多位妇女在"漂"洗"絮类"衣物，一女见他可怜，便以饭救之。如此者"竟漂数十日"，就是说，人家那么多日天天助饭，直到人家漂完了"絮"不再来了为止。（因此这成为典故，以讥后世馋贪坐食之人。）

雪芹托宝琴之名而写的"寄言世俗休轻鄙，一饭之恩死也知"，正是感叹自身也曾亲历此境，为世人轻贱嘲谤。

"世俗"的眼光，"世俗"的价值观，"世俗"的"男女"观，都不能饶恕雪芹，也给那慈怀仁意的救助他人的女子编造出许多难听的流言蜚语，说他（她）们有"私情""丑事"……

此即雪芹平生所怀的难以宣泄大悲大恨，故而寄言在"小说"之中。

请看《菊花诗》"高情不入时人眼，拍手凭他笑路旁"，亦此意也。

诗曰：

雪芹遗恨少人知，圣洁慈怀却谤"私"。

世俗从来笑高士，路旁拍手竟嘻嘻。

《红楼梦》和中华文化

（一）

《红楼梦》与一般小说不同之处甚多，其中最重要的一点就是它所涵蕴的民族文化的质素特别浓郁深至。因此，笔者首倡《红楼梦》是一部"文化小说"之新命题——这是针对以往的"言情""爱情""婚姻悲剧"乃至"政治"小说的流行认识而言的。这儿的"文化"，特指我们中华传统大文化，即其整体精神、根基命脉之所在。

我们这样理解认识和命题量义，不是说作者曹雪芹执笔创作时已然和我们今日的看法想法说法是同样地鲜明显豁、清晰深确了，但从全书看（专指原著八十回传本而言，后同不再加注），他的意识中已经触及了这一要义。

说曹雪芹的《红楼梦》是我中华的一部"只立千古"（梁启超语）的文化小说，理路可分为四大方面来审视观照——

第一是从氏族文化的视角来看问题。曹氏是一门历史久远、特色强烈的文化氏族，从孔门弟子曹卹为始，直到汉曹参、宋曹彬，降及明、清两代，中间无数的鸿才英彦，曹操、子建、子桓，是中华五言诗的巨源与正流，诗圣杜少陵（甫）就再三赞叹曹植的诗文"波澜阔""子建亲"，世人皆知"八斗"之才，独推曹氏；还有讲礼的大家、筑"石仓"藏书的专家——连武将曹景宗也能作诗押奇险之韵，留下了"竞病"的千载佳话……

这就是"横槊赋诗""读书射猎，自无两妨"的曹氏"门风"，即文武全才的氏族文化传统——也就是曹雪芹开卷不久即特笔写明"诗礼簪缨之族"的真实涵义。

氏族文化是中华大文化之中的一支非常重要的组成部分，也是一种独具的特色。这在现代心理学科学的基因"传统记忆"之理论中可以找到依据。

第二是清初的"全盛"之文化时世。"乾隆全盛"虽是清代文史家的一种赞词，却也并非全属于夸张谀颂之虚文诳语（连具有启蒙家思想、批评朝政的诗人龚自珍，也是如此认为的）。辽东的满族倾覆了明廷，"入主中原"，又一个生产、文化十分落后的边民部落迅速成为了经济文化高度发展的贵族掌权者，他们以武力统一了全国之后，立即热诚地学习汉文化，进步的速度至为惊人。满、汉两大民族在矛盾冲突与同舟共济、两者并存的复杂情势下，经营缔造，建立了强大而文明的大清帝国。这样，便诞育了一代新型的人才，超群轶伦，具备了满汉融会之优长特色的才华智慧——曹雪芹正是这种新型人才中的一位尤为奇绝者。

他生活于这种"全盛"时代，文化成就造诣之高，也可谓之"得天独厚"。所以他撰作的《红楼梦》，特别富于文化质素精华，并非偶然之事。

第三是中国文学发展史的一个巨大里程碑。综观我们的"文体"史，其脍炙人口的几大"段落"就是《诗经》《楚辞》、汉赋、六朝骈体、唐诗、宋词、元曲、明清章回小说。"文体"而足以代表一朝一代的，重要无待多言；而章回小说之发展进化，是以《红楼梦》的出现为到达了最高峰巅——到此峰巅，此一文体的文化容量方才达到最深广的宏伟巨丽的璀璨惊人的境界。

第四是文化思想的趋变活动逐步冲破了有清一代奉"朱子学"（《五经》《四书》悉以朱熹注解为准则，不许逾越违反）而发生了暗流的"自由思想"者。曹雪芹则适为此种"思"者的先行行列中人。

即此四端，已可察见《红楼梦》之独为"中华文化小说"，确是水到渠成、名归实至的事情，绝非空论。

（二）

《红楼梦》以前的章回体"稗官""野史"（中国小说的别称）绝无如此弘广深厚的文化涵容量，曹雪芹以前的作者群，也不曾有过像他这般才情灵慧的大手笔：两者凑泊，形成了诞生这部伟大的文化小说的历史条件，正所谓前无史例，后继为难。

那么，这部小说究竟继承和发展了中华大文化的哪些精髓、何等光芒呢？

简要而言，有两条主脉，贯串了全书，务宜领会。

这两条主脉，并非我辈读者的臆想创说，实由作者自己明文提醒，即：一干裙钗、几个异样女子的"小才微善"。一部大书的主题眼目，豁然尽展于此。作者的文风，语淡而意谦，然其含蕴至丰。

吾人须知：一才一善，便是雪芹对我中华文化之精髓命脉的最经济的简括和深识。

才是什么？一般理解大抵以为是指"文才""诗才"，在《红楼梦》

而言更是如此"无疑"的事意。其实这是错了。

试看：

一、"无材可去补苍天"——石头。

二、"才自精明志自高"——探春。

三、"都知爱慕此生才"——凤姐。

四、"试才题对额"——宝玉。

五、"才选凤藻宫"——元春。

六、"才华阜比仙"——妙玉。

这些例中，只有宝玉所试之"才"实指文才，其余诸人，皆非此一狭义可限。

最明显的是探、凤二例，凤是今之所谓"文盲"，其才与诗文了无干涉。元春入选，明言是由"贤德"。妙玉的才，以仙为喻，亦非仅指能诗而已。这样一说，则《红楼梦》所重之才，所包甚为广博，无待繁词细辨了。

原来，"才"是中华大文化中的一项极关重要的节目，是中华民族对客观世界的一种高层次的认识感悟。在《易经》的《说卦》中，就已提出了天之道，地之道，人之道——是谓"三才"的理念。"三才"概括了宇宙万物和人类的体性功能、生机动力，而人居三者之中，为"天地之心"，独占"性灵"之位。这也就是"天人合一"的哲思的另一逻辑形式。

天之才，表现为风云雷电，节序光阴。地之才，表现为山川动植，品类众生。人之才，则表现为智慧聪明，情思才干。

所谓"天人合一"，实即"天人本一"，人也是天的一部分，又是天的精华体现。

所以，在《红楼梦》中，原始根由是女娲炼石，石乃"通灵"——是为天人一体可以互感互通之中华哲思的"艺术解说"。

"才"，从汉字造字学（文字训诂学，古谓之"小学"者是）来讲，它是植物生长而未成待展的意象——有如"半木"之形。而"华"即生命的升华，在植物表现为开花（花、华古体一字），在人则表现为"才华"。

而才华者，在农工则为良耕巧匠，在士子即为诗圣文宗——在妇女亦必心灵手巧，针黹精能。此在古时，势所定才，"贵""贱"分途，男女异致，而"才"的本质（体性）却是"其致一也"。

《红楼梦》首标一字曰"才"，其故在此。

有才者，必有情，"才情"一词，紧系两者，是以曹雪芹又曰其书"大旨谈情"。

才，是生机待展，涵蕴内丰，故汉语文有"怀才"一说——却绝不会有"怀华"的怪话，故"才华"可以统言，又须析言。

"才"之胜义，大略粗明。然后，那"微善"的善，又当何解呢？

"善"的包容量也十分广博，但，通俗而讲，它的主意义在于品德——品德与才情，正是我上文所标明的两大主脉。两者并驾而方轨，成为中华民族对于"人"的基本要求，亦即"鉴定"人的标准尺度。

简单地"区分"：才属情，善属性。

孟子主性善。《三字经》"人之初，性本善"，是为旧时启蒙教材的第一义，重要无比。《四书·大学》开头说："大学之道，在明明德，在新（亲）民，在止（立足义）于至善。"这在曹雪芹书中竟两次分引过，堪称特例。贾宝玉公然宣称：除"明明德"外无书！

从这一点来看，曹雪芹所称于那些"闺女"（一干裙钗，异样女子）者，也应是"善"在性地心田——至少是以品德为主，而其他才具技能居次。

至此可知，一部《红楼梦》，主旨为的是给女儿传神写照，阐发幽光，而其所传，不离"才""善"两端。即此一条主旨要义，亦足以可晓悟，这是中华民族的一部"文化小说"，名实相副，当之无愧，何用谦虚。

（三）

大体说来，儒家文化教育思想，重点在"性"（为人做人的品德之本）而略"情"。发展到后来（如宋、明"理学""道学"流派）则一味以"理"灭"情",视"情"如毒蛇猛兽了。然此非孔门本意,孔圣未尝无情、怯情。"理"者,天之规律;"情"者,人之感应。天人合一,本不分离。后儒家不识此义,遂尔支离破碎,"边见"(偏见)误人。雪芹著书,深有所会,故首标"才""善",复讲"情""理"。

这才是《红楼梦》以"通俗"的文体和艺术的笔法,美妙深刻地体现了中华大文化精髓命脉的无上胜义。

(四)

一种文学史论点认为:宋、明"理学"既主张以"理"灭"情",走到极端,等于灭绝了人性感情,于是引起文学的反抗声音,致力于宣扬"情"的美好及其所受的压抑遏制,如汤显祖《临川四梦》中的《牡丹亭》,演杜丽娘与柳梦梅的故事,是其"冲破封建礼教"的典型代表作。

由此,遂又进而引起评论,说《红楼梦》是继承发展了《牡丹亭》,是更强烈彻底地以"情"反"理",云云。

是这样的吗?说是说非,不由个人爱憎,应从曹雪芹书中的客观内涵来审断,即:《红楼梦》一书虽曰"大旨谈情",究其本意,是否即可从此一句话引申出一个"唯情主义"的认识结论来?

事实并不十分难晓,稍加梳理,便可分明。

先说"理"到底是什么?汉字的"理",本是从"玉"而作,本义即玉石的纹理之美。由此而生的引申喻义,即层次、条理、秩序以至规矩、规律,皆属于"理"(至今还有"文""理""工"科之分,有"物理""心理""数理"之学)。

那么,人类社会一旦形成而且发展,其为"众人的关系"的组织法则,管理规定,道德观念,自然要随时代条件而产生变动。这种"理"是可以沿、可以革、可以制、可以废的,但作为一种人类社会基本关系的必要性,却是不能一概消除的——否则结果是一片混乱、争夺、欺凌、吞噬……儒者多讲"理",少讲"情",用意是顾虑"情"会泛滥,"情"需要"社会、伦理、道德化"。其实,仁、义、礼、信,哪个又不是"情"在内主呢？比如，"无情的仁爱之心"，实际上能有会有这么一种"纯理性"的"仁德"（观念行为）吗？

《红楼梦》作者曹雪芹，深究此义。他重情，但不废理。他的小说中内证分明，不难列举。

书到第五十八回《杏子阴假凤泣虚凰，茜纱窗真情揆痴理》，是全书的一大关目，作者在回目中第一次把"情"和"理"摆在了平列的地位而大书特表，非同等闲字样。这回书说的是，宝玉病起，园中散步见藕官因悼念死去的同伴（兼恋者）菂官在清明节这一日为之烧纸（旧俗。凡祭亡人，则以白纸镂为钱形包为一袋，上题亡者姓氏，于应祭之地焚化）受到不睦婆子的挟制。宝玉设词救之，但又嘱她不可在园中烧纸——这是非理即非礼的做法。

事后，宝玉从芳官探知：藕、菂小旦小生因做戏而相爱恋，菂官一死，藕官痛不欲生，故旧情不绝，为之焚祭。然她又与现在的蕊官相爱，一如昔时之与菂官——此又何解？盖藕官自有一番"痴理"，以为夫妻死别，不应从此不婚独身自守，而应续娶，方合理合礼，只要不忘了亡者的旧好就是真情了。宝玉听了这一席话，合了己意，大为赞叹欣喜。

在这儿，就有几点十分重要的问题，需要识其实义，而不为俗常浮议所蔽——方能真正领会作者的道德理念与文化思想。

请看雪芹原文，务必逐句细玩其意味——

宝玉听说了这篇呆话，独合了他的呆性，不觉又是欢喜，又是悲叹，又称奇道绝，说："天既生这样人，又何用我这须眉浊物玷辱世界？"因又忙拉芳官嘱道："既如此说，我也有一句话嘱咐他，我若亲对面与他讲，未免不便，须得你告诉他。"芳官问何事，宝玉道："已后断不可烧纸钱，这纸钱原是后人异端，不是孔子的遗训。已后逢时按节，只备一个炉，到日随便焚香，一心诚虔，就可感格了。愚人原不知，无论神、佛、死人，必要分出等例，各式各例的，却不知只以诚信为主，即值仓惶流离之日，虽连香亦无，随便有土有草，只以洁净，便可为祭。不独死者为祭，便是神鬼，皆是来享的。你瞧瞧我那案上只设一炉，不论日期，时常焚香，他们皆不知原故，我心里却各有所因。随便有新茶供一钟茶，有新水便供一盏水，或有鲜花或有鲜果，甚至于荤羹腥菜，只要心诚意洁，便是佛，也都可来享。所以说只在敬，不在虚名。已后快命他不可再烧纸。"

这段常被读者只当闲文笑语草草读过的文字，无论从故事情节还是从作者思想上讲，都是异常重要的关节所在。试看一面是"情深意重"一句要言，同时一面则是不可妨"大节"与不能"不是理"。这还要怎么写才"更"明白？情与理，并举兼重，何尝偏废？

其次，紧接与"理"密不可分的那个"礼"。

礼，居孔门"六艺"之首，与"乐"同为华夏古文化的冠冕。礼是"仪式"——"理"的体现或形式化。礼者何？各就其位，各司其职，层次秩序交互关系是也。所以宝玉明确指定：礼须合乎孔子之训，而祭亡者烧纸钱是"异端"（非华夏古礼）。孔子一句概括"礼"的话："祭如（受者）在"。宝玉则以"诚""信""敬"三字为之疏解阐发。

诚、信，是什么？就是一个"真"。真乃虚伪的对立面。所以，宝玉憎厌世俗的"峨冠礼服"的祭吊之假礼，只求一炉一水，一茶一果，便召来受者之享——佛、神、鬼三者也只享真情诚意。"达诚申信"，这句话又在《芙蓉女儿诔》中重现，最是全书的精神眼目。

以上说明：《红楼梦》并非如俗说所论的宝玉是以情反理，这只是个人为的"强词"和浅见，夸张了宝玉的"叛逆性"和"反封建"。实际是什么？是反世俗，叛虚伪，但也未绝拒未轻薄孔子的古训。

记住这一点，方能真懂《红楼梦》与我中华大文化之命脉的真关系。

（五）

宝玉再次讲情与理，是在晴雯屈死之际。

那是宝玉因深痛晴雯之屈死，以为院中海棠预萎，乃是女儿（棠名

"女儿棠"，早见"试才题对额"时伏线千里）夭逝之兆，而袭人不以为然，与之辩争。此处宝玉又有一段奇论——

> 不但草木，凡天下之物，皆是有情有理的——也和人一样，得了知己，便有灵验。（下举子庙之桧、岳墓之松……为证。）

在此，乃又见明文正笔将"情"和"理"两者并列。可知理与情偕，万物无外。这种思致，绝非"以情反理"的任何意念在。

这一问题值得哲学专家深入研究讨论，而不可用一个简单的口号教条来做出似是而非的误导解说。

（六）

如今应就"诚""信"二字再申说几句。从字义而言，曰诚曰信，皆是道德理念的范围。然而人之能以真诚真信以待物对事，实质上却又是情志的体现，就是说，都是情与理的双层综合，而非单一结构。

试看晴雯屈枉以死，宝玉极度悲悼愤恨，一篇《诔》词，声泪俱下。而那文词却说：

> ……怡红院浊玉，谨以群花之蕊，冰鲛之縠，枫露之茗，沁芳之泉——四者虽微，聊以达诚申信，乃致祭于白帝宫中抚词秋艳芙蓉女儿之前曰……

试看："四者"何物？冰鲛（绡）是裹血泪的，"枫露"也正是形容或象征"红泪"的！"群花之蕊"呼应"千红一窟（哭）"。"沁芳之泉"又是"花落水流红"的浓缩和再铸之痛语！这"四者"实在是悲痛至极的表现——然而却又是为了"达"一个"诚"，"申"一个"信"！

我们读《红楼梦》，看它如何继承中华大文化的基本整体精神，至此一大"结穴"之笔，难道还不能豁然以醒，恍然而悟吗？

"礼"是中华大文化中曾列首位的独特项目，是"理"的体现——同时也是中华文学艺术的综合表现（representation），至关重要。古之重礼，今人以为早成历史，殊不知礼未尝一日废。（今时开一个会，也要有个"仪式"列为程序之首。它可推而悟知。）礼，本质是人天、社会、伦理各层关系的约定俗成，加之梳理规范，美好实现，而其精神实质正是"诚""信"的情感与态度。在执行"礼"时，无论内心或外仪，都集中在一个"敬"字上。

敬，有通常的"尊仰""崇奉"义，但更有"认真"义。"祭神如神在"，不必再讲；"敬业乐群"的"敬"，又怎么解？思之自当晓悟中华汉字的极大宝贵性：涵义的丰富与深邃。

曹雪芹在书中显示的一种鲜明心态，是对"礼"的喜悦和欣赏。

看他每逢叙写家庭中常日、节日的大小聚会，凡长幼、亲疏、主客……他(她)的座次、行止、进退、语言，必定处处交代，笔笔不苟。他写民风土俗，也深知其中"礼"的因素意义。若举实例，即可细读详玩第六十二、六十三两回的那些场面，真是精彩超常而又妙趣横生，引人入胜！

在此例中，又可领会中华的礼，有隆重有随宜，有正式有权变，而在知礼行事之间，又是那么有情有趣，有意有味——是生活相待的乐趣和艺术享受，绝不是像有人所臆想的那等迂腐死硬。

赏心乐事，良辰美景——结社联诗要"礼"，否则是"乱七八糟一大堆"。恸悼丫鬟含冤致命，涕泣以读《芙蓉女儿诔》，更是大礼。这些，都"没有"了，《红楼梦》还剩几何呢？

不可盲从一些浮议浅见，以为曹雪芹著书是反理叛礼。那并非真实。

"诗礼簪缨之族"，"富而好礼"，这也是书的开卷即予大书特书的眼目之文，用意之笔。

（七）

中华文化的主体精神中，有"仁学"之称。此即孔门的教义的核心所在。"仁"字本是两个"人"字的重叠（"二"原是"重文"，两小横表上一字的重复），亦即人与人的相处（chǔ）关系曰"会意"。然而当门人请问孔子是否有一个字的教训而可终身以佩以行之的？孔子却不说"是仁"，反而答曰："其恕乎？——己所不欲，勿施于人。"这儿的一问一答，意味深长之至！

恕是何义？孔子加了注解：要将"人""己"的关系摆对了。如此，可以悟知：

恕，实乃仁的一个变词，一个"侧笔"注释。

恕，比只讲仁还要高大，因为：只讲仁，容易落于将"自我"摆于主位，且带着"恩赐"色彩在，仍感到那是居高临下之人的心态口风。恕则不然，它更为尊重人，以人为目标，自己不过是个"对立面"而已——至少，人、己二者是倚辅相成的，己并无任何高于人的含义。

这就崇高极了。

那么，《红楼梦》也继承发展了恕德吗？答曰：正是，不差。

但小说不是教科书和训诲经，它另有"说辞"。

在第五回宝玉神游"幻境"时，警幻仙子有几句话——

……吾所爱汝者，乃天下古今第一淫人也……

宝玉一闻此言，吓得连忙辩解，而警幻则曰："非也……"她表明这吓人的词语是指他"天分中生就的一段痴情"，而脂砚斋的批语即时解说：宝玉一生心性是"体贴"二字。

这个"体贴"二字，才真正道着了那个"恕"字的灵魂命脉。

"体贴"者何？以贴体而感通对方的处境心情，亦即"设身处地"之谓也。词人所谓"将你心，换我心——方知相忆深"也。

《红楼梦》的"大旨谈情"，其"情"即那"一段痴情"——即体贴，即恕，即推己度（入声）人之义。

所以，宝玉的痴心挚意，一切为了别人，同情，怜惜，悲悯，涕泣……莫非是一个恕、一个体贴的伟大心性。

孔子的"仁""恕",是社会道德化了的词语。警幻的"意淫""痴情",脂砚的"体贴",则是感情化、诗意化、艺术化了的词语。两者面貌语味不同,其质则一也。

这是《红楼梦》体现中华大文化、涵蕴民族心性道德的第一要义。

一般人不理解曹雪芹的用意,常常把他的"通俗"词语作了误注,加以庸俗化,而是走失了他的本心真谛。例如,一见"痴情"二字,便臆定这是个不智(疯疯傻傻)之人的变态心理,可笑也可怜……殊不知,在其原旨,是说情之至极,恕之至真,即成为"唯人主义",忘己而视人视物"同仁"无别,而这种伟大心眼,世俗反觉不可解,反说是"痴"是"呆",甚至"万目眦睚,百口嘲谤"了!

《红楼梦》的悲剧,端在于此,而非其他。

试看第三十五回傅家两个婆子对贾宝玉这位"痴情"者的议论和"鉴定"——

> 那两个婆子见没人了,一行走,一行谈论。这一个笑道:"怪道有人说他们家宝玉是外相好,里头糊涂,中看不中吃的,果然竟有些呆气。他自己烫了手,倒问人疼不疼,这可不是个呆子!"那一个也笑道:"我前一回来,听见他家里许多人抱怨,千真万真有些呆气,大雨淋的水鸡似的,他反告诉人下雨了,快避雨去罢。你说可笑不可笑!时常没人在跟前,就自己自哭自笑的,看见燕子,就和燕子说话,河里看见鱼,就和鱼说话,见了星星月亮,不是长吁短叹的,就是咕咕哝哝的,且连一点儿刚性也没有,连那些毛丫头的气都受。爱惜起东西来,连个线头儿都是好的,糟蹋起来,那怕值千值万的,都不管了。"

这段"实话",在世俗人(即如这两个没有文化修养、天赋性情的仆妇)的心中目中,是一种不可解的"怪物",绝大的笑柄!但在作者如此落笔,却是莫大的勇敢与悲哀。这是书中最精彩的一段神圣的"宣言"：这样的人才是真正的"人"（仁），他丝毫不晓世间有"自私自利"这样的观念和行为，他一心想的是别人的利益幸福，惟恐有所伤害。他视一切物皆为"同类"，与己无别。鱼燕可以"对话"，星月均具性灵——天人合一，大智大慧，大慈大悲，大勇大义，都在此处流露得十分真切而活现。

这不是别的，就是对"恕"道的真实的理解继承和发扬光大。

（八）

曹雪芹所说的"善"，以情为基础，以人（他人，包括"物"）为对象，以"恕"为准则，大致表现如上粗叙简列。

"情"的另一条发展和体现形态，即是才干、才具、才华、才调……这兼括治国理家、办事立业的才能和文学艺术的创作活动而言。

如凤姐，因是"文盲"，故只有前者一方面的表现。如探春，则两方面均见高才，宝钗亦然。其余诸人，或此或彼，皆有其才。这种才，又是与"情"与"慧"密切相连而难分的——否则便是世俗的"才"（如功名利禄的奔竞钻营，损人利己……也需有"才"），那就是贾雨村一类，书中也写了，但并非全部伟著的重心要旨（是个反衬）。这是必须识别而不必多讲的。

如今单就诗文艺术一面的才，申说概略。

诗，在此是广义的（包括词、曲、联以及所有韵语、题咏形式）。诗，在中华是个最普遍而又最高级的"思想感情表达方式"，它"无所不在"，从形式上的诸般运用，包括对联、谜语、酒令、成语成句的口语化……直到民间故事中的以诗"对话""赛才""斗智"，以及排难解纷，都用诗句来组构穿插，特有意趣——可知这远远不只是"文人墨客"的习尚一义所能诠释。

诗，在中华历史上所居之地位与所起的作用，其重要性与巨大度都是其他国度地域所望尘莫及，也是不易尽解的。诗，不止是一己的抒情志感，更是交流联系的一条重要渠道。它的感染力远胜于其他文体形制。它的汉民族语文独特点极其鲜明璀璨。诗，又包括"诗意""诗境"，单调机械的衣食住行只能叫"生存"而非"生活"；中华的"生活"，总是要富有诗意的——非低级的，文化涵蕴丰富的，审美层次高妙的……中华的戏剧、音乐、舞蹈、绘画，诸般艺术，在《红楼梦》中可说是得到了最充分的、最生动的、最精彩的表现。在《红楼梦》中，诗是贯串全书的一个"独立"的格局章法结构，奇特而美妙。

（九）

曹雪芹的《红楼梦》包孕丰厚，一篇文章是讲之不尽的。我们所说的曹雪芹《红楼梦》才是原著，高鹗续书不能窃用"原著"一词，恰恰相反，是"偷换概念"，背离了原著的精神本质而炮制的。我愿《红楼梦》的研究与欣赏能不断提高，这将大大有助于发扬我们的民族文化精义，并使之传播于世界之林而认识它的伟大、精严与美妙。

《红楼梦》到底是一部什么书？

《红楼梦》到底是一部什么书？归根结蒂，应称之为中华之文化小说。因为这部书充满了中华传统文化的精华，却表现为"通之于人众"的小说形式。如欲理解这一民族文化的大精义，读古经书不如先读《红楼梦》，在雪芹笔下，显得更为亲切、生动、绘声绘影，令人如"入"篇中，亲历其境，心领其意。

每当与西方或外国访问者晤谈时，我总是对他们说：如果你想要了解中华民族的文化特点特色，最好的——既最有趣味又最为捷便（具体、真切、生动）的办法就是去读通《红楼梦》了。

这说明了我的一种基本认识：《红楼梦》是我们中华民族的一部古往今来、绝无仅有的"文化小说"。

这话又是从何说起的呢？

我是说，从所有中国明清两代重要小说来看，没有哪一部能够像《红楼梦》具有如此惊人广博而深厚的文化内涵的了。

大家熟知，历来对《红楼梦》的阐释之众说纷纭，蔚为大观：有的看见了政治，有的看见了史传，有的看见了家庭与社会，有的看见了明末遗民，有的看见了晋朝名士，有的看见了恋爱婚姻，有的看见了明心见性，有的看见了谶纬奇书，有的看见了金丹大道……这种洋洋大观，也曾引起不少高明人士的讥讽，或仅以为谈助，或大笑其无聊。其实，若肯平心静气，细察深思，便能体认，其中必有一番道理在，否则的话，为什么比《红楼梦》更早的"四大奇书"，《三国演义》《水浒传》《金瓶梅》《西游记》，都没有发生这样的问题，显现如此的奇致呢？

正由于《红楼梦》包孕丰富，众人各见其一面，各自谓独探骊珠，因此才引发了"红学"上的那个流派纷呈、蔚为大观的现象。而这"包孕丰富"，就正是我所指的那个广博深厚的中华民族传统文化的内涵的一种显相。

近年来，流行着一种说法：从清末以来，汉学中出现了三大显学，一曰"甲骨学"，二曰"敦煌学"，三曰"红学"。也有人认为把三者相提并论，这实在不伦不类，强拉硬扯。但是我却觉得此中亦深有意味，值得探寻。何则？"甲骨学"，其所代表的是夏商盛世的古文古史的文化之学。"敦煌学"，其所代表的是大唐盛世的艺术哲学的文化之学。而"红学"，它所代表的则是清代康乾盛世的思潮世运的文化之学。我们中华的灿烂的传统文化，分为上述三大阶段地反映为三大显学，倒实在是一个天造地设的伟大景观。思之绎之，岂不饶有意味？

从这个角度来讲，我觉得《红楼梦》之所以为文化小说者，道理遂更加鲜明显著。

那么，我既不把《红楼梦》叫作什么政治小说、言情小说、历史小说、性理小说……而独称之为"文化小说"，则必有不弃愚蒙而来见问者：你所谓的《红楼梦》中包孕丰富深厚的文化内涵，究竟又是些什么呢？

中国的文化历史非常悠久，少说已有七千年了。这样一个民族，积其至丰至厚，积到旧时代最末一个盛世，产生了一个特别特别伟大的小说家曹雪芹。这位小说家，自然早已不同于"说书"人，不同于一般小说作者，他是一个惊人的天才，在他身上，仪态万方地体现了我们中华文化的光彩和境界。他是古今罕见的一个奇妙的"复合构成体"——大思想家、大诗人、大词曲家、大文豪、大美学家、大社会学家、大心理学家、大民俗学家、大典章制度学家、大园林建筑学家、大服装陈设专家、大音乐家、大医药学家……他的学识极广博，他的素养极高深。这端的是一个奇才绝才。这样一个人写出来的小说，无怪乎有人将它比作"百科全书"，比作"万花筒"，比作"天仙宝镜"——在此镜中，我中华之男女老幼一切众生的真实相，毫芒毕现，巨细无遗。这，是何慧眼，是何神力！真令人不可想象，不可思议！

我的意思是借此说明：虽然雪芹像是只写了一个家庭、一个家族的兴衰荣辱，离合悲欢，却实际是写了中华民族文化的万紫千红的大观与奇境。

在《红楼梦》中，雪芹以他的彩笔和椽笔，使我们历历如绘、栩栩如生地看到了我们中华人如何生活，如何穿衣吃饭，如何言笑逢迎，如何礼数相接，如何思想感发，如何举止行为。他们的喜悦，他们的悲伤，他们的情趣，他们的遭逢，他们的命运，他们的荷担，他们的头脑，他们的心灵……你可以一一地从《红楼梦》中，从雪芹笔下，寻到最好的最真的最美的写照！

中华民族面对的"世变"是"日亟"的！中华民族文化的基本光彩与境界，都是不应也不会亡失的——它就铸造在《红楼梦》里。这正有点儿像东坡所说的："自其变者而观之，天地曾不能一瞬。自其不变者而观之，则逝者未尝往也。"

所以我说：《红楼梦》是一部文化小说。

《红楼梦》几乎家喻户晓了，问其何书耶？非演"宝、黛爱情"之书乎？人皆谓然。我则曰否。原因安在？盖大家对书中"情"字之含义范围不曾了了，又为程、高伪续所歪曲所惑乱，故而误认，雪芹之"大旨谈情"，男女之情耳。其实这是一个错觉。

　　原来在雪芹书中，他自称的"大旨谈情"，此情并非一般男女相恋之情。他借了他对一大群女子的命运的感叹伤怀，写了他对人与人之间应当如何相待的巨大问题。他首先提出的"千红一窟（哭）""万艳同杯（悲）"，这已然明示读者：此书用意，初不在于某男某女一二人之间，而是心目所注，无比广大。他借了男人应当如何对待女子的这一根本态度问题，抒发了人对人的关系的亟待改善的伟思宏愿。因为在历史上，女子一向受到的对待方法与态度是很不美妙的，比如像《金瓶梅》作者对妇女的态度，即是著例。假如对待女子的态度能够有所改变，那么人与人（不管是男对男、女对女、男女互对）的关系，定然能够达到一个崭新的崇高的境界。倘能如此，人生、社会、国家、世界，也就达到了一个理想的境地。

　　《红楼梦》正是雪芹借了宝玉而现身说法，写他如何为一大群女子的命运而忧伤思索。他能独具只眼，认识到这些女子的才貌品德，她们的干才（如熙凤），她们的志气（如探春），她们的识量（如宝钗），她们的高洁（如妙玉），她们的正直（如晴雯）……都胜过掌权的须眉浊物不知多少。他为她们的喜而喜，为她们的悲而悲。他设身处地，一意体贴；不惜自己，而全心为之怜悯、同情、赞叹、悲愤。这是一种最崇高的情，没有半点儿"邪思"杂于其间。《红楼梦》是不容俗人以"淫书"的眼光来亵渎的！

　　宝玉的最大特点是自卑、自轻、自我否定、自我牺牲。试看他凡在女儿面前，哪怕是一位村姑农女，他也是"自惭形秽"，绝无丝毫的"公子哥儿"的骄贵意识。他烫了手，不觉疼痛，亟问别人可曾烫着？他受严父之笞几乎丧生，下半身如火烧之灼痛，他不以为意，却一心只想别人的命运，一心只望别人得到慰藉。他的无私之高度，已经达到了"无我"的境界！他宁愿自己化灰化烟，只求别人能够幸福，也是同一意境。

　　宝玉是待人最平等、最宽恕、最同情、最体贴、最慷慨的人，他是最不懂得"自私自利"为何物的人！

　　正因此故，他才难为一般世人理解，说他是"疯子""傻子""废物""怪物""不肖子弟",因而为社会所不容。

他之用情,不但及于众人,而且及于众物。所谓"情不情",正是此义。

所以我认为,《红楼梦》是一部以重人、爱人、惟人为中心思想的书。它是我们中华文化史上的一部最伟大的著作,以小说的通俗形式,向最广大的人间众生说法。他有悲天悯人的心境,但他并无"救世主"的气味。他如同屈大夫,感叹众芳芜秽之可悲可痛,但他没有那种孤芳自赏、惟我独醒的自我意识。所以我认为雪芹的精神境界更为崇高伟大。

很多人都说宝玉是礼教的叛逆者,他的思想言谈行动中,确有"叛逆"的一面,自不必否认。但是还要看到,真正的意义即在于他把中华文化的重人、爱人、为人的精神发挥到了一个"惟人"的新高度,这与历代诸子的精神仍然是一致的,或者是殊途同归的。我所以才说《红楼梦》是我们中华民族文化的代表性最强的作品。

诗曰:

中华文化竟何如?四库难知万卷书。

孔孟不如曹子妙,莲花有舌泪凝珠。

中华文化此中含,言笑悲欢味自耽。

若能获麟同绝笔,春秋舌拙色应惭。

《红楼梦》文化有"三纲"

曹雪芹的《红楼梦》并非"三角恋爱的悲剧故事"。我个人以为,它是中华的惟一的一部真正当得起"文化小说"之称的伟著。因此我提出"《红楼梦》文化"这个命题。《红楼梦》文化包罗万象(有人称之为"百科全书",殆即此义),但那位伟大的特异天才作家雪芹大师却又绝不是为了"摆摊子",开"展览会",炫耀"家珍"。他也有"核心",有干有枝，有纲有目。这就又是我在标题中提出"三纲"的缘由。

若问"三纲"皆是何者？那当然不会是"三纲五常"的"三纲"（君为臣纲，父为子纲，夫为妻纲）。《红楼梦》文化之"三纲"：一曰玉，二曰红，三曰情。常言：提纲挈领。若能把握上列"三纲"，庶几可以读懂雪芹的真《红楼梦》了。

先讲"玉"纲。

雪芹之书，原本定名为《石头记》。这块石头，经女娲炼后，通了灵性——即石本冥顽无知之物，灵性则具有了感知能力，能感受，能思索，能领悟，能表达，此之谓灵性。此一灵石，后又幻化为玉，此玉投胎入世，衔玉而生——故名之曰"宝玉"。宝玉才是一部《石头记》的真主角。一切人、物、事、境，皆围绕他而出现，而展示，而活动，而变化……一句话，而构成全部书文。

如此说来，"玉"若非《红楼梦》文化之第一纲，那什么才够第一纲的资格呢？

次讲"红"纲。

《石头记》第五回，宝玉神游幻境，饮"千红一窟"茶，喝"万艳同杯"酒，聆《红楼梦曲》十二支——全书一大关目，故而《石头记》又名《红楼梦》。在此书中，主人公宝玉所居名曰"怡红院"，他平生有个"爱红的毛病"，而雪芹撰写此书，所居之处也名为"悼红轩"。

如此说来，"红"非《红楼梦》文化之第二纲而何哉？

后讲"情"纲。

雪芹在开卷不久，即大书一句："此书大旨谈情。"石头投胎，乃是适值一种机缘：有一批"情鬼"下凡历劫，它才被"夹带"在内，一同落入红尘的。所以《红楼梦曲》引子的劈头一句就是："开辟鸿蒙，谁为情种？""甲戌本"卷首题诗，也说"谩言红袖啼痕重，更有情痴抱恨长！"（"红"与"情"对仗，叫作"借对"，因为情字内有"青"也。诗圣杜甫有"步月清宵""看云白日"之对，正是佳例）。须知，那情痴情种，不是别个，正指宝玉与雪芹。

由此可见，"情"为又一纲，断乎不误。

　　我先将"三纲"列明，方好逐条讲它们的意义与价值，境界与韵味。我们应当理解，雪芹为何这等地重玉、重红、重情。对此如无所究心措意，即以为能读《红楼梦》、讲"红学"，那就是一种空想与妄想了。

　　中华先民，万万千千年之前，从使用石器中识别出与凡石不同的玉石来。中华先民具有的审美水准，高得令现代人惊讶，称奇道异。他们观察宇宙万物，不独见其形貌色相，更能品味出各物的质、性、功能、美德、相互关系、影响作用……神农氏的尝百草、识百药，即是最好的证明。经过长期的品味，先民了解了玉的质性品德，冠于众石，堪为大自然所生的万汇群品的最高尚最宝贵的"实体"。"玉"在中华词汇中是最高级的形容、状词、尊称、美号。

　　比如，李后主说"雕栏玉砌应犹在"，苏东坡说"又恐琼楼玉宇"，是建筑境界的最美者。天界总理群神的尊者，不叫别的单单叫作"玉皇"。称赞人的文翰，辄曰"瑶章"，瑶即美玉。周郎名瑜，字公瑾，取譬于什么？也是美材如玉。称美女，更不待说了，那是"玉人""玉体""玉腕""玉臂"……美少年，则"锦衣玉貌"。醉诗人，则"玉山自倒""玉山颓"……这种列举，是举之难罄的。

　　这足可说明，"玉"在吾华夏文化传统中，人们的心中目中，总是代表一切最为美好的人、物、境。

　　你若还有蓄疑之意，我可以再打比方，另做阐释。例如，世上宝石品种亦颇不少，中华自古也有"七宝"之目。但有一点非常奇怪，西洋人更是加倍不解：西洋专重钻石，以它为最美、最贵，中华却独不然。清代也有"宝石顶"，那是官场上的事，高雅人士没听说有以钻石取名的，比方说"钻石斋主"，可谁见过？你一定知道"完璧归赵"的历史故事，那是周朝后期诸国（诸侯）"国际"上的一件大事，只因赵国的和氏璧，其美无伦，天下艳称，秦王闻之，愿以十五城的高代价请求"交易"，演出蔺相如一段堪与荆轲比并的壮烈故事（他归赵了，并未牺牲。"烈"字不必误会），"连城璧"已成为最高的赞词。但是，你可听说过秦王要为一块大钻石而出价"十五城"？当你读《西厢记》时，如看到这么一首五言绝句——

待月西厢下，迎风户半开。

拂墙花影动，疑是钻人来！

那你的审美享受会是怎样的？这只能出现在"说相声"的段子里逗人捧腹而已。

孔子很能赏玉，他也是艺术审美大家，他形容玉的光润纹理之美，曰"瑟若"，曰"孚尹"，他以为玉有多种德性。他的师辈老子，尽管反对机械区分，主张"和光同尘"，而到底也还是指出了石之"硞硞"与玉之"珞珞"。假使他不能品味石、玉之差，他又如何能道得出那不同之处？中华文化思想认为，石是无知觉的死物，玉却是有灵性的"活物"。

至于钻石，它根本不在中华文化的高境界中享有地位。

"玉"毕竟不难解说。可是那"红"又是怎么一回事呢？

"红"，对我们来说，是七彩之首，是美丽、欢乐、喜庆、兴隆的境界气氛的代表色。它还代表鲜花，代表少女。

过年了！千门万户贴上春联，那是一片红。结婚了，庆寿了，衣饰陈设，一片红。不论哪时哪地，只要有吉祥喜庆之事，必然以红为主色，人们从它得到欢乐和美感。也许由于汉族尤其重红色，所以辛亥革命之后，成立了民国，那代表五大民族的国旗是五色以标五族：红黄蓝白黑——汉满蒙回藏。

花，是植物的高级进化发展的精华表现，显示出大自然的神采。花有各种颜色，但人人都说"红花绿叶"。李后主的《相见欢》的名句："林花谢了春红！"他怎么不说"谢了春白"？宋诗人说："等闲识得东风面，万紫千红总是春！"你也许辩论：这不也出了个紫吗？要知道，红是本色，紫不过是红的一个变色（杂色）罢了。

这就表明：中华人的审美眼光，是以"红"为世界上最美的色彩。

花既为植物之精华，那么动物的精华又是什么呢？很清楚"人为万物之灵"！人是宇宙造化的一个奇迹，他独具灵性。而人之中，女为美，少女最美。于是"红"就属于女性了，这真是顺理成章之极。于是，"红妆""红袖""红裙""红颜""红粉"……都是对女性的代词与赞词。宋词人晏几道，在一首《临江仙》中写道："靓妆眉沁绿，羞脸粉生红。"这"红"奇妙，又有了双重的意味。

说到此处，我正好点醒一句：红楼，红楼，人人口中会说红楼，但问他，此楼为何而非"红"不可？就未必答得上来了。

昔人爱举白居易的"红楼富家女"之句来做解说，我则喜引晚唐韦庄的诗，比白居易的诗有味得多——

> 长安春色本无主，古来尽属红楼女。
>
> 美人情易伤，暗上红楼立。

明白了这些文化关联，才会领略雪芹所用"红楼梦"三字的本旨以及他的文心匠意。

好了，由韦庄的佳句正又引出一个"情"字来了。

"情"是什么？不必到字书词典里去查"定义""界说"。此字从"心"从"青"而造。中华语文的心，与西医的"心脏"不同，它管的是感情的事，而感情亦即人的灵性的重要构成部分。再者，凡从"青"的字，都表最精华的涵义："精"本米之精，又喻人之精；"睛"乃目之精；"清"乃水之精；"晴"乃日之精；"倩""靓"也都表示精神所生之美。那么，我不妨给"情"下个新定义："情，人之灵性的精华也。"

在中华文学中，"情"是内心，与外物、外境相对而言，现代的话，略如主观、客观之别。但在雪芹此书而言，"情"尤其特指人对人的感情，有点儿像时下说的"人际关系"。

在中国小说范围所用术语中，有一个叫作"言情小说"。这原是相对"讲史""志怪""传奇"等等名目而言的，后世却把它狭隘化了，将"言情"解得如同西方的"恋爱小说"了。

那么，雪芹所写，所谓"大旨谈情"，是否"男女爱情"呢？不就是"宝、黛爱情悲剧"吗？这有何疑可辩？

答曰：不是，不是。

我提请你注意：二十世纪二十年代鲁迅首创《中国小说史略》时，他将第二十四章整个儿专给了《红楼梦》，而其标题，不但不是"爱情小说"，连"言情"也不是——用的却是"人情小说"！

这道理安在？请你深细体会参悟。

前面讲"红"时，已引及了宝玉在幻境饮的茶酒是"千红一窟""万艳同杯"，百年前刘鹗作《老残游记》，在自序中早已解明：雪芹之大痛深悲，乃是为"千红"一哭，为"万艳"同悲。刘先生是了不起的明眼慧心之人。

既然如此，雪芹写书的动机与目的，绝不会是单为了一男一女之间的"爱情"的"小悲剧"（鲁迅语也），他是为"普天下女子"（金圣叹语式也）痛哭，为她们的不幸而流泪，为她们的命运而悲愤。

这是人类所具有的最高级的博大崇伟的深情。懂了它，才懂了《红楼梦》。

至此，也许有人会问：你既提出这"三纲"，那它们是各自孤立的，还是相互关联的？如是前者，似觉无谓亦无味；如是后者，那关联又是怎样的呢？

我谨答曰：当然是相互关联的。试想，此是三种天地间突出特显之物的精华极品，即矿石之精，植物之华，动物之灵。三者是互喻而相连的。好花亦以"玉"为譬，如"瑶华""琪花""琼林玉树"皆是也。南宋姜夔咏梅的词，就把梅瓣比作"缀玉"——梅兰芳京戏大师的"缀玉轩"，即从其取义。所以人既为万物之灵，遂亦最能赏惜物之精与植之华，如见其毁坏，即无限悲伤悯惜。"玉碎珠沉""水流花落"，这是人（我们中华人）的最大悲感之所在！

"众芳芜秽""花落水流红""流水落花春去也""一片花飞减却春，风飘万点更愁人""无可奈何花落去"……

雪芹的《红楼梦》正是把三者的相互关联作为宗旨，而写得最为奇妙的一部天才的绝作。

这就是《红楼梦》文化代表着中华文化的道理。

电视剧本《红楼梦的历程》片段

乾隆二十八年癸未除夕，北京西山上空，忽然一颗巨星划破夜幕，轰然陨落。顿时万籁无声，大地凄然静默，一支白纸招魂幡，在朔风中摇荡。

一位老者在西郊路上，向城里急奔，手中拿着一封书信。

老者来到一处宅门，大红春联："国恩家庆，人寿年丰。"

老者叩门。

敦诚接见进来的老者。

"给您叩头，新年新月，万福万寿！"

"老人家，您过年过得好！这么早就进城了？（看见手里的白信封，一惊）有……有什么事吗？"

"不……不敢回您的话。"

"什么事？您就说吧，不相干的。"

"曹二先生，芹二爷，他……故去了。"（递信）

（顾不上接信）"怎么？真的么？什么时候的事？"

"芹二爷大年三十儿——年五更没的。他家里原是要昨儿就给您送信来，我说大年初一，也有个忌讳，就迟了这一日才来的。"

（接信，仍顾不上看）"怎么人就不行了？留下什么话吗？"

"他是病缠的，又爱喝几口酒，不肯多在意养病，又没钱吃药……就厉害了。"

"说什么了？家里怎么样？"

"没顾上留什么话，只听说临危了，说了'我死不瞑目'一句。家里，那真可怜，任什么都没有……"（老者凄然，说不下去）

敦诚如痴如呆，拿着信的手在颤动。

敦诚书斋，墙上刚悬起一幅字，他站在那里看着。（字幕）

挽曹雪芹

四十萧然太瘦生，晓风昨日拂铭旌。

肠回故垄孤儿泣，泪迸荒天寡妇声。

牛鬼遗文悲李贺，鹿车荷锸葬刘伶。

故人欲有生刍吊，何处招魂赋楚蘅？

镜头回到第二句，字迹转化成为寒冬荒郊中一个小坟头，上插白纸孤幡一支，在凄风中飘动。镜头移向敦诚第二首挽诗。（字幕）

开箧犹存冰雪文，故交零落散如云。

三年下第曾怜我，一病无医竟负君。

邺下才人应有恨，山阳残笛不堪闻。

他时瘦马西州路，宿草寒烟对落曛。

镜头回到第五句，缓缓展大。转化为课堂黑板上的一行粉笔字："邺下才人应有恨，山阳残笛不堪闻。"

（老师讲解）敦诚挽吊雪芹的一首七律诗中，有此一联名句。深刻的内容，沉痛的语调，记下了雪芹贫病无医，满怀忧愤，抱恨而终。

师生对话。

"先生，'邺下才人'这四个字，怎样讲解呢？"

"诗人用这样的话，含有两层意思。一是明写，比喻曹雪芹富有'八斗之才'，如同魏朝的曹子建那样。二是暗示，说雪芹实是魏武帝曹氏子孙的后代。"

（惊奇地）"真的吗？"

"真的。雪芹的这一曹姓的世系源流，倒是还可以查考清楚的。他们自己的一族的人，都知道'汉拜相，宋封王'这个先世的根源。他们一族，到清代，过年贴春联也这样写呢。'汉拜相'表面指的是曹参，暗里指的是曹操。'宋封王'，是宋代开国元勋武惠王曹彬。"

（字幕）曹操→一子封中山王，封地即是现今河北灵寿县→曹彬，灵寿人，父祖皆是北朝时代的武官→曹彬的第三子曹玮，后代有一支流寓江西新建县→明代永乐初，江西曹氏北迁，卜居河北丰润→其中一支，在辽东归入满洲旗籍，雪芹原著有两次特笔提到"潢海铁网山"，这就是隐指沈阳以北的铁岭。盖大辽河古名"潢水"，由西向东流至铁岭北折而向南，铁岭正在此处，而"铁网山"又即铁岭二字的变名，更为明显，不待多言。是为雪芹的上世。

（以上用字幕"世系表"映出）

师生对话继续。

"先生，这实在大有意味，我们中华素来有一门谱牒之学，也很有用呢。"

"这话不差。可是世间万事有真必有假，谱牒也不例外，有整个编造的，有胡乱拉扯名人的。比如曹氏宗谱就也有真假。"

"正是呢，我想问先生，听说曹家的世系有两种说法，先生以为哪种更可靠些？"

"我信丰润说。老辈历史学专家杨向奎先生也是这样。他有一篇很长的论文，三万字，题为《曹雪芹世家》，专考雪芹家世本属丰润系。"

师生对话继续。

"您以为雪芹原籍丰润，还有新的佐证吗？"

"有，你看看这一条，非常有趣呢！"（映出一块五色玉石）

一行大字：通灵宝玉。

（解说词）看官，你道那块"宝玉"有无原型实物？产于何地？原来，雪芹的书从一开卷写女娲氏炼石补天，古书所记，她炼的正是"五色石"。后写一僧一道将青埂峰下大石幻化为一块宝玉，也正是"五色花纹缠护"。巧得很，丰润之地，正出产这种五色奇石。

（映出《浭阳曹氏族谱》，卷二《艺文》，曹光祖撰有"花斑石"诗）

浭水之北山之转，五色石上霞光间（jiàn）。

天工巧抟碎玉峦，人工细切春冰片。

天生美石人为器，石生此地为人累……

（解说词）你看，浭阳是丰润的别称，浭水俗称"还乡河"。在浭河之北，山之转处，一种天然五色的美石，成为此地所产珍异之品。雪芹小时候，大约丰润老家的人带给他一块，他自幼佩戴，有时含在口中玩耍。这就是他作小说对构思于女娲炼五色石的根源。要知道，曹光祖诗中所说的"天工巧抟碎玉峦"的那个抟字，也正是神话中女娲抟黄土创造人类的那个"抟"字。

师生对话。

"哦，原来通灵宝玉也有艺术联想呢！"

"这听起来饶有趣味，此外呢，还有吗？"

"有，有。荣国府里吃的高级粮米有一种红色的胭脂米，名叫玉田米，庄头乌进孝大年底下送来了年货，内中也有这种玉田米，这都是历史纪实。因为丰润和玉田本是一处。唐代建立了玉田县。到金代才把玉田的一处地方分出去设立了丰润，所以古代玉田、丰润都有特产胭脂米的小块田地，别的地方是不懂得什么叫胭脂米、玉田米的。"

"原来如此，难道还有佐证不成？"

"有，有。你看海棠诗社建立之后，湘云这才赶来，她一口气作了两首诗。其中一首的开头就说'神仙昨日降都门，种得蓝田玉一盆'，你可知这又正是玉田的典故。原来，玉田县有一座麻山，山顶有一片平地，上面立有一块石碑，刻有'古人种玉处'五个大字。这是怎么回事呢？说来可又令人称奇道异而又不觉其怪，反倒感动人心。据传古代有一人名叫阳雍伯。专门帮助解决过往行人的饥渴困难，日久天长永无倦色，感动了天地神人。他贫困得连蔬菜都吃不到，很想在这山上找块地，种一点儿青菜自耕自食。这一日，忽来一位神仙说：知你欲食蔬菜，今将菜籽赠送与你，你种了自会有菜吃……奇迹发生了，他种下菜籽之后，长出的并非蔬菜而是满地白玉……这种美玉，天下难得。当然，他不再贫困无菜可吃了，而且他用美玉作为婚礼，娶得了一位美好的女子，生了一个极好的男儿。于是，玉田也借称'蓝田'（蓝田本是陕西地名，那儿古代也是产玉之地）。'种玉'遂成为娶妻婚嫁生男得子的吉祥典故。你看，史湘云开口就是'蓝田种玉'的这个美好故事，内涵深刻。此刻我先不必道破，留给你自己去参悟宝、湘二人的关系吧。可是你还要懂得，敦诚拿'邺下才人'来比拟曹雪芹，其中另有一番用意：自从曹子建与'邺中七子'一起相聚，从事文学创作，这才产生了我们文化史上'文采风流'这一真正的诗人的流派，他们与汉代的文人学士的特点有所不同了。这是我们文学史上的一大脉络。可以说，曹子建是这一流派的创始人，而曹雪芹是这个流派的集大成者。"

"看来，不明白这一层渊源，只怕也很难读懂《红楼梦》。"

"正是这话了。《红楼梦》在文学类型上是这个流派的典型代表。"

"先生，雪芹生前很苦，身后又是如何？"

"嗐，那真是一言难尽！"

（闪回）

雪芹被锁空房。

雪芹无纸，拆用旧皇历。

雪芹书稿被毁……

《石头记》永忠题诗哭吊。

《石头记》传抄私阅。

《石头记》明义题诗慨叹。

《石头记》淳颖悲愤题诗。

乾隆皇帝的画像转化为活的乾隆帝。在便殿里，与宠臣大学士和珅对话。

乾隆："《四库全书》的差使，办得差不多了吧？"

和珅："皇上圣文神武，洪福齐天，大功就要告成。"

（映出《四库全书》的全景）

乾隆："还有什么该办的吗？"

和珅："臣思虑，经史子集，诸事俱已妥当，该抽换的、修改的、销毁的，都遵旨办理了。惟有一种书，虽不收入《四库全书》，也不可轻视。民间的闲书唱本，关系着世道人心，害处更大，却难尽行没收焚毁。臣思不如也照修改抽换之法，倒是不必惊动耳目，却收实效的上策。这事还仰仗皇上的宸断。"

乾隆拈须，点头不语。

和珅："内务府曹家的事，皇上尽知。他家出了一个败类，不肖子孙，名唤曹霑，竟不顾廉耻，把他自己家里的事写成了一部野史，叫作什么《石头记》。此书蛊惑人心，异端邪说，害人不浅。今王公大臣，宗室子弟，家家传阅，所关甚大。皇上圣明，岂可容它照原本流行？"

乾隆："依你之见？"

和珅："臣思此书八十回后，尤为大逆不道，应予抽毁，一面延请高材好手，重作后半部书，配齐之后，予以刊印，明许开雕市卖，则原本自灭。改作的新全本，就把那些邪说谬论都反正过来了。"

乾隆拈须，点头不语。

映出宋翔凤的传述："曹雪芹《红楼梦》，高庙（乾隆）末年，和珅以呈上……"（《能静居笔记》）

映出陈镛的记载："《红楼梦》，一百二十回。第原书仅止八十回，余所目击。后四十回乃刊刻时好事者补续，远逊本来，一无足观。"（《樗散轩笔记》）

图像幻化表示：曹雪芹《石头记》→被砍去后半→变成程伟元、高鹗作续的一百二十回本《红楼梦》。

掀开程印本，卷首高鹗序文："是书词意新雅，久为名公巨卿所赏。"

讲解女士出现：

"列位观众请看：'名公巨卿'，谁可当得？正指宰相大臣和珅是后台主谋人。高鹗，内务府镶黄旗人，当时是一个未中进士的正统文人。他在书前作序，竟盖上了'臣鹗'的官章（映出印章）。程伟元是一个画师，在官宦之家充作帮闲的相公清客。他们炮制的假'全'本《红楼梦》一百二十回，用的是皇家印书的武英殿木活字的版式，公然问世。

这一切都说明，这是官方许可了的。从此，雪芹的《石头记》被程、高等人偷天换日，存形变质，悄悄地化成了俗本《红楼梦》。从此，深存忌讳的《石头记》，不敢公然授受的秘传抄本，一变而成为官家赞助、公开印售的新奇小说，轰动了朝野官民，真是风行天下，万口称扬。"

映出"程甲本"的全貌。

映出《瑶华传》尤凤真序言："每到一处，哄传有《红楼梦》一书……今所传者，皆系聚珍版刷印，故索价甚昂……"

（解说词）"聚珍版"，是指清代乾隆年间的木活字排版法，也叫"摆字版"，那时只有皇家武英殿专用此法印书，所以后来有人就把程印活字印本叫作"武英殿版《红楼梦》"，这是官方刊印书籍的规格。

一部"程甲本"。

一幅地图。

"程甲本"在北京出现，迅速"飞"向苏、杭等江南大都会，由浙江飞往日本长崎县。

（解说词）"程甲本"出现于北京，是乾隆五十六年，即西元一七九一年，很快就传到了江南。两年后即乾隆五十八年，就已传入日本，文献记载清楚可按。乾隆五十九年，浙江海宁人周春，已经写成了一册《阅〈红楼梦〉随笔》。这是红学史上的第一部专著。（映出书影）

乾隆末年杭州，西湖一角，两人闲坐于湖亭间对话。

"你可看了？"

"看是看了，只不大明白。这部书实在新鲜。你说他写的倒是谁家的事？"

"嘻，开头不就说得清白：作者自云，他亲身经历了一番梦幻，故将真事隐去，假借了'通灵宝玉'的名色，写成的这部书吗？"

"你倒说得好爽利！我就不信，作书的能有糟蹋自己一家一姓的道理？《金瓶梅》，人人皆知，说那写的乃是前代奸臣严嵩家儿子严世蕃的事，就是好例。经史正传，说书唱戏，都是说别人家的短长。难道有拿自个儿开心的不成？"

"你不见屈原作《离骚》、曹子建作《洛神赋》，不都是写自己？"

"哎，那是词赋家呀，《红楼梦》是小说，怎么乱比。"

"难道小说就不能当词赋诗篇来写不成？我看《红楼梦》，就有些像读诗似的。"

"你尽胡搅。现如今有一名儒名叫周春，近在海宁，新写了一本随笔，专考此书的文章典故，本事缘由。人家就说写的是南京公侯大姓张勇家的事，可没说写的是曹雪芹自家呢。"

"那也难怪，都是揣测罢了。周春说的张勇，他的母亲太夫人能作好诗，还有《红雪轩诗集》呢！你看贾母史太君，可像个女诗人？老太太连字都不认得，看见藕香榭的匾联，得让史湘云念给她听。这只说一层，不合的还多着呢。"

"可也是。听说当今圣上跟大臣讲，《红楼梦》写的是纳兰太傅明珠家的事，朝廷都这么说。你意下如何？"

"哦，圣上有明训，小人就不敢妄议了。"

映出宋翔凤的话："曹雪芹《红楼梦》，高庙末年，和珅以呈上。然不知所指。高庙阅而然之，曰：'此盖为明珠家作也。'后遂以此书为珠遗事。"

讲解女士出现：

"请看，红学这个名目，虽然出现很晚，可它的实质却是早就存在了，浙江的周春是第一位红学家。脂砚斋是批书人，她几乎是雪芹写作的助手，不能算研究者。永忠、明义，这些题诗的，实际只是表示读后的感怀，也不是研究者，因此，真正红学的开始，是像周春这样的学者。周春说，他见过两种本子，一种是八十回，一种是一百二十回，可见那时候真本和假本正在同时流传。由这里可以看出一点，十分明晰：红学的开端，是大家推测小说所写是谁家何人，是我们文学史上的一个独特的传统，即小说剧本，大抵各有'本事'可考。"

（映出"本事"二大字）

师生对话。

"先生，您说早时候，我们的小说、剧本一经问世，大家首先纷纷谈论的是它的'本事'，怎么这种知识我们一点儿也没有呢？"

"这是因为一来你自己还没读到这些文献，二则你所见的现今当代的文章，这个民族文学传统特点很少提到，你又从何得到印象呢？"

"那么，《红楼梦》一出世，人们也讲它的'本事'？先生可给举一个例子说明吗？"

"可以。"

老师打开一本书，翻到一处。映出大字：吴云题石韫玉《红楼梦传奇》。

（字幕）《红楼梦》一书，稗史之妖也，不知所自起。当《四库书》告成时，稍稍流布，率皆抄写，无完帙。已而高兰墅偕陈（程）某足成之，间多点窜原文，不免续貂之诮！本事出曹使君家……

继续对话。

"你看，乾隆时代的人，第一个明确地指出来，《红楼梦》的故事内容，是取材于曹家的。"

"啊，原来如此！曹使君是谁？"

"那是指曹寅曹楝亭，康熙朝的大文学家，雪芹的爷爷呀！他是江宁织造官，身份是皇帝特派，那时候叫'钦差'，是负有专职使命的人，所以称之为'使君'。"

"这条记载可真有价值！"

"确实重要。他指出了程、高二人是续书人，单单到《四库全书》告成时才流行，就是说的官方印行的事实。他一眼看出，程、高二人不但假造'全本'，而且偷偷地窜改了雪芹的原作，包括文字和思想。这是一位有眼光的人。"

"他说的'续貂之诮'是什么意思呢?"

"古语说:'貂不足,狗尾续。'貂皮不够了,拿狗尾巴冒充。这里借用,是挖苦伪续书的质量太差了。"

"哈哈……"大家一齐笑起来。

(映出《浮生六记》一部书)

老师拿过此书,给学生看。

"你知道这部小说吗?"

"知道,沈复写的,他比曹雪芹略晚几年,写了六篇,写他自己一生的经历。现在流传有四篇。这和《红楼梦》……?"

"对了,你的问号打得对。这事极有趣,《浮生六记》是由《红楼梦》引出来的!"

"这么说,他是明白雪芹的小说有本事,而且就出在自己家了?"

(老师高兴地)"对,对!你很有点儿'悟性'。你知道,作《浮生六记》的沈复,正是跟着作《红楼梦传奇》的石韫玉做事的。"

"这样看来,他们都是'红迷',都常常谈论这个话题,都知道雪芹这部书是怎么回事……"

"对。吴云连后四十回是高鹗等人伪造的也很清楚,也明白说出了!"

"既然如此,我倒奇怪:怎么后来又都迷惑了,不承认这个事实了呢?"

"原因还是在乾隆、和珅的身上,他们有意地散布流言,说这书写的是明珠家的事,贾宝玉是纳兰性德。从此,大家轻信了。最多也不过是另行揣测。周春硬说是写张勇家,就是一例。"

"哦,我懂了:后世叫作'索隐派'红学的,根由原来在乾隆身上!"

"哦,红学的发生,它的脉络,您给一指,就清楚了。看来乾隆也还是个红学家呢!"(师生大笑)

"可是,你要注意领会,有一个要点,就是不管'索隐派'有多少揣测,说写的谁家的事,毕竟还是寻求'本事'。等到高鹗、程伟元的一百二十回假全本一出来，情形立刻就变化了。"

老师展示图表：

三春去后诸芳尽。

千红一窟（哭），万艳同杯（悲）。

"忽念及当日所有之女子，一一细考校去，其行止见识，皆出于我之上。"

"然闺阁中，本自历历有人……"

"金陵十二钗"，正钗、副钗、再副、三副、四副……

以上诸般缤纷的图像，统统缩小，化为一个小点，变成——

钗　黛　争　婚

宝　黛　悲　剧

讲解女士：

"高鹗的假全本，彻底篡改了雪芹的本意，歪曲了原书的精神境界，将读者引向一个个别的、寻常的婚姻问题上去，将原书的巨大的思想内涵，完全抽掉了。因为高鹗续书中设了一个'掉包计'，写了一场'黛玉归天''宝玉哭灵'，以此赚取读者的眼泪，从此以后，红学就一步步地变成了'钗黛斗争论'。"

（映出一场小闹剧）

两个人谈《红楼梦》，一个说薛宝钗是坏人，为林黛玉抱恨申冤；一个说宝钗是好人，品德俱全，却一向挨骂，为之深抱不平。二人话不投机，越说越"崩"。终至"挥老拳"，大打出手。（此事有记载。）

"宝钗一派虚伪，她最阴险，处处要害黛玉。她最坏！混账人才替她说话呢！"

"你胡说！你就是'以小人之心，度君子之腹'！雪芹的书，全叫你们这般鼠肚鸡肠的人糟蹋尽了！"

"你胡说！……"

"你胡说！……"

二人揎拳捋袖，动手扭打起来。

女讲解员："这是清代人记载的趣闻，并非我们编造的故事。请再看老师怎么与学生讨论。"

老师："看见了吗？"

学生大笑。

"也叫人笑，也叫人悲。这部伟大的书，悲痛于广大妇女命运的不幸、探索人生哲理的巨著，却由高鹗之流，一下子歪曲成了一种'争风吃醋''三角恋爱'式的庸俗之作。你说可悲不可悲！"

学生听了，变得严肃起来，默坐沉思……

三五个清代中年文士打扮的人，围在一起，喊喊喳喳，商议怎么窜改《石头记》。

"大主意定了，一条线要一贯到底：那曹某的书，原是异端邪说，写一个败家子的胡作非为。咱们要反他，就得来个'偷梁换柱'，声色不动，在人们不知不觉之中，把书变成一部'败子回头金不换'不就行了吗？这叫作'脱胎换骨'。"

"对，对！高，高！"哄然附和。

别人都闪开，为首的那个提起笔，蘸了墨，就一部《石头记》开头处，抹去一处，动笔改写。众人围观。

映出原文与改笔的对照，大字二行：

> 空空道人乃从头一看，原来就是无材补天、幻形入世，蒙茫茫大士、渺渺真人携入红尘，历尽离合悲欢、炎凉世态的一段故事。

> 空空道人乃从头一看，原来是无材补天、幻形入世，被那

茫茫大士、渺渺真人携入红尘，引登彼岸的一块顽石。

曹雪芹的影像出现，四十岁年纪，衣装齐整，朴素大方，丰神潇洒不群，面向观众："看官，你可曾留神？我的书就是托名石头，写我亲经亲历的那些离合悲欢之事，炎凉世态之情。"

高鹗的影像出现，俗气轻佻，又假装一派道学，衣冠华美，但小家气，浑身一种沾沾自喜之态，面向观众："看官，曹雪芹真是个败类，他竟把一个败家子贾宝玉，写得津津有味。这一派异端邪说，专为败坏人心，害人子弟，如今我只略展小才，便使这部邪书，归于正路了。"

女讲解员：

"你看，从一开始，从最根本，这就是两种相反、对立，不能调和的思想在争夺读者。高鹗大笔一挥，将雪芹原文抹掉，悍然改成了'引登彼岸'的'顽石'，把一部伟大的《石头记》变成了一种'度世指迷'、点化败子醒悟、'回头是岸'的'劝善书'了。这是糟蹋雪芹原书的最巧妙也最阴险恶毒的手段。这个手段，从乾隆五十多年上，骗了读者，一直骗了二百多年，直到今天还是积重难返，积非成是，假红楼取代了真红楼。"

大学中文系的女学生，和她的不同系的女学友课余在校园散步、对话。

"今儿上午听了一堂课，老师介绍红学。他讲到一个流派的论点，说是高鹗续书不怀好意，窜改了曹雪芹的原书。讲得很深刻，我有点儿明白了。"

"嗯，我才不服气呢！人家高鹗不是为他好？把残书补齐了，得费多大心血——四十回大书呢！难道写了黛玉、宝玉一死一走，不是满心同情他俩，不是恨那婚姻不自由的封建社会，怎么又是什么窜改了、歪曲了？我就是不服气这种怪论。"

"咱们争，也争不清。你嘴那么厉害，我这拙舌笨腮的，也说不过你。我有个亲戚，是位红学家。你星期天来，咱们一块儿去请教请教人家，看怎么说。行不行？"

"那好。"

两位女学生（或者多一两位女学生，都来旁听）坐在一位长者面前，听他说道："好，你们的来意和问题，我已尽知了。这个争议，也复杂，也不复杂。细讲起来，牵涉到我们民族文化史上的许多重要课题，所以复杂。我如今只拣高鹗的一段话，请你们温习温习。来，你就给大家念一遍。"

长者把书翻开，拿给称赞高鹗的女学生，让她读："（贾雨村问甄士隐）'宝玉之事，既得闻命，但是敝族闺秀，如是之多，何元妃以下，算来结局俱属平常呢？'士隐叹息道：'老先生莫怪拙言：贵族之女，俱属从情天孽海而来，大凡古今女子，那淫字固不可犯，只这情字，也是沾染不得的。所以崔莺、苏小，无非仙子尘心；宋玉、相如，大是文人口孽。凡是情思缠绵的，那结果就不可问了！'雨村听到这里，不觉拈须长叹。"

几个女学生，凝神细听，听到这里，同时惊叫："哎呀！"

长者（感慨地）："你可听清了？这就是高鹗向你们说教呢，也可以叫作'宣传教育工作'了。这位先生的头脑思想、居心用意，就是来翻雪芹的案，给雪芹全书来个大翻个！可是至今还有赞扬他、感谢他的人。"

那个原来"不服气"的女学生："唉！这才是……我一直上了他的当！"

长者："你不是欣赏高鹗写'黛玉焚稿'写得好，打动人心吗？你可知道他那是专门为了向你表示他的哲学教义：黛玉受了'情'字的毒害，所以落那个下场，是她自作孽！所以他的回目也就叫作'焚稿断痴情'呀！痴情是犯了很大错误，非'断'了它不可的！"

女生们（惊讶地）："噢！""啊！"

一个女生："可是我总觉得他写王熙凤这个坏女人，破坏了宝黛的婚姻，还是写得不错。您又怎么看呢？"

长者："你太天真、太善良，也太单纯了一点儿。你可想过，雪芹的书，一开头就大声地声明，讨厌的老套是佳人才子一见钟情，必定又出一个小丑，从中捣乱破坏。这个模式，千篇一律，他极不喜欢，决心要打破。高鹗针锋相对，偏把王熙凤拉来充当那个'小丑'，定要走那老套套的路。这还不是彻底反对曹雪芹又是什么？彻底反对，完全对立。好在何处？你且讲讲看。"

"到底是个伟大的悲剧呀，这就了不起吧？"

"你可看过希腊的命运悲剧？英国莎士比亚的性格悲剧？悲剧是崇高感、悲壮感极强烈的。一个'掉包计'，用一块红布把宝钗的头蒙上，说是林妹妹，骗了一个小傻瓜宝玉——这就是给人崇高、悲壮感的伟大悲剧吗？这太庸俗了，太廉价了。这个情节的实质，属于小闹剧的范畴，如此而已。"

主妇送上一盘茶来，笑着："哎呀，喝点儿茶再开'辩论会'。你们说不到一块儿去，可别吵架。听说为《红楼梦》吵架的新闻可多哩！"

女生们从沉思中"醒"来，都起身接茶，都嬉笑起来。

一个女生："师母，您说呢？后四十回写黛玉死得可怜，总不能说太坏嘛。"

主妇（爽朗地）："我是个大俗人，可不懂什么文艺呀、理论呀那一套学问。我看《红楼梦》，到了后半截，只觉得都变了，前边那些迷人的境界都没了，人的言谈举动、精神态度，都不对了。宝玉一下子没了灵魂，成了个极其乏味的没头脑没意思的大傻瓜，可真没趣儿。你说写林黛玉死得可怜，我看那正是高鹗要给人'上课'，教训人：可别学她！你看她坠入了情天孽海，没有好下场。他要林黛玉'断痴情'，情是万不可有的。光是'可怜'，可怜多的是，也不难写，可光是'可怜'，怎么会成为伟大的思想、伟大的艺术呢？"

长者（含笑而听，频频点首）："高鹗写的那可怜，是一种手段：用廉价的可怜，骗取读者的眼泪，让他们只觉得可怜，而迷失了雪芹的崇高伟大的主旨精神。曹雪芹的头脑和心灵，任何人加以歪曲、庸俗化，都是难以容忍的。"

说毕，一声长叹。

女生们凝神而听，一声不响，陷入沉思。

惓惓不尽

上一专栏刚把问题草草梳理了一番，其实应该说的话还有很多，鉴于本书篇幅字数已达相当的限度了，再往下拖，恐怕给出版社的朋友造成困难，因此我临时改变了主意，决定控制一下，上面未尽之言仍有后缘可叙，此处急于把心中所怀、怕日久淡忘的若干线索先作几笔伏线。总之，是个人能力已难照顾圆满；多留一点儿痕迹，想说的话，题为"惓惓不尽"者，用意在此。

诗曰：

百绪千端总在心，瞻前顾后费沉吟。

各留数语先伏线，春暖花开续好音。

一、雪芹曹子的《石头记》(《红楼梦》) 号称一部奇书，正因其奇，颇不易读，若问一般读者首次接触此书应当先抓住哪一个要害？我说：请你先把开卷不久的两首《西江月》反复细读，领略它的字面文义和文字背面深处所蕴涵的思想感情。所因何故？这就是全书的真正主角贾宝玉这位公子哥儿。这位公子哥儿他是何如人也？这两首《西江月》已经描写得再为清楚活泼不过了，明白了这两首《西江月》你就已然把全部奇书的命脉、灵魂都掌握住了。

二、若问《西江月》虽有两首，而其中包含的有许多方面、层次，那我该在这么多的内容中先抓住哪一个重点呢？答曰：务必先要领会"无故寻愁觅恨，有时似傻如狂。纵然生得好皮囊，腹内原来草莽"，这就是曹雪芹开宗明义、直言不讳告诉我们：这个贾宝玉与众不同，就在他本无愁恨可言，却偏偏要自己去寻找去搜罗不相干的愁和恨，他是因此而被世人看作奇怪；别人都是在避免加在身上的烦恼，他却自己情愿地把愁恨加在自己身上，你说这种人谁曾见过？然而作者就是把这么一个怪人选作成主角，写出这部大书。

三、"无故寻愁觅恨"，这个"愁"和"恨"都当如何解说？又有无古人先例？我说还真是难以寻找，勉强引一个略有关联的例子吧，就是李后主的词中曾有两句："人生愁恨何能免，销魂独我情何限……"读这两句诗重要的就在于"愁""恨"是和"情"相连而互为因果的，由于你能比常人感受更多的"愁"与"恨"，所以才成为一个多情之人；反过来，你越多情，领受的"愁"与"恨"就越为沉重，结果，你会达到一种常人所难以理解的程度，被误解为是一种精神上的病态。如果你看世界人间的事物道理比如人生观、价值观等等都和普通人不同，普通人就把你当作一种病人，甚至是"怪物"。《西江月》中的"傻"和"狂"不是贬语，所指的不是一般的真傻真狂的毛病。先领此意，重要无比。

四、此种与寻常世人不同的怪脾气怪毛病又是从何而来呢？答：不是别的，就是雪芹的书开头所说的："……当年女娲氏炼石补天之时，于大荒山无稽崖炼成高经十二丈、方经二十四丈顽石三万六千五百零一块。娲皇氏只用了三万六千五百块，只单单的剩下了一块未用，便弃在此山青埂峰下。谁知此石自经锻炼之后，灵性已通……"这种灵性，专门感受愁恨，其敏锐度胜过世俗常人十倍、百倍；既是如此，这才能回顾到李后主的那句"销魂独我情何限"上面来。这么一讲，你就恍然大悟：原来，娲皇所谓的"灵性已通"就是指的"多情善感"的天生性格品质了。我乘此机会，不妨给你讲一讲我小时候与词的有关记忆和感触：几岁时，祖母、母亲以及老辈亲戚中的女眷，她们都会给我讲一种女娲造人的故事，说是女娲娘娘用水土抟成泥人后，娘娘向泥人吹了一口仙气，那泥人就活起来了……就是说泥人经女娲的仙气一吹就有了灵魂。幼小的我当时不知用什么语言才能表达此义，待十几岁后才认真用心领会这段话真正的意思。所谓灵性包括思想、感情、领悟、思辨以至如何表达自己的见解，都属于灵性的范围。但最重要的一点专门集中在一个"情"字来概括之,这也就是作者为全书定下一个"大旨谈情"的根本用意。

五、一九八七年在我海外写成的一本书题曰《红楼梦与中华文化》,此书只用半年时间写完,等于是把这个大题目刚刚开了一个头。书稿先后在台湾与北京出版,有所反响:(一)在美国的赵冈兄来北京时,向我透露台湾要出版此书时曾请他阅稿,听取他的意见,赵冈兄给予肯定后才顺利付印;因提这件旧事,赵冈兄又曾婉言问我:这个《红楼梦与中华文化》的题目是否太大了些?意思是说让我看看能否换一个更合适的书名……(二)学友梁归智教授读后的反响是:第一部分专谈自传说的篇幅过多了,意思是说这个问题基本得到解决,不用太多的辩论了。然后就重点肯定全书的精华就在讲"情"和"痴"的第二部分,说是最精彩的文字见解。而对第三部分我专讲章法大对称他却没有正面的明确评论,好像是觉得这不是有关的大问题。他的意见表明,我实际上是把"情"作为中华文化的基点和中心,且写得有深度,读了最为得味。如果真是这样,我当然非常高兴。我为雪芹的奇书还是做了一些解说工作,也得到专家的肯定。现在的问题是为何又在这儿重提一番,有此必要吗?我说:不然。我希望重新思索我的道理,我们中华文化从先秦诸子直到汉代,贬低了诸子百家,专崇孔圣儒家,而孔圣儒家从来不多涉及这个"情"字。如今雪芹似乎有见于此,偏偏特别地推出了这个"情"字作为他十年辛苦、流泪写书的全部大旨,这又是何故呢?难道说他是有意与孔圣对抗吗?我说:都不是。雪芹特提"情"字,绝无反对孔圣之意,相反是为之补充,为之完足,为之超越。有此三层我才在此再度强调,说《红楼梦》是一部中华文化小说者的真正意义正在于此。

六、上一条说孔圣儒门不多使用这个"情"字,先要解释这是为何。盖"情"这个"东西"是人类精神生活的一个最超级、最灵秀的顶端,但它有一个缺点,如果你控制不当,它就容易泛滥,若一泛滥就会不可收拾。其实,孔子不是不懂"情"、不讲"情",相反,他对"情"有着深厚的认识。例如,他讲文学对人的影响时,说了这样的几句话:"乐而不淫,哀而不伤,怨而不怒。"请看,一个"哀",一个"乐",

不正是"情"的最有代表性的表现吗？但孔子认为你被感动得发生了"哀"的情绪时，如不加以调适则必陷于"伤"。从这儿你可以加深体会"哀"和"伤"有很大差异："哀"还不至于损坏人的健康精神，若到了"伤"的程度就会导致严重的后果。"哀"是如此，"乐"又何曾不然？你太"乐"了则导向"淫"，"淫"非"淫秽"的下流意义，只是说它泛滥而难以控制，这就是孔子说的"过犹不及"。人的感情要调控在"温柔敦厚"这样一个境界中才是最理想的修养境界——既然如此，孔子的道理十全十美吗？那雪芹为何偏偏非要回到孔圣人避免的"情"字上来呢？我谨答曰：孔子的教训历经年代，被人们奉行得已经成为一种名词概念、教条口号式的东西了，这内中就逐渐缺少了真正感情的内涵。雪芹认为名词概念、教条口号是个害人的东西，日久年深成为"假物"，成为奉行公式，成为敷衍了事。举例说：小辈对长辈的规矩是每日早晚要来看视一回，叫作"晨昏定省"，看看老人家临睡一切齐备，看看老人家起来并无差错、一切安好，这是应尽的孝心，绝不能缺少或停断不行。在《红楼梦》中，王夫人也是如此，她对老太太来说是个过继儿子的媳妇，并无真正感情，早晚要来站一会儿，说一些无关紧要的话语，回头自己去了，至于老太太真正的痛痒辛酸她一概不问，也不理解。雪芹认为这不行，这就是以假混真，这就是儒门不敢讲"情"的后果，可谓严重之至。

七、话虽如此，雪芹也不是一个糊涂人，"情"至容易泛滥他很了解，所以他在书中回目上也用了"滥情人情误思游艺"这个令人震惊的新词语。那么雪芹自己又用什么方法来补救这种缺点？他是变字换词，不让你多看这个"情"字，实例何在？就在《芙蓉女儿诔》中，他说的是仅以四样"群花之蕊、冰鲛之縠、沁芳之泉、枫露之茗，四者虽微，聊以达诚申信"……我这儿十二分虔诚而恭敬地告诉你，你如果懂了雪芹笔下的"诚"和"信"，你就是明白此二字是代替"情"的频繁出现。

八、尽管如上一则所云，但毕竟雪芹还是开门见山、单刀直入把"大旨谈情"四个大字给我们摆出来了！你可不要轻看这种风流气概，因为这毕竟需要勇气，所以直到乾隆后期新封了睿亲王淳颖，他这才第一次敢于把雪芹在诗中定位于"英雄"二字。他写道:"满纸唔唔语未休,英雄血泪几难收。痴情尽处灰同化,幻境传来石也愁……"淳颖的体会太深刻了,他知道明言"痴""幻"都得具有非常了不起的勇气和仁心,他以为既然需要提此崭新的命题,也就不必瞻前顾后、患得患失、畏首畏尾、吞吞吐吐……这有伤于大圣大贤的地位与尊严。所以他特别重视史湘云的"惟大英雄能本色,是真文士自风流"。明乎此,就不会再误认雪芹的这种做法是多此一举或哗众取宠,甚至于还会把"情"和"仁"对立起来,以为雪芹有意反对历来的儒门教化,这是一。其次,雪芹的"情"主要精神在于是主动的、积极的,所以他才说"无故寻愁觅恨"……这一点异常重要,因为不要说观世音菩萨的大慈大悲、救苦救难,就连菩萨也是被动为主,因故佛经上明言,你在苦难中要他来解救,必须口诵观世音法号,他才闻声而现身……这不是被动不是消极,又是什么?说到究竟,就连孔夫子的"仁义"也并非是完全主动而积极的。他的"己所不欲,勿施于人"已被联合国采用为重要题词,可是你细一体会,孔圣的教育精神也包含着不可盲从、轻动,他像一口金钟稳稳当当地坐在那里,你不去叩它,它却不响。而雪芹的"情"更积极、更普遍、更主动、更热心、更牵肠挂肚,惟恐别人有辛酸疾苦为他所不能知、不能解。这一层意义我曾在台湾的《淡江论坛》(英文版)上发表论文,有兴趣者可以检阅。

九、然而"情"却不是时时刻刻、大喊大叫的事情,它很深隐,所以王右军在《兰亭序》中说必须有了适当环境、场合这才能够"畅叙幽情"。请看前面的"畅"与后面的"幽"恰成相反相成的关系,因是"幽"才能够得到"畅"的机会。这一点我又要和另一个主题"园林"连起来讲一讲。你又会感到奇怪:那"情"和"园林"有什么关联?我告诉你:右军的《兰亭序》是完全模仿石崇的《金谷园序》而写作出来的。右军的兰亭修禊之会,虽然不是在一个通常用墙围起来的花园,而是在天然宽广的自然园林,只因如此,右军此序的前半则点出了"游目骋怀""极视听之娱",提出了"信可乐也";而后半幅就转入了"及其所知既倦,情随事迁,感慨系之矣"。这可不得了!这个"感慨"一出来,右军就控制不住了，他的情绪一直发展到"岂不痛哉"，发展到"临文嗟悼"，发展到"悲夫"！所以你看李白的《春夜宴桃李园序》中虽然不同于《兰亭序》，但它末后也还忘不了"不有佳作，何伸雅怀？如诗不成，罚依金谷酒数"。要能体会李白此序中没有正面多出悲戚之文，好像十分欢喜快乐。你若如此读古人之作，可能就损失很大了，李白诗中说："浮生若梦，为欢几何？"这是真正解决了人生悲欢离合的大问题吗？其实也不是的。若举同类例子如秦少游的《望海潮》："……西园夜饮鸣笳，有华灯碍月，飞盖妨花。兰苑未空，行人渐老，重来是事堪嗟。烟暝酒旗斜，但倚楼极目，时见栖鸦。无奈归心，暗随流水到天涯。"真是古今如出一辙。

我如今又特别把李白的《春夜宴桃李园序》提到一个新重点，原因就是其中的"群季俊秀，皆为惠连，吾人咏歌，独惭康乐"这十六字一联句，却给我带来新的启发。我常说雪芹的"脂粉英雄"是专为《水浒》的"绿林好汉"配对的，如今懂得还有李白此文的一层，也可以看作是"配对"，因为什么是"群季"呀？就是一门兄弟是也，在晋人也时常说作"一门群众"，不论说"群季"也好，"群众"也好，都是男性的事情。在雪芹这里，他借大观园的元妃省亲来翻新李白的诗句"序天伦之乐"为"序姊妹之乐"了。所以，讲大观园的问题又是一个双管齐下的文化课题：大观园一方面暗中继承了艮岳、万宁宫的传统，另一方面也继承了金谷园、桃李园的文化传统。我们读《红楼梦》、讲《红楼梦》，必须看到雪芹的文心匠意，从来不会有那种单一、贫乏、枯瘠、死板的笔法，我们说《红楼梦》是一部文化小说的意义其实也就在于此。

十、事有凑巧，我刚才说大观园之命名暗藏纪念艮岳与万宁宫的用意，人们乍一听说觉得新鲜，不免半信半疑，还要观望听取反映意见；可是，我又说"牙牌令"也是暗中在纪念宋徽宗，这不就更令人莫名其妙了吗？且慢，听我解说一下。玩牙牌令的民俗可能来源已久，但只有到了宋徽宗时，他才把这一门艺术整理成编，用彩色套印，题作《宣和牙牌令》。在这谱中三十二张牌，每三张牌配作一副。这牌的点数都有讲究，有很风雅有趣的名称，那些点数的排列形状还各自有它的象形取意，如一个红点想象为红日太阳的象征；如一个斜排的三点则想象成为锁链的象征图样；三张牌各有一名，合起来又有一个总题名……一句话，中华的民俗艺术是那么丰富多彩，绝非外邦人都能理解、接受。就拿鸳鸯姑娘所宣的这六副三对牙牌令来看，就大有内容涵义，稍一粗心就会视而不见、茫然索然都无所谓了。你看，老太太贾母与黛玉是一对，薛姨妈和宝钗是一对，末后，湘云与刘姥姥又配成一对，这都是大出粗心读者的意外了。然后，你认为这层次够多了吗？不然，请听我说：老太太的那一副牌是天牌十二点，中间虎头是五和六总计十一点；再旁边是一个一、六牌，上一下六，合起来是七点，你加在一起看，十二加十一加七等于三十。好了，再看林姑娘那副牌，也是一张天牌十二点，中间上四下六叫作锦屏，共有十点；另一边是上二下六是八点，你再加一加看，十二加十加八等于三十。又是三十！这已然共有六十点了。再看宝钗的牌副，一副是长三，上三下三是斜排的共有六点；中间是上三下六共有九点；另副是长三，上三下三是六点；合起来六加九加六等于二十一点。薛姨妈的牌副是左边牌大五，右边牌也是大五，大五牌就是上下各五点，中间是二、五的七点牌，加在一起等于二十七点；两人相加共计四十八点。这个四十八点加上老太太、黛玉的六十点，共计一百零八，太奇妙了！我们读《红楼梦》有个明显的感觉，就是开头的一部分，大约以秦可卿的丧事为大节目，在此以前，头绪特别纷乱，笔墨也就随之而显得十分杂乱。那些情节、故事、境界又不甚高，如贾瑞的丑态，如闹学堂的胡来，如秦钟、智能的插曲，如焦大醉骂、宝玉难解的种种文字，合起来会给读者一种莫名其妙、不太高明的感受和困惑，因而常常造成假象，会感到被人称赞得无以复加的《红楼梦》伟大作品，原来就是这样的一部小说呀？……这种现象的所以发生，原因十分复杂，此处暂不多讲。要紧的是先往后文展视，你才欣喜地感到，真好像顾虎头所说的如"倒食甘蔗，渐入佳境"，雪芹的灵心慧性、锦心绣口，正在那儿一步一步向前迈进，向上提升，好比正在走上一个高坡，目的地就在前面一个峰巅——我所说的这个峰巅就是指"金鸳鸯三宣牙牌令"。如上所云，所谓三宣者，实际上是六副骨牌，二人一对。刚才说到上面两对四副牌恰似雪芹给我们精心安排出了一百零八的大章法结构了！既然如此，并不算完，还有一对就是刘姥姥和史湘云，这样的组合谁会想到啊？情况还不止此，前面两对儿的骨牌的点数、颜色，主要都是绿色的，只有五点是红色的；而刘姥姥、湘云的骨牌的点数、颜色是一片通红，耀人眼目，这片通红之中只有一个小三点的绿色，象征着一个大倭瓜的瓜蒂；然后，我们再数一数这两人的骨牌点数又是多少呢？原来，正是二十八点，这就更奇了！

十一、上述的这种现象表明了以绿色为主的一百零八，主要是《红楼梦》主体全部内容，只包括黛钗二人的来龙去脉、命运安排，这其间虽然并不是不曾偶然夹写到湘云之事，但所占分量实甚微小；而骨牌令所显示的另外有二十八回书，这才是史大姑娘的本传、正传、实传。说到这里，读者诸君会一方面感到新奇，另一方面又会感到困惑不解。所不解者就是一个一百零八，一个二十八，这两部分是分是合、怎样安排？这是一个崭新的课题，从未听说过，令人半信半疑，不知此之所言是否真有道理……确实，这一问题我要讲讲我的理解：原来，曹雪芹的全书设想用一百零八回写完黛玉、宝钗、湘云的三部曲，而落笔之后，实际上写到七十八回结束了晴雯这一大冤案后，发现如不赶紧用最简洁的笔法收拾黛、钗两大局面，则后面的湘云"第三部曲"的一切复杂而更为重要的收束部分则更难容纳，于是他又做了一个从第八十回告一小结，往下限制到二十八回的新计划。这样，一百零八的总结构保持不变，而"三部曲"的笔墨繁简做出了适宜的调控，从"金鸳鸯三宣牙牌令"以后，他的笔墨就是朝着这个大方向进行。总的来说，"金鸳鸯三宣牙牌令"最后一部分包括了刘姥姥的作用在内，这是前文上半部所未曾显露的重要一端。

十二、我看雪芹的《红楼梦》的原本用意应该是从黛、钗、湘为列，以袭、麝、雯为次列等等如此排下去的诸钗正副都是狭义"情"的问题。可以这么说：黛玉代表的是一种缠绵、激切、忧虑的情；宝钗代表的是一种冷静、清醒、稳重的情；而湘云代表的则是一种风流、本色、坚定的情。这一种分法还有待深入细讲，只能留给另外机缘。目下我要说的另有不同，即刘姥姥出现在这样一群人之中，未免太不谐调、太不同类，这又如何解说？谨答：刘姥姥的此来，使命任务异常重要，她是惟一的一位外姓的老辈"脂粉英雄"。并不是说她不讲"情"字，她同样有情有义，但从全体来说，她此来不是解决"情"的问题，她此来是解决"缘"的问题。例如，她带着板儿来，有一场佛手换香橼的故事。当然，人们都会明白这预示着板儿和巧姐的姻缘，而殊不知刘姥姥带来的姻缘可是大大超过那两个小孩子，很多层次的姻缘都由她的言词、行为中注定在那里了。举例说吧：刘姥姥给老太太贾母讲了一个村中若玉小姑娘的悲剧故事，她只活了十六岁左右就一病亡故了，可是她灵性不散，一天雪夜之中在窗外抽柴……由此引出宝玉命茗烟去寻找小庙的故事。这是暗示刘姥姥借若玉而喻示黛玉命运的缘分。然后，刘姥姥因谈到年画的事情，勾起了老太太的特大兴趣，要惜春画一幅园子图，并要求年末画完。这就是心里想把小孙女的画品送给刘姥姥作为新年礼物，这又是刘姥姥与惜春所结之缘——谁也没有料到，只因这么一来，那位不管闲事的薛宝钗也显露出很大的热情，要协助小惜春来完成这幅年画任务，因此她列出了一个详细的绘画用品单子，都非外行人所能知道。这倒罢了，雪芹的本领就在这个夹空上，又让尖酸刻薄的林黛玉调笑了宝姐姐一句："你瞧瞧，画个画儿，又要起这些水缸、箱子来了，想必他糊涂了，把他的嫁妆单子也写上了。"这表面是开玩笑，而实际上则非要从黛玉的口中说出，有资格定下来开单子的不是她自己，却是宝钗姐姐。我举这两点，你就明白我指出的是何意了。如果你还嫌少，我再加上刘姥姥和妙玉的一个"缘"字，本来是万万不能想象的事情，却由老太太的"中介"关系而也结下了成窑杯的一种缘分。末后，更是万万出人意料的是刘姥姥竟然在宝二爷的卧榻上睡了一觉，这个最为奇特、不可思议的"缘"又当怎样理解呢？说得好听一点儿，宝玉平生最喜洁而畏脏，他的卧榻是任何人不可以沾的（除袭人、晴雯等外），而这次被大家认为最脏的村庄老太太，多手舞脚地卧在宝玉床上，酒屁臭气吓坏了花袭人大姐姐。请看我这么一罗列，你还认为刘姥姥此来的使命，只为给板儿与巧姐结下那种男女之缘吗？须知，板儿、巧姐之缘是王狗儿家的缘，而刘姥姥这次在大观园中所赐给众人的缘，却是贾家荣府的悲欢离合大关节了。

十三、我曾把《水浒传》与《红楼梦》的章法结构做过一种比喻，说《水浒传》是"串珠法"，把很多人物、情节穿在一起，是珠子与珠子的关系，如有个别损伤零落，都不伤大局，珠子还是一串。《红楼梦》是编织法，它有经有纬、有横有竖，它的关系是钩连环互，如若破伤某一部分，会影响全局，使之散乱不可收拾。讲这一点，就是为了使大家理解：通常人们都认为《红楼梦》是一部爱情故事，是少男少女的生活写照，因此爱听讲黛玉、宝钗的那些事情，如今忽然摆出一个刘姥姥来，费了这么多口舌笔墨，这对于我们爱听的故事有何干涉？这种疑问是可以理解的。特别是你过去读《红楼梦》的感受，可能曾把"刘姥姥逛大观园"这句话认为是玩笑有趣的表达方式，但到如今你可能看法逐步有所改变，承认刘姥姥的游园不是与黛、钗等人毫无关系，相反，内中巧妙隐含的关系就更为重要了。

回顾一下，全书开端，宝玉神游太虚幻境刚刚结束，紧接着是什么呀？谁也没有料到，那真是一支神笔，写出一句奇文，在第六回书写道："按荣府一宅中合算起来，人口虽不多，从上至下，也有三四百丁。事虽不多，一天也有一二十件，竟如乱麻一般，并没个头绪可作纲领。正寻思从那一件事，自那一个人写起方妙，恰好忽从千里之外，芥豆之微，小小一个人家，因与荣府有些瓜葛，这日正往荣府中来，因此便就此一家说来，倒还是头绪。"你看，刘姥姥要出场了，但她与本书主旨似乎有千里之遥，太不相干，而刘姥姥的身份影响作用又那么微不足道，比作"芥豆之微"恰切无比。但又为何不另取一个大人物、重要主角领起这部大著奇书呢？这是第一点。然后，就在刘姥姥刚一露面之时，那还真是距离荣国府有"千里之外"，那时她正与谁打交道呢？她正和女婿王狗儿开谈辩论，她形容和申斥了女婿一顿，说王狗儿："姑爷，你别嗔着我多嘴，咱们庄稼人，那一个不是老老诚诚的，守着多大碗儿，吃多大碗的饭。你皆因年小时，托着你那老家的福吃喝惯了，如今所以把持不住。有了钱，就顾头不顾尾，没了钱，就瞎生气，成个什么男子汉大丈夫了！如今咱们虽离城住着，终是天子脚下，这长安城中遍地都是钱，只可惜没人会去拿去罢了。在家跳蹋坑也不中用的。"请注意，这样的开端可能引不起你多大兴趣，但请不要忽略作者雪芹一开笔，就借刘姥姥之口对王狗儿的那种心态、思想、作风都给以词严义正的批评、鞭挞，由这儿才引起"你又是个男人，又这样个嘴脸"……只好老婆子亲自去闯一闯了。雪芹对妇女的优点、特长都用各种笔法、各种方式，热诚地为之赞扬；所以，他此时首先推出一位主角是个女性，而且不是小姐、少妇，却是一位年老的婆婆。这一切都使得初步接触《红楼梦》的读者发生疑问，感到困惑，甚至于看到这些便有减少阅读兴趣的消极倾向。我总想多费几句言谈，希望能打消那种看法，而紧紧地抓住刘姥姥这条主线和"伏脉千里"。

上文已述，刘姥姥此来，种种经过，种种感受，种种表现，都大出人们的意外；以往的读者已忽略了刘姥姥的重要性，有很多错觉，于是把雪芹的妙笔理会为对刘姥姥的取笑，这样就把刘姥姥完全"丑角"化了，一切都变为可有可无，刘姥姥成了富贵人家少爷小姐们开心取笑的"新对象"……这样认识的话，《红楼梦》的伟大，《红楼梦》的中华传统文化的体现和功绩还剩下多少呀？我希望读《红楼梦》心理要开阔，视野要开拓，成见、偏见，先入为主的许多看法、说法是否可取，要重新体认一下，不是有意要做前人的翻案，也不是糊里糊涂地只成了一个盲从者。我举个例子，本书有一部分文字集中讲解林姑娘的三首长篇歌行，那种思想感情、风格韵味是如何地令人感动而同情。那么你想得到刘姥姥也有令人惊讶的作品吗？当然，刘姥姥的作品不是文雅诗词，而是口语俗词，她与人交谈的风格是有问必答，不假思索，简捷利落，不加驳论，也不顺情说好话，有她的对话艺术。比方你看，凤姐把一盘子菊花横三竖四地插了刘姥姥一脑袋，你看刘姥姥怎么说的："我这头也不知修了什么福，今儿这样体面起来。"众人笑道："你还不拔下来摔到他脸上呢，把你打扮的成了个老妖精了。"刘姥姥笑道："我虽老了，年轻时也风流，爱个花儿粉儿的，今儿老风流才好呢。"你看刘姥姥的语言多么有情有味，顺水推舟，两不妨碍，大大方方。能和刘姥姥一起说说笑笑，是人生一大乐事。有人会说：刘姥姥不会作诗。可我们看她行酒令比喻的恰切优美、简捷明快、干净利落正与她的口头语言一致。我们可以找到四十回故事来细心观赏，其中艺术效果是复杂的，要充分理解体会。

"画蛇添足"，在我看来，林姑娘的长篇歌行和刘姥姥的酒令，在暗中构成艺术对比，这种对比不是高下优劣的问题了，这要归结到文学、美学、哲学的艺术讨论中去了。我这散文就到此吧。

2011.8.26 口述稿

卷尾附编

一、曹雪芹生卒考实与阐微

曹雪芹之生卒年月，久存歧见，论者不一，理据纷纭，在中国文学史上与其他大作家们多是生卒明确者，也构成对映，呈露异象，虽历多年，至今犹未议定。此拟就拙见所及，再申鄙意。

（一）几个基本要点

雪芹并无正面传记史料记载可资研考，只能从友朋诗句以及他自己所遗《石头记》小说中寻索蛛丝马迹。此虽似"法外之法"，有人不予重视，实则舍此别无依倚，亦且小说是他自己留下的遗痕，并非全属虚幻可比。是以内证不止一端，细心寻绎，综互勾稽，情实遂显，了不含混。试看——

第一，可靠文献是：敦诚挽雪芹诗作于甲申（乾隆二十九年，1764）开年，其两次稿先后有"四十萧然太瘦生""四十年华付杳冥"之语。

据此，雪芹享年应为四十岁。上推，则雪芹当生于雍正二年（甲辰，1724）。

第二，如以为"四十年华"或为"概数""成数"，实际可能或多或少，微有出入，那么即当再求参证。参证何在？即在小说第二十五回，正所谓"书有明文"。

这涉及雪芹著书是"自传性小说"的问题，对此，自然有人犹不承认。但事实上，古今中外，公认意见已臻一致，早经论定（论定，是鲁迅语，见下文）。

最早的证据，即雪芹之友敦敏、张宜泉的诗句。如敦云"废馆颓楼梦旧家"，暗点"红楼梦"一名，已甚清楚。又如张云"白雪歌残梦正长"，特标"梦"字，其义正同。是可证当时朋俦皆知其小说性质为自寓自况。其他如明义诗序，亦可佐证。

至二十世纪二十年代之初，胡适先生提出"自叙传"说，鲁迅先生于此许为"论定"，见所著《中国小说史略》第二十四篇。先生特用"论定"二字，是为罕例，非漫语可比。

海外小说专家，如夏志清教授、刘绍铭教授、浦安迪教授诸家，皆以自传说为不诬（可略参拙著《红楼梦与中华文化》所引概略）。去年更有加州大学之 Martin W. Huang 先生新著 *Literati and Self-representation* 一书，专论清代三大自传小说《儒林外史》《红楼梦》《野叟曝言》，故其书名副题为"中国十八世纪小说之自叙敏感性"（Autobiographical Sensibility of the 18th Century Chinese Novel）。

由此可见，海外学者对"自传性"已趋公认，并不成为还待讨论的问题。

既明斯义，则书中宝玉即雪芹自况——鲁迅早言宝玉之模特是雪芹，又言雪芹"整个地"进了小说。这点已无疑问。因此，当雪芹于第二十五回写到凤姐、宝玉遭邪法暗算命至垂危而得救时，特由僧人之口点明"青埂峰下一别，转瞬已过十三载矣"！是为宝玉尔时年当十三岁之确证。一个旁证就是第二十三回，写宝玉曾作"即事诗"四首，便特笔点出曰："是荣府十二三岁的公子作的"，合看便益见其笔下无虚。而由第十八回起直至第五十四回止，所写全系乾隆新政改元一岁（1736）之事，俱见拙著《红楼梦新证》中"史事稽年""红楼纪年"等处所考。

至此，奇迹出现——

由上述之雍正二年（生年）计起，到此乾隆改元，恰为十三岁（不待言，中国传统年龄是"虚岁"计法）。

这真是一个无法做出别解的显相。其生年、卒年、挽诗三层，已如符契之密合。

还有一个第三证：今存"甲戌本"卷前"凡例"中有了"一技无成，半生潦倒"的"作者自云"。按甲戌为乾隆十九年（1754），此本今存者止于二十八回书，在此本之前很难说更有写定缮清的成型本，则可推知"凡例"诸文字即此次定型时所加，而自雍二至乾十九，为整三十岁。古以六十寿为"一生"之基数（我幼时听老辈皆有此言，是一个历代相传人寿观念，甚至传说古有"六十不死活埋"之习俗云。是以杜少陵"人生七十古来稀"不是无根之漫语），故"半生"者即指三十岁。乾隆时宠臣和珅的诗集中恰也有三十岁时自言"半生"之良例。那么，雪芹在乾十九时缮完《石头记》初本所云之"半生"，正合他生于雍二的年龄计数。

有此三证，综合互参，我方认定：雪芹实生于雍正二年（甲辰，1724）。

复次，雍二江南大旱，至五月初一始降霖雨，见于曹頫奏折，这又符合雪芹所以命名为"霑"的缘由（典出《诗经·小雅·信南山》）。

综合以上诸点，推断雪芹生年为雍正二年。理据是明晰而且充分的。（一种论点是不承认敦诗的"四十年华"可为据，却以张宜泉《伤芹溪居士》诗注"年未五旬而逝"为可信，且拘看其文义，以为年未五旬即等于活了"四十八九岁"，因此雪芹当生康熙之末云。此盖不明彼时亦有五十岁为"中寿"之说，人若活到五十，方不为"短命"。张氏之语，正即叹惜雪芹连一个五十中寿也未能达到。假若雪芹真活了四十八九岁，则敦诚岂能一再以"四十年华"为之挽词乎？）

（二）四月二十六芒种节的秘义

我们如何敢说自第十八回至第五十四回写的是乾元一年之事呢？许多理据中之最有力的一个就是——

第二十七回叙新园中众女儿首次大集会是举行"饯花"盛会，而彼日何日耶？雪芹特笔点醒：这日"乃是四月二十六日，原来这日未时交芒种节"。这样交代，在全书中实为惟一之奇例，所因何故下此奇语？知非泛泛之笔了。一查《万年历》，原来于乾隆元年丙辰这一张干支节气表上，赫然大书："四月小，二十六日庚寅……芒种。"

这可就令人惊讶而大悟了，这个特别的日期（除了时辰）具有十分重要的意义，在雪芹的记忆中它是明白无误的。这一"饯花"会的类似事迹就发生在乾隆元年四月二十六那天。

但要答的问题还有：那次"饯花"会为什么单单安排在这个日期呢？

消息透露的是：到了下一回书，五月初一贾母等众多女眷齐赴清虚观打醮，张道士问及哥儿时，说的是，"前儿四月二十六"，庙里为"遮天大王的圣诞"做道场，要请哥儿来，怎么说不在家？

在此，又一次特笔复点这个"四月二十六"，而且带出了一个"名不见经传"的奇怪"大王"的"圣诞"来！此又何义？如不解答，则读"红楼"又有什么意味可言？岂不成了废话连篇？

这就是，雪芹惯以"假语"记"真事"，半庄半谐，亦虚亦实。他说的原来是：四月二十六这天本是宝玉的生日。怎敢如此说呢？

一条有力参证就是在第六十三回"寿怡红"时，所写第一个送寿礼的，不是别人，还是张道士！

这是因为，清虚观本是府里的家庙。而至于家中所送者多是"一双鞋袜"（当时礼俗如此），正与第二十七回特写宝玉穿着新鞋（探春因此与之兄妹谈心，专为做鞋之事），为呼应之笔。

其实，雪芹的笔是十二分精细（而又"狡狯"）的：他在第二十七回，写宝玉生日全用暗示笔法，比如单单在此时冯紫英请他赴宴，而宝玉去时，单单在四个小厮中出来了"双瑞，双寿"二名——此二名在全书不曾复出，可知这全是为了特笔点出"瑞寿"的暗主题！只不过一般人读此等妙笔时不知寻绎罢了。

这也就说明：雪芹如此用笔乃是为了暗写他自己的生辰寿日。

我如此立论，有说服力吗？

如谓并无说服力的话，那就再请细看下列的一张年月节气表——

（三）康熙、雍正、乾隆三朝交替之际

我从康熙五十四年（1715）列起，因为有人主张雪芹是曹颙"遗腹子"，而颙卒之岁即康熙五十四年也。

康熙	五十四	五月初五	芒种
	五十五	四月十六	芒种
	五十六	四月二十七	芒种
	五十七	五月初八	芒种
	五十八	四月十九	芒种
	五十九	四月三十	芒种
	六十	五月十二	芒种
	六十一	四月十三	芒种
雍正	元	五月初四	芒种
	二	闰四月十四	芒种
	三	四月二十六	芒种
	四	五月初七	芒种
	五	四月十七	芒种
	六	四月二十八	芒种
	七	五月初十	芒种
	八	四月二十一	芒种
	九	五月初二	芒种

十	五月十三	芒种
十一	四月二十四	芒种
十二	五月初五	芒种
十三	闰四月十六	芒种
乾隆 元	四月二十六	芒种
二	五月初九	芒种
三	五月十九	芒种
四	五月初一	芒种
五	五月十三	芒种
六	四月二十三	芒种
七	五月初四	芒种
八	闰四月十四（未时）	芒种
九	四月二十五	芒种
十	五月初七	芒种
十一	四月十八	芒种
十二	四月二十九	芒种
十三	五月初十	芒种
十四	四月十三	芒种
十五	五月初三	芒种
十六	五月十三	芒种
十七	四月二十三	芒种
十八	五月初四	芒种
十九	闰四月十六	芒种

此表列到"甲戌本"成形时为止。

面对此表，凡属不是矫情左性而真心寻求史实真理的学人，都会承认上文的论点——

雪芹在第二十七回特笔点明的四月二十六交芒种节，是乾隆改元那年的真实节令，而非无所谓的闲文戏笔。

（四）另一层重要意义的呈显

上面列出的这整整四十年的"芒种日期表"，粲若列眉，而其间一个突出的映入眼目的特异奇巧现象就是：在此四十年关键历史阶段中，出现了两次的"四月二十六芒种节日"，一次是乾元，一次是雍三！

凡是尚能晓知我们传统习俗的，都还记得，在一个闰月里出生的孩子，没有"闰月生日"可过，只能是以所闰之月份为生月，即如生于闰四月，就以次年的四月为此孩的周晬生日。这就十分明白：雪芹生于雍正二年，那年闰四月，所以只能把雍正三年的四月作为生月。在此，一个耀眼的"奇日"出现了——

雍三　四月二十六芒种！

这就是说，雪芹实生于雍正二年的闰四月二十六，但当他过第一个生日，正值（雍三）四月二十六是芒种节日！

于是，芒种节从此成了这位孩童（后日的大文曲巨星）的"生辰标记"。

换言之，雪芹一生对四月二十六正生辰当然不会忘记或"弄错"，但倘逢此日因故没有过得生日，他便会改以芒种节日作为寿辰〔细心察考，甲戌那年适逢闰四月，所以有"甲戌本"（至少一部分）缮清定形，中含纪念寿日的意义。又如"庚辰本"第七十五回前，记云"乾隆二十一年丙子五月初七日对清。缺中秋诗，俟雪芹"。此似无关别义，乃一查《万年历》，是年五月初八日芒种节，方知"对清"缮本亦为祝寿之义。此种迹象，常人难晓，饶有意味〕。

只因此故，当他十三岁时，恰逢乾元的又一个"四月二十六芒种节"时，全家人（以及至亲密友）都大为惊喜兴奋，以为佳话异事！

加上乾隆改元这个重要年头，是曹家从雍正朝政治"罪家"得以翻身庆喜的一年（见《曹雪芹小传》），所以这年的四月二十六再逢芒种——自己的"双重生日"，雪芹的记忆永难磨灭。

这才是他在书中特笔记下这个"奇日"的缘由。

由此，连锁贯通的一点就是——

雪芹实生雍正二年（甲辰，1724）闰四月二十六日，前后交互合推，已是昭然无复"挪移"的余地。

（五）雪芹逝世于癸未除夕

雪芹卒年记载，见于"甲戌本"首回眉批"壬午除夕，芹为泪尽而逝"一语。有人执此为主证，以为不可移易。

但四条反证，表明"壬午"为脂砚晚年误记——

（一）敦诚挽芹诗，作于甲申开年，为第一篇，明言"晓风昨日拂铭旌"，足证"昨日"为癸未除夕，而非壬午。

（二）敦敏《懋斋诗钞》有"小诗代柬"邀雪芹到槐园赏花饮酒，作于癸未。诗有"上巳前三日，相劳醉碧茵"之句。是为雪芹癸春尚健在之力证（一种意见以为"壬午除夕"四字系此批上文之"纪年"结语，以下"芹为泪尽而逝"是另条起句。但此说难以成立。因所有朱批纪年署名皆另行低格书写，绝无例外，岂容将此批从中割断而读之）。

（三）雪芹因子殇伤痛成疾，以致病逝，见于敦诚诗注。拙著早经考明：乾隆癸未，京师发生特大痘疫，儿童死者以万计。敦家即有因此而丧幼孩者三口。可为芹子何以病殇的有力参证。

（四）二十世纪六十年代，曾次亮先生从历史历法气象学的资料考明：敦敏邀雪芹于上巳前来赏杏花，此一节候只与癸未年春相符，而壬午年则相差甚多（杏花之开放不在此时）。

有此四点，足证脂批"壬午"是隔十余年后之笔误（我曾引及曹寅、郝懿行、龚自珍……均曾有过误记干支一年之实例，绝非罕见）。

结论是：雪芹卒于乾隆癸未除夕——二十八年（1763）之岁尾（有一种意见，以为若承认脂批，即应承认整句，而不应否认"壬午"却又肯定"除夕"，云云）。按此近乎强辩。盖干支多有误记出入一年或纯系笔误者，而人之卒于大年夜，断无"误记"之理。治学贵乎通情达理，实事求是，焉用强词巧说以为自是之计。又，一九九二年通县出现伪造

"曹霑墓石"，其左下角刻有"壬午"二字。此乃作伪者弄巧成拙之最大破绽（作伪者已由知情人在《视角》杂志上揭露）。

（六）雪芹并非天祐，天祐亦非颙"遗腹子"

曹天祐一名，见于《八旗满洲氏族通谱》。其文云："现任州同。"即此一句，便知天祐并非雪芹，盖雪芹从未有"州同老爷"身份品级的任何记载与传说［只有贡生、"孝廉"（举人）、内务府笔帖式的文字与口碑］。假若他"现任州同"，则必不出雍十三与乾九之间（《通谱》始编至刊成之时限），那么当时与稍后的敦诚、敦敏、明义、永忠、张宜泉、裕瑞、梁恭辰……诸家的诗文中必不会丝毫不留下直接、间接的称谓或暗示。清制，州设知州，正长官也，综理全州政事；其下设州同、州判二副手，无定员。州同为从六品官，比之知县正七品犹高一层次，所掌者与州判分管粮务、水利、防海、管河诸职务（可看《清会典》或《清史稿》卷一百一十六《职官志三》）。雪芹若于乾九之前（实际上不过二十岁之人）即任从六品官，亲友朋俦岂能无所指称叙及？可知全不符合。

拙著《红楼梦新证》增订本第51页所云天祐为雪芹之"兄"，系"颙次子"，全为《辽东五庆堂曹氏宗谱》所误，亟应纠正［"五庆"谱之不可为据，我早于《曹雪芹小传》卷末《附注》中议及。后又于《曹雪芹研究》（河北教育出版社1995年版）撰文指其十项问题，兹不复述］。

《新证》当时误信"五庆"谱，竟谓《氏族通谱》为"误列元（玄）孙"云云，实则《通谱》所据为内务府旗档，所云元孙世次，岂有差误之理？此应自检妄言之过，自误而又误人者也。

盖《通谱》收录，自曹锡远（世选）为第一代，以下子振彦，孙玺与尔正，曾孙寅、荃、宜，元孙天祐——辈次井然，何尝有错？

元孙辈，取名皆排"页"旁，颙、频属之。而"五庆"谱竟云"颙生天祐"，其谬可知！

既知天祐为元孙辈，则其名亦必排"页"旁。于是，吾人乃得推知，天祐者，原即曹顺之表字，其经典依据出自《周易·系辞》十二，其文云："自天祐之，吉无不利。子曰：祐者，助也。天之所助者，顺也。"

我们已经考知，寅字子清，宣（荃）字子猷，颙字孚若，頫字昂友，皆有经典出处——此为曹家高级文化门风的一个表现。倘若天祐是"耳孙"辈人，他取名竟犯其伯父辈"顺"名的暗讳，这在当时是绝对不许发生的大笑话，曹家难道反会有那种贻讥腾笑的不学之事吗？

但近年来迷信"遗腹子"说者颇不乏人（包括我交好的学友），甚至有人耍弄手法，搬出一个"明监本"《诗经》，其中《信南山》"受天之祜"句误刊为"受天之祐"，于是那位"版本学专家"竟引为"根据"，硬说此即可证雪芹（霑）为颙"遗腹"云云。此种非学术的怪现象，也迷惑了不少人，受其欺蔽（参看《北京大学学报》1995年第3期拙文《还"红学"以"学"》）。故必须予以揭露，庶几真妄之别不致长久淆乱。（该专家的理由是，既然"受天之祜""既霑既足"二句皆为《信南山》经文，所以曹霑即"天祐"云云。但经文本是"受天之祜"，绝无"祐"字在内——"明监本"之古笺注亦明言"音户"，即"祜"的注音，与"祐"何涉？）

于此，也连带可悟：假使雪芹"即天祐"，当生于康熙五十四或五十五年颙卒之后，那时根本没有什么"四月二十六芒种节"的历象，然则他书中特笔，岂不成了无聊的废话？谁能点头呢？

（七）芒种的重要取义

雪芹生于闰月，要定这位奇婴的生辰月日，例须以次年周晬为准期，而此日适逢芒种节令，于是芒种遂成为他的"初度节令标记"，一生中凡遇芒种日，他都会感到有其特殊的家世的、文化的、命运的多层意蕴，因而有时就径以芒种日作为寿日。

此情得明，方知雪芹在乾隆元年的四月二十六日又巧值芒种，真是难以想象的奇情异致，这使他惊喜而难忘，方用特笔写进了第二十七回的"饯花"盛会——并诙谐地说成是什么"遮天大王的圣诞"！（此盖暗从《西游记》的"齐天大圣"一名得思萌趣。"红楼"与"西游"的"脱化"关系，参看拙著《红楼艺术》第四章。）

但我们正是在芒种"饯花"会这个关目上，需要研索领会雪芹的寓怀本旨。

考雪芹之令祖曹寅自署别号不一，其传世墨迹之条幅，即曾署"西堂埽花行者"（见《新证》附印之书影）。这儿已经透露了他们祖孙世代门风家学的"文采风流"而又含义痛切的一条大脉络。到了雪芹这里，此念更是十倍地痛切深剧了——即，他自己觉得：我之生，殆为群芳万卉饯行而来，我一生的使命，是要向花神送行，向三春饯别！换言之，"自我生之后，便已到'三春去后诸芳尽，各自须寻各自门'之时节与运会了！"

这番意义，有十二分强烈的悲剧性的质素在内——不但为雪芹的生平际遇定了主调，也为他的小说定了主题——

"千红一窟（哭）""万艳同杯（悲）"。

"春梦随云散，飞花逐水流。"

"花落水流红！"

"三春去后诸芳尽……"

这也就是到了第六十三回，大题特标"寿怡红群芳开夜宴"的真本旨，是为全部大书的一处点睛之笔！

正是在这回书中（书到"七九"之数，一大节奏关目，参看《红楼艺术》第十七章），特写麝月掣得的花名酒筹是"开到荼蘼花事了"，而这签上注明的也正是——

"在席者各饮三杯——送春"。

这就是给"饯花"再做（最后）一次盛会，从此家亡人散，花落水流——残红遍地，只有宝玉一个，首次收拾落英，撒向"沁芳"之流水了！——"沁芳"何义？正复是"花落水流红"的变换铸词也。

饯花——葬花——送春——沁芳——悼红——

这贯串着一部大书的血脉精魂，亦即雪芹自谓"大旨谈情"真义所在。

这是中华文学史上（也是思想史上）的最崇高、伟大、悲壮、宏丽的一部著作，其主题就在"芒种节饯花会"一章书上全盘托出点醒。

到此，自然必须说明一句：上列从饯花到悼红那一贯串通部的大主脉，就借花为喻，以写最广大的女性人才的处境、遭遇、命运、结局，展示了雪芹的最痛切、最圣洁、最崇伟的妇女观，这在他那个时代是难以想象的精神灵智的特高境界（可叹的是程高伪续把他的思想心灵歪曲窜改成了一种庸俗的"哥妹爱情不幸"的俗套小说）。

由此方知，考定雪芹生卒，并非无关宏旨之细事，本文粗陈梗概，为雪芹本怀真面略加揭橥，供学人思议。

（八）剩语

本文考证雪芹生卒月日，有一特点，即所有诸端，都是相互勾连、连锁呼应的，而不是孤立的单文孤证的方法与内容；真正是牵一发而动全身。在论证上，立是全面的建立证成的——故若想要破（质疑反驳），也必然会涉及这个连锁的课题特色；若有对于某一点一端的反议之时，就必须要从全局所有关键节目点上做出相应的连锁反证与重建新证。我的意思是在于说明：雪芹的生卒年月日时的考论，并不同于一个一般性的文史考证题目，它是决定于《红楼梦》（不指程高伪续本）的笔法特点，而又反映出全部精神命脉的真正根源，包含着巨大而丰富的历史内情与文化厚积。它是悲、伟、美的奇迹综合表象，达到了中华文学史上的一个难以企及的特高峰巅（在南方某地，有一家论者，认为我们对雪芹的评价是"无限拔高"。寻其立论的原因，正因他大赏高鹗的"伟大"，据说超过了雪芹，亦即其认识水平仍未能超出"爱情悲剧"式的俗套，所以对于更高层次的理解在他心目中便是"拔高"了。此例具有代表性，表明了"红学"的歧见并非文艺范围的仁智之分，而是文化大层次上的、精神境界上的以及文化素养上的差异问题）。

[追记]

本文排妥后，不便变动版面，今将撰写时遗而未备之点补记于此。

（一）雪芹至交敦家弟兄，每以李贺比拟雪芹，至挽吊之时，亦重言"牛鬼遗文悲李贺"之意。盖兼以李贺年寿最短而喻雪芹之亦不享年。倘若雪芹真活到"四十八九"，则李贺之比拟便不贴切了。可以佐证雪芹绝未接近"五旬"。

（二）从本文所列节气表而细察，雍正六年芒种在四月二十八日，与二十六日相差最少，而是年正是曹頫抄家逮问枷号治罪之时也。此对雪芹少小时之记忆必极具深刻印力！又如本文提出乾十九甲戌之芒种为闰四月（与雍二复同），而"十年辛苦不寻常"之写作，上推约当乾八九之时，令人惊异的是：乾八芒种为闰四月，未时；乾九芒种则为四月二十五，相距雪芹生辰仅一日。俱不偶然。此一考证所显示的诸端内蕴，可以供与关心"红学"的人士参考。盖一种意见认为"红学"应该研究"作品本身"，"回到文学上去"，别的都是"错了"的。此种看法至今还影响着许多人，尤其青年一代。殊不知把"作品"孤立起来的思想方法，就是对待一般小说也无法"研究"，何况论到《红楼梦》这样一部"自叙""自况"特殊性极大的"作品"，把它放在"真空"里，时代、家世、生平一切背景不知不晓，而以为这才是"红学正路"，这难道却是最明智的理论与实践吗？

[又记]

按第二十七回宝玉、探春兄妹谈心一段文字中，话及鞋时，宝玉已明言"你提起鞋来……那一回我穿着，可巧遇见了老爷……我哪里敢提三妹妹三个字，我就回说是前儿我生日，是舅母给的"……此已明白点醒"生日"一义。

又按，第二十八回紧接叙述冯紫英设筵（祝寿），即有一条眉批云："大海饮酒，西堂产九台灵芝日也。批书至此，宁不痛乎！壬午重阳。"

此批何谓？盖产灵芝之日，即喻雪芹降生之日也。如《汉书·武帝纪》："元封二年六月，甘泉宫中产芝，九茎连叶。"即所谓九台芝也。灵芝一名寿征，一名寿潜，故与祝寿贺辰相关。此则批书人因书中暗写生日而感叹旧情，十分清楚（其实"冯紫英"一名亦由灵芝之"紫茎黄盖"而构想萌文；如宋有词人周紫芝，即同义也。附说于此）。

二、曹家旗籍始末考

曹雪芹本人是一个"旗奴"，这已祖辈相传了好几代了。他上辈的正式隶属是"正白旗满洲旗鼓佐领"之人，身份是"包衣"奴仆。

这样，离开"旗"当然就无法了解与理解他的一切。"旗"是什么或怎么回事？这却是中国历史上的惟一的（清代特有的）一种军事编制，但实际包括政、户籍、经济、社会等地位差别的综合体制（请参看《附考》所述梗概）。但又还有一个"内务府"，同样也需略加解说。

简明而叙，就是满洲军兵编制，以旗帜为分组，最先只分左右两翼，后划为四旗，再后把原四旗（黄、白、红、蓝四色）叫作"整旗"（俗写为"正旗"），义为纯色旗，又分出用异色镶边的四旗，则名为"镶旗"（俗书为"厢旗"）。是为"八旗"的定制。显而易见，正旗的资格比厢旗要早，位较尊。

八旗之下，又分为满洲、蒙古、汉军三大旗别，此本民族被编入旗的分制，无待多言。实际共有二十四个分旗。满洲旗，地位最尊，旗内包衣，有满人，也有很多汉人，大多是"罪人"与其后代。汉军则是明军的降兵为主体的兵种，它与满洲旗内的"汉姓人"身份迥异。

雪芹之家，正是满洲正白旗下的包衣"家奴"，但从清代中叶以后，人们对此多不复明了，遂误说曹家是"汉军"。

再一个层次，就是八旗又分为"上三旗"与"下五旗"。"上"者，谓镶黄、正黄、正白三旗，"下"者，为此外之五旗。何以谓"上"？因这三旗归皇帝所直辖。上三旗下的包衣人，成立为一个独立的衙署，名为"内务府"，专司皇家一切财产、礼仪、生活诸事，由王爷级大臣领衔掌管。故此三旗又称"内三旗"。

雪芹之家，就是隶属于内务府的包衣奴仆。

这已清楚：假如他家不是正白旗，就不属上三旗，也就入不了内务府。入不了内务府，就无从有机缘在皇帝身旁当差，做"天子近臣"，也就更不会有特殊"发迹"的命运。

可是，曹家入旗之始，却又不属正白旗下之人。

这层转折，如不考察明白，也难理解他们一家人的遭遇与"际会"、幸运与祸源。

且看他家几辈的"史迹"——从归旗的一代说起：

（一）曹世选（又名锡远，又名宝），"令沈阳有声"，"因宦沈阳，遂家焉"（分见康熙《上元县志》《江宁府志》）。他何时为官？官职究为何等？暂且慢表。

（二）曹振彦（始见镌名于"辽阳二碑"，但于考其旗籍无大用处），惟《清太宗实录》卷十八云："（天聪八年甲戌）墨尔根戴青贝勒多尔衮属下旗鼓牛录章京曹振彦，因有功加半个前程"[1]。正在这里，发现了问题——

多尔衮，乃努尔哈赤所生"三幼子"之一，兄名阿济格（又作阿吉葛），弟名多铎。多铎才是正白旗旗主（房兆楹先生有专文考定，参看拙著《新证》第七章有所引述），而多尔衮实为镶白旗旗主。

如此，曹振彦（雪芹高祖）本为镶白旗下包衣人无疑。

那么，他家如何又有"福分"变成正白旗而得列入"上三旗"的呢？

这事情恐怕要迟至顺治六年（1649）三月了。为何这样推断？试看历史的轨迹——

（一）努尔哈赤首次入辽攻明，陷抚顺、铁岭时，应即曹世选被俘归旗之始，其时随战主将皆系其次子大贝勒代善（后为红旗旗主），而多尔衮（后为白旗旗主）彼时年少，尚未领兵出战。参以崇祯二年（天聪三年，1629）入塞侵掠时丰润之曹被俘出关归旗时，系由关外族人引

---

[1] 墨尔根戴青，参看拙著《红楼梦新证》增订本。

荐（即曹世选、曹振彦父子），然所隶是正红旗，而非白旗（又居抚顺），则可能彼时曹世选、振彦等曾隶红旗，并非自始即归白旗，亦未宜遽定。

（二）至天聪四年，曹振彦之名见于辽阳二碑，其时不知旗分何属。至天聪八年，则隶"墨尔根戴青"贝勒多尔衮属下，始见《清太宗实录》所载（有人据天聪四年碑，说振彦彼时任"教官"，是个大笑话；碑文彼处实系"敖官"，乃另一人名）。

（三）曹振彦、玺父子，随多尔衮、多铎两白旗兵征山西（平阳府反抗，大同叛）；其时丰润族人曹继参等亦在征伐役中。是年，多铎因痘而亡，两白旗遂归多尔衮一人独掌。

（四）但据学者研究（如房兆楹先生），初据官书，皆以为多尔衮乃正白旗主，其弟多铎（俗称"十王爷"者）方是镶白旗主。实则相反，多铎为正旗主，多尔衮为镶旗主——若如此，则曹振彦随多尔衮时实隶镶白旗而非正白旗。

（五）多铎痘亡后，次年多尔衮亦下世，且旋即获罪削爵夺宗、抄家撤祀……又无子，一无所有了——此时正白旗方归顺治之太后执掌。此为正白旗归入"上三旗"之关键点。

（六）考史，曹玺妻孙氏，此二年间年十八九岁，则曹玺之年龄应不甚相远，而康熙《江宁府志》说"世祖（顺治）拔入内廷二等侍卫"，正合。可知此即由太后属下而得用的新身份地位了。从此，曹家方得划入"上三旗"而进入内务府当差执事。

这是曹家旗奴家世之中的一个重要的升迁变动，这也是他家以后的数十年历史升沉荣辱的真正枢纽。

在此，还必须说明一点：那时（顺治六年）政府已明令：旗下奴隶皆许归隶满洲——抬高政治身份。为何如此？只因当时旗奴不堪其苦，已经"逃尽"！另一方面则又有明降将耿仲明等在"招诱"在逃的旗奴，于是离开奴隶无法"生活"的满洲官贵，大为恐慌，所以下令不但"减罪"（逃奴的惩治极严酷）以示"宽大"，一面许入满洲"高层"身份——可以公然借势压人了。

这一切，都说明了曹家的非常特殊的家族历史命运，而时移世换，几百年之下我们想要真正了解与理解他们一家人的处境（包括物境、心境），实在是一件异常困难的事情——简言何能尽明委曲，而详叙又是多么麻烦、累赘！

诗曰：

九王麾下骏蹄劳，豹尾銮仪意气高。

莫说红旗初缳系，宫闱新掌白旌旄。

[附考]

研者或主曹之归旗，迟在沈阳陷落时被俘，则自始即归白旗属隶。但如此理解之思路是以曹世选为明吏之守沈阳者，其时早已"世居沈阳地方"（《八旗满洲氏族通谱》），而康熙《江宁志》明记其"令沈阳有声"，在明之沈阳乃中卫之建制，非县也，哪有"令"官？（如谓系变词隐讳，则尽可有多种叙法，何以独用"令"字？此不可别解者。）拙见以为，努尔哈赤攻下辽、沈之后，迁都沈阳之前，明"卫"既撤，曾设临时地方行政官，"令"者指此。如系明官，康熙修志必避而不必书也（可参看天聪四年辽阳碑上镌名者，即有"府吏"一项，可证彼时辽阳曾设地方府级行政衙署。凡此短时事态，官书皆不及备载，附说于此）。

又或谓曹世选是沈阳中卫指挥。城陷时被执降清者。按，无论被俘或出降，中卫指挥乃一方要职，满洲庆功，必书其姓名（如某总兵降，某游击生擒，皆见纪名），此一重要战绩，岂有漏书之理？而史册绝不见曹世选（锡远、宝）之名字。以此推之，其"令沈阳有声"应是归旗以后之政声，修志者方敢着此一笔也。

又，清入关"定鼎"之先，数次入塞，大肆屠掠，且曾进逼京师（战于德胜门、永定门外），京东自通州（包括今天津河西务）至永平，遭劫尤为酷烈，最残忍之入侵者为贝勒阿敏，屠永平、滦州，皆其纵兵为之。而大贝勒代善及其子岳托、萨哈璘，皆不以屠民为然，多曾谏言。而其时山海关守固不得入，满兵常由别口入塞，首冲即到遵化州（包括丰润，皆属州辖）。如崇祯二年（天聪三年）皇太极亲率大军入侵，即代善为随役之主将，由洪山口入塞，即首克遵化。然后逼京城，下良乡，以至蓟州。明兵自山海关来，代善率左翼四旗破之。直至次年正月，明侍郎刘之纶率兵至遵化，双方剧战，刘死于围中。

观此，确知丰润曹邦（曹端明之九世孙，相当于雪芹的高祖辈分）被俘，正在此次代善红旗属下所掠人口，故出关后（由曹世选、曹振彦等引荐），即归正红旗。按之史迹，无不合符。

至于曹家后来重要姻亲李煦家，其父李士桢，则系崇祯十五年（清崇德七年，1642）被俘，此次为阿济格率兵入塞，过京师一直南下，入山东，腊月，万人围昌邑，李士桢被俘。李家遂为正白旗包衣，隶阿济格白旗旗下之故也——此则今世考李氏家世者所不能知，附说于此。盖考溯旗籍，内含重要史实历程，如研者所叙：八旗制既定，努尔哈赤为总帅，并自领两黄旗，次子大贝勒代善领两红旗，第八子皇太极领镶白旗，长孙杜度领正白旗，侄阿敏领正蓝旗，第五子莽古尔泰领镶蓝旗。是则皇太极即汗位后，改领两黄旗，而将镶白旗交多尔衮。及杜度卒，正白旗归多铎。由此可知曹家旗籍，并非自始即隶正白旗，应先隶红旗，其后拨归镶白旗，当在多尔衮领始此旗之时（天聪七年）；再后多铎痘亡，始拨入正白旗（顺治六年）。

三、雪芹小照考实

小照原藏者为河南商丘郝心佛，河南博物馆以五元之价从郝氏旧品地摊上收得。上海文化局局长方行，至郑州开会，到馆，于内部见此册页，计数十开，皆绘乾隆时人小像，内有雪芹此幅，夹一纸条为记，嘱馆方拍照后寄沪。馆方照办，但照片拍成左右各一张（原"对开"相连）。

方行于一九六三年将照片寄我，嘱加研考。

不久郭沫若闻知此件，由馆方调京鉴定。其时目见者有黄苗子、刘世德等人。我亲向他们取证，皆云是一件册页（而实有多少对开，二人所言已不与方行信札一致）。

郭命人查《尹文端诗集》，果收有册页中尹之此诗二首，但诗题却作"题俞楚江照"。于是郭云：此像为"俞雪芹"，而非曹姓。

从此，像主发生"问题"，种种揣测之词相继而生（至最近一二年，犹有人撰文"鉴定"而作考，实则河南原件亦未寓目）。

稍过（年月失记），因专家学者皆欲弄清究竟，文化部又从河南调来小照。但此次到京者与前复又不同：册页变成了一页对开。询之馆方，坚称只此一张（且有购买发票为证）。

自此，疑者益多，各有"疑点"，且相互矛盾，无法解释，蔚以"奇观"（有人说此对开原为白纸，诗画皆伪作，后又改称诗真画假。有人说画是乾隆人作，题记可疑。有人说小像头部经过涂改，伪为芹照。有人说五行题记的左上角纸，是后接上去的）。

另三位权威鉴定专家的意见尤为有趣——

（一）启功：不相信画是雪芹，以为小照绘者皆不自题（他对尹诗相信，曾将所藏尹诗手稿巨轴亲携见示，因其夫人实尹公之后代。尹字迹完全一致无伪）。

（二）徐邦达：疑五行题记不真，画是乾隆旧物。我问他五行题记如系后添，为何墨迹深透，与尹诗字同样古旧，若作伪如何取得此种奇效？他答：画经揭裱，趁未全干燥时即题字，则可得此效果。然而，原件确为原装古裱，绝无"揭裱"之可言（众专家无赞徐说者）。徐对此已无法自解，避而不言了。

（三）谢稚柳：认为此照之画、题、诗，同为原迹，并无作伪可言。

以上三种权威鉴定，皆海内一流专家，其歧论如此。然则我们又将何所依从呢？如此一件稀有珍品，并无一定一致之论据，仅仅如此即被判为"伪物"，是否审慎妥当？恐应以更好的科学研究态度与识见再做论断。

事情更为复杂化的现象，是河南博物馆做出了三次《调查报告》，而且让郝心佛写出了承认作伪的"揭谜"文字，公开发表。馆方对自己收购珍藏的文物，千方百计，力言其"伪"，这在收藏史上实为罕闻之例。

最近，商丘王长生先生，经过深细访察，找到数位知情人，方知郝在当时（历史问题：冯玉祥部下少将）写出"揭谜"一文，实非得已，盖有难言之苦。雪芹小照，本来真实。

三十余年之奇案，至此方得初步澄清。王长生有文发表，兹不多赘（文载《商丘社会科学》）。

所应说明的，则有三大要点——

第一，现在判明，原物是一多开册页，绘人众多，故尹诗不题上款者，本非为一人而作，乃是"总题"。其册首原有一总图，即众宾客"雅集"的行乐图（古谓"行看子"），有风物园林为背景，而其后诸页是分绘单人小照。尹诗"坐对青山""白门云树"等句最为明显，而专家皆不悟此义，遂空辩诗为谁作（若题单人像，必书像主名号，不管官位多高，也无空白之理）。

第二，既是多开之册页，方行见时为数十开；至郭、黄见时，已剩八开；最后再调京来，又只剩一开！——此册页由何人何故拆散？不敢妄揣。惟欲辨真伪，不悟此为要害之点，则孤立片面论事，焉得其实？此为纷纷歧说武断的根本问题，却无人一究。

第三，后来发现五行题记之笔迹，与河南之一当代人朱聘之笔迹相似，又印章是陆厚"培"而非厚"信"，于是质疑判伪者更有理由。然而，如系朱之字迹，何以今人墨迹能与古无异（徐邦达已承认此点）？仍未解决。至于印章印泥色质，鉴定家亦无"全新"之说，而《调查报告》却说是"借用古印泥"云云。这种曲为之说的理由，能否成立并令人信服？亦未闻专家有语。因此，仍不能据此而强断是非。

对此小照调研最力者（三到商丘，追踪一切当事人），为宋谋场，他的意见是：像绝无伪，五行题记或由前页移写至此（因为原欲拆散分售得利）。

今各存其说，以俟论定。

至于对以上复杂内情一无所知者，放言轻肆，议短论长，且多讽刺，既与治学无关，概不置辩。

四、文采风流今尚存

——曹雪芹氏族文化研究提纲（纪念曹雪芹逝世二百四十周年）

为纪念曹雪芹逝世二百四十周年，应当对这位特立独出的中国伟大小说家在以往研究的基础上做出新的审视和理解。本文认为，曹雪芹的文学成就并非个人的才华所至，而是一种氏族文化特色的丰厚积累的高层造诣。本文即以此为出发点，提出应从氏族文化的角度纵观弘览，方能认识曹雪芹的才华、造诣是一种三千年的中华文化珍贵积累；若将他"孤立"起来，把《红楼梦》视为一个"个体"的一时的偶然的文艺产物，必致失于肤浅甚至走样失实。本文从周初武王克商为始，以"诗礼簪缨"为表现为脉络，论证了曹氏自周初至明末的曹姓氏族文化概貌、文化特点，抉示了他们的"门风""世德"——即曹雪芹开卷即特笔标出的"诗礼簪缨"之族的具体历史内容及其意义，从而显示了《红楼梦》是中华文化小说这一命题的实义。

（一）

本文标题"文采风流今尚存"，内容是要考论曹雪芹的"红楼家世"。回忆一九四八年，我给胡适先生信札中已曾表示：想写一部题为"红楼家世"的书稿。事过五十六年，我又以这四个大字为内容写下了这篇文章而年岁适逢雪芹逝世二百四十周年，岁时堪纪，学术宜新；谨以拙文作为献礼，提出一个以往不为人重视的中华命题——氏族文化。盖拙见以为，吾国文学大师巨匠，光焰万丈，炳烨千秋，虽似作者一人的才华文采，却实际上是一种氏族的多历朝纪的丰厚积累之"聚合表现"。

比如，从中华文学史上宏观纵览，分明可见，六朝人世，特重"门风"，"王谢"堂前之所以与"寻常百姓"有所不同者，不是只在于宦门望族那个政治、社会意义，而是他们诞育了最出色的文学艺术奇迹。王家有"羲、献"父子，自古崇赞为"晋末称二王之妙"（唐孙过庭《书谱》）；谢家则灵运、惠连昆弟，诗圣杜少陵心所企向者，"陶，谢"也，而李白则曰："解道澄江净如练，令人长忆谢玄晖！"

凡此，岂曰偶然？讵非良证？

准此，试作曹氏雪芹的氏族文化概略的探讨，必能加深对于《红楼梦》（指原著八十回存本与"探佚学"研究的业绩。与一百二十回伪"全本"严格区分）的理解认识——而绝非有些人所说的是什么"外务"、"脱离文本"、"繁琐考证"云云等等俗论。

这一点，近年来从国际心理学、遗传基因学等的视角来覃研，也恰恰表明：遗传"记忆"和才质是隔代的、似断而实续的积累结果。

准此，总是把一个作者孤立起来"隔离审查"，是非科学的，也是不符合中华文化发展的规律的——因为，只有丰厚的积累才会有长足的发展、壮大、充盈、光辉。学术研究的视野与"脑野"，应该及时拓展，亦即"与时俱进"了。

（二）

明万历年间，陕西出土的《曹全碑》字迹完好，文辞清楚："……其先盖周之胄；武王秉乾之机，翦伐殷商。既定尔勋，福禄攸同；封弟叔振铎于曹国（山东曹州府一带地区），因（得）氏焉。秦、汉之际，曹参夹辅王室……"（碑为汉中平二年即185年建。）此为曹姓氏族之根源。

碑文所记，是根据当时典册与碑主曹全的自述，这是可信的文献。宋初所修的曹氏宗谱，自振铎以逮武惠王曹彬（详下文），世系传承非常清晰。

今为避繁从简，只举一位曹䘏。他身为孔门七十二贤；后封上蔡侯。

（三）

周是个什么朝代？孔圣早即有言："郁郁乎文哉！吾从周。"今日所传古文献，绝大多数是周代遗珍:《周易》《周礼》，人知之矣;《诗》虽有《毛诗》之称，那是"家数"之别，实际也绝大部分是"周诗"。

曹邺身列七十二贤，有何意义? 盖"身通六艺者七十二人"。六艺者何? 曰:礼、乐、射、御、书、数。因此已知:曹邺是一位六艺咸通的出色人物。

六艺中不列"诗"，而诗即礼、乐的歌词，故在当时，毋庸另立一目。然则，曹邺已兼通诗、礼、乐（其他暂不论）。

这一条脉络，异常重要——是直贯到后来以至雪芹的。

所以，雪芹作书，名曰"小说"，却于开卷写"石头下凡"时，就大笔点醒:

"昌明隆盛之邦，诗礼簪缨之族。"

诗礼簪缨，又有氏族文化上的再一层内涵。

（四）

如今且看在汉代一个时期中就有诗、礼两大"专家"皆出曹姓——

据曹氏宗谱所载，曹参之八世孙名曹曾，曾生充、充二子，充生一子名褒。曹曾仍居曹之济阴（叔振铎始封于济水之阳，其后此地即名济阳，后又称济阴），字伯山，东汉建武初（25）从欧阳歙受《尚书》，积石为仓以藏书，世称"曹氏书仓"者是也。

曾之子充，字子泫，建武末由博士官至侍中，治庆氏礼;充子褒传父业。充尝从守岱宗，定封禅礼，还，受诏议立七郊、三雍、大射、养老诸礼;明帝即位，上书言汉受命宜自制礼以示百世。其子褒，字叔通，亦官侍中，以定礼乐，而班固奏谓宜聚众说以正得失，章帝独重褒，不以聚讼为然，遂成汉礼百五十篇。其人博物识古，为儒者宗;教授诸生千余人，庆氏礼遂行于世。

观此，则知曹氏自邺列七十二贤，传孔门之学，嗣后直到汉时曾、充、褒三世复为世之大儒，而以礼尤为专门之学，著于史册。然则曹氏为"诗礼之族"，这就全是史迹真实而非夸张虚设了。

在此，或有质"疑"：礼是没问题了，但筑石仓的曹曾从欧阳歙所受的是《尚书》，于礼何关？石仓称"书仓"，必不称"诗仓"呀？则"诗礼"之诗并无着落。

治学之人，诵习典籍，须通文义。上文已说到：诗是礼乐的词，是一回事，六艺六经，相互关联，受《尚书》不等于其他五经就一字不览；况且中华语文用"诗礼"为联词，不用"书礼"者，另有音义文理规律。孔子教鲤：小子何莫学诗？汤显祖的曲文说："论六经，《诗经》最葩。"若疑曹家应当只传《尚书》学，岂不太拘墟了乎？

举一例：清代有一位曹学佺，他有一部诗选，正题曰《石仓诗选》。若照疑者的"逻辑"来断事，这书名就"不通"了。这些中华文化之现象，思之绎之，饶有意味。

要之，曰诗曰礼，是曹氏"门风"的一条大脉络，数千年来，这条大脉周流运作不息，于焉诞生出无数异样人才，功在邦国，文耀缥缃。

（五）

周室衰微，诸侯争霸，强秦兼并天下，而为政不修，国祚不永。于是大汉方兴，刘邦固一"匹夫"也，萧、曹"夹辅"，于是"化被草木，赖及万方"——万方皆赖以宁以荣，被之教化。"萧规曹随"，人皆知之。——似乎曹丞相只是一个无大才能作为的"守成"之辈。其实，他是一位文武全才。史称，他佐刘邦，"战无不从"，而从未闻其败绩——这话妙极了，他不"表现"为"赫赫之功"，却总是战无不胜，太史公笔下有深意焉。

又世人皆知：汉定天下，除秦苛法，只"约法三章"［句读意见不一，或读作"与天下约：法三章（而已）"］。刘邦真懂这番经邦治国的大道理吗？我看这就是曹参的思想：以道家"无为"而治的主张者。无为，方能无不为。非尸位素餐，什么事也不做。

曹丞相也身通六艺吗？未有明文。但曹氏古谱载明参字"子舆"。若然，则"参"本应是"骖"字六艺中"射、御"之义也。这儿似乎透露一点儿信息。

曹丞相封爵平阳侯。多代世袭；又曾复封。平阳，今山西地。

（六）

被清代人误指为《红楼梦》主人公贾宝玉的词人纳兰公子（性德，字容若），是雪芹祖曹寅的同僚、同年（顺天举人）、好友，他为《楝亭图》（第一卷）题词《满江红》的开拍之句就是"籍甚平阳"。

朴学大师阎若璩，有赠曹楝亭五律四首之多，其起句也说是："汉代数元功，平阳十八中。传来凡几叶，世职少司空。"这就是，大时贤儒，早皆尽知：曹寅这一支，是汉代曹参之后。

"传来凡几叶"，有谱可证，不同于文人墨客泛用一个"姓氏典"以凑文句。

《楝亭图》今存四大轴（已考知尚有佚册），其中还有同例可举。如张渊懿《楝亭赋》说是"平阳苗裔，谯国英雄"。杨雍建之题《楝亭图》也说："平阳姓氏重江乡，父子同官世泽长。"张、杨两人亦名家，下语皆非泛泛。

且比较起来，还是张赋二句更为重要：明白论定楝亭曹氏是曹参的后代，此其一。他接下去又论定一点，说既是汉相之后代，又是魏武之子孙。

由此，又引出雪芹一家的诗学的不仅是六经的《诗》，而且又加上了魏武、魏文、东阿王"三曹"的又一条大脉络。

当然"谯国英雄"又即包含着文武全才的另一特点而言之。

（七）

曹寅写给他丰润族兄曹冲谷（铨）的诗有云："吾宗自古占骚坛。"明白自承无误。

"三曹"在吾国文学史上的地位是太重要了，以诗而论，魏武的四言诗，子建的五言诗，皆是后世诗歌的主要源头——因为，《诗经》一源之价值不在于影响后世的体格韵律，而《楚辞》是词赋家所宗，究与四、五言诗不能混同而论。再有如《古诗十九首》一类，大抵无名氏之作，句意朴实，文采未彰——直到曹植，人们这才惊呼"八斗之才"，有"绣虎"之誉！还有一篇倾倒群伦的《洛神赋》。这种影响之广被于后人，简直无法估量！

到此，"诗礼"之族的实义，已经晓然。

曹子建，是以才华文采见长创新的第一位"个体"诗人作家，与民谣、古歌、佚名传抄诗等之不同，在于已不再有"集体积累创作"的性质了。

所以，诗圣老杜再三再四地咏叹——

"将军（曹霸）魏武之子孙，于今为庶为清门。英雄割据虽已矣，文采风流今尚存。"

"赋料扬雄敌，诗看子建亲。"

"文章曹植波澜阔"……

何等声价！何等折服！

这不能不令人想起，叶燮赞曹玺："文章重见波澜阔，骥褭行空更不群。"

尤侗称曹寅："当年曹子建。向邺台拟古，洛川思艳。君身恰重转。"

敦敏寄雪芹："诗才忆曹植。"

这可真是中华氏族文化史上的一大奇迹，是真正了不起的夺目的灿烂辉煌！

（八）

诗礼，即文的一方面，是述之难尽的了；那么"簪缨"又当如何呢？

"诗礼簪缨"四字虽见于雪芹"小说"，来历却在北宋所修的曹氏宗谱。

要讲宗谱，须先叙明武惠王曹彬；要讲曹彬，又须先叙一句：曹彬又如何会与雪芹有世系关系，证据安在？

这就还得回到《楝亭图》。

上文叙及，纳兰公子题此图卷，作了一首《满江红》，首揭"平阳"一义。此词之后，有一位步原韵而和作的词人，自署"古燕袁瑝"〔古燕（yān），丰润县之别称，丰润名家张见阳，为曹寅之友，即自署"古燕"；可证〕，其词首韵云：

"惠穆流徽，朝野重，芳名循誉。"

这恰恰是紧接原唱"平阳"而点醒了汉后的曹氏中古显祖，乃是"惠穆"二公。

原来，雪芹这一支派，确出北宋开国元勋济阳王曹彬之后，彬谥武惠，世称武惠王，南京有专祠。据《宋史》，彬有七子，而如今彬之故乡河北灵寿曹氏后代皆言实有八子。武惠既平定江南（礼遇亡国之君李后主，一人不妄杀，一钞不妄取。江南人感念如对神圣），统一天下。乃命次子琮修谱。其时访得全国共有一祖之十八支，分居各地，遂定谱十八卷，钤以王印为凭。盖曹氏曾经东西晋、南北宋两次自北而南渡的大迁徙，至此得以完聚于一谱。

此谱卷端有丞相苏辙（东坡之爱弟子由）所题四大字"元勋谱牒"。又有知军州事樊若水一序。其中有赞云："曹氏厥宗，本周分封。诗礼启后，丕振儒风。文经武纬，将相王公。簪缨济美，宠渥无穷……"这就是在北宋创修全十八帙总谱中首次提出的"诗礼簪缨"这一命题。

然后再看此谱传到"南渡"之后在卷端续题的如丞相周必大等诸名宦中，又有徽猷阁待制（为皇帝草拟诏命文词的职官）尹焞的序文，其中亦云："……况曹氏自汉初名世，以至于今，诗礼传家，簪缨继世……今阅南渡之谱，图像序传，凡数卷……"

这表明用"诗礼簪缨"来赞美曹家的世德家风，已成共识。

然则，雪芹单单用此四字以隐指"贾（假）"氏，绝非无意之笔——第一证明他家有老谱，第二证明《石头记》中之"荣国府"诸人种种情景遭遇，正是寓写"自家"而非如其他小说总是写"别人家的事"。否则的话，雪芹焉肯将此代表自家世代功德的嘉言颂句随便"挪"给了"虚构"的张三李四?

（九）

如今仍接叙武惠王曹彬与雪芹的世系关系。

宋代旧谱为十八峡池州谱，今安徽贵池墩头，存有一谱，能代表旧谱的一向面貌遗文。此外，今南昌武阳渡（村镇名）有一谱，河北丰润有一《豫章曹氏南北合谱》。此三谱最关重要。

武惠第三子名玮者，最能肖父，官至章武（非"彰武"）军节度使，御羌卫国，为一方干城屏障。卒谥武穆——是为岳武穆之前的第一位武穆公。

金人破北宋，官民大规模南渡，玮之后代传至一个名唤孝庆者，宋末咸淳进士，官知隆兴府事（今之江西南昌）。元灭宋，隐居不仕，遂落户南昌以南四十里之武阳渡（亦称武阳津）。

孝庆以上，谱记几世，是否无缺不敢断言（时逢世乱，疑或已不能详悉）；孝庆以后，则十分完整，简而言之，孝庆二子善翁、美翁。善翁系传承为今之武阳曹正支，聚居地名曹村。至明成祖永乐年间，武阳曹有兄弟名端明、端广者，因本乡水灾、兵乱等多种原因弃家北上，投奔京师（今北京），卜居京东顺天府之丰润县（明制，顺天府是京师地方官，但府尹驻京东遵化，丰润即遵化之南郊；而至清康熙时遵化升为州，丰润之县遂隶州治）。

兄端明定居于此，子孙成为望族。弟端广后因经商赴关东，至正统初，关外也增强守边武备，遂任军职，其卜居之地是辽东北部之铁岭卫南郊的腰铺（堡）。

腰堡是汎河千户所属下的一个百户所（明制，卫相当于元代的万户府，卫下仍沿称设千户所、百户所，共三级）。明英宗正统四年（1439，己未），正式增设汎河千户所，下设腰堡的百户所——因此自沈阳中卫至铁岭卫的中间之戍守岗点不够严密之故。

此际，燕山卫丰润伯的曹义，正出任辽东总兵，守卫元之夷兵与女真（满洲）两方之频频入境侵掠。曹端广当是随曹义而出关守卫百户所腰堡，遂落户于此。

如今，腰堡曹氏后还能传述：《红楼梦》本名《石头记》，曹雪芹本是腰堡人。

腰堡曹氏老人世传：祖上迁自关内丰润。

同为铁岭地区的乌巴海村，有曹氏族人，其传说祖系迁徙、雪芹年辈，与腰堡所知全然吻合。

（十）

腰堡曹是世医，尤精于妇儿科。精于医是曹氏自古的门风和慈善功德。

且看汉代曹参子孙分居今之陕、甘一带（古扶风）武威、张掖、敦煌的一支中有文献的曹全（见载于池州宋谱），其碑记云：

> （张角之乱，焚毁肆屋，百姓流散）……遂访故老……恤民之要，存慰高年，抚育鳏寡；以家钱籴米粟，赐癃盲。大女桃斐等合（合，配制药剂。宋代犹称"合剂"）七首药、神明膏，亲至离亭，部吏王宰、程横等赋与有疾者，咸蒙瘳悛。惠政之流，甚于置邮，百姓缠（襁）负，反（返）者如云。戢治墙屋，市肆列陈，风雨时节，岁获丰年。农夫织妇，百工戴恩……

读之令人感动。丰润曹，有家传良药以济乡里。曹寅所藏手抄本医书，于一九八六年在长春发现，影印传世，上有"楝亭曹氏藏书"印记（内容计有《集验良方》《医林一致》《金匮要略广注》《医易经传会通》《古今医学捷要六书》《妇科冰鉴》《马氏庭训》《养生类要》，共八种）。

铁岭腰堡曹，兄弟二人传世医，曹恺在铁岭义和堂药店为"坐堂先生"（专职医师）。曹振外出行医，在抚顺（铁岭东南接壤）万育堂为坐堂先生。

雪芹在他书中不时写及医药之事，世习言之（且曾为医者辑为专册）。人争说雪芹"学识渊博"，而不知医配药是他们历代的祖风世德。

要知道，能通中医药的人家，必须是文化水平很高的。这一侧面，也透露了曹门氏族文化的品格及广博。

（十一）

曹振，字仲飞。在抚顺方育堂时，认识了一位前来求治小儿病的人，名叫曹佐华。因是同姓，自然叙起乡贯来由；曹仲飞一闻佐华是丰润"老家"来的，大喜！遂成宗亲好友。

第二年之岁朝元旦，佐华随仲飞回铁岭家中拜母，此行即得闻其族中老人述说祖宗之事。佐华九十三岁记忆清晰：那年极冷，骡车须走一天方到铁岭城西街某胡同之第二户，即仲飞老家。老人们文化不高，都说迁自丰润，祖宗武职，坟在××屯，有碑记事。

一九九七年中央电视台筹拍《〈红楼梦〉和丰润》的文教片，经我建议，特赴铁岭采访，于是引起了那里的人士学者的重视。出乎始料，逐步进展，研究收获很大。

曹佐华老人的记忆，逐条得到了证实，西街胡同院落即腰堡曹恺、曹振（仲飞）之住宅；祖坟在腰堡邻近处，地名范家屯，坟茔即彼地名曰"小西山"的两麓。古碑已被水冲塌地，坠入河底迷失。碑是暗红色石刻，其石即小西山所产。

但后来发现出土石柱一对，其石却是沈阳清故宫所用的同类石料。柱刻阳文字，上端雕有倒垂莲。由柱刻联文证实：上联"如意龙虎"指武职，下联"财源茂盛"指行商——这正是我们推考的曹端广由丰润出关的两重缘由。

铁岭学者把一切调访清楚确凿，只无法证实佐华所识之仲飞即腰堡人曹振（外出行医者）。经我引《诗经·周颂·振鹭》之名句云："振鹭于飞"，古注云"振，群飞貌"，于是曹振表字仲飞，本是一人，了无疑问。

至此，武阳、丰润二谱所记，端广占籍辽左铁岭卫，虽曾被人"否认"，终得论定——这才是雪芹关外始迁祖地。

（十二）

"诗礼簪缨"所表的是文化门风与文武显贵的门第（簪、缨为文武高官头上冠饰的象征）。但曹家的"诗书"又不限儒门典籍，而是淹贯百家。再者，文武全才，武者亦通文，并非偏擅。除了这两大特色（正文略加分讲），还有一个不为人表彰的特色，就是曹家人与道家的关系远过于佛家的影响。

现今讲这个题目已很困难，本文也只是提端引绪的零碎线索，无力深究，所谓因陋就简，如实奉陈——

首先就是曹参，他是一位"好黄老"的政治家，主张"无为而治"，不得繁文缛节，无苛细之法令。"萧规"之后，他只是"曹随"，即不事更张之意。时当秦后汉初，民得休苏，天下宁定。似无所建树而功德暗中流第——所谓"无为无不为"者，庶乎近之。

曹彬之下南唐，不强攻，不毁辱，不杀伤，不贪黩……实则亦即曹相的精神遗教，氏族门风之所表现，非有二也。

提起曹彬武惠王，就又想起一段佳话，即：他的孙儿曹佾，是"八仙"的成员——曹国舅者是也！

八仙，是道家的故事，与佛无涉。

原来，武惠七子名玘，玘之女，是为宋真宗之皇后，佾乃玘之子，当然就是国舅了——民间一直只称曹国舅，不知其名。

武惠元勋显贵，诸子孙必皆任宦，佾独学道。他的修炼地在今河北满城之山中，号为"曹仙洞"（满城距灵寿不远）。

饶有意趣的是八仙图画中的曹国舅手中所执"道器"是一副歌板。

由此可窥，曹家有音乐歌唱天才的人也许与道家的仙乐（有别于佛门梵乐）有关。

曹寅是剧曲家，人赞他弹琴擘阮，无所不精。至于雪芹，逝后的怀念诗者也说是"琴裹坏囊声漠漠"。这一脉络，也够清楚了。

再回来说道家思想。

就雪芹本人来讲，辽宁师范大学梁归智教授有深刻的研思，将雪芹与庄子做出十点比较，论其异同，我已引录在拙著《新证》新版卷端，但请学者们注目——他是第一位从这个角度来理解雪芹真思想的有识者。若再看小说内容，则宝玉"续《庄子》"一回书，那是最"典型"最精彩了。

再看雪芹写妙玉貌似佛门比丘尼，她却极赞"文是庄子的好"！可知这方是宝玉的真正"思想一致"的人——诗人，而非"看破红尘"的"悟"者。

所以，少陵诗圣的"文采风流今尚存"固宜移赠雪芹，就是"小李杜"的李义山，写出了"庄生晓梦迷蝴蝶，望帝春心托杜鹃"，也大可"转化"为雪芹的一幅警策精辟的写照。

（十三）

曹家氏族文化的几大特色中，有文武双全，有道家思致，有乐曲艺才，有诗赋传统——还有一个"无书不读"。

这句话，见于丰润的曹安所作豫章曹氏坟碑记，说他的祖父曹端明，自南昌北上，"百艰备尝"，游历京东"山海"之间，选中丰润为卜居之地。其祖父为人何若？——"我祖伯亮公苦志芸窗，无书不览，即堪舆星数等学，概皆精通。补郡弟子员，以数奇不第，遨游燕都山海间，见丰邑山秀水异，遂卜居焉。"这就让人立即想起曹全碑中的话：

"君童龀好学，甄极毖纬，无文不综，贤孝之性，根生于心……易世载德，不陨其名。"

这种无书不览、无文不综的好学博识之精神，就是曹姓氏族文化中的一大特色。晚至曹寅，仍然是如此，博览群书，浩无涯际，当时名流无不惊叹，以为神奇。

作书的雪芹，又何莫不然？

（十四）

　　凡大诗人都是大艺术家，至少是与大艺术家同呼吸、共命运。杜少陵咏叹李龟年、公孙大娘，但感人最深的是《丹青引》赠大画家曹将军（霸）。曹霸是魏武之子孙、曹髦之后代。老杜一面极口赞佩曹将军的画艺通神，一面感慨他的身世不幸，潦倒流离，反遭俗人白眼。可伤痛，亦愤亦悲。

　　雪芹本人是个大画家，"卖画钱来付酒家""门外山川供绘画"，友人题咏，历历分明。

　　雪芹上辈，本生祖父曹宣（荃）就是画家，其兄称之。曾任康熙《南巡图》的监画。还有曹颀，也擅画梅。

　　曹寅也能画，他为石涛《对牛弹琴图》题诗，又因见石涛所绘《百美图》而爱不释手。

　　提起石涛，尤奇！——他隐于黄山时，世人难与相接，而他独为曹鼎望画了七十二幅奇峰，每幅各仿一位名家的笔法。

　　曹鼎望，即由武阳北迁丰润的曹端明的裔孙，其时正任徽州知府。他与名诗人施闰章是至交，本人与其诸子皆工诗词，制墨至精，与江南曹素功齐名。

　　这一切都表明，经义、诗文、剧曲、绘画，各种艺术，他家各有专工，而且世代相继。底蕴之深厚，难与伦比。

　　至于文武全才这一层，自魏武为始，主张"读书射猎，自无两妨"，直到曹寅，仍是如此。当时人赞他"孤骑剑槊"，无所不能。槊即魏武"横槊赋诗"的同一兵器，曹寅诗中鼓励子侄学习骑射，不妨文事。康熙帝称赞寅子颙，也正是文武全才，早逝可惜。

　　这是"门风"，也正适合了归旗以后的侍卫职任所必需必然的条件。惟本文重点在于文化，武事即不多及（及曹尔正、曹宣的军职事迹，以及曹宣因康熙亲征厄鲁特叛乱而从戍随驾等事情，均从省略）。

（十五）

粗叙以上各情，还应述说一下曹家与清军入关以后的文治方面大有关系的一些史迹遗痕。

努尔哈赤、皇太极（本名阿巴海，皇太极是仿汉语"皇太子"的译音）相继立"国"时，号曰大金（"后金"是史家之言，实无此号），然后改号为大清。初时屠杀、虐待汉民，对降官降将肆意诟辱，多不能堪。自皇太极继位，方悟欲统一天下，必须善待汉人，尊崇汉文化。于是形势一变。尔时创立文馆，立学选士，逐步实行。所纳良言而起重大作用者史家皆知有范文程。实则还有几家满、汉世臣，皆得重用——他们都与曹家有"老亲旧友"的密切关系。

换言之，曹家在清初文化方面所起的作用，一般人不知，史家也不究，以致成为"盲点"。这对理解雪芹其人其书，无疑是一大缺憾。

范文程极受清初汉人的尊崇。他是宋贤范仲淹、范纯仁之后，范氏族谱及所遗文物近年有所发现，据载因有获谴者谪放于辽东，即范文程之上祖。文程实纯仁之十七世孙，原居抚顺，后为沈阳选士。今铁岭之范家屯村名，与范氏有关（一说：三汊河千户所，本名亦作"范河"）。

如此，则北宋两大名族，范、曹皆有苗裔在辽东繁衍，且为清代做出了巨大贡献。

清初满人而通汉文的，有何舍里与伏尔查（后改书为富察）二氏。前者有索尼，后者有额色赫。又有汉臣蒋赫德，是丰润曹氏的大同乡。凡此，皆有千丝万缕的交互联系。

索尼即索额图之祖，索额图即康熙太子胤礽的叔外祖及监护人，身为极品大臣，又是内务府总管大臣——曹家的上司。额色赫之孙傅鼐，乃是曹寅的姊丈。

索、富两府已非"辽东骑射武人"，家富藏书，喜聚文士，精通文史——索额图还是古青铜器的大鉴定家，与叶赫（康熙时还写作"耶黑"，见代善碑文）明珠家的文物书画大收藏家相埒，可知那超等的文化水平，并非今世人所想象的那么粗陋无文，只会骑马射箭……

由此方悟，曹家以一门正白旗包衣旗鼓人的奴隶身份，能与这些高文化水平的贵家结亲联谊，若非当时曹振彦、曹玺，早已是皇家左右的文化侍从，焉能若是——从事势而推，恐怕正如后来的史迹所显示，那都是皇帝的意旨和指配（婚嫁之事，由旗主之命是从）。

曹振彦以"辽东贡生"出任大同知府——见顺治九年《云中郡志》，是关外开始选士的重要人才。曹玺一到江南织造任，立即座上名流客满；康熙太子师傅熊赐履为曹玺作挽诗，已点明他是文章象贤了——二十多年之后，又来了曹寅这位大诗、词、曲家，大藏书家，刊书家，天下名贤硕儒都赞他的文章事业、人品风规。他在东南半壁所起的作用，主要是文学艺术，文化功勋。"平阳姓氏重江乡"的赞语不是泛泛常言，是说江南人一提"曹家"，那是特殊的尊重与感念。

只说《全唐诗》《佩文韵府》，出于谁手？那种惊人丰富的文献资料，皆是曹氏一家的心力物力所聚，价值无法估量！

然而，在曹寅一门自家感觉上，却暗伤"身世悲深麦亦秋"，自居为"鹭品"——他家是"包衣"奴籍，科名不及"进士"，难以与"士大夫"抗礼并肩，精神上是"在人前抬不起头来"的一种难言的自卑感。

何以致此？这才使得我们必须一究他家在关外铁岭被俘为奴的来龙去脉。

这是一大关节，不究此义，亦难尽明雪芹的思想才华、文心匠意。

（十六）

上文叙明，铁岭卫之南郊（略偏西），明正统四年增设汎河千户所，下有腰铺（堡）百户所，是为关外曹氏祖居地。努尔哈赤诱降了抚顺守将李永芳（铁岭卫人），拆城移粮（防明军夺回再成据守要塞），立即移兵攻掠铁岭南面诸堡，连克十余成点，包括东有三岔儿、花豹冲等，西有汎河、腰堡等岗位——这是即将攻打铁岭卫城的"练习"和"问路"。

所以，文献中有一篇《重修永宁庵碑记》，原石刻在汎河（文化大革命时已毁），其文有云："……不料戊午，三韩陆沉。土地荒凉，丁壮飘零，极目千里，泪洒边庭……"着语无多，已将当时的铁岭南郊一带遭劫之后的惨状勾勒出来——房屋焚毁，围地荒芜，丁壮被虏，令人目睹心酸。

居住腰堡的曹家，即遭此劫；雪芹太高祖曹世选，是此劫中幸存人物。

自世选被俘，历子孙振彦、玺、寅、宣、顺、颙、頫……世代为清皇帝之家奴（bound servants），身隶内务府（皇家管事衙署），为帝、王等人家务百事当差服役。是"贱籍"！

老杜写曹霸："将军魏武之子孙，于今为庶为清门"，已是感叹。而雪芹一门，连庶民、清门也够不上，宁不可悲可憾。

所以，雪芹借"小说"中人物之口，说出："你知道奴才两个字是怎么写的？"所谓"心比天高，身为下贱"，是伤叹晴雯，实亦自伤自叹，沉痛之至！不究氏族家世，何以真正理解这些语义？

自老杜写下《丹青引》——"将军（古制，仕宦皆带武职虚衔，并非真是领兵的军官）魏武之子孙，于今为庶为清门。英雄割据虽已矣，文采风流今尚存。"此四句，移赠雪芹，惬心贵当，恳切圆融。所以敦诚的《寄怀雪芹》开篇即云："少陵昔赠曹将军，曾曰魏武之子孙。君又毋乃将军后，于今环堵蓬蒿屯……"这是直承杜句而来，堪称古今遥遥辉映。如今雪芹之逝，已历四花甲，重读前贤名句，回顾曹氏门庭，令人不胜感慨，也令人无限感发。中华文化，到清乾隆之世，乃表现为《石头记》这一"绝特"形态（绝特是鲁迅语）。有些言论者至今犹昧于此一要义，还是以西方"小说"的观念来看待、理解、宣讲评介。值此纪念大典，重申"红学应定位于新国学"这一命题，并呼唤有识之士桴鼓相应，为中华文化而贡献热力与实力，庶几可慰对一切炎黄子孙，俾《红楼梦》之奇葩，焕发于神州禹甸。

曹氏在北宋初已分布全国十八支，故修成宗谱也是十八帙。上虞的孝女曹娥，桂林的诗人曹邺、曹唐，都是同谱。曹邺有诗追怀"邺下"的祖风——在曹氏为盟主的"建安七子"的诗坛盛况。这一点正好说明了拙见"氏族文化"在吾国历史上的重要地位与价值。

（十七）

综上而观，可见雪芹家世，由平阳、惠、穆侯裔王孙，历两千年而至于雪芹之世，陵谷既移，沧桑亦尽——其所怀思，其抱负，其所感发，其所渲纾，自与常人不同，而其所著，名为"小说"，岂现代人从西方 fiction 和 novel 的观念、概念而生的理解认识所能领会与鉴赏乎？

是故我谓《石头记》或名《红楼梦》（原著）者，是文化小说，是一部堪为"国学"研究的巨大对象与目标。

值此雪芹逝世二百四十周年纪念大典，贡献拙文，以表钦慕之凤怀。

本文体例是纲要提引，铺列条目，尚属粗略之草稿，因亦不效"学院派"论文，多设细注。读者谅之。

草草论列，既难周详，复伤芜杂，以斯献芹，愧甚愧甚。

诗曰：

　　四番花甲感斯文，说着红楼意气欣。

　　谁念平阳兼惠穆，襄平古戍溯真芹。

　　中华文教八千年，稗史黄车汉世传。

　　莫效西方说虚构，岂知氏族重绵延。

　　将军魏武之子孙，一引《丹青》叹庶门。

　　邺下更存曹邺句，才人又见友朋尊。

　　　　　　（敦诚挽雪芹句："邺下才人应有恨。"）

　　数行俚句自堪怜，献与芹溪与柳山。

　　自古赋诗横槊意，红楼脱化女儿篇。

时在中华古历癸未年之新春

周汝昌谨书于燕市东皋

[附说一]

　　三韩，金代所设县名，地在辽北铁岭地区；故相沿以"三韩"为辽北的别称（其后误混泛指辽东半岛，不妥）。韩菼曾称曹寅为"三韩曹使君"，犹用本义。

　　又，曹寅自署"千山曹寅"，千山是千山山脉全线共"九百九十九峰"的化称，诗人毛奇龄有"九百峰前云散尽，十三山下雁飞回"，即指此。或以"千山"为指辽阳以南六十里的"千顶莲花峰"之简称"千山"，谬也。

　　至于南京上元方志说曹玺上世"著籍襄平"，襄平指铁岭在汉为襄平县地，证据见于乾隆四十五年新刊《盛京通志》："铁岭县，汉襄平县。"或又以为襄平指辽阳，盖不知古史地沿革迁变正称、俗称之详情，漫为妄语。

　　又或云曹振彦曾为"红衣大炮教官"，尤荒谬不经。盖所据天聪四年《大金喇嘛法师宝记》碑所刻振彦名字上方有"敖官"一句（敖，满、蒙皆有此姓），竟误认作是"教官"职名——再加附会"红衣大炮教官"，纯属无稽之谈。

[附说二]

　　有些人至今不悟：有两份作伪的"文献"，欺蔽世人，误信了作伪者，硬说雪芹是曹颙、马氏的"遗腹子"，并由此确信雪芹生于康熙五十四年，寿五十岁，云云。

　　两份伪"文献"：一是《重修辽东五庆堂曹氏宗谱》，一是某学者的"论文"所举"监本诗经"里的"受天之祐"作"受天之祜"（所谓"监本"，是明代国子监刊本，有错字；正文误作"祜"，但古注仍曰"音户"——即"祜"是本字也），说这就是雪芹的"天祐"一名的证据。前者由某人视为异珍，撰序影印，说该谱是"曹雪芹家谱"，大做文章；后者也被"引用"作为"有力"的互证。一时纷纷扰扰，颇动常人耳目。此说目下仍在少数人中流行不息。

　　解决这个"问题"，只消答复三四个问句就行了，并无多大繁难之处。

第一，"五庆谱"所记：寅"生颙、颛"二子，可信吗？

答曰：否。寅只生颙，未曾"生"颛，颛是奉康熙之命过继为嗣的。如此大事，"修谱"者也会"不知"而信笔胡云，信它有益于学术吗？

该谱又云"颙生天祐"，这就更荒唐取闹了！天祐是曹顺的表字，任职时改用"以字行"，其出《易经·系辞》："自天祐之，吉无不利。子曰：祐者，助也。天之所助者，顺也。"顺比"颙"年大，是"假设遗腹子"的伯父！

第二，"遗腹子"能有"父兄"吗？一般版本《红楼梦》开卷段"作者自云"，内有"背父母教育之恩，负师兄规训之德"等语，请问："作者是否雪芹？"若曰不是，那不必再对话了。若曰是雪芹，那么有"父"的人会是"遗腹子"吗？

第三，《八旗满洲氏族通谱》明载："天祐，现任州同。"此"现"字指乾隆九年（见拙著《新证》所考）。请问：这位"遗腹雪芹"在那时还做州同的命官，州同比知县品级还高一层，主管很多政务；可是，清代名家梁恭辰《劝戒四录》明言雪芹作"淫书"的报应是"以老贡生槁死牖下"！——他一生没"升腾"，终以贡生（连举人也不是）而老死于"窗下"（穷家陋室）。

请问：是梁恭辰所知所言为同时之人可信之言呢？还是认为那些"五庆谱"的乱写和某些学者的论调才更可信呢？

五、血泪之书　英雄之志
——纪念中国伟大作家曹雪芹逝世二百四十周年

中华古历，岁次癸未，上距曹雪芹辞世之年，恰为四个花甲子，即二百四十年了。回忆四十年前，岁在癸卯之时，国家以最高规格举行了极为隆重的纪念世界文化伟人曹雪芹逝世二百周年的大会，至今盛况犹历历在我目前。大会结束后，由茅盾先生撰了长篇论文，总结了红学研究截止到彼时的成果以及尚待深入解决的若干未能取得一致共识的学术见解和研考上的困难问题，留下了中华文化史、中国文学史上的一章夺目耀目的历史文献。

日月不居，流光似驶，时代前进了，红学研究的不断开展也随着时代而阔步前进。我们今日值此纪念典礼，应当即以四十年来的实际学术新境来作为纪念雪芹的献礼，要比以泛泛礼赞的颂词更有意义。

据悉，有的高校学报已然组织了百家争鸣的红学论文，并已开始逐期刊布，作为纪念的一个重要方式，闻之不胜欣喜。作为个人，在此小文中，只能粗述一些近期的浅见，借申一己纪念雪芹的微怀，并企望可得专家、读者的共鸣或切磋，倘不为大雅所弃，则感甚幸甚。

拙见认为，红学研究早已不再是一种狭义的小说作品之研究的性质了，人们逐步明了：这是关系到中华文化范畴的一项重大科研项目。这是因为：曹雪芹原著《石头记》的内容包含着我们伟大民族精神的多方面、多层次的基本课题。如以比较简明显近的语式来表述，那么可以这样说：八十回本的《红楼梦》中，蕴蓄着中华文史哲的极其丰富的内涵质素。中华之文，是"美"的表象；中华的史，是"真"的揭橥；而中华的哲，即是"善"的尊崇。合起来，这是一个奇丽璀璨的真善美的综合的大整体、大手笔、大宣喻、大颂歌！

曹雪芹书中表现的，正是对那个时代任意摧残真善美的一切言行的抗争与控诉。

从这个理解认识来观照雪芹的书文，就恍然而悟，憬然而思：他为什么要为"千红"而一哭（窟），为"万艳"而同悲（杯）！这种胸怀、这种精神、这种气概，就绝对不会是像后来续书所歪曲篡改的什么"钗黛争婚""兰桂齐芳"……等等一整套与雪芹的思想心灵针锋相对的假货色了。

四十年来，在这一要害问题上，研究者取得了长足的进展，得到了更多读者的公认。最近，我从一位教授信函中获知：网上的论谈证明，崇曹贬高的大势是越来越清楚了。

在这个根本性问题上来观察，可知曹雪芹的著作具有中华优秀文化、民族精神的代表意义和概括功能——从此入门，可备窥中华文化的无比丰富美好的堂奥。舍此而外，我还举不出有哪一部"通俗"文艺作品能起到如此高度的教育作用。

基于这一认识，我在《北京大学学报》1999 年第 2 期上首次提出了"红学应定位于新国学"的命题。

曹雪芹是人类精神文明的勇士，是中华文化丰林的硕果，他并非仅仅是个"小说作者"。

至于对雪芹其人其事的认识研究，同样有新的收获。例如，以往把雍正对曹家的忌刻重点放在他家和胤禩、胤禟的关系上。如今弄清：原来真正的祸源是在废太子胤礽的身上；胤礽才是曹家新一代的主子。从曹寅十七岁，立了太子以后，他家是康熙、胤礽父子两代的包衣家世。所以两次抄家遭难，皆因是"太子党"的缘故——乾隆四、五年那次是胤礽的长子弘晳要推翻乾隆朝廷的大"逆"案所致！历史的脉络愈加显示清晰了。

在雪芹书里，"荣禧堂"大金匾是康熙御书，而其对联"座上珠玑照日月，堂前黼黻焕烟霞"则是胤礽之笔——故为"银"制。不但如此，书中凡与"月"有关联的诗词最多也最重要——都是暗与"太子"相涉的喻词。考胤礽能诗，颇有才学，他的一首《塞垣（长城）对月》，非常重要，即以"月"自喻。而芹书中秋联句是咏月，香菱学诗，三易其稿，也只为一个"月"字。其他可不必尽举。

尤须一提的，是胤礽的另一首《菩萨顶雪月》七律诗，最佳一联是："蓬海三千皆种玉，绛梅十二不飞尘。"这就与《红楼梦》千丝万缕、勾连绾合了。因为，"蓬海"，即辽海——雪芹书中换词为"潢海"，皆辽（东）海之本事也。"种玉"是京东玉田县的典故，至今仍有"古人种玉处"古迹。雪芹写"幻境"，也有"飞尘不到"之语，都不是什么"偶合"之事。雪芹见过胤礽的诗，受其启示。

根本缘由，是雪芹认识如太子胤礽者，遭政敌诬毁而废黜，其为人之类型，也是一个"正邪两赋而来"之人，是气类相投，有所感叹悲愤之情怀，非"儿女情场"之闲话也。

再如，雪芹大表兄平郡王福彭也能作诗；他在沈阳作了《盛京（今辽宁沈阳）四首》，其中有云"宫殿重重紫禁端，维皇建极肇三韩"，就很重要。"三韩"见于诗中，并不多见。康熙朝状元韩菼作《萱瑞堂记》称曹寅为"三韩曹使君"，正是此义。按，"三韩"本金代所设一县，地在辽北，因而它一词兼含三义：一、历史地理名称，到明、清之际，普遍用为"辽东（实指辽北）"的代词。二、金代是清代满洲的祖先，故又可用以指称"满洲"——这仿佛今天所说的"东北少数民族"，而不懂历史实际的，完全是茫然莫晓了。三、由第二义"满洲"，又衍生和引申为"满洲八旗"的有关联义。清初的士人，为了避免当时满汉、旗民的政治麻烦，怕用词易引事故，遂多采取"三韩"一词以为"雅称"，又可含混而暗有实指——这种微妙的关系，若非多读史书、细究来历，竟是很易导致有些人只执一端、各以为是的纷纭现象了。所以，"三韩曹使君"者，既指满洲旗籍，又指辽北沈阳地区的籍贯。这与清代官书载明曹家入关前是"世居沈阳地方"（此所谓"沈阳地方"，即实指以沈阳盛京为中心的辖区，皆属辽北，而铁岭是其主要辖区。关外雪芹祖上由丰润迁铁岭，见《曹氏祖谱》）完全符合。

更有趣的是由福彭的咏石诗还可以佐助我们对"石头"的理解：为什么雪芹既讲"石"，又讲"气"？人既是禀赋"气"而生的，如何又会由"石"而"投胎"入世为人？原来福彭早已说破了："我闻石者气之核，漾水团砂元气积……"石与气的关系立刻破解了。此为铁面御史（不怕雍正的）谢济世讲的学问，他们在西北大军营里度过了极不寻常的岁月，雪芹听过谢御史的讲论。福彭与慎郡王（即"北静王"的原型）胤禧最好，慎王之园叫"随园"——所以世传雪芹与随园有来往，实是北京的随园，误指为南京袁枚的随园了。

所有这些，都是近年研究的新获，解决了不少过去以为疑团的困惑。

另外一点值得我们深思的是：至今所有传述和赞佩雪芹的诗文，都出于他的旧"旗主"的后人；如敦氏弟兄乃英亲王阿济格之后；裕瑞乃豫亲王多铎之后；而新封的承嗣睿亲王淳颖，读了《石头记》，作诗称雪芹之书为"英雄血泪"！这是震撼心灵之后而又深刻理解雪芹为大仁大勇的英雄人物——即人格精神的伟大崇高之最好的历史见证。这些诗人都是"三王"（努尔哈赤"三幼子"）之后歌颂原为他们的包衣旗奴家的一个子弟的事实，也是历史上仅见的一桩奇事！

血泪之书，英雄之志——我这拙文，就借重人家的旧语来作为纪念雪芹的献词吧。

在此小结拙文的观点：曹雪芹，名霑，字芹圃，号雪芹。曾别署"梦阮"。清内务府正白旗包衣籍。祖上被俘编旗于辽北铁岭。自康熙二年曾祖曹玺出任江南织造，居江宁（今南京）。玺子寅、宣；寅子颙，早亡。过继宣子颀承嗣，生雪芹。雪芹生于雍正二年甲辰夏四月，卒于乾隆二十八年癸未除夕。贡生，曾任笔帖式、堂主事。诗人，画家，著《石头记》，传世八十回。八十回后书稿遭毁，遂有伪本一百二十回冒称"全本"行世。雪芹真本正式题名为《脂砚斋重评石头记》。

癸未之秋写讫

六、青史红楼一望中
——曹雪芹家为何成了雍正的眼中钉

鲁迅先生是第一个深刻思索《红楼梦》的成因与曹雪芹身世的大学者。时当二十世纪二十年代之最初，胡适、俞平伯诸位"红学"专家都还没有这种思力。例如，胡适认为曹家的败落不过是"坐吃山空"的"自然趋势"，鲁迅却说不然，他明白指出："不知何因，似遭巨变。"这种大学者的思想穿透力（penetrating insight）真是令人钦佩赞叹不已——因为那还是八十年之前的预见！而直到今日，这才初步探索粗有成果，证实了他早已指出的"巨变"的远因和近果。这"因"这"果"才是引发出一部《红楼梦》的"谜底"。

在揭示这一重大谜底之前，先得让我郑重表明一点：谜底本是清代政治史上一大事件，而《红楼梦》是小说文学——就是说，这涉及历史与文学的"关系"的问题。有不少人一听说《红楼梦》要讲历史，就"害怕"将文学（作品）错当了历史（记录）来看待了，是犯了"错误"，云云。殊不知，曹雪芹这位奇才和文学巨匠的奥秘和本领之不可及，正在于他极其巧妙地将二者"综合"在他的笔下和纸上，人们熟悉的所谓以"假语"将"真事"隐去的涵义，正在于此。请听我为君一解百年来异说纷纭的谜团——

第一，小说里面不止一次写到荣府匾额是"先皇御笔"，这先皇指谁？就是曹雪芹祖孙几辈人与他"同荣同难"的康熙大帝。康熙幼时不为父皇顺治所钟爱，他的生存与成长全得一位"嬷嬷妈"（汉语"保母"）的心力辛苦（包括抢救痘疹生死之关、抚养爱护、教导一切礼数、言词行止、读书做人的道理）。这位嬷嬷就是雪芹的曾祖母孙夫人——曹玺之妻，康熙终身视她为真正的慈母（生母佟太后早亡），为了孝恩而厚待于曹家，种种特殊恩惠，后世人不解了。康熙南巡时，重见孙嬷嬷，记载者说他还是称她为"吾家老人也"——是作为"一家人"（亦即亲人）来礼遇的。

第二，小说里写到秦可卿丧殡之事时，特笔点出了一个"义忠亲王老千岁"的名目。说他早年留下了一副好棺木（那时叫"板"），而后来因"坏了事"，就不曾用得——遗在薛家木店中，也"无人敢用"。这一笔，可就重要极了！

这一笔，牵引着全部书的大命脉——实际上是"隐"着曹家大悲剧的一段"真事"，而名之曰"故事"。

"义忠亲王老千岁"又是谁？

原来，康熙是个雄才大略之人，最喜的是上等人才，尤其文武双全之能办大事的人。他为了身后皇位继承的大计，费却了不可计量的心血，也带来了难以对人倾诉的烦恼和痛苦。

化繁为简地说：康熙在诸皇子中暗地观察考验，选中了次子，名唤胤礽者。于康熙十四年明诏以示天下，立胤礽为皇太子——是为"东宫"的"储君"，即预定嗣位人。胤礽本来材质非凡，父皇钟爱，为他选取了名师宿学作为师傅，并为他在畅春园的西侧，特建一所读书居住之所在，名曰"西花园"（园址在今北京大学之西门对过儿）。

正因如此，诸位其他皇子，遂皆抱嫉羡之情怀，而暗藏不良之异志。他们想方用计，图谋"搬掉"胤礽伺隙谋位——而这其中，最阴柔、最深隐、最老谋深算、不动声色表面"安静"的，就是胤禛。注意："禛"字左"礻"右"真"。

请牢记：这个"真"字在清代成了一个极端神秘、不可触及的最最怪的"忌讳"！

当然，曹雪芹开卷就特意先写一个"假作真时真亦假"。"真"不可言，只好说"假"。即是说，"假语"和"满纸荒唐言"是手段，是逼出来的，是不得已的"反面《春秋》"，但其目的却仍然是要等待后来"具眼"之人能从（今曰"透过"）假中觑破"消息"得到本真。

这就是我们今日还要讲述雍正为何下毒手毁灭曹家之缘由。

清代皇室有几个英才皆不幸成为悲剧性人物者，第一个是顺治，第二个便是胤礽（另两个可举胤禛与光绪，兹不枝蔓）。胤礽是文武全才，故为康熙钟爱，但也还另有一层特殊的感情关系，即：这位皇二子降生的当日，他的生母孝诚皇后便死去了，康熙深感悲痛，是以对这个终生不知其母的幼孩倍加怜惜，善待他，也就是对亡后的一种难以言宣的悼念之情。所以胤礽刚刚长到一岁半的年龄，康熙即颁告天下，立此幼孩为皇太子，为东宫嗣位之人。因作为特殊盛典，以"覃恩"普封臣僚，加惠官民。正是在这一次大典中（顺治帝少亡，未及立嗣，临终匆忙急迫中方选中了第三子玄烨，即日后享名海外的康熙大帝），雪芹的高祖父曹振彦也受到了诰封。

时为康熙十四年（1675），那年康熙才二十一岁，雪芹之祖父曹寅年方十七岁，正在康熙身边任侍卫，寅父玺已在江宁久任织造官了。

说到康熙对胤礽特加怜爱的缘由，此时便提"文武全才"，实在可笑——因为他才两岁（虚岁），那"文武"又从何而可知？非笑话而何？这儿的真正奥秘，乃是康熙自伤自慰的心理作用是其主要缘由：康熙自己降生后，生母佟太后不久薨逝，他孩幼失母，是以孙嬷嬷为其实际的慈母而长大的；而自己的得立为太子嗣位，是一件临时"抓"的巧事，带着极大的偶然性与戏剧性。如此，他今见次子的处境与当初的自己十分相似，于是悲喜情怀，百端交集——遂下定决心早早将这可怜的幼儿立为太子，以免日后的不测风云，旦夕福祸。

好了——明白了这一层要义，这就"联"上了曹家的灾祸。

你听了这句话，大约心生疑怪：这怎么讲？哪儿会有这样的"逻辑"？这与曹家有何干涉？

其实，道理不难悟知：失母年幼的太子胤礽，要由一位极其重要的嬷嬷负责带养、抚育、教导，直到长大成人，这恰恰就是康熙自己的嬷嬷孙夫人的"影子"；而当时要挑选认定胤礽的嬷嬷时，康熙肯定是要请孙夫人指示的，她几十年的高标准的经历经验，具备了这种识力资格和身份地位。

我还说不清胤礽的嬷嬷是何姓氏，只知她是凌普的妻子。凌普是满语译音记字，也写作灵普，他是"嬷嬷爹"，汉语只好叫"乳公"（实与乳母无关，乳母只管喂奶一事），正好相当于曹玺之为康熙帝的嬷嬷爹，两代太子的抚养辅佐人，关系至为紧要。

凌普其人如何？始且慢表，单说他对胤礽的影响，就与曹玺之于康熙大大不同了。

两代保母皇儿的嬷嬷家世的关系，那已是紧密相连，但推其远源，还更富文化意义——

胤礽生母孝诚后是满洲赫舍里氏，祖名硕色，在那时代兼通满、蒙、汉语文，给努尔哈赤（清太祖）掌管文案，实为异才。子名索尼，也是身备内廷顾问。索尼长子生女，即孝诚后，索尼为胤礽的曾外祖父。但对清初政局有重大作用的却是索尼的第三子索额图，即胤礽的外叔祖。这已是索氏第三代名人，他精于鉴定古青铜器，喜招聚文士文人，可知这是那时的一大文化世家，所以与曹家的关系，实质上没有离开有清一代开国初期的文化建设与发展的重要联系。曹家和几姓文臣（范、傅、蒋……）都是老亲旧友，乡缘世谊。

康熙朝，开始局势十分复杂险恶，小康熙八岁即位，雄才大略，剪除了权臣鳌拜（以有不轨之心），索额图于此有功，官至大学士（宰相级），又以皇太子的外祖、监护人自居，富贵荣华势倾朝野。胤礽受他的影响很大。

但索额图后来逐步失去了康熙的信任，先是由于"撤藩"的大计，后即关系到胤礽的废、立的"国脉"问题了。

撤藩是怎么回事？讲这么多"头绪"又与本题何干？请诸君耐耐心性：要懂历史真实，把事简单化以图"省事"（美其名曰"简明"），最是害人的做法。"三藩"指明末三大将领投降了清廷，即吴三桂、尚可喜、耿精忠，此三人军权在握，兵力充盈，若一"反侧"，就会动摇新朝大局势，故此少年康熙对这种"危险人物"不敢信任，起意撤销他们的权位兵力。但大臣们害怕朝命一旦下达，三人会立即反叛，无法收拾。这时，惟有大学士明珠（即词人纳兰性德之父）独排众议，一力赞成。这是明珠得到康熙宠任的主要原因——而索额图却无此胆识，反对"撤藩"之计。由打这儿，康熙早期朝政两大派系遂构成了明争暗斗的局面。对曹家来说，更加麻烦的是明、索两家都是总管内务府大臣，是"顶头上司"，要在这种复杂而危险万分的政局之下当差服役，公私百事，哪儿出一点儿"错"都可以家破人亡，祸从天降！曹玺、曹寅几代人的内心苦楚，既不敢言宣，也无法尽述。

这再回来说太子胤礽。索氏要在政局上占上风，取得皇上的继续器重信任，身为太子的"外叔祖"是一个十分重大的"资格（或资本）"，于是他便百般"照顾"胤礽。这当然又加倍助长了胤礽已渐趋骄纵的性情和行为。似乎可以说，索额图实际上"害"了胤礽。

康熙朝前期两大军事行动，一是平定了"三藩"之叛，二是征讨厄鲁特部噶尔丹之乱。康熙帝两次亲征，皆太子留守京师处理政事，十分称职，才器不凡，已可证验。但皇帝回京后即听到胤礽的许多不良行径，结交坏人，肆行暴戾——这里面有真实，也必然包含有嫉者一派的谗言诬谤。事情发展到康熙四十七年九月，康熙帝于极端痛怒中召集百官大臣，令太子跪聆父皇揭其罪状，明令废黜他的嗣位人的资格（凌普即遭查抄家产，生死未详）。

这件大事，康熙"哭倒于地"——透露胤礽以至"以剑相逼"：要弑君父以为索额图"报仇"（索已下狱）！

是后，康熙亦已觉察胤礽虽自身有过，但亦暗有异图者想毁掉胤礽为太子。最后，终于不可救药，再次废黜。再后，几位大臣戚劝康熙重新选立太子者，皆因康熙之震怒，进言者有的处决，有的全家逮问，几乎遭到灭门之祸。皇帝表示决不再立嗣位人，有敢妄图者定予严惩（所以，康熙至终未立他人，胤禛所说的他有父皇遗诏，是个大骗局——然不读清史者至今仍然相信这一大阴谋谎话）。

这些惊天动地的事变，在曹寅奏折中隐约可以寻见踪影。如一次康熙忽然问他胤礽的师傅熊赐履（在南京居住），就是暗访那一派人的"动态"，并嘱应送礼与熊。曹寅深知这种万分复杂而危险的关系，回奏与熊并无往来（这是要点），已送银二百两……

然而，曹寅心里明白：自己亡父曹玺卒于江宁任上时，只有熊大学士作挽诗，意义非同小可。再看胤礽的嬷嬷爹凌普，到江南向曹寅处取银就达八万五千多两！其他"关系"，哪有百端千绪，只不过是无人敢以文字记之罢了。

读者中必有人问：你绕了这么一个大弯子，这有何必要？让我告诉你：这已是最"简明"的叙述了，你不想了解这么一点点儿历史真相，嫌太"麻烦"——而又想知道雍正为何把曹家视为眼中钉，那岂不是根本不想真的听一个解谜的谜底吗？

再让我提醒你：《红楼梦》中的"义忠亲王老千岁"隐指太子胤礽，还不算，重要的是"荣禧堂"御笔（康熙所题）的下面，又有"同乡世教弟勋袭东安郡王穆莳拜手书"的镶银（相对于大匾是"赤金"，明示皇帝与东宫的"级别"）大对联，就是指的太子胤礽的手迹。胤礽的一副对联，幸由名诗家王渔洋（士禛）记在他的《居易录》中，是一宝贵文献，大可与《红楼梦》中的联文对看。

总结几句话：雍正四十多岁上才谋得篡位的机会，他深知曹家是太子一"党"，皇家一切内幕机密，他们了如指掌，怕一旦泄露了他的"天机"，所以必须找个借口"治"他——"你们这些人混账贯（原文如此，应作'惯'，是雍正写的'白字'）了"，这是雍正亲手"批示"曹頫的话！

看看这句，就可以"参悟"了吧？（因为曹頫几代，并不"混账"，江南的民人口碑俱在，所作所为皆是仁惠功德之事，文化贡献更是巨大。）

曹寅是康熙的伴读，也以熊赐履为授业师辈。然而却有人说没有这回事，曹寅自言与熊赐履并无往来，可证……云云。他对本文所粗叙的这些清史内幕真情，大约是全不知晓，即信口雌黄。我希望他多读点儿书，或可晓然自省，那种"论史"批人的逻辑，也太简单肤浅了。

草草叙明了何以雍正忌恨曹家，但"曲终"还有"余音"：到乾隆登位后，胤礽之子名弘皙，联合了皇室中对雍正夺位、残害骨肉怀有"世仇"者，竟组成了"影子政府"，并要乘乾隆在塞外秋猎时刺杀之，为乾隆察觉，铁腕制服了这场史家罕及的大政变。而雪芹一家的再次抄家，彻底沦亡，正是又被弘皙大案株连的惨痛结局，这又是引出"红楼"一"梦"的近因。

诗曰：

生了皇儿死孝诚，东宫一位有人争。

外家索氏须深讳，却把明珠混玉兄。

壬午重阳佳节写讫于味红轩

［附说］

乾隆让和珅对人宣扬，说《红楼梦》是写"明珠家事也"，这是"索隐派"学者受骗的起因；殊不知乾隆是深心毒计：把索额图、胤礽这个重要"内核"宕开，而把人引向明珠那边去，迷惑真相。这也就是"红学史"上派别争论的真正根由。但世人解者极罕，故略为提端引玉。

涉及《红楼梦》作者家世而讲这么多的清史问题，常常引起疑惑，总以为这是"外务"，"离了本题"；殊不知这才是问题的根本和内核之所在。例如，康熙帝于四十七年上将太子废黜后，次年即又复立，而当此之前不久，即命曹寅探访熊赐履情况，可见此皆寓有深意，曹寅身历一切内情，岂有不悟之理——甚至曹寅进京，康熙必向他密谈太子之事。及太子至康熙五十一年废之前不久，曹寅即染病去世。临终谓"亏空"无力还清，虽死不能瞑目⋯⋯奏报之遗言似简而关系重大（即隐言此皆多次南巡太子随驾，其手下众人贪婪勒索之所致，而无法明言，而事若一发，即累及家门覆灭之祸。故康熙亦再三谆嘱"小心小心"⋯⋯二人心照不宣，各有极大的难言之苦）。曹寅之卒，实以"心病"忧惧为主因。凡此，后人不能知，史家亦不曾言，惟拙著《红楼梦新证》——考列明白。有阅史兴趣的读者可以检看，足以补充本文的简略之文。欲知雍正何以忌恨曹家，全在于兹，盖胤礽自康熙十三年生，至雍正二年卒，在世之岁月，即曹家几度"大惊大险"（贾母之语，她说的"五十四年"的风波经历），恰恰就是从康熙十四年到雍、乾之际的那一段时间，若符契之合也。

七、雪芹屐印落城东

齐白石老人讲过曹雪芹的一些事迹，知道他曾寄寓于京城崇文门与广渠门之间的一座古刹（俗亦称卧佛寺）内，穷愁著书，三餐不济，并画了一幅《红楼梦断图》，自题一首七绝云："风枝露叶向疏栏，梦断红楼月半残。举火称奇居冷巷，寺门萧瑟短檠寒。"不但画好，诗也不凡。举火称奇，是用典，大意是说穷到极处——通常以无计点火做饭为奇，如今则偶有一次点火做饭倒是大奇事了！短檠，是贫士所用照明的矮灯台。"短檠寒"三字写尽了雪芹挑灯夜作的苦况。这幅名画佳题，堪称无价之宝。可惜被人弄丢了。我只还有一幅为了弥补遗憾而补绘的摹本：横长小幅，左方寺门一角，上有古树枝柯覆掩；右上方则只一钩残月。构图如此精简，而给人的艺术想象（享受）十分深刻，感染力正在涵蕴而并非显豁。

我过去常常思量自问：那卧佛寺坐落京城外城的尽东边，清代旗汉分居内外城，规定是严格的，雪芹家世是皇室包衣（世仆），更无"居住自由权"，他怎么会跑到那儿去住呢？难道白石老人这段传说不见得就是没有问题吗？

谁知，后来发现了历史档案：雍正既下令抄了曹氏的家，拿问回京，两世孤孀无立锥之地，经人讨情，雍正这才"特恩"赏了"十七间半"的一处小四合院让他们存身——此院却在崇文门外花市以南的蒜市口。我于是"彻悟"了！原来从蒜市口往东折南，不多远就是那座卧佛寺。这不是偶然的，白石老人传下来的雪芹遗事，的的确确是用不着怀疑的了。

不但如此。我的彻悟一直推及更早的一项记载，说的是雪芹的"悼红轩"原在东城，发现过遗迹残痕。于是我也才明白：这东城实指外东城，即蒜市口一带了。真是"若符契之合"也，又疑个甚底①？

蒜市口是元代古三里河边诸多集市中的一"员"，老名目尚留存至今。古时有菜市、猪市（今日之"珠市"是也）、鱼市、羊（肉）市、草（柴）市、瓜市……大抵不复可寻了，而这蒜市尚可踪迹，实在是一桩幸事。蒜市口，东西范围极小，往西是"磁器（市）口"，往东只几步即又是"缆杆市"了（还隐隐显示着古河道行船的往事前尘）。而今日幸存此一极小市口，岂非奇迹？可惜的是，蒜市口近年也大拆建过，雪芹的小院子怕是已随逝波而俱尽了吧？前几年新正十三日（古之"试灯日"），我曾抱着一腔幻想与奢望走访蒜市口，看了那一带外城小院子规格的一些"共同性"，还作了一首七律，算是仅有的"收获"。我心至今犹感怅然，有说不出的欣慨相兼的味道耿然在怀，不能淡忘。

卧佛寺我也早去访过，已是大杂院民居，外貌早非寺形，只存一殿、一断碑，殿内极大木雕卧佛，明代彩绘，那殿被它一"人"就占满了。后问居民，方知大佛原在后殿，周围十八弟子，殿被日伪汉奸拆卖了木料，才把大佛移到前殿，原是容不下的，庙内本有清幽的跨院——我想，这就是雪芹的寄身之地了。

不知为何不把此寺辟为重要的文化古迹胜地？由蒜市口往东，很自

---

① 雪芹贫居卧佛寺（妙音寺）之说，除白石老人外，还有几家也知此事，张次溪先生曾写示过一个名单，此等资料已因文化大革命失去，全不能追记了。

然地就到了蟠桃宫。由北宫再东折而稍北，过了日坛（金台夕照），就又是东岳庙。这两处寺观是京师极有名的去处，那庙会的盛况惊动四方，都人仕女是倾城而往游的。雪芹是个最喜欢"逛庙"的人，故这么城里城外"大廊大庙的逛"。他之曾到蟠桃宫与东岳庙，是再也不必等待"考证派"来撰文的。为什么提这些？只因这和雪芹的写作小说关系至为密切、重要。"太虚幻境"的"原型"，就在东岳庙中。《石头记》只称"天齐庙"，这是京师人的口语①。

蟠桃宫这小庙好玩极了！身披黄袍的小王母娘娘，塑得真奇，高不及尺，端庄华贵，透着秀气。四壁是像浮雕而玲珑剔透的彩塑，有翠林中的观音，有向菩萨顶礼的悟空……都小极了，有趣极了。我真是来到了"西游记艺术宫"一般，哪里是什么神庙？

它整个儿是民间艺术大师奇妙的创造！

一九五九年三月三，上巳良辰，我拉了妻子，定要在这日期去看看闻名已久的蟠桃宫——正名是太平宫。因不识路，误出朝阳门，走了"冤枉"路。谁知这"冤枉"可正是平生难忘的一次幸福享受：从朝阳门（北京正东门）顺着城根儿，直往南行。一路右侧是高峙的古城墙，巍然浑厚而凝重，它记载着数百年的都城旧史。左侧即是豆棚瓜架，老树新畦的农家村舍风光。护城河还在左边。走得不算不累，妻子几次说："怎么还不到？"一下子望见大石桥，东便门（内城东南角）外对河就是庙门了！这真好！无怪乎诗人比之为唐代长安城角上的曲江胜游之地，可谓贴切。

从那之后，没过多久，就听说在拆除蟠桃宫盖洋房了。再过了些时候，古城墙、大石桥、护城河……我目见的那种风物境界，通通变成"历史名词"了。

东便门外几步，便是大通桥，桥下的一道闸，京人呼之为"头闸"，此闸最"新"，是康熙年间才增建的。我曾站在桥上，想象雪芹与敦家

---

① 东岳庙，门外大牌坊，内有七十二司，故太虚幻境也有大牌坊和"薄命""痴情""朝啼"等等诸司。邓云乡《燕京风土记》已曾言及东岳庙即是雪芹创造幻境的原型与联想。

好友同游潞河的旧事。这时一位抱着小孩的中年妇女过来了，我就拜问此桥名称，果然不差；遂又问："二闸"离这儿还有多远？她见这一问，兴致立刻提高了，热情地告诉我，二闸就往东几里地，那地方很可玩，过去每到四月，渐渐地人就多起来了，都从我们这儿过，往东逛二闸去，可热闹啦！

我只能往东远望神游。身边河畔风光房舍，已经很引我的思绪了。我依依不舍地下桥，并向那热情交谈的北京特有的文雅厚道的"农村妇道"告辞。

从元代开这条通惠河，河上建有二十四座桥闸，连什刹海边的"响闸"（澄清闸）也在其列。就只从京城至通州这一段而言，清代著称的还有五闸。大通桥下为头闸。古籍东闸，后改庆丰闸，遂呼为"二闸"了。这段河，特名潞河，过通州到天津的那一段，才叫白河。

敦家弟兄诗文中常见的，都称潞河，而他们（包括偕同雪芹）的游踪，就始终以二闸为中心。可是又常常提到一个"水南庄"，这是怎么回事呢？

那时候，从潞河、白河直达天津，天津有一处胜地叫作"水西庄"，是天下闻名的一处"文化中心"，聚集了南北的名流在此从事各种文学活动，词坛名著《南宋绝妙好词笺》即出自此地。主人宛平查氏，由京迁津，文化世家，著述甚富。有一部《莲坡诗话》，其中记载着许多重要史迹掌故。有一则，记"高云老人重上长安秋日忆旧日诗"，其中一首云"水南庄上有髯公"，其末注云："水南庄，在东便门外二闸河边。"

只看这一条，便一切分明了。髯公，指宗室，名吞珠，号拙斋。敦诚诗注也正说水南庄是"吞公别墅"。互证无疑。

敦敏自从戊寅年（乾隆二十三年，1758）自山海关归京葬亲于潞河之南，遂时时来往于城东二闸一带。其诗集取名《东皋》，开卷第一首即是《水南庄》。这原委就清楚得很。

敦诚有一首《阻雨东甸，与子明兄（敦敏）夜话》，诗云："联床苦雨秋灯话，彻枕惊涛残夜声。明日鱼苗正可买，归舟小泊契丹城。"这东甸，指其先茔（并非始祖阿济格英亲王八王坟）所在，而"惊涛"正指二闸的那震耳的水声。

原来，从京师算起，测量到通州，这五六十里之间，地势高下竟相差了四十尺之多！这是元明时代水利家考察的科学数据。这个差度，使得通惠河的水流很急，要想行舟、漕运，非得调节流量不可，这也就是循河建闸的缘由。敦家弟兄多次写到这个"涛声"，夜枕不眠，尤其盈耳动神。比如敦诚的《潞河游记》中一段，叙清明寒食上冢，自东甸乘舟而西返，先憩于天将寺（老尼僧住持），然后再行——

> 复登舟而西，俄闻如瀑声，如骤雨声，如万壑松声——知丰闸近矣！

即是二闸（庆丰闸）水喧之声的描写了。其下接云：

> 比舣舟，贻谋（其堂弟也）倚楼久俟矣，相与共饮……

这所倚之楼，就是二闸酒家得月楼，他们常来饮酒题诗之地——亦即雪芹也曾同游之处。此楼，也屡见敦家诗句中①。

那么，上文引的敦诚绝句的"契丹城"，又是什么话？请看乾隆初年励宗万所著《京城古迹考》吧，那自序中说得明白："旧城者，唐藩镇城及辽、金之别都城也。元迁都稍东，于是旧城遂入朝市间，而西半犹存，号为'萧太后城'，即梁氏园所在也。今考东便门外二闸，亦尚有土城故址，不仅西有旧城也。"梁氏园俗呼梁家园，土著凡指称辽代古迹，都说是"萧太后"某地某楼。辽代乃契丹朝号，所以敦诚把二闸的辽代老土城叫作"契丹城"，一丝不差。

敦敏在二闸一带，写诗最多，集子的开卷第二首《三忠祠》也是此地范围。祠已荒圮，供奉的是孔明、岳飞、文天祥，祠后有濯缨亭，并

---

① 如敦诚《（敦敏）兄留东皋余独归对月奉杯》："我促吟骖争暮色，兄留酒阁听秋声。"此酒阁亦即得月楼，秋声亦即二闸涛声也。余例不尽列。

多古墓，《帝京景物略》有所记载。所以敦诚又曾题咏《同诸兄弟饮月下，听涛声》——

> 入夜涛声急，如闻百丈湫。
> 村楼归酒客，浦月聚渔舟。
> ……

这村楼浦月，正就是巧写二闸的"得月楼"。

再看他另一组绝句，也是同兄弟及友人泛舟东皋之作，第二首即是——

> 濯缨亭畔维长缆，得月楼头觅旧诗。
> 两岸晓风吹梦觉，扣舷高唱柳卿词。

这又可见他们在这酒楼上是有题壁诗的。

乾嘉时人戴璐《藤阴杂记》在"郊坰"卷，起笔便叙"出东便门，循河五里，为双林寺，林木蔚秀"。"城东卷地黄埃，一过大通桥，见水，顿觉心旷神怡。故二闸泛舟，都人目为胜游之一。"这自然是诗人酒侣如雪芹辈者所最喜欢的去处。无怪乎敦敏《河干集饮题壁兼吊雪芹》诗中说：

> 逝水不留诗客杳，
> 登临空忆酒徒非。

那"河干"，即通惠河二闸之畔；那"登临"，即他们去"觅旧诗"的得月酒楼。

这一切，自然早化烟云。东便门的那座角楼还幸存无恙①。通惠河

---

① 此角楼一度发发可危，我曾在《人民日报·战地》创刊时撰文呼吁保护。其后幸得修复。

边好像已出现了一批工厂，成排的高大烟囱吐着浓聚不散的黑烟。水南庄之名似乎犹在，但不知其地风光，今已何似？为纪念雪芹，追寻他的屐印酒痕，不妨于春郊踏青之时乘兴一往，也许还是不无意味的吧？

[附记]

　　本文论证敦家兄弟在城东之活动中心即在二闸。自二闸再东行，则为平津上闸（但无"三闸"之称），距城不过二十多里。彼二人皆曾提及此闸，过此绝无更东之痕迹。至于通州地界，敦诚曾因远赴香河县雀林庄而路经通州，而敦敏亦只因其弟此行而回忆早岁曾到通州之事，此外整部《东皋集》内绝无游至通州之任何字句可以附会。原书俱在，可详按也。又考史籍，乾隆二十三、二十五两年，曾两次浚治通惠河，此正雪芹等诗友活动的年代。

　　乾隆时诗人吴锡麒《正味斋日记》中亦有游二闸之文字，可资参看。

八、雪芹祖籍——潢海铁网山楠木考

　　雪芹在书中特笔点出"潢海铁网山"，又复写明：此山出"楠木"，又是清府"打围"的地方。

　　据此，已然考明：潢海即辽海，因辽河上游之西辽河本名潢水，而"辽海"是明代于辽北的名称，在今昌图县（铁岭地带），而此地辽河常常泛滥，附近形成汪洋"泽国"，故土人呼为"辽海"，并有"辽海屯"之地名（参看《沈故》《清史稿·地理志》等书）。潢水，蒙古语谓之"锡喇穆伦（或记音作楞）河"，长千余里。

　　铁岭以北有"三塔堡"（今为"三头堡"）是打猎的围场；还有其他围场——故书中特写冯紫英到此打围，往返近一月之期程（铁岭距京师约一千五百里也）。

　　是故"潢海铁网山"者，实即"辽海铁岭"之变词隐语——"铁山"

即"铁岭"不言而喻。"网"字楔入寓"罗网"围猎义,又借佛经"铁围山"一词而互为照映之文字妙法也。

然后再看薛蟠对贾珍讲的一席重要言语:

一、"樯木"(棺木料)产于潢海铁网山;

二、其父带来(为义忠亲王所留);

三、帮底厚八寸;

四、纹若槟榔,味若云檀麝,叩之响如金玉;

五、做了棺材,万年不坏。

此种特点,表明所谓"樯木"者,又实即铁岭所产之巨楸木是也,论证理由如下:

第一,据康熙十年、民国四年《铁岭县志》,物产所列之木类皆有楸木。民国十六年县志又云:"……结实者曰果松,无子者曰杉松,脂多者曰油松……楸木,可为枪杆、船桨;质坚韧……"

第二,《中华大字典》引《说文》楸字,王注谓始见于《左》襄八年传,字作"萩",而《山海经》作"櫹",故知"楸"字始于周、秦之间。又引《本草纲目》:"楸有行列,茎干直耸可爱。"

第三,楸,即梓之赤者,亦见上引字书所列。

第四,梓,自古为棺木良材,始见于《后汉书·明帝纪》"梓宫"注,谓"以梓木作棺"是也。

第五,据铁岭学者李奉佐函告:果松俗呼红松;楸木俗呼野核桃树。皆宜做栋梁、棺材、家具。大者径二三尺,今已罕见。

第六,据《本草纲目》之"释名""集解",论析至为详悉,今不繁引。李时珍大师结论云:"梓树,处处有之,有三种:木理白者为梓,赤者为楸,梓之美文者为椅。楸之小者为榎。诸家疏注,殊次分明……"

综上可知:《红楼梦》中所写之"樯木",实即梓楸之一种特佳者,"纹若槟榔",是"椅"之"美文"特征;"茎干直耸可爱",正是桅樯之势;"做枪杆",是其细者;"做船桨",可见与船事有关;做棺木,又正是《红楼梦》此一情节之主题——可谓无一不合,丝丝入扣。

按《中华大字典》引陆玑诗疏,楸之疏理白色而生子者为梓。《埤雅》云："梓为百木长，故呼梓为木王。"罗愿云："屋室有此木，则余材皆不震。"而李时珍亦云："木莫良于梓。"可见楸梓在众木中其位尊而其质良。楸性坚韧，茎干直耸，细者可做枪杆，则粗大者正可做椁杆，故雪芹变其名曰"樯木"。纹若槟榔，指色赤而有纹理，是楸而非梓之证。至于李时珍谓梓"处处有之"，盖指一般较小者，字书引陈藏器云"生山谷间"，是则山上所生，又正合"铁网山"所产之叙义。

雪芹笔下的樯木，当为三四百年前的一种特佳的树种，故为罕得之品。书中薛蟠追忆，此"梓宫"良材是他父亲从潢海铁网山带来，又可知其乡邑必距此"海"此"山"甚近，或即其原籍之地。

这一切，在"小说"中为有意变词寄意，不欲直言；而在考索所隐之真事者视之，恰恰是极为重要的真实线索——亦即所寓史迹的"窗口""阶梯"。

综上所述，雪芹笔下写及铁岭历历分明，可供研考祖籍时作为一项不可忽视的文献资料。

壬午二月十七日写讫

附录 曹雪芹生平年表

雍正二年甲辰（1724）

闰四月二十六日生。

雍正三年乙巳（1725）

四月二十六日芒种节周岁，遂以芒种为生辰之标志。

雍正五年丁未（1727）

十二月，父曹頫获罪抄家逮问，次年家口回京，住蒜市口。

乾隆元年丙辰（1736）

赦免各项"罪款"，家复小康。十三岁（书中省亲至除夕，宝玉亦十三岁），是年四月二十六日又巧逢芒种节（书中饯花会）。

乾隆二年丁巳（1737）

正月，康熙之熙嫔薨。嫔陈氏，为慎郡王胤禧之生母（书中"老太妃"薨逝）。

乾隆五年庚申（1740）

康熙太子胤礽之长子弘皙谋立朝廷，暗刺乾隆，事败。雪芹家复被牵累，再次抄没，家遂破败。雪芹贫困流落。曾任内务府笔帖式。

乾隆十九年甲戌（1754）

《脂砚斋重评石头记》初有清抄定本（未完）。

乾隆二十年乙亥（1755）

续作《石头记》。

乾隆二十一年丙子（1756）

脂批于第七十五回前记云："乾隆二十一年丙子五月初七日对清。缺中秋诗，俟雪芹。"是为当时书稿进度情况。脂砚实为之助撰。

乾隆二十二年丁丑（1757）

友人敦诚有《寄怀曹雪芹》诗。回顾右翼宗学夜话，相劝勿做富家食客，"不如著书黄叶村"。此时雪芹当已到西山，离开敦惠伯富良家（西城石虎胡同）。

乾隆二十三年戊寅（1758）

友人敦敏自是夏存诗至癸未年者，多咏及雪芹。

乾隆二十四年己卯（1759）

今存"己卯本"《石头记》抄本始有"脂砚"批语纪年。

乾隆二十五年庚辰（1760）

今存"庚辰本"《石头记》，皆"脂砚斋四阅评过"。

乾隆二十六年辛巳（1761）

重到金陵后返京，友人诗每言"秦淮旧梦人犹在""废馆颓楼梦旧家"，皆隐指《红楼梦》写作。

乾隆二十七年壬午（1762）

敦敏有《佩刀质酒歌》，记雪芹秋末来访共饮情况。脂批"壬午重阳"有"索书甚迫"之语。重阳后亦不复见批语。当有故事。

乾隆二十八年癸未（1763）

春二月末，敦敏诗邀雪芹三月初相聚（为敦诚生辰）。未至。秋日，爱子痘殇，感伤成疾。脂批："……书未成，芹为泪尽而逝；余尝哭芹，泪亦待尽……"记之是"壬午除夕"逝世，经考，知为"癸未除夕"之笔误（"癸未除夕"已入1764，为2月1日）。卒年四十岁。

乾隆二十九年甲申（1764）

敦诚开年挽诗："晓风昨日拂铭旌""四十萧然太瘦生"，皆为史证。

后记

当中国作家协会通知我父亲的《曹雪芹传》入选"百位文化名人传记"的消息时，已经是壬辰年的年尾了。这一年，经历的事情太多太多，让我们感慨万千，因为这一年，父亲永远永远地离开了我们，成为我们心中挥之不去的记忆。

（一）

今年三月中旬的一天，父亲像往常一样按时听我们读报，突然一条消息让他为之一振，这就是中国作家协会实施"中国百位文化名人传记"丛书工程的公告。尤其让父亲高兴的是，这百位名人中竟然包括自己为之探索研究而追求奋斗了六十五年的曹雪芹这个名字。父亲说："这可真是一件大好事啊！"我见父亲高兴就凑到他耳边说："那你一定得去申请！"父亲点点头，说："好！一定，一定，你马上就去联系吧！"过一会儿，又和我说："你问问中央电视台《百家讲坛》，明年是曹雪芹逝世二百五十周年纪念，他们有没有播出一套节目的计划？"那天父亲很兴奋，浮想联翩，他在"筹划"该如何为纪念曹雪芹逝世二百五十周年做点儿事。

三月二十一日，我遵嘱给作协组委会的原文竹女士打电话，向她表达父亲准备参选曹雪芹的传记；而后又打电话给央视《百家讲坛》，询问是否有安排纪念曹雪芹的专题。电话那头传来孟庆吉先生的话，说还盼望父亲再来讲坛，当他听到父亲年高体弱时，很感慨说当初真应该为他多拍点儿影像资料。

第二天，三月二十二日，《中华读书报》上又传来这样一条消息："中国百位文化名人传记"是秉承中央领导的意图由中国作家协会承办。此时父亲双目已经完全看不见了，但他昂起头，很留意这句话，让我们再读一遍。然后说："这是个好契机，看来中央开始抓文化了！"

三月二十五日，农历的三月初四——这一天是父亲的九十五岁大寿，俗称九五之尊。我们子女买来生日蛋糕和礼物，也有朋友前来祝寿，父亲很高兴。通常每年的农历四月二十六日，父亲都要给曹雪芹过生日，这已经是人人皆知的事了，而今年父亲自己过生日，话题仍旧没离开曹雪芹——父亲说："今天我的生日我很高兴，还是我的那句话：'借玉通灵存翰墨，为芹辛苦见平生'，这曹雪芹传记，我要好好修订一下，明天就开始，你们先给我读一遍。"父亲指明要读的就是《文采风流曹雪芹》那本书。

（二）

父亲的治学旨归，说来十分有趣。他早年曾两次考取了燕京大学的西语系，这在燕大的校史上恐怕不多见。那时他的心愿是学好外文，待精通后翻译中华的诗论文论名著向世界传播。他早早地定下对陆机《文赋》的英译与研究的治学方向，也曾以《离骚》体译过英国诗人雪莱的《西风颂》、鲁迅的《摩罗诗力说》以及司空图的《二十四诗品》。他在本科毕业论文答辩时，曾获得了西语系全体外籍教授及师辈同仁热情而长时间的掌声。一位英籍教授说："这样的论文远远地超出了学士论文的规格，是足够博士论文的。"

父亲在出色地完成了西语系本科的学业后，又考取了燕大中文系研究院，专攻中华古典文学，研究较多的则是唐诗和宋词。

一九四七年，由于和胡适的交往，父亲却走上了"治红"之途。父亲的研红工作实际是由"曹学"开端的，所付出的主要时间精力也集中在"曹学"——即雪芹的家世生平上。一九五三年父亲《红楼梦新证》的出版，被专家评为"无可否认的是红学方面一部划时代的最重要的著作"，父亲在这部书的"引论"中就早早给《红楼梦》和曹雪芹做了如下论断：

> 曹雪芹是中国第一流现实主义的小说家之一，《红楼梦》
> 是世界伟大文学作品行列的一部非凡作品。正如意大利人民一
> 提到但丁，英国人民一提到莎士比亚，苏联人民一提到托尔斯
> 泰而感到骄傲一样。我们中国人民也就以同样的骄傲感而念诵
> 曹雪芹的名字。

父亲与曹雪芹和《红楼梦》结下了难舍难分的情缘，可以说，他把自己的一生全部奉献于研究曹雪芹和《红楼梦》上。

（三）

父亲把《红楼梦新证》寄给他的老师顾随先生。老师的回信给父亲以很高的评价和鼓励之词，同时，老师明确提出："述堂（顾随，号述堂）至盼玉言（周汝昌，字玉言）能以生花之笔，运用史实，作曹雪芹传。"并专此作诗，结篇的两句是："白首双星风流在，重烦彩笔为传神①。"

---

① 顾随告诉弟子：你应该再一次用彩笔写出雪芹、脂砚的"白首双星"的传记，那就如同杜少陵诗中所云"与子成二老，来往亦风流"。

在中国文学史上，伟大的特异天才小说家曹雪芹，向无传记。对这位"字字看来皆是血，十年辛苦不寻常"的《红楼梦》作者，父亲崇拜之至，敬仰之极！他甘愿"为芹辛苦"，立志为雪芹写一部传记。然而严格说来，"雪芹传"是无法写的，因为我们对这位作家的一生知道得太少了，其生平史料奇缺，根本没有足够的素材来写成一部完整的传记。但是父亲认为：如果我们拿不出一部曹雪芹传来，对我们中华民族的文化历史，对世界人类文化，都是说不过去、难为人原谅的憾事。

记不得哪位学人说过：越是写最伟大的作家的传记，就越会遭遇最大的困难。曹雪芹就是这样一个例子。

而父亲也曾这样说过：如果你想要挑选一件最困难而最值得做、也最需要做的文化工作，那么我请你挑选对中国最伟大的特异天才小说家曹雪芹的研究和评价。

父亲是这样说的，也这样做了。为了填补这一巨大而重要的空白，他先后五次迎着困难奋进。

《红楼梦新证》出版后不久，便赶上一九五四年全国的《红楼梦》大讨论运动，此时的父亲被视为"胡适繁琐考证派"批评对象，学术处境十分尴尬。直到一九六二年，为了纪念即将到来的曹雪芹逝世二百周年，人民文学出版社的一位热情的负责同志要父亲写一本介绍雪芹生平的小书，父亲因材料奇缺，困难重重，迟迟未能落笔。而后又再次受到鼓舞敦促，父亲才为盛意所感，再一次唤起了对"红学""曹学"心情的复活。由此很快，一九六三年五月，稿即写成，就取名叫作《曹雪芹》，一九六四年四月出版。书只有十三万字，但从出版史上看，系统研究介绍曹雪芹的学术论著，这却算是第一部了。

其后，父亲用书册方式来介绍曹雪芹，先后又有过四次。

草创性的《曹雪芹》一书，由于受当时条件的限制，未能尽意畅怀。至七十年代末，父亲就将其修订扩充为《曹雪芹小传》，这是相当重要的改写，第一次将"正邪两赋"列为专章，此为小说哲理的核心课题。父亲从宋、明两代哲学家的天地生人"气禀说"的朴素唯物论思想加以研讨，提出了与宋、明学者截然不同的社会地位悬殊而本质完全平等的进步思想，其"质"的飞跃有目共睹。美国著名学者周策纵教授在给这本《小传》作的序文中说：

> 作者采取了一种十分明智的态度，把我们所已确知有关曹雪芹的一鳞半爪，镶嵌熔铸进他所处的社会、政治、文化和文学艺术的环境里，用烘云托月的手法，衬出一幅相当可靠而可观的远景和轮廓来。

《小传》出版后颇获专家学者的奖许与好评，此书也一印再印，共发行了四十万册。于是父亲方悟此一主题虽然探讨起来困难万分，却是值得继续努力的一项"扛鼎"之重任与胜业。

第三次试笔是在九十年代初。如果说《小传》具有更强的"科学性"，那么《曹雪芹新传》则含有更多的"艺术性"。《新传》是特为世界读者写的，重点偏重于中国文化的顺带介绍。著名红学家梁归智先生说：

> 他在娓娓动人的叙述中，从历史及文化传统的叠嶂层峦、烟云模糊处，托显出一个血肉丰满、须眉毕现的天才形象，展现了曹雪芹畸零不幸的一生。

而父亲是这样说的：

> 考古家掘得几枚碎陶片，运用他们的专门学识与技术技能"恢复"成一个"完整"的古陶罐，实在神奇！而我呢，所有的也只是几枚"曹雪芹"的碎片，却要把它们"恢复"成为一个活生生的人，而不只是"陶罐"——你看这难不难？我"恢复"成的，毕竟是个什么？只有请读者给以估价了。只盼读者勿忘了一句话：介绍曹雪芹，其实就是为了介绍中华文化！

父亲认为曹雪芹的成就与品位，堪膺中华文化的集大成者的称号，而不只是世界一流小说作家。为了探讨这位中华异才的一切，包括祖源世系、氏族家风、生平身世，直到情理心灵、风流文采，他兢兢业业，锲而不舍。

九十年代末，父亲又开始了第四次为雪芹写传。记得这期间他曾大病一场，但始终没有放下撰写的工作。此传相对于以往的《小传》《新传》，展示出更多的特色。一是历史背景的时空涵盖面大为广阔；二是近年研索收获有力地充实丰富了传主的生平经历；三是加强了学术性与文学性的艺术综合，读来更引人入胜。此次文笔特色还在于十分重视中华文学特有的诗境，在每一章的结束处，都有一首题跋的七绝，可歌可泣，以叹以咏。

为纪念曹雪芹逝世二百四十周年，二○○四年，父亲又出版了《曹雪芹画传》(赵华川先生绘图)，这是他第五次为曹雪芹作传。他在序言中这样写道：

曹雪芹的一生，是不寻常的，坎坷困顿而又光辉灿烂。他讨人喜欢，受人爱恭倾赏，也大遭世俗的误解诽谤、排挤不容。他有老、庄的哲思，有屈原的《骚》愤，有司马迁的史才，有顾恺之的画艺和"痴绝"，有李义山、杜牧之风流才调，还有李龟年、黄旛绰的音乐、剧曲的天才功力……他一身兼有贵贱、荣辱、兴衰、离合、悲欢的人生阅历，又具备满族与汉族、江南与江北各种文化特色的融会综合之奇辉异彩。所以我说他是中华文化的一个代表形象。

这个形象非同小可，难以表现，可想而知。然而我要说：越是难于传达表现，才越是值得努力想方设法来传他、表他。

父亲为了曹雪芹而努力写作，不知休息，不计假日；又为了宁静，常常与冬夜寒宵结缘，夜深忍冻，独自走笔，习以为常，是苦是乐，也觉难分。他曾写下这样一首七律，从中可见其情景之一斑：

可是文星写照难，百重甘苦尽悲欢。

挑芹绿净知春动，浣玉丹新忆夜寒。

瀛海未周暌字义，心香长炷切毫端。

红楼历历灯痕永，未信人间抵梦间。

（四）

二〇〇九年，父亲那双濒于失明的眼睛终于全盲了，可是他的内心却依旧明亮。父亲常笑说自己是"文思泉涌，精神焕发"，写文章则题作"老而非骥，梦在千里"。

二〇一〇年，父亲"遇"到了两位知赏者。一位是刘再复先生，一位则是李泽厚先生。

二〇一〇年八月，著名学者刘再复先生在一篇文章里这样说：

> 曹雪芹是中国文学的第一天才，即最伟大的天才，而他的著作《红楼梦》则是中国文学的第一经典。首先如此肯定曹雪芹的无比崇高地位的是周汝昌先生……五十多年前，周汝昌先生对《红楼梦》的认识就如此走上制高点，所以我称他为中国第一天才的旷世知音。然而，周先生作为知音还不仅是这一判断，更令人感动的是，他从少年时代开始，就不喜欢《三国演义》而热爱《红楼梦》，并从青年时代开始就把全部生命、全部才华贡献给《红楼梦》研究。六十年钩沉探佚，六十年呕心沥血，六十年追求《红楼梦》真理，真是可歌可泣，可敬可佩……

同年，上海译文出版社出版《该中国哲学登场了？——李泽厚2010谈话录》，其中一节文字如下：

> 李：《茵梦湖》又怎能和《红楼梦》相比。对于《红楼梦》，

我赞同周汝昌的看法。他考证得非常好，我认为在百年来《红楼梦》研究里，他是最有成绩的。不仅考证，而且他的"探佚"，很有成就。他强调如把《红楼梦》归结为宝黛爱情，那就太简单了。他认为黛玉是沉塘自杀，死在宝钗结婚之前。我也觉得两宝的婚姻，因为是元春做主，没人能抗。姐姐的政治位势直接压倒个人，那给宝、黛、钗带来的是一种多么复杂、沉重的情感。周汝昌论证宝玉和湘云最终结为夫妇，不然你没法解释"因麒麟伏白首双星"；还有脂砚斋就是史湘云等等，我觉得都很有意思。周说此书写的不仅是爱情而且是人情即人世间的各种感情。作者带着沉重的感伤来描述和珍惜人世间种种情感。一百二十回本写宝玉结婚的当天黛玉归天，具有戏剧性，可欣赏，但浅薄。周汝昌的探佚把整个境界提高了，使之有了更深沉的人世沧桑感，展示了命运的不可捉摸，展现了色即是空，空即是色。这是大的政治变故对生活带来的颠覆性的变化，以后也不再可能有什么家道中兴了。所以我很同意可有两种《红楼梦》，一个是一百二十回，一个是八十回加探佚成果。后者境界高多了，情节也更真实，更大气。但可惜原著散佚了，作为艺术作品有缺陷。我不知道你们看《红楼梦》有没有这个感觉，我发现，这部书不管你翻到哪一页，你都能看下去，这就奇怪啊！看《战争与和平》没有这感觉，有时还看不下去，尽管也是伟大作品。读陀思妥耶夫斯基也没有这感觉，尽管极厉害，读来像心灵受了一次清洗似的。这使我想起亚里士多德《诗学》中的"净化说"，与中国的审美感悟颇不相同。《红楼梦》最能展示中国人的情感特色。

两位先生的文章给了父亲很大鼓舞，父亲听读后，长长舒了一口气，自言自语地说："这回我才找到了真师和真理。"

父亲改变了以往自己的书写习惯，转为口述著述。一开始他很不适应，原来铺开稿纸就能落笔成章，而口述却让他不得不改变思维方式，

"念"出来的文章没有了自己原来的风格和文采了，但父亲坚持做下去，常常是口述一篇文章要花好几天时间，最后还要读给他听。由于他听力极弱，我们常常大声叫喊，直令我们这几个六七十岁的子女都感觉吃不消，更何况九十多岁的老父亲！这对他来说真的是太难了。也许父亲已经感到自己生命的终点已经悄悄临近，他在抓紧时间与生命赛跑。一次，父亲在接受采访时说：

> 我一点儿不休息，我不是说我九十多岁了，就该自由自在地过了，我每天工作不是说紧张，而是我要利用我那点儿可能的时间和精力，把每天不断思考的新问题、新见解铺到纸上，不铺到纸上，我自个儿也忘了。这个消失了谁也替代不了，会让我觉得这是我研究了六十年的损失。现在的写作是抢救性的，每天几百字也写，一千字也写，主题很分散，我这个人就是这么贪得无厌。

仅二〇〇九年，父亲目盲后，就又连续出版了八部新著、几十篇新文均见诸报端杂志。他口述的主题确实很分散，但万卷不离其宗——即中华文化这一大主题。例如，父亲认为：大观园一方面暗中继承了艮岳、万宁宫的传统，另一方面也继承了金谷园、桃李园的文化传统。在曹雪芹的《红楼梦》时代，满汉两大民族在万宁宫遗址上又有新的建筑，即曹雪芹笔下的大观园。如，由英国教育家提出儿童学习莎士比亚应从四岁开始为宜，父亲则认为：《红楼梦》是中国的一部巨著，其作者曹雪芹就相当于中国的莎士比亚，并倡议我国可以由初中一年级这个年龄开始引导学生接触《红楼梦》的概况或精神价值。更值得一提的，是父亲花费很大精力口述出了一篇名为《娲皇：中华文化之母》的长文，父亲认为：娲皇的最大贡献是首先创出了"方"的图像与概念，矩尺则是她最为伟大的创造。父亲认为：《红楼梦》是以娲皇炼石补天作为书的开端的。绝顶聪明的曹雪芹似乎早已悟知娲皇的最大贡献是在"圆"的大自然中创造了"方"的概念，所以才有那个"方经二十四丈，高经十二丈"的大石……

父亲最后出版的两本书，一本名为《红楼梦新境》，一本题作《寿芹心稿》，由这两个书名就不难看出父亲的心思所在。他把每天不断思考的新问题、新见解都铺到了纸上。父亲的计划中还要写一部关于《红楼梦》与中华文化的书，上世纪八十年代曾经写过，这么多年过去了，他觉得与当时相比，应该有太多的东西需要补充进去。直至今年五月中旬，父亲卧床不起了，还让我们给他读《红楼梦》；就在他离去的前两天，还口述了一部新书的大纲，书名暂定为《梦悟红楼》。但是，父亲最后思考了什么，又有了哪些新的见解，却未能全部清晰地给我们留下。

（五）

父亲决定参选"中国百位文化名人传记"中的《曹雪芹传》，是他一生不懈的追求。父亲知道想找一个研究中华作家作品的方法是没有的，他早年引过孟子的话："诵其诗，读其书，不知其人——可乎？"那行吗？这个破折号不是孟子加的，是父亲加的，最后一句话补上了："是以论其世也。"父亲说，你要了解真正的作品，你得先了解其人，你要想了解其人，可不要忘记了历史背景，是他那个时代、家世、环境、条件。父亲说：我应该为《红楼梦》作者曹雪芹多做一些研究工作，然后才能谈得上真正读懂他的作品。父亲认为自己有三大优势：一是自己从事研究《红楼梦》和它的作者曹雪芹已历经六十五年，大多数第一手材料都是自己挖掘出来，有很多研究成果，并出版了几十部红学著作，具有可比性；第二是自己已经撰写过五次《曹雪芹传》，具有参加的资格和经历，具有可行性；第三点，就是他要为纪念这位文星巨匠曹雪芹逝世二百五十周年做点儿事，具有可能性。还有一个重要的原因：党中央发出文化强国的号召，呼吁包容、创新的文化局面，父亲认为，这是一个宣传曹雪芹，弘扬中华文化最好的机遇。

父亲上述的理由很明了，也很直白，他希望修订后的这本书可读性更强一些，接受面更广一些。这期间父亲一面等待作家协会的回音，一面思考修订计划。

父亲说：若仅仅是罗列"事状""行迹"，那纵使"史料丰富""叙述详细"，也不等于理解那位传主的精神气质、衷曲性情。父亲希望修订时要把曹雪芹这个人物更加凸显出来，"可以允许循从某些线索痕迹加以合理推断，但不允许凭空'想象''编造'一些'故事情节'"。还说，若我有才力创作一部剧本或重写传记，那我就会决意"实现"以下几点：

一、皇帝知情《石头记》内容隐射政治内幕之后向雪芹逼索书稿时，雪芹气骨崚嶒，决不屈从；而此时雪芹之原配已逝，为了书稿的生命，不顾世俗的讥议，与其李氏表妹同居一处，雪芹将皇家搜剩的残稿重新补作与改写，表妹（脂砚）则一边协助抄整，一边朱笔批点——此为真本《石头记》之"私"传民间，正与皇家"组织写作班子"炮制的一百二十回伪"全本"抗争拼斗！

二、雪芹之逝，贫困、疾病、子殇、书佚……多层原因使他无力支撑，临终之境甚惨——此为史实，但不可一味渲染其境况之奇惨，只为一个"催人泪下"，那就将雪芹悲壮的一生弄成了一个"悲"而不壮的庸常小悲剧——那"悲"也就无法表现出一个真正深刻的大悲来。也就是说，就够不上悲剧的品格，陷于低级层次。

父亲曾经这样设想：若在荧屏"画面"上，结尾应该是"叠印""闪回"雪芹的"字字看来皆是血，十年辛苦不寻常"的一生，然后映出一个崇高、伟大、风流文采而又傲骨嶙峋的形象来，并且这个形象永远隐现于燕（yān）郊西山的溪涧林泉之间，与日月山河，万古长存！

其实这项工作父亲早已在做了。早在二〇一〇年十一月，父亲获聘于文化部中国艺术研究院终身研究员，在颁发聘任证书的大会上，父亲令我亲手把一封信交给文化部蔡武部长，呼吁国家重视我国的第一天才小说家曹雪芹逝世二百五十周年，盼望借鉴一九六三年的纪念方式，尽早做好准备。不仅如此，父亲还找到自己的好友，拜托组织一批人撰写纪念文章，准备出一本纪念曹雪芹的文集。而父亲自己早在二〇一一年就已经开始口述了纪念文章。本书《不尽余音》一节中收录了两篇文章，一篇名《创新与造化》，另一篇则曰《惓惓不尽》。

（六）

父亲一生多次得到党的关怀。一九五四年中宣部调其回京；一九七〇年在周总理的直接关怀下，由干校特调回京；一九八〇年，党中央再次给予父亲极大的关怀，蒙胡耀邦同志亲自批示，将我从外地调回北京，正式担任父亲的研究助手，距今已经三十多年。目前我已经退休，但助理工作一直未曾间断。

在跟随父亲的工作中，感受最多的是父亲那种对中华文化的追求与热爱、痴情与执着。弘扬《红楼梦》中华文化永远是父亲的精神动力。父亲研究《红楼梦》数十年，常研常新，步步提升，非常人所能及。一九八六年父亲在哈尔滨国际红学研讨会上首次提出"《红楼梦》是中华文化小说"这一命题，倡议研究方向应以中华文化为其核心。一九九九年又进一步将红学定位于"新国学"。二〇〇六年，父亲在接受台湾《联合报》采访时，又提出《红楼梦》应列为中华文化"第十四经"。父亲对《红楼梦》理解的深度、广度、境界在逐渐提升、发展，也对《红楼梦》的作者曹雪芹的了解愈来愈深，他称曹雪芹为"伟大的思想家""'创教'的英雄哲士"。

近些年，时常听到有些人谈论自己经历时有这样的话："我××岁就已经开始读《红楼梦》了。"不少人以读过《红楼梦》为自豪，而且年龄越小越感荣耀。殊不知，承认"《红楼梦》是一部伟大的小说"，这还是在新中国建立之后才得到普遍认可的。在此之前，权威的评价是它尚不足与世界一流的作品比肩并列。时见有评论者说是"某一两个人把《红楼梦》人为地'拔高'起来的"，我始终怀疑这"某一两个人"能力怎会如此之巨大？

也时有人议论，说父亲一生就研究一本书，觉得很可笑也很费解；也有人对父亲的红学观点很不以为然；更有甚者，常常以人身攻击为能事。写至此，恰好莫言先生在诺奖上领奖，他的发言中有这样一段话，我引在这里：

> 我获得诺贝尔文学奖后，引发了一些争议。起初，我还以为大家争议的对象是我，渐渐地，我感到这个被争议的对象，是一个与我毫不相关的人。我如同一个看戏人，看着众人的表演。我看到那个得奖人身上落满了花朵，也被掷上了石块、泼上了污水。我生怕他被打垮，但他微笑着从花朵和石块中钻出来，擦干净身上的脏水，坦然地站在一边，对着众人说：对一个作家来说，最好的说话方式是写作。我该说的话都写进了我的作品里。用嘴说出的话随风而散，用笔写出的话永不磨灭……

早在一九八四年，父亲曾撰有一首《自度曲》，词曰：

> 为芹脂誓把奇冤雪。不期然，过了这许多时节。交了些高人巨眼，见了些魍魉蛇蝎；会了些高山流水，受了些明枪暗钺。天涯隔知己，海上生明月。凭着俺笔走龙，墨磨铁；绿意凉，红情热。但提起狗续貂，鱼混珠，总目眦裂！白面书生，怎比那绣弓豪杰——也自家，壮怀激烈。君不见，欧公词切。他解道："人间自是有情痴，此恨不关风与月。"怎不教人称绝！除非是天柱折，地维阙；赤县颓，黄河竭；风流歇，斯文灭——那时节呵，也只待把石头一记，再镌上青埂碣。

这是父亲一生最好的写照。父亲一生勤勤恳恳，孜孜不倦，共出版著作六十多部，给我们留下了宝贵的精神遗产。

一九九八年，在父亲八十华诞、研红五十周年纪念大会上，中共中央统战部代表发言，称父亲"把毕生的心血献给了红学事业"，"为红学走向世界做出了开拓性和奠基性的贡献"；二〇〇七年，值父亲九十华诞、研红六十周年之际，刘延东同志又致贺函，称"尤在红学研究方面情有独钟，著作颇丰，享誉海内外，为国家和社会创造了宝贵的精神财富，为弘扬中华优秀文化做出了卓越贡献"。

（七）

　　五月份的最后一天，父亲的突然离去，中断了他修订《曹雪芹传》的计划，也打乱了我们的生活。迨我们得到作家协会通知父亲的《曹雪芹传》入选时，父亲已经离开我们半年之久了。

　　按照中国作家协会的要求，由我来接替父亲完成整理修订这部《曹雪芹传》的工作。抱着敬畏之情，丝毫不敢擅动父亲的一文一字，只是把父亲生前已经撰写完的、未成稿的、欲增入内容的相关文字，列入"不尽余言"一节。

　　按照作家协会的要求，这篇后记由我来撰写。我把这部传记的前因后果、来龙去脉向读者交代清楚。由于本人水平有限，不知是否能够准确传达出父亲的意愿，也不知是否能达到这套丛书的要求，但是有一点可以告慰父亲，那就是他的遗愿完成了。

　　父亲一定会含笑于九泉。

　　感谢中国作家协会，感谢知音友好的诸多帮助，感谢文星曹雪芹留下的巨著《红楼梦》。

　　最后，还是以父亲的诗篇作为结尾，诗曰：
　　　　为芹辛苦是何人？脂雪轩中笔不神。
　　　　病目自伤书读少，也能感悟贾和甄。

　　　　文采风流哪可传，悲欢离合事千端。
　　　　石头说法仁兼勇，莫认人间即梦间。

周伦玲

壬辰十一月十六

2012 年 12 月 27 日

第三辑已出版书目	21	《千古一相——管仲传》 张国擎 著
	22	《漠国明月——蔡文姬传》 郑彦英 著
	23	《棠棣之殇——曹植传》 马泰泉 著
	24	《梦摘彩云——刘勰传》 缪俊杰 著
	25	《大医精诚——孙思邈传》 罗先明 著
	26	《大唐鬼才——李贺传》 孟红梅 著
	27	《政坛大风——王安石传》 毕宝魁 著
	28	《长歌正气——文天祥传》 郭晓晔 著
	29	《糊涂百年——郑板桥传》 忽培元 著
	30	《潜龙在渊——章太炎传》 伍立杨 著
第四辑已出版书目	31	《兼爱者——墨子传》 陈为人 著
	32	《天道——荀子传》刘志轩 著
	33	《梦归田园——孟浩然传》曹远超 著
	34	《碧霄一鹤——刘禹锡传》 程韬光 著
	35	《诗剑风流——杜牧传》 张锐强 著
	36	《锦瑟哀弦——李商隐传》 董乃斌 著
	37	《忧乐天下——范仲淹传》 周宗奇 著
	38	《通鉴载道——司马光传》 江永红 著
	39	《琵琶情——高明传》 金三益 著
	40	《世范人师——蔡元培传》 丁晓平 著

图书在版编目（CIP）数据

泣血红楼：曹雪芹传 / 周汝昌 著；周伦玲 编 . -- 北京：作家出版社，2014.1（2023.6重印）

（中国历史文化名人传）

ISBN 978-7-5063-7118-6

Ⅰ. ①泣⋯ Ⅱ. ①周⋯ ②周⋯ Ⅲ. ①曹雪芹（？~1763）-传记 Ⅳ. ①K825.6

中国版本图书馆CIP数据核字（2013）第231206号

泣血红楼——曹雪芹传

作　　者：周汝昌
编　　者：周伦玲
责任编辑：李宏伟
书籍设计：韩湛宁
整合执行：原文竹
责任印制：李卫东　李大庆
出版发行：作家出版社有限公司
社　　址：北京农展馆南里10号　　　　邮　　编：100125
电话传真：86-10-65067186（发行中心及邮购部）
　　　　　86-10-65004079（总编室）
E-mail:zuojia@zuojia.net.cn
http://www.zuojiachubanshe.com
印　　刷：三河市紫恒印装有限公司
成品尺寸：152×230
字　　数：460千
印　　张：33
版　　次：2014年1月第1版
印　　次：2023年6月第4次印刷
ISBN 978-7-5063-7118-6
定　　价：88.00元（精）